DAS BUCH

Nachdem ihr Mann Sascha Bogomolow versucht hat, sie zu töten, flieht die betörend schöne Sonia Lopez von Florida nach Louisiana. Dort kauft sie im Sumpf ein Haus, damit ihre Leopardin, die sie vor dem Anschlag gerettet hat, Auslauf hat. Als ihre Leopardin rollig ist, begegnet sie Joshua Tregre, der sich in sie verliebt. Auch wenn Sonia der erotischen Ausstrahlung Joshuas nicht widerstehen kann und eine leidenschaftliche Affäre mit ihm beginnt, möchte sie keine Beziehung mit ihm, weil sie befürchtet, dass die Bogomolows sie aufstöbern. Dann wäre auch Joshua in höchster Gefahr. Doch als dieser nichts ahnend ein Geschäftstreffen mit Nikita Bogomolow, Sonias Schwiegervater, verabredet, entdeckt Nikita in Joshuas Haus ein Gemälde von Sonia …

DIE AUTORIN

Christine Feehan wurde in Kalifornien geboren, wo sie heute noch mit ihrem Mann und ihren elf Kindern lebt. Sie begann bereits als Kind zu schreiben und hat seit 1999 mehr als sechzig erfolgreiche Romane veröffentlicht, die in den USA mit zahlreichen Literaturpreisen ausgezeichnet wurden und regelmäßig auf den Bestsellerlisten stehen. Auch in Deutschland ist sie mit ihrer *Schattengänger*-Serie, der *Leopardenmenschen*-Saga, den *Drake-Schwestern* und der *Sea Haven*-Saga äußerst erfolgreich.

Mehr über Christine Feehan und ihre Romane finden Sie auf:
www.christinefeehan.com

Christine Feehan

Tanz der Wildnis

ROMAN

Aus dem Amerikanischen übersetzt
von Ruth Sander

WILHELM HEYNE VERLAG
MÜNCHEN

Titel der amerikanischen Originalausgabe
LEOPARD'S BLOOD

Penguin Random House Verlagsgruppe FSC® N001967

Deutsche Erstausgabe 01/2022
Redaktion: Sabine Kranzow
Copyright © 2017 by Christine Feehan
Copyright © 2022 der deutschsprachigen Ausgabe und
der Übersetzung by Wilhelm Heyne Verlag, München,
in der Penguin Random House GmbH,
Neumarkter Str. 28, 81673 München
Printed in the Czech Republic
Umschlaggestaltung: Nele Schütz Design, München
Satz: Greiner & Reichel, Köln
Druck und Bindung: CPI books GmbH, Leck

ISBN 978-3-453-52974-8

www.heyne.de

*Kathi Firzlaff, sicher weißt du,
warum das hier für dich ist!*

1

Die Nächte im Sumpf waren oft schwül. Feuchte Hitze waberte durch die Zypressenhaine und netzte die langen Spitzenschals aus Spanischem Moos, die von krummen Ästen hingen. Die fransigen Schleier wiegten sich in einer leichten Brise und verliehen der ohnehin gespenstischen Nacht eine noch schaurigere Atmosphäre. Ein hundertköpfiger fröhlicher Froschchor quakte laut, während Waschbären still und leise zum entengrützenbedeckten Wasser hinunterschlichen, um sich die Tatzen zu waschen, und zwei Alligatorenbullen einander mit Furcht einflößendem Bellen zu einem Revierkampf herausforderten.

Sonia Lopez folgte dem schmalen Wildwechsel, den sie in den letzten Wochen verbreitert hatte, um tiefer in den Sumpf zu gelangen. Rund um sie herum summten und brummten Schwärme von Insekten, und nicht eines von ihnen verstummte, wenn sie leichtfüßig vorbeiging. Das lag daran, dass sie in den letzten zwei Monaten alle Nächte damit verbracht hatte, jeden Zentimeter des Landes, das sie gekauft hatte, zu erforschen. Sie besaß sechzehn Hektar Sumpf und wollte damit vertraut werden. Weil es bald so weit war. Sie hatte es kommen sehen, und sie war heilfroh, dass sie vorbereitet war.

»Wir sind fast da«, sagte sie leise. »Warte noch. Ich weiß, dass es schwerfällt.«

Irgendetwas bewegte sich wellenförmig unter ihrer Haut und hinterließ ein so schreckliches Jucken, dass sie Mühe hatte, sich nicht blutig zu kratzen. Ihre Gelenke schmerzten, und tief in ihrem Innern wütete ein wildes Feuer, das sie gnadenlos vorantrieb. Alles an ihr brannte, ihre Haut war so empfindlich, dass die Kleidung unangenehm daran scheuerte, und ihre Brustwarzen schienen durch einen heißen Draht mit ihrem Unterleib verbunden zu sein. Es war unerträglich. Nicht auszuhalten. Es gab nur noch einen Platz, an dem sie in Sicherheit war – im Sumpf.

Das Grunzen eines Wildschweins ließ sie schneller gehen. Sie musste ins Zentrum ihres Landes gelangen, wo sie einen kleinen Unterstand errichtet hatte, gerade groß genug, um eine dünne Matratze hineinzulegen. Dort konnte sie sich ausziehen, ihre Sachen relativ beruhigt liegen lassen und sich verwandeln. *Beeil dich. Schnell.* Die Worte dröhnten ihr im Takt ihres Herzschlags in den Ohren.

Seit dem ersten plötzlichen und erschreckenden Erscheinen ihrer Leopardin, als die Katze ihr das Leben gerettet hatte, hatte sie es dem Raubtier erlaubt, frei herumzustreifen, wenn sich die Gelegenheit ergab. Aber so ungeduldig, so … rastlos hatte sie die Leopardin noch nie erlebt. Als ihre Gelenke anfingen zu knacken, atmete Sonia tief durch, doch der schreckliche Schmerz ließ nicht nach. »Warte. Versuch es. Mir zuliebe, Gatita. Versuch, durchzuhalten. Wir sind gleich da.«

Sonia wagte es nicht, ihre Leopardin in der Nähe der Zivilisation freizulassen. Schon gar nicht jetzt, denn die Katze war definitiv rollig. Das hieß, dass auch sie empfängnisbereit war und nicht mit Männern zusammenkommen durfte, denn sie traute sich selber nicht. Sie hatte nicht geahnt, dass der Sexualtrieb so stark sein würde, dass er nicht zu beherrschen war.

Ihre Katze brauchte einen Kater, und wenn sie von sich auf das Tier schließen konnte, verging es sicher vor Hitze. Sonia versuchte zu laufen, stolperte aber, weil ihre Zehen sich bereits verbogen. Ihr Ziel vor Augen, warf sie sich mit dem Körper die letzten Schritte vorwärts bis zum Unterstand und zog sich dabei hastig aus. Normalerweise faltete sie ihre Kleider ordentlich zusammen, aber dazu blieb keine Zeit mehr. Ihre Leopardin war in Not, und sie wollte ihr helfen.

Nichts hatte sie auf den furchtbaren Hunger, den übermächtigen Drang vorbereitet, der sie so quälte, dass sie schreien wollte. Und nichts half dagegen. Sie hatte es versucht. Weder Spielzeuge noch Finger. Schluchzend hatte sie aufgegeben und sich unter die kalte Dusche gestellt, bis sie erkannt hatte, dass auch das nichts nützte. Es gab kein Entrinnen. Und für Gatita war es noch viel schlimmer.

Plötzlich fand Sonia sich auf allen Vieren wieder. So tief wie möglich atmete sie gegen den Schmerz beim Verwandeln an. Ihr Schädel fühlte sich zu klein an. Kinn, Zehen und Finger taten weh. Jeder Muskel, jedes Gelenk. Doch der Schmerz half ihr auch, in diesem einen unheimlichen Moment ihren Sexhunger zu vergessen.

Nach dem vielen Üben dauerte das Verwandeln nur noch wenige Minuten, doch diese Minuten waren qualvoll. Dann war ihre Leopardin da, ein geschmeidiges, wunderschönes Geschöpf. Sie war eher klein, und ihr dichtes Fell war vom Kopf bis zum Schweif mit so vielen schwarzen Rosetten bedeckt, dass sie einander zu berühren schienen. Daher wirkte ihr Pelz beinah schwarz mit schmalen, goldglänzenden Ringen dazwischen. Jeder Leopard hatte ein einzigartiges Muster, dennoch war Sonia ein wenig stolz auf das Fell ihrer Katze. Sie fand Gatita sehr schön und ihren Pelz außergewöhnlich und selten. Das bedeutete natürlich auch, dass sie besonders auf das Tier achten musste.

Sie hatte nicht genug Zeit gehabt, ihre Kleider aufzusammeln und in den Beutel zu stopfen, den Gatita um den Hals trug, also musste sie dafür sorgen, dass die Leopardin wieder zum Unterstand zurückkehrte, wo sie sich nach ihrem Streifzug auf der Matratze ausruhen konnte. Mit aufmunternden Worten lenkte sie die Leopardin in den Sumpf.

»Lauf davor davon, meine Kleine, für uns beide, lauf davon.«

Gatita war noch nie brünstig gewesen. Sonia wusste, dass dieser Zustand eine Woche oder sogar länger anhalten konnte. In der Zeit würden sie beide die Hölle durchleben. Sie hatte gewusst, dass sie eines Tages mit dem Sexhunger der Katze konfrontiert sein würde, doch der Gedanke, dass sie das Gleiche fühlen könnte, war ihr nie gekommen.

Gatita frei herumlaufen zu lassen, war nicht ganz ungefährlich. Grundsätzlich fiel es Sonia nicht schwer, die Kontrolle über die Katze zu behalten, doch im Moment hatte sie kaum sich selbst im Griff. Jede Zelle ihres Körpers verlangte nach einem Mann. Inzwischen wäre ihr jeder recht gewesen. Sie hatte sich Urlaub genommen und die Stadt gemieden, aber sie wünschte, sie hätte auch daran gedacht, ihr Haus mit Stahlplatten an den Fenstern und Türen zu sichern, damit sie beide nicht mehr herauskamen. So war es besser, die Leopardin durch den Sumpf laufen zu lassen, sonst litten sie nur beide und beschädigten gar das Haus, das sie doch gerade mit so viel Mühe restaurierte.

Gatita lief durch den Sumpf und setzte über verrottende, moosbewachsene Baumstämme hinweg. Nebel kam auf, und die Schwaden, die durch die Bäume zogen, erhöhten den geheimnisvollen Reiz der Landschaft noch. Eine Eule schrie ärgerlich, weil sie ihre Beute verfehlt hatte. Die beiden Alligatoren versuchten immer noch, einander zu imponieren.

Sonia, tief in der Leopardin versteckt, ermahnte die Katze, nicht zu nah ans Wasser zu gehen. Der alte Bulle würde sein Revier verteidigen. Er war fast vier Meter lang und bereit, jede Kampfansage eines neuen Rivalen auf seinem Gebiet anzunehmen. Er hatte in einem Umkreis von fünf Kilometern zwölf Weibchen und nicht vor, auch nur eines davon aufzugeben. Gatita sollte keinem der beiden gerade so aggressiven Bullen als Futter dienen.

Auf leisen Sohlen trabte das kleine Weibchen über die feuchten Blätter und den Morast, die den Boden des Sumpfes bildeten. Mühelos sprang es über die Termiten, die sich von den faulenden Stämmen ernährten, und landete absolut lautlos. Sonia war immer sehr beeindruckt davon, wie schnell und völlig unhörbar Gatita sich durch die Vegetation bewegte. Damit die Leopardin ein möglichst großes Territorium hatte, stand der Unterstand mittig auf dem Grundstück.

Den größten Teil der sechzehn Hektar Sumpfland hatte niemand haben wollen, daher war es ideal für sie beide. Vor dem Haus lag die Straße und dahinter der Sumpf, der sich bis an die Grenze zweier anderer Grundstücke erstreckte, von denen eines ebenfalls nur Sumpfland war, während das andere zum riesigen Besitztum ihres Nachbarn gehörte, das anscheinend etliche Quadratmeter Sumpfland umfasste. Damit hatte ihre Leopardin ein recht großes Gebiet, in dem sie umherschweifen konnte.

Gatita rieb Kopf und Körper überall an den Büschen und Bäumen, verteilte ihre Duftmarken und rief sehnsüchtig nach einem Kater. In der Hinsicht konnte Sonia ihr nicht helfen. Sie wusste, dass dieses Jammern meilenweit zu hören sein würde, aber sie konnte die sexsüchtige Katze nicht daran hindern, ihr Verlangen herauszuschreien.

Plötzlich blieb Gatita stehen und witterte. Ihre Schnurr- und Tasthaare funktionierten wie ein Radar und meldeten ihr, wer sich wo in der Nähe befand, und zwar so genau, dass sie Beute oder Angreifer exakt orten konnte.

Ohne Vorwarnung stieß Gatita einen völlig neuen Schrei aus, der Sonia erschauern ließ. Nicht weil er an das kreischende Geräusch einer rostigen Säge erinnerte, sondern weil das kleine Weibchen damit offenbar nach etwas – oder jemandem – rief.

Was machst du da?, zischte Sonia, doch sie wusste es bereits. Die Leopardin hatte den Duft eines Männchen aufgefangen, das sein Revier markiert hatte. Wie konnte das sein? In Louisiana gab es doch keine Leoparden, oder? Zugegeben, sie wusste nicht viel über den Staat oder die Gegend, in die sie gerade gezogen war, aber sie war sicher, dass es dort keine Artgenossen gab. Vielleicht ein oder zwei Berglöwen, aber bestimmt keine Leoparden.

Voller Sorge um ihre Leopardin verkrampfte sich Sonia. Das Letzte, was sie wollte, war ein Kampf zwischen ihrer Leopardin und einem männlichen Berglöwen. Sie hätte das Gebiet viel sorgfältiger erkunden sollen. Aber sie hatte sich in das Haus verliebt. Und sie hatte einen Platz für ihre Leopardin gebraucht. Haus und Grund waren für beide Zwecke perfekt geeignet, und was noch wichtiger gewesen war, der Verkäufer hatte es eilig gehabt, fortzuziehen. Außerdem hatte sie die beste Arbeit gefunden, die sie sich vorstellen konnte. Alles war ihr so richtig vorgekommen, doch gegen einen ausgewachsenen Berglöwen kam ihre Katze nicht an.

Lass uns zurückgehen, flüsterte Sonia. *Kehr um.*

Doch die Leopardin ignorierte sie, hinterließ ihre verführerischen Duftmarken an allen Bäumen und rief lockend in den Sumpf hinein. Als beim dritten Mal ein lautes Brüllen darauf antwortete, wäre Sonia fast das Herz stehen geblieben. Das Geräusch war unverkennbar. Es kam von einem Leoparden. Das krächzende Husten dieses Raubtiers war zu charakteristisch, und so wie es klang, war das Männchen nicht klein.

Mit klopfendem Herzen versuchte Sonia, Einfluss auf die Leopardin zu nehmen, doch das zierliche Weibchen war schon zu enthemmt, zu mannstoll. Nicht einmal in ihren wildesten Träumen hatte Sonia sich so etwas vorgestellt. Sie hatte sich darüber Sorgen gemacht, dass die Leopardin sich in der Nähe von Menschen zeigen oder ein Jäger sie entdecken würde. Sogar darum, dass sie selber auf die Rolligkeit der Katze reagieren und irgendeinen unschuldigen Mann an der Theke anfallen würde – weshalb sie sich in ihrem Haus verkrochen hatte –, aber nie wäre sie darauf gekommen, dass es in der Nähe einen männlichen Leoparden geben könnte. Und zwar so nah, dass er Gatitas einladende Klageschreie hörte.

Das kleine Luder jammerte weiter und parfümierte jeden Baum und Strauch auf ihrem Weg, bis das große Männchen endlich aus dem Unterholz kam. Sofort fuhr Gatita herum, fauchte warnend und rieb sich dann aufreizend an einem Baumstamm, um den Leoparden zu animieren.

Er war sehr groß. Mit dicken Muskelsträngen unter dem dichten Pelz. Ein paar Narben verrieten, dass er ein geübter Kämpfer war. Sonia schnappte nach Luft, als sie ihn durch die

Augen ihrer Leopardin musterte. Das Tier war definitiv ein Prachtexemplar. Gatita war höchst erfreut über das Zusammentreffen und bebte vor Aufregung.

Ein schöner Freier, schien sie zu denken, denn sie schnurrte überaus zufrieden.

Sonia wusste, dass es keinen Sinn hatte, die Leopardin zu warnen. Gatita hatte einen Mann verdient. Außerdem brachte die innere Hitze sie beide fast um den Verstand. Sie hatte nicht geahnt, dass ein Trieb so mächtig sein konnte. Sonia versuchte, nicht daran zu denken, welche Probleme sich aus dieser Begegnung ergeben konnten.

Es war zu spät, um die beiden Leoparden davon abzuhalten, sich zu paaren. Der Kater hatte den Duft der willigen Katze in der Nase und würde ihr keine Ruhe mehr lassen. Das zeigte sich an der entschlossenen Art, wie er sich ihr näherte. Allerdings kam er ihr nicht zu nahe, sondern folgte ihr geduldig, wenn sie kokett vor ihm weglief. Erst nach einiger Zeit pirschte er sich dichter an sie heran, rieb sich der Länge nach an ihr und stupste sie mit der Schulter an. Und statt ihn zurückzuweisen, schmiegte Gatita sich an ihn.

Dann stöhnte die Leopardin leise, wälzte sich auf dem Rücken, sprang wieder auf, hob das Hinterteil und den Schwanz an und präsentierte sich dem Männchen schamlos. Anmutig strich sie mit Kopf und Flanken an allem entlang, was sie fand, um ihm zu signalisieren, dass er ihr gefiel, ging auf ihn zu und rieb immer wieder den Kopf an seinem. Genüsslich verteilte er seinen Geruch an ihr. Schließlich liefen die beiden tiefer in den Sumpf, das Männchen auf den Spuren des Weibchens.

Irgendwann schnaubte der Leopard, und die Leopardin blieb stehen. Dann ging sie ein paar Schritte und hockte sich auffordernd hin. Ehe sie es sich anders überlegen konnte, wie es bei Leoparden öfter vorkam, stürzte das Männchen sich auf sie und bestieg sie. Schnell zog Sonia sich diskret zurück. Immer wieder stieß das Männchen zu, ehe es ein langes Knurren von sich gab und die Zähne in die Schulter des Weibchens bohrte, um es niederzuhalten.

So verharrten die Tiere einige Augenblicke, dann ließ der Leopard die Leopardin wieder los und sprang zurück. Sie fauchte und schlug mit der Pranke nach ihm, lief ein paar Schritte und ließ sich mit bebenden Flanken fallen. Vorsichtig näherte sich der Leopard. Als die Leopardin keine Anstalten machte, ihn anzugreifen, rieb er sein Gesicht an ihrem, und anschließend passte er auf sie auf, während sie schlief, wobei er an den Bäumen rundherum seine Duftmarken hinterließ, damit alle anderen Leoparden wussten, dass das hier sein Revier war.

Schließlich weckte er die Leopardin, indem er wieder mit ihr schmuste. Als sie aufstand, fing das Liebesspiel von vorne an. Zwischen den rauen Vereinigungen fanden sie einen kleinen Bach, an dem sie ihren Durst stillten und sich ausruhten. Bei Tagesanbruch führte das Weibchen den Leoparden zu dem Unterstand, den Sonia gebaut hatte, damit sie beide sich nach Gatitas Streifzügen dort erholen konnten.

Die Leopardin sank auf die Matratze und verwandelte sich dabei. Splitterfasernackt lag Sonia da und merkte, dass ihr Heißhunger auf Sex immer noch nicht nachgelassen hatte. Sie brauchte unbedingt einen Mann, dringender als Luft zum Atmen.

Es war noch dunkel. Der Lärm der Insekten um sie herum war so laut, dass er alles andere übertönte, bis sie plötzlich ein Schnaufen hörte. Sie versteifte sich, denn nun spürte sie einen starren Blick auf sich ruhen. Ihr Herz setzte einen Schlag aus und fing dann an, heftig zu pochen. Ihr Mund wurde trocken. Vorsichtig wandte sie den Kopf und schaute in die Augen des riesigen Männchens.

Sofort war sie wie gebannt. Normalerweise hatten Leoparden bernsteinfarbene Augen, aber diese hier waren blau. Sie hatte gehört, dass in Indien einige seltene blauäugige Leoparden entdeckt worden waren, die vermutlich alle aus der gleichen Familie stammten, doch sie hatte nicht damit gerechnet, so etwas jemals selber zu sehen. Die Intensität des Blickes war allerdings die gleiche wie bei allen anderen Artgenossen, egal, welche Augenfarbe sie hatten.

Aus der Nähe wirkte der Leopard noch Furcht einflößender. Er war sehr groß und stark und hatte sehr lange Zähne. Nichts, nicht einmal ihre eigene Leopardin hatte sie darauf vorbereitet, sich mit einem wilden Leoparden konfrontiert zu sehen, der offenbar ein außerordentlich dominantes Tier war. Sein Fell war wunderschön, ockerbraun oder eher gelb mit großen schwarzen Rosetten. Wenn seine Augen bernsteinfarben gewesen wären, wären sie kaum aufgefallen, doch sein leuchtend blauer Blick, mit dem er sie direkt ansah, raubte ihr den Atem.

Sonia hatte keine Waffe, absolut nichts, womit sie sich verteidigen konnte. Sie fragte sich, wie der Leopard darauf reagieren würde, plötzlich anstelle seiner neu gefundenen Gefährtin eine Menschenfrau vor sich zu haben.

Sie konnte nicht anders, obwohl sie es besser wusste. Leoparden waren Jäger. Also sollte man nicht vor ihnen weglaufen. Sie waren ohnehin schneller. Dennoch verlangte ihr Selbsterhaltungstrieb, dass sie irgendetwas tat, also warf sie sich zur Seite, um Abstand zu gewinnen.

Blitzschnell war der Leopard über ihr, drückte sie mit seinem Gewicht nieder und grub seine Zähne in ihre Schulter. Sie schrie vor Schmerzen und schloss die Augen, denn sie wusste, was passieren würde. Sicher kam Gatita ihr im letzten Moment zur Hilfe – aber nein. Die Leopardin erhob sich nur zögernd, wie um das Männchen zu ermahnen, und ließ es dann gewähren. Der Leopard brummte, als hätte er verstanden, und ließ sie langsam wieder los.

Sonia wurde zwar immer noch auf die Matratze gedrückt, aber sie spürte kein Fell mehr, nur noch kräftige Muskeln. Einen warmen Atem, der sie streifte. Eine Zunge, die über die Bisswunden an ihrer Schulter leckte.

»Schsch, keine Angst. Er würde dir nie etwas tun.« Die Zunge berührte ihr Ohr. Lippen küssten es zart. Zähne zogen an ihrem Ohrläppchen. »Deine Leopardin ist seine Gefährtin. Das weiß er.« Die Lippen wanderten an ihrem Hals herunter und hinterließen eine glühend heiße Spur auf ihrer Haut. »Mit seinem Biss hat er euch beiden sein Brandzeichen aufgedrückt.«

Die verführerische Stimme an ihrem Ohr war leise, aber tief und sehr männlich und brachte trotz der Schmerzen und der Angst ihre Hormone sofort wieder in Wallung. Und dass der Mann, dessen Glied sich dick und hart an ihren Po drückte, ebenfalls nackt war, machte es nicht gerade besser.

Sonia sagte kein Wort. Sie hatte ihre Stimme noch nicht wiedergefunden. Aber sie wollte nicht, dass der Mann von ihr herunterging. Sonst wehrte sie sich am Ende noch. Dabei war sie ganz versessen auf das, was er ihr zu bieten hatte. Ihr Sexhunger war so stark, ihre Verzweiflung so groß, dass sie fürchtete, verrückt zu werden, wenn er nichts unternahm.

Seine Hand strich über ihren Rücken. Schon allein das

ging ihr durch und durch. Sie hörte sich selber stöhnen und wusste, dass er es als Zustimmung auslegen würde, wo sie doch zu jeder anderen Zeit so schnell wie möglich geflohen wäre und sich in Sicherheit gebracht hätte.

»Deine Haut ist so weich«, murmelte er.

Seine Stimme war die reinste Versuchung. Er führte sie auf geradem Wege in die Hölle, wo sie beide für ihre Sünden büßen würden. Aber es war ihr egal. Der Mann war auch Gestaltwandler, also war der Sexualtrieb bei ihm genauso ausgeprägt wie bei ihr.

Als seine Hand zärtlich über ihre linke Pobacke glitt, überkam sie ein so großes Verlangen, dass ihr ein leises Jammern entfuhr. Überall, wo er sie berührte, entzündete er Flammen, die über ihre Haut tanzten und in ihren Adern weiterströmten, um in ihrem Innersten einen wahren Feuersturm auszulösen.

Plötzlich zog er sie auf die Knie und drückte ihren Kopf auf die Matratze. So konnte sie sich genauso wenig bewegen wie ihre Leopardin vorher.

»Sag Ja!«

Das war ein Befehl. Sonia kniff die Augen zusammen. Sie brauchte sofort einen Mann, aber er würde sie nicht erlösen, wenn sie es ihm nicht erlaubte. So konnte sie später nicht behaupten, sie hätte das alles nicht gewollt. Und wenn sie nicht zustimmte, ging er vielleicht fort, und sie würde zurückbleiben und vor Sehnsucht verbrennen.

Sie keuchte so lüstern, dass sie sich selber kaum wiedererkannte, und drückte sich hemmungslos rückwärts an ihn, um ihn zu ermuntern. Dabei hatte sie noch nicht einmal sein Gesicht gesehen. Das wollte sie auch gar nicht. Und er sollte ihres nicht sehen.

Ungeduldig setzte er seine Finger ein, und sie hörte wieder dieses leise Jammern. Sie zitterte vor Erregung und Vorfreude.

»Ja«, zischte sie, und noch einmal etwas nachdrücklicher: »Ja.«

Das reichte ihm. Sobald er sich vergewissert hatte, dass sie nass genug war, tauchte er in ihre feuchte Hitze. Sein Glied war so dick und lang, dass sie es kaum in sich aufnehmen konnte. Der Druck in ihrer engen Scheide war so groß, die Reibung so heiß, dass es eigentlich wehtun musste. Doch das Einzige, was sie zu bemängeln hatte, war, dass er nicht schneller und härter zustieß.

»Ich möchte …«. Sie schnappte nach Luft, weil er sein Glied aus ihr herauszog und wieder in sie eindrang.

»Ich weiß, was du möchtest. Vertrau mir. Ich will es auch.«

Sie war dankbar, dass er zugab, dass sie mit ihren primitiven Bedürfnissen nicht allein war. Es konnte ihr gar nicht hart genug sein. Oder grob genug. Oder zu tief. Oder zu irgendwas. Sie brauchte auch seine Hände, seinen Mund und seine Zähne, eine stürmische Vereinigung ohne Nachdenken, bei der es nur ums Fühlen ging, diese Wollust, die an Schmerz grenzte. Oder Schmerz war. Es kümmerte sie nicht. Sie wollte nur diese verzehrende innere Hitze loswerden.

Sie grub die Finger in die Laken und kam ihm in seinem Rhythmus unersättlich entgegen. Er war wie eine außer Kontrolle geratene, nicht mehr zu stoppende Maschine und hatte doch zugleich alles fest im Griff. Sie auf jeden Fall, während sie nicht einmal sich selber im Zaum halten konnte. Sie war völlig überrascht, als sich bei ihr ein Orgasmus anbahnte. Zuerst bemerkte sie eine zunehmende, immer unerträglicher werdende Spannung.

»Lass dich gehen«, zischte der Mann.

Sie hatte nur keine Ahnung, wie. Sie hatte noch nie einen echten Orgasmus gehabt und nie eine so maßlose, drängende Begierde verspürt. Sie wusste nicht, was sie tun sollte, nur dass das aufhören musste, ehe sie wahnsinnig wurde.

»Lass dich gehen«, sagte der Mann wieder. Diesmal klang die leise Samtstimme sehr herrisch. Dann streichelte er ihre Klitoris und zwickte sie kurz. Der Schreck löste einen wahren Tsunami aus, schmerzhaft lustvolle mächtige Wellen überrollten sie und nahmen sie mit auf einen wilden Ritt, wie sie ihn noch nie zuvor erlebt hatte.

Dann spürte sie, wie der Mann erleichtert seinen heißen Samen in sie hineinpumpte. Danach brach er auf ihr zusammen und drückte sie wieder in die Matratze. Sonia wollte nur noch schlafen. Sie hielt die Augen geschlossen. Das Geräusch seines Atmens war beruhigend, sein Körper hielt ihren in der kühlen Nacht warm, und die Laute des Sumpfes um sie herum wirkten wie ein vertrautes Schlaflied.

Als sie wieder aufwachte, glühte sie vor Hitze. Sie rollte sich auf den Rücken, damit die kühle Nachtluft über sie hinwegstreichen konnte, und versuchte, sich zu erinnern, wo sie war. Doch ihr war so heiß, dass sie nicht mehr denken konnte. Ihre Brüste spannten, ihre Nippel schmerzten, und zwischen ihren Beinen wütete ein unerträgliches Feuer. Mit Tränen in den Augen wand sie sich stöhnend.

»Es hört nicht mehr auf«, wimmerte sie verzweifelt. Sie hatte sich selber erniedrigt, indem sie Sex mit einem namen- und gesichtslosen Fremden gehabt hatte, und trotzdem ging es ihr keinen Deut besser.

»Ich bin ja noch da«, drang seine Stimme aus dem Dunkeln. Dann ragte er über ihr auf. Er war groß für einen Leopardenmenschen und hatte breite Schultern. Seine Muskeln waren stark ausgeprägt, ganz typisch für ihre Art, die blonde Haarfarbe allerdings war ebenso selten wie das strahlende Blaugrün seiner Augen.

Er kniete sich zwischen ihre Beine, packte sie bei den Hüften und sah ihr mit starrem Raubtierblick in die Augen. »Du gehörst mir«, knurrte er mit einem ärgerlichen Unterton in der samtenen Stimme. Dann fasste er ihr in den Schritt, und sie schnappte nach Luft. »Dein Weibchen gehört zu meinem Männchen, und du gehörst zu mir.«

Sie hörte ihn nicht richtig, weil dieses unlöschbare Feuer sie so quälte. Seine Finger waren nicht genug. Sie berührten sie ja kaum. Er spielte nur mit ihr. Gereizt bäumte sie sich auf, da packte er sie fester.

»Sag es«, blaffte er.

In dem Augenblick hätte sie alles getan, was er verlangte. Nur wollte sie nicht mit ihm reden, sondern ihn in sich haben. Sie schämte sich zwar dafür, aber sie war verzweifelt. »Ich gehöre dir«, stieß sie zwischen den Zähnen hervor.

Er belohnte sie, indem er einen Finger in sie hineinschob. Auch diesmal fühlte es sich so an, als wäre sie zu eng, als hätte sie sich so verkrampft, dass er sie weiten musste. Und die Art, wie er das tat, machte es ihr unmöglich zu denken, geschweige denn, sich mit ihm zu unterhalten. Sie fragte sich noch kurz, warum er verärgert war, ob es vielleicht daran lag, dass es ihm nicht gefiel, von ihr nur benutzt zu werden.

Doch im Grunde interessierte sie sich nur dafür, dass er möglichst bald in sie eindrang und dieses schreckliche Feuer löschte. Die Leere füllte. Den gierigen Hunger stillte, der nicht nachlassen wollte. »Beeil dich«, bettelte sie. »Bitte.« Dabei hasste sie es, wie sie ihn bat, ja praktisch anflehte, sie zu nehmen.

Sie war doch ein freier Mensch und hatte ein schönes Leben. Sie musste um nichts betteln, und doch tat sie es. *Sie* war es, die sich ärgern sollte. Weil sie nur noch an Sex denken konnte. An dieses Verlangen, das nicht mehr aufhören wollte.

Ohne sie aus den Augen zu lassen, drückte der Mann seine Eichel an ihre Pforte. Sie konnte den Blick nicht mehr von ihm lösen, wie gebannt schaute sie in sein von tiefen, herrischen Falten durchzogenes Gesicht. Er wirkte wie die fleischgewordene Lust – ein sündhaft schöner Teufel.

»Du bist glühend heiß«, presste er zwischen seinen perfekten weißen Zähnen hervor. »Und so verdammt eng, dass ich den Verstand verliere.«

Das hatte sie ihrerseits längst. Diesmal schob er sich ganz langsam in sie hinein, und nach anfänglichem Widerstand gaben ihre Muskeln dem anhaltenden Druck nach, mit dem er sich durch ihren engen Kanal schob, bis er ganz in ihr war und gegen ihren Muttermund stieß.

Sein dickes Glied dehnte sie so sehr, dass es fast wehtat, aber es war ein guter Schmerz, genau das, was sie brauchte. »Beweg dich«, befahl sie. Er *musste* sich bewegen, sonst starb sie.

»Ich heiße Joshua. Sag meinen Namen.«

Sonia schüttelte den Kopf. Sie wollte seinen Namen nicht wissen. Und ihren nicht preisgeben. Er sollte sie einfach nur hart und fest ficken und wieder weggehen, damit sie sich allein in ihrer Scham und ihren Selbstvorwürfen suhlen konnte. Sie hob die Hüften und versuchte, ihn zu animieren, aber er rührte sich nicht, sah ihr nur weiter in die Augen und hielt ihren Blick fest.

»Sag meinen Namen«, verlangte er leise, aber entschlossen.

»Warum?«, fragte sie beinahe heulend. Ihm musste doch genauso heiß sein wie ihr. Schließlich hatte er auch eine Raubkatze in sich.

»Du weißt, warum.«

Falsch. Sie wusste es nicht, aber das spielte keine Rolle. Wenn es ihn dazu brachte, sich zu bewegen, würde sie es tun. »Joshua.« Der Name hatte ihr schon immer gefallen. »Und jetzt beweg dich bitte«, bat sie freundlich, obwohl ihre Nägel sich dabei fordernd in die Matratze bohrten.

Er rührte sich immer noch nicht. »Sag mir deinen Namen.«

Sie riss den Blick von ihm los. Er sollte nichts von ihr wissen. Gar nichts. Nicht das Geringste. »Nach dieser Nacht bist du weg. Und ich auch.«

»Die Hitze deiner Katze dauert sieben Tage. Solange bleibt das so. Glaubst du, mein Leopard würde es anderen Männchen erlauben, in ihre Nähe zu kommen?« Sein Tonfall verriet, dass er einem Wutanfall nahe war.

»Dann schließe ich sie ein.«

»Und wie soll euch das helfen?«

»Das weiß ich nicht«, jammerte sie. »Beeil dich. Bitte.«

»Sag mir deinen Namen.«

Offenbar ging es ihm doch nicht so wie ihr. Sonia geriet in Panik. Unfähig, sich zu beherrschen, wand sie sich aufreizend unter ihm. Plötzlich beugte er sich herab und biss ihr in die Schulter. Ohne es zu wollen, wurde sie noch schlüpfriger und erregter. Gedemütigt stellte sie fest, dass sich das wiederholte, als er sie auch noch in die andere Schulter biss und dann über die Wunden leckte, um den Schmerz zu lindern. Gierig schlossen ihre Muskeln sich um sein Glied.

»Sonia«, keuchte sie fast weinend. Sie verbrannte förmlich von innen heraus.

Schnell zog er sich zurück, drang noch einmal tief in sie ein und hämmerte los, wobei er sie bei jedem Stoß fest an sich zog. Die Luft wurde aus ihren Lungen gepresst, ihre Brüste wippten bei jedem Zusammenprall und ihr Kopf bewegte sich rastlos hin und her, während er sie wie ein Automat fickte und sie einander nicht aus den Augen ließen.

Sie kam praktisch sofort. Der Orgasmus hatte eine schreckliche Kraft, doch gleich danach war die Anspannung wieder da, stärker noch als zuvor. Und auch das Verlangen war noch stärker geworden. Hastig warf er ihre Beine über seine Schultern, änderte seine Position und brachte sie zu einem weiteren tief erschütternden Orgasmus. Eigentlich hätte jede einzelne Zelle ihres Körpers vollkommen befriedigt sein müssen, aber so war es nicht.

Sie schrie vor Angst, sich in ihm zu verlieren, denn er ließ nicht zu, dass sie den Blickkontakt unterbrach. Sie war von ihm abhängig, und er zeigte ihr, dass er es wusste. Er war der Einzige, der ihr helfen konnte. Doch beim dritten Orgasmus nahm sie ihn mit. Ihre Muskeln molken ihn so gnadenlos, dass er nicht anders konnte.

Mit Tränen in den Augen flüsterte sie seinen Namen und wappnete sich für das Ende der Begegnung. Als er sich zurückzog, war sein Glied noch dick, deshalb durchzuckte sie, wie erwartet, ein kurzer Lustschmerz. Ehe er irgendetwas sagen konnte, drehte sie sich auf die Seite und ließ sich von den Geräuschen des Sumpfes in den Schlaf wiegen. Er schmiegte sich an ihren Rücken und atmete in ihr Haar.

Kurz vor der Dämmerung erwachte Sonia. Im Unterstand war es noch dunkel, doch das Morgenlicht fiel bereits durch die Bäume auf graue Nebelfetzen. Ehe sie protestieren konnte, legte Joshua sich auf sie und drückte seinen Mund auf ihren.

Er küsste genauso, wie er fickte. Herrisch. Erregend. Großartig. Hinter ihren Lidern explodierten Feuerwerke. Dann glitt sein Mund an ihrem Kinn entlang den Hals hinab zu ihren Brüsten. Endlich widmete er seine Aufmerksamkeit ihren sehnsüchtigen Nippeln. Nun wurde ihr bewusst, dass sie nicht die Einzige war, die von ihren Raubtierinstinkten getrieben wurde. Er war wie wild, sein Mund heißer als die Hölle, seine Zähne überall. Er behandelte sie grob, richtig grob, als wäre ihr Körper seine persönliche Spielwiese, und sie war begeistert, besonders wenn er auch noch knurrte, sobald sie auch nur zuckte, und danach mit der Zunge behutsam über ihre Wunden leckte.

Das war genau das, was sie brauchte. Diese Glut. Diese Hitze. Diesen Wechsel zwischen rau und zärtlich. Den Mund, der jeden Zentimeter an ihr erkundete. Die Zähne, die sie markierten. Diese liebevolle Zunge. Seine Hände waren überall. Dann küsste er sie endlich wieder auf den Mund. Bis sie nicht mehr denken konnte, nur noch fühlen. Verlangen. Fiebern. So maßlos, dass sie sich selber betteln hörte.

Er legte eins ihrer Beine um seine Taille, umfasste sein Glied und drückte es an ihre Pforte. Doch als sie versuchte, sich aufzuspießen, schüttelte er den Kopf. »Ich will, dass du mich anfasst.«

So weit wollte sie eigentlich nicht gehen. Er hatte ihren Körper ausgiebig erforscht, aber sie hatte so etwas noch nie gemacht. Das alles war ihr zu intensiv. Zu leidenschaftlich. Zu sündhaft. Zu ... alles. Sie würde ihn ohnehin nie vergessen und erst recht nicht, wenn sie ihrer Sehnsucht nachgab, seinen Körper genau zu erkunden.

Trotzdem legte sie zögernd eine Hand auf seine Schulter, damit er nicht aufhörte. Dann war er in ihr, bahnte sich, indem er mit einem Zischen ausatmete, einen Weg durch ihre engen Falten. Und wieder hielten seine kristallklaren blaugrünen Augen ihren Blick fest und sahen alles. Ihre Verletzlichkeit. Jeden Makel. Die peinliche Sexsucht.

Irgendwie verstand er, dass sie hart genommen werden wollte, und sie schämte sich dafür. Trotzdem bohrte sie begeistert ihre Nägel in seinen Rücken. Das war gut. So gut. Hoffentlich hörte er nie mehr auf.

Sie schlang auch das andere Bein um seine Taille und hinterließ lange, tiefe Kratzer auf seinem Rücken, während er sie nahm. Sie eroberte. Es gab kein Zurück. Kein Entrinnen. Er hatte ihr drei Orgasmen hintereinander verschafft. Seine Küsse setzten sie praktisch in Brand, und ihre Nippel sehnten sich schon wieder nach ihm. Sie gehörte ihm, mit Haut und Haaren, für immer.

Während sie in einem ihr bisher unbekannten Schwebezustand dahintrieb, kam er auch und brach dann über ihr zusammen, drückte sie, umschlungen von ihren Armen und Beinen, wieder auf die Matratze, wo sie beide nach Luft ringend reglos liegen blieben.

Er war der Erste, der sich wieder bewegte. Sanft küsste er sie auf die Lider, die Nasenspitze und den Mund. Dieser Wechsel zwischen grob und zärtlich war so schön, dass es ihr Sorgen bereitete. An einen Mann wie ihn konnte eine Frau sich gewöhnen, aber das alles war ihr zu gewagt. Sie wollte keinen Mann. Weder einen groben, noch einen zärtlichen. Gar keinen.

Joshua strich ihr das Haar aus der Stirn. »Du bist wunderschön. Schon in dein Gesicht könnte man sich unsterblich verlieben. Und wenn man dann noch deine Figur sieht, ist man verloren.«

So wirkte er allerdings nicht. Ganz und gar nicht. Er war nach wie vor der, der die Zügel in der Hand hielt. Immer noch das dominante Männchen. Und er ging nicht von ihr herunter. Sie wappnete sich für den kurzen Schmerz, wenn er aus ihr herausglitt, und gab ihm subtil zu verstehen, dass es Zeit dafür wäre. Doch er schaute nur mit einem Lächeln auf sie herunter, das ihr den Atem verschlug.

Sie hatte versucht, ihn sich nicht richtig anzusehen, aber er war männlich schön, kein einziger schlaffer Muskel irgendwo. Und dazu noch die Augen. Diese wunderschönen, kristallklaren, blaugrünen Augen. Sie hatte sich absichtlich auf nichts anderes konzentriert. Sie wollte ihn nicht als Mann sehen. Als Gestaltwandler, Gefährten für ihre Leopardin, gern, aber wenn sie sein Gesicht betrachtete, musste sie sich auf ihn einlassen.

Und er war sehr attraktiv. Okay, umwerfend. Heiß. Ein Mann, der alles hatte, was eine Frau sich wünschte. Das ließ sie sofort unsicher an ihre zu breiten Hüften, die zu großen Brüste und das unbändige, zu dicke dunkle Haar denken. Sie räusperte sich und versuchte, sich irgendetwas auszudenken, das ihn dazu brachte zu gehen.

»Tu es nicht«, sagte er leise. »Ich sehe es dir an. Das ist bei Gestaltwandlern ganz normal. Das hast du wohl nicht gewusst. Das geht vielen so. Deine Leopardin ist sehr schön und gesund, genauso wie du. Sie wird die ganze nächste Woche so drauf sein wie jetzt. Du kannst mir deine Telefonnummer geben ...«

Entrüstet schüttelte Sonia den Kopf. »Nein«, sagte sie entschlossen. »Ich sperre sie ein. Habe ich dir doch schon gesagt.«

Sein freundliches Lächeln verschwand. Er schüttelte den Kopf und sah sie mit seinem angsteinflößenden Raubtierblick durchdringend an. »Mein Leopard wird deiner Leopardin keine Ruhe mehr lassen. Du musst es ihnen erlauben, zusammen zu sein.«

Sonia biss sich so hart auf die Unterlippe, dass sie blutete. Ihre Zähne fühlten sich irgendwie schärfer an, und die Lippe tat weh, weil Joshua sie auch schon dort gebissen hatte und sie die kleine Wunde gerade schlimmer gemacht hatte.

Schnell leckte Joshua den kleinen Blutstropfen weg, zog mit den Zähnen an ihrer Unterlippe, ließ sie wieder los und strich dann zärtlich mit der Zunge darüber. »Die gehört mir. Du darfst nicht darauf herumbeißen.«

»Das hast du doch auch gemacht«, bemerkte sie.

»Ich darf das. Du nicht. Jetzt gib mir deine Nummer. Die Sonne geht auf, und du bist splitternackt. Ich möchte nicht, dass irgendjemand dich so sieht. Dann wäre ein Kampf unvermeidlich, Sonia. Und Kämpfe um ein Weibchen gehen bei uns bis zum Tod. Mein Leopard wird deine Leopardin niemals aufgeben.«

Sonia gab sich Mühe, nicht in Panik zu geraten. Sie konnte sich nicht mit diesem Mann zusammentun. Aber davon redete er ja auch gar nicht. Er sagte schließlich nicht, dass *er sie* nicht aufgeben würde. Er hatte nur von seinem Leoparden gesprochen. Nervös leckte sie über die Delle in ihrer Unterlippe, an der sie immer noch seine Zähne spürte. »Ich weiß nicht viel über Gestaltwandler. Ich bin noch dabei zu lernen, also muss ich dir glauben. Heute Nacht komme ich wieder. Ich werde bestimmt den ganzen Tag schlafen, also weiß ich nicht genau, wann, aber ich komme.«

»Versprich es mir.«

»Das habe ich doch gerade getan.« Sie stieß ihn vor die Schultern. »Ich muss jetzt gehen. Wirklich. Ich muss zurück.«

»Wohin?« Er verlagerte sein Gewicht und zog sein Glied aus ihr heraus.

Sie hielt die Luft an. Dieser Schmerz war so besonders. Fast unerträglich schön und erregend. Warum musste der Sex mit ihm nur so gut sein? Sicher war sie ihm jetzt hörig. Sie würde es zwar bestreiten, aber sie wusste es besser.

»Ich meine es ernst. Geh von mir runter.« Sie stieß noch etwas härter gegen seine Schultern.

Er lachte leise und küsste sie. Zu ihrem eigenen Entsetzen erwiderte sie seinen Kuss. Locker verwickelte seine Zunge ihre in einen bizarren Tanz, der ihr deutlicher als Worte zeigte, dass er wusste, dass sie ihm verfallen war.

Dann hob er den Kopf und stieg von ihr herunter. Sie rollte sich zur Seite und kniete sich hin, obwohl ihr Körper heftig protestierte. Alles tat ihr weh. Jeder Muskel. Jede Faser. Aber es war ein schöner, befriedigender Schmerz. Sie war vollkommen entspannt und konnte ohne fremde Hilfe wieder atmen.

»Komm mir nicht nach.« Den Samen ignorierend, der an ihren Beinen herunterlief, zog sie ihre Jeans an. »Wir haben nicht verhütet. Ist dir das klar?«

»Jep.«

Es schien ihn so wenig zu stören, dass sie ihm mit ihrem T-Shirt in der Hand einen wütenden Schulterblick zuwarf. »Warum guckst du so zufrieden? Denk doch mal an die möglichen Folgen.« Sie zog sich das Shirt über den Kopf und griff nach ihren Schuhen.

»Hab ich schon. Kondome und andere Verhütungsmittel funktionieren bei Gestaltwandlern nicht. Entweder du wirst schwanger oder nicht. Und im Moment bist du ziemlich fruchtbar, Baby.«

Sie sollte ihn hassen. Wirklich. Aber da war sein Körper. Er hatte sich nicht die Mühe gemacht, ihn zu bedecken, und schon allein, wenn sie ihn sah, wurde ihr wieder heiß.

»Ich gehe jetzt.« Ihr fiel einfach nichts ein, womit sie ihm das überlegene männlich-amüsierte Grinsen aus dem Gesicht wischen konnte. Jedenfalls musste sie weg, ehe sie sich wieder auf ihn stürzte.

»Dann bis heute Abend.«

Sie würdigte ihn keiner Antwort, aber es war klar, dass sie sich wiedersehen würden. Sie würde zurückkommen, denn sie war süchtig nach ihm. Entschlossen drehte sie ihm den Rücken zu und machte sich auf den langen, schmachvollen Weg nach Hause.

2

Sonia stöhnte und vergrub das Gesicht im Kissen. Doch das nervenzerreißende Klingeln hörte nicht auf, und sie kam nicht an den Wecker heran, weil sie ihn quer durchs Zimmer geworfen hatte. Das Kissen dämpfte das Rappeln nicht. Warum hatte sie sich nicht einen Wecker mit beruhigenderem Alarm besorgt? Einen von denen, die einen sanft weckten? Als das Ding wieder schrill losrasselte, rollte sie sich auf die Seite und warf das Kissen danach. Aber es traf nur die Wand und fiel neben dem scheppernden Gerät zu Boden.

Wieder stöhnte sie und zwang sich, sich aufzusetzen. Das war nicht leicht, denn jeder Muskel schmerzte. *Jeder.* Sie fühlte sich, als wäre sie von einem Lastwagen überfahren worden.

»Du hast es nicht besser verdient«, tadelte sie sich selber. Sie hockte sich auf den Bettrand, ließ die Beine baumeln, drückte die pochende Stirn in die Hände und wiegte sich hin und her in der Hoffnung, dass dann der Muskelkater, die Schmerzen und die Verlegenheit über ihr schlimmes, nein, *schreckliches* Benehmen nachließen.

Mühsam setzte sie sich in Bewegung, hauptsächlich weil der Alarm sie in den Wahnsinn trieb und die Kopfschmerzen, die sie bereits hatte, noch schlimmer machte. Bei jedem Schritt spürte sie tief im Innern dieses köstliche Wundsein. Ganz egal, wie oft sie gebadet hatte, ihre Muskeln protestierten dennoch bei jeder Bewegung.

Es war ihr ja auch egal gewesen, wie oft sie sich selber versprochen hatte, nicht wieder in den Sumpf zu gehen – denn sie empfand es als demütigend, dass sie nicht anders konnte –, war sie doch sieben Nächte lang jeden Abend zu ihrem Treffpunkt zurückgekehrt. Sie hatten nicht gesprochen, es nur die ganze Nacht miteinander getrieben, genau wie ihre Leoparden. Je rauer, desto besser – das hatte den furchtbaren Drang gestillt, der einfach nicht nachlassen wollte. Er hatte sie Tag und Nacht so gequält, dass sie Joshua fast nach seiner Nummer gefragt hätte, damit sie ihn auch tagsüber zu sich rufen konnte. Aber sie wollte sich nicht anmerken lassen, wie weit es mit ihr gekommen war.

Glücklicherweise ließ die Rolligkeit ihrer Leopardin langsam nach, sodass sie wieder durchatmen konnte. Doch das hatte sie Joshua nicht verraten. Dann hätte er darauf bestanden, dass sie ihm ihre Nummer gab. Offenbar glaubte er, ihren Widerstand irgendwann brechen zu können oder dass sie es ohne den Sex mit ihm nicht mehr aushalten würde. Trotzdem hatte sie ihn wie immer früh am Morgen, gleich bei Sonnenaufgang, verlassen in dem Wissen, dass sie nie wiederkommen würde.

Dies war der dritte Tag ohne ihn. Sie hatte fast dreißig Stunden durchgeschlafen und war den nächsten Tag und die folgende Nacht immer wieder eingeschlummert. Sie wusste nicht mehr, warum sie den Wecker gestellt hatte, aber es war wichtig gewesen.

»Wie peinlich«, sagte sie laut. Sie durfte niemandem erzählen, warum sie sieben Tage nacheinander in den Sumpf geschlichen war. Das war wohl ein Rekord, mit dem man zu trauriger Berühmtheit kommen konnte.

Sie kannte ja nicht einmal Joshuas Nachnamen. Vor ihrer ersten Begegnung hatte sie ihn nie gesehen, also hatte sie vielleicht Glück und er kam nicht aus der Stadt oder der Umgebung. Sie hoffte sehr, dass sie ihn nie wieder sehen würde. Sie schloss die Augen und wünschte sich, sie könnte die letzte Woche ungeschehen machen. Wenn sie hier mal Freundinnen hätte, konnte sie das Ganze vielleicht mit einer Prise Humor betrachten, und dann wären ihre nächtlichen Ausflüge nicht mehr so beschämend. Aber so konnte sie nur daran denken, wie tief sie sich erniedrigt hatte – und wie wunderbar es gewesen war.

»Geht doch. Ich hab's zugegeben.« Sie stellte den Alarm ab und war dankbar dafür, dass der Wecker nicht mehr so anklagend schrillte. Sie machte sich selber schon genug Vorwürfe – und zwar heftige. Joshua konnte ja nichts dafür, dass sie zur gleichen Zeit wie ihre Leopardin heiß geworden war – und ihn rücksichtslos ausgenutzt hatte.

Ihre Lippe tat weh, deshalb strich sie mit der Zungenspitze darüber. Aber er hatte auch keine Rücksicht genommen. Die halbe Nacht hatte er mit ihr gemacht, was er wollte. Seltsam, dass die Leoparden ihnen so viel Zeit füreinander ließen.

Gatita? Warum hast du dich immer nach der Hälfte der Nacht verwandelt?

Mein Gefährte hat darauf bestanden.

Sonias Herz schlug so heftig gegen ihre Brust, dass sie eine Hand darauf drückte. Das bedeutete, dass Joshua darauf bestanden hatte, denn er hatte trotz der verführerischen Rolligkeit des Katzenweibchens das Tier in sich fest im Griff. Sie fasste sich an die Unterlippe, die leicht geschwollen war. Diesmal konnte sie sich nicht erinnern, wie das passiert war, aber Joshua setzte gern seine Zähne ein, und sie waren beide hemmungslos gewesen.

Der Mann wusste, wie man küsste. Ernsthaft. Sie hatte gedacht, sie wüsste das auch, bis Joshua sie eines Besseren belehrt hatte. Er hatte sie in Brand gesetzt. Beide. Sie war verheiratet gewesen und hatte einen sehr erfahrenen Mann gehabt, aber nie auch nur einen einzigen Orgasmus. Sie hatte gedacht, sie könne keinen haben – dass sie einfach nicht so versessen auf Sex sei.

Aber mit Joshua hatte sie so viele Orgasmen gehabt, dass sie den Überblick verloren hatte. Nacht für Nacht waren sie zusammen in Flammen aufgegangen. Wer zählte da schon mit? Er hatte sie auf so viele verschiedene Arten genommen, so viel von ihr verlangt, und sie hatte alles mitgemacht. Sie hatte gewollt, dass er über sie bestimmte und sich ihm ganz hingegeben. Es war die erstaunlichste, schönste, maßloseste Erfahrung ihres Lebens gewesen – und das musste aufhören. Sie durfte das nicht weitergehen lassen. Mit einem vorwurfsvollen Zischen, weil sie überhaupt noch an ihn und seine Eroberungskünste dachte, ging sie zum Badezimmer.

In dem wunderschönen Plantagenhaus, das sie gekauft hatte, waren erst drei Räume richtig instand gesetzt. Das Haus war heruntergekommen und altmodisch, aber trotzdem gefiel es ihr sehr gut. Nur ihr Schlafzimmer, das große Bad und die Küche waren ganz fertig und sie freute sich, dass sie mit dem Bad begonnen hatte.

Das heiße Wasser tat gut. Sie hatte zusätzlich zu der geräumigen Dusche eine sehr große Badewanne, denn sie liebte Wasser und Gatita ebenso. Sie machte sich sogar Sorgen, dass die Leopardin in den Kanälen oder im Fluss schwimmen gehen könnte, denn dort waren überall Alligatoren. Deshalb hatte sie versucht, Gatita zu warnen, doch die hatte nur geschnaubt und so getan, als bräuchte sie keine Ermahnungen.

Wann treffen wir unsere Gefährten wieder?

Das heiße Wasser entfaltete seine Wirkung und befreite ihren Kopf, aber die Frage brachte sie aus der Ruhe. Ihre Katze war nicht mehr rollig, von sich dagegen konnte sie das nicht sagen. Der furchtbare Sextrieb war zwar verschwunden, doch das Verlangen nach Joshua war immer noch da. Es kostete sie Mühe, nicht an ihn zu denken oder in dummen Mädchenträumen zu schwelgen.

»Wie meinst du das? Der Mann ist nicht mein Gefährte. Und deine Hitze ist vorbei. Wir werden die beiden nicht mehr wiedersehen.«

Darauf folgte ein langes Schweigen. Sonia hörte auf, sich Spülung ins Haar zu massieren, und wartete.

Mein Gefährte hat gesagt, du wärst die Gefährtin des Mannes.

Sonia stockte der Atem, und ihr Herz setzte einen Schlag aus. »Das stimmt nicht. Ich kenn ihn doch gar nicht. Wir hatten nur Sex. Weil du rollig warst.«

Wir, korrigierte Gatita sie. *Wir waren beide heiß. Und du bist es immer noch. Wenn du im Bett liegst, denkst du an ihn und ...*

»Das musst du schon mir überlassen«, unterbrach Sonia sie. Aber es half nichts, *nichts* half irgendetwas. »Ich kann nichts dafür. Wir Menschen haben andere Bedürfnisse als ihr.«

Wieder schwieg die Leopardin, während Sonia sich abbrauste. Als der Strahl sich ihrem Schritt näherte, wurde sie langsamer. Sie konnte ihn immer noch spüren. Wie sollte sie nicht an ihn denken. Und an das, was er mit ihr gemacht hatte?

Ich denke auch noch an meinen Gefährten. Wie es war, mit ihm zusammen zu sein. Und ich möchte immer noch bei ihm sein.

Das war ein erstaunliches Geständnis. »Als du dich zum ersten Mal gezeigt hast, nachdem du mich gerettet hattest, habe ich mich über Leoparden informiert. Weil ich große Angst hatte, und abgesehen von Fantasy-Romanen konnte ich nichts über Gestaltwandler finden. Nach der Brunft bleiben die Pärchen nicht zusammen. Die Männchen helfen nicht bei der Aufzucht der Jungen, deshalb dachte ich, bei dir wäre es genauso. Stimmt das etwa nicht?« Sonia begann, sich abzutrocknen.

Ich weiß nicht, wie es anderen Artgenossen geht, aber ich möchte mit meinem Gefährten zusammen sein. Ich möchte bei ihm bleiben. Und ich möchte, dass du bei deinem Mann bleibst.

»Das ist unmöglich. Tut mir leid, Gatita. Ich habe nicht geahnt, dass du so empfinden würdest. Ich kann nicht mit einem anderen Mann zusammen sein, das weißt du doch. Es wäre zu gefährlich für uns und für ihn. Wir sind wegen der Sumpflandschaft hergezogen. Sie ist der in Florida sehr ähnlich. Hier kannst du frei umherstreifen ... das geht ja schließlich nicht überall. Es ist der beste Platz, den ich finden konnte.«

Ich weiß, dass wir aufpassen müssen. Ich bin nicht darauf gekommen, dass du den Mann beschützen willst. Er wirkt so selbstsicher. Er nennt seinen Leoparden Shadow. Mein Gefährte mag den Namen und den Mann. Er sagt, Joshua ist sehr stark und gefährlich. Vielleicht sollten wir es mit den beiden versuchen. Ich bin genauso wenig ein normaler Leopard, wie du ein normaler Mensch bist. Wir sind beide anders und er auch.

In der Hinsicht musste Sonia ihrer Leopardin zustimmen. Joshua war wirklich anders. Viel dominanter als ein gewöhnlicher Mann, aber wer wollte schon so einen Freund? Er redete mir ihr, als wäre sie sein Besitz – als erwartete er ganz selbstverständlich, dass sie seinem Ruf folgte. Doch sie war klug genug gewesen, ihr Handy nie mitzunehmen und ihm weder ihren Nachnamen noch ihre Telefonnummer zu verraten.

Ein Schauer rieselte über ihren Rücken. In Träumen funktionierten solche Beziehungen, aber in der Realität waren Machos unerträglich. Das wusste sie aus Erfahrung. Auch wenn ihr Körper sich nach seinem Meister sehnte, würde sie nicht wieder einen Fehler machen.

»Es tut mir leid, Gatita. Ich muss uns beide beschützen. So ein Mann ist nicht gut für mich. Du weißt doch, was passiert ist ...«

Der Mann, den du dir ausgesucht hast, konnte nichts dafür. Die anderen waren Schuld. Er hätte dich nicht im Stich gelassen, aber er war nicht dein Gefährte. Das weißt du ja jetzt. Es lag kein Vorwurf in Gatitas Stimme. *Als du mit deinem Gefährten zusammen warst, war es ... anders.*

Bei dieser Anspielung lief Sonia rot an. »Sex ist nicht alles«, murmelte sie, hauptsächlich um sich selbst zu überzeugen.

Dann betrachtete sie sich im Spiegel. Sie war von ihm gezeichnet worden. Überall. Sie berührte die Male, mit denen er seinen Besitzanspruch geltend machte. Die Andenken an Joshua. An ihren Brüsten. Den Innenseiten der Schenkel. Ihrem Hals. Es machte ihm Spaß kundzutun, dass sie ihm gehörte. Und sieben Nächte lang hatte sie sich ihm auch bereitwillig unterworfen, hatte alles mit sich machen lassen und jede einzelne Sekunde genossen. Es war das reine Paradies gewesen.

»Und selbst wenn ich das wollte«, sagte sie zu ihrer Katze, »er hat nichts davon gesagt, dass wir zusammenbleiben oder mal miteinander ausgehen sollten. Für ihn war es auch nur Sex. Und das ist gut so. Es wäre zu gefährlich für ihn, mit uns zusammen zu sein.«

Willst du den Rest deines Lebens allein bleiben?

Natürlich nicht. Sie wollte das, was alle anderen auch hatten, aber sie wusste, dass das nicht ging. »Mir bleibt keine andere Wahl. Aber ich bin ja nicht allein. Ich habe dich.« Sonia war mehr als dankbar für Gatita. Eine Gestaltwandlerin zu sein, brachte ganz eigene Probleme mit sich. Sie musste dafür sorgen, dass ihre Leopardin stets versorgt war, was hieß, dass sie einen Ort finden musste, wo Gatita herumlaufen konnte, ohne gesehen zu werden. Das war in diesem Sumpf möglich. Sie liebte diese Gegend. Alles daran, sogar die Hitze und die Schwüle. Sie hatte Glück gehabt, dass das alte Plantagenhaus zum Verkauf stand. Die Immobilienmaklerin hatte ihr geraten, es abreißen zu lassen, und endlos über das Land und den Wert der Anwesen am Fluss geredet. Doch obwohl Sonia das Grundstück für ihre Leopardin brauchte, hatte sie sich zuerst in das Haus verliebt.

Da es aus Zypressenholz gebaut war, verrottete es trotz des feuchten Klimas nicht. Es hatte keine Flure, die Räume in beiden Stockwerken gingen einfach in einer geraden, breiten Flucht ineinander über. Sie würde alles modernisieren müssen, doch sie war fest entschlossen, die ursprüngliche Architektur so gut wie möglich zu bewahren. Zuerst hatte sie das gesamte Gebäude neu verkabelt. Das war nicht leicht gewesen, weil sie sich mit Elektrik nicht besonders gut auskannte, und es ihr sehr wichtig war, alles richtig zu machen. Ihr Chef hatte ihr geholfen, indem er ihre Arbeit noch mal überprüfte. Ihr Chef und YouTube. Die Videos hatten ihr Sachen beigebracht, von denen sie keine Ahnung hatte.

Sonia schnippte mit den Fingern. »Das hatte ich vergessen, Gatita. Ich hab mir den Wecker gestellt, weil Jerry wollte, dass ich ihn heute Morgen anrufe.«

Du hast Urlaub. Diesmal lag ein Vorwurf in Gatitas Stimme. *Du musst dich ausruhen. Was ist, wenn du schwanger bist?*

Sonia, die gerade ihre Lieblingsjeans anzog, erstarrte mitten in der Bewegung. »Denk nicht mal dran. Und red nicht drüber. Wie verrückt wäre das denn, meine Güte. Sonst ist das immer mein erster Gedanke, nur bei ihm zugegebenermaßen nicht. Bloß gut, dass ich die Pille nehme. Aber ich hab's ihm nicht gesagt, weil er so selbstzufrieden war. Soll er sich doch ruhig Sorgen machen.«

Es könnte trotzdem sein.

»Besser nicht. Wie soll ich sonst für uns sorgen? Kannst du mich mit einem dicken Babybauch auf einer Leiter sehen? Ich muss arbeiten, Gatita. Nur so kann ich dafür garantieren, dass wir ein Dach über dem Kopf und Essen im Bauch haben.«

Plötzlich hob sie den Kopf und errötete tief. »An Geschlechtskrankheiten habe ich auch nicht gedacht. Oh mein Gott, Gatita. Ich sollte ins Krankenhaus gehen und mich untersuchen lassen. Sonst muss ich mich nicht nur schämen, sondern mich auch noch leichtsinnig schimpfen lassen.«

Gatita gab auf und machte sich nicht mehr die Mühe zu antworten. Sie rollte sich zusammen und schloss die Augen, während Sonia ihre verdrehte. In den letzten drei Tagen ohne ihren Gefährten war Gatita so launisch gewesen, wie es nur Leoparden sein konnten, doch auch Sonia war leicht gereizt.

Schnell zog sie sich ganz an und ging in die Küche, um sich Frühstück zu machen. Sie entschied sich für einen Smoothie und rief ihren Chef an, während sie den Mix auf der breiten, einladenden Veranda trank. Der hölzerne Vorbau lief unten und oben durchgängig ums Haus und bot ihr überall eine großartige Aussicht. Das war das Erste, was ihr an dem Haus besonders gut gefallen hatte.

»Hey, Jerry«, begrüßte sie ihren Chef. »Was ist los?«

»Du musst so schnell wie möglich zu mir kommen.«

Etwas an seinem Tonfall verriet ihr, dass es sich um eine große Sache handelte. »Jetzt? Heute noch? Du meinst in meinem Urlaub?«

»Du kannst dir noch zwei Tage freinehmen«, bot er großzügig an, was ihr bestätigte, dass es etwas Wichtiges zu besprechen gab.

Sie schaute auf ihre Uhr. »Bin in zwanzig Minuten da.«

»Danke, Sonia.«

Sie liebte Jerry Corporon. Sie würde praktisch alles für ihn tun, aber sie wollte nicht, dass er – oder irgendjemand anders – das erfuhr. Jerry war sehr nett, aber er nutzte die Leute aus, wenn sie es zuließen. Sie sagte allerdings nicht allzu oft Nein, und das wusste er. Sie wollte alle glauben lassen, dass Jerry nur ihr Chef war und dass sie ohne besonderes Interesse an ihm oder ihrem Job ein- und ausstempelte, doch in Wahrheit bewunderte sie ihn und liebte ihre Arbeit.

Jerry wusste, was Verzweiflung war, und hatte ihr die Hand gereicht. Für sie war er ein Mann gewesen, der Hilfe brauchte, daher war es ihr leichtgefallen, sein Jobangebot anzunehmen. Mit der Zeit hatte sie sich richtig in all die Eigenschaften verliebt, die Jerry ausmachten. Er war lustig, intelligent, talentiert – und etwas vom Schicksal gebrochen. Er war der Besitzer eines erfolgreichen Bauunternehmens, doch irgendwann war ein betrunkener Fahrer in sein Auto geknallt. Bei dem Unfall waren seine Frau und seine Kinder ums Leben gekommen, und er saß seitdem im Rollstuhl.

Sonias Pick-up hatte früher ihm gehört. Das Auto lief noch

so gut, dass es förmlich schnurrte, aber Jerry hatte behauptet, es sei bald hinüber und hatte es ihr für kleines Geld verkauft, denn sie brauchte nicht nur für die Arbeit einen Wagen, sondern auch für die Einkäufe, die sie nach Hause schaffen musste. Jedes Mal, wenn er zu ihr rausgekommen war, um aufzupassen, wie sie die Kabel zog, hatte er gelacht und gesagt, das Haus würde bald über ihrem Kopf zusammenbrechen, aber er war immer wieder gekommen, und manchmal hatte er sie darauf hingewiesen, dass noch Gipskarton übrig sei, den sie haben könne. So war ihr Chef.

Sie parkte direkt vor dem Doppeltor am Eingang des Holzlagers und ging den Rest des Weges zu Fuß. Sie betrachtete es als eine Art Frühsport. Jerrys Büro lag versteckt im südlichsten Winkel des Lagers, als wollte er nicht, dass jemand ihn fand. Meist stellte er seinen Rollstuhl hinter seinem langen, schmalen Schreibtisch ab und leitete das Geschäft lieber vom Telefon aus, als die Baustellen zu besuchen. Er war ein kräftiger Mann mit einer Stirnglatze, breiten Schultern und Oberarmen, die davon, dass er seinen stämmigen Körper ständig in den Rollstuhl hinein- und wieder herauswuchtete, dicke Muskeln bekommen hatten. Als sie hereinkam, hob er einen Finger, deutete auf einen Stuhl und sprach weiter.

Sonia stöhnte übertrieben, so lief das andauernd bei ihnen. Er hing ständig an der Strippe, und sie wartete immer ungeduldig darauf, dass er endlich fertig wurde. Nach fünf Minuten trommelte sie mit den Fingern auf seinen Schreibtisch. Nach zehn fing sie an, auf- und abzugehen. Nach fünfzehn zeigte sie auf die Tür und steuerte darauf zu.

»Warte«, rief Jerry. »Ich muss Schluss machen«, fertigte er den Kunden ab und legte abrupt auf. »Also echt, Mädchen, du könntest etwas mehr Geduld aufbringen.«

»Mehr hab ich nicht«, bemerkte Sonia.

Jerry schnaubte ungläubig. »Ich hab trotz deiner Unhöflichkeit einen Auftrag für dich.«

»Ach Jerry, ich hab doch schon drei. Dickersons Veranda, Molly Sheffields Garage und Donna Millers Außenküche, die nicht wirklich draußen ist, weil sie Mauern darum herum haben möchte.«

»Auf drei Seiten.«

»Nein vieren. Damit ist es ein Zimmer, Jerry, und das ist blöd.«

Zu ihrer Überraschung beendete er den sich anbahnenden Streit mit einer Handbewegung. »Das hier«, sagte er und lehnte sich mit leuchtenden Augen über den Tisch, »ist ein echter Job. Ein gutes Geschäft. Rafe Cordeau hat früher eins der größten Grundstücke in der Gegend gehört. Und eins der hübschesten Plantagenhäuser. Nur dass es kürzlich kaputtgeschossen wurde; zumindest erzählt man sich das. Jetzt ist jemand dort eingezogen und hat offenbar versucht, es selber zu renovieren, aber das ist schiefgegangen. Er möchte wissen, was es kosten würde, die äußeren Schäden zu beseitigen, die Küche umzugestalten und vielleicht noch mehr. Das wird er dir genauer sagen, wenn du zu ihm rausfährst und dir das mal ansiehst.«

»Was meinst du mit ›kaputtgeschossen‹?«, fragte Sonia misstrauisch.

Jerry machte eine abwehrende Handbewegung. »Rafe Cordeau war ein Gangster. Einer von den großen. Dann ist er verschwunden und nie wieder aufgetaucht. Man sagt, er sei tot.«

»Wer sagt das?« Sie würde sich *nicht* mit irgendwelchen Gangstern einlassen. Das hatte sie hinter sich. Nie wieder. »Wer genau ist *man*?«

Finster sah Jerry sie an, weil er sie einschüchtern wollte, aber es ließ ihn nur noch liebenswerter aussehen. Und da ihm das nicht gefallen würde, hob sie sich diese Beobachtung für einen Moment auf, in dem sie ihn wirklich ärgern wollte. »*Man* sind die Leute, die Bescheid wissen. Sonia, es geht nur darum, dass er weg ist und der neue Besitzer bereit ist, viel Geld auszugeben, um das Haus wieder herrichten zu lassen. An der Stelle kommen wir ins Spiel, das ist ein Job für uns. Wenn ich mich nicht täusche, hast du ein besonderes Faible für so was, du renovierst gern alte Häuser und gibst ihnen ihre frühere Schönheit zurück.« Er grinste sie an. »Der Mann hat Geld. Er kann uns bezahlen.«

Okay. Das war gut. »Bist du sicher?« Sie wollte es genau wissen, denn niemand in der Stadt war besonders flüssig. Molly kaufte jeweils nur drei Gipskartonplatten gleichzeitig. Dickerson ließ seine Veranda nach und nach fertigstellen. Und die Außenküche war noch in der Planung, wobei Donny Miller andauernd ihre Meinung änderte. Sie war die Einzige, die angeblich wirklich Geld hatte, obwohl Sonia anfing, das zu bezweifeln.

»Ja, das bin ich. Ich habe ihn überprüft. Er kommt aus einer alten Familie aus der Gegend von New Orleans. Die Familie Tregre wohnt fast seit der Stadtgründung dort. Es ist nicht viel über sie bekannt, das heißt, du wirst damit die Gelegenheit bekommen, sie näher kennenzulernen.«

Sonia verdrehte die Augen. »Soll ich ein Haus renovieren oder für dich spionieren, Jerry? Manchmal denke ich, du bist ein Klatschmaul.«

»Klatsch ist was für Frauen. Ich bin Geschäftsmann. Das heißt, ich brauche Informationen. Je mehr ich über die Leute in dieser Stadt und den umliegenden Gemeinden weiß, desto besser fürs Geschäft. Diese Seite solltest du mir überlassen.«

Sonia wusste, dass Jerry seine Arbeit liebte. Besonders das Verhandeln und den Umgang mit dem Bürgermeister und den Bankern. Seine Männer hatten ihn nach dem Unfall im Stich gelassen, eine dumme Entscheidung, denn Jerrys Verstand hatte keinen Schaden genommen. Er brachte trotz der augenblicklichen Wirtschaftsflaute immer noch Aufträge herein. Doch der Winter hatte allen übel mitgespielt.

»In Ordnung, Boss. Wann soll ich hinfahren?«

Jerry reichte ihr einen Zettel, auf dem unter dem Namen *Tregre* eine Adresse notiert war. Sie wusste sofort, wo das Anwesen lag. Es handelte sich um das einzige andere Haus an der Straße zu ihrem. Ein kalter Schauer lief ihr über den Rücken. Ging es etwa um ihren Nachbarn? »Ähm, Jerry? Du hast gemeint, Rafe Cordeau wäre ein Gangster und das Haus unter Beschuss gewesen? Woher weißt du das?«

»Jeder weiß, dass er Beziehungen zur Mafia hatte.«

»Und warum sind dort Kugeln geflogen?«

»Als er verschwand, haben wohl ein paar von seinen Männern versucht, sein Geschäft zu übernehmen oder so was. Ich ziehe noch nähere Erkundigungen ein. Aber anscheinend ist es ihnen nicht gelungen.«

»Und dieser Tregre?«

Jerry schüttelte den Kopf. »Der stammt aus einer alten Familie und hat nichts mit der Mafia zu tun. Ich glaube, sein Großvater war mal in einen Skandal verwickelt, aber er nicht. Er hat woanders gelebt und offenbar ganz andere Dinge gemacht, Entführungsopfer aus der Gefangenschaft befreit und so was. Er ist ein Held, kein Mafioso.«

Langsam stieß Sonia den Atem aus. Na gut, mit Einschusslöchern konnte sie umgehen, solange sie es nicht mit echten Gangstern zu tun bekam.

»Er möchte, dass du so schnell wie möglich vorbeikommst. Seine Leute machen anscheinend alles verkehrt. Er liebt das Plantagenhaus und möchte es restaurieren. Das ist unsere Chance, Sonia. Er hat das Geld und du das Können. Ich kann dir so viele Männer geben, wie du brauchst, und ich hoffe, du machst das. Wir brauchen diesen Auftrag. Wir lassen uns zwar nicht unterkriegen, aber das Wasser steht uns bis zum Hals.«

Das war ihr klar. Sie grinste selbstsicher. »Kein Problem. Mein Charme wird Mr. Tregre aus den Socken hauen.« Sie hatte ihn schon genau vor Augen. Fünfundsechzig bis siebzig Jahre alt. Graues Haar und ordentlich gestutzter Bart. Etwas pummelig, aber nicht wirklich dick, drehte er immer noch jeden Morgen seine Runden, vielleicht mit einem Stock, weil das so gut zu seinem distinguierten Äußeren passte.

»Da bin ich mir sicher.«

Sie schlenderte an den Arbeitern im Holzlager vorbei zu ihrem Truck vor dem Doppeltor. Gut, dass sie ihre neueste alte Lieblingsjeans anhatte, die schon abgewetzt, aber noch nicht löchrig war. Ihr in allen Blautönen gebatiktes T-Shirt saß enger, als ihr lieb war, passte aber farblich zu der Jeans. Dazu trug sie Stiefel – aus Leder, aber recht mädchenhafte, mit Lederbändern und Goldkettchen. Das musste reichen. Schließlich sollte sie wie eine Schreinerin aussehen, nicht wie ein Modell.

Plötzlich stieg ihr Rosenduft in die Nase, und als sie sich umschaute, sah sie, dass Molly ihr freundlich zuwinkte. Etwas in ihr sehnte sich nach einer Freundin, und Molly war ihr sehr sympathisch. Sie war nur ein oder zwei Jahre älter als sie und genauso einsam. Aber warum, das wusste Sonia nicht, weil sie Angst davor hatte, irgendjemandem zu nahezukommen. Dennoch fühlte sie sich zu Molly hingezogen.

»Hast du Zeit für eine Tasse Kaffee?«, rief Molly quer über den Parkplatz.

Eine Hand an der Autotür und in der anderen den Zettel mit der Adresse, hatte Sonia alle möglichen Entschuldigungen, doch sie zögerte. Sie war es leid, niemanden zu haben – zumindest einen Menschen, mit dem sie reden konnte.

»Na komm schon. Ein Kaffee wird dich nicht umbringen«, drängte Molly.

Vielleicht nicht sie, aber Molly. Oder sie beide. Sonia umfasste den Türgriff fester, konnte sich aber nicht dazu bringen, das Auto zu öffnen. »Da hast du wohl recht. Aber es muss schnell gehen. Die Arbeit wartet.«

Mollys Lächeln wurde breiter, reichte aber nicht bis zu ihren Augen. »Endlich hast du mal mehr als zwei Minuten Zeit. Sonst sehe ich dich nur langsamer machen, wenn du hier wegfährst und in deinem Truck zu singen anfängst.«

»Also richtig langsam bin ich dann auch nicht. Fast hätte ich schon drei Strafzettel gekriegt«, gestand Sonia. »Ich musste wie wild mit Bastien Foret flirten.«

»Er ist sehr attraktiv, aber er weiß es«, sagte Molly, während die beiden Seite an Seite die Straße hinunter zu dem nahe gelegenen Coffeeshop schlenderten. »Ich fahre nie zu schnell, aber einmal hatte ich einen Platten. Als ich dabei war, den Reifen zu wechseln, kam er vorbei und hat darauf bestanden, mir das abzunehmen. Dabei hat er mehr über sich selber geredet als jeder andere Mensch, den ich je kennengelernt habe. Deshalb weiß ich jetzt, dass er eine Hütte im Bayou hat und ein geschickter Jäger und Angler ist. Außerdem war er mal verheiratet, aber seine Frau hat ihn verlassen, und keiner weiß, wohin sie verschwunden ist. Er fährt immer extra bei mir vorbei, damit nicht nur die guten Bürger geschützt sind, sondern auch die alleinstehenden Frauen, die besonders gefährdet sind ...«

»Hat er das wirklich gesagt?«, fragte Sonia und unterdrückte ein Lachen. »Weil er mir genau das Gleiche erzählt hat.«

»Anscheinend sagt er das zu allen ledigen Frauen, die sich in ihn verlieben könnten. Er redet auch viel mit Pete – dem Mann, der hier in der Gegend das Gas ausliefert – und Pete hat mir gesagt, ich soll vorsichtig sein«, meinte Molly. »Pete ist ein netter Kerl. Seine Nichte wurde mal von Rafe Cordeaus Leuten entführt und drei Monate lang festgehalten. Sie wurde zum Glück von ein paar Männern befreit.«

Erstaunt schaute Sonia Molly an, die ihr die Tür zum Coffeeshop aufhielt. Mit ihren langen blonden Haaren und den großen blauen Augen sah die Frau wirklich umwerfend aus. Ihre makellose blasse Haut und der üppige Mund verliehen ihr eine fast exotische Ausstrahlung. Außerdem war sie groß und schlank und hatte endlos lange Beine. Von all dem konnte Sonia nur träumen.

Jerry hatte gesagt, Tregre hätte irgendwann in seinem Leben Entführungsopfer befreit. War es möglich, dass er auch Petes Nichte irgendwie geholfen hatte? Sie fing schon an, den alten Herrn Tregre zu mögen, ehe sie ihn überhaupt kennengelernt hatte.

Sie fanden eine ruhige Ecke und Sonia setzte sich so, dass sie die Eingangstür und die Fenster zur Straße im Blick hatte. Sie sah gern, was auf sie zukam. Mit einem Mal war sie etwas verlegen. Es war lange her, dass sie eine Freundin gehabt hatte.

»Ich arbeite so viel, dass ich wohl vergessen habe, wie man sich unterhält«, gab sie zu und nahm sich vor, so ehrlich wie möglich zu sein.

»Ich auch«, erwiderte Molly. »Ich bin vor ungefähr einem Jahr hergezogen und kenne hier kaum jemanden außer dem Mann, der mir das Gas liefert, der Kassiererin im Lebensmittelladen und Bastien Foret, dem größten Frauenschwarm in der Stadt.«

Sonia lachte. »Pete bin ich noch nicht begegnet, obwohl ich ihn schon öfter gesehen habe. Mit Bastien habe ich leider mehrmals Bekanntschaft gemacht, weil ich den Fuß nicht vom Gaspedal lassen kann, und Charity aus dem Supermarkt habe ich schon lange ins Herz geschlossen. Ich muss mir immer vorher überlegen, mit welchem Tratsch ich sie beim Bezahlen zufriedenstellen kann, sonst hält sie mich fest, bis ich ihr alles verrate, was ich weiß.«

Molly lachte, und es klang wie leises, harmonisches Glockenläuten. Alle Köpfe wandten sich nach ihnen um, und Sonia bemühte sich, sich nicht kleinzumachen. »Genau, sie liebt Tratsch. Sie gibt im Gemeindehaus mit ihrem Mann Kurse in Line Dance. Ich bin ein paar Mal hingegangen, aber allein macht das keinen Spaß.«

»Ich dachte, beim Line Dance tanzt man allein.«

»Stimmt. Ich suche ja auch nur jemanden, der mitkommt. Egal ob Mann oder Frau. Sonst kann ich mich nicht dazu aufraffen«, gestand Molly. »Außerdem versucht Charity immer, mich mit jemandem zu verbandeln.«

Sonia stöhnte. »Das versucht Jerry bei mir auch andauernd. Er meint, es gehört sich nicht, dass eine Frau allein lebt, besonders da, wo ich wohne. Seiner Meinung nach ist das mitten im Nirgendwo. Aber ich habe mich in das Haus verliebt, und die Lage gehört dazu.«

»Ich würde es gern mal sehen«, sagte Molly ein wenig schüchtern.

»Im Moment ist es aber noch eine Bruchbude«, warnte Sonia sie. »Ich habe so viel Zeit für die Kabel und Rohre und Dämmungen gebraucht, dass ich mit der eigentlichen Renovierung nur langsam vorangekommen bin. Ich hab nicht viel Geld, deshalb muss ich mir einen Raum nach dem anderen vornehmen. Gestern war ich auf dem Dach und habe festgestellt, dass das nicht noch ein paar Jahre warten kann. Wie alles andere muss auch das schnell repariert werden.«

»Ich könnte dir doch helfen«, schlug Molly vor. »Als Freundin. Ich will kein Geld dafür. Ich habe zwar keine Ahnung vom Zimmern, aber ich würd es gern lernen.«

Sonia bemerkte den Hauch von Traurigkeit in Mollys Stimme, denn auch sie fühlte sich einsam. »Ich hatte eigentlich vor, dich zu bitten, zu mir herauszukommen, damit wir über den Garten reden können. Daran hab ich noch nichts gemacht, aber ich weiß, dass ich jetzt pflanzen muss, wenn er hübsch werden soll. Du bist die beste Landschaftsgärtnerin hier. Du weißt so viel über heimische Pflanzen, daher wollte ich dich um Hilfe bitten und würde mich freuen, wenn du zu mir kämst, um dich umzuschauen und mich zu beraten. Ich koche ziemlich gut. Vielleicht kann ich dich zum Dank zum Essen einladen?«

»Das wäre schön«, sagte Molly. »Meine Familie kommt aus der Gegend, aber das ist lange her. Meine Großmutter besaß noch ein Stück Land, das niemand wollte. Ich habe die Steuern bezahlt, die sie noch für ihr kleines Haus schuldig war, und jetzt gehört es mir. Deshalb ist es so heruntergekommen. Es hat jahrelang leer gestanden. Ein Stück Sumpf gehört auch dazu, aber das habe ich mir noch nicht angesehen, weil das Boot, das am Steg lag, mehrere Löcher hatte und prompt gesunken ist, als ich losfahren wollte. Tja, und mein letztes Geld habe ich dafür benutzt, mein Geschäft zu eröffnen. Hauptsächlich verkaufe ich Pflanzen, aber in letzter Zeit habe ich einige Aufträge bekommen, weil ihr mich empfohlen habt.«

Das stimmte. Jerry und sie versuchten, ihr Arbeit zuzuschanzen.

Molly legte die Hände um den heißen Kaffeebecher, den die Kellnerin ihr gebracht hatte. »Ich möchte nicht neugierig erscheinen, aber deine Lippe ist geschwollen, und du hast blaue Flecken am Hals und an den Armen. Sieht aus, wie Abdrücke von Fingern und Zähnen. Ich möchte mich nur vergewissern, ob du in Ordnung bist.«

Sonia merkte, wie sie von unten nach oben rot anlief und ihr Gesicht immer heißer wurde. »Es sieht schlimmer aus, als es ist. Und mir geht es wunderbar, niemand hat mir was getan.«

Molly atmete tief aus, nickte und wechselte das Thema. »Woher kommst du?«

Sonias Herz machte einen Satz. Das war der Grund, warum sie andere Menschen mied. Man musste lügen, wenn sie einem Fragen stellten. Sie zuckte die Achseln. »Ich bin viel umgezogen. Ich lebe gern außerhalb von Städten, weil es dort ruhiger ist. Ich glaube, wenn ich auf einer Insel mitten im Sumpf wohnen könnte, würde ich es tun. Nachts setze ich mich oft auf die Veranda und lausche einfach. Da draußen ist es nicht still, deshalb kann ich nicht behaupten, dass ich absolute Ruhe suche, aber es ist friedlich. Ich liebe das Konzert, das die Frösche anstimmen, und die großartige Untermalung durch die Insekten. Es ist laut und irre, aber gleichzeitig auch sehr beruhigend.«

»Ich schaue gern zu den Sternen auf«, sagte Molly. »Das beruhigt mich. Wenn man weit weg ist von der Stadt und ihren Lichtern, kann man tief in den Himmel sehen.«

Sonia ließ ihre Tasse auf halbem Wege zum Mund in der Luft schweben. »Das hast du wunderbar ausgedrückt, Molly, und du hast vollkommen recht. Ich habe es nur noch nie so betrachtet. Ich schaue auch gern in den Sternenhimmel. Hat deine Großmutter auf dem Stück Sumpf auch ein Haus gehabt? Ich finde das kleine Haus, das sie in der Stadt hatte, sehr niedlich, aber oft hat man hier doch auch noch eine Hütte oder so was, nicht?«

»Sie hatte dort ein Haus auf Stelzen oder zumindest sah es für mich so aus. Es war ganz anders, aber hübsch. Als ich klein war, war ich gern da, aber später, als meine Oma krank wurde, ist sie in die Stadt gezogen. Meine Verwandten wollten hier nicht wohnen, also ist einer nach dem anderen weggegangen, allen voran meine Eltern. Meine Großmutter hätte vielleicht länger gelebt, wenn jemand sich um sie gekümmert hätte.«

»Das ist ziemlich traurig, Molly.«

»Ja, das ist es. Ich habe sie sehr geliebt. Was ist mit deiner Familie?«

Wieder eine gefürchtete Frage. Doch diesmal konnte Sonia die Wahrheit sagen. »Da ist niemand mehr übrig. Mein Vater ist schon länger tot, und meine Mutter ist vor knapp drei Jahren an Krebs gestorben.« Dabei schien es länger her zu sein. Viel länger. Weil so viel passiert war. »Ich habe keine lebenden Verwandten mehr. In meiner Familie muss man damit rechnen, früh zu sterben.«

»Tut mir leid, das mit deiner Mutter. Du hast einen leichten Akzent. Wo bist du geboren?«

Sonia trank einen langen Schluck und überlegte rasch. Offenbar wurde sie diesen Akzent niemals los. Sie hatte es versucht. Die ganze Zeit. »Wegen der Arbeit meines Vaters sind wir früher oft nach Spanien gefahren und monatelang dort geblieben. Meine Eltern sprachen sehr gut Spanisch, und ich habe es auch gelernt. Die Sprache hat großen Einfluss auf mich gehabt, deshalb habe ich, glaube ich, immer noch einen klitzekleinen Akzent.« Das war eine dürftige Erklärung, aber die einzige, die einigermaßen plausibel und ungefährlich war. Wenn sie zugegeben hätte, dass sie nach Kuba gegangen waren, oder dass ihre Eltern von dort kamen, hätte es nur noch mehr Fragen gegeben. Und was noch schlimmer war, diese Information hätte Molly in Gefahr gebracht.

»Du bist also aus Spanien? Das sieht man. Du hast einen wunderschönen Teint. Mit deiner Haut und deinen Augen hast du großes Glück gehabt.«

Sonia streckte einen Arm aus. Sie war einen Ton heller als ihre Mutter, hatte aber fast die gleiche olivfarbene Haut und die tiefdunklen schokoladenbraunen Augen. Sie hatte ihre Mutter wunderschön gefunden. Auch den Mund hatte sie von ihr, aber ihre Mutter hatte nicht so üppige Rundungen gehabt. Sie dagegen blieb kurvenreich, egal, wie oft sie joggen ging. »Den Teint habe ich von meiner Mama«, erklärte sie, damit Molly wusste, wie viel ihre Mutter ihr bedeutet hatte. »Ich fand, sie war die schönste Frau auf der Welt. Und sehr mutig.« Hinter ihren Augen brannten Tränen. »Ich vermisse sie jeden Tag.«

Molly warf ihr ein kleines, trauriges Lächeln zu. »Das ist echt schön zu hören. Ich wünschte, ich könnte das Gleiche sagen. Aber meine Mutter mag mich nicht besonders.«

Sonia runzelte die Stirn. »Wie bitte? Warum nicht?«

Molly zögerte, dann zuckte sie die Achseln. »Wir hatten nicht viel Geld. Also, wir hatten welches, geerbtes, aber die meisten in meiner Familie hielten nicht viel vom Arbeiten. Sie gaben lieber Geld aus, als welches zu verdienen. Dann lernte ich einen Mann kennen, einen sehr wohlhabenden, und meine Eltern wollten, dass ich ihn heirate. Für sie ist ein Traum wahr geworden, als er mich um meine Hand bat, aber er war nicht immer nett zu mir.« Sie fasste sich an den Hals, als schmerze er. »Das habe ich ihnen gesagt, aber es war ihnen egal, also bin ich abgehauen, aus der Stadt verschwunden. Sie haben ihm verraten, wohin. Da ist er gekommen und hat mich zurückgeholt. In einem kleinen Zimmer, eher einem Kabuff ohne Fenster, bin ich wieder aufgewacht. Darin war es so heiß, dass ich dachte, ich würde ersticken. Ich wollte nur sagen, dass ich ein paar Wochen kein schönes Leben hatte. Am Ende musste ich brav mitmachen, um wieder wegzukommen.«

Sonia schloss die Augen. Mollys eigene Eltern hatten sie einem Monster ausgeliefert, um an Geld heranzukommen. »Wie hast du das geschafft?«

»Ich habe so getan, als wüsste ich nicht mehr, warum ich weggelaufen war, als hätte er immer recht, und als könnten wir verlobt bleiben. Mir war klar, dass ich mit meinen Eltern nicht über meine Pläne reden durfte. Sie ahnten nicht, dass ich diejenige war, die Großmutters Haus gekauft hat, nachdem ich an meinem 18. Geburtstag über mein Geld verfügen konnte. Ich habe es niemandem erzählt, schon gar nicht ihnen. Also bin ich hierhergekommen. Natürlich ist das riskant, aber ich hatte keinen anderen Zufluchtsort. Bislang ist ja alles gut gegangen. Niemand hat mich aufgestöbert.«

»Vielleicht kommen sie noch drauf«, gab Sonia zu bedenken.

Molly nickte. »Schon möglich, aber ich habe ja Bastien, der in meiner Nachbarschaft Extrarunden dreht.« Sie kicherte über ihren eigenen Scherz und wurde dann wieder ernst.

»Immerhin hatte ich die Gelegenheit, mir eine Alarmanlage einbauen zu lassen, und außerdem bin ich sehr vorsichtig.«

Sonia gefiel das alles nicht. »Hast du Bastien davon erzählt? Er flirtet ja gern, aber er ist ein guter Polizist. Das sieht man an seinen Augen. Er hat alles und jeden im Blick. Ich denke, diese Aufreißer-Nummer ist nur Fassade.«

Molly zuckte die Achseln. »Kann sein. Jedenfalls bin ich schon eine Weile hier. Jetzt weißt du, wovor ich mich verstecke. Erzählst du mir nun *deine* Geschichte?«

Sonia schob den leeren Kaffeebecher von sich. »Ich kann dir nur sagen, dass ich Jerry viel verdanke, und er möchte, dass ich einen Kostenvoranschlag für einen echt großen Auftrag mache. Den brauchen wir, und ich werde ihn an Land ziehen.« An Mollys Augen sah sie, wie gekränkt ihre neue Freundin war. Dagegen musste sie etwas tun. »Aber ich habe es ernst gemeint, als ich dich gebeten habe, zu mir zu kommen und meinen Garten zu begutachten. Ich könnte deinen Rat brauchen.«

»Dann sag mir, wann es dir passt.«

»Wir wär's mit heute Abend gegen sieben? Bis dahin sollte ich mit der Arbeit und dem Abendessen fertig sein. Gibt es etwas, was du gar nicht magst?«

»Nein, ich esse alles.«

»Dabei siehst du aus wie ein Model. Ich dachte, du isst nie was.«

Molly warf das blonde Haar zurück. »Wenn ich traurig bin, kann ich eine ganze große Pizza verputzen.«

Sonia schnitt eine Grimasse. »Jede echte Frau kann das, meine Liebe.«

»*Und* eine Packung Eis.«

Sonia grinste. »Okay, *das* beeindruckt mich.« Sie ließ das

Geld für den Kaffee und Trinkgeld für die Kellnerin auf dem Tisch liegen. Frauen mussten zusammenhalten, besonders die, die sich allein durchbissen.

»Das sollte es auch. Ich hab gelogen.«

Sonia stellte fest, dass sie laut lachte, und es war das erste Mal seit sehr langer Zeit. »Ich hätte es wissen müssen. Deine Figur ist viel zu perfekt.«

»Ähm, Sonia? Meistens nennt man mich eher einen Hungerhaken. Ich bin zu dünn. Du hast eine Figur. Ich versuche, eine zu bekommen, aber mir ist es noch nie leichtgefallen zuzunehmen. Das hört sich blöd an, und normalerweise rede ich auch nicht drüber, aber ich kann gar nicht so schnell essen, wie mein Körper die Kalorien wieder verbrennt.«

»Du versuchst wirklich zuzunehmen?«

»Die ganze Zeit.«

Wieder lachte Sonia laut. »Das ist völlig verrückt. Ich versuche immer abzunehmen. Ich schätze, das ist typisch für uns Frauen, Molly. Wir wollen immer das, was wir nicht haben.«

3

Nachdenklich fuhr Sonia zum Tregre-Haus. Es lag einige Meilen hinter ihrem, tiefer im Sumpf und ebenfalls am Flussufer. An der Vorderseite des Anwesens gab es einen hohen Zaun aus kunstvoll gestaltetem Schmiedeeisen. Zwischen der Zufahrt und der Ausfahrt stand eine Hütte, die wie ein Wachhäuschen aussah, aber nicht besetzt war.

Sie fuhr durch das offene Tor und hätte beinah mitten auf der Zufahrt angehalten. Selbst aus der Entfernung fiel die Schönheit und altehrwürdige Eleganz des Hauses auf. Sie fand ihres schon wunderbar, doch dieses war noch schöner. Offenbar waren beide vom selben Architekten erbaut worden, der den brillanten Einfall gehabt hatte, Zypressenholz zu verwenden, das weder verfaulte noch so leicht von Käfern befallen wurde wie die meisten anderen Hölzer. Sowohl das obere wie auch das untere Stockwerk waren wie bei ihr von langen, umlaufenden Balkonen umgeben.

Langsam folgte sie der gewundenen Zufahrt. Das Gelände war sehr gepflegt. Soweit sie sehen konnte, herrschte rund um das Haus überall rege Aktivität. Gärtner befreiten die Blumenbeete von Unkraut und trimmten aus der Form geratene Büsche. Smaragdgrüne Blätter flatterten im Wind. Die Bäume waren groß und kräftig, mit dicken Stämmen und sorgfältig formierten gebogenen Ästen. Sie stieg aus dem Auto und ging um das Haus herum, damit sie sich die Bäume besser ansehen konnte, dabei notierte sie sich gedanklich, dass sie den neuen Besitzer auf Mollys Können als Gärtnerin und Landschaftsplanerin hinweisen sollte.

Das hier war ein Paradies für Raubkatzen. War Rafe Cordeau etwa auch ein Leopardenmensch gewesen? Nein, wohl eher die Familie, der die Plantage vor vielen Jahren gehört hatte, als die Bäume gepflanzt und ihre Äste so gelenkt worden waren, dass sie einen Hochweg bildeten. Gatita wäre begeistert. Sonia hatte vor, für ihre Leopardin genau solch einen Spielplatz zu erschaffen.

Da sie sich beobachtet fühlte, schaute sie sich vorsichtig um und hob verstohlen das Kinn, um zu wittern. Die Haare an ihrem Körper funktionierten wie Schnurrhaare. Sie registrierten jede noch so kleine Veränderung in der Luft. Deshalb konnte sie sogar im Dunkeln alles um sich herum genau lokalisieren.

Auch ihr Geruchssinn war sehr gut ausgeprägt und verriet ihr, dass außer den Gärtnern drei weitere Männer in der Nähe waren. Aber sie konnte sie nicht entdecken, obwohl ihr Sehvermögen mehr als exzellent war. Dass diese Männer es schafften, sich vor ihr zu verbergen, gefiel ihr gar nicht. Das war seltsam, und alles Außergewöhnliche empfand sie als beunruhigend. Andererseits war dies das Haus eines Kunden – eines wohlhabenden Mannes, der früher Geiseln aus den Händen ihrer Entführer befreit hatte. So jemand hatte sich sicher Feinde gemacht. Wer wollte ihm da vorwerfen, wenn er sein Grundstück bewachen ließ? Um sie herum waren so viele verschiedene Männer, dass es ihr schwerfiel, einzelne Gerüche herauszufiltern. Einige kamen ihr bekannt vor, doch da sie alle vermischt waren, half ihr das nicht viel.

Sie ging wieder zur Vorderseite des Hauses und begutachtete die Fassade, ob sie Verfallsspuren aufwies. Doch das Gebäude hatte sich gut gehalten, während viele andere unter der extremen Feuchtigkeit, der Hitze, Insektenangriffen und Vernachlässigung gelitten hatten. Hier gab es nur wenige Anzeichen von Käferbefall oder Verrottung. Dieses Haus war von seinen Bewohnern geliebt worden. Das gefiel ihr.

Sie stieg die langen, breiten Stufen zur Veranda hoch. Wie ihre war auch diese massiv, überdacht und offenbar viel genutzt worden. Sie trat an eine der Säulen heran und berührte die langen Kratzspuren, die eine große Katze hinterlassen hatte. Sie waren alt, doch sie zu überpinseln, würde sich so anfühlen, als nähme man dem Haus ein Stück seiner Geschichte. Die meisten, die diese Spuren sahen, würden wohl nicht erkennen, dass sie von einem Leoparden stammten. Höchstwahrscheinlich würden sie ihnen gar nicht auffallen, es sei denn, sie hatten vor, das Haus zu erwerben.

Sie betätigte die altmodische Türglocke. Ein melodiöses Läuten hallte durchs ganze Haus. Gleich darauf öffnete ein Mann die Tür. Er war jung, nicht älter als dreißig, und lächelte sie an. »Miss Lopez? Ich bin Evan. Mr. Tregre hat mich gebeten, Ihnen das Haus zu zeigen. Er ist aufgehalten worden. Ich hoffe, das macht Ihnen nichts aus.«

Sonia schüttelte den Kopf und betrat den riesigen hohen Raum, der als Foyer diente. Das durchgehende Parkett glänzte wie die Sonne. Überall gab es Fenster, die vom Boden bis fast zur Decke reichten, und die waren genauso hoch wie ihre. Der Kamin aus Stein war für diese Bauweise sehr, sehr ungewöhnlich. Sie hatte gedacht, das gäbe es nur bei ihr.

»Das Haus ist wunderschön. Ich kann verstehen, warum der Besitzer es so belassen möchte, wie es gedacht war.«

Evan nickte. »Ich zeige Ihnen zuerst die Küche. Dort hat es eine Schießerei gegeben. Und direkt unter der Dachtraufe dahinter ist eine Bombe hochgegangen. Die hat viel Schaden angerichtet. Wir dachten, wir könnten ihn selber beheben, aber wir haben nicht gewusst, dass das Haus so alt ist und sanfter angefasst werden muss. Ich glaube, wir haben mehr kaputt gemacht als heile. Außerdem haben wir herausgefunden, dass es ein Problem mit den Wasserrohren gibt. Die Elektrik ist vom vorherigen Besitzer auf den neuesten Stand gebracht worden, aber jetzt bräuchten wir einen Klempner.«

Sonia nickte. »Das war zu erwarten. Viele von diesen alten Häusern sind nur teilweise saniert worden.«

Evan war sehr nett, aber er flirtete nicht mit ihr. Sie schaute auf seine linke Hand. Kein Ehering. Als er die Tür geöffnet hatte, hatte er sie von oben bis unten gemustert, aber dann – nichts mehr. Auch die anderen Männer, denen sie begegneten, beachteten sie kaum. Das war ihr noch nie passiert. Nie. Im oberen Stockwerk wischten zwei Frauen den Boden und lächelten auf sie herab. Das war mehr Reaktion, als irgendeiner der Männer gezeigt hatte. Diese ungewohnte Zurückhaltung beunruhigte sie so sehr, dass sie sich unwohl fühlte. Dabei wirkte Evan alles andere als bedrohlich. Niemand sandte gefährliche Schwingungen aus. Trotzdem versetzte sie die seltsame Situation in Alarmbereitschaft.

Das Haus war größer als ihres, stellte sie fest, als sie Evan von Raum zu Raum folgte. Er zeigte ihr alles außer dem Hauptschlafzimmer, dem dazugehörigen Bad und dem Büro. Sonst war nichts tabu. Sie notierte sich alle Schäden in den Räumen. Es gab Einschusslöcher in Türen und im Hauptschlafzimmer war sogar die Tür ausgewechselt worden, aber die neue war weder dem Original nachempfunden noch irgendwie passend zur Bauzeit des Hauses.

Der Schaden, den die Bombe angerichtet hatte, war beträchtlich. Wenn man ein wunderschönes historisches Gebäude wie das Tregre-Haus wieder instand setzen wollte, grenzte es dennoch an ein Wunder, dass die Explosion lediglich die obere und untere Veranda, diese Seite des Hauses und die Fenster zerstört hatte.

Sonia stieß einen leisen Pfiff aus und berührte ehrfürchtig das Holz. »Das ist erstaunlich. Wer auch immer diese Bombe platziert hat, er wusste, was er tat, denn er hat die Sprengkraft vom Haus weg gerichtet.«

Evan zog die Brauen hoch. »Das können Sie sehen?«

Sonia nickte. »Ich kenne mich mit Dynamit aus. Diese Sprengladung ist sehr sorgfältig angebracht worden. Der Bombenleger wollte das Haus verschonen.«

»Das sehe ich auch so«, sagte jemand hinter ihr.

Sonia versteifte sich und starrte stur geradeaus. Sie kannte diese leise, samtweiche Stimme mit dem herrischen Unterton. Sie würde sie überall wiedererkennen. Ganz egal, wie viel Zeit verging, sie würde immer wissen, dass es seine war. Joshuas. Sie schaute Evan an. Das war der Grund, warum keiner der Männer sie beachtet hatte. Joshua hatte es ihnen verboten. Er war das Alphatier. Ein Leopardenmensch. Ein Gestaltwandler. Natürlich war er der Besitzer dieses Hauses.

Sie waren bei ihrer Bestandsaufnahme auf der rückwärtigen Veranda angelangt, und Evan stand eine Stufe unter ihr auf der Treppe. Sonia schüttelte den Kopf und stellte sich zu ihm auf die Stufe. »Danke, dass Sie mich herumgeführt haben«, sagte sie und stieg die letzten beiden Stufen hinunter.

Ihr Herz begann, heftig zu klopfen. Sie kam sich vor wie ein Kaninchen mitten in einem Raubtierrudel. Evan konnte sie nicht einschätzen, aber Joshua war definitiv ein Leopardenmensch. Sie wagte es nicht wegzurennen, denn das hätte seinen Jagdinstinkt geweckt.

»Bleib sofort stehen, Sonia«, befahl er schlicht und einfach.

Sie blickte über die Schulter und ging weiter. Bei Tageslicht sah er noch besser aus. Der Mann war gnadenlos schön. Aber auch wenn er absolut heiß war, der Sex mit ihm der helle Wahnsinn, sie überall seine Male trug und ihn bei jedem Schritt in sich spürte, würde sie gehen. Einfach *gehen*. Wenn Jerry diesen Job haben wollte, sollte er jemand anders herschicken. Nicht sie.

Dann bemerkte sie einen Luftzug, und plötzlich stand er vor ihr und versperrte ihr den Weg. Sie blieb stehen, damit sie nicht in ihn hineinlief, aber sie hatte nicht vor, auch nur einen Schritt zurückzuweichen. Leoparden konnten sehr weit springen und ihre menschlichen Gegenstücke offenbar auch.

»Geh mir aus dem Weg.«

»Du bist wütend.«

»Du hast Jerry benutzt, um an mich heranzukommen.«

Langsam schüttelte Joshua den Kopf. Sein blaugrüner Blick war genauso durchdringend wie der seines Leoparden. »Ich brauche einen Bauunternehmer. Alles, was ich Jerry gesagt habe, war die reine Wahrheit.« Er deutete auf das Haus. »Es ist wunderschön und beschädigt. Ich möchte, dass es restauriert, aber auch modernisiert wird. Jerry war derjenige, der meinte, er hätte genau die Richtige dafür.«

»Du bist mir nach Hause gefolgt.« Sonias Stimme bebte vor Entrüstung.

»Natürlich. Wenn ich nicht darauf geachtet hätte, dass du

sicher heimkommst, wäre ich schließlich kein Gentleman. Ich bin dir jeden Morgen hinterhergeschlichen.«

Sonia wusste nicht, was sie mehr ärgerte – dass er ihr nachgestellt hatte, obwohl sie es ihm verboten hatte, oder dass sie es nicht bemerkt hatte. »So war das nicht abgemacht.«

»Kann sein, aber du bist heil angekommen. Übrigens mag ich dein Haus. Es ist wie eine kleinere Version von diesem. Ich habe nachgeforscht, ob es vielleicht einem Verwandten des Erbauers gehört hat, aber ich konnte nicht viel über die Familie finden, die beide Häuser in Auftrag gegeben hat. Sie war sehr verschwiegen.« Seine Augen verrieten ihr, dass er glaubte, es handele sich bei dieser Familie um Gestaltwandler, und sie war der gleichen Ansicht. Das ergab Sinn, denn dass die Äste der Bäume, die auf dem Grundstück gepflanzt wurden, so gelenkt worden waren, dass man darüber vom größeren zum kleineren Haus gelangen konnte, deutete auf Artgenossen hin.

»Ich brauche jemanden, der das Haus renoviert, Sonia«, wiederholte Joshua. »Ich wusste, dass du für Jerry arbeitest, aber wenn er mir nicht für diese Arbeiten empfohlen worden wäre, hätte ich mich nicht für seine Firma entschieden.«

Sie klopfte mit dem Notizbuch, in dem sie die Schäden notiert hatte, an ihr Bein. »Ich mag keine Überraschungen, und du überraschst mich immer wieder.«

»Du trägst meine Male und die meines Leoparden. Dein Weibchen hat Shadow akzeptiert und du mich.«

Hastig schaute Sonia sich um, aber Evan war verschwunden, und sonst schien niemand in der Nähe zu sein. »Sieben Nächte lang. Das war's. Als Gatita heiß war. Okay«, gab sie zu, als Joshua sie nur stumm ansah. »Wir waren *beide* heiß. Ich war genauso schlimm wie sie. Ich weiß ja nicht, wie es dir geht, aber ich bin nicht besonders wild darauf, dass jemand von meiner Leo-

pardin erfährt. Du warst so gut, dass ich Sterne gesehen habe, aber ich möchte keine Beziehung. Das habe ich dir gesagt.«
»Du hast mir gesagt, dass du mir gehörst.«
»Stimmt. Aber nur *sieben* Nächte«, beharrte sie.
»Ich lass dich nicht gehen, Baby«, sagte er und trat näher an sie heran.

Er raubte ihr einfach den Atem. Sie bekam keine Luft mehr, und ihr Herz zog sich zusammen. Diese leise Stimme, dieser schmeichelnde Tonfall und dieser intensive Blick – das alles ging ihr durch und durch. Als er noch näher kam, wurde sie wieder von seinem Duft eingehüllt und bei jedem Atemzug davon erfüllt. Sie hatte keine Ahnung, wie er das machte, aber sie fühlte sich sicher, obwohl sie wusste, dass sie es nicht war. Schon gar nicht bei ihm.

Sie konnte ihn nicht haben. Sie wollte das nicht. Sieben heimliche, himmlische Nächte im Sumpf mussten reichen. Dann war er in Sicherheit. Sie ebenso. Und Gatita auch. Wenn sie länger zusammenblieben, brachten sie sich in Gefahr. Sie würde immer gern an diese Nächte zurückdenken und sie vielleicht sogar als Maßstab nehmen, denn die Art von Sex, die er ihr gezeigt hatte, machte süchtig.

Sie schüttelte den Kopf. »Hör mal, Joshua. Mit dir war es ganz, ganz ehrlich so schön, wie eine Frau es sich nur wünschen kann, aber ich will dich nicht anlügen, das kann auf keinen Fall länger so gehen.«

Behutsam streckte er einen Arm aus, als würde sie weglaufen, wenn er eine falsche Bewegung machte – was durchaus möglich war, denn alles in ihr schrie nach Kampf oder Flucht. Trotzdem blieb sie wie angewurzelt stehen, unfähig sich zu rühren oder ihre Leopardin zur Hilfe zu rufen. Sie stand einfach da und ließ es zu, dass er wie im Sumpf die Führung übernahm.

Er schlang eine Hand um ihren Nacken, und ihr Herzschlag begann, in ihren Ohren zu dröhnen. Seine Finger legten sich auf ihren rasenden Puls. Sein warmer Atem streifte sie, als er den Kopf senkte und mit seinem Mund zart ihre Lippen berührte. Sofort zog ihr Schoß sich sehnsüchtig zusammen und ihr stockte der Atem vor Vorfreude, denn er enttäuschte sie nie.

Er strich mit seinen Lippen über ihre, zeichnete mit der Zunge die Konturen ihres Mundes nach und biss ihr dann ganz langsam immer fester in die Unterlippe, bis sie schockiert über den stechenden Schmerz nach Luft schnappte, dann war er da und eroberte sie mit seiner Zunge.

Raketen stiegen auf. Ein Feuerwerk aus Farben. Er grub die Hände in ihr Haar und hielt sie fest, während er ihr einen Kuss nach dem anderen gab. Lange, berauschende Küsse, die sie betörten und verwirrten.

Schon allein diese Küsse zeigten, wie hörig sie ihm war. Sie vergaß, wo sie war. Dass es heller Tag war und sie von jedem gesehen werden konnten. In dem Augenblick hätte sie alles gemacht, weil sie nicht mehr klar denken konnte. Nur fühlen. Dabei hatte er sie sonst nirgends angefasst. Er küsste sie nur, und dennoch war sie schon feucht und bereit. Schließlich war sie so erregt, dass sie ihn fordernd zurückküsste und sich an ihn drückte, um seine pralle, gierige Erektion zu spüren.

»Baby«, raunte er zufrieden, »wir müssen aufhören, sonst kann ich mich nicht mehr zurückhalten.«

Doch er drückte sie weiter fest an sich. Sie hatte das Gefühl, dass er sie vor zu vielen neugierigen Augen abschirmte.

»Wer bist du, Joshua?«, fragte sie leise, weil ihre Stimme ihr den Dienst versagte.

»Das weißt du doch.« Er fasste sie am Kinn. »Ich bin dein Mann. Dein Gefährte. Hörst du jetzt auf, dich dagegen zu sträuben, oder muss ich dich nach oben tragen und auf andere Weise davon überzeugen?«

»Deine Selbstzufriedenheit ist unerträglich.«

Das kleine Lächeln, das um seine Mundwinkel spielte, ging ihr ans Herz. »Jetzt, wo ich dich habe, habe ich doch Grund dafür.«

Sie schüttelte den Kopf. »Du verstehst mich nicht. Ich kann es mir nicht leisten, mich mit einem Mann einzulassen. Meinst du nicht, ich würde Ja sagen, wenn es anders wäre?«

Sofort war das kleine Lächeln wieder verschwunden. Ihr Herz schlug hart gegen ihre Brust, dann beschleunigte sich ihr Puls beängstigend. Seine beeindruckende Arroganz war einem kalten blaugrünen Starren gewichen. Das Grün war wild wie das Meer und dabei genauso kalt, das Blau wie die Tiefe eines Eisbergs und sein Gesicht eine ausdruckslose Maske, sehr maskulin und furchterregend. Von einer Sekunde zur andern war aus dem heißen, anziehenden Mann ein kaltblütiger, gefährlicher geworden.

Sie hatte schon früher mit gefährlichen Männern zu tun gehabt, doch Joshua spielte in einer anderen Liga. Sonia versuchte, einen Schritt zurückzutreten, und legte schützend eine Hand vor den Hals. Schnell packte er sie am Arm, schaute sich um und führte sie weg vom Haus unter die Bäume, wo niemand sie hören konnte. Sie war nicht sicher, ob sie mit ihm allein sein wollte.

»Du machst mir Angst.« Ehrlich zu sein, war die beste Strategie, denn ihre Leopardin erkannte Lügen, und bei seinem Leoparden war es sicher nicht anders.

»Gut so«, blaffte er. »Das ist doch alles Unsinn. Wenn du

ein Problem mit jemandem hast, musst du es mir sagen, und zwar sofort.«

»Ich kenn dich doch gar nicht«, wiederholte sie und zwang sich, ruhig zu bleiben, obwohl sie kurz davor war, am ganzen Körper zu zittern. Sie hatte doch Gatita, und das hieß, dass sie sich wehren konnte, zumindest lange genug, um von ihm wegzukommen. »Ich kann dir nicht einfach von meinen persönlichen Problemen erzählen, wenn ich dich gerade erst kennengelernt habe – falls ich welche hätte«, fügte sie hastig hinzu.

»Du hast mich nicht gerade erst kennengelernt, und du hast mir soeben verraten, dass du in Schwierigkeiten steckst. Du gehörst mir, Sonia, und ich kümmere mich um das, was mir gehört. Ich weiß, dass das ziemlich neu für dich ist, aber du bist eine Gestaltwandlerin. Wir leben nach anderen Regeln als der Rest der Welt. Das solltest du wissen. Du musst doch in einem Rudel aufgewachsen sein.«

Sonia schüttelte den Kopf. »Ich weiß nicht mal, was das ist.«

Er verengte die Augen, und wenn das möglich gewesen wäre, hätte sie behauptet, sein Blick sei noch fokussierter geworden. Alles Grüne war daraus verschwunden, und aus dem reinen Blau starrte sie der Leopard an.

»Ich möchte gehen. Jetzt. Sofort. Ich möchte hier weg.« Sie bekam kaum noch Luft.

»Er wird dir nichts tun. Dazu wären wir beide nicht imstande«, erwiderte Joshua. »Vielleicht bin ich manchmal ungeduldig oder zornig, aber ich würde dir niemals wehtun.«

Die Ehrlichkeit in seiner Stimme beruhigte sie. So etwas konnte man nicht vortäuschen. Sie holte tief Luft. Er roch nach Freiheit und Männlichkeit. »Ich habe keine Ahnung von

Gestaltwandlern. Ich wusste nicht, dass ich eine Leopardin in mir habe, bis sie sich in einer Notsituation gezeigt hat.« Sie wählte ihre Worte mit Bedacht.

»Einer Notsituation?«, hakte Joshua nach.

Sonia nickte. »Gatita hat mir das Leben gerettet.« Sie führte das nicht weiter aus. »Ich bin hierhergekommen, weil sie einen Ort brauchte, an dem sie frei herumstreunen kann. Und ich brauchte meine Ruhe.«

»Du bist weggelaufen. Du versteckst dich.«

»Wenn es so wäre, verstehst du ja, dass das Letzte, was ich brauche, ein Freund ist, der alles noch komplizierter macht.«

»Ein Freund?«, fragte Joshua amüsiert.

Sonia war verlegen. Er hatte ja kein Wort davon gesagt, dass er offiziell ihr Freund sein wollte. Sie waren eher wie ... »Na gut, Fickfreund«, fauchte sie. »In meinem Leben ist kein Platz für dich.«

Das eben noch heitere Gesicht war steinhart und kalt geworden und die sich ständig verändernden Augen wieder blaugrün. Sie wusste nicht, was schlimmer war, wenn der Leopard sie fixierte wie eine Beute oder wenn der Mann es ihm gleich tat.

»Wir sind *keine* Fickfreunde«, stieß er zwischen zusammengebissenen Zähnen hervor. »Wir bleiben für immer ein Paar. Du gehörst zu mir. Du bist meine Frau. Meine Gefährtin. Ich bin nicht dein Freund, verdammt noch mal. Daran müssen wir noch arbeiten. Ich bin dein *Mann*. Dein *Gefährte*. Ich gehöre dir so, wie du mir gehörst. Unsere Körper kommen schon nicht mehr ohne einander aus. Jetzt will ich noch dein Herz und deine Seele. Ich will dein bester Freund werden. Ich möchte alles für dich sein.«

Er war verrückt. Wahnsinnig. Völlig irre. Aber auch der

tollste Mann, dem sie je begegnet war – und der Furcht einflößendste, und von der Sorte kannte sie einige. Sie leckte sich über die Lippen und versuchte zu überlegen. Doch so nah an seinem warmen Körper, mit seinem Duft in der Nase und seiner unwiderstehlichen Anziehungskraft ausgeliefert, gelang es ihr nicht, vernünftig nachzudenken. Hilfesuchend schaute sie sich um. »Was machst du eigentlich? Wieso arbeiten all diese Männer hier?«

»Hast du schon mal von Drake Donovon gehört? Er hat eine Sicherheitsfirma.«

Aber sicher. Drake Donovons Ruf war sogar bis Miami gedrungen. Sonia nickte stumm, weil sie Joshua nicht sagen konnte, woher sie den Namen kannte, wenn er sie danach fragte.

»Er operiert weltweit. Seine Teams befreien Menschen, die gekidnappt worden sind. Oder liefern das Lösegeld aus. Manchmal arbeiten wir auch als Leibwächter. Ich leite eine seiner Abteilungen, und die meisten unserer Männer halten sich für Einsätze bereit. Im Moment aber versuchen wir, dieses Anwesen wieder herzurichten. Hier gibt es abgesehen vom Haupthaus viele kleine Hütten, die allesamt modernisiert werden müssen. Wenn sie nicht repariert werden können, sollen sie abgerissen und wieder aufgebaut werden. Auch um das Gelände müssen wir uns kümmern. Wir haben Feinde, deshalb brauche ich ein anständiges, modernes Sicherheitssystem. Und dann gibt es da noch etwas hier – dich.«

Er log nicht. Gatita hörte, dass er die Wahrheit sagte, trotzdem ... Sonia traute ihm nicht ganz.

Ich schon.

Nur weil du mit seinem Leoparden zusammen sein willst, du Luder.

»Sag mir, warum du Angst davor hast, mit mir zusammen zu sein.«

»Ich bin dir doch gerade erst begegnet«, wiederholte Sonia. »Ich kenne dich nicht richtig. Ich stürze mich nicht kopfüber in eine Beziehung, wenn ich gar nicht richtig weiß, wer du bist.«

»Gut, dann arbeite wenigstens hier.« Joshua deutete auf das Haus. »Es ist doch ein ganz normaler Job. Und lass uns nach der Arbeit zusammen ausgehen.«

Die Versuchung war groß, obwohl sie wusste, dass sie sich davor hüten sollte. »Das ist keine gute Idee«, sagte sie zögernd, doch Joshua lächelte bereits siegessicher.

»Kann sein, aber wir sollten es versuchen.« Er nahm ihre Hand. »Ich zeige dir die Hütten. Jerry habe ich nichts davon erzählt, weil ich dich fragen wollte, ob sie einfach abgerissen werden sollten. Wenn dem so ist, können meine Männer das machen, und du kommst dann mit deinen, um sie wieder aufzubauen. Sie haben eine Geschichte, aber wenn man reingeht, hat man das Gefühl ...« Er verstummte. »Mir wäre es lieber, du bildest dir ein eigenes Urteil.«

Sonia ging mit ihm, obwohl sie entsetzt war, dass sie sich auf seinen Vorschlag eingelassen hatte. Was war bloß mit ihr los? Vielleicht brachte sie Joshua damit in Lebensgefahr. Aber wollte sie immer allein bleiben? Er war ein Leopardenmensch und wusste über die Welt der Gestaltwandler offenbar mehr als sie. Sicher konnte er ihr vieles erklären und beibringen. Schließlich hielten sie ohnehin alle für tot. Es gäbe also keinen Grund, nach ihr zu suchen.

Schweigend schlenderten sie über einen ausgetretenen Pfad tiefer in den lichten Wald hinein. Überall am Wegrand standen kleine Hütten. Sie waren sehr alt und einige so verfallen, dass sie trotz ihrer langen Geschichte nicht mehr zu retten waren. Doch die, zu der Joshua sie führte, war mit modernen Annehmlichkeiten ausgestattet.

    Joshua öffnete die Tür, blieb aber auf der Schwelle stehen und winkte sie hindurch. Aus irgendeinem Grund machte sie das nervös. Sie musterte sein Gesicht. Es war starr, eine Maske, wie aus Stein gemeißelt, und sein Leopard war zurück und fixierte sie mit seinen kristallblauen Augen. Nur an seinem Kinn zuckte ein Muskel und lenkte ihre Aufmerksamkeit auf die dunkelblonden Bartstoppeln, die sich dort zeigten.

    Mit der Zungenspitze berührte sie die Bisswunde an ihrer Unterlippe, dann trat sie ein und merkte sofort, was Joshua gemeint hatte. Gatita wurde ganz verrückt und drängte hervor. Wild fauchend verlangte sie nach Freiheit. Sie roch Blut und Folter. Hörte die Wände schreien. Der Tod war hier gewesen. Sonia hatte Mühe, die Katze am Hervorbrechen zu hindern. Es war nicht leicht, aber sie behielt die Oberhand.

    Als Sonia aus der Hütte stolperte, zog Joshua sie sofort schützend an sich. Dann legte er die Arme um sie und das Kinn auf ihren Scheitel. Widerstandslos ließ sie sich halten, kämpfte gegen ihre Übelkeit und versuchte verzweifelt, ruhig gegen Gatitas Aufbegehren anzuatmen. Beruhigend strich Joshua ihr über den Hinterkopf und fuhr mit den Fingern sanft durch ihr Haar, ganz wie ein tröstendes Flüstern.

    Alles ist gut, sie werden sich darum kümmern.

    Seltsamerweise war es nicht Gatitas Stimme, die Sonia hörte, sondern die des Leoparden, der seine Gefährtin beruhigen wollte, indem er ihr durch Sonia die Nachricht vermittelte, dass Joshua und sie die Hütte niederreißen würden. Das große Männchen vertraute Joshua und wollte, dass Gatita das ebenso tat.

Bislang hatte nur sie selbst mit Gatita gesprochen. Niemand hatte von der Leopardin gewusst, bis Joshua zu ihnen gekommen war in jener ersten Nacht der Hitze der Katze. Sonia hatte sich immer auf das Tier verlassen. Es war in den letzten Monaten ihr einziger Gesprächspartner gewesen, und ein Teil von ihr teilte nicht gern. Sonia löste sich aus Joshuas Armen.

»Jetzt verstehe ich, was du gemeint hast«, sagte sie immer noch erschüttert. Um zu verbergen, dass ihr Magen nach wie vor rebellierte und sie am ganzen Körper zitterte, trat sie von der Veranda herunter auf festen Boden. »Wenn ich du wäre, würde ich sie alle einreißen. Das waren Sklavenhütten. Werd sie los, und falls du Aufenthaltsmöglichkeiten für deine Männer brauchst, in denen sie wohnen können, wenn sie hier sind, würde ich mir schöne Flecken suchen und etwas größere Häuser bauen, mit voll ausgestatteter Küche und guten Bädern mit Duschen, damit sie es bequem haben. Das mit dem besten Ausblick könntest du zu deinem Gästehaus machen und es besonders schön herrichten.«

»Ich dachte, dass vielleicht nur mein Leopard so reagiert. Ob die Hütten historisch sind oder nicht, sie sollten weichen. Wie du gesagt hast, die meisten sind sowieso schon baufällig und nicht mehr sicher. Bei den wenigen, die Cordeau renoviert hat, hat er sich auch gar nicht an das historische Aussehen gehalten.« Er kam zu ihr, nahm sie bei der Hand und so gingen sie Händchen haltend über den Pfad zurück.

Sonia biss sich auf die Lippe. Allein neben ihm herzugehen machte sie glücklich und verlieh den ohnehin schon leuchtenden Farben in Sumpf und Wald noch mehr Intensität. Alles mit Joshua fühlte sich sehr intensiv an. Und das machte ihr große Angst. Sie musste mit jemandem darüber reden.

Du hast doch mich. Gatita klang leicht verärgert.

Ja, aber du bist voreingenommen. Du denkst bloß noch an mehr Sex mit diesem Männchen.

Gatita putzte sich, schnurrte und streckte sich träge. *Du denkst doch auch nur an Sex mit deinem Mann.*

Das war wahr. *So* wahr. Aber Sonia wollte ihrer Katze nicht die Genugtuung geben, ihr zuzustimmen. Deshalb ging sie weiter und überlegte, ob sie Joshua ihre Hand entziehen sollte. Doch nachdem sie verstohlen zu seiner entschlossenen Miene aufgeblickt hatte, entschied sie sich dagegen. Er sah wieder ziemlich gefährlich aus.

»Du hast wirklich kein Pokerface. Ich kann jeden Gedanken in deinem verdrehten Hirn lesen. Du hast mir versprochen, dass du es mit mir versuchen würdest. Und jetzt denkst du wieder darüber nach wegzulaufen.«

Wütend starrte Sonia in an. »Wenn dir nicht gefällt, was ich denke, dann hör doch auf, meine Gedanken zu lesen.«

»Baby« – er schüttelte den Kopf – »ich lese sie dir an deinem wunderschönen Gesicht ab, in dein verrücktes Hirn komme ich nicht hinein.«

Am liebsten hätte Sonia gelächelt, aber sie hielt sich zurück. Sie machte sich wirklich ernsthaft Sorgen, aber sie konnte ihm nicht sagen, welche. »Ist dir mal in den Sinn gekommen, dass ich versuche, dich zu schützen?«

Einen Augenblick starrte Joshua sie mit den nun wieder blaugrünen menschlichen Augen herrisch und gebieterisch an. Sie blinzelte. So konnte sie nicht denken.

»Nein, das ist mir nie in den Sinn gekommen«, gab er zu. »Aber nachdem ich anfange zu verstehen, wie verquer du denkst, hätte ich darauf kommen sollen.«

Sie maß ihn mit ihrem finstersten Blick. »Ich denke völlig

logisch. Dass du nicht weißt, worum es geht, heißt ja nicht, dass ich keine guten Gründe habe.«

»Dann weih mich doch ein.«

Sonia schüttelte den Kopf. »Ich kenne dich nicht gut genug.«

Sie sah, wie das gefährliche Eis in die tiefen Linien in seinem Gesicht kroch, doch dann lächelte er humorlos. Er wirkte eher wie ein Raubtier auf der Lauer als ein Mensch.

»Na gut, Baby, aber du wirst mich ziemlich schnell kennenlernen. Eigentlich bin ich für meine Geduld bekannt, aber ich stelle fest, dass ich bei dir nicht viel davon habe. Wenn du die Räume in meinem Haus renovierst, denk dran, auch ein Kinderzimmer einzuplanen.«

Nun entriss sie ihm ihre Hand. »Du bist der schrecklichste Mann, der mir je begegnet ist.«

»Und ich fange gerade erst an. Um sieben hole ich dich zum Essen ab. Zieh dir was Hübsches an.«

»Heute kann ich nicht. Ich habe schon eine Verabredung.«

Es war falsch, das zu sagen, und sie wusste es in dem Moment, in dem sie das letzte Wort aussprach. Joshua packte sie am Handgelenk und riss sie an sich. Ehe sie irgendetwas sagen konnte, zerrte er ihren Kopf am Haar zurück, drückte seinen Mund auf ihren und küsste sie wütend und fordernd. Ihre Kopfhaut brannte, aber auf eine gute Art, die sie erregte.

Mit einem Arm hob er sie hoch, und sie merkte kaum, dass sie seinen Kuss erwiderte, bis er sie wieder absetzte. Dann zog er ihr einfach das T-Shirt über den Kopf und küsste sie weiter. Als ein Luftzug sie streifte, erschauerte sie. Joshua strich ihr über den Rücken, und plötzlich war ihr BH fort, und er umfasste ihre Brüste.

Sonia atmete schwer, machte den Mund auf, um zu protestieren, und versuchte, trotz des heillosen Durcheinanders in ihrem Hirn, nachzudenken. Aber schon schloss sich sein Mund warm und fest um ihre linke Brust, saugte sie ein und seine Zunge spielte mit ihrem Nippel, während seine Hand ihre rechte Brust massierte und knetete. Nichts an der Art, wie er sie sich nahm, war sanft, aber das wollte sie auch gar nicht. Er schien genau zu wissen, was ihr Blut in Wallung brachte.

Während sein Mund weiter ihre Brust bearbeitete, wanderte seine Hand zu ihrer Jeans. Er öffnete sie, steckte seine Finger in ihr Höschen und streifte ihr beides zusammen bis zu den Oberschenkeln herunter.

»Du bist ja jetzt schon heiß und bereit für mich«, murmelte er, als er seine Aufmerksamkeit auf ihre rechte Brust richtete.

Die Luft, die über ihre nasse, bereits schmerzlich verlangende Brust strich, steigerte ihre Erregung. Nun schob er seine Finger in sie hinein und sie fanden den Punkt, der sie in eine andere Galaxie katapultieren konnte. Plötzlich zog er die Finger zurück und hielt sie in die Höhe. Seine Augen funkelten hart und gefährlich und erschreckend blau. »Das gehört mir. Alles. Du wirst verdammt noch mal nicht mit anderen Männern ausgehen.« Er leckte sich die Finger sauber, ließ sich auf ein Knie herab und drückte seinen Mund auf ihren feuchten Schoß.

Sonia hörte das sehnsüchtige Jammern, das durch die Bäume wehte, aber sie konnte nicht damit aufhören, weil er sie gnadenlos leckte und ihre Klitoris so gekonnt reizte, dass sie in sein Haar fasste und ihn fordernd an sich drückte. Ihr Hunger war so stark, dass die Welt um sie herum verschwamm. Die Erlösung war nah. Ganz nah.

Abrupt hörte Joshua auf.

»Was ist los?« Sie schluchzte praktisch. »Bitte. Joshua. Ich bin so kurz davor.«

Er stand auf und zog ihr Höschen und ihre Jeans wieder hoch. »Nein. So nicht. Auf keinen Fall.«

Zornig starrte sie ihn an. »Glaubst du, ich brauche dich, um zu kommen? Tu ich nicht. Du kannst nicht einfach über mich bestimmen.«

Er hob eine Braue. »Ach wirklich? Weil du mit deiner Hand oder deinem Vibrator das Gleiche erreichen kannst wie ich? Wie oft hast du das in den letzten drei Tagen und Nächten versucht?«

Sie konnte seinem Blick nicht standhalten. Mit brennenden Augen schaute sie zur Seite. »Na gut, vielleicht hast du eine gewisse Macht über mich«, räumte sie ein. »Ich hoffe, dass du dich jetzt großartig fühlst, denn ich fühle mich elend deswegen. Richtig elend. Damit kannst du nicht punkten, falls du das gedacht hast.«

»Sonia.« Er wartete.

Sie wollte ihn nicht ansehen, aber sie konnte sich nicht davon abhalten. Sie wusste, dass er die Tränen sehen würde, die in ihren Augen schwammen. Eine weitere Demütigung nach all den anderen. Sie hasste es, dass sie keine Kontrolle über ihren Körper hatte, er aber schon. Offenbar empfand er für sie nicht dasselbe wie sie für ihn.

Er fasste sie am Kinn. »Ich werde mich nicht für mein Temperament entschuldigen, indem ich dich daran erinnere, dass ich ein Leopardenmensch bin. Das ist einfach so, und außerdem glaube ich, dass ich als Mann von ganz allein eifersüchtig bin, ohne dass mein Leopard mich dazu anstachelt. Nur damit du es weißt, die letzten drei Tage und Nächte waren die schlimmsten meines Lebens. Meine Hand hat nicht mehr gebracht als deine Spielzeuge.« Er küsste ihr die Tränen fort. »Mit wem bist du verabredet?«

Sonia schwieg einen Moment und fragte sich, warum sein plötzlicher Stimmungswandel dafür sorgte, dass sie sich geborgen fühlte. Ja, sogar sicher. Er hätte ihr nicht sagen müssen, dass auch er gelitten hatte, aber er hatte es ihr verraten, und das bedeutete ihr viel.

»Ich hoffe, es ist kein Freund von mir, sonst müsste ich meinen Leoparden auf die Jagd schicken.« In seiner Stimme war ein neckischer Unterton, aber als Leopardenmensch hörte sie, dass er es nur halb scherzhaft meinte.

»Meine Freundin Molly kommt heute um sieben zum Abendessen vorbei. Nicht, dass dich das etwas anginge.«

»Du bringst mich wirklich zum Verzweifeln. Wir haben uns doch gerade darauf geeinigt, dass wir einander besser kennenlernen wollen, damit du dich mit der Idee, mit mir zusammen zu sein, anfreunden kannst. Du weißt doch, dass du mir gehörst. Du hast zugestimmt. Du trägst meine Male. Meine und die meines Leoparden. Leoparden haben es nicht gern, wenn ihre Gefährtinnen in der Nähe anderer Männer sind, schon gar nicht, wenn es sich um männliche Leoparden handelt.«

»Ich kenne eure Regeln nicht.«

»Die Regeln sind aufgestellt worden, damit niemand getötet wird. Hab Spaß mit deiner Freundin Molly, ich komme, wenn sie weg ist. Dann erklär ich dir die Regeln.«

Sonia war nicht sicher, ob es eine besonders gute Idee war, ihn in ihr Haus zu lassen. Wenn es mit ihnen nicht klappte, schaffte sie es vielleicht nicht, die Spuren seiner Anwesenheit zu tilgen. Sie war sich nicht einmal sicher, ob sie ihn mochte, aber sie liebte seinen Körper und das, was er mit ihrem anstellte. Sie war dieser Sache nicht gewachsen.

»Oder möchtest du lieber zu mir kommen?«

Schnell schüttelte sie den Kopf. »Ich muss hier arbeiten und jeden Tag diesen Männern begegnen. Ich will nicht, dass sie wissen ...«

»Sie wissen es.« Sein Ton sagte alles. Offenbar handelte es sich um eine Anweisung. »Ich habe ihnen gesagt, dass du meine Gefährtin bist und dass sie sich besser von dir fernhalten sollen.«

Deshalb hatten die Männer sie kaum angeschaut, geschweige denn mit ihr geflirtet. Joshua hatte einen Befehl erteilt und sie hatten gehorcht. Er war definitiv der Boss. Falls es hier noch mehr von ihrer Art gab, war er ihr Anführer. Sie hatte keine Ahnung, ob das unter Leopardenmenschen üblich war, jedenfalls hatten die Männer das getan, was Joshua angeordnet hatte.

»Du machst mir Angst. Das, was zwischen uns passiert, macht mir Angst.«

»Ich werde das bedenken, wenn ich mit dir und deiner verqueren Denkweise zu tun habe. Und jetzt würde ich gern erfahren, was du über Leoparden und ihre Art weißt.«

»Meines Wissens bleiben Leoparden nicht zusammen. Die Weibchen ziehen die Jungen allein auf. Es ist sogar bekannt, dass die Männchen manchmal ihren Nachwuchs töten«, sagte Sonia in leicht anklagendem Tonfall. Ihr war immer noch heiß, sie zitterte nach wie vor und hasste es, dass ihr BH und ihr T-Shirt am Boden lagen und sie halbnackt vor Joshua stand. Als sie an sich herunterschaute, sah sie da, wo er an ihr geknabbert und gesaugt hatte, wieder diese Male. Sie wollte sich nicht noch weiter demütigen, indem sie sich nach ihren Kleidern bückte, um sich zu bedecken.

»Leopardenmenschen bleiben ihr ganzes Leben zusammen. Wir ziehen unsere Kinder gemeinsam auf, Sonia. *Ich* werde immer bei meiner Frau bleiben und ganz sicher meine Kinder mit ihr großziehen.« Er bückte sich und sammelte ihren BH und ihr T-Shirt auf. Dann reckte er einen Finger in die Luft und ließ ihn kreisen, damit sie sich umdrehte.

Sonia zögerte, aber er reichte ihr die Kleider nicht, also drehte sie ihm zögernd den Rücken zu. Joshua fasste um sie herum und zog ihr den Spitzen-BH wieder an. »Ich hasse es, etwas so Wunderschönes zu bedecken, aber du wirst die Männer sowieso verrückt machen. Es ist nicht nötig, dass sie dich auch noch nackt sehen.« Er hakte die Haken ein und streifte ihr das T-Shirt über den Kopf.

Sie ging ein paar Schritte nach vorn, ehe sie sich wieder zu ihm umdrehte und ihn musterte. Wenigstens hatte er einen Ständer. Die pralle Erektion in seiner Jeans war nicht zu übersehen. Sie war dankbar, dass sie nicht die einzige war, die mit dem, was vorgefallen war, Probleme hatte. Sehnsüchtig zog ihre Scheide sich zusammen, und heiße Feuchtigkeit nässte ihr Höschen. Ihr Verlangen war so groß, dass es schmerzte. Sie ging noch weiter auf Distanz, damit sie seinen Duft nicht länger einatmen musste und in Versuchung kam.

Er reagierte augenblicklich. Sie wusste, dass Leoparden schnell waren, dennoch war seine blitzartige Geschwindigkeit verstörend. Er war schon bei ihr, ehe sie begriff, dass er ihr nachsetzte. Er fasste sie am Kinn. »Heute Abend, Sonia. Heute Abend kümmere ich mich um dich, und wir reden über alles. Ich hätte gerne, dass du mir eine Nachricht schreibst, sobald deine Freundin weg ist.«

»Ich habe deine Handynummer aber gar nicht.« Sein Daumen strich über ihre Lippen, und wieder konnte sie nicht denken. Sie *hasste* es, dass sie so leicht aus dem Gleichgewicht zu bringen war, während er noch klar denken konnte.

Er schob seine Hand in ihre Gesäßtasche, wo sie ihr Handy hatte, zog es heraus und reichte es ihr. »Tipp deinen Code ein und gib es mir. Dann kriegst du meine Nummer und schickst mir deine.«

Ihr Kopf schrie »Nein«, aber unwillkürlich tat sie genau das, worum er sie gebeten hatte – nein, nicht gebeten. Er hatte es angeordnet. Trotzdem schickte sie ihm ihre Nummer, als er ihr das Handy zurückgab.

»Wenn du mit den separaten Kostenvoranschlägen für das Haupthaus und die Hütten fertig bist, soll Jerry sie mir zukommen lassen.«

Sonia nickte. Wenigstens hatte sie den Auftrag für Jerry nicht verloren.

Sie gingen ums Haus herum zur Vorderseite, wo ihr Truck stand. Joshua war so dicht neben ihr, dass seine Hand ihre streifte. Er griff danach, drückte sie an seinen Oberschenkel, und sie ließ es geschehen.

Beim Truck angelangt hielt er ihr die Tür auf und zwängte sie zwischen sich und dem Fahrersitz ein. »Küss mich.« Wieder ein Befehl.

»Ich trau mich nicht.« Das war die Wahrheit. Ihr Körper befand sich bereits in völliger Auflösung.

»Ich brauche das.«

»Joshua.« Ihr war klar, dass das ein schwacher Protest war.

Er führte ihre Hand von seinem Oberschenkel zu seiner Erektion. »Du verstehst mich nicht, Baby. Ich *brauche* es, dass du mich küsst. Es kommt mir immer so vor, als wäre ich kurz davor, dich zu verlieren. Ich habe dich drei beschissene Tage nicht gesehen und habe jede verdammte Minute gezählt. Du musst mich küssen, damit ich weiß, dass es dir so geht wie mir, dass du genauso leidest. Genauso an mich denkst wie ich an dich. Ich habe drei Nächte nicht geschlafen, das ist die Wahrheit. Ich wollte dich in meinem Bett haben, dich an mich drücken können. Ich weiß nicht, wann ich wieder Schlaf bekomme, aber es muss bald sein. Hast du mich verstanden? Es muss bald sein.«

Sie schaute zu ihm auf. Sein Glied fühlte sich selbst durch die Jeans heiß an. Sie hätte schwören können, dass sein Herz in ihrer Hand pochte. Sie musterte sein Gesicht. Für diesen kurzen Moment würde sie ihn besitzen, so wie er sie die sieben Nächte lang.

Sie warf ihr Notebook über die Schulter in den Wagen und legte eine Hand um seinen Nacken. Ohne zu zögern beugte er sich herab und drückte seinen Mund auf ihren. In dem mächtig angeschwollenen Glied unter ihrer Hand trommelte der Puls. Joshuas fordernde Zunge stellte verrückte Dinge mit ihr an. Er schmeckte nach sündhafter Fleischeslust. Einfach himmlisch.

Sonia wusste nicht, wie lange er sie mit seinem harten Körper gegen den Sitz ihres Pick-ups gedrückt hatte, aber als sie wieder hinter dem Steuer saß, war ihr brandheiß, ihre Lippen waren geschwollen, und ihr Verstand hatte sich komplett verabschiedet.

4

»Kennst du den Taylor-Swift-Song ›Wildest Dreams‹?«, fragte Sonia und biss von ihrer gebratenen Zucchini ab. »Das beschreibt Joshua. Er ist groß und verdammt gut aussehend. Na gut, umwerfend. Aber er hat was von einem bösen Jungen. Vielleicht ist er sogar knallhart drauf. Jedenfalls wird das Ganze nicht gut für mich enden.«

Molly legte die Stirn in Falten und aß weiter. »Das kannst du nicht wissen.«

»Oh doch. Männer wie er bleiben nicht. Sie versprechen es dir nur. Und selbst wenn er bei mir bliebe, das Leben mit ihm wäre die Hölle. Er ist ein Diktator.« Nachdrücklich fuchtelte Sonia mit der Zucchini in der Luft herum. »Alles, was aus seinem Mund kommt, klingt wie ein Befehl.«

»Macht dir das etwas aus?«

»Im Bett nicht. Außerhalb schon. Und er würde seinen Machtanspruch nicht aufs Schlafzimmer beschränken. Glaub mir, ich hab's schon erlebt.«

»Hmm.« Molly schob ihren Teller von sich, obwohl er noch nicht leer war. »Ich bin so voll, wenn ich noch einen Bissen esse, platze ich. Ich muss das jetzt noch mal rekapitulieren. Du kanntest ihn nicht, nicht mal seinen Namen, hattest aber trotzdem die ganze Nacht wilden, hemmungslosen Sex mit ihm. Gleich beim ersten Mal, als du ihm zufällig begegnet bist.«

Sonia stöhnte. »Das laut ausgesprochen zu hören ist mir peinlich. In meinem ganzen Leben habe ich so was noch nie gemacht. Ich bin bisher nur mit einem anderen Mann zusammen gewesen. Ich wusste nicht mal, dass Sex so sein kann. Joshua ist eine echte Gefahr für jede Frau.«

Molly lachte. »Na, jedenfalls ist er gefährlich für dich. Du bist immer wieder zu eurem Treffpunkt gegangen und er auch. Was wolltest du denn da?«

»Eine Woche lang den besten Sex der Welt. Das wollte ich, und danach, dachte ich, würde es vorbei sein. Mein Herz würde nicht daran hängen, und ich würde mich nicht jede Nacht nach dieser Art von Supersex verzehren.« Sie wollte ehrlich sein. »Ich dachte, ich hätte alles unter Kontrolle. Aber leider ist er wohl derjenige, der alles unter Kontrolle hat, und ich bin ein Wrack.«

»So hat das für mich aber nicht geklungen. Immerhin wollte er zum Abschied unbedingt einen Kuss von dir«, bemerkte Molly. »Das sieht eher so aus, als wäre er das Wrack und hätte Angst davor, dass du abhaust. Mir kommt er ein wenig verzweifelt vor.«

»Ich würde mir wünschen, dass er das ist, denn jedes Mal, wenn ich daran denke, frustriert ins Bett zu gehen, sehne ich mich ganz schrecklich nach ihm.« Verschmitzt grinste sie Molly an. »Na, vielleicht nicht nach ihm. Eher nach seinem Schwanz. Kann man sich auch in einen Schwanz verlieben? Wenn er seinen Mund halten würde … Nein … falsch. Das, was er damit macht, ist ein Wunder. Aber wenn er einfach nichts sagen würde, wäre er perfekt. Ich könnte ihn mir den ganzen Tag ansehen und mich jederzeit an ihm bedienen.«

Molly stöhnte. »So was kannst du doch zu einer Frau, die keinen Sex hat, nicht sagen. Ich liege allein im Bett, schon vergessen? Spielzeuge sind ein schlechter Ersatz für das Echte.«

»Nein, die sind nicht mal ein Ersatz.« Sonia sprang auf und lief hin und her. »Ich kann nicht ...« Entnervt blieb sie mitten in der Küche stehen und warf die Hände in die Luft. »Weißt du, ohne ihn geht gar nichts mehr.«

»Okay, das ist schlimm. Sehr schlimm. Eine Frau muss imstande sein, auch ohne einen Mann klarzukommen.«

»Er behauptet, ich habe einen.«

»Wie bitte?«, fragte Molly.

Sonia holte tief Luft. »Er jagt mir furchtbare Angst ein. Ich kann ganz bestimmt nicht mit ihm mithalten. Seine Art von Sex ist sehr abenteuerlich. Wirklich *sehr*. Früher oder später wird er mich leid sein.«

»Sonia, das sind doch Vorwände. Du suchst nach Entschuldigungen, um nicht mit ihm zusammen zu sein. *Und* du gehst der wichtigsten Frage aus dem Weg. Möchtest du mit ihm zusammen sein?«

Sonia fuhr sich mit beiden Händen durchs Haar. »Ich weiß es nicht, ehrlich. Ich hasse es, allein zu sein. Ich liebe Sex. Und er ist unglaublich. Seine Stimme. Sein Mund. Sein Schwanz. Sein Körper. Aber er ist Furcht einflößend. Wirklich. In einem Moment guckt er mich ganz lieb an und im nächsten ist sein Blick kalt wie Eis. Er würde mir seinen Willen aufzwingen. Außerdem ist er launisch. Er war ärgerlich, aber ich weiß nicht, ob das an mir lag, oder weil sein ...« Sie konnte sich gerade noch davon abhalten zu verraten, dass Joshua und sie Leopardenmenschen waren. »Sein Sexualtrieb hat ihn gezwungen, zu mir zu kommen, und das passt ihm nicht.«

Molly legte die Stirn in Falten. »Ich hab gar nicht darüber nachgedacht, wie das für ihn sein muss.« Sie zuckte die Achseln. »Ich schätze, dass Männer wohl immer irgendwie auf Sex aus sind, ohne dass ihre Gefühle im Spiel sind. Er muss ja genauso verrückt danach sein wie du nach ihm, wenn er jede Nacht nur deshalb wiedergekommen ist. Warum versuchst du es nicht mit ihm, Sonia?«

»Dazu müsste ich Vertrauen zu ihm fassen, und das fällt mir nicht leicht.«

Molly nickte. »Das verstehe ich. Trotzdem, was genau hält dich davon ab, es mit ihm zu versuchen? Wenn es nicht funktioniert, kannst du doch jederzeit wieder gehen.«

Sonia schüttelte den Kopf. »Oh nein. Dann würde mir das Herz brechen. Wenn ich zu oft mit ihm zusammen bin, wird ihm nicht nur mein Körper gehören, das wird ihm nicht reichen. Er hat ja schon gesagt, dass er auch mein Herz will – und er würde es bekommen. Ich weiß, dass ich mich in ihn verlieben würde. Er ist eben mein Typ. Tja, ich stehe auf einen gewissen Typ Mann, und zwar keinen guten, ganz und gar nicht.«

»Oho, du stehst auf harte Jungs.«

Sonia nahm die Teller vom Tisch und trug sie zur Spüle. »Unglücklicherweise. Ich weiß nicht, wie das passieren konnte, aber es scheint mein Schicksal zu sein. Sie faszinieren mich einfach. Außerdem ist der Sex gut oder in diesem Fall ein reines Feuerwerk. Aber mit ihnen zu leben ist gefährlich, es macht mir Angst und ist überhaupt sehr, sehr schlecht. Hatte ich das nicht schon gesagt? Und dieser hier ist noch schlimmer als der Erste.«

Um Sonia nicht ansehen zu müssen, wusch Molly die Teller ab und stellte sie in die Spülmaschine. »Tut mir leid, das hört sich ganz nach meinem Ersten an.«

»Hat deiner etwa auch versucht, dich umzubringen?«

Fast wäre Molly ein Teller aus der Hand gefallen. Hastig fing sie ihn auf und spülte ihn ab. »Woher weißt du das?«

»Bitte? Ich wollte nur ...« Sonia unterbrach sich. »Moment. Dieses Arschloch hat versucht, dich umzubringen? Der Kerl, der dich eingesperrt hat?«

»Ich bin mir nicht sicher, ob er das wirklich wollte, aber er hat gesagt, wenn ich mich weigere, bei ihm zu bleiben, würde auch kein anderer mich bekommen«, gestand Molly mit zittriger Stimme. »Er hat mir zweimal den Arm gebrochen und drei Rippen. Beide Augen waren zugeschwollen und mein Kiefer hatte eine Haarfraktur. Er hatte einen Freund, einen Arzt, der ist ins Haus gekommen. Ich weiß nicht mehr viel von diesen ersten Tagen, nur dass ich wochenlang nichts anderes tun konnte, als durch einen Strohhalm zu trinken. Sie haben mir den Kiefer verbunden und gesagt, ich soll ihn nicht bewegen. Blake meinte, ich sollte ihm dankbar sein, denn durch die Flüssigdiät würde ich nicht dick.«

»Das hat er *nicht*.« Sonia wollte den Mann finden und ihre Leopardin loslassen. »Er ist nicht mal verhaftet worden? Er ist damit durchgekommen? Und deine Eltern finden ihn immer noch toll?«

Molly nickte. »Er hat Beziehungen zur Polizei. Er ist der Bezirksstaatsanwalt und schmeichelt sich bei allen Bonzen ein. Genauso einen Mann haben meine Eltern sich gewünscht. Er stammt aus einer angesehenen Familie und ist stinkreich. Alle lieben ihn. Wer hätte mir geglaubt?«

»Ich glaube dir«, erklärte Sonia.

»Ich stehe auch auf einen bestimmten Typ«, sagte Molly. »Er hat immer irgendwas mit der Polizei zu tun. Ich kann Bastien nicht mal anschauen, ohne rot zu werden. Und ich bin sicher, dass er das bemerkt hat. Er grinst immer so, wenn er mich sieht.«

»Du meinst dieses selbstgefällige Grinsen?« Sonia schnaubte leise. »Ach, Schatz, das ist typisch für ihn. Er ist heiß, und er weiß es.«

Molly seufzte. »Leider flirtet er mit allem, was einen Rock trägt, ganz egal wie alt die Frau ist. Außerdem ist er bei der Polizei, das heißt, falls Blake und seine Freunde mich unter irgendeinem Vorwand zur Fahndung ausschreiben lassen, wird Bastien davon erfahren und mich verhaften.«

»Bastien ist vielleicht ein Schürzenjäger, aber er ist intelligent. Er würde dich nicht einfach an andere ausliefern, ohne sich vorher deine Sicht der Dinge anzuhören.«

»Mag sein, aber ich halte mich trotzdem so weit wie möglich von ihm fern. Ich habe Angst, mit einem Mann allein zu sein«, gab Molly zu. »Ich werde wohl eine echte Katzenlady.«

»Hast du Jerry nicht mal gesagt, dass du allergisch gegen Katzen bist? Er hat mir erzählt, dass die Katze im Holzlager Junge gekriegt hat, ehe er sie zum Tierarzt bringen konnte, und dass du keins davon nehmen konntest, weil du allergisch bist.«

»Jep. Total allergisch, also werde ich eine Katzenlady mit Ausschlag, die ständig niest. Sehr anziehend.«

Beide lachten und gingen durch die Küche ins Esszimmer. Molly schaute sich die Bilder an den Wänden an. »Die sind wunderschön. Sind sie alle vom selben Künstler?«

Sonia wurde rot. Sie liebte es zu malen, aber sie sollte ihre Bilder wohl besser verstecken. Sie konnte einfach nicht aufhören, die Natur zu porträtieren, all die Pflanzen und Tiere, die sie im Sumpf sah. »Ich arbeite mit Öl, weil die Farben lebhaft sein sollen. Der Sumpf ist so schön, und ich möchte, dass andere ihn so sehen wie ich.«

»Du solltest damit an die Öffentlichkeit gehen. Ehrlich, die sind sehr gut. Ich würde dir gern eins abkaufen.«

Ehe Sonia antworten konnte, sah sie durch die Bäume einen Lichtschein. Sie hielt die Luft an und trat einen Schritt vom Fenster zurück. »Es sieht so aus, als würden wir Besuch bekommen, Molly. Bleib besser in der Küche, während ich ihn in Empfang nehme.« Falls sie sich verwandeln musste, wollte sie keine Zuschauer. »Nur zur Sicherheit, klar?«

Molly wurde blass. »Hast du nicht gesagt, dass Joshua später noch vorbeikommen würde?«

Sie hörten, wie ein Wagen die geschotterte Auffahrt hochkam. Sonia schüttelte den Kopf. »Ich soll ihm eine Nachricht schreiben, wenn wir mit dem Essen und dem gemütlichen Plaudern fertig sind. Ich wollte heute Abend deinen Rat, nicht seine Gesellschaft.« Das war ein bisschen gelogen, aber das wollte sie weder Molly noch sich selbst eingestehen. »Bleib einfach ein paar Minuten in der Küche, Schatz. Ich guck mal, wer da ist.«

Eilig ging sie vom Esszimmer durch das große Wohnzimmer, machte die Tür auf, schlüpfte nach draußen und stellte sich links von der Tür auf die Veranda. Hier vorn brannte kein Licht, und sie machte auch jetzt keines an. Sie wartete einfach, bis der Besucher seinen SUV geparkt hatte und ausstieg. Sofort entspannte sie sich.

Sie wartete noch, bis er die drei Stufen zur Veranda hochgestiegen war, ehe sie ihn wissen ließ, dass er nicht allein war. »Hallo Bastien. Was führt dich heute Abend hierher?«

Er war in Uniform. Erstaunt blieb er auf der breiten Veranda stehen. »Sonia. Ich hab dich im Dunkeln gar nicht gesehen.« Er schaute sich um. »Bist du allein?«

»Wieso?«, entgegnete sie.

»Ich habe mitbekommen, wie Molly aus der Stadt gefahren ist, und als ich an deinem Haus vorbeigekommen bin, habe ich ihren Wagen entdeckt. Normalerweise fährt sie nicht so weit raus, und sie bleibt auch nie so lange weg. Ich habe mir Sorgen gemacht.«

Sie hörte, dass er sie täuschen wollte. Er war nicht ganz ehrlich. Doch in seiner Lüge steckte immerhin ein Körnchen Wahrheit.

»Wir haben zusammen zu Abend gegessen. Mädelsabend.«

Bastien stützte sich mit einer Hand an einer dicken Säule ab. Er sah gut aus in seiner Uniform, und die lässige Pose betonte seine Attraktivität noch. »Warum macht ihr zwei einen Mädelsabend?«

Sonia blieb im Schatten. Je weniger sie sich bewegte, desto unsichtbarer war sie. Bastien ahnte, wo sie war, denn er sah in ihre Richtung, aber sie wusste, dass sie nachts mit der Dunkelheit verschmolz. Sie war noch nicht sicher, was er wollte, und sie würde ihn nicht zu Molly lassen, wenn er vorhatte, sie zu verhaften und zu Blake zurückzuschicken.

»Wir Frauen müssen zusammenhalten, wenn die Männer um uns kreisen. Wir tauschen Erfahrungen aus und stärken einander den Rücken.«

»Wer von euch braucht denn Rückendeckung?« Er grinste sie an. »Molly oder du?«

»Vielleicht wir beide.« Sie ließ sich von seinem freundlichen Lächeln nicht einwickeln.

»Lass mich rein«, sagte er höflich, aber mit einem merkwürdigen Unterton. Dann richtete er sich auf und wirkte nicht mehr lässig, sondern sehr professionell.

»Warum?« Sonia würde nicht nachgeben, solange sie nicht wusste, ob sie ihre Freundin beschützen musste.

»Ich muss selber sehen, dass es Molly gut geht.«

Die Antwort war so überraschend, dass Sonia den Fehler machte, sich zu bewegen. So wäre sie ein leichtes Ziel, sollte er seine Waffe ziehen und sie erschießen wollen.

»Warum?«, wiederholte sie.

Bastien seufzte. »Sie ist immer sehr vorsichtig und sieht sich permanent nach allen Seiten um. Sie steckt offenbar in Schwierigkeiten und ich lasse nicht zu, dass ihr etwas passiert. Ich werde ihre Geschichte aus ihr herausbekommen, und dann, ich warne dich schon mal, hör ich mir deine an.«

Sonia gefiel, dass er sich um Molly sorgte. Das zumindest schien die reine Wahrheit zu sein. Außerdem war sie erleichtert, dass er nicht glaubte, dass sie auf der Flucht war. Zwar interessierte ihn, warum sie allein wohnte, aber er hielt sie nicht für so gefährdet wie Molly. Irgendetwas machte sie also richtig.

»Gut, aber benimm dich. Ich hab keine Angst davor, dich rauszuwerfen, wenn du sie aufregst.«

»Warum sollte ich das tun?«, fragte er ehrlich besorgt, aber auch misstrauisch.

Sie durfte nicht vergessen, dass er Polizist war, das wurde ihr wieder ganz klar. Er dachte wie ein Ermittler, und wenn sie aufmüpfig wurde, verriet sie zu viel. Also presste sie die Lippen zusammen und schritt zur Tür.

Halt dich bereit, ermahnte sie ihre Katze. Nicht dass Gatita schlief, wenn sie sie brauchte.

Er ist keine Bedrohung für euch, erwiderte die Leopardin.

Sonia stieß die Tür auf. *Hör auf zu schmollen. Du wirst dein Männchen heute Abend noch sehen. Ich mach mir keine Sorgen um mich, sondern darum, dass Bastien Molly vielleicht verhaften will. Sei wachsam.*

»Molly, Bastien ist da. Er wollte nur nachsehen, ob es uns beiden gut geht. Komm doch ins Wohnzimmer«, rief Sonia, hauptsächlich um Molly zu warnen. Nachdem ihre Freundin ihr von ihrer Schwärmerei für Bastien erzählt hatte, wollte sie ihr genug Zeit geben, sich vorzubereiten. Ihr dagegen würde das bei Joshua nicht helfen.

Bastien packte Sonia bei den Schultern, schob sie mit erstaunlicher Kraft aus dem Weg und marschierte quer durchs Haus. Der Grundriss machte es ihm leicht, daher stand er schon im Esszimmer, ehe Molly wusste, wie ihr geschah.

»Molly.« Er musterte sie von Kopf bis Fuß. »Geht es dir gut?«

Molly reckte das Kinn. »Warum sollte es mir nicht gut gehen?« Sie klang atemlos und leicht verlegen, obwohl sie offensichtlich angriffslustig erscheinen wollte. »Aber vielleicht habe ich zu viel gegessen. Sonia ist eine gute Köchin.«

Bastien warf Sonia einen Schulterblick zu. Sie stand in der Tür zum Esszimmer und beobachtete ihn und Molly, ein Lichtstrahl fiel auf ihr Gesicht. Bastiens Augen verengten sich. Schnell kam er zu ihr, fasste sie am Kinn und drehte ihr Gesicht dem Licht zu. »Was zum Teufel ist das?«

Sonia löste sich von ihm und trat einen Schritt zurück. »Ich bin gefallen und hab mir auf die Lippe gebissen. Vor ein paar Tagen schon, aber dann, heute Morgen ...« Sie leckte sich über die kleine Wunde. »Ich beiß immer wieder drauf. Eine schlechte Angewohnheit.« Sie verhedderte sich in ihrer Erklärung und redete zu viel, sodass es klang, als würde sie lügen.

Bastien drehte sich wieder zu Molly um. »Dieses plötzliche Treffen hat aber nichts mit Sonias Lippe zu tun, oder?«

»Nein, natürlich nicht. Wenn Sonia Probleme hätte, würde ich es dir sagen.«

»Würdest du es mir auch sagen, wenn *du* Probleme hättest?«, wollte er wissen.

Molly zog den Kopf ein und errötete leicht. »Ich bin langweilig. Ich bekomme keine Probleme«, antwortete sie ausweichend.

»Du bist überhaupt nicht langweilig. Wenn du Probleme hast, solltest du dich an mich wenden.«

Molly schaute ein wenig hilflos zu Sonia hinüber, die ihr rasch zur Hilfe kam. »Wie lustig, dass du das sagst, Bastien. Wir haben gerade darüber geredet, wie schwer es ist, wieder Vertrauen zu fassen, wenn man sich einmal verbrannt hat. Über so was reden Frauen bei einem tollen Abendessen.«

»Sie kocht wirklich toll und sehr scharf«, erklärte Molly. »Und schau dir nur ihre Bilder an. Sonia kann nicht nur Häuser bauen und super kochen, sie könnte die Häuser sogar mit ihren eigenen Kunstwerken dekorieren.«

Bastien zögerte. Sonia hielt die Luft an und hoffte, dass er Molly vom Haken ließ. Sie konnte ihm ihre Geschichte erst erzählen, wenn sie dazu bereit war, und dazu brauchte sie Mut. *Sehr* viel Mut, denn Molly wollte nicht an ihren Ex-Mann überstellt werden. Sonia nahm sich vor, Blakes Nachnamen und Aufenthaltsort ausfindig zu machen. Bis Molly Vertrauen zu Bastien fasste, musste sie auf ihre Freundin aufpassen.

»Die hast du gemalt?«, fragte Bastien.

Sonia nickte. »Ich male, seit ich denken kann.«

»Waren deine Eltern vielleicht Künstler? Die sind gut. Richtig gut. Sogar ich kann das sehen.«

Sonia konnte nicht anders, sie sonnte sich ein wenig in der Bewunderung. Sie liebte es zu malen, aber es gab keine Chance, jemals herauszufinden, wie gut sie war. Sie hatte keine Ahnung, ob ihre Arbeiten je in einer Galerie zu sehen wären oder ob jemand wirklich eins ihrer Bild kaufen wollen würde.

»Wenn ich male, vergesse ich alles um mich herum«, sagte sie. »Allerdings mache ich keine Porträts, obwohl ich damit experimentiert habe. Meine besondere Liebe gilt der Natur.« Sie deutete auf die drei Bilder an der Wand. »Wenn dieses Zimmer mit der Renovierung dran war und wieder schön ist, hänge ich die Bilder in einem andern auf. Hier sah es nur so furchtbar aus, dass der Raum ein paar Glanzpunkte brauchte.«

»Hast du deine Arbeiten schon mal ausgestellt?«, fragte Bastien, der vor einem Bild stand und es ausgiebig betrachtete. »Ich kenne die Besitzerin der erfolgreichsten Galerie in New Orleans. Die ist Spitze. Sie wäre bestimmt ganz scharf auf so eine Gelegenheit.«

Sonia lächelte, als wäre sie erfreut, schüttelte aber den Kopf. »Ich male nur für mich. Ich bin Schreinerin, Bastien, ich möchte mir nur durch die Renovierung alter Häuser einen Namen machen.«

»Bist du wirklich nur vorbeigekommen, um zu sehen, ob es uns gut geht?«, fragte Molly. Sie stotterte leicht und war immer noch apart errötet, aber es gelang ihr, Bastien in die Augen zu blicken.

»Natürlich.« Er schaute sich im Haus um. »Willst du nicht gerade aufbrechen?«

Molly nickte. »Es ist schon spät. Ich hab es noch nie gemocht, nach Einbruch der Dunkelheit nach Hause zu kommen.«

Bastien trat einen Schritt zurück, damit sie vor ihm her durchs Wohnzimmer gehen konnte. »Ich fahre dir nach und mache dann eine Runde durch dein Haus.«

»Ich habe eine Alarmanlage. Und die soll richtig gut sein.«

»Ich sehe mich um«, erklärte er mit fester Stimme. »Und danach fahre ich gleich wieder. Ich bin Polizist, Molly. Ich liebe meinen Job und würde niemals meine Karriere riskieren, weil ich eine Frau bedränge, ganz egal, wie hübsch ich sie finde. Nur zu deiner Information, ich habe große Achtung vor Frauen, das ist mir von einer guten Mutter eingeimpft worden. Ich würde ihnen niemals wehtun, und ich mag es nicht, wenn ich sehe, dass sie Angst haben oder verletzt sind oder geschwollene Lippen haben.« Dabei richtete er den Blick auf Sonias Gesicht.

Die verdrehte die Augen. »Du bist wohl schon so lange Polizist, dass du hinter allem ein Verbrechen witterst. Dabei ist es hier doch sicher sehr ruhig.«

»Oh, Rafe Cordeau, der Mann, dem das Anwesen ein Stück weiter hinten an der Straße gehört hat, war ein Gangster, und ich bin mir nicht sicher, ob der Mann, der das Haus jetzt gekauft hat, Cordeaus Geschäft nicht übernommen hat. Zumindest besteht der Verdacht. Die Hälfte der Polizisten hier hat bei dem Kerl auf der Gehaltsliste gestanden. Glaub mir, um Arbeit brauche ich mir keine Sorgen zu machen. Die finde ich überall.«

Sonia versteifte sich. Sie hatte keinen Hinweis darauf entdeckt, dass Joshua ein Verbrecher sein könnte. »Ich komme gerade von dort, Bastien. Jerry hat mich hingeschickt, damit ich einen Kostenvoranschlag für die notwendigen Reparaturen mache. Er hat mir erzählt, dass Joshua Tregre für Donovon Security arbeitet. Eine internationale Firma. Als Leiter eines Teams.«

»Donovon?«

Sonia nickte. »Jerry meinte, Tregre hat im Ausland entführte Geiseln befreit. Warum glaubst du, dass er ein Verbrecher ist?« Falls das stimmte, wollte sie nichts mit Joshua zu haben. Wenn nötig, würde sie eben alles hinter sich lassen und wieder weglaufen.

Bastien runzelte die Stirn. »Er ist gut befreundet mit Elijah Lospostos und Alonzo Massi. Dass Elijahs Familie zur Mafia gehört, ist ja allseits bekannt, und er hat das Familiengeschäft vor einigen Jahren übernommen. Außerdem ist er mit Siena Arnotto verheiratet, der Enkelin von Antonio Arnotto. Sie hat das Verbrechersyndikat ihres Großvaters geerbt und Massi zu ihrem Geschäftsführer ernannt. Er befasst sich offenbar mit der dunklen Seite des Geschäfts. Sein Territorium ist riesengroß und der Krieg mit anderen Parteien hat längst begonnen. Massi und Lospostos sind eine starke Kombination.«

»Und mein Nachbar kennt diese Leute?« Das jagte ihr Angst ein, sogar große Angst. Sie hatte nicht vor, auch nur in die Nähe der Mafia zu kommen. Von Siena Arnotto hatte sie schon gehört. Ihr Großvater hatte ein äußerst erfolgreiches Weingut betrieben. Die Familie war sehr wohlhabend und tauchte seit Jahren immer wieder in der Boulevardpresse auf. Als Arnotto ermordet wurde, war herausgekommen, dass er der Kopf einer Verbrecherorganisation gewesen war. Der Skandal hatte die Zeitungen und Klatschkolumnisten monatelang beschäftigt. Siena Arnotto hatte ihr ein wenig leidgetan. Ging das nicht jedem so, der mitbekommen hatte, wie genau sie von allen Seiten beobachtet wurde? Doch dann hatte diese Frau auch noch Elijah Lospostos geheiratet, dessen Familie schon seit Generationen in schmutzige Geschäfte verwickelt war.

»Oh ja«, erwiderte Bastien. »Aber fairerweise muss ich sagen, dass ich sie auch kenne. Das macht Tregre noch nicht zu einem Verbrecher, aber zu jemandem, den ich im Auge behalten werde. Wenn du bei ihm bist ...«

»Ich werde nicht spionieren«, unterbrach ihn Sonia entschieden. Falls sie irgendetwas Verdächtiges sah, war sie weg. Sie würde es nicht anzeigen, sie würde einfach gehen.

»Ich will ja gar nicht, dass du spionierst. Ganz im Gegenteil. Tu deine Arbeit und konzentrier dich nur darauf. Geh nirgendwo hin, wo du nicht hingehen sollst. Wenn du irgendetwas Seltsames bemerkst, verschwinde einfach.«

Es gefiel ihr, dass Bastien so fürsorglich war, aber diese neue Entwicklung war beängstigend, und sie wollte Molly und ihn los sein, damit sie nachdenken und eine Entscheidung treffen konnte.

Bastien marschierte zur Tür, hielt sie auf und wartete auf Molly. Die umarmte sie. »Vielen Dank für diesen schönen Abend. So viel Spaß habe ich im ganzen Jahr noch nicht gehabt. Das Essen war köstlich und deine Gesellschaft und die Unterhaltung noch viel besser.«

»Danke dir für die vielen guten Ratschläge für meinen Garten. Die Ideen, die du hast, sind wunderbar. Wenn wir diesen Job an Land ziehen, müsste ich imstande sein, nächsten Monat die meisten Büsche, Bäume und Blumen zu pflanzen. Dann haben sie Zeit zu wachsen, während ich am Haus arbeite. Das Dach sollte ich mir als Erstes vornehmen. Ich möchte keine Löcher mehr drin haben, wenn es wieder regnet.«

»Ich komme bald wieder«, versprach Molly. »Und vergiss nicht, dass wir nächste Woche bei mir essen. Ich kann nicht so gut kochen wie du, aber ich werde dich schon nicht vergiften.«

Bastien nahm Molly am Ellbogen. »Ich schätze, ihr zwei könntet einen Rekord für den längsten Abschied aufstellen.«

»Tja, ich könnte bestimmt in mehreren Bereichen einen Rekord aufstellen, du kannst mich also ruhig auch in dieser Disziplin nominieren«, erwiderte Sonia fröhlich. Es war schön zu wissen, dass sie jetzt eine Freundin hatte. Sie mochte Molly wirklich gern. »Vergiss nicht, ihr Haus zu überprüfen«, fügte sie noch hinzu.

Schockiert riss Molly die Augen auf, ein stummes »Was-denkst-du-dir-dabei?« im Blick. »Auf keinen Fall. Ich achte darauf, dass sie in Sicherheit ist. Ich bin hinter dir, Molly, also fahr nicht zu schnell.«

»Ich fahre *nie* zu schnell. Du verwechselst mich mit Sonia.«

Sonia zuckte die Achseln. »Ist das dein Ernst? Auf diesen Straßen ist doch nie einer. Und in der Stadt halte ich mich an die Regeln.«

»Trotzdem ist es gegen das Gesetz«, meinte Bastien.

Wieder verdrehte Sonia die Augen. »Das ist ein dummes Gesetz, wenn niemand außer mir auf der Straße ist.«

»Es soll für deine Sicherheit sorgen.«

Aber sie wollte nicht in Sicherheit sein, sie liebte die Gefahr. Sie hatte Sicherheit gesucht, denn das war bequemer, und als sie außer Gefahr war, hatte sie geglaubt, das wäre genau das, was sie wollte. Dann jedoch hatte sie Joshua Tregre getroffen und schon schien ihr Sicherheit nicht annähernd so wichtig, wie sie gedacht hatte. Sie fuhr sich mit beiden Händen durchs Haar. Sie war durcheinander. Völlig verwirrt. Wie konnte sie nach allem, was passiert war, eine Beziehung mit Joshua überhaupt in Erwägung ziehen? Nach dem, was sie von Bastien erfahren hatte, sollte sie eigentlich packen. Und wieder weglaufen. Stattdessen stand sie auf ihrer Veranda und winkte Molly und Bastien nach. Auch als die Rücklichter ihrer Autos verschwunden waren, blieb sie dort stehen und lauschte den Geräuschen im Sumpf.

Den summenden Insekten, die nur für sie ein Schlaflied sangen. Dem lauten Hintergrundchor der Frösche mit dem hektischen Frage-und-Antwort-Gequake. Und den Zikaden, die ihre endlose Melodie beisteuerten. Sie liebte die nächtlichen Laute im Sumpf. *Wirklich.* Manchmal lag sie bei offenem Fenster im Bett und hin und wieder blieb sie sogar draußen auf der Veranda sitzen und schlief bei dem Konzert ein.

Sie schlang die Arme um ihre Mitte und wiegte sich einen Moment vor und zurück, damit die innere Hitze abnahm. Wenn ihr Hirn doch nur aufhören würde, an Joshua zu denken, dann hätte sie eine Chance herauszufinden, was sie am besten tun sollte, und das dann auch umzusetzen. Doch die furchtbare Wahrheit war leider, dass sie Joshua verfallen war. Kaum dass ihr Besuch gegangen war, wurde das Verlangen nach ihm so groß, dass sie anfing, sich zu verkrampfen.

Sex war etwas Vorübergehendes. Dieses Verlangen würde sich legen, und dann blieb ihr nur noch ein herrischer Zuchtmeister, der höchstwahrscheinlich auf ihr herumtrampelte. Und das auch nur, wenn er bei ihr blieb – was er ohnehin nicht tun würde. Männer wie er blieben nicht. Sie konnte mit einem gebrochenen Herzen rechnen, wenn sie dumm genug war, sich tatsächlich auf eine Beziehung mit ihm einzulassen.

Sie seufzte und ging ins Haus zurück. Dabei zog sie das Handy aus der Tasche und starrte es an. Aber sie schrieb keine Nachricht. Sie musste sich beweisen, dass sie diszipliniert genug war, eine weitere Nacht ohne ihn zu überstehen. Es war schon schlimm genug, dass sie ihn jede Nacht im Sumpf getroffen hatte, weil sie es nicht schaffte, sich zurückzuhalten, doch das hatte sie auf Gatitas Hitze schieben können. Diese Entschuldigung hatte sie nun nicht mehr. Wenn sie ihn jetzt zu sich rief, war das ihre Schuld. Dann wusste sie, dass sie zu schwach war, um ihm zu widerstehen, und wenn er ein

Verbrecher war, wenn er in irgendeiner Weise mit der Mafia zu tun hatte, war sie so gut wie tot.

Sie nahm eine lange, kühle Dusche und zog rote Boyshorts an. Die trug sie sehr gern, weil sie so bequem waren. Wenn die dehnbare Spitze sich über ihren Rundungen spannte, fühlte sie sich sehr weiblich, selbst wenn sie mit einem Hammer oder einer Nagelpistole hantierte. Besonders gern schlief sie in heißen Nächten darin. Das dazu passende Hemdchen schmiegte sich an ihre vollen Brüste, bot aber erstaunlicherweise mehr Halt als gedacht, deshalb schlief sie auch darin sehr gern. Vernünftigerweise ging sie nicht barfuß, sondern zog dünne Ballettschläppchen an, ehe sie auf die hintere Veranda ging, um das Konzert im Sumpf mit leiser, entspannter Musik im Hintergrund zu untermalen.

Manchmal brauchte ihr langes, dickes Haar nach dem Waschen Stunden, um zu trocknen. Sie spielte ihre Lieblingslieder und ließ die luftige Brise durch die nassen Strähnen wehen. Der Ruheplatz, der ihr am besten gefiel, war ein eiförmiger Korb, der an einer Kette von der Decke hing. Sie machte es sich darin gemütlich und schaukelte sanft hin und her, während sie träge mit ihrem Handy spielte. Das würde eine sehr lange Nacht werden.

Du bist traurig.

Das stimmte. Sogar sehr traurig. Aber nicht so wie damals, als ihre Mutter gestorben war und sie sich vollkommen verloren gefühlt hatte. Sie beide hatten so lange zusammengehalten. Ihre wunderschöne Mutter hatte nach dem Tod ihres Vaters bei einer sehr reichen russischen Familie als Hausmädchen gearbeitet. »Er ist ermordet worden, Gatita«, sagte sie laut. Sie hatte die Lüge, dass ihr Vater bei einem Unfall umgekommen sei, so oft erzählt, dass sie es einmal aussprechen musste.

»*Papi* ist ermordet worden.«

Ich weiß, und es tut mir sehr leid. Aber hier sind wir in Sicherheit.

»Sie haben mich dazu gebracht zu glauben, dass sie unsere Freunde wären. *Mami* hat für sie gearbeitet, obwohl sie es gewusst hat. Die ganze Zeit. Sie wusste, dass die ihren Mann ermordet haben. Kannst du dir vorstellen, wie schrecklich das für sie gewesen sein muss? In der Nacht, in der ich herausgefunden habe, dass mein eigener Ehemann vorhatte, mich zu töten, habe ich auch erfahren, dass sein Vater Nikita, von dem ich dachte, er liebt uns, sie gezwungen hat, mit ihm zu schlafen. Ich habe mitbekommen, wie er mit Sascha gesprochen hat, wie er meinte, es wäre dumm, sich in mich zu verlieben. Am Ende würde er mich ja doch umbringen müssen, und das würde nur schwerer werden, wenn er mich liebt. Sascha hat ihm zugestimmt.« Sascha, ihr Mann. Dem sie vertraut hatte. Das einzige menschliche Wesen, das ihr auf der Welt geblieben war.

Um sie zu beruhigen, schnurrte Gatita so, dass sie von innen heraus vibrierte, fast im Takt zur tröstenden Musik des Sumpfes.

»Nikita hat immer so getan, als wären wir ihm wichtig. Immer. Ich hätte das alles nie geglaubt, wenn man es mir erzählt hätte, aber ich habe es selber gehört. Und Sascha hat ihm nicht widersprochen. Ich dachte, dass Sascha mich innig liebt, dass er für mich kämpfen würde.«

Sie hatte nicht bemerkt, dass sie weinte, aber nun tropfte eine Träne von ihrem Kinn und auf ihre Brust. Sie wischte sie weg. Sie hatte genug geweint, als ihr klar geworden war, dass die Familie Bogomolow sie ausgenutzt hatte. Nikita Bogomolow, das Familienoberhaupt, hatte den Mord an ihrem Vater befohlen. Doch vorher hatte man ihren *Papi* noch gefoltert, weil er angeblich Geld gestohlen hatte. Vielleicht stimmte das sogar. Ihr Vater war sehr stolz gewesen und hatte nicht gewollt, dass seine Frau oder seine Tochter arbeiten mussten. Roberto hatte sie aus Kuba hergebracht, und da er in Verbindung mit den Bogomolows stand, hatte er sofort Arbeit gefunden.

»Es war nicht richtig, Gatita«, flüsterte sie. »Selbst wenn er sie bestohlen hat, mussten sie ihn nicht umbringen. Was haben sie nur gewollt? Warum haben sie *Mami* für sich arbeiten lassen, sie derart ausgenutzt, dann aber alle Kosten für ihre Krebsbehandlung bezahlt? Sie wurde bis zu ihrem Tod rund um die Uhr betreut.« Sie kannte die Antwort. Das war Sascha zu verdanken. Er hatte dafür gesorgt, dass ihre Mutter gepflegt wurde. Er war während der ganzen Zeit ihr Fels in der Brandung gewesen.

»Ich dachte, er liebt mich«, wiederholte sie traurig. »Nikita hat gemeint, ich gehörte nicht zu dem Typ Frau, den man heiratet, genau wie meine Mutter. Solche wie wir wären nur zum Ficken gut. Man sollte sich nicht in uns verlieben. Oder Kinder mit uns haben. Solche wie uns könnte man nicht in die Gesellschaft einführen. Als ich das hörte, habe ich mich ganz schrecklich gefühlt.«

Sascha hatte seinem Vater zugestimmt. Da war ihre Welt zusammengebrochen. Sie war siebzehn gewesen, als ihre Mutter die Diagnose bekommen hatte, und gerade zwei Monate achtzehn, als sie gestorben war. Sascha hatte sich um die Krankenschwestern gekümmert, das Krankenhaus, die Rechnungen, den Gottesdienst und die Beerdigung. Sie hatte sich in allem auf ihn verlassen.

Er hat gesagt, er liebt dich, und er hat nicht gelogen. Das hätte ich gemerkt.

»Hast du gewusst, dass Nikita *Papi* umgebracht hat?«

Woher? Du hattest ja zuvor nie ein Gespräch über den Tod deines Vaters belauscht.

Sonia strich sich mit einer Hand übers Gesicht, um die stummen Tränen fortzuwischen. Sie hatten auch versucht, sie umzubringen, indem sie eine Bombe an ihrem Auto anbrachten – dem, das Sascha ihr zur Hochzeit geschenkt hatte, um sie dazu zu ermutigen, den Führerschein zu machen. Der Wagen war in Stücke gerissen worden und in einem Ball aus orangeroten Flammen und schwarzem Qualm in den Ozean gestürzt.

Wenn Gatita nicht gewesen wäre, wäre sie verbrannt und läge tot am Meeresgrund. Sie hatte nicht gewusst, dass es Gatita gab. Doch die Leopardin war kurz vor der Detonation plötzlich hervorgebrochen und aus dem Auto gesprungen. Die Explosion hatte sie bis auf die andere Straßenseite geschleudert. Doch das Tier war klug genug gewesen, trotz der Verletzungen schnell wegzurennen und sich zu verstecken.

Dann hatte sie sich wieder auf das riesige Bogomolow-Anwesen geschlichen, wo sie sich den Schlüssel für den Banksafe geholt hatte, den ihre Mutter für sie angemietet hatte, damit sie dort vorsichtshalber Geld deponieren konnte. Das war ihr zur Gewohnheit geworden. Niemand sollte jemals von diesem Safe erfahren. Ein paar Mal war sie versucht gewesen, Sascha davon zu erzählen, doch dann hatte sie stets die Warnung ihrer Mutter im Ohr, dass er nur für den Notfall gedacht sei und absolut *niemand* davon wissen dürfe. Außerdem hatte sie eine »Fluchttasche«. Beide Eltern hatten darauf bestanden, dass immer eine bereit stand. Darin waren Kleider, Ausweise und Papiere, die sie brauchen würde, sowie Bargeld. Viel Bargeld. Auch diese Tasche war wie der Safeschlüssel fern vom Haus aufbewahrt worden.

»*Mami* hat gewusst, dass ich das Geld brauchen würde«, flüsterte sie der Leopardin zu. »Es war so viel drin, dass ich mich gefragt habe, ob *Papi* die Bogomolows tatsächlich bestohlen hat.«

Hier sind wir sicher.

»Hier *waren* wir sicher«, berichtigte Sonia. Die leichte Brise strich über ihre erhitzte Haut. »Jetzt habe ich da so meine Zweifel. Du hast doch gehört, was Bastien gesagt hat. Es könnte durchaus sein, dass Joshua Tregre zu einem Verbrechersyndikat gehört. Wenn das stimmt, Gatita, enttarnt er uns früher oder später, denn diese Verbrecher stecken alle unter einer Decke, und dann wird er Nikita und Sascha verraten, dass wir noch leben.«

Er wird uns nicht an sie ausliefern.

»Rein rechtlich bin ich immer noch mit Sascha verheiratet, zumindest vermute ich das. Ich kann ja schließlich schlecht die Scheidung einreichen. Dann würde er erfahren, dass es mich noch gibt.« Sie rieb sich die Schläfen. Das alles war sehr verwirrend.

Er hat versucht, dich umzubringen.

»Dessen bin ich mir vollends bewusst, vielen Dank, Gatita.«

Geistesabwesend strich Sonia sich mit einem Finger über ihre weiche Brust. Mit der anderen Hand klopfte sie sich im Takt der Musik um sie herum immer wieder mit dem Handy aufs Bein. Dann erreichte der Finger einen Nippel. Er war hart vor Verlangen. Weil sie wieder an Joshua dachte. Nichts schien ihn aus ihrem Kopf heraushalten zu können, nicht einmal die Erinnerung an die Vergangenheit.

»Man sollte annehmen, ich hätte etwas gelernt«, sagte sie. »Was ist bloß los mit mir, dass ich das nicht hinkriege?«

Du solltest etwas schlafen.

»Ich kann nicht schlafen. Ich muss laufen, bis ich mich nicht mehr bewegen kann, so wie gestern Nacht.« Und all die anderen Nächte, seit sie sich geweigert hatte, Joshua ihre Telefonnummer oder ihren Nachnamen zu verraten.

Ich laufe gern. Gatita streckte sich träge.

Sonia musste lächeln. »Du hoffst doch bloß, dass wir deinem Gefährten begegnen.«

Du doch auch.

Sonia stöhnte. »Ich hasse es, wenn du so selbstzufrieden bist.«

Du hasst es, wenn ich recht habe.

»Das auch.« Sonia sprang auf und ging auf der Veranda hin und her. Da sie ja ums ganze Haus lief, war sie sehr lang und bot Sonia viel Bewegungsspielraum, den sie voll ausnutzte. »Er ist so herrschsüchtig. Macht es dir nichts aus, wenn die beiden uns rumkommandieren? Nicht einmal Sascha hat mir etwas vorgeschrieben.«

Nein, aber er hat versucht, dich zu töten.

»Vielleicht war das nicht Sascha. Vielleicht war es Nikita.«

Ich habe Saschas Geruch aufgefangen. Papi hat schließlich auch Bomben gebaut. Er hat dir damals beigebracht, wie man etwas baut und dich auch Sprengstoffladungen platzieren lassen. In den Felsen. Du hast gewusst, dass Sascha Bomben bastelt. Du hast doch die Chemikalien an ihm gerochen, wenn er nach Hause gekommen ist.

Aber sie hatte ihn nicht darauf angesprochen. Wahrscheinlich weil sie nicht gewollt hatte, dass er ihren guten Geruchssinn bemerkte. Sie roch mehr als andere, aber die wenigen Male, in denen sie das zu erkennen gegeben hatte, war sie der Lüge bezichtigt worden. Doch hauptsächlich hatte sie es Sascha deswegen verheimlicht, weil sie Angst davor hatte zu erfahren, was er machte. Zu dem Zeitpunkt hatte sie schon gelernt, wie seine Familie tickte. Und dass sie Geheimnisse hatte. Sie war immer gut in Sprachen gewesen, ihre Eltern hatten sogar etwas Russisch gesprochen, und durch das Zusammenleben mit Sascha hatte sie noch mehr davon aufgeschnappt.

Sie war so jung gewesen und durch den Tod ihrer Mutter so traumatisiert, dass sie das privilegierte Leben als Saschas Frau einfach genossen hatte. Erst als der Schock und die heftige Trauer nachließen, hatte sie sich Zeit genommen, sich umzusehen und zuzuhören, ohne dass es jemandem auffiel.

Sie musste zugeben, dass ihr nach und nach der Verdacht gekommen war, dass die Bogomolows in Verbrechen involviert waren und Sascha viel damit zu tun hatte. Also hatte sie beschlossen, ihn zur Rede zu stellen, doch dazu kam es nicht mehr. Als ihr College-Kurs über Historische Architektur wegen Krankheit des Professors ausgefallen war, war sie früher nach Hause gekommen und hatte zufällig das Gespräch zwischen ihrem Schwiegervater und Sascha mitangehört. Da war ihre Welt noch einmal zusammengebrochen.

Sie hatte schon vorher bei jeder Gelegenheit mehr Geld und Kleidung in ihre »Fluchttasche« gesteckt und ihr Verschwinden genauestens geplant. Aber sie hatte nicht gewusst, dass währenddessen ihr Ehemann und seine Familie ihren Tod planten. Zur Polizei konnte sie nicht gehen, weil einige Polizisten womöglich auf der Gehaltsliste der Bogomolows standen – und zudem konnte sie ihnen nichts Wertvolles anbieten, damit sie ihr Leben schützten. Sie hatte nie mitbekommen, wie auch nur ein kleiner Deal abgemacht wurde. Nicht ein einziges Mal. In ihrer Gegenwart wurde zwar übers Geschäft geredet, aber immer nur über das rechtmäßige.

Sonia drückte die Fingerspitzen in die Augenwinkel, um die Tränen am Fließen zu hindern. Sie hatte Sascha geliebt und an ihn geglaubt. Zu ihm aufgeschaut. Wenn es ihm gelungen war, sie zu täuschen, wie würde es ihr dann mit einem Mann ergehen, der nicht so sanft und wohlerzogen war? Kein Gentleman? Nicht so charmant? Sascha hatte erwartet, dass sie in den meisten Dingen einer Meinung waren, aber er hatte nichts gegen Einwände gehabt und ihr gut zugehört. Joshua dagegen schien ein lupenreiner Diktator zu sein. Vielleicht war das typisch für Leoparden. So wie das Temperament und die Launenhaftigkeit, die sie von ihrer Leopardin kannte – und Gatita war alles andere als ein Alphatier.

Oh Gott. Sie dachte schon wieder an Joshua. Alle Wege schienen zu ihm zu führen, und das durfte sie nicht zulassen.

5

Sie würde ihm keine Nachricht schicken. Rastlos lief Joshua Tregre auf der oberen Veranda seines Plantagenhauses hin und her. In den letzten zwei Stunden hatte er wohl hundert Mal zu Sonias Haus hinübergeschaut. Evan hatte ihm immer wieder gesagt, es würde noch ein Loch in dem Holz entstehen, das hundert Jahre oder länger dem Verschleiß standgehalten hatte.

»Sie hat Angst, Joshua. Schau dich doch an. Du wirkst furchtbar einschüchternd, du hast sie verschreckt«, erklärte Evan.

Das war Joshua bewusst. Aber er wollte es nicht hören. Er hatte sich unmöglich benommen. Weil er die Finger nicht von ihr lassen konnte. »Ich hätte nie gedacht, dass ich eine Frau finden würde«, gestand er seinem besten Freund. »Nie. Nicht in einer Million Jahren, und schon gar nicht jetzt, wo ich so viel regeln muss. Wir haben eine riesige Aufgabe vor uns, und ich kann es mir nicht leisten, mir Gedanken über meine scheue Gefährtin zu machen.« Dabei kreisten seine Gedanken längst *alle* um sie.

Normalerweise war Joshua für seine Kaltblütigkeit bekannt. Seine absolute Ruhe. Er war kein Hitzkopf wie so viele Leopardenmenschen, genau deshalb war er dafür ausgewählt worden, Rafe Cordeaus Territorium zu übernehmen. Er brauste nicht auf, egal was passierte. Bis Sonia gekommen war. Sie war wunderschön, sexy, klug – und völlig verängstigt.

Shadow, sein Leopard, hatte ihm das Bild eines brennenden Autos vermittelt, das ins Meer stürzte, während Gatita und Sonia um ihr Leben rannten. Viel mehr hatte die Leopardin nicht durchblicken lassen, nur einen Eindruck davon, dass die beiden sich offenbar tot stellten, damit sie in Sicherheit waren. Daher nahm Joshua an, dass irgendjemand versucht hatte, sie umzubringen, und glaubte, es wäre ihm gelungen. Das war für ihn inakzeptabel.

»Sie steckt in Schwierigkeiten, Evan, großen Schwierigkeiten, aber sie will mir nichts davon erzählen.«

»Dann lass deinen Leoparden doch seine Gefährtin fragen.«

»Er hat nur das Bild von einem explodierenden Auto, das ins Meer stürzt. Das ist alles. Sonst gab es nichts. Als er mehr wissen wollte, ist sie nicht darauf eingegangen.«

»Sonia kennt sich mit Bomben aus. Sie hat erkannt, dass die Sprengladung an der Veranda sehr sorgfältig platziert worden ist«, verriet Evan.

»Herrgott, sie muss mit mir reden. Ich bin ihr Gefährte, verdammt noch mal. Sie sollte mir vertrauen.«

Joshua war daran gewöhnt, dass man ihm vertraute. Er war zwar nur Drake Donovon und Elijah Lospostos Rechenschaft schuldig, aber niemand zweifelte an ihm. Außerdem war er begehrt bei Frauen. Er mochte Sex. Sehr. Sein Körper verlangte häufig danach, und nach einem langen Tag gab es nichts Besseres als eine heiße Liebesnacht. Aber dann ging er nach Hause. Er schlief nicht bei den Frauen. Kuschelte nicht mit ihnen und wollte auch nicht bei jedem Atemzug ihren Duft einatmen – bis Sonia gekommen war.

Sie war wie eine Droge, die er nicht mehr aus seinem System herausbekam. Eine ganz besondere Droge, die ihm so unglaubliche Erleichterung verschaffte, dass er glaubte, die verdammten Sterne erreichen zu können. So intensiv wirkte sie. Am liebsten hätte er sie mit Haut und Haaren verschlungen. Ihr Geschmack machte süchtig. Ihre Figur war himmlisch. Und sie gehörte ihm. Sie war wie für ihn gemacht. Selbst wenn es ihre beiden Leoparden nicht gäbe, würde sie zu ihm gehören. Sie sollte für ihn dasselbe empfinden. Ihn haben wollen. Dringend. Sofort. Und sich dann nachher im Bett völlig befriedigt und entspannt an ihn schmiegen.

»Joshua, ich bin dein Freund. Du bist der Anführer des Rudels hier. Du bist gerade dabei, es in den Griff zu bekommen, denn es war schwer gestört. Die meisten Männer, die wir übernommen haben, kennen wir nicht. Wir wissen noch nicht, ob wir ihnen trauen können. Wir müssen diesen Miami-Deal so schnell wie möglich unter Dach und Fach bringen, und dazu müssen die Russen herkommen. Das ist deine Aufgabe, das weißt du. Jetzt kommt diese Frau im falschen Augenblick daher und macht alles noch viel komplizierter. Du hast guten Grund, gereizt und launisch zu sein, aber weißt du, wenn du ihr Angst einjagst, läuft sie vielleicht weg.«

Joshua blieb am Rand der Veranda stehen, legte einen Arm um den massiven Stützpfeiler und starrte über den Sumpf zu Sonias Haus. Die Äste der Bäume berührten einander und bildeten jenen langen, gewundenen Hochweg zu ihr und in viele andere Richtungen. Eine großartige Gelegenheit für seinen Leoparden. Für alle Leoparden im Rudel. Hier hatten sie genug Freiheit, um unbemerkt von der äußeren Welt herumzustreifen. Er konnte Sonia erreichen, ohne gesehen zu werden – auch nicht von ihr.

Großer Gott. Wie er sich nach ihr sehnte. Bei jedem verfluchten Atemzug. »Ich kann nicht klar denken, Evan. Ich habe nicht damit gerechnet, dass es so sein würde. Ich weiß, dass sie die Richtige ist. Ich *weiß* es einfach. Mein Leopard hat sich mit ihrem verpaart. Ich dachte, wenn das passiert, würde sie einfach mitmachen, vor allem nach all diesen gemeinsamen Nächten.«

»Hast du mit ihr darüber geredet? Vielleicht weiß sie nichts über Gestaltwandler. Ich wusste, dass es so kommen kann. Drake hat es mir erzählt.«

»Sonia hat gesagt, sie kennt die Regeln nicht. Also habe ich ihr angeboten, heute Abend zu ihr zu kommen und sie ihr zu erklären. Vorher haben wir nicht viel geredet.« Bei der Erinnerung an die letzten Nächte bekam er eine Erektion. »Ich hätte vorsichtiger mit ihr sein sollen. Sanfter. Aber das schien sie gar nicht zu wollen, und ich auch nicht. Ich wusste, dass Leopardensex in der Brunst rau sein kann, aber ich hatte keine Ahnung, was mich erwartet. Ich bin fast durchgedreht. Ich mag es ja immer gern rau, aber sie hat mich noch weiter angestachelt.«

»Du willst zu ihr.« Das war eine Feststellung.

»Ich kann mich nicht von ihr fernhalten, und es ist fies, dass es ihr nicht genauso geht. Das nervt mich wahnsinnig, und gleichzeitig tut es unendlich weh.« Joshua rieb sich da, wo sein Herz saß, über die Brust. »Du kennst mich doch, sonst bin ich nicht so.«

»Du musst bald eine Lösung finden. Wir haben noch eine Woche, höchstens, dann musst du voll da sein. Wenn du glaubst, du schaffst das nicht, müssen wir es Elijah sagen. Vielleicht kann jemand anders deinen Part übernehmen.«

Joshua schüttelte den Kopf. »Elijah und Alonzo verlassen sich auf mich. Ich habe hart für diesen Deal gearbeitet und kenne jedes Detail, von vorne bis hinten. Ich zieh das durch.« Aber zuerst musste er sich mit dem größten Deal seines Lebens befassen. Sonia Lopez. Er hatte ihretwegen bereits bei Drake Donovon und Jake Bannaconni angerufen, zwei Freunden, die alles über sie herausfinden konnten, jedes Geheimnis, das diese Frau verbergen mochte. Es hatte ihm nicht gefallen, die beiden auf Sonia anzusetzen, aber er hatte keine andere Wahl. Sie würde nicht reden, und er musste schnell Bescheid wissen.

Er holte tief Luft, atmete die Gerüche des Sumpfes ein und lauschte den Insekten und Fröschen, die das nächtliche Konzert dominierten. Schlangen platschten ins Wasser. Ein Fisch sprang heraus. Mit ruhigem Flügelschlag flog eine Eule nah an ihm vorbei. Er liebte den Sumpf. Er war in Louisiana geboren worden. Das war seine Heimat, und so würde es immer sein.

Der Sumpf war nicht jedermanns Sache, doch Sonia hatte sich furchtlos, aber respektvoll dort eingerichtet. Dabei hatte sie darauf geachtet, die Tiere und Pflanzen nicht mehr als nötig zu stören. Man sah, dass sie versuchte, ihrem Haus die alte Eleganz zurückzugeben, während sie auf dem Grundstück heimische Pflanzen wachsen ließ.

»Du bist doch sonst beliebt bei den Damen, Joshua. Sie laufen dir förmlich nach.«

»Nur die eine, die zählt, nicht.« Joshua seufzte. »Ich kann nicht hierbleiben, wenn ich weiß, dass sie da drüben ist. Ich lauf hin. Drück mir die Daumen, dass sie mich nicht erschießt.«

»Hat sie etwa ein Gewehr?« Evan war leicht besorgt.

»Das würde ich ihr durchaus zutrauen«, erwiderte Joshua

und bückte sich, um die Schuhe auszuziehen. »Kannst du mir einen Beutel holen? Ich nehme T-Shirt und Jeans mit.«

»Ich stell dir ein Paar Schuhe mit Socken an die Ecke ihres Grundstücks. Neben den alten Baum, in dem wir unsere Kleider verstecken.« Evan zog einen kleinen Beutel unter seinem Sessel hervor und reichte ihn Joshua.

»Danke, Evan.« Joshua rollte sein Shirt auf und steckte es in den Beutel. Jeans waren etwas schwieriger, sie mussten fest eingerollt werden, um in die kleinen Beutel zu passen. Die banden sie sich dann um den Hals, damit sie, wenn sie sich wieder zurückverwandelten, etwas zum Anziehen hatten. Außerdem verstauten sie zur Sicherheit an verschiedenen Stellen auf dem Anwesen Kleider und Schuhe.

Joshua war relativ neu als Anführer des Rudels und hatte die Leitung von einem Leopardenmenschen übernommen, der sie nach Rafe Cordeaus Verschwinden an sich gerissen hatte. Sein Leopard hatte jenen Anführer getötet, und die übrigen Mitglieder des Rudels hatten sich dafür entschieden, zu bleiben und Joshua Gehorsam zu schwören. Als Erstes hatte er angeordnet, dass seine Männer sich mit den Nachbarn und den Stadtbewohnern anfreunden sollten. Kein Geschäft sollte Schutzgeld zahlen. Niemand sollte erpresst oder eingeschüchtert werden. Er war mit gutem Beispiel vorangegangen, indem er vor Ort einkaufte und die Handwerker in der Gegend mit den Reparaturen beauftragte.

Drake hatte ihm mehrere Leopardenmenschen aus Borneo geschickt. Männer, mit denen er zusammengearbeitet hatte und denen er vertraute. Joshua kannte die Männer ebenfalls, denn sie hatten an seiner Seite gekämpft. Alle hatten sich freiwillig dazu gemeldet, ihm zu helfen, als Drake ihnen seine Probleme mit dem Rudel geschildert hatte. Sie wussten, wie gefährlich so etwas war und waren wie üblich bereit, das Risiko einzugehen.

Joshua zögerte nicht länger. Sobald er sich den Beutel umgebunden hatte, verwandelte er sich blitzschnell. Drake Donovon hatte ihnen allen eingebläut, wie wichtig Geschwindigkeit war, deshalb hatten sie viel trainiert. Schon eine Sekunde konnte zwischen Leben und Tod entscheiden. Meistens sprengten sie sonst ihre Kleidung und Schuhe einfach und hielten sich mit Ausziehen nicht lange auf.

Sein Leopard war ein großes, furchtloses Männchen, schnell und brandgefährlich im Kampf. Doch normalerweise hielt Joshua es zurück und ließ es trotz seiner Überlegenheit Mitleid und Gnade zeigen. Das war zwar nicht immer das Beste, jedenfalls nicht in einem Kampf auf Leben und Tod, aber so war er als Anführer ein gutes Vorbild.

Shadow lief hoch über dem Boden über die Äste und sprang locker von Baum zu Baum. Alle Äste waren dick und kräftig und bildeten eine großartige Schnellstraße durch den Sumpf. Joshua war jede Nacht darin unterwegs gewesen, um sich mit jedem Meter seines Territoriums vertraut zu machen. Er hatte es in den Bäumen und am Boden erkundet und war dabei oft an Sonias Haus vorbeigekommen, war aber nie auf die Idee gekommen, dass seine Gefährtin dort wohnen könnte.

Als der große Leopard Sonias Duft auffing, wurde er schneller und sprang auf den Baum, der ihn zur Hinterseite ihres Hauses führte, die einen Ausblick auf den Sumpf bot. Musik erfüllte die Nacht. Nicht nur das Konzert der Insekten, Frösche und Alligatoren, sondern echte Musik.

Der Leopard blieb in dem Baum hocken, der einen Ast zur oberen Veranda ausstreckte und über einen anderen geradewegs zur unteren führte. Dann übernahm Joshua wieder. Folgsam zog der Leopard sich in den Hintergrund zurück und ließ Joshua nackt mit dem Beutel um den Hals in der Astgabel sitzen.

Sonia tanzte. Die Arme über dem Kopf, die Augen geschlossen wiegte sie sich verführerisch im Takt der Musik. Sie trug rote Spitze und sonst gar nichts. Er sah seine Male auf ihrer weichen Haut, und etwas Primitives und Wildes in ihm freute sich darüber.

Als sie sich umdrehte und ihm ihre wunderschöne Rückseite zuwandte, hielt er den Atem an. Ihr Po gefiel ihm besonders gut, und die zahlreichen Male dort zeigten, dass er viel Zeit damit verbracht hatte, ihn zu bewundern. Schon wenn er ihr zusah, lief ihm das Wasser im Mund zusammen, und er bekam einen Ständer. Sie war von Natur aus das sinnlichste Geschöpf, das ihm je begegnet war. Alles an ihr gefiel ihm. Das dichte, im Mondlicht glänzende Haar fiel ihr offen und ungebändigt in Wellen über den Rücken, sodass sie wie eine exotische Tänzerin wirkte, die ihren Liebhaber verführen will.

Er war mehr als bereit dazu, sich darauf einzulassen. Splitternackt, den Beutel in der Hand, die Augen fest auf sie gerichtet, ging er über den Ast auf sie zu. Wie ein Raubtier auf der Jagd. Fokussiert. Entschlossen. Zielsicher. Tief im Innern wusste er, dass es sein Schicksal war, sie zu lieben. Sie zu beschützen und dafür zu sorgen, dass sie an jedem Tag ihres Lebens mit ihm glücklich war.

Sonia wandte den Kopf und erstarrte. Ihr Blick wanderte über seinen Körper, bemerkte die stramme Erektion und richtete sich wieder auf sein Gesicht.

Joshua sprang auf die Veranda und stellte sich dicht vor sie. Sie roch einfach himmlisch. Er warf den Beutel auf einen Stuhl und folgte ihr, als sie zurückwich. Mit einem Finger strich er über ihre Wange, um ihre weiche Haut zu spüren. Er musste sie berühren. Der Drang war so stark, dass er ihm nicht widerstehen konnte.

Doch das reichte noch nicht, wie er sofort erkannte. Also schlang er eine Hand um ihren Nacken und küsste sie. Auf diesen Mund, von dem er besessen war. Von dem er träumte, wenn er arbeiten und eigentlich darüber nachdenken sollte, wie er sich und seine Männer am Leben halten konnte.

Sie schmeckte genauso gut, wie er es in Erinnerung hatte. Sogar besser. Ihr Mund war ein Paradies. Süß und einladend. Ohne zu zögern, öffnete sie sich ihm und ließ ihre Zunge mit seiner spielen, bis er so sehr bebte vor Verlangen und Lust, dass er sich nicht einmal an irgendeine Frau vor ihr erinnern konnte.

Gierig küsste er sie immer wieder. Er war dabei, ihr zu verfallen, aber er ignorierte es und erlaubte es sich, loszulassen und einfach nur zu fühlen. Zwischen ihnen knisterte es. Kleine Funken setzten erst seine Lenden und dann seinen ganzen Unterleib in Brand. Es kostete ihn große Mühe, Konzentration und Disziplin, seinen Mund von ihrem zu lösen.

»Du hast mir keine Nachricht geschickt.«

Das Flattern ihrer Lider verriet ihre Nervosität. »Ich weiß.«

»Ich habe so lange gewartet, wie ich konnte.« Er nahm ihre Hand und legte sie auf sein Glied. »Schon wenn ich an dich denke, werde ich steinhart.« Er drückte ihre Finger zusammen. Er brauchte das. Sie durfte die Hand nicht wegnehmen – und sie tat es auch nicht. »Manchmal denke ich, ich werde noch verrückt vor Verlangen nach dir.«

Als sie über die Wunde an ihrer Unterlippe leckte, regte sich das Glied in ihrer Hand. Sie fasste fester zu und verschmierte die Tropfen, die aus der Eichel drangen, mit dem Daumen auf seiner empfindlichen Penisspitze.

Blitze durchzuckten ihn. Ihm war nicht bewusst gewesen, wie weit er schon war. Er hatte nicht vorgehabt, Sex mit ihr zu haben, jedenfalls nicht, bevor sie miteinander geredet hatten. Sie benutzte den Sex, um ihn auf Distanz zu halten. Vielleicht auch nur unbewusst, trotzdem konnte er ihr nicht widerstehen. Jedenfalls nicht jetzt. Nicht, wenn sein Körper nicht zu bremsen war und Ansprüche anmeldete, die er weder kontrollieren noch ignorieren konnte.

»Ich denke auch manchmal, dass ich vor Verlangen nach dir verrückt werde«, flüsterte sie.

Joshua stöhnte. Sie sah so sexy aus in ihrem roten Outfit. Ihre vollen Lippen waren genauso rot wie die Spitze, die sich über ihren üppigen Rundungen spannte. Er liebte dieses Ensemble. Ihre Nippel waren harte kleine Knospen, die um Beachtung flehten, und jedes Mal, wenn sie sich bewegte, fiel es dem Spitzenstoff schwer, sie bedeckt zu halten.

Sein Glied zuckte, und seine Hoden fühlten sich so prallvoll an, dass er fürchtete, sie würden platzen. Er drückte Sonia nach unten, und sie ging bereitwillig in die Knie. Schon sie in der roten Spitze so vor sich zu sehen, hätte ihm beinah den Rest gegeben.

»Sieh mich an.« Am Haar zog er ihren Kopf zurück, damit sie ihn ansehen musste. »Ich will dir zuschauen. Und ich will, dass du mich anschaust.«

In ihren dunklen Augen flackerte es aufgeregt. Er fand das großartig. Er liebte es, wenn das, was er von ihr verlangte, sie erregte. Sie mochte den Sex mit ihm. Er roch, dass sie jetzt schon vor Vorfreude feucht wurde, und das wirkte auf ihn wie ein Aphrodisiakum.

»Mund auf.« Ihre roten Lippen sollten sich so um sein Glied spannen wie die rote Spitze um ihre Kurven. Das war unglaublich sinnlich. Sie hatte ihn schon mehr als einmal oral befriedigt, aber so hatte er sie noch nie gesehen. Vom Licht beschienen, mit einem raffinierten Outfit und seinen Malen geschmückt. Und so roten Lippen. Er liebte ihren Schmollmund so sehr, dass er nachts wach lag und daran dachte, wie er schmeckte. Wie er sich verzog, wenn sie lächelte oder die Stirn runzelte. Jedes Mal, wenn er in ihre Nähe kam, konnte er nicht widerstehen, und biss ihr in ihre bezaubernde Unterlippe.

Als Sonia ihm tief in die Augen sah und gehorsam den Mund öffnete, wäre er fast gekommen. Er wusste nicht, wie er das überstehen sollte.

»Du bist unglaublich sexy«, stieß er zwischen zusammengebissenen Zähnen hervor, während er zusah, wie sein Glied in ihrem Mund verschwand. Er war so verkrampft, dass er zitterte, und das Blut kreiste so heiß durch seine Adern, dass er das Gefühl hatte, von innen heraus zu verbrennen.

Als ihre Zunge träge seine empfindlichsten Stellen liebkoste, wäre ihm fast der Kopf weggeflogen. Er schob sich tiefer in die glühende Hitze. Dann begann sie zu saugen. Er wusste nicht, ob es dieses Saugen war oder der Anblick der vollen roten Lippen um sein Glied oder die Augen, die zu ihm aufschauten, aber was es auch war, es löste einen Feuersturm in ihm aus.

Seine Hüften bewegten sich von ganz allein und schoben sich weiter vor. Er versuchte, sanft zu sein, obwohl er es rau mochte, aber sie hatte es verdient, dass er vorsichtig vorging, und er hatte es sich fest vorgenommen. Doch nun saugte sie härter, züngelte und brummte dazu tief in der Kehle. Die Vibration raubte ihm die letzte Selbstbeherrschung, und unwillkürlich, ungewollt schob er sich noch tiefer.

Sie wich nicht zurück, selbst als seine empfindliche Eichel in so enge Tiefen vordrang, dass ihr die Augen tränten. Es war zu viel, die Massage, die Hitze, die Art, wie sie ihn ansah. Er konnte sich nicht mehr zügeln. Die Explosion begann irgendwo tief in seinem Innern, breitete sich wie glühende Lava in seinen Eingeweiden aus und zentrierte sich brennend in seinem Unterleib. Der Druck war so gewaltig, dass er einen Moment dachte, er würde wahnsinnig werden. Dann entlud er sich und spritzte seinen heißen Samen in sie hinein. Er konnte sich nicht von dem Anblick losreißen. Er wollte den Kopf in den Nacken legen und ein Triumphgeheul anstimmen, sah aber stattdessen wie gebannt zu, wie sie schluckte und ihm weiter einheizte. Wie ihre Augen feucht wurden und ihre roten Lippen sich bemühten, ihn ganz aufzunehmen. Die Brüste in der roten Spitze hoben und senkten sich heftig, weil ihr Körper nach Luft rang, doch sie weigerte sich aufzuhören, ehe sie nicht alles von ihm bekommen hatte.

Erst dann schöpfte sie lang und tief Atem, bebend, bevor sie ihn sanft wieder in den Mund nahm, ein paar Mal auf- und abglitt und ihn schließlich sauberleckte. Jedes Mal, wenn ihre Zunge ihn berührte, durchzuckten ihn Blitze, und er wand sich in den Fängen elektrisierender Lüsternheit.

Als sie sich, ohne den Blickkontakt zu unterbrechen, mit der Zunge über die Lippen strich und sich auf die Unterschenkel setzte, hielt er sie am Haar fest. »Du bist so verdammt schön.« Das war alles, was er herausbekommen konnte. Aber es war die Wahrheit. Sie war wunderschön. Sinnlich. Sexy. Und sie gehörte *ihm*.

Unfassbar verletzlich schaute sie nur stumm zu ihm auf. Ihm kam der Gedanke, dass sie vielleicht nicht wusste, was sie sagen oder tun sollte. Sie hatte nicht gewollt, dass er zu ihr kam, und kaum dass er da war, waren sie übereinander hergefallen. Er sah, dass ihre Nippel spitz und hart waren und nach seinem Mund verlangten. Außerdem drückte sie unruhig die Beine zusammen. Offenbar war sie genauso bedürftig, wie er es gewesen war.

Er griff nach ihrer Hand und zog sie auf die Füße. Wortlos umfasste er ihre Taille und setzte sie auf einen Tisch zwischen zwei Sesseln. Dann senkte er den Kopf und saugte an ihrer linken Brust, diesem weichen Hügel, der ihn vorhin verrückt gemacht hatte, weil er so verführerisch geschaukelt und sich gegen die zarte Seide gedrückt hatte. Endlich konnte er daran knabbern.

Sonia zuckte zusammen, erschauerte und hielt die Luft an. Dann stöhnte sie und drückte seinen Kopf an sich. Rau fasste er nach ihrer rechten Brust und knetete sie gnadenlos. Als er schließlich seinen Mund folgen ließ, war die linke Brust mit seinen Zeichen bedeckt. Knutschflecke und Kratzer zierten die weiche Haut. Er fand das sehr schön, es war wie seine Unterschrift, sein Namenszug. Die rechte Brust zeichnete er auf die gleiche Weise. Das hier gehörte *ihm*. All diese Schönheit. Er wollte, dass sie das Gleiche mit ihm machte. Ihm ihren Namen einbrannte.

Als ihr Atem immer keuchender ging und aus Stöhnen Betteln wurde, küsste er sich an der roten Spitze herunter bis zu ihrem Bauchnabel vor, steckte seine Zunge hinein und hinterließ seine Unterschrift auch rund um diesen reizenden kleinen Kreis.

Er fasste ihr an den Hals und spürte ihren hämmernden Puls unter seiner Handfläche. Sanft drückte er sie nach hinten, sodass ihr nichts anderes übrig blieb, als sich hinzulegen. Dann küsste er sich weiter vor, bis er zu dem verführerischen Hügel zwischen ihren Beinen gelangte. Er liebte die winzig kleinen Locken dort. Mit beiden Händen zog er ihr das Spitzenhöschen aus, spreizte ihr Beine und hob ihren Unterleib an.

Sie schrie und wand sich, als seine Zunge über ihre geschwollene Knospe strich. Lüstern schleckte er die warme Feuchtigkeit auf. Auch jetzt war er nicht sanft, sondern unerbittlich, trieb sie zum Orgasmus und fing wieder von vorn an. Zwickte sie in die Innenseite der Oberschenkel und hinterließ auf seinem Weg zu ihrem Schoß eine ganze Reihe von Spuren.

»Noch mal. Ich will, dass du noch mal kommst«, verlangte er und tat alles, um zu bekommen, was er wollte. Er liebte es, ihr Gesicht zu beobachten, wenn sie kam. Wie es sich verklärte, wenn er sie an einen Ort führte, zu dem nur er sie bringen konnte. Und er liebte die Geräusche, die sie dabei machte. Denn sie war nicht leise. Sie keuchte und stöhnte und flehte. Das gefiel ihm ganz besonders. Sie anzustacheln und so lange hinzuhalten, wie sie es gerade noch aushalten konnte. Und wie schockiert sie dann seinen Namen rief. Er liebte diese Fassungslosigkeit. Den Befehlston, der sich dann in ihre Stimme schlich. Am liebsten würde er ihr jede Nacht beim Orgasmus zusehen.

»Ich kann nicht mehr.« Sie warf den Kopf hin und her und ballte die Hände zu Fäusten.

Auf diese keuchende Weigerung hatte er gewartet, denn er wusste, dass das nicht stimmte. Und er fand es verdammt schön, es ihr zu beweisen. »Doch du kannst, tu es für mich, zeig es mir noch mal, ich brauche das. Du hast mir keine Nachricht geschrieben.« Sie hatte ihn ignoriert, und er musste sicherstellen, dass sie genauso wenig ohne ihn leben konnte wie er ohne sie.

Er packte ihre Oberschenkel und trieb sie weiter, immer weiter, bis an ihre Grenzen. »Sehr gut, Baby«, sagte er leise und blies warme Luft in all die Hitze. »Jetzt. Gib es mir.« Er musste es sehen und dieses Stöhnen hören, also setzte er auch die Zähne ein und endlich kam sie erschauernd, die Muskeln an ihrem Bauch und ihren Schenkeln zitterten unter der Gewalt des Ansturms.

Joshua wischte sich das Gesicht an ihren Beinen ab, ließ sich in den nächsten Sessel fallen und bettete seinen Kopf auf ihren Bauch. Dort waren ihre Hitze und die starken Wellen, die sie immer noch schüttelten, deutlich zu spüren, während sie mit wogenden Brüsten versuchte, wieder zu Atem zu kommen. Er wandte den Kopf und küsste sie auf ihren Venushügel. Sie strich ihm mit den Fingern durchs Haar.

Das hatte sie im Sumpf schon ein oder zwei Mal getan, und er genoss es sehr, auch wenn dieses Streicheln sich nicht sinnlich anfühlte, sondern eher sanft und zärtlich. Er schlang die Arme um ihre Mitte und hielt ganz still, ließ sich von der Symphonie des Sumpfes und ihrem Streicheln beruhigen. Er wollte heute Nacht neben ihr liegen. Er würde ein Bett auf die Veranda schieben und mit ihr unter den Sternen schlafen, nur damit er wieder diese Nähe spüren konnte.

Er wusste nicht, wie lange er sie so gehalten hatte, aber er hätte ewig so sitzen bleiben können. Doch irgendwann zog sie ihre Hand zurück und drehte sich leicht zur Seite, um ihm anzuzeigen, dass er sie freigeben sollte. Widerwillig stand er auf, zog sie zum Sitzen hoch und reichte ihr das rote Spitzenhöschen.

»Das wird immer mein Lieblings-Outfit sein.« Zufrieden musterte er die leuchtenden Male überall an ihr. »Tut mir leid, dass ich nicht so sanft war, wie ich es hätte sein sollen. Ich versuche es immer wieder, und im nächsten Augenblick bin ich völlig außer Kontrolle.«

Sie zog das Höschen an. Schon diese kleine Bewegung, bei der ihre Brüste wippten, heizte ihm wieder ein.

»Es liegt nicht nur an dir«, gab sie zu. Sie wirkte erstaunlich scheu, so als wüsste sie nicht recht, was sie sagen sollte. »Mir gefällt, was du mit mir machst. *Alles.* Wenn es nicht so wäre, würde ich es dir sagen.«

Erleichtert nickte er. »Gut. Ich möchte nämlich, dass du dich meldest, wenn ich etwas tue, das du nicht magst.« Er bewunderte sie dafür, dass sie so ehrlich war, obwohl sie ihm gegenüber immer noch unsicher war.

»Keine Sorge.«

»Du wolltest mir keine Nachricht schicken.« Er hoffte, dass man ihm die Kränkung und Verärgerung nicht anmerkte. »Dabei empfindest du doch das Gleiche wie ich. Das weiß ich. Sonst würdest du nicht so reagieren. Das kann nicht nur am Sex liegen.«

»Warum nicht? Warum können wir es nicht einfach dabei belassen? Dass wir nur Sex haben. Der ist doch gut. Sogar mehr als das.« Sie fröstelte und rieb sich die Arme.

Joshua merkte, dass die Brise zugenommen hatte und es kälter geworden war. Schnell schlang er einen Arm um Sonia und führte sie zur Tür. Das Wetter schlug manchmal rasch um, in der einen Minute regnete es und in der nächsten brach schon wieder die Sonne durch. Sobald er das Haus betrat, wurde sein Leopard wild. Fuchsteufelswild. Joshua konnte das wutschnaubende Tier kaum bändigen. All seine Muskeln verkrampften sich, als der Leopard versuchte hervorzubrechen.

Joshua stieß Sonia von sich und kämpfte das aufbegehrende Tier nieder.

»Was ist los?«

»Hier riecht es nach einem anderen Mann.« Joshua bekam die Worte kaum heraus. Sein Schädel war zu groß geworden und drückte schmerzhaft gegen die Haut. Immer mehr Zähne füllten seinen Mund.

»Bastien Foret war hier. Er wollte nach Molly sehen.«

Dass Sonia weder zögerte noch irgendwie log, rettete sie alle. Joshua hatte noch nie erlebt, dass sein Leopard mit einer Attacke die Oberhand gewinnen wollte. Jedenfalls nicht so. Der Angriff war kurz, aber brutal gewesen, und er war wütend auf die Katze, sehr wütend. *Was zum Teufel hast du dir dabei gedacht? Wolltest du etwa auf meine Frau losgehen?* Zum ersten Mal war er ernsthaft böse auf seinen Leoparden.

Die Katze gab sofort nach. *Niemals. Ich wollte diesen Mann jagen und töten.*

Er hat doch gar nichts getan. Du bist durchgedreht, ehe Sonia die Chance hatte, uns alles zu erklären. Du hättest einen Unschuldigen umbringen können. Was zur Hölle ist mit dir los?

Der Leopard schwieg, als hätte er vollauf damit zu tun, sein Temperament zu zügeln. *Sie möchte nichts mit uns zu tun haben. Sie will mit Gatita weglaufen.*

Joshuas Herz klopfte heftig. Er schaute zu Sonia hinüber. Sie stand abwartend da, denn sie merkte, dass er mit seinem Leoparden rang, doch offenbar hatte sie keine Angst.

»Die Hälfte der Zeit tust du so, als würdest du dich vor mir fürchten, und jetzt, wo mein Leopard verrücktspielt, stehst du einfach nur da. Er hätte dich töten können.« Joshua war zornig auf seinen Leoparden, sich selbst und überhaupt die ganze Situation.

Sonia schüttelte den Kopf. »Das hätte Gatita nicht zugelassen.«

»Leoparden sind launisch. Das weißt du. Sie können sehr gefährlich werden, wenn sie gereizt sind.«

»Leopardenmenschen auch«, entgegnete sie und sah ihm trotzig in die Augen.

Joshua wusste nicht, wen sie damit meinte, ihn oder sich. »Verrat mir mal, warum Bastien meinte, er müsste nach Molly schauen. Das ist die Landschaftsarchitektin, oder? Ich bin noch nicht bei ihr gewesen, aber die Gärtner schon. Wir versuchen, Handwerker aus der Gegend hier zu beschäftigen, und nach allem, was man hört, ist sie sehr gut. Hat sie Probleme?«

»Das musst du sie selber fragen.«

»Also ja.« Joshua ging weiter ins Haus hinein und sah sich in ihrer modernisierten Küche um, die mit den glänzenden Arbeitsplatten und dem Fliesenboden sehr hübsch geworden war. »Offenbar hat sie sich dir anvertraut. Wenn sie in Schwierigkeiten steckt, muss ich zwei Dinge wissen. Du brauchst nicht ins Detail zu gehen, aber sag mir zuerst, ob ich irgendwie helfen kann. Du weißt ja, dass ich über gewisse Möglichkeiten verfüge. Und zweitens, ob ihre Probleme auch für dich gefährlich werden könnten.«

Sonia strich mit den Fingerspitzen über die Arbeitsflächen. »Ich glaube, sie hat sich eingeredet, dass sie in Sicherheit ist, obwohl das gar nicht stimmt.«

Erstaunt blickte Joshua sich zu ihr um und schaute sie durchdringend an. Sie sprach über Molly, aber auch über sich. Er hörte es an ihrem Tonfall. Am liebsten hätte er sie geschnappt, mit nach Hause genommen und Tag und Nacht mit Wachen umgeben. Dann kam ihm ein Gedanke, den er lieber ignoriert hätte, aber in Betracht ziehen musste. *Ein Ehemann.* Konnte es sein, dass sie verheiratet war? Ehe er es verhindern konnte, wanderte sein Blick zu Sonias linker Hand. Kein Ring. Sie musste so viel Vertrauen zu ihm fassen, dass sie ihm ihre Geschichte erzählte.

»Denkst du daran wegzulaufen? Mein Leopard glaubt das nämlich. Deshalb ist er so unruhig und gereizt. Und ich auch.«

Sonias Lider flatterten und lenkten seine Aufmerksamkeit auf die langen, dichten Wimpern, die ihre exotischen dunkelbraunen Augen rahmten und genauso dunkel waren wie ihr Haar. Sie starrte auf die Arbeitsplatte, als könnte die irgendwie zum Leben erwachen und sie davor bewahren, ihm eine Antwort geben zu müssen. Er ließ das Schweigen absichtlich so lang werden, dass sie sich schließlich geschlagen gab und seufzte.

»Ich weiß nicht, was ich tun werde. Aber ich kann nicht mit dir zusammen sein.«

Die seltsame Art, wie sein Herz sich zusammenzog, verriet ihm, dass er in großen Schwierigkeiten steckte. Sie wehrte sich gegen eine Beziehung mit ihm, obwohl ihr klar sein musste, dass sie beide füreinander geschaffen waren. Offenbar lag ihr sein Wohl mehr am Herzen als ihr eigenes. Davon war er mehr und mehr überzeugt, und das gefiel ihm gar nicht.

Er nahm ihre Hand, zog sie an sich und wanderte mit ihr durchs Haus. Ein Raum führte in den nächsten, genau wie bei ihm. »Warum nicht?« Sie kamen ins Esszimmer, das noch nicht renoviert war, aber in dem dennoch mehrere Ölgemälde an der Wand hingen. Allesamt vom Sumpf. Die Bilder waren sehr schön, und er blieb voll Bewunderung davor stehen.

Als Sonia nervös seine Hand zusammendrückte, verkrampfte sich sein Herz noch mehr. Er schaute sie an. »Du bist wirklich vollkommen verängstigt.« Er fasste ihr unters Kinn und hob ihren Kopf an, damit sie ihm in die Augen blickte. »Ich würde dir niemals wehtun. Gestaltwandler bleiben ein Leben lang zusammen. Für *immer*. Ich habe dich auf den ersten Blick erkannt. Ich wusste, dass wir zusammengehören, und dass ich dafür geboren wurde, dich zu beschützen und glücklich zu machen. Ich liebe dich, Sonia, niemand auf der Welt ist jemals so geliebt worden wie du. Deine Leopardin merkt, ob man die Wahrheit sagt, und du auch. Sage ich die Wahrheit?«

Sonia hatte kein Pokerface. Alles, was sie dachte, war ihr am Gesicht abzulesen. Vor allem hatte sie Angst. Sie wollte ihm glauben, weil sie wusste, dass er es ehrlich meinte, aber sie konnte sich nicht dazu bringen.

»Gib mir eine Chance.« Joshua wechselte die Taktik. »Lern mich besser kennen. Nimm dir die Zeit.«

»Wenn wir es beim Sex belassen, kannst du mir nicht das Herz brechen.«

Das Geständnis war ihr schwergefallen, denn damit gab sie recht viel preis. »Taten zählen mehr als Worte. Gib mir die Gelegenheit, dir zu zeigen, dass ich es ernst meine, wenn ich dir sage, dass es für mich keine andere Frau geben wird.« Er führte sie ins Wohnzimmer. Es war sehr geräumig und stilvoll, aber ebenfalls noch nicht ganz renoviert.

»Wie stellst du dir das vor?«

Sein Puls wurde ruhiger. Sie würde sich nicht mit ihm streiten. Die Gewissheit war für ihn genauso wichtig wie für seinen Leoparden.

»Wir gehen miteinander aus. Treffen uns nach der Arbeit. Ich erzähle dir von meinem verrückten Leben und du mir von deinem ...« Als sie den Kopf schüttelte, verstummte er.

»Das kann ich nicht.«

»Oder willst du es nicht?«

»Ich kann nicht.«

Stumm stieg er mit ihr die Treppe hoch. Sie hatte die jahrelang vernachlässigten Stufen wieder aufgearbeitet, war aber noch nicht fertig damit. Wie in seinem Haus waren sie auch hier eher schmal, aber noch heil, und immerhin breit genug für die Füße eines Mannes.

»Das bedeutet, du glaubst, es wäre für mich zu gefährlich, sie zu kennen. Informier dich doch mal über Drake Donovons Sicherheitsfirma. Sie gilt als die beste der Welt. Wir werden zu Einsätzen gerufen, die andere nicht mal in Betracht ziehen würden. Du weißt, dass ich ein Leopardenmensch bin. Gefährlich wird es für mich nur ...« Er öffnete eine Tür und spähte in den leeren Raum dahinter. »Nur wenn es um Ärger mit anderen Leopardenmenschen geht«, fuhr er betont lässig fort, denn er wollte sie nicht verschrecken.

Das Zimmer führte direkt ins nächste, das ebenfalls raumhohe Fenster und Balkontüren hatte. Sonia hatte die alten Scheiben durch neue mit Sprossen ersetzt. Dieser Raum diente ihr offenbar als Atelier – das machte Sinn, denn er bekam das meiste Licht und überblickte den größten Teil des Sumpfes. Von hier aus konnte sie sogar den Fluss und das Blätterdach in der Ferne sehen.

Joshua machte das Licht an, denn ihm war klar, dass dieser Raum viel mit ihr zu tun hatte. Mit dem, was sie war. Wenn er sie besser kennenlernen wollte, musste er sich ansehen, was sie als Motiv für ihre Bilder gewählt hatte. Dann konnte er die Welt durch ihre Augen betrachten und die Dinge aus ihrem Blickwinkel sehen.

Er schlenderte durchs Zimmer und betrachtete die Gemälde. Eins hatte sie fern von den anderen beiseitegestellt, und genau das wollte er sich genauer ansehen. Meist hatte sie den Sumpf gemalt, aber dieses Bild war anders. Die Farben waren gedämpfter, nicht so intensiv wie die der Bäume und Büsche, die sie hier oben mit dem Ausblick über die Landschaft, die sie offensichtlich liebte, gemalt hatte.

Das Bild zeigte einen Friedhof und vermittelte den Eindruck von Einsamkeit, Trauer und einer Spur Wut. Rund um den Punkt, auf den sie sich konzentriert hatte, standen wunderschöne Grabsteine. Das Licht der Morgensonne fiel durch viel Grau. Joshua trat näher an das Bild heran, um die Inschriften auf den Grabsteinen zu lesen, aber es gab nur zwei Kreuze, keine Namen.

Er blickte zu Sonia hinüber. Sie stand ganz still, rang aber die Hände so fest, dass sie ganz bleich geworden waren. Schnell legte er eine Hand auf ihre, damit sie damit aufhörte. »Ist das das Grab deiner Eltern? Das ist ein sehr persönliches Bild, aber die Gräber tragen keine Namen.«

»Sie sind beide verbrannt worden. Ich habe ihre Asche verstreut. Ich hab das Bild nur für mich gemalt.« Sie klang angespannt.

Das fand er interessant. Einäscherung war eine gute Idee, da mindestens ein Elternteil ein Leopardenmensch gewesen sein musste. Trotzdem stellte sie sich die beiden in einem Doppelgrab auf einem Friedhof vor, den es offenbar wirklich gab und den sie aus der Erinnerung gemalt hatte. »Darf ich dir ein Bild abkaufen?«

Er zog sie zu dem Bild, das ihm am besten gefiel. Es war großartig. Er wusste genau, wo es gemalt worden war. Er hatte genau diese Stelle bestimmt hundert Mal aufgesucht. An dem tropfenden Spanischen Moos und den Spitzenvorhängen im Zypressenwald erkannte er seinen Sumpf wieder. Die knorrigen Knie der Zypressen ragten aus dem Wasser, in dem Entengrütze trieb und elegante Kraniche graziös herumstaksten.

»Das hier würde ich mir gern über den Kamin im Wohnzimmer hängen. Die Farben passen perfekt zur Einrichtung, und außerdem ist das zufällig mein Lieblingsplatz. Überlass es mir, Sonia. Nenn mir deinen Preis.«

»Ich gebe es dir so.«

»Das kann ich nicht annehmen.« Er schaute sich im Zimmer um. Farbe und Tapeten schälten sich von den Wänden. »Du renovierst gerade dein Haus. Denk doch einfach daran, wie viel Gipskarton oder Dachpfannen du dafür kaufen könntest. Ich zahle dir genauso viel, wie ich für das Bild im Esszimmer bezahlt habe.«

Sie hatte das Gemälde gesehen. Es war echt, keine Kopie. Und es stammte von einem Künstler, der lange tot war und für dessen Werke fünfstellige Summen bezahlt wurden. Was bei ihnen nicht der Fall war. Sie schüttelte den Kopf. »Ich habe keinen Namen in der Kunstwelt. Ich verkaufe meine Bilder nicht. Wenn du das hier haben willst, schenke ich es dir.«

Joshua begriff, dass sie stur bleiben würde. Also musste er ihr wohl die Materialien »schenken«, die sie zur Renovierung ihres Hauses brauchte – auch wenn er eigentlich nicht wollte, dass sie noch länger dort wohnte. Er wollte sie bei sich haben.

»Vielen Dank«, murmelte er, als er sah, dass sie sich für einen Streit wappnete. »Das freut mich sehr. Hast du es signiert?« Er trat näher an das Bild heran, um nachzusehen.

Sonia deutete auf die rechte untere Ecke. In den wirren Wurzeln eines Baumes waren sehr klein die Initialen *S* und *L* auf komplizierte Weise miteinander verwoben. »Da. Das ist meine Signatur. So mach ich das immer.«

»Warum verschweigst du deinen Namen?« Aber Joshua musste zugeben, dass die winzige Signatur recht gut ins Bild passte und so aussah, als gehörte sie zum Wurzelsystem.

Sonia schüttelte den Kopf. »Als ich noch ein Kind war, fand ich es cool und geheimnisvoll. Ich habe monatelang geübt, das *S* und das *L* ineinander zu verschlingen, ehe ich zum ersten Mal ein Bild signiert habe. Und nun gefällt es mir. Es macht Spaß, die Initialen irgendwo im Blattwerk zu verstecken. In die meisten Bilder passt das gut hinein. Ich kann sie aber auch in Kletterpflanzen, Blumen und sogar im Wasser unterbringen. Das funktioniert gut.«

»Ich lass das Bild morgen abholen. Oder willst du es mitbringen, wenn du wieder zu mir kommst?«

»Das wäre mir lieber. Ich mag es nicht, wenn zu oft Fremde hier auftauchen.«

Joshua widerstand dem Drang, weitere Fragen zu stellen. Er musste sich ihr langsam annähern, denn sein nächstes Anliegen war nicht verhandelbar und würde nicht leicht durchzusetzen sein. »Ist mir auch recht. Bring es einfach morgen früh mit. Ab jetzt werde ich die Nächte bei dir verbringen, also könnte ich es auch morgen mitnehmen, aber dass ich mich hier aufhalte, sollte besser niemand erfahren. Dann erleben ungebetene Eindringlinge eine Überraschung.«

6

Sonia stockte der Atem. Hastig schüttelte sie den Kopf. Joshua konnte nicht bleiben. Weder in ihrem Haus noch in ihrem Bett. Sie geriet in Panik. Dann haftete sein Duft an ihren Kissen und Decken. Und sie würde den Verstand verlieren, wenn er sie verließ. Denn trotz all seiner Versprechungen – Männer wie er blieben nicht. Und wenn doch, gingen sie fremd – falls sie einen nicht vorher umbrachten.

Joshua ignorierte ihr Kopfschütteln und ging durchs Atelier in ihr Schlafzimmer, machte das Licht an, als er am Schalter vorbeikam, und zog sie mit sich. Sie wusste nicht, warum sie ihm widerstandslos folgte, warum sie nicht einfach Nein sagen konnte. Vielleicht hörte er auf sie, wenn sie es ernst meinte. Aber meinte sie es ernst?

Ihr Blick wanderte über seinen Rücken. Die breiten Schultern und die schmalen Hüften. Er sah so atemberaubend gut aus, dass sie fast gestolpert wäre. Wer würde so einen Mann von der Bettkante stoßen? Mit einer Hand strich sie sich über den Hals und lief hinter ihm her. Er war schon bei den Balkontüren angelangt, machte sie weit auf und trat ins Freie. Ihr persönlich gefiel die obere Veranda noch besser als die untere.

Dicke Äste reichten nah heran, sodass ein Leopard den kurzen Sprung zum Haus locker schaffen konnte. Sie hatte dieses Astwerk immer als Fluchtweg betrachtet, aber es bot gleichzeitig Zugang zu ihr.

»Hältst du es wirklich für eine gute Idee hierzubleiben?« Gern hätte sie ihn von hinten in die Arme genommen, um seine Wärme zu spüren, aber sie zwang sich, auf Distanz zu bleiben. Sie war dabei, sich in einen Mann zu verlieben, von dem sie nichts wusste.

Joshua drehte dem Mondlicht und dem Sumpf den Rücken zu und musterte ihr Gesicht. Dann wanderte sein kristallblauer Blick langsam an ihr herunter und genauso langsam wieder herauf, richtete sich auf ihre Lippen und schließlich ihre Augen, wo er verharrte und ihren Blick festhielt, sodass sie nicht wegschauen konnte.

»Genauso gut könntest du mich fragen, ob es eine gute Idee ist zu atmen.«

»Wir könnten doch noch mal Sex haben und danach gehst du«, schlug Sonia vor. Sie wusste, dass man ihr die innere Panik anhörte, und das ärgerte sie. Aber wer wäre in dieser Situation ruhig geblieben? Wenn Joshua nur einmal das Bett mit ihr teilte, würde sie ihn immer dort haben wollen. Die Sache wuchs ihr über den Kopf.

»Okay, lass uns Sex haben«, stimmte er ihr zu. »Ich möchte dich die ganze Nacht verwöhnen. Ich will verdammt noch mal jeden Zentimeter an dir kennenlernen, dich bis zum Morgen im Arm halten und beim Aufwachen wieder von vorn anfangen. Und zwar jede verfluchte Nacht. Ohne dich kann ich nicht mehr schlafen.«

»Ich bin ziemlich sicher, dass du schon jeden Zentimeter an mir kennst«, erwiderte Sonia leicht verzweifelt. »Warum bin ich hier eigentlich die Einzige, die versucht, vernünftig zu sein? Man kann doch nicht immer so heftigen Sex haben. In ein oder zwei Tagen hast du genug davon, und was ist dann?«

Joshua warf den Kopf in den Nacken und lachte. »Komm her.«

Der Befehlston in seiner sonoren Stimme ließ einen Schauer über ihren Rücken rieseln. Schon zog sich ihr Schoß wieder sehnsüchtig zusammen. Sie gehorchte, denn sie konnte weder seiner Stimme noch seinem Blick widerstehen. Sofort schloss Joshua sie in die Arme und drückte sie an sich. In seinem erigierten Glied pochte sein Herzschlag, und ihr wurde schwindlig. Sie war verloren.

Sie umarmte ihn ebenfalls und drückte sich der Länge nach an seine steinharten Muskeln. Es machte ihr nichts aus, dass er spürte, wie sie zitterte. Sie erlaubte es sich einfach, sich einige Augenblicke in seinen Armen sicher zu fühlen. Denn das tat sie, obwohl er sie einschüchterte. Sie wusste nicht, warum. Und sie verstand auch nicht, warum er sie so verwirrte, aber sie hatte das Gefühl, früher schon in seinen Armen gelegen zu haben.

Nichts war damit zu vergleichen. Wenn er sie liebte … Was in Dreiteufelsnamen dachte sie sich dabei? Sex war nicht Liebe. Niemals.

Trotzdem klammerte sie sich ein wenig beschämt weiter an ihn. Sie war so einsam gewesen, und er hatte das geändert. Ein wenig erstaunt bemerkte sie, dass er sie nicht zum Sex drängte. Er war nackt und sie hatte auch nicht viel an, aber er hielt sie nur fest und legte seinen Kopf auf ihren Scheitel. Er würde sie beschützen. Dieser Instinkt in ihm war offenbar stark ausgeprägt.

»Bist du verheiratet, Sonia? Wirst du von deinem Ehemann bedroht? Hast du deshalb Angst, dich mit mir zusammenzutun?«

Er stellte die Frage so leise und sanft, dass sie wie gebannt war und die Worte erst nach und nach in ihr benebeltes Hirn drangen. Doch als sie begriff, was er gefragt hatte, versteifte sie sich. Schnell drückte Joshua sie fester an sich und strich mit dem Kinn über ihren Kopf.

»Schsch. Ich habe geahnt, dass es so was ist. Es gefällt mir nicht, dass er dich an sich gebunden hat, aber du gehörst ihm nicht. Ihr seid nicht füreinander bestimmt.«

Abwehrend schüttelte Sonia den Kopf.

»Nicht.« Joshua drückte sie so eng an sich, dass ihr Mund seine nackte Haut berührte. »Ich will nicht, dass du mich anlügst. Dann sag lieber gar nichts.«

Nun schämte sie sich. Er war ehrlich und sie nicht. »Ja. Nein. Ich bin verheiratet, aber ...« Deshalb ergab der Anschlag auf sie ja keinen Sinn. Nichts ergab einen Sinn. Dass Sascha sie geheiratet hatte. Ihr seine unsterbliche Liebe erklärt hatte. Sie so gut behandelt hatte und dann seinem Vater sagte ... Sie presste eine Faust auf den Mund. Wie erklärte man etwas, das man selbst nicht verstand? Und dazu noch die Kleinigkeit, dass es sich bei der Familie ihres Mannes um notorische Verbrecher handelte?

»Du musstest vor ihm weglaufen.«

Sie nickte, ihr Herz klopfte wie wild. Joshuas Stimme war so hypnotisch, dass sie ihm antwortete, obwohl sie es nicht wollte. Sie sprachen über Dinge, die sie zu vergessen versuchte – sie taten zu weh.

»War dein Mann schuld an dem explosiven Sturz ins Meer, den Gatita Shadow gezeigt hat?«, fragte Joshua weiter.

Sonia holte tief Luft und nickte. Ihr Herz schmerzte, ihre Lungen brannten. Sie hatte Angst vor einer Panikattacke.

»Warum bist du dir nicht sicher, ob du verheiratet bist oder nicht?«

Er würde das Thema nicht fallen lassen. Sie hatten mehr als eine Woche verrückten, unglaublich heißen Sex gehabt, aber anscheinend wollte er nicht mit einer verheirateten Frau zusammen sein. Das war falsch. Das wussten sie beide. Doch tief im Herzen war sie nicht verheiratet. Selbst wenn ihr Mann seinen Vater angelogen hatte, sie hatten jedenfalls versucht, sie zu töten. Sollte sie da etwa loyal bleiben? Sie war so verbittert gewesen, dass sie sich aus dem Staub gemacht hatte.

»Ich habe zufällig ein Gespräch belauscht. Mein Schwiegervater, der immer so getan hat, als würde er mich lieben, hat meinem Mann gesagt, dass man Frauen wie mich nicht heiratet, sondern fickt und dann wieder loswird. Schon gar nicht sollte man sich in sie verlieben. Da hat mein Mann gelacht und gesagt, unsere Ehe wäre doch sowieso nicht legal, und wenn er es leid wäre, mich zu ficken, würde er allem ein Ende machen. Darauf meinte mein Schwiegervater: ›Du weißt ja, dass du sie umbringen musst‹, und mein Mann hat geantwortet: ›Natürlich‹.« Sie schaute Joshua an. »Da hast du meine traurige kleine Geschichte. Und da das mit dem Ficken bei uns beiden so großartig läuft, schlage ich vor ...«

Joshua ließ sie nicht ausreden. Mit einer blitzschnellen Bewegung fasste er Sonia an den Oberarmen und schüttelte sie, alles andere als sanft. »Wir gehören zusammen, Sonia. *Wir sind ein Paar.* Das ist ein Unterschied. Ich habe dich nie nur gefickt und werde es auch in Zukunft nicht tun. Mein Leopard hat dich markiert. Und ich ebenfalls. Du gehörst zu mir. Du bist meine Gefährtin. Wir sind ein Leben lang miteinander verbunden. Du gibst dich nicht mit anderen Männern ab und ich mich nicht mit anderen Frauen. Wir werden einander niemals überdrüssig werden. Dieser Mann, der ohne Weiteres bereit war, dich loszuwerden, ist ein Idiot, und ich bin verdammt froh darüber. Sonst wärst du jetzt nicht bei mir, und ich würde allein durchs Leben gehen, weil jemand, der kein Recht auf dich hat, Anspruch auf dich erhebt.«

Er zog sie so hoch, dass sie nur noch auf den Zehenspitzen stand. »Schau mich an, Sonia.«

Er wartete, bis sie den Blick hob. Es fiel ihr schwer, doch jedes Wort, das er gesagt hatte, gab ihr Hoffnung. Tränen brannten in ihren Augen. Nur zu gern drängte sie die leise Stimme in ihrem Hinterkopf, die sie daran erinnerte, dass Männer logen, um ihren Willen zu bekommen, noch weiter nach hinten. Als sie die Lider hob, schaute sie in reines Blau mit dunkelgrünen Wirbeln, ein aufgewühltes Meer. Joshua war zornig, und das ängstigte sie ein wenig.

»Ich verlasse dich nicht. Und ich bringe auch keine Bombe an deinem Auto an. Ich werde meine Frau beschützen und behüten. Ich hätte nie gedacht, dass ich dich finden würde, und glaub mir, ich habe auf der ganzen Welt nach dir gesucht. Auch dass Shadow Gatita gleich nebenan gefunden hat, gleicht einem Wunder. So was wirft man nicht weg.«

»Wenn du dich mit mir einlässt, könnte es dich das Leben kosten. Ich weiß, dass du für Drake Donovon arbeitest und dich für unbesiegbar hältst, aber hier liegt der Fall anders. Mehr sage ich nicht, weil ich nicht für deinen Tod verantwortlich sein will.« Sie musste ihm jede Möglichkeit bieten, sich von ihr zu trennen. Wahrscheinlich glaubten alle, sie sei tot, aber wenn nicht, wenn sie nach ihr suchten, musste sie ihn vorwarnen. Denn die Männer, mit denen sie es zu tun gehabt hatte, waren eiskalte Killer.

»Verstanden. Aber ich muss wissen, ob dein Mann ein Leopardenmensch ist.«

»Ich weiß es nicht. Ich hab ja auch nichts von Gatita gewusst, bis sie mir das Leben gerettet hat. Glaub mir, ich war völlig schockiert, als sie sich gezeigt hat. Und das war nicht der einzige Schock an dem Tag.« Seitdem hatte sie Albträume. Nicht jede Nacht, aber doch recht häufig. Sie war traumatisiert von dem, was geschehen war, denn sie hatte an Sascha Bogomolow geglaubt. Er war ihr Fels in der Brandung gewesen, als ihre Welt zerbrochen war. Er hatte sich so lieb um sie gekümmert, alles für sie geregelt – und sie hatte ihm vertraut.

»Danach habe ich mein Leben selber in die Hand genommen«, sagte sie, damit Joshua sie verstand. »Vorher war ich völlig unselbstständig. Ich war gerade erst achtzehn geworden, als meine Mutter starb. Mein Mann hat sich um alles gekümmert. Er hat die Krankenhausrechnungen bezahlt, die Einäscherung und das Begräbnis organisiert. Auch dabei, die Asche im Meer zu verstreuen, hat er mir geholfen. Er hat alles für mich getan. Als ich weggelaufen bin, wusste ich nicht, wie es mit mir weitergehen sollte. Aber jetzt weiß ich es.«

Joshua küsste sie auf den Scheitel. »Und du schlägst dich sehr gut. Als ich mich danach erkundigt habe, wer mein Haus renovieren könnte, haben alle, die ich gefragt habe, gesagt, ich soll zu Jerry gehen, der hätte eine tolle Schreinerin, die Häuser wunderbar restauriert, und damit haben sie dich gemeint.«

»Mein Vater war Schreiner. Er hat gern mit Holz gearbeitet. Ich weiß nicht, wie er zu diesen …« Erschrocken verstummte sie. Sie redete viel zu ungezwungen mit Joshua.

»Mein Leopard möchte gern eine Weile mit deiner Leopardin zusammen sein. Wäre dir das recht? Dass wir die beiden zusammen laufen lassen? Bist du nicht zu müde?«

Das war perfekt. Dann brauchte sie nicht nachzudenken, und Gatita war glücklich. Das gönnte sie dem zierlichen Weibchen. Also nickte sie.

Joshua fasste nach dem Saum ihres Spitzenhemdchens. »Ich möchte dich ausziehen. Dieses Ding ist so verdammt sexy, dass ich kaum denken kann, wenn ich dich darin sehe.«

Sascha hatte nur selten Sex mit ihr gehabt. Nur, wenn sie damit angefangen hatte. Und er hatte sie immer sanft, beinah ehrfürchtig behandelt, ganz anders als Joshua mit seiner wilden, hemmungslosen Art, die sie aber viel mehr ansprach. Erst er hatte ihr einen Orgasmus verschafft – also, den ersten von vielen. Warum sie sich deshalb schämte, konnte sie sich nicht erklären. Schließlich hatte Sascha versucht, sie zu töten. Es gab keinen Grund, sich schuldig zu fühlen, weil der Sex mit Joshua ihr Spaß machte.

Sonia sah zu, wie er das kleine Hemdchen sorgfältig zusammenfaltete und auf einen Tisch legte. Dann hakte er die Daumen in ihr Höschen und streifte es ihr über die Hüften. Dabei kam er ihrer linken Brust nahe und saugte hart daran. Es war, als schlüge ein Blitz direkt im Zentrum ihrer Lust ein.

Überrascht schrie sie auf, aber es tat nicht weh, im Gegenteil, der süße Schmerz weckte dunkle Begierden. Das lindernde Streicheln seiner samtenen Zunge löste weitere Blitzschläge aus. Sie schob eine Hand in sein Haar, umfasste mit der anderen ihre rechte Brust und lenkte seinen Kopf dorthin, damit er dieser Seite die gleiche Aufmerksamkeit widmete.

Gehorsam schloss er den Mund über dem weichen Hügel, und ihre Knie gaben nach. Das wirre Haar und die Bartstoppeln, die sie streiften, sensibilisierten ihre überempfindliche Haut noch mehr. Das Höschen blieb vergessen an ihren Oberschenkeln hängen, weil er fasziniert ihren Venushügel streichelte und seine Finger in sie hineinschob.

Erregt warf sie den Kopf zurück und ein langer, leiser Jammerlaut entrang sich ihrer Kehle. Joshua gab ihre Brust frei, drehte sie herum und drückte sie gegen die Verandabrüstung, bis sie sich folgsam darüber beugte. So sah sie von oben auf die Welt herab, während er sie mit den Fingern stimulierte.

»Du bist so eng, Baby, so verdammt eng, dass ich kaum die Finger in dich hineinkriege. Wie zum Teufel schaffst du es bloß, meinen Schwanz aufzunehmen?«

Das wusste sie auch nicht, aber sie wollte ihn sofort in sich haben. »Hör mit dem Gefummel auf und nimm mich.«

Sie hätte wissen müssen, wie er darauf reagieren würde. In Zeitlupe zog er ihr das Spitzenhöschen ganz herunter, damit sie es ausziehen konnte. So war er beim Sex. Er wollte bestimmen. Das machte ihr nichts aus, weil sie davon profitierte, aber manchmal dauerte es ewig, bis er zur Sache kam. Sie hielt sich an der Brüstung fest, als er mit seiner langsamen Folter begann. Zarten Berührungen. Feurigem Züngeln. Elektrisierendem Knabbern. Kleinen Quälereien, die sie verrückt machen sollten – und es gelang ihm.

Ihre wippenden Brüste wurden immer wieder gegen das schmiedeeiserne Geländer gepresst. Sie hörte sich schluchzen und betteln, und ihre Hüften wanden sich auf der Suche nach seiner Hand. Das fühlte sich so gut an, so heiß, so geil. Und plötzlich war sein Mund genau da, wo sie ihn haben wollte. Sie kam ihm entgegen, und schon war er wieder fort. Verärgert schrie sie auf.

»Willst du mich?«

»Natürlich«, zischte sie. »Beeil dich.«

Gleich darauf schob er sein samtweiches und zugleich hartes Glied in sie hinein und bescherte ihr dieses Brennen, nach dem sie sich so sehnte. Sie hielt ganz still, denn sie wusste, wenn sie sich bewegte, würde er aufhören und vielleicht wieder von vorn beginnen. Denn er spielte gern. Brachte ihren Körper nur zu gern zum Vibrieren und Beben. Er liebte ihr Flehen und die Schreie, die sie nicht unterdrücken konnte. Er hatte es ihr verraten. Auf ihr ausgestreckt hatte er ihr gestanden, dass er es liebte, wenn sie nach ihm verlangte. Wenn sie »Musik« für ihn machte. Wenn sie nach Luft rang und unbedingt kommen wollte, er sie aber mit seinem Gewicht niederhielt und sich nicht drängen ließ.

Langsam schob er sich weiter vor und das Brennen wurde so heiß, dass es ihr den Atem verschlug. Es war brutal, aber großartig. Sie passten perfekt zusammen. Er schien genau zu wissen, was sie brauchte. Vielleicht hatte er sogar recht und sie war für ihn geboren worden. Nur für ihn gemacht. Der Wind spielte mit dem Spanischen Moos und ihren Haaren, die über das Geländer hingen.

»Weißt du, wie schön du im Mondlicht aussiehst? Deine Haut ist makellos.« Er strich ihr über den Rücken. »Ich liebe sie.« Er tätschelte ihre rechte Pobacke. »Dein hübscher Hintern ist voller blauer Flecken. Gefallen die dir auch so gut wie mir? Du kannst sie nicht sehen, aber spürst du sie?« Er rieb über die Flecken, und als sie nicht antwortete, fügte er einen neuen hinzu.

Wieder schrie sie auf, und ein Schwall heißer Flüssigkeit lockte ihn weiter in sie hinein. Sie drängte sich sogar ein wenig an ihn, damit er sie ganz ausfüllte.

Er lachte leise. »Ja, Kätzchen. Die Antwort ist Ja. Sag es. Sag, dass dir meine Male gut gefallen.«

»Ich liebe sie«, gab sie zu. »Jedes einzelne, und am besten gefällt mir der Moment, in dem du sie mir machst. Das ist sexy und erregend. Und jetzt hör bitte, bitte, bitte damit auf, mich hinzuhalten.«

»Wir machen Liebe, Baby. Spürst du das nicht?« Er gab ihr einen Klaps auf die linke Pobacke und strich mit seiner samtenen Zunge an ihrem Rückgrat entlang.

Ihre Scheidenmuskeln zogen sich so fest zusammen, dass Joshua aufstöhnte. »Du bist so verdammt geil, Sonia. Jedes Mal.« Er stieß noch etwas weiter vor.

Konnte man vor Lust sterben? Sie fing an zu befürchten, dass das möglich war. Sie hob den Kopf und blickte über den Sumpf. Blätter raschelten und Äste wiegten sich sanft. Kurz glaubte sie, Augen schimmern zu sehen.

»Es könnte sein, dass da draußen jemand ist«, stieß sie atemlos hervor. Ihr ganzer Körper war nass und heiß und jede seiner Fasern ganz versessen auf ihn.

Er streichelte ihre Oberschenkel. »Ich lasse das Gelände bewachen. Meine Leute achten darauf, dass uns niemand stört.«

»Würdest du jetzt aufhören, wenn uns jemand zusähe?«, fragte sie, denn nichts auf der Welt hätte sie dazu bringen können. Sie konnte sich nicht mehr bremsen. Und sie wollte hören, dass es ihm genauso ging.

Seine Finger reizten ihre Klitoris. »Auf keinen Fall. Nicht mal, wenn jemand mir eine Pistole an den Kopf hielte. Ich bin im siebten Himmel. In meinem persönlichen Paradies. Bei dir bin ich zu Hause.« Seine Stimme wurde leiser und sein Tonfall intimer. »Das hier sind wir. Wir beide. Das ist unsere Welt, Sonia. Niemand kann uns das wegnehmen. Das mache ich nur mit dir. Mit niemandem sonst. Ich durfte nie so sein, wie ich bin. Du bist die Geliebte, auf die ich gewartet habe, die Frau, der ich mich zeigen kann. Der ich alles sagen, alles geben kann, weil sie mich versteht.«

Sie mochte diesen ehrlichen Unterton in seiner Stimme. »Ich liebe all das, was du mir gibst. Und mir geht es ganz genauso. Ich habe nur nie gewusst, was mir fehlte. Warum ich nicht die Gefühle hatte, die man von mir erwartete. Dazu brauche ich dich.« Gott möge ihr beistehen, das war die reine Wahrheit.

Endlich nutzte er ihre gebückte Stellung aus, drang mit einem harten Stoß tief in sie ein und gab einen gnadenlos schnellen Takt vor, der sie in einen unbekannten Abgrund stürzte. Doch obwohl hinter ihren Lidern Farben explodierten, hob sie nicht ab.

Er hielt sie an den Hüften gepackt und riss sie beim Zustoßen so brutal an sich, dass sie glaubte, sie würde verbrennen, ließ sie ohne Ende fallen, bis sie um Gnade flehte, und doch nicht wollte, dass er aufhörte. Er sollte weitermachen und sie beide für immer zusammenschweißen.

Er legte eine Hand um ihren Hals, damit er ihren Pulsschlag spürte. Sie liebte das. Ihre spitz aufragenden Nippel, die immer wieder gegen das Geländer prallten, brannten. Jedes Mal, wenn eine Brise sie streifte, verkrampfte sich ihr Schoß. Auch ihre Lunge brannte und fachte das verzehrende Feuer in ihr noch weiter an.

Die Reibung, die sein dickes Glied erzeugte, war köstlich. Perfekt. So nah an der Schmerzgrenze, dass sie wie fieberkrank nach Erlösung lechzte.

»Jetzt, Baby. Komm mit mir«, raunte er mit seiner hypnotischen Stimme und sie gehorchte.

Sie umklammerte ihn und molk ihn und er warf den Kopf in den Nacken und brüllte fordernd seinen Triumph heraus, während heiße Ergüsse gegen ihre Scheidenwände klatschten und einen Orgasmus auslösten, der stärker war als alle, die sie bisher erlebt hatte.

Er kam in Wellen, wunderschönen, herrlichen Wogen, die in einem mächtigen, rauschenden Tsunami ihren ganzen Körper durchschüttelten.

Danach sackte er auf ihr zusammen, einen Arm um ihre Taille geschlungen, den Mund an ihrer Schulter. Dann drückte er das Gesicht in ihre Halsgrube, den Mund auf eine Bissspur und streichelte die Stelle mit seiner Zunge.

Auch Sonia versuchte, den Kopf zu wenden, hatte aber nicht mehr genug Energie. »Du bist sehr oral fixiert.«

Er steckte die Zunge in ihr Ohr. »Oh ja. Gott sei Dank magst du das.«

Das stimmte. Ihr gefiel alles, was er tat. »Ich hoffe, Gatita ist nicht zu müde, um noch ein bisschen laufen zu gehen.«

Joshua lachte. »Ich bin mir sicher, dass sie das schafft. Und da sie im Moment nicht rollig ist, ist es auch nicht schlimm, dass andere Leoparden in der Nähe sind. Jetzt kann Shadow das ertragen.«

»Andere Leoparden?«, wiederholte Sonia. »Gibt es da draußen noch mehr Leopardenmenschen?«

»Aber natürlich.« Joshua küsste sie auf den Nacken. Er glitt immer noch sanft in sie hinein und wieder heraus, und jedes Mal erschauerte sie leicht.

»Reden wir von Gestaltwandlern? Männern? Echten Männern?«

»Tu nicht so, als wärst du an anderen Männern interessiert«, knurrte er und biss ihr ins Ohrläppchen.

Sie kreischte auf, wandte doch noch den Kopf und schaute ihn empört an. »Lass mich los. Das ist nicht gerade eine bequeme Stellung.«

Sofort zog er sich zurück und half ihr hoch. Sie hielt sich am Geländer fest, um nicht umzufallen. So schwach hatte er sie gemacht. Sie spürte, wie ihre vermischten Körpersäfte langsam an ihren Oberschenkeln herunterrannen.

»Mich interessiert eigentlich mehr, ob sie uns zugeschaut haben.«

Joshua runzelte die Stirn und blickte ins Dunkle. »Ich beschäftige keine Perversen.«

»Wir haben ziemlich viel Krach gemacht.«

Er grinste. »Ja, nicht wahr? Scheiß drauf, Baby. Wenn sie zugeguckt haben, wissen sie jetzt, wie heiß du bist und was für ein Glück ich habe. Und sie wissen auch, dass ich sie umbringe, wenn ich je Wind davon bekomme.«

Er sagte das so milde, dass sie den drohenden Unterton fast überhörte, doch es schien ihm ernst zu sein, und das beunruhigte sie.

»Ähm, Schatz, ich glaube nicht, dass du sie deswegen umbringen solltest. Das würde wohl ein bisschen zu weit gehen«, fühlte sie sich genötigt anzumerken.

»Ich bin ein Leopardenmensch, Sonia. Mich interessiert es einen Scheiß, ob jemand mich nackt sieht. Und unter anderen Umständen dürften meine Leute dich auch nackt sehen. Aber wenn ich dich liebe, geht das nur dich etwas an. Was ich dir gebe, ist nur für dich. Wie ich dich berühre, was ich zu dir sage, was du zu mir sagst, das alles ist sehr intim. So wie die Geräusche, die du von dir gibst, und dieses Keuchen, mit dem du mich verrückt machst.«

Sonia nickte, legte ihre Arme um seinen Hals und lehnte

sich an ihn. »Das mit dir kommt so ... überraschend. Die Hälfte der Zeit weiß ich nicht, was ich davon halten soll.«

Er hob ihr Gesicht an und küsste sie. Diesmal nicht rau, und das wunderte sie. Sofort schmolz sie dahin. Er wollte ihr etwas sagen, das ihr Herz vor Angst zum Klopfen brachte. Sie unterbrach den Kuss, schloss die Augen und drückte sich fest an ihn.

»Was ist los, Sonia?«

Die ehrliche Besorgnis in seiner Stimme war zu viel für sie. Sein Kuss hatte nichts mit Sex zu tun gehabt. Es war ihm nicht darum gegangen, seinen Besitzanspruch geltend zu machen, sondern um etwas ganz anderes, und damit konnte sie nicht umgehen.

»Du bist ein guter Mensch, oder?« Das wünschte sie sich so sehr.

»Ich gebe mir Mühe.«

Wie sollte man das beurteilen? Wie konnte eine Frau herausfinden, ob ein Mann ein guter Mensch war? Joshua war so grob und dominant und genauso launisch wie sein Leopard. Sascha dagegen war stets nett und charmant gewesen, und er hatte sie immer nur sanft angefasst.

»Gatita möchte laufen gehen, Joshua.«

Wieder hob er ihr Gesicht an, damit sie ihm in die Augen schauen musste. »Gut, Baby, einverstanden. Aber wenn wir im Bett sind, erzähle ich dir von mir und von meinem Leben. Damit du mich besser kennenlernst.«

»Gerne.« Eine bessere Antwort fiel ihr nicht ein und ihr war bewusst, wie zögerlich das klang. Sie war sich ja gar nicht sicher, ob sie ihn tatsächlich näher kennenlernen wollte.

Um jeder weiteren Unterhaltung aus dem Weg zu gehen, aber vor allem, damit er nicht nachfragen konnte, ob sie das ehrlich meinte, verwandelte sie sich. Es gelang ihr immer besser. Sie war zwar noch längst nicht so schnell, wie sie sein wollte, und es tat immer noch höllisch weh, aber sie hatte sich inzwischen daran gewöhnt und keine Angst mehr davor.

Joshua strich durch das Fell der Leopardin und sah ihr in die Augen. Sie waren genauso schokoladenbraun wie Sonias. »Sie ist wunderschön, Baby, genau wie du. Ihr Fell hat eine sehr seltene Musterung.« Mit dem Finger zeichnete er einen dünnen goldenen Ring um eine Rosette nach. »Du hast diese kleine Katze sicher sehr gern.«

Sonia freute sich, dass er Gatita schön fand. Sie sah zu, wie er sich verwandelte. Schon allein das war ein sehenswerter Anblick. Er war so schnell, dass sie es gar nicht richtig mitbekam, weil sie kurz blinzeln musste. Sein Leopard war ein ganzes Stück größer als Gatita. Als Erstes rieb er den Kopf an Gatitas Hals und Körper, dann leckte er ihr das Gesicht. Die Leopardin begrüßte ihn ebenso. Es sah aus, als würden die zwei sich unterhalten. Dann drehten sie sich um und sprangen auf den nächsten Ast.

Shadow übernahm die Führung. Die beiden Leoparden liefen über den verschlungenen Hochweg, bis sie fast in der Mitte von Sonias Grundstück angekommen waren. Dort sprang Shadow auf den Boden und sie spielten eine Weile mit Blättern, rollten sich darin, setzten über umgestürzte Bäume hinweg, jagten Insekten und fischten vom Ufer aus.

Als sie später etwas näher an die Grenze zu Joshuas Grundstück kamen, witterte Gatita andere Leoparden. Sie grimassierte und wollte sich zurückziehen. Doch Shadow hielt sie auf und drängte sie mit der Schulter weiter voran.

Sobald Gatita sich unwohl fühlte, kam Sonia näher an die Oberfläche. Bislang hatten das Weibchen und das Männchen sich glänzend amüsiert. Ein paar Mal hatte Gatita sich einladend hingehockt und der Leopard hatte sie sofort bestiegen. Nachdem die beiden sich in weniger als zwei Stunden viermal gepaart hatten, hatten sie sich ausgeruht und waren dann wieder losgelaufen.

Sonia versuchte, der Leopardin gut zuzureden, damit sie dem Männchen vertraute, aber sie war durchaus bereit, einzugreifen und ihr Leben zu riskieren, sollte Gatita bedroht werden. Plötzlich kamen drei große Leoparden aus den Bäumen. Hastig drehte Gatita sich zu ihnen um und wich zurück, bis sie gegen Shadow stieß. Auffordernd stupste er sie mit dem Kopf an und strich der Länge nach an ihr entlang.

Einer nach dem anderen kamen die Leoparden zu dem Weibchen und rieben ihre Nasen an ihrer. Sonia begriff, dass Shadow seiner Gefährtin die anderen Leoparden vorstellte. Sie hatte den Eindruck, dass die drei seine Leibwächter waren. Also nicht Shadows, sondern Joshuas. Warum brauchte der Leiter eines Sicherheitsteams selbst Bodyguards? Das musste sie herausfinden. Vielleicht sollte sie in Drake Donovons Firma anrufen und sich vergewissern, ob Joshua wirklich für ihn arbeitete.

Gleich darauf schämte sie sich, dass sie darüber nachgedacht hatte, ihn zu überprüfen. Wenn er das mit ihr machte, würde sie wütend werden. Sie hatte absichtlich nicht gesagt, mit wem sie verheiratet gewesen war. Das war gut, denn so konnte er keine Erkundigungen einziehen und schlafende Hunde wecken. Ihr Mann und sein Vater hatten ihre Augen und Ohren überall.

Zusammen mit den vier Leoparden erkundete Gatita Joshuas Territorium. Doch nach einer Stunde ließ Shadow sie umkehren, das hieß, dass Joshua wieder seine menschliche

Gestalt annehmen wollte. Sonia dagegen hätte Gatita gern bis zur Morgendämmerung Zeit gegeben, damit Joshua nicht zu viel Zeit in ihrem Bett verbrachte.

Dabei hatte sie keine Angst vor dem Sex, sondern davor, wie er sie umfangen hielt. So eng, aber behutsam, als wäre sie das Kostbarste, was er besaß. Wie er ihr dann ins Ohr flüsterte und ihr Haar streichelte, machte sie fertig – nicht seine kreativen Ideen beim Sex.

Shadow führte Gatita zur Veranda zurück, wo er sich verwandelte. Dann öffnete Joshua die Türen zu ihrem Schlafzimmer, fasste in Gatitas Fell und ging mit der Leopardin ins Haus. Sonia liebte ihr Schlafzimmer. Es war ein riesiger, offener Raum mit hohen Decken und großen Fenstern zum Sumpf. Ganz besonders mochte sie den schön gemaserten Hartholzboden, den sie mit viel Mühe so gut es ging wieder in den Originalzustand versetzt hatte, obwohl Holz bei einem Leoparden im Haus nicht gerade das beste Baumaterial war.

Während Joshua ihr rotes Spitzen-Outfit hereinholte und die Flügeltüren wieder schloss, verwandelte sie sich. »Die beiden haben viel Spaß gehabt.«

»Ja, stimmt, aber du bist müde und wund und bekommst bestimmt Muskelkater.« Er ging an ihr vorbei ins Bad, wo eine extrem große Klauenfußbadewanne stand, drehte an den goldenen Hähnen und ließ dampfendes Wasser einlaufen. »Hast du Badesalz? Oder irgendetwas anderes, was dagegen hilft?«

Sie wurde rot, nickte aber und kämpfte gegen ihre Verlegenheit an, als sie an ihm vorbeikam. Er hatte kein Gramm Fett am Leib und die Figur eines Bilderbuch-Athleten. Mit seinen ausgeprägten Muskeln und dem perfekten Körperbau sah er aus wie ein Model.

Bei ihr war das anders. Sie hatte zwar Muskeln, war jedoch ziemlich sicher, dass man sie nicht sah. Abgesehen von denen an den Oberarmen vielleicht. Fast war sie versucht, zum Beweis ihren Bizeps spielen zu lassen, bückte sich dann aber doch lieber nach dem Badesalz, das sie unter dem Waschbecken aufbewahrte, und reichte Joshua eins mit einem eher neutralen Duft. Er nahm es, schnupperte daran und grinste mit hochgezogener Braue.

»Das riecht nach Grapefruit.«

»Ich habe auch würzigen Orangenduft.«

»Nein, Grapefruit ist gut.« Er schüttete das Salz in das heiße Wasser.

Er war wirklich gut gebaut. Sie dagegen hatte üppige Kurven, mit Betonung auf *üppig*. Ihre Brüste waren groß, die Hüften breit, und da sie ansonsten schlank und ihre Taille sehr schmal war, wurde diese großzügige Ausstattung noch betont. Und dann waren da noch ihre Oberschenkel. Sie ging andauernd laufen. Warum also waren ihre Beine nicht dünner? Sie sah jedenfalls *nicht* aus wie ein Model.

»Wenn du so weitermachst, versohle ich dich so, dass du ein, zwei Wochen nicht sitzen kannst.«

Überrascht sah sie Joshua an. Er wirkte nicht so, als mache er Scherze, eher ein wenig verärgert. »Das hast du doch schon.«

»Dann eben noch etwas fester.«

Sonia beschloss, die Drohung zu ignorieren, vor allem weil sie die Vorstellung recht reizvoll fand. »Wieso kannst du meine Gedanken lesen?«

»Ich hab dir doch schon gesagt, dass du kein Pokerface hast. Du starrst mich die ganze Zeit an und reibst dir verlegen die Beine. Du schämst dich für deine Figur. Es spielt keine

Rolle, dass ich dir die ganze Zeit erzähle, dass du für mich die schönste Frau auf der Welt bist und dass ich jeden Zentimeter an dir liebe, du glaubst mir nicht.«

»Das stimmt nicht«, log Sonia. Sie schnitt eine Grimasse, um ihn zum Lachen zu bringen, aber es funktionierte nicht.

Er trat dicht an sie heran, nahm ihr Gesicht in beide Hände und strich mit dem Daumen über ihre Lippen, die sofort zu brennen begannen. Dann breitete sich dieses Brennen weiter aus, bis das Blut heiß und zäh wie Sirup durch ihre Adern strömte. »Schau mich an.«

Ihr Herz klopfte heftig. Wenn sie das tat, war sie verloren. Jedes Mal. Irgendetwas in den aufgewühlten kristallblauen Tiefen seiner Augen war zu faszinierend für sie. Er wartete. Sie holte tief Luft und hob die Lider. Sein Blick brannte sich in ihren. Bohrte sich in sie hinein und nahm ihr ein Stück von ihrem Herzen. Sie hatte geahnt, dass das früher oder später geschehen würde. Aber warum jetzt? In genau diesem Augenblick? Es lag an der Art, wie er sie ansah, dieser Mischung aus Zuneigung und Verärgerung, die ihr Herz aus dem Takt brachte.

»Ich weiß nicht, wer dich dazu gebracht hat zu glauben, dass du nicht perfekt bist, aber wer immer es auch war, er ist ein verdammter Idiot. Verstehst du mich, Sonia? Du raubst mir den Atem. Auch wenn sich zuerst unsere Leoparden gefunden haben, wenn ich dir vor unserer ersten Begegnung auf der Straße begegnet wäre, wäre ich dir nachgelaufen. Nichts und niemand hätte mich davon abhalten können. Das ist die Wahrheit.«

Und schon besaß er ein weiteres Stück ihres Herzens. Er stahl es ihr einfach, und anscheinend gab es nichts, was sie dagegen tun konnte.

»Hast du mich verstanden, Baby? Ja? Ich weiß, dass alle meine Männer dich wunderschön finden. Schließlich höre ich, was sie reden. Als du in mein Haus gekommen bist, waren sie sauer, dass sie dich nicht haben können. Sie sind jetzt da draußen und passen auf uns auf. Sorgen dafür, dass wir sicher sind. Das sind gute Männer, und sie verdienen nur das Beste. Aber du gehörst mir, und ich gebe dich nicht wieder her.«

Sonia wusste nicht, was sie sagen sollte. Er meinte jedes Wort, das war klar. Man merkte es an seinem Tonfall, seinem Gesichtsausdruck und ganz besonders an seinem Blick. Sie nickte, weil sie nicht wusste, was sie sonst tun sollte. Er sorgte dafür, dass sie sich schön und liebenswert fühlte. Nicht wie eine Frau, die man fickte und wegwarf. Oder in die Luft sprengte, weil man sie nicht mehr brauchte.

»Du kennst mich doch gar nicht, Joshua«, flüsterte sie in dem verzweifelten Versuch, ihre Beziehung allein auf Sex zu reduzieren.

»Ich weiß, dass du versuchst, mich vor einer Gefahr zu bewahren, die dich bedroht. Ich weiß, dass du Jerry hilfst, auch wenn du es nicht müsstest. Alle wissen, dass du deinen Job gut machst, daher dein guter Ruf. Ich weiß, dass du nett und fürsorglich bist und unglaublich begabt – nicht nur, was deinen Job betrifft, sondern auch, was deine Kunst angeht. Ich liebe dein Lachen. Wie du deine Hand in mein Haar schiebst, um mir zu zeigen, dass du mich magst. Ich könnte ewig so weitermachen, aber ...« Er nahm ihre Hand und führte sie zur Wanne. »Du musst ins Wasser, Baby. Dreh dich um.«

Sie gehorchte, obwohl sie sich fragte, was er vorhatte.

Er griff in ihr Haar, teilte es in drei Stränge und flocht ihr schnell und geschickt einen Zopf.

»Wo hast du denn das gelernt?«, fragte sie neugierig, was ihr mit dem Rücken zu ihm leichter fiel. »Du kannst das ja richtig gut.«

»Ich kann noch viel kompliziertere Zöpfe«, sagte er stolz, aber mit einem Hauch Trauer in der Stimme. »Meine Mom Elaina hatte langes Haar. Sie liebte es so sehr, dass sie es nicht mal abschneiden lassen wollte, als sie krank wurde. Deshalb habe ich gelernt, es zu flechten.«

Das war herzzerreißend. Und er konnte einem das Herz brechen – deshalb wandte Sonia sich nicht um, sondern ging zu der Schublade, in der sie ihre Haarbänder verwahrte, und band eins um das Zopfende. Erst nachdem sie den Zopf auf dem Kopf festgesteckt hatte, drehte sie sich zu Joshua um. »Wie alt warst du da?«

»Sie war bei mir, bis ich sechzehn wurde. Wir lebten in Borneo, im Regenwald. Drake hatte schon damals ein Team, das entführte Geiseln befreite. Einige Einheimische hatten sich darauf verlegt, Touristen zu kidnappen und Geld zu erpressen. Da habe ich mich Drake angeschlossen.«

Sonia ließ sich in das dampfend heiße Wasser gleiten und rutschte ans Ende der Wanne, um Platz für Joshua zu machen. Dann sah sie zu, wie er so lässig in die tiefe Wanne stieg, als badete er schon seit Jahren mit ihr. Er streckte sich aus, griff nach ihren Füßen, zog sie an sich heran und fing an, sie unter Wasser bedächtig zu massieren.

»Ich habe Fotos von Drake Donovon gesehen. Er scheint nicht viel älter zu sein als du.«

»Ist er auch nicht. Und warst du nicht auch erst achtzehn, als du deine Mutter verloren hast?«

»Ja, gerade geworden. Ich hatte keine Ahnung, wie es weitergehen sollte.«

»Da hat er den Retter gespielt, dich geheiratet und sich um alles gekümmert, ja?«

Sonia nickte, hielt es aber für besser, mit Joshua nicht über die Vergangenheit zu reden. Sie musste ihn irgendwie beschützen. Je weniger er wusste, desto besser.

»Wie lange warst du denn mit ihm zusammen? Ein Jahr? Zwei? Du siehst nicht besonders alt aus.«

Sonia zuckte die Achseln. »Fast zwei Jahre. Und ich fühle mich alt. Schließlich passiert es nicht jeder Frau, dass ihr Mann sie in die Luft jagen will. Warum diese Mühe, wenn wir gar nicht richtig verheiratet waren? Warum ist er dieses Risiko eingegangen?«

»Das ist die Eine-Million-Dollar-Frage, nicht? Hatte er eine Lebensversicherung für dich?«

Daran hatte sie nicht gedacht, aber sie wusste, dass eine Lebensversicherung für sie beide abgeschlossen worden war, über eine riesige Summe, weit mehr als eine Million Dollar. Sie lehnte den Kopf zurück. Sie hatte es satt, darüber nachzudenken, wie dumm es gewesen war, sich in Sascha zu verlieben, und wie dumm sie jetzt war, sich in Joshua zu verlieben. Doch der war wenigstens ein guter Mensch. Jeder, der für Drake Donovon arbeitete, war bestimmt ein guter Mensch. An diesen Gedanken musste sie sich klammern, sonst stürzte sie ganz ab.

»Du bist so müde, dass dir die Augen zufallen«, sagte Joshua erheitert. »Schlaf ruhig ein, ich bringe dich dann ins Bett.«

»Erzähl mir mehr über deine Mutter.«

»Sie war die Beste. Mein Vater hat sein Leben riskiert, um uns aus einer schlimmen Situation zu befreien. Er wurde dabei getötet, aber wir sind entkommen. Meine Mutter hat mich dann allein großgezogen. Sie war noch sehr jung, aber sie hat nie wieder einen anderen Mann angesehen. Sie hat mir gesagt, mein Vater wäre der einzig Richtige für sie gewesen, und wenn ich die richtige Frau gefunden hätte, würde ich verstehen, wie das ist. Ich hab Glück gehabt, Baby. Ich habe dich gefunden.«

Während diese Liebeserklärung ihr im Kopf herumging und ihm ein weiteres Stück von ihrem Herzen sicherte, döste Sonia langsam ein.

7

»Wie ist er denn so?«, fragte Molly und biss von dem Club-Sandwich ab, das sie bestellt hatte. »Wir haben uns vor einer Woche getroffen, und seitdem bist du jede Nacht mit ihm zusammen gewesen.«

Sonia nickte. »Tagsüber kümmern wir uns beide um unsere Arbeit und nachts kommt er zu mir.« Dass sie fast die ganze Nacht miteinander redeten, wenn sie nicht gerade übereinander herfielen, und dass sie jeden Morgen Frühstück für ihn machte, verriet sie nicht. Auch beim Frühstück redeten und lachten sie so viel, dass sie kaum zum Essen kamen. Er wuchs ihr viel zu schnell ans Herz.

»Führt er dich nie aus?«

»Wohin denn?«, fragte Sonia, obwohl sie wusste, worum es Molly ging – dass sie und Joshua sich nie zusammen blicken ließen.

»Zum Abendessen. Wenigstens zum Dinner.«

Sonia schüttelte den Kopf. »Das liegt an mir, nicht an ihm. Ich bin diejenige, die nicht möchte, dass die Leute von uns erfahren.« Sie zeigte sich nicht allzu gern in der Öffentlichkeit, und Joshua fiel auf. Aber sie kochte gern, und es war schön, jemanden bekochen zu können.

»Warum nicht?«, fragte Molly mit gerunzelter Stirn. »Ich habe ein paar Gerüchte gehört, aber die meisten drehen sich um seine Arbeit bei Donovon Security.«

»Die meisten?«, hakte Sonia nach. »Was sagen denn die anderen?« Sie hoffte, dass ihr Name nicht irgendwie mit Joshuas in Verbindung gebracht wurde, auch wenn sie eigentlich bei ihm arbeitete, Pläne zeichnete und Ideen für die Renovierung entwarf. Sie hatte sich mit der Architektur in der Bauzeit ihres Hauses befasst, daher wusste sie, was zu tun war, doch sein Haus sollte etwas Besonderes werden. Modern, aber mit einem altmodischen Anklang. Sie wollte dem Gebäude seine frühere klassische Eleganz zurückgeben und war fest entschlossen, diese Atmosphäre wieder heraufzubeschwören.

Molly beugte sich über den Tisch und senkte die Stimme. »Manche meinen, er hätte Rafe Cordeaus Revier übernommen.«

»Wie kommen sie denn darauf?« Sonia wusste, wie Verbrecher sich benahmen, und Joshuas Leute passten nicht ins Bild. Sie waren freundlich, fleißig, nett zu Lieferanten und niemand stand finster blickend herum. »Ich dachte, diese Gerüchte hätten aufgehört.«

»Aber seine Leute sind bewaffnet. *Alle.*«

Erst als sie laut schnaubte, merkte Sonia, dass sie die Luft angehalten hatte. »Ja natürlich. Ist das der Grund? Sie arbeiten für eine internationale Sicherheitsfirma und haben sich durch die Geiselbefreiungen natürlich Feinde gemacht.«

Molly nickte. »Das hat Bastien auch gesagt.«

Sonia zog die Brauen hoch. »*Bastien?* Du hast mit Bastien über Joshua geredet?«

»Na ja, du hast mir erzählt, dass du ihn magst, also habe ich Bastien beiläufig nach den Gerüchten gefragt. Er sagt, er hat

Joshua überprüft und abgesehen von seiner Bekanntschaft mit Elijah Lospostos und Alonzo Massi nichts gefunden, was auf Verbindungen zur Mafia hindeutet. Außerdem kennt Joshua Jake Bannaconni und Eli Perez. Perez war mal bei der Drogenfahndung und Jake ist Geschäftsmann.« Molly beugte sich noch weiter über den Tisch und flüsterte. »Bannaconni ist übrigens *Milliardär*. Joshua kennt einen Milliardär.«

Sonia fing an zu grinsen. »Anscheinend hast du dich ziemlich lange mit Bastien unterhalten. Wart ihr zusammen essen oder nur was trinken?«

Molly wurde rot. »Nichts von beidem. Wir sind uns zufällig hier im Café begegnet, und es kam uns dumm vor, allein zu essen, also haben wir uns zusammengesetzt.«

»Er war rein zufällig zur gleichen Zeit hier wie du?«, fragte Sonia amüsiert.

Molly zuckte die Achseln und versuchte, eine Unschuldsmiene aufzusetzen. Doch das misslang ihr, deshalb biss sie noch ein Stück von ihrem Sandwich ab. Sonia hielt den Mund und schaute einfach zu, bis Molly losprustete und ihre zusammengeknüllte Serviette nach ihr warf. »Hör schon auf.«

»Du wirst rot.«

»Ich weiß. Du hast es ja darauf angelegt. Er ist einfach zur gleichen Zeit hier gewesen. Zweimal. Okay, vielleicht auch dreimal.« Sie legte eine Hand über die Augen. »Schau mich nicht so an.«

»*Drei Mal?* Das ist kein Zufall mehr, meine Liebe. Dieser Kerl ist hinter dir her. Hat er sich mit dir verabredet?«

Molly schüttelte den Kopf. »Ich würde auch nicht mit ihm ausgehen. Dann würde er mich zu Hause abholen und danach wieder dort absetzen, und wir wären ganz allein. Treffen in der Öffentlichkeit sind sicherer.«

»Du magst ihn.«

Wieder nickte Molly. »Stimmt. Ich finde ihn sehr nett. Er ist klug und lustig. Und er ist Polizist, was mich aus irgendeinem Grund antörnt. Außerdem ist er absolut heiß.«

Sonia lachte. Sie freute sich, dass sie das wieder konnte. Sie hatte lange Zeit nicht gelacht, aber Joshua hatte ihr ihr Lachen wiedergeschenkt. Zwischen ihren hemmungslosen Sexspielchen, an die sie nicht mal denken konnte, ohne vor Sehnsucht feucht zu werden, brachte er sie oft zum Lachen. Aber solange sie arbeitete, ging er ihr aus dem Weg. Dafür war sie sehr dankbar. Denn allein schon wenn sie ihn sah, schmolz sie förmlich dahin. Sie bekam allmählich Angst, dass sie ihm hörig werden würde.

»Warum willst du nicht mit ihm ausgehen, falls er dich irgendwann darum bittet?«, fragte sie noch einmal nach. »Du könntest doch den Treffpunkt bestimmen. Wenn der ihm nicht passt, gehst du halt nicht hin.«

»Wir könnten aber auch zu viert ausgehen«, meinte Molly. »Du und Joshua und Bastien und ich. Ich würde mich sicherer fühlen, wenn du dabei wärst.«

Sonia presste die Lippen zusammen. Sie wollte Molly helfen, denn sie verdiente es, glücklich zu sein, und Bastien war definitiv an ihrer Freundin interessiert, das war deutlich geworden, als er nach ihr gesehen hatte. Es war ihm nur um Molly gegangen. »Das würde ich ja gern. Du weißt, dass ich alles tun würde, um dir zu helfen«, erwiderte Sonia zögernd. »Aber ich kann nicht. Weil ich mich verstecke, genau wie du. Der Mann, der hinter mir her ist, ist schrecklich gefährlich, und er würde zuerst Joshua umbringen. Da bin ich mir sicher. Wahrscheinlich sogar vor meinen Augen. Ich sollte mich nicht mal mit Joshua treffen. Als ich hierhergezogen bin, habe ich mir selber versprochen, dass es mir auch ohne Freunde und Partner gut gehen würde, aber dann habe ich dich und Jerry und Joshua kennengelernt, und jetzt fällt es mir doch nicht ganz leicht. Trotzdem muss ich euch alle beschützen. So, jetzt weißt du, dass du schon in Gefahr bist, nur weil du dich mit mir angefreundet hast.«

Stumm musterte Molly sie eine lange Weile. Dann seufzte sie schwer und schluckte das letzte Stück von ihrem Sandwich herunter. »Ich hab's geahnt. Verdammt noch mal, warum sollen eigentlich immer wir diejenigen sein, die sich verstecken und Angst um ihre Freunde haben? Oder um uns selbst? Und uns jede Form von Kontakt verkneifen? Das ist nicht fair, Sonia.«

»Wem sagst du das?«

»Ich habe dir doch von Blake erzählt. Seine Familie ist sehr einflussreich, und er hat eine dicke Brieftasche. Falls er nach mir sucht, wird er mich früher oder später finden. Ich will weder dich noch Bastien in dieses Drama hineinziehen. Trotzdem habe ich dir davon erzählt, ich bin dieses Risiko eingegangen, aber du hast kein Wort über deine Probleme verloren.«

Der gekränkte Unterton war nicht zu überhören. »Tut mir leid«, sagte Sonia leise und schaute sich im Café um. Sie saßen an ihrem Lieblingstisch, mit dem Rücken zur Wand und Blick auf die Straße. Molly bekam diesen Tisch immer. »Mein Verfolger ist mehr als reich, Molly, und außerdem skrupellos. Absolut skrupellos.«

Molly schob ihren fast leeren Teller von sich. »Hat er dir auch wehgetan? So wie Blake mir?«

Sonia schüttelte den Kopf. »Nein, er hat mir weder die Knochen gebrochen, noch mich irgendwo eingesperrt. Er hat nur versucht, mich zu töten, indem er an meinem Auto eine Bombe angebracht hat.«

Molly schnappte nach Luft und legte abwehrend eine Hand vor den Hals. »Wirklich?«

»Jep. Ich hatte nur Glück, weil der Wagen ins Meer geschleudert wurde, und ich auf der anderen Seite raus bin. Ich weiß nicht, was mich gewarnt hat, aber in letzter Sekunde bin ich aus dem Auto gesprungen.« Sie hasste es zu lügen, doch mehr durfte sie nicht preisgeben. Sie konnte ja schlecht zugeben, dass ihre Leopardin sie gerettet hatte.

Die Schmerzen bei dieser ersten Verwandlung würde sie nie vergessen. Wie schrecklich ihre Knochen geknackt hatten und wie es sich angefühlt hatte, als immer mehr Zähne ihren Mund füllten. Sie hatte die Schuhe abgestreift, weil ihre Zehen sich brutal verbogen hatten und an den Enden genauso stechend brannten wie ihre Finger. Dann hatte sie sich die Kleider vom Leib gerissen, weil ihre Haut hypersensibel geworden war.

Das war mit das Schlimmste gewesen – dieses Jucken überall. Als sie an sich heruntergeschaut hatte, hatte sie gesehen, wie ihre Haut sich bewegte und ausbeulte, als wäre darunter etwas Lebendiges, vielleicht ein Parasit, der einen Weg nach draußen suchte. Jeder Muskel hatte geschrien vor Schmerz.

Sie erinnerte sich noch, wie sie gedacht hatte, das sei ihr Ende. Dass sie unbedingt aus dem Auto heraus wollte. Der Drang war so stark gewesen, dass es ihr mit Mühe gelungen war, den Türgriff zu ziehen. Der Fahrer hatte über die Schulter geschaut und bei ihrem Anblick ein entsetztes Gesicht gemacht. Dann war sie aus dem Wagen gesprungen, während er auf eine der engen Kurven hoch über dem Meer zuraste. Sie war in einem anderen Körper gewesen, dem einer Raubkatze, die einen Satz von gut neun Metern gemacht hatte und im

Gras auf der anderen Seite gelandet war. Kurz hatte sie sich umgedreht und geduckt zugesehen, wie das Auto in die Luft flog und die Einzelteile ins Meer hinunterfielen.

Sie hatte große Angst gehabt, als die Leopardin ins hohe Gras gelaufen war und instinktiv den Weg nach Hause einschlug. *Er hat dich verraten.* Auch das würde sie nie vergessen. Das waren Gatitas erste Worte gewesen. Eine leise, sehr ruhige Feststellung. Der sie nach allem, was geschehen war, nicht widersprechen konnte.

Gatita hatte sie zu dem kleinen Gästehaus gebracht, in dem sie die Tasche mit Kleidung und Geld versteckt hatte, die auf Anraten ihrer Mutter stets griffbereit war. Inzwischen hatte sie sogar zwei, eine in ihrem Haus und eine, die sie neben der Straße vergraben hatte. Danach waren sie in die Everglades gegangen, wobei Gatita die Führung übernommen und ihr jeweils gesagt hatte, was sie tun sollte. Später waren sie von einem Trucker mitgenommen worden, der nach Louisiana wollte. Das hatte sich für sie gut angehört. Während der ganzen Fahrt hatte sie nichts gesagt, nur stumm vor sich hin geweint, doch der Mann hatte keine Fragen gestellt. Wenn er anhielt, um zu tanken oder zu essen, war sie zur Toilette gegangen, nachdem sie sich vergewissert hatte, dass es dort keine Überwachungskameras gab. Sie war nie mit in die Raststätte gegangen, hatte einfach behauptet, sie sei nicht hungrig, und wenn er wiederkam, hatte er ihr ohne ein Wort etwas zu essen gereicht.

Als sie ihn bat, sie in der Nähe des Sumpfes vor der Stadt abzusetzen, hatte er protestiert, aber schließlich hielt er doch am Straßenrand an. Er bot ihr Geld an, doch sie lehnte ab, und dann war er fort. Er war nett gewesen und hatte ihr Zeit gelassen, den Schock zu verdauen.

»Ich habe sie belauscht. Meinen Mann und meinen Schwiegervater. Mein Mann meinte, unsere Ehe wäre nicht legal, und dann haben sie darüber geredet, mich zu töten.« Nach dieser Unterhaltung hatte sie vorsorglich so viel Geld beiseitegeschafft, wie sie in die Finger bekommen konnte. Am Morgen des Anschlags hatte sie all ihre Konten aufgelöst und gehofft, ihrem Fahrer im Einkaufszentrum entwischen zu können, damit sie ungesehen zurückkehren, die gepackte Tasche holen und auf Nimmerwiedersehen verschwinden konnte. »Ich hatte meine Flucht sorgfältig geplant und so viel Geld zusammengerafft, wie ich konnte. Das wollte ich unbedingt vorher erledigen, damit sie keinen Ausgangspunkt für eine Suche hätten.«

»Das ist ja furchtbar. Konntest du nicht zur Polizei gehen?«

Sonia schüttelte den Kopf. »Das war für mich auch keine Option. Mein Mann hat ein paar Polizisten in der Tasche, aber ich weiß nicht welche. Es wäre zu gefährlich gewesen. Besser, er denkt, ich bin tot. Das ist sicherer.«

»Hält er dich auch bestimmt für tot?«

»Ich habe sämtliche Zeitungen gelesen, alles, was mir in die Hände fiel. Die traurige Geschichte von meinem armen Mann, der so früh im Leben Witwer geworden war. Erst dreiunddreißig war er, als seine junge Braut starb. Man hat Teile ihrer verbrannten Kleidung gefunden, aber nicht ihre Leiche. Und dann mein Schwiegervater, der mich geliebt hat wie eine Tochter, der arme Mann. Sie haben die Presse wunderbar an der Nase herumgeführt.«

Molly holte tief Luft. »Ich ärgere mich schwarz darüber, dass wir diese Männer für das, was sie uns angetan haben, nicht bezahlen lassen können. Wir müssen beide den Rest unseres Lebens in Angst leben. Warum?«

Sonia rang sich ein kleines Lächeln ab. »Weil wir eine schlechte Wahl getroffen haben? Ich schätze, in dieser Hinsicht haben wir den gleichen Fehler gemacht. Wir haben uns den falschen Mann ausgesucht, und jetzt sitzen wir in der Klemme.«

»Ich liebe deinen kleinen besonderen Akzent. Ist er Joshua auch aufgefallen?«

Sonias Herz schlug heftig gegen ihren Brustkorb. »Erst gestern Nacht hat er davon gesprochen.« Was mochte er sonst noch über sie herausgefunden haben? Ihr Alter kannte er ja schon. Das hatte er klug angestellt. Er hatte sie gefragt, wie lang sie verheiratet gewesen war, und wusste, dass sie mit achtzehn ihre Mutter verloren hatte. Er arbeitete bei Donovon Security. Also kam er leicht an Informationen ran. Reichte das, was sie ihm erzählt hatte, womöglich, um herauszufinden, mit wem sie verheiratet gewesen war?

»Ich wette, er gefällt ihm sehr gut.«

Geistesabwesend nickte Sonia. »Das hat er jedenfalls behauptet, aber er sagt immer so was. Er macht mir ziemlich oft Komplimente.«

»Ich hätte auch nichts gegen ein paar Komplimente«, sagte Molly mit einem leisen, fast verträumten Seufzer.

»Macht Bastien dir denn keine?«

Bei der Nennung des Namens errötete Molly erneut. »Schon, aber er flirtet so viel, dass ich denke, er macht das automatisch bei jeder Frau.«

»Von dir scheint er jedenfalls besonders angetan zu sein. Mit wie vielen anderen Frauen aus der Stadt ist er denn bisher ausgegangen? Du kennst doch sicher den Tratsch über ihn.«

Molly schüttelte den Kopf. »Ich habe nie danach gefragt.«

»Ich aber«, sagte Sonia. Dann winkte sie ihre Freundin mit einem Finger ganz nah zu sich heran. »Ich hab Jerry ausgehorcht, der weiß alles über jeden. Er hat gesagt, Bastien wäre hinter jedem Rock her, aber er könne sich nicht erinnern, dass der Junge jemals mit einer Frau ausgegangen sei. Jedenfalls nicht in den vier Jahren, die er in dieser Stadt wohnt. Falls er sich mit einer Frau träfe, könnte sie nicht von hier sein. Und von Charity aus dem Lebensmittelladen wisse er, dass Bastien von dir ganz hingerissen ist. Genau das hat er gesagt. *Hingerissen.*«

Mollys zartrosa Wangen färbten sich dunkelrot. »Das ist doch Quatsch. Er hat sich nur zu mir gesetzt, weil wir beide alleine waren, und es langweilig ist, immer allein zu essen.«

»Er hat schon Dutzende Male allein hier gegessen und sich noch nie zu einer Frau an den Tisch gesetzt. Er mag dich. Ernsthaft.«

»Glaubst du?«

»Ich weiß es. Ruf ihn an und lad ihn irgendwohin zum Essen ein. Frauen können auch den ersten Schritt machen.«

»Ich nicht. Wenn er möchte, dass ich mit ihm ausgehe, muss er mich fragen, und er muss damit einverstanden sein, dass wir uns im Restaurant treffen. Ich habe nicht vor, wieder zu vertrauensselig zu sein und in Schwierigkeiten zu geraten. Einmal reicht mir.«

Sonia schaute auf ihre Uhr. »Ich muss los, Süße. Sonst komme ich zu spät. Ich habe den Arbeitern versprochen, heute Nachmittag noch mal vorbeizuschauen.«

Molly warf ein paar Geldscheine auf den Tisch und hielt sie am Handgelenk fest. »Bitte sei vorsichtig, Sonia. Einfach nur so. Manchmal haben Gerüchte ja einen wahren Kern. Vielleicht solltest du Joshua sicherheitshalber fragen, woher er Elijah Lospostos kennt. Wo sie sich begegnet sind – solche Sachen. Ich möchte nicht, dass du noch mal verletzt wirst.«

Sonia wusste, dass sie dieses Risiko längst eingegangen war. Falls Joshua nicht der war, der er zu sein vorgab, hatte das sicher schlimmere Folgen als die Entdeckung, dass der Mann, den sie fast zwei Jahre für ihren Ehemann gehalten hatte, sie nicht liebte – und nie geliebt hatte. Sie war zu jung, zu verzweifelt und zu traumatisiert gewesen, um das zu erkennen. Sie war Sascha dankbar gewesen und hatte ihn gebraucht. Sie hatte ihn auch geliebt, wirklich, aber nicht so, wie eine Frau ihren Mann lieben sollte. Doch das wäre ja vielleicht mit der Zeit noch gekommen.

Joshua redete viel mehr mit ihr als Sascha. Sie verbrachten Stunden im Bett, wo sie ihm Pläne zeigte, die sie für ihn gezeichnet hatte. Er hatte ein paar gute Vorschläge, war aber meistens mit ihren Entwürfen zufrieden und gab stets sein Okay. Sascha hätte sich ihre Skizzen nicht einmal angesehen, sondern gesagt, sie bräuchten jemand mit mehr Erfahrung. Joshua dagegen lobte sie die ganze Zeit. Außerdem liebte er ihre Gemälde, während Sascha gemeint hatte, sie müsse noch etwas daran arbeiten, ehe sie sie der Öffentlichkeit präsentieren könne.

»Du hast ja schon wieder diesen liebeskranken Gesichtsausdruck«, sagte Molly. »Ich werd noch eifersüchtig. Ich möchte auch so verliebt sein.«

»Dann geh doch mit Bastien aus. Und danach ins Bett. Das kann ich nur wärmstens empfehlen.«

Molly lachte. »Ich bleibe lieber bei meinem Spielzeug.«

»Das ist nicht dasselbe, glaub mir.« Sonia sprang auf, winkte Molly zu und eilte zu ihrem Truck. Sie war noch nie zu spät gekommen, denn sie wollte unbedingt professionell wirken. Sie liebte ihre Arbeit, und sie machte sie gut.

Als sie sich mit ihrem Wagen in den Verkehr einfädelte, schaute sie in den Rückspiegel und bemerkte den schwarzen SUV, der ein Stück hinter ihrem Wagen geparkt hatte. Sie erkannte ihn sofort. Joshuas Männer hatten ein Faible für allradgetriebene Fahrzeuge mit getönten Scheiben, und dieses wurde öfter von zweien benutzt, die Kai und Gray hießen, eng mit Joshua befreundet waren und aus dem Regenwald in Borneo kamen. Die beiden waren ihr schon mehr als einmal aufgefallen, wenn sie in der Stadt unterwegs war. Nun kam ihr allmählich der Verdacht, dass sie ihr folgten.

Sie fuhr durch das Haupttor auf Joshuas Grundstück. Das Wachhäuschen war nach wie vor nicht besetzt. Das gab ihr immer ein gutes Gefühl. Der Grenzzaun ließ keinen weiteren Zugang zu, als den durch den Sumpf an der Rückseite des Hauses. Der Zaun war nicht von Joshua errichtet worden, sondern von jemand anders, der wohl auch das Wachhäuschen aufgestellt hatte. Die Torflügel standen offen, aber niemand war da, weit und breit keine patrouillierenden, grimmigen Männer, die Angst und Schrecken verbreiteten. Aber der SUV blieb bis zum Haus hinter ihr. Sie wartete, bis ihre beiden Verfolger aus dem Auto sprangen, dann stieg auch sie aus. Mit einem Lächeln im Gesicht ging sie direkt auf die beiden zu.

»Beschattet ihr mich etwa?«

Über ihren Kopf hinweg wechselten die zwei einen Blick, dann nickte Kai. »Richtig.«

»Warum? Ihr wisst doch sicher, dass ich durchaus imstande bin, ohne Hilfe von A nach B zu kommen. Außerdem habe ich ein GPS, falls ihr euch dann besser fühlt. Sollte der Wagen liegen bleiben oder einen Platten haben, bin ich ganz geschickt im Reparieren. Und mein Tank ist immer voll. Es ist sehr nett von euch, dass ihr euch Sorgen um mich macht, aber ich komme allein zurecht.«

»Darüber musst du mit dem Boss reden, Sonia«, erwiderte Gray. »Der gibt die Befehle, wir befolgen sie nur.«

Sonia nickte. Es gefiel ihr nicht, Bodyguards zu haben. Das kannte sie schon. Allerdings waren die Wachen früher nicht zu ihrem Schutz da gewesen, sondern um dafür zu sorgen, dass sie nicht weglief. Sie hätte Verdacht schöpfen sollen, als Sascha und Nikita sie nur mit einem Chauffeur zum Einkaufszentrum fahren ließen. Das war zuvor noch nie vorgekommen.

Ich hatte da so eine Ahnung, meldete sich Gatita recht selbstzufrieden.

Du hast die Verschwörung gewittert.

Damals schon. Doch der jetzige Vorfall schien sie eher zu erheitern.

Warum hat Joshua die beiden hinter mir hergeschickt?

Damit dir nichts zustößt.

Hat Shadow dir das gesagt? Ihre Leopardin war ein kleines Flittchen. Jede Nacht wollte sie zu ihrem Gefährten, und wenn Sonia von der Arbeit zu müde war, schmollte die Katze, also achtete Sonia darauf, nie zu erschöpft nach Hause zu kommen.

Gatita legte sich nieder. *Ja. Aber ich hab auch mit den anderen Leoparden geredet. Wenn es um deinen Schutz geht, überlasse ich nichts dem Zufall. Nicht mehr.*

Das überraschte Sonia. Sie hatte nicht gewusst, dass Leoparden untereinander kommunizierten, und dass Gatita sich für den Mordanschlag verantwortlich fühlte, war auch neu für sie.

Das war nicht deine Schuld. Du hast alles richtig gemacht. Sonia winkte Kai und Gray zu und ging ins Haus. *Das weißt du doch,*

oder? Du hattest dich ja noch gar nicht gezeigt. Wieso bist du damals eigentlich so plötzlich aufgetaucht, obwohl du gar nicht rollig warst?
Ich habe gespürt, dass etwas nicht stimmte. Dass du in Gefahr bist. Deshalb habe ich angefangen, gut zuzuhören, wann immer du in der Nähe dieser Leute warst. Das sind keine netten Menschen.
Nein, das sind sie nicht, gab Sonia zu. *Ich habe uns in diesen Schlamassel hineingebracht, nicht du. Du hast uns gerettet.*
Ich werde dich immer retten, wenn es sein muss auch vor Shadow.
Plötzlich brannten Tränen in Sonias Augen. Sie liebte ihre Leopardin.
Ich liebe dich auch. Jetzt geh und streite dich mal wieder mit deinem Mann. Du wirst nicht gewinnen, aber er mag das.
Das stimmt nicht.
Er findet dich sehr sexy, wenn du dich mit ihm zankst.
Oh mein Gott. Woher weißt du das? Nein, warte, sag's nicht. Shadow hat es dir erzählt.

Sonia stapfte die Treppe hoch und durchquerte das kleine Schlafzimmer, das zum Kinderzimmer umgebaut werden sollte. Joshua bestand darauf, denn er meinte, sie würden es bald brauchen. Diese Behauptung ignorierte sie immer, weil sie nicht wusste, wie sie darauf reagieren sollte. Sie wollte nicht noch mehr von der Zukunft träumen, als sie es ohnehin schon tat.

Im großen Schlafzimmer angekommen schaute sie sich um. Sie war noch nie dort gewesen. Der Raum war riesig, fast genauso groß wie ihr gesamtes erstes Stockwerk. Das Glas in den Fenstern an der Vorder- und Rückseite sah sie sich genauer an und überlegte, ob es wohl kugelsicher war. Wenn ja, hatte Rafe Cordeau bestimmt ein Vermögen dafür ausgegeben. Die Balkontüren waren so ähnlich wie die in ihrem Zuhause, aber ebenfalls maßgefertigt. Die obere Veranda war breit und lang und bot Joshua einen guten Ausblick auf den Sumpf und den Fluss. Dicke Äste reichten bis an das schmiedeeiserne Geländer heran und machten es einem Leoparden leicht, vom Baum zum Haus zu springen.

Joshuas Bett war gemacht und nirgendwo lagen Kleidungsstücke herum. Das Zimmer wirkte bewohnt, aber ordentlich. Sogar sehr ordentlich. Obwohl sie nur einmal gesehen hatte, wie eine Angestellte hineingegangen war. Die Frau war mit Bettzeug wieder herausgekommen, wahrscheinlich, um es zu waschen. Sonia strich mit der Hand über die Decke, die über das Bett gebreitet war. Sie hatte ein blau-rotes asiatisches Muster, das sehr maskulin wirkte und ihr gut gefiel.

Joshuas Duft hing im Raum und machte es ihr praktisch unmöglich, ihn nicht einzuatmen. Sie wollte nicht davon umgeben sein, aber sie konnte ihm nicht entgehen. Also zwang sie sich, schnell weiterzugehen, zum Büro. Obwohl die Tür offen stand, klopfte sie an den Rahmen.

»Joshua?« Sie steckte den Kopf ins Zimmer und rechnete eigentlich damit, dass er verärgert sein würde, weil sie ihn bei der Arbeit störte. Sascha hätte sich beschwert. Inzwischen wusste sie auch, warum. Weil sie nicht dahinterkommen sollte, dass er in illegale Geschäfte verwickelt war.

Joshua starrte mit gerunzelter Stirn auf das Display seines PCs, das wirre blonde Haar fiel ihm in die Stirn und ließ ihn eher wie einen Surfer aussehen als einen seriösen Geschäftsmann. Erstaunt schaute er auf, das Stirnrunzeln verschwand und ein Lächeln erhellte sein Gesicht. »Sonia.« Er sprang auf. »Komm rein, Schatz. Was für eine Überraschung. Du bist noch nie in meiner Höhle gewesen.«

Bei diesem Wort machte ihr Herz einen Satz. Schon bei seinem Anblick wurde das kleine Spitzenhöschen feucht, das sie so gern unter der Jeans trug, und ihre Nippel drückten sich sehnsüchtig an die Spitze ihres BHs. Sie trug ein einfaches T-Shirt, aber es war recht eng, deshalb konnte Joshua nicht nur sehen, dass sie erregt war, sondern es mit seinem ausgeprägten Geruchssinn sogar riechen.

Sein Lächeln wurde so breit, dass es beinah arrogant wirkte, doch sie musste zugeben, dass er in ihrem Fall guten Grund dafür hatte. Er brauchte ja kaum mehr zu tun, als sie anzulächeln, und schon war sie willig und bereit. Aber darum ging es jetzt nicht. Sie erlaubte es sich nicht zurückzulächeln. »Du lässt mich beschatten.«

»Natürlich.« Er leugnete es nicht einmal. Typisch männliche Erheiterung im Blick lehnte er sich mit dem Po an seinen Schreibtisch und kreuzte die Arme vor der Brust.

»Ist das alles? Natürlich? Ernsthaft, Joshua. Warum um alles in der Welt lässt du zwei Männer hinter mir herlaufen? Hast du nichts Besseres für sie zu tun? Wollt ihr nicht aus der Übung kommen, weil Donovon Security im Moment keine Arbeit für euch hat?«

»Im Moment ist es ihre einzige Aufgabe, dir zu folgen. Mit dem einzigen Ziel, jederzeit für deine Sicherheit zu sorgen.«

Sonia schüttelte den Kopf. »Nein, ihr einziges Ziel sollte es sein, für deine Sicherheit zu sorgen. Egal, warum du dir Feinde gemacht hast, so viel hab ich immerhin mitbekommen, hinter dir ist eher jemand her als hinter mir.«

»Aber irgendjemand hat versucht, *dich* zu töten, nicht mich.«

»Ich habe deine Narben gesehen. Die stammen nicht nur von Raubtierkämpfen, sondern auch von Stich- und Schusswunden. So was hab ich nicht. Ich habe überhaupt keine Narben.«

»Doch, eine kleine Delle, direkt über deinem linken Knie.«

Sonia schnitt eine Grimasse und machte eine wegwerfende Handbewegung. »Ich bin mal gestürzt, als mein Vater mir das Radfahren beigebracht hat.«

»Und die größere an deinem linken Unterarm?«

Sonia schwieg einen Moment, dann seufzte sie. »Lenk nicht ab, Joshua. Wir reden gerade darüber, warum du Kai und Gray auf mich angesetzt hast.«

»Nein, *du* willst darüber reden. Ich möchte dich nur ansehen. Du bist so wunderschön. Hab ich ein Glück. Komm her und küss mich.«

»Oh nein. Wir werden uns über Kai und Gray unterhalten, und du wirst sie zurückpfeifen.«

»Komm her und küss mich. Du möchtest mich doch sicher nicht so irritieren, dass ich den Rest des Tages keinen klaren Gedanken mehr fassen kann.«

»Ich arbeite hier. Und in dieser Zeit bin ich nicht deine Freundin. Das haben wir vorher abgemacht.«

Joshuas Lächeln wurde noch breiter. Die Sorgenfalten waren verschwunden. Er sah jung und beinahe sorglos aus. Und außerdem so heiß, dass sie überlegte, ob sie einen verführerischen Strip hinlegen und sich gleich hier auf dem Tisch von ihm vernaschen lassen sollte. Doch sie starrte ihn nur herausfordernd an.

»Ich habe mir diesen Unsinn damals aufmerksam angehört, aber denk nach, Baby. Ich habe dir niemals zugestimmt.«

»Schweigen ist auch eine Form von Zustimmung.«

»Wenn ich schweige, heißt das, dass ich das, was du sagst, für Blödsinn halte und nie darauf eingehen würde, aber weil dein Mund so verdammt sexy ist, schau ich dir gern beim Reden zu und träum von was anderem.«

»*Blödsinn?* Du hältst das, was wir abgemacht haben, für Blödsinn?« Am liebsten hätte sie sich die Haare gerauft, doch gleichzeitig dachte sie, vielleicht wäre es wirklich eine gute Idee, ihn mit ihrem Mund in den Wahnsinn zu treiben.

»Ja, totaler Quatsch. Und jetzt komm her und küss mich.« Störrisch legte sie die Stirn in Falten, stemmte eine Hand in die Hüfte und versuchte so zu tun, als überliefe sie bei dieser Aufforderung keine Hitzewelle. »Auf. Gar. Keinen. Fall. Na gut ...«, als er aufstand, fing ihr Herz an zu hämmern, also hob sie rasch eine Hand, »... vielleicht tu ich's ja, ganz vielleicht, aber nur, wenn du mir deine Männer vom Hals hältst. Sonst kannst du lange warten.« Doch sie würde es niemals schaffen, ihn nicht mehr zu küssen.

Blitzschnell wie immer kam er auf sie zu, packte sie um die Taille und war schon halb im Schlafzimmer, als ihr bewusst wurde, dass sie kopfüber über seiner Schulter hing. Er hatte einen äußerst knackigen Po, auf den sie eintrommelte, während sie sich bemühte, nicht zu kichern. Sie liebte seine verrückten Ideen. Sascha war nicht besonders verspielt gewesen; sie hatte es immer darauf zurückgeführt, dass er wesentlich älter war. Joshua dagegen, der schätzungsweise nur zehn Jahre älter war als sie, nahm sich stets Zeit zum Scherzen und Lachen.

Er warf sie aufs Bett, legte sich auf sie und drückte sie mit seinem Gewicht nieder. Schnell presste sie die Lippen zusammen und drehte das Gesicht zur Seite. »Ich küsse dich nicht, Joshua Tregre. Jetzt nicht und nie wieder. Es sei denn, du ziehst diese Männer von mir ab.«

»Einverstanden, sie bleiben zu Hause, also küss mich.« Sein warmer Atem verfing sich in den feinen Haaren, die sich aus ihrem Fischgrätenzopf gelöst hatten. Nach der Dusche am

Morgen hatte er seine Fähigkeiten im Flechten erneut unter Beweis gestellt.

»Das ist gegen die Schreiner-Regeln. Es gibt nämlich welche, falls du es nicht weißt. Die dritte Regel lautet: Küssen bei der Arbeit verboten.« Sie tat ihr Bestes, überlegen und schnippisch zu klingen.

Joshua blies warme Luft in ihr Ohr und biss ihr dann sanft ins Ohrläppchen. »Schon wieder so ein Blödsinn«, raunte er dicht an ihrer Ohrmuschel.

Fast hätte sie den Kopf gedreht, merkte aber in letzter Sekunde, dass er es darauf angelegt hatte. Also presste sie die Lippen weiterhin fest zusammen, drückte das Gesicht ins Kissen und versuchte, nicht zu lachen, brauchte aber fast eine ganze Minute, um sich wieder in den Griff zu bekommen. »Du kannst doch nicht alles, was ich sage, als Blödsinn abtun. Wir brauchen ein paar Regeln, wenn ich jeden Tag hier arbeiten soll.«

»Gut. Wenn du Regeln haben willst, hier ist die erste und wichtigste. Wenn du mit deinem herrlichen Hintern zur Arbeit kommst, suchst du erst mal nach mir und gibst mir einen Kuss.« Er biss sie fest in die Halsbeuge.

Sie kreischte auf und drehte den Kopf, damit sie ihn böse anschauen konnte. »Hör auf damit. So eine Regel akzeptiere ich nicht.«

Seine Zunge strich über die Stelle, in die er seine Zähne gegraben hatte. »Es ist aber die *einzige*.« Er küsste die schmerzende Stelle und arbeitete sich dann mit hauchzarten Küssen, die sie ganz verrückt machten, langsam an ihrem Hals nach oben.

Eine Mischung aus Heiterkeit und Verlangen erfüllte sie. »Das fühlt sich sehr schön an«, gestand sie. »Manchmal machst du alles richtig.«

Er fasste sie am Kinn und drehte ihr Gesicht so, dass sie

ihn ansehen musste. Sein blaugrüner Blick glühte vor Leidenschaft. Jede Linie in seinem Gesicht verhieß sinnliche Freuden; er war der personifizierte Teufel, der sie zum Sündigen verführen wollte. Als er seine Lippen auf ihre presste, verging ihr das Lachen. So wie er ausgesehen hatte, rechnete sie mit einem rauen, heftigen Kuss. Aber er war sanft und zärtlich. Eine Hand um ihren Hals gelegt hielt er sie fest, während er ihren Mund erkundete und ihre Zunge reizte, bis sie ihm folgte. Dann vertiefte er den Kuss, aber so behutsam, dass ihr vor Rührung die Augen feucht wurden. Mit diesem Kuss sagte er ihr mehr, als sie eigentlich hören wollte, trotzdem machte er sie damit sehr glücklich.

Sie küsste ihn zurück und gab sich ihm so bereitwillig hin wie immer. Wenn sie in seinen Armen lag, hielt sie sich nie zurück. Als er den Kuss plötzlich beendete und seine Stirn an ihre legte, dachte sie, dass er vielleicht nur neckisch mit ihr gespielt hatte, doch dann wurde ihr klar, dass ihn etwas beschäftigte, etwas, das ihn bedrückte.

»Red mit mir, Schatz«, forderte sie ihn leise auf. Da sie ihn nur selten bat, von sich zu erzählen, schaute Joshua sie erstaunt an. Sie strich durch sein dichtes, unordentliches Haar. Er musste mal zum Friseur, obwohl ihm die Hippie-Frisur sehr gut stand. »Ich merke doch, dass du Sorgen hast. Ist es meinetwegen? Hat es mit mir zu tun?«

Joshua zuckte die Achseln und rollte sich von ihr herunter. »Ich habe morgen ein wichtiges Meeting und muss bestens vorbereitet sein. Außerdem habe ich Morddrohungen erhalten, weswegen ich die Security hier erhöhen muss, und zwar noch vor diesem Treffen.«

»Kai und Gray könnten doch aushelfen«, schlug Sonia sofort vor. »Wenn du danach immer noch willst, dass sie mir den ganzen Tag hinterherlaufen, lass ich mir das eine Weile gefallen, nur damit du dich besser fühlst, aber du kannst sie gern hier einsetzen. Schließlich hast du nicht viele Ersatzleute.«

Joshua drehte sich auf den Rücken und starrte, die Hände hinter dem Kopf verschränkt, die Beine über die Bettkante gelegt, den Deckenventilator an. »Ich habe sie für dich abgestellt, weil sie meine besten Männer sind und du mir mehr bedeutest als alles andere. Ich ziehe sie nicht ab, obwohl ich natürlich nicht begeistert bin, wenn sie dich stören.«

Sonia drehte sich auf die Seite und stützte den Kopf in die Hand. Mit der anderen Hand schrieb sie träge ihren Namen auf Joshuas Brust. »Ich werde nicht mehr meckern, obwohl es mir lieber wäre, wenn sie nach diesen Drohungen auf dich aufpassen würden. Ich bin nicht mehr in Gefahr. Ich bin tot. Schon vergessen? Keiner denkt mehr an mich. Ich bin weit weg und nichts, was ich tue, wird ihnen zu Ohren kommen.«

Joshua starrte immer noch den Deckenventilator an. »*Ihnen?* Du sagst oft ›sie‹ statt ›er‹. Meinst du damit die Familie deines Mannes?«

»Ja.« Sie wollte ihn nicht anlügen. »Sein Vater war derjenige, der ihm gesagt hat, er müsse mich umbringen, und er hat zugestimmt. Sogar ganz locker. Ohne irgendwelche Einwände. Deshalb sage ich ›sie‹, weil mein Schwiegervater mich sicher nach wie vor tot sehen möchte.«

»Aber warum, Sonia? Darüber denke ich immer wieder nach und versuche, zu einer logischen Erklärung zu kommen, aber es gibt keine. Hatten sie vielleicht irgendein zwielichtiges Geschäft geplant und du hast etwas aufgeschnappt, was du nicht hättest hören sollen?«

Es half ihr, dass er immer noch den Deckenventilator ansah und nicht sie. »Hab ich aber nicht. Ich glaube, es hatte eher etwas mit meinem Vater zu tun.« Geistesabwesend berührte sie die Narbe an ihrem Unterarm. Sie war lang und dünn, ein weißer Strich auf ihrer olivfarbenen Haut, aber im Laufe der Zeit so verblasst, dass sie nie jemandem aufgefallen war, nicht einmal Sascha in den knapp zwei Jahren Ehe.

»Was war mit deinem Vater?«, fragte Joshua drängend, als sie nicht weiterredete.

Sie zog ihm das weiße Hemd aus der Jeans. Er machte das öfter – Hemd und Jackett mit einer Jeans zu kombinieren, und ihr gefiel dieser besondere Look, denn in den formellen Oberteilen sah er sehr gut aus. Die Haut unter dem Hemd war warm. Sie zeichnete Kreise auf seine harten Muskeln. »Er wurde ermordet. Ich war dabei. Er war ein guter Schreiner, und ich liebte es, mit Holz zu arbeiten. Schon von klein auf. Den Geruch und die verschiedenen Sorten und Maserungen. Mein Vater hat mir viel beigebracht, aber ich hatte damals schon den Verdacht, dass er noch etwas anderes machte, etwas, das nicht legal war. Irgendwann kamen ein paar Männer und nahmen ihn sich vor. Sie taten ihm schreckliche Dinge an. Ich musste zusehen. Manchmal habe ich immer noch Albträume davon. Ich habe mich gewehrt, aber einer von den Männern hatte ein Messer. Damit hat er mir den Arm aufgeschlitzt. Die Wunde war ziemlich oberflächlich, aber sie tat höllisch weh und musste genäht werden.«

»Also war sie vielleicht doch nicht so oberflächlich.«

Sonia tat es mit einem Achselzucken ab. »Mag sein. Jedenfalls habe ich daher die Narbe. Übrigens, im Vorbeigehen habe ich mein Bild im großen Wohnzimmer gesehen.« Sie machte sich an dem Druckknopf seiner Jeans zu schaffen. »Du hast recht gehabt, es sieht dort gut aus. Ich hab nicht geglaubt, dass es sich für den Platz über dem Kamin eignet, aber die Farben passen perfekt zum Raum. Es freut mich, dass etwas von mir in deinem Haus ist.«

»Mich auch.« Er schob eine Hand in ihr Haar. »Aber noch lieber habe ich dich hier.«

»Ich weiß auch, warum.« Unendlich langsam zog sie den Reißverschluss seiner Jeans herunter. Er war schon hart und bereit. »Irgendwie finde ich so eine Pause am Nachmittag ziemlich gut. Vielleicht sollten wir das öfter machen.« Sie rutschte vom Bett und kniete sich vor ihn. Nachdem sie ihm die Schuhe und die Socken ausgezogen hatte, streifte sie ihm die Jeans ab.

Es war großartig, ihn so auf dem Bett liegen zu sehen, die Hände hinter dem Kopf, die Augen wie gebannt auf sie gerichtet.

»Tu mir einen Gefallen und zieh dich auch aus.«

»*Ich?* Ich glaube, das ist nicht nötig, ich will dir nur schnell einen blasen, dann gehe ich wieder an die Arbeit.«

»Runter mit den Sachen. Ich will, dass du mich nachher bis zur Erschöpfung reitest – und zwar nackt.«

Nachdenklich streichelte sie seine samtenen Hoden. »Ich muss zugeben, dass mir die Idee gut gefällt, aber damit komme ich dir weit entgegen, deshalb habe ich einige Bedingungen.«

Sie zog ihr T-Shirt aus, warf es beiseite und ihren BH hinterher. Dann stieg sie aus ihren Stiefeln und schälte sich aus ihrer Jeans. Es erregte sie, wie Joshua sie dabei nicht eine Sekunde aus den Augen ließ. Ohne zu blinzeln, fixierte er sie wie ein Raubtier seine Beute. Der nun schon vertraute Schauer rieselte ihr über den Rücken.

»Was für Bedingungen?«

»Heute Nacht darf ich dich zum Orgasmus bringen, bevor

wir die Katzen laufen lassen. Ich möchte etwas Neues ausprobieren.«

»Willst du mir wieder einen blasen? Zweimal an einem Tag? Das ist eine harte Bedingung. Echt hart. Ich weiß nicht so recht.«

»Dann versuche ich mal, dich zu überzeugen.« Sie kniete sich zwischen seine Beine und schleckte einmal von unten nach oben an seinem Glied entlang. Es schnellte hoch, und Joshua stöhnte.

»Das ist Erpressung. Und Erpresser leben gefährlich. Manchmal bekommen sie den Hintern versohlt.«

»Das nehme ich in Kauf.« Ehe er etwas erwidern konnte, begann sie zu saugen und zu züngeln. Inzwischen hatte sie viel Übung, und sie liebte es, sein Gesicht zu beobachten, wenn es sich vor Lust verzerrte, die lüsternen Linien immer tiefer wurden und dunkle Begierde seine Augen eher blau als grün wirken ließ. Das törnte sie unglaublich an.

»In Ordnung, Baby. Aber glaub bloß nicht, dass du in den nächsten Tagen bequem sitzen kannst.«

Mit seinem Glied im Mund begann sie zu schnurren. Sie sah so gern zu, wie die Vibrationen ihm einheizten. Das war fast genauso gut, wie selbst von ihm verwöhnt zu werden. »Ich freu mich schon drauf, Schatz, aber erstmal musst du jetzt stark bleiben«, murmelte sie und legte los.

Sie machte es ihm gern schwer, ihren Mund zu verlassen. Wenn er dort kam, war sie höchst zufrieden, auch wenn sie dann darauf verzichten musste, mit ihren kräftigen Scheidenmuskeln auch den letzten Tropfen aus ihm herauszuholen.

Wieder stöhnte er und fing an, hilflos die Hüften vorzuschieben, das bedeutete, dass sie alles richtig machte. Eifrig trieb sie ihn weiter.

Plötzlich fasste er nach ihrem Zopf und zog ihren Kopf zurück. »Setz dich auf mich. Sofort, du kleine Erpresserin. Hoch mit dir.«

Die salzige Belohnung, auf die sie so versessen war, tropfte bereits aus ihm heraus. Sie lachte und stülpte den Mund ein letztes Mal über ihn, während er sein Glied an der Wurzel festhielt, dann gab sie ihn widerwillig frei, kniete sich rittlings über ihn und ließ sich langsam, den Blick fest auf sein Gesicht gerichtet, auf ihn herab. Nichts auf der Welt ging über den Augenblick, in dem sein Blick sich auf ihre Brüste richtete, er sie an sich zog und leidenschaftlich küsste. Es fühlte sich jedes Mal so an, als käme sie nach Hause.

8

»Verdammt, Drake, ich habe dir alle Informationen gegeben, die ich über sie habe. Ich muss unbedingt wissen, wer zum Teufel sie töten wollte und warum. Wir haben ein ganzes Team von Ermittlern. Und du willst mir sagen, dass die rein gar nichts über sie finden können? Sie wohnt jetzt seit einem Jahr hier. Irgendwo in den Vereinigten Staaten ist vor zwölf Monaten doch sicher darüber berichtet worden, dass ein Auto in die Luft gesprengt wurde. Das kann doch verflucht noch mal nicht so schwer herauszufinden sein.«

»So aufgeregt habe ich dich noch nie erlebt, Joshua. Offenbar hast du wirklich deine Gefährtin gefunden.«

Wie immer war Drakes Stimme sehr ruhig. Ungerührt hatte er es in den letzten drei Minuten über sich ergehen lassen, so laut angeblafft zu werden, dass ihm wahrscheinlich die Ohren wehtaten. Joshua sah ihn vor sich, wie er, das Telefon am Ohr, hin- und herlief und gelassen abwartete, bis sich der Wutanfall seines Freundes legte. Also versuchte er, sich zu beruhigen.

»Tut mir leid, Mann. Ich hab einfach ein schlechtes Gefühl im Bauch. Es gefällt mir nicht, dass sie allein wohnt, und ich nicht mal weiß, wovor sie sich in Acht nehmen sollte.«

»Es kann doch tatsächlich sein, dass sie nichts mehr zu befürchten hat. Das alles ist ein Jahr her. Vielleicht wird wirklich nicht nach ihr gesucht, sonst hätte unser Team doch bestimmt Wind davon bekommen, als es vorsichtig die Fühler ausgestreckt hat.«

Joshua atmete tief durch. »Die Sache ist die, Drake. Mein Bauchgefühl hat mich noch nie getrogen. Ich spüre, dass sich etwas Schlimmes anbahnt. Ich weiß nur nicht, aus welcher Richtung es kommen wird, aber es kommt. Ich darf sie nicht verlieren, und sie ist jetzt schon unruhig, wie auf dem Sprung. Manchmal kommt es mir so vor, als würde sie mir entgleiten.« Er hatte nicht vorgehabt zu jammern, aber, Herrgott noch mal, jede Nacht mit ihr war reine Magie, tagsüber dagegen schaute sie ihn trotz ihres süßen Lächelns immer so an, als erwartete sie, dass er sich in ein Monster verwandelte. Er kannte sich mit Sadisten aus. Sein Großvater war einer gewesen. Aber er war nicht wie sein Großvater. Er hatte seine Fehler, aber ganz sicher keine sadistische Ader.

»Dieses Treffen mit den Russen ist wichtig, Joshua. Du musst sicher sein, dass du voll da bist. Ein Fehler und du bist tot. Ich kann nicht mehr rechtzeitig zu dir kommen. Ich bin im Moment in San Antonio.«

»Ich schaffe das. Du und die anderen, ihr habt mir diesen Posten angeboten, und ich habe mich entschieden, ihn anzunehmen. Damals dachte ich nicht, dass ich jemals meine Gefährtin finden würde, daher hielt ich es für eine gute Idee.«

»Rafe hatte ein großes Revier. Das meiste davon hast du in kurzer Zeit unter Kontrolle bekommen. Du hast hart gearbeitet, um diese Verbindung herzustellen. Jetzt fehlt nur noch der Besuch der Russen.«

»Findest du es trotz Alonzos Vergangenheit immer noch gut, dass wir sie kontaktiert haben? Schließlich stecken wir mit mehreren Russen unter einer Decke, die von einigen Landsleuten gern um die Ecke gebracht würden.«

»Wir müssen erfahren, ob sie Alonzo auf der Spur sind. Ich muss das unbedingt wissen. Er ist mein Freund, Joshua, und er würde für jeden von uns sein Leben geben. Wir müssen herausfinden, wie groß die Gefahr ist, dass er entdeckt wird.«

»Du glaubst, Nikita wird beiläufig erwähnen, dass sie nach ihm suchen, oder?«

»Ich würde sogar darauf wetten. Wir haben die Russen zum ersten Mal zu einem Treffen eingeladen, und ihnen ist klar, wie wichtig dieses Gespräch ist. Sie sind immer darauf aus, ihr Territorium zu vergrößern. Aber wir sitzen hier so gut im Sattel, dass es ihnen in dieser Gegend nicht gelingen wird, also möchten sie Frieden schließen. Sie brauchen Verbündete und Insiderinfos. Deshalb werden sie am Rande auch von ihrer Suche nach Alonzo, seinem Bruder und seinen Vettern reden. Sie wollen uns benutzen, um sie aufzustöbern, und uns gleichzeitig Gelegenheit geben, die Verbindung zu festigen, indem wir ihnen helfen. Genau das wollen wir auch. Deshalb nehmen wir das als Eintrittskarte, obwohl Nikita Bogomolow einer der schlimmsten Verbrecher auf der Welt ist.«

»Ich schaffe das«, versicherte Joshua erneut. Er mochte Alonzo. Oder besser Fjodor. Fjodor Amurow. Er würde nicht zulassen, dass ihm etwas zustieß, auch ganz besonders deshalb, weil er mit seiner Kusine verheiratet war.

»Wir verstärken die Nachforschungen bezüglich deiner Frau, Joshua, aber versuch, ein bisschen mehr über sie in Erfahrung zu bringen. Ein Ausgangspunkt wäre nicht schlecht. Ein spanischer Akzent allein hilft mir nicht viel weiter.«

»Ich bemüh mich. Aber sie ist sehr verschwiegen. Was ist mit Molly Sheffield? Ist es da besser gelaufen?«

»Die ist ein offenes Buch. Die Sheffields kommen ursprünglich dort aus der Gegend, sind aber vor fünfzehn Jahren weggezogen und haben die Großmutter zurückgelassen. Anscheinend war Molly die Einzige, die sie regelmäßig besucht hat. Als sie Geld geerbt hat, hat sie ein Stück Sumpfland und das Haus der Großmutter gekauft, ist aber erst kürzlich da eingezogen. Sie war mit einem Mann namens Blake Garritson liiert. Ein einflussreicher Bezirksstaatsanwalt aus reichem Haus. Der Mann hat ein Ego so groß wie Texas. Es besteht kein Zweifel daran, dass er Dreck am Stecken hat und nach Molly sucht.«

»Wird er sie bald finden?«

»Also, bei mir hat es drei Minuten gedauert«, erwiderte Drake. »Deshalb würde ich sagen Ja. Bestimmt ist er ihr schon auf der Spur oder hat bereits jemanden vor Ort, der sie beobachtet.«

Joshua fluchte leise. Zusätzliche Schwierigkeiten konnte er nicht gebrauchen. Sonia hatte ihre eigenen Probleme, da musste sie sich nicht auch noch Mollys aufhalsen. Aber das würde sie. Sie würde ihre Freundin nicht im Stich lassen. Das machte ihn wütend – oder besser krank vor Angst –, aber andererseits war das mit der Grund, warum er sich so Hals über Kopf in sie verliebt hatte.

»Molly bandelt gerade mit einem Polizisten hier an. Seinen Namen habe ich euch auch geschickt.« Joshua blickte auf seine Uhr. Die Russen würden jede Minute eintreffen.

»Ja, Bastien Foret. Ich habe mich bei meinem Schwager Remy nach ihm erkundigt. Remy ist Detective in New Orleans und sein Bruder ist ein Sheriff in der Gegend. Beide meinen, dass Bastien einer von den Guten ist, klug und besser als der

Durchschnitt. Er ist wohl nicht der Typ, den man versucht zu erpressen oder zu bestechen.«

»Gut zu wissen. Sonia versucht schon eine Weile, mich zu einem Grillabend mit Molly und Bastien zu überreden. Bislang habe ich sie hinhalten können, aber früher oder später muss ich mich darauf einlassen.«

Diesmal war es Drake, der leise fluchte – sehr zum Staunen Joshuas, denn das kam sehr selten vor. »Ich schaffe das«, versicherte Joshua noch einmal.

»Ich habe dich in diese Lage gebracht.«

»Ich hätte Nein sagen können«, entgegnete er. »Ich hab ja Evan und die anderen. Lauter erstklassige Männer. Alles wird gut gehen.« Er wünschte, er könnte das glauben, doch sein Bauch sagte etwas anderes.

»Boss.« Evan steckte den Kopf durch die Tür.

»Ich muss los«, sagte Joshua zu Drake und beendete damit das Gespräch.

Unter anderen Umständen hätte er sich auf das Treffen mit den Russen gefreut. Er spielte gern Katz-und-Maus und war recht gut darin, denn die meisten Menschen unterschätzten ihn, weil er so jung aussah, wobei er in ihrem Geschäft tatsächlich einer der jüngsten war.

»Bist du sicher, dass heute keine Bauarbeiter kommen?«, fragte er Evan. Damit meinte er Sonia. Das Letzte, was er wollte, war, dass sie auftauchte, wenn all seine Männer mit einschüchternden Mienen und finsterem Blick bis an die Zähne bewaffnet herumliefen. Er wollte nicht, dass die Russen von ihr erfuhren. Sie war seine Achillesferse, und das machte ihn verletzbar.

»Keine Sorge. Sonia ist in der Stadt. Kai bewacht sie. Gray ist hiergeblieben. Kai hat gerade berichtet, dass Molly und Sonia im Café zusammen Mittag essen.«

Joshua war erleichtert. Er ging die Treppe hinunter ins große Wohnzimmer und wartete kurz, bis die Russen an der Tür auftauchten. Evan öffnete sie und führte die kleine Gruppe herein. Dass Shadow sofort in Rage geriet, bestätigte die Vermutung, dass alle vier Besucher Leopardenmenschen sein könnten. Er musste vorsichtig vorgehen und darauf achten, stets die Wahrheit zu sagen.

»Nikita Bogomolow«, stellte sich der Älteste der vier vor und streckte eine Hand aus.

Der hier wusste Bescheid. Joshua sah es an seinen Augen. Der Kerl hatte gemerkt, dass sein Gastgeber und dessen Leute ebenfalls Gestaltwandler waren. Damit war das Spiel ausgeglichen und der Vorteil, den sich Nikita ausgerechnet hatte, dahin. Doch er lächelte trotzdem, als Joshua ihm zur Begrüßung die Hand schüttelte.

Die beiden Männer maßen einander. Nikita Bogomolow war fünfundsiebzig Jahre alt, doch trotz seines runzligen Gesichts wirkte er jünger. Er trug einen maßgeschneiderten Anzug, der mehrere Tausend Dollar wert war und ihm wie angegossen passte. Seine Schuhe hatten vermutlich fast genauso viel gekostet wie der Anzug. Sein Händedruck war fest, und der Blick seiner verblassten blauen Augen immer noch scharf.

Die drei Männer, die er dabeihatte, waren offensichtlich Leibwächter. Sie machten auch keinerlei Hehl daraus und bildeten einen Halbkreis um ihren Chef. Alle hatten den gleichen Gesichtsausdruck, die Augen überall und ihre wachsamen Leoparden in höchste Alarmbereitschaft versetzt.

Joshua bedeutete ihnen, in den bequemen Ledersesseln Platz zu nehmen. »Möchten Sie Kaffee oder lieber etwas Kaltes?«

»Gerne Kaffee«, erwiderte Nikita. Dann schaute er sich im Zimmer um. »Sie haben ein hübsches Haus.«

»Ich bin noch dabei, es zu renovieren.« Joshua warf den Russen ein echtes Raubtierlächeln zu, bei dem er all seine Zähne zeigte. »Der Vorbesitzer muss in eine Schießerei verwickelt worden sein. Es gibt hier sehr viele Einschusslöcher.«

Doch Nikita hörte ihm gar nicht zu. Mit einem plötzlich zornigen Gesichtsausdruck sprang er abrupt auf, machte dann aber schnell eine freundlichere Miene und schlenderte quer durchs Zimmer zum Kamin. »Dieses Bild ist einmalig. Wo haben Sie es gekauft?«, fragte er täuschend lässig, obwohl er offensichtlich alles andere als gelassen war.

Joshua war dankbar, dass er von klein auf gelernt hatte, seine Gefühle nach außen hin zu verbergen. Ihm hatte der Moment einen solchen Schrecken eingejagt, dass er sich ertappt und ausgeliefert fühlte. Am liebsten hätte er seine Waffe gezogen und Nikita mitten ins Gesicht geschossen. Das Gemälde, das er Sonia abgeschwatzt hatte, war an seinem Ehrenplatz nicht zu übersehen, und die Farben des Sumpfes leuchteten in seinem Zuhause.

»Das ist ein Geschenk.« Das stimmte, und er musste sich strikt an die Wahrheit halten, weil dieser Pate später jedes seiner Worte und jede Nuance seiner Stimme auf die Goldwaage legen würde. Es durfte dann nur die Wahrheit zu hören sein, sonst würde er zurückkehren und jeden foltern, bis er alles herausbekam, was er wissen wollte. Jeder Fehler wäre fatal.

Joshua ging zu Nikita, stellte sich neben ihn und betrachtete das Bild ebenfalls. »Als ich es gesehen habe, wollte ich es unbedingt haben. Es hat mich an schöne Zeiten vor vielen Jahren erinnert.« Er lächelte Nikita an. »Und es passt sehr gut in diesen Raum.«

»Ich würde es Ihnen gern abkaufen«, sagte Nikita. »Nennen Sie mir Ihren Preis.«

Joshua wandte sich ab. »Aber Nikita, wir sind doch hier, um übers Geschäft zu reden, nicht über Gemälde. Dieses Bild ist aus vielen Gründen etwas Besonderes für mich, deshalb möchte ich es nicht hergeben.« Auch das war wahr. Jedes Wort.

»Mein Sohn Sascha ist vor einem Jahr Witwer geworden. Er war mit einer wunderschönen, lebhaften Frau verheiratet. Sie hat gemalt. Der Stil dieses Bildes erinnert mich an sie. Ich würde es gern für meinen Sohn kaufen.«

»Ich kann es nicht verkaufen, Nikita, so gern ich Ihnen den Gefallen auch tun würde.« Erneut deutete Joshua auf die Sessel und den Kaffee, den Evan gerade hereinbrachte. »Ich weiß, dass Sie nicht viel Zeit haben und möchte jede Minute nutzen.«

Über Nikitas Gesicht glitt ein Anflug von Verärgerung, doch dann lächelte er und drehte dem Bild den Rücken zu. Shadow schlug Alarm, denn hinter der freundlichen Maske verbarg sich tödliche Wut. Der Russe wurde nicht gern abgewiesen. Er war es gewohnt, seinen Willen durchzusetzen oder sich einfach zu nehmen, was er wollte. Er hatte nicht damit gerechnet, dass Joshua es wagte, sich querzustellen.

Ohne sich zu setzen, griff Nikita nach seiner Tasse. »Dann verraten Sie mir wenigstens den Namen des Künstlers, damit ich Kontakt aufnehmen und mir selber ein Bild kaufen kann.«

Joshua zuckte die Achseln. »Ich habe das Bild ja nicht von ihm gekauft.« Er hielt sich weiterhin streng an die Wahrheit. Schließlich hatte Sonia sich geweigert, Geld von ihm anzunehmen. Er war gerade dabei, als Gegenleistung einen Lastwagen voller Baumaterialien zu ihr zu schicken, aber sie wusste nichts davon. Er hatte es ihr absichtlich nicht erzählt, weil sie beim ersten Versuch, darüber zu reden – gleich nachdem sie das Bild gebracht hatte – deswegen Streit angefangen hatte.

Nikita runzelte die Stirn, ließ das Thema aber fallen. Doch während der nächsten zwei Stunden, in denen sie die Bedingungen für einen Deal aushandelten, wanderte sein Blick immer wieder zu Sonias Kunstwerk. Nun war Joshua alles klar. Sonia hatte irgendetwas mit der russischen Mafia zu tun gehabt. Da ihr Vater ermordet worden war, vermutete Joshua, dass er sich mit diesen Leuten eingelassen und seine Familie mit hineingezogen hatte, vielleicht weil er Spielschulden hatte.

Falls die Bogomolows genauso waren wie die Amurows, wollten sie Söhne; ihre Frauen waren ihnen egal. In diesen Rudeln zählte einzig und allein die Treue zur *Bratwa*. Wenn die Frauen genügend Kinder geboren hatten, wurden sie meistens getötet. Vielleicht war Sonia auf die Todesliste gesetzt worden, weil sie nicht schwanger geworden war. Alonzo hatten ihnen erklärt, dass die Männer in seiner Familie ihre Frauen ermordet hatten, um ihre Loyalität zu beweisen. Es konnte also sein, dass es eine Verbindung zwischen den Bogomolows und Alonzos Familie gab.

Jetzt verstand er, warum Sonia nichts mit ihm zu tun haben wollte. Die Russen waren gnadenlos und sehr, sehr gefährlich. Er hatte gewusst, dass sie sich wegen Alonzo und den anderen früher oder später mit ihnen befassen mussten, aber er hatte nicht erwartet, dass es eine persönliche Angelegenheit werden würde.

Nikita versuchte, bei den Verhandlungen die Oberhand zu gewinnen, doch Joshua hielt dagegen. Am Ende schüttelten sie sich die Hände, und die Russen standen auf, um zu gehen. Nikita schlenderte noch einmal zu dem Gemälde hinüber und betrachtete es genauer. Plötzlich erstarrte er und zeichnete mit einem Finger die mit den Blättern verwobenen Initialen S und L nach. »Und Sie können mir ganz sicher nicht sagen, wer dieses Bild gemalt hat?«

»Nein, tut mir leid«, antwortete Joshua ohne mit der Wimper zu zucken.

Nikita zog sein Handy hervor und machte ein paar Fotos von dem Bild. »Vielleicht finde ich es ja heraus, wenn ich mich in der Kunstwelt ein wenig umhöre.«

Joshua brachte den Russen zur Tür. »Danke, dass Sie den weiten Weg auf sich genommen haben. Ich hoffe, Sie nehmen sich Zeit, ihren Aufenthalt hier zu genießen. New Orleans ist eine wunderschöne Stadt. Es gibt dort sehr viel zu sehen und zu erleben.«

»Leider muss ich sofort zurück«, erwiderte Nikita.

»Ach, das tut mir leid. Ich dachte, Sie würden ein paar Tage bleiben. Da habe ich wohl etwas nicht richtig verstanden.«

Nikita setzte ein falsches Lächeln auf. »Es ist etwas sehr Wichtiges dazwischengekommen«, erklärte er.

»Kann ich irgendwie behilflich sein?«

Als wäre ihm gerade etwas eingefallen, wandte Nikita sich noch einmal um. »Ja, da gäbe es eine Kleinigkeit.«

»Ich bin bereit«, erwiderte Joshua rasch.

»Wir sind auf der Suche nach einem sehr gefährlichen Mann. Sein Name ist Fjodor Amurow. Er hat zusammen mit seinem Bruder Timur und seinen Vettern Gorja und Mitja mehr als ein Dutzend Menschen ermordet, deshalb sind wir hinter ihnen her.«

»Natürlich helfen wir Ihnen. Ich werde bei unseren Freunden nachfragen, dann sehen wir, ob wir Ihnen einen Tipp geben können.«

»Wir wären Ihnen sehr verbunden.« Nikitas Blick schweifte ein letztes Mal über Joshuas Schulter zu dem Gemälde. Dann schaute er schnell wieder weg und ging umgeben von seinen Leibwächtern die Stufen hinunter zu seinem Fahrzeug.

Joshua stand im Türrahmen und fluchte, als der Wagen die Auffahrt hinab zur Straße fuhr. Sonia war nicht gezeichnet gewesen, weder von Bissen noch von Kratzern. Nichts hatte darauf hingewiesen, dass Saschas Leopard von ihrer Leopardin gewusst hatte. Gatita hatte sich nicht gezeigt, weil sie noch nicht in ihre erste Brunst gekommen war – dann war sie plötzlich hervorgebrochen, um Sonias Leben zu retten. Saschas Leopard wusste nichts von ihr, sonst hätte er es ihr nie erlaubt zu gehen, jedenfalls nicht, bevor sie ihm ein Kind geboren hatte. Und danach hätte er sie getötet.

Alonzo hatte ihnen erklärt, dass die Männchen in seinem Rudel sich absichtlich nicht mit der Frau paarten, die ihre Gefährtin war. Damit sie nicht das Risiko eingingen, sich zu verlieben. Die männlichen Tiere wollten das Rudel stärken, deshalb ermordeten sie ihre Frauen, nachdem sie für Söhne gesorgt hatten.

Gereizt fuhr Joshua sich mit beiden Händen durchs Haar. Es war nicht möglich, mit Sonia über die Russen zu reden, um herauszufinden, ob er recht hatte. Dann würde sie Fragen stellen, die er nicht beantworten durfte, und nur noch misstrauischer werden. Wenn sie glaubte, dass er irgendwie mit Verbrechern zu tun hatte, würde sie alles zurücklassen und weglaufen, genauso wie sie es bei Sascha Bogomolow getan hatte.

Als Joshua ins Wohnzimmer zurückkam, stand Evan vor dem Gemälde. »Er hat erkannt, dass es von Sonia ist, nicht wahr?«

Joshua nickte. »Ganz sicher. Er hatte ja mehr Interesse an dem Bild als an unserem Deal, er war so damit beschäftigt, dass er mir keine größeren Zugeständnisse abgerungen hat. Offenbar kennt er Sonia. Also müssen er und sein Sohn diejenigen gewesen sein, die sie umbringen wollten. Aber wenn ich Sonia damit konfrontiere, wird sie wissen wollen, woher ich Nikita kenne.«

»Ein ziemlich großes Geheimnis, das sie da mit sich herumschleppt. Glaubst du, dass sie mit Sascha Bogomolow verheiratet war?«

»Das scheint mir die einzige Erklärung zu sein, auch wenn mir eine andere lieber wäre. Dann passt alles zusammen.« Joshua presste die Finger an die pochenden Schläfen. Massive Kopfschmerzen kündigten sich an. »Ich rufe Drake an und bringe ihn auf den neuesten Stand. Behältst du Nikita und seine Leute im Auge?«

Evan nickte.

»Warne Kai davor, dass die Russen unterwegs sind. Vielleicht machen sie in der Stadt noch kurz Pause. Ich will nicht, dass sie zufällig Sonia begegnen. Kai soll sie da weglocken. Sag ihm, er soll ihr stecken, er wäre im Holzlager gewesen und hätte mitbekommen, wie ich telefonisch bei Jerry eine riesige Menge Dachziegel bestellt habe, dabei hätte er gedacht, wir bräuchten kein neues Dach. Dann wird Sonia durchdrehen und direkt zu Jerry fahren, um alles wieder abzubestellen.«

Evan nickte, zog sein Handy aus der Tasche und schrieb mit einer Hand eine Nachricht. Joshua tigerte hin und her wie ein gefangenes Raubtier. Wenn Sonia bei ihm wohnte, wäre sie in Sicherheit. Aber das hatte sie gerade erst abgelehnt. Sie hatte nicht eine einzige Nacht in seinem Haus verbracht, weil sie lieber in ihrem war. Ausgehen wollte sie auch nicht mit ihm. Überhaupt hatte im Grunde sie in ihrer Beziehung das Sagen. Er mochte ja im Bett der Dominante sein, sonst aber nirgends. Und weil er ihr so viel Freiheit gelassen hatte, schwebte sie nun in Gefahr.

Wieder fluchte er und bohrte die Fingernägel so fest in die Handflächen, dass Blutstropfen hervortraten; die Raubtierkrallen zeigten sich also schon fast. Der Schmerz half ihm, wieder klarer zu denken. Er musste darauf vertrauen, dass Kai es schaffte, Sonia vor Schaden zu bewahren. Heute Abend würde er mit ihr reden, selbst wenn er ihr dann gestehen musste, wer und was er war – und was er vorhatte.

Falls sie mit russischen Kriminellen zu tun gehabt hatte, konnte man nicht sagen, wie sie reagieren würde, wenn sie erfuhr, dass er Rafe Cordeaus Revier übernommen hatte. Er, Joshua Tregre, war der hiesige Verbrecherkönig. Er sah aus und tat so, als wäre er der freundliche Nachbar, doch er regierte sein Reich mit eiserner Hand und machte Geschäfte mit russischen Mördern.

Es war ihm gelungen, jeden zu täuschen. Die Gerüchte, dass er Cordeaus Nachfolger sei, waren fast gänzlich verstummt. Er hatte sich große Mühe gegeben, das Vertrauen der Einheimischen zu gewinnen, und seine Leute folgten dem strikten Befehl, niemanden zu belästigen. Mit den meisten Männern aus dem Team hatte er schon in Borneo zusammengearbeitet, doch ein paar stammten noch aus Rafes Crew. Auf die achtete er besonders. Er wollte, dass sein Ruf in der Stadt makellos war, doch in seiner Welt wollte er als gnadenlos gelten. Das war der einzige Weg, alle zu schützen.

»Könnte Bastien Foret zu einem Problem werden, Evan?«, fragte er.

»Schon möglich. Gute Männer wie er können einem furchtbar auf den Sack gehen. Besonders wenn sie intelligent sind. Und Foret ist beides.« Evan trommelte mit den Fingern auf sein Handy. »Warten wir ab, was diese Dreckskerle jetzt machen. Du bist bei diesem Geschäft besser weggekommen als Bogomolow. Damit hat er nicht gerechnet, und ihm geht das gegen den Strich, aber er möchte so gern bei uns einen Fuß in die Tür bekommen, dass er sich mit dem zufriedengegeben hat, was er erreichen konnte. Ich fand's cool, wie du ihm gesagt hast, er wäre nicht der einzige mögliche Verhandlungspartner, dass du aber aus Respekt zuerst auf ihn zugekommen wärst. Über das Gesicht, das er dabei gemacht hat, hätte ich mich am liebsten kaputtgelacht.«

»Er wusste, dass ich Mist erzähle, konnte es mir aber nicht vorwerfen, ohne den Deal zu gefährden. Aber am meisten hat er sich über das Bild aufgeregt, ihm war sofort klar, was es bedeutet.«

»Er hat bei dem Deal verloren«, sagte Evan. »Er ist auf dein jugendliches Aussehen hereingefallen. Du hast aus dem Nichts heraus Rafes Territorium übernommen und von Anfang an klargestellt, dass du keine Spielchen spielst. Trotzdem ging das ohne die üblichen Leichenberge, davor sollte er Respekt haben. Das hätten nur wenige geschafft.«

»Ich hatte ein wenig Hilfe von Freunden.« Joshua konnte das rastlose Hin- und Herlaufen nicht lassen. Sein Handy meldete eine Textnachricht. Joshua schaute aufs Display und grinste. »Kai hat seine Sache offenbar gutgemacht.« Er hielt das Handy hoch, damit Evan die Nachricht lesen konnte. **Was soll das?** Drei Worte. »Mann, ich liebe diese Frau.« Als ihm klar wurde, was er da gerade gesagt hatte, verging ihm das Grinsen. Er konnte es sich nicht leisten, Sonia zu lieben. Jedenfalls noch nicht. Er hatte ihr noch keinen reinen Wein eingeschenkt.

»Gray hat gerade berichtet, dass die Russen auf dem Weg aus der Stadt raus sind. Sie haben nicht angehalten; sie werden sogar einen Strafzettel wegen Geschwindigkeitsüberschreitung bekommen, wenn sie nicht langsamer fahren. Nikita hat die ganze Zeit am Handy gehangen und macht keinen zufriedenen Eindruck.«

»Ja, weil er gerade herausgefunden hat, dass seine Schwiegertochter noch lebt.« Am liebsten hätte Joshua mit der Faust gegen die Wand geschlagen. »Ich muss Sonia einweihen. Sie muss das wissen.«

Wieder pingte sein Handy und er schaute aufs Display. **Danke, Mann. Sonia ist hier und reißt mir gerade den Arsch auf. Sie will, dass ich die Bestellung storniere.**

Schnell schrieb Joshua zurück. **Tun Sie das nicht. Sagen Sie ihr, dass Sie das Geld brauchen. Erzählen Sie ihr eine rührselige Geschichte, dann gibt sie klein bei.** Er kannte seine Frau. Je trauriger die Geschichte, desto eher würde sie nachgeben. **Ich vertraue Ihnen. Sie braucht dieses Baumaterial.** Joshua wusste, was Jerry für Sonia empfand. Der Mann würde alles für sie tun.

»Das wird Ärger geben«, prophezeite Evan.

»Du klingst, als würdest du dich darauf freuen«, erwiderte Joshua verärgert. Dann ging er quer durch den Raum und blieb vor dem Bild stehen. »Warum wollte Bogomolow es kaufen? Warum hat er so viel Wind darum gemacht und ist dann einfach nach Hause gefahren, ohne uns zu verraten, was hinter der Sache steckt?«

»Gute Frage.«

»Er brauchte einen Beweis, Evan. Deshalb wollte er das Bild haben, und als er es nicht bekommen konnte, hat er stattdessen Fotos davon gemacht. Er möchte seinem Sohn zweifelsfrei klarmachen, dass Sonia noch lebt. Das Bild zeigt den Sumpf hier in New Orleans. Das war ihm offenbar klar. Ich konnte ihn ja schlecht anlügen, das hätte sein Leopard sofort bemerkt.«

»Gut, dass du so vorsichtig warst und wir vor dem Treffen die Gerüche im Haus mit Remys Spray neutralisiert haben. Als Sonia zum ersten Mal hergekommen ist, hat es auch funktioniert. Wenn wir das nicht gemacht hätten, hätte Bogomolows Leopard sie gewittert. Schließlich ist sie in allen Räumen gewesen. Ich glaube, Nikita hat dir abgekauft, dass du den Künstler nicht kennst.«

»Vorerst schon. Aber wenn er Zeit hat, über das Gespräch nachzudenken, wird er zu dem Schluss gelangen, dass ich mehr weiß, und wiederkommen.

»Du musst mit Sonia reden. Und hol besser Drake her. Und Eli Perez, jemanden, dem sie vertraut.«

»Im Gegensatz zu mir.« Wieder wollte Joshua gegen die Wände schlagen. Das war sehr untypisch für ihn, denn eigentlich war er immer die Ruhe in Person. Diese Frau trieb ihn noch in den Wahnsinn.

»Komm schon, Joshua. Sie hat gute Gründe dafür, Angst zu haben. Wie soll sie ihrem eigenen Urteil noch trauen? Dieser Russe hat gesagt, er liebt sie, hat sie geheiratet und ihr versprochen, sich um sie kümmern. Und stattdessen hat er versucht, sie zu töten. Dann kommst du daher und lässt ihr keine Ruhe, und dein Leopard auch nicht. Sie hat ja gar keine Wahl gehabt, weil du sie andauernd so bedrängt hast, dass ihr gar kein Freiraum blieb, um mal Atem zu schöpfen.«

»Sonst wäre sie mir weggelaufen.«

»Sie wohnt gleich nebenan«, bemerkte Evan.

»Fick dich, Mann«, blaffte Joshua, aber gleich darauf schämte er sich dafür. Natürlich hatte Evan recht. Er hatte es nicht geschafft, sich von Sonia fernzuhalten. Nicht einmal fünf Minuten. Je mehr sie sich zurückzog, desto aufdringlicher war er geworden. Er schüttelte den Kopf. »Entschuldige, Mann. Du hast recht. Wirklich.« Wieder fuhr Joshua sich mit beiden Händen durchs Haar. »Wie haben die andern das bloß gemacht? Wie haben sie es ihren Frauen beigebracht? Alonzo zum Beispiel. Seine Frau Evangeline ist meine Kusine. Sie ist so süß und unschuldig, wie man nur sein kann, trotzdem glaube ich, dass sie Alonzo von Anfang an richtig eingeschätzt hat. Aber Sonia ist vor dieser Mafia weggelaufen und will ganz sicher nicht mit mir darüber reden.«

»Du musst sie warnen.«

Joshua nickte. »Im Moment ist sie in Sicherheit. Ich gehe alles, was wir über die Bogomolows haben, noch einmal durch. Drake hat viele Informationen über diese Familie gesammelt.«

Langsam stieg Joshua die Treppe hoch, seine Brust schmerzte, in seinem Schädel pochte es. Sonia war die wichtigste Person in seinem Leben, und sobald sie erfahren hatte, was er war und worauf er sich eingelassen hatte, wollte er sie bitten, bei ihm zu bleiben. Wenn man einmal in dieser Welt war, kam man nicht mehr heraus, nur mit einem saftigen Kopfgeld, das sie auf einen aussetzten und der Aussicht auf ein Leben auf der Flucht.

Verdammt, Shadow. Ich habe uns in Schwierigkeiten gebracht.

Die große Raubkatze gähnte. *Dir fällt schon was ein. Du findest immer einen Ausweg.*

Das Vertrauen, das der Leopard in ihn hatte, beruhigte Joshua. Er war tatsächlich immer derjenige, dem es gelang, den Frieden zu wahren. Derjenige, der wusste, was gemacht werden musste. Deshalb hatte man ihm ja auch die Aufgabe übertragen, Verbindungen zu mehreren Verbrecherorganisationen herzustellen, um dort Zugang zu bekommen und herauszufinden, wer die schlimmsten Bosse waren, um ihnen dann ihre Gebiete wegzunehmen. Das musste langsam und systematisch geschehen, indem man ihre Einfuhren und Bücher manipulierte, ihr Geld abzweigte, die Geschäfte schloss, die für die Geldwäsche zuständig waren, und sie ganz allgemein schwächte, ehe sie der große Schlag traf. Sobald der Boss tot war, begann der Kampf um sein Revier, und sie konnten ihn durch einen ihrer Verbündeten ersetzen. Das war sein Job, und er erledigte ihn mit Bravour.

Joshua saß vor seinem Computer und öffnete den Ordner über die Bogomolows. Sie waren für ihre Skrupellosigkeit bekannt. Schon für den geringsten Fehler wurden zur Strafe ganze Familien ausgelöscht. Jetzt, wo Joshua wusste, wonach er suchte, durchforschte er den Ordner nach Hinweisen auf Sonias Vater. Es dauerte nicht lange, bis er fündig wurde.

Alles Wissenswerte über Sonia war direkt vor seiner Nase gewesen. Es steckte in dem riesigen Haufen an Informationen, den die Ermittler über die Familie zusammengetragen hatten. Wenn er auf den Gedanken gekommen wäre, in diesem Ordner nach ihrem Namen zu suchen, hätte er leichtes Spiel gehabt. Doch es war unmöglich gewesen, die dicke Akte vor dem Treffen ganz durchzulesen, also hatten er und Drake sich auf Nikita Bogomolow, das Oberhaupt der Familie, beschränkt, und auf die Verbrechen, die in Miami begangen worden waren.

Roberto Lopez, ein gebürtiger Kubaner, hatte für die Bogomolows kleine Botengänge erledigt. Seine Frau Valeria hatte ein Kind bekommen, Sonia. Als die Tochter zwölf war, wurde

Roberto tot aufgefunden. Er war einen qualvollen Tod gestorben, denn er war gefoltert und teilweise verbrannt und dann zur Abschreckung zur Schau gestellt worden. Die übliche Praxis, um allen zu demonstrieren, was passieren würde, falls sie der Familie untreu werden sollten oder sie bestahlen. Seltsamerweise waren seine Frau und sein Kind von der Rache verschont worden.

Danach war Valeria bei den Bogomolows Hausmädchen gewesen. Fünf Jahre hatte sie für die Familie gearbeitet, dann wurde bei ihr Krebs festgestellt. Sie hatte mit ihrer Tochter in einem Gästehaus auf dem Anwesen der Bogomolows gewohnt, und als sie krank wurde, hatten die Russen all ihre Rechnungen übernommen und Krankenschwestern angestellt, die sie bis zu ihrem Tod rund um die Uhr pflegten.

Über die Tochter Sonia – *seine* Sonia – war nicht viel bekannt. Es gab Fotos von ihr beim Begräbnis der Mutter, auf denen Sascha Bogomolow einen Arm um sie gelegt hatte. Joshua sah sich die Fotos ganz genau an. Die Körpersprache des Mannes deutete darauf hin, dass er Sonia beschützen wollte. Auf zwei Bildern schaute er mitfühlend auf sie herab. Die zwei schienen ehrlich zu trauern, und wenn Joshua sie zusammen gesehen hätte, hätte er geschworen, einen verliebten Mann vor sich zu haben.

Allerdings konnte er keine Heiratsurkunde finden. Schnell schickte er dem Ermittlerteam die Nachricht, in allen öffentlichen Archiven danach zu fahnden. Nach dem Begräbnis gab es nur noch wenig über Sonia. Sascha Bogomolow wurde öfter in Nachtclubs gesehen, aber immer ohne sie. Sonia hatte vermutlich zu Hause gesessen und auf ihren Mann gewartet, während er sich mit seinen Freunden und Geschäftspartnern vergnügte.

Joshua lehnte sich zurück und starrte auf den Bildschirm. Sonia war nicht mit ihm ausgegangen, weil sie das nicht kannte. Sie war es nicht gewohnt, sich schick zu machen, um zum Essen auszugehen. Sie war auch nie tanzen gegangen, das tat sie nur auf ihrer Veranda. Sie hatte seit ihrem zwölften Lebensjahr bei den Bogomolows gewohnt, war auf ihrem Anwesen aufgewachsen und hatte ihnen vertraut. Diese Leute waren ihre Familie gewesen. Sonia hatte an ihrem Tisch gesessen, in ihrem Pool geschwommen, mit ihnen gelacht und geweint – aber sie war nie mit ihnen in der Öffentlichkeit gesehen worden. Warum nicht?

Sie war gerade mal achtzehn gewesen, als ihre Mutter starb, und Sascha dreiunddreißig. Angeblich hatte er sie geheiratet, und danach hatten sie zusammen im Haupthaus gewohnt. Sie war in einem goldenen Käfig gefangen gewesen, hatte es aber nicht erkannt. Joshua konnte sich vorstellen, wie verraten sie sich gefühlt haben musste, als sie hörte, wie der Mann, dem sie vertraute, gegenüber seinem Vater sagte, dass ihre Ehe eine Farce sei. Der Mann, der sie lieben sollte, hatte nichts dagegen gehabt, sie umzubringen. Wie weh das getan haben musste. Wie hatte sie das überlebt?

Die Unterhaltung musste ihr klargemacht haben, dass Nikita den Mord an ihrem Vater angeordnet hatte. Und dass er mit ihrer Mutter geschlafen hatte. Doch das hatte ihn nicht daran gehindert, Mutter und Tochter als Abschaum zu bezeichnen, den man besser loswerden sollte, und sein Sohn hatte ihm zugestimmt. Joshua stöhnte und fragte sich, was das wohl mit Sonia gemacht hatte. Sie war noch so jung und hatte schon so viel verloren.

Erneut wandte er sich den Fotos von Sonia mit ihrem angeblichen Ehemann zu. Konnte es sein, dass Sascha sie liebt hatte? Dass er versucht hatte, sie zu beschützen, auch vor seinem Vater? Es musste doch einen Grund geben, warum Valeria und Sonia nicht zusammen mit Roberto getötet worden waren. Warum niemand Sonia zu Gesicht bekommen hatte. Selbst das Fehlen der Heiratsurkunde konnte eine Art Schutz sein. Hatte Sascha gewusst, dass sein Vater die Frauen aus dem Weg räumen wollte und eine Möglichkeit gefunden, sie zu retten?

Joshua rieb sich die Augen. Hin und wieder bekam er Kopfschmerzen. Eine richtige Migräne. Er hasste das und versuchte jedes Mal, sich davon nicht beeinträchtigen zu lassen. Seiner Einstellung nach durften körperliche Gebrechen einen Mann nicht davon abhalten, seinen Job zu erledigen. Und er schämte sich dafür, dass ihm das manchmal nicht gelang. Ein oder zwei Kugeln machten ihm nichts aus, aber eine Migräne? Die schaffte ihn.

Er ließ die Erinnerung an seine ersten Lebensjahre absichtlich nicht an sich heran. Er wollte nicht mehr an seinen Großvater denken, aber er hatte immer noch im Ohr, wie sein Vater, der wegen seiner Kopfschmerzen im Dunkeln im Bett lag, von ihm als Weichei beschimpft wurde. Echte Männer würden sich von so etwas nicht unterkriegen lassen.

Joshua zwang sich, sich wieder auf den Bildschirm seines PCs zu konzentrieren. Auf den Fotos vom Begräbnis sah Sonia sehr jung und traurig aus. Und sie war ja immer noch jung. Sie hatte nie die Gelegenheit bekommen, sich umwerben zu lassen. Sie hatte nie eine Chance gehabt. Nun konnte er besser verstehen, warum sie sich nicht traute, ihm ihre Geschichte zu erzählen.

»Du hast sie geliebt, nicht wahr?«, murmelte er. »Du Mistkerl. Du hast sie geliebt und hattest nicht die Eier, den Kotzbrocken auszuschalten, der ihren Tod wollte.« Nikita Bogomolow hatte gewusst, dass sein Sohn Sonia liebte, und nicht gewollt, dass Sascha in einen Loyalitätskonflikt geriet. Bei ihnen verliebte man sich nicht in seine Frau. Sobald man einen oder mehrere Söhne hatte, brachte man sie um, vorzugsweise auf bestialische Art, um den Jungs zu demonstrieren, dass die Treue zur *Bratwa* das Allerwichtigste war.

Die Bogomolows waren Leopardenmenschen und genauso grausam und skrupellos wie das Rudel, aus dem Alonzo kam. Joshua wollte unbedingt wissen, ob es eine Verbindung zwischen den Familien gab. Da beide aus Russland stammten, konnte es gut sein, dass sie irgendwie verwandt waren. Er schrieb eine Nachricht an Alonzo und rieb sich die Schläfen. Sein Magen fing an, auf die Schmerzen zu reagieren, vor seinen Augen tanzten schwarze Punkte. Er musste den Raum verdunkeln und sich ein paar Minuten hinlegen.

Fluchend wartete er auf Alonzos Antwort, die kurz darauf eintraf. Maira Amurow war mit Nikita Bogomolow verheiratet worden. Sie hatte einen Sohn bekommen, Sascha, und wurde nach der Geburt ihres zweiten Kindes getötet. Ermordet, vom eigenen Mann. Das war allseits bekannt, nur die Außenwelt glaubte, sie sei im Kindbett gestorben. Auch ihre kleine Tochter hatte nicht überlebt. Nikita hatte Maira totgeschlagen, weil sie keinen Jungen zur Welt gebracht hatte.

Joshua stand so abrupt auf, dass sein Schreibtischstuhl nach hinten wegrollte, und durchquerte das Zimmer. Wie hatten Alonzo, sein Bruder und seine Vettern es nur geschafft, in einer solchen Umgebung geistig gesund zu bleiben? Wo sie mitansehen mussten, wie Männer ihre Frauen ermordeten? Und neugeborene Mädchen getötet wurden?

Joshua zog die schweren Vorhänge vor, um das Sonnenlicht auszusperren. Die Dunkelheit brachte ihm etwas Erleichterung, doch er brauchte Medikamente. Sein Großvater war genauso gewesen wie diese Männer. Verkommen und gemein. Auch so ein Typ, der ohne mit der Wimper zu zucken seine Frau totgeschlagen hätte. Die Vorstellung, dass Sonia im Haus eines solchen Mannes aufgewachsen war, gefiel Joshua ganz und gar nicht. Er hatte immer geglaubt, sein Großvater sei der schlimmste Leopardenmensch auf der Welt, mit jeder schlechten Eigenschaft ihrer Art, aber Nikita war ebenso widerlich. Und nicht nur Nikita, sondern auch Alonzos Vater und dessen Brüder.

Joshua nahm die Tabletten, die der Doktor ihm verschrieben hatte. Drakes Arzt. Er war auch ein Leopardenmensch und außerdem ein ausgezeichneter Chirurg, dennoch hatte er sich die Zeit genommen festzustellen, welche Medikamente am besten gegen seine Migräne halfen. Wie kam es, dass einige Leopardenmenschen so wurden wie der Doc und Drake und andere wie Nikita und sein Großvater? Die Veranlagung steckte auch in seinen Genen – und in Alonzos, deshalb hatte er sich um seine Kusine Evangeline Sorgen gemacht. Um seine eigene genetische Veranlagung hatte er sich dagegen keine großen Gedanken gemacht, weil er immer ganz sicher gewesen war, dass er seine Gefährtin niemals finden würde. Doch nun bestand die Gefahr, dass eine weitere Frau, die ihm viel bedeutete, nämlich seine eigene, erneut in ein Rudel geriet, dessen Anführer womöglich irgendwann durchdrehte.

Weitere Flüche ausstoßend streckte er sich auf dem Bett aus und wünschte sich, Sonia wäre bei ihm und striche ihm durchs Haar. Er liebte das – und glücklicherweise tat sie es ganz oft. Bei ihrer Kopfmassage fühlte er sich sehr wohl. Nachdem sie Liebe gemacht hatten, war sie immer besonders zärtlich. Der Sex mit ihr war wild und hemmungslos, aber hinterher war sie stets sanft und so fürsorglich, dass er es manchmal kaum aushalten konnte.

Sie war von den Bogomolows genauso schlecht behandelt worden wie seine Mutter von den Tregres. Wie hatte sie sich davon erholt? Wie sollte sie ihm vertrauen? Noch dazu, wenn er ihr erzählte, dass er der Nachfolger von Rafe Cordeau war und mit den Bogomolows zu tun hatte. Und außerdem musste er ihr noch sagen, dass Nikita nun wusste, dass sie noch am Leben war.

Joshua nahm sein Handy und starrte es lange an, ehe er eine Nachricht eintippte. **Wo bist du?**

Es dauerte etwas, bis sie antwortete. Ihm war klar, dass sie es nicht mochte, von ihm überwacht zu werden. **Hat Kai dir das nicht gesagt?**

Ach Baby, schrieb er vorwurfsvoll.

Ich bin immer noch bei Jerry und versuche, diese riesige Bestellliste kleiner zu machen.

Ich muss heute Abend mit dir sprechen.

Wieder entstand eine kleine Pause. **Stimmt was nicht? Bist du in Ordnung?**

Offenbar hatte sie einen sechsten Sinn, zumindest wenn es um ihn ging.

Nicht ganz. Hab ein bisschen Kopfschmerzen. Es fiel ihm schwer, das zuzugeben, aber wenn sie zusammenleben wollten, sollte sie wissen, dass auch er nicht immer ein ganzer Kerl war. **Aber nichts, was mit einem dunklen Zimmer und ein paar Pillen nicht zu kurieren wäre.** Und ihren sanften Fingern.

Brauchst du mich, Joshua? Migräne kann schrecklich sein. Mein Dad hatte das auch öfter. Deshalb hat meine Mutter mir gezeigt, wie man ihm dann die Schläfen massieren sollte. Das hat geholfen. Ich könnte zu dir kommen, wenn ich hier fertig

bin. Ich wollte zwar noch bei Molly vorbeifahren, weil sie in ihrem Schlafzimmer ein paar seltsame Löcher von Holzwürmern oder so was entdeckt hat und nun befürchtet, dass ihr das Haus über dem Kopf weggefressen wird. Aber das kann ich verschieben.

Durchflutet von einem heißen Glücksgefühl las er die Nachricht immer wieder. Sie würde ihre Pläne ändern, um sofort zu ihm zu kommen. Das hätte er nie gedacht. Sie wirkte immer wie auf dem Sprung, nur wenn sie Sex hatten nicht. Ansonsten blieb sie lieber auf Distanz.

Ich möchte mit dir tanzen gehen. Und essen. Und ich möchte mir dir und deinen Freunden grillen. Ich will mit dir angeben. Alle sollen wissen, dass du zu mir gehörst.

Wieder entstand eine lange Pause, als versuchte sie zu verstehen, warum er ihr das plötzlich sagte. Sie wusste ja nichts von seiner Akte über die Bogomolows und dass sie darin erwähnt wurde. Und sie wusste auch nicht, dass seine Leute dabei waren, alles ans Licht zu bringen, was sie über Sonia Lopez und ihre Familie ausgraben konnten.

Ich komme.

Er brauchte etwas Zeit, damit die Kopfschmerzen sich legten, bevor er ihr alles gestand. Er musste voll da sein, um sie dazu zu überreden, bei ihm zu bleiben. Also schrieb er Gray, er solle in die Stadt fahren und zusammen mit Kai auf Sonia aufpassen. Dann wandte er seine Aufmerksamkeit wieder seiner Liebsten zu.

Nein, Schatz, fahr nur zu Molly und beruhige sie. Sie hat es nicht leicht. Sie hätte dich nicht um diesen Gefallen gebeten, wenn sie sich keine Sorgen machen würde. Ich hab ja nur Kopfschmerzen und schon ein paar Pillen eingeworfen, dann sind sie bald wieder weg. Ich möchte heute Abend mir dir

essen, hier bei mir. Ich lass einen Koch kommen. Aber wenn es dir lieber ist, können wir auch in ein Restaurant gehen. Ganz wie du willst.

Du lässt einen Koch kommen? Einfach so?

Heute hattest du deinen freien Tag. Ich möchte ihn damit krönen, dass ich dich allen als meine Frau vorstelle. Wir können ja mit Evan und den anderen Männern anfangen.

Ha. Ha. Ha. Ich bin ziemlich sicher, dass die das schon wissen.

Er freute sich, dass sie nicht dagegen protestierte, als seine Frau bezeichnet zu werden.

Schau dir Mollys Löcher ruhig an, und sag ihr, dass sie nicht von Würmern stammen, auch wenn es so ist. Sonst bleibt sie nicht in ihrem Haus und will mit zu dir, aber wenn du nicht herkommst, komm ich zu dir. Ich will dich heute Abend unbedingt sehen. Verstanden?

Ja. Du ruhst dich jetzt aus. Also bis später, dann kannst du mir alles über dein Treffen erzählen.

Dieses schicksalhafte Treffen. Mit Nikita Bogomolow, dem Mann, der versucht hatte, sie zu töten. Joshua schloss die Augen und fragte sich, wie das wohl bei ihr ankommen würde.

9

Mollys Haus lag in einer ruhigen Stichstraße am Stadtrand. Der Fluss und der Sumpf befanden sich nur knapp eine halbe Meile entfernt hinter einem Feld, das an die Rückseite ihres Grundstücks grenzte. Das Haus war klein, doch der Garten ringsherum, in dem sie die ganze Zeit arbeitete, riesengroß und wunderschön angelegt.

Die vordere Veranda war, so wie viele in der Gegend, sehr breit. Von der Decke hingen eine Hollywoodschaukel für zwei Personen und ein eiförmiger Weidenkorb. Man sah dem Haus an, dass es einer Frau gehörte. Vor Molly hatte ihre Großmutter dort gewohnt, und beide hatten ihm ihren Stempel aufgedrückt. Es war in einem zarten, sehr hellen Grün gestrichen und hatte spitzenartige weiße Holzverkleidungen rund um die Fenster. Dazu passten die grün-weiß gestreiften Kissen auf der Schaukel und in dem Weidenkorb.

»Hier sitze ich jeden Abend«, verriet Molly, als sie die Tür aufschloss. »Das ist meine Lieblingsbeschäftigung.«

»Ich sitze auch fast immer auf der hinteren Veranda«, erwiderte Sonia. Von da aus kann man den Sumpf sehen, und ich liebe es, den Fröschen und Zikaden zuzuhören. Das ist einfach wunderschön.«

»Wenn ich in deinem Haus wohnen würde, hätte ich ständig Angst, dass sich ein großer Alligator an mich heranschleicht. Oder die Mücken mich zerstechen.« Molly erschauerte leicht.

»Die stören mich nicht«, sagte Sonia. »Es ist, als hätte ich mich mit einem Abwehrmittel eingesprüht. Deshalb macht es mir wohl auch nichts aus, zu jeder Tages- und Nachtzeit in den Sumpf zu gehen. Ich werde nicht so oft gestochen wie andere Menschen.«

»Das würde ich mir auch wünschen.« Molly stieß die Tür auf und ging eilig ins Haus, um den Code einzugeben, der den Alarm abstellte.

»Du bist einfach zuckersüß«, meinte Sonia. »Sogar die Mücken merken das.«

Molly prustete los. »Das klingt wie ein Kompliment. So was erwarte ich eher von Bastien.«

»Vielleicht sagt er es dir ja auch noch und meint es genauso ernst wie ich. Du bist wirklich süß. Ich verstehe nicht, wie deine Eltern dich so im Stich lassen konnten, nur wegen Geld.«

»Die haben beide Suchtprobleme. Für Geld würden sie praktisch alles tun. Sie sind damit aufgewachsen, haben alles auf dem Silbertablett serviert bekommen und mussten sich niemals für irgendetwas rechtfertigen; die zwei waren Gift füreinander. Es fing schon in der Highschool an. Schon damals sind sie immer wieder in Schwierigkeiten geraten, aber ihre Eltern haben sie jedes Mal auf Kaution oder durch Bestechung wieder freibekommen. Meine Großmutter hat es später sehr bereut, meine Mutter so erzogen zu haben.«

»Und wie wurdest du erzogen? Du hast gesagt, ihr hättet eine Zeit lang sehr viel Geld gehabt.« Sonia folgte Molly in die Küche.

Das einstöckige Haus wirkte sehr gemütlich. Das Wohnzimmer war größer als die anderen Räume, aber kleiner als Sonias. Es war in Pastelltönen gestrichen, und irgendwo hatte Molly einen sehr weichen Wollteppich mit einem Muster in zarten Blau-, Gold- und Cremetönen aufgetrieben, der fast den gesamten Boden bedeckte und dem Raum, der sonst vielleicht etwas kühl gewirkt hätte, eine wohlige Wärme verlieh.

Molly zuckte die Achseln. »Nach meiner Geburt hat meine Mutter angefangen, Tabletten zu nehmen, um wieder dünn zu werden. Sie hat die Schuld an ihren Gewichtsproblemen allen Ernstes mir zugeschoben. Als ich vier war, waren meine Eltern bereits schwer drogenabhängig. Ich erinnere mich nicht, sie jemals anders erlebt zu haben. Sie gingen gern aus und waren öfter weg als zu Hause.«

»Das hört sich ja schrecklich an«, sagte Sonia und musste dabei daran denken, wie wunderbar ihre Mutter zu ihr gewesen war.

In dem sehr kleinen Esszimmer neben der Küche stand ein glänzender Eichentisch mit vier Stühlen, über dem ein Kronleuchter hing. Die Anrichte und die Schränke waren aus dunklerem Holz.

»Vielleicht habe ich das nicht gemerkt, weil ich nichts anderes kannte«, meinte Molly ganz sachlich. »Ich glaube, viele Kinder wachsen so auf.«

Sonia musste ihr zustimmen, doch das machte es nicht besser. Ihr Vater war ermordet worden, ihre Mutter war von dem Mann, der diesen Mord befohlen hatte, zu unsäglichen Dingen gezwungen worden, und trotzdem hatte ihre Mom das Leben für sie schön gemacht.

Auch Mollys Küche war klein, aber sehr geschickt aufgeteilt.

Vor den Fenstern gab es eine Frühstücksecke, damit man nach draußen schauen konnte, wenn man seinen Morgenkaffee trank. Molly öffnete den Kühlschrank und holte einen großen Krug mit Erdbeerlimonade heraus. »Die hab ich gemacht, bevor ich aus dem Haus gegangen bin. Sie müsste inzwischen schön kalt sein.«

Sonia, die eine Schwäche für Erdbeerlimonade hatte, nickte begeistert. »Ich würde gern etwas davon probieren. Schließlich muss ich mich etwas stärken, ehe ich mich mit den Holzwürmern anlege.«

»Haha. Die Löcher sehen wirklich so aus, als fräßen sich widerliche Kreaturen durch meine Wände. Ich habe das ganze Haus abgesucht und mehrere gefunden und markiert«, sagte Molly und füllte zwei hohe Gläser mit Eis und Limonade. »Insgesamt sind es fünf. Zwei in meinem Wohnzimmer, eins im Esszimmer und zwei in der Küche.«

»Die Würmer haben sich sogar bis in die Küche vorgearbeitet?« Sonia unterdrückte ein Lachen. »Hatten sie vielleicht Hunger?«

Molly nickte feierlich. »Wegen der Sägemehlhäufchen auf dem Boden habe ich sie alle ziemlich schnell gefunden.«

»Sägemehlhäufchen?« Unwillkürlich runzelte Sonia die Stirn. Sie hatte wirklich kein Pokerface, da hatte Joshua recht. Misstrauisch stellte sie das Glas ab. »Zeig sie mir mal. Diese Häufchen.«

»Ich hab sie schon zusammengefegt. Sie sahen ganz normal aus. Wieso fragst du danach? Stimmt was nicht?«

»Alles gut. Ich dachte, du wärst etwas paranoid, aber wenn du vor jedem Loch Sägemehl gesehen hast, bedeutet das zuerst mal, dass irgendjemand von außen ein Loch durch die Wand gebohrt hat. Außerdem ist es seltsam, dass in jedem Zimmer nur ein oder zwei Löcher sind. Im Badezimmer sind keine? Zeig mir mal die zwei hier drin.«

Sonia hatte ein schlechtes Gefühl. Das Haus war aus Zedernholz, deshalb war ein Befall durch Ungeziefer sehr unwahrscheinlich. Insbesondere, da sich so etwas normalerweise auf ein oder zwei Räume beschränkt hätte und nicht über das ganze Haus verteilt wäre. Im Kopf ging sie die Liste der möglichen Schädlinge durch. Es gab ein paar Arten von Käfern, Termiten, Riesenameisen und Balkenbockkäfer ... Wieder runzelte sie die Stirn. Von draußen waren keinerlei Hinweise auf Insektenfraß zu sehen. Das wäre ihr aufgefallen, als sie gekommen war, um einen Kostenvoranschlag für die Renovierung der Garage zu machen und automatisch den Zustand der Holzkonstruktion in Augenschein genommen hatte.

Ein oder zwei Löcher in verschiedenen Räumen? Und Sägemehl auf dem Boden? Das gefiel ihr nicht. Sie folgte ihrer Freundin zu der hinteren Küchenwand, die am weitesten von der Straße entfernt war. Molly deutete auf einen Punkt ungefähr einen halben Meter über dem Boden. Sonia ging in die Hocke, um sich die Stelle genauer anzusehen. Tatsächlich, da war ein kleines kreisrundes Loch. Sie starrte es an und überlegte. Es sah aus, als wäre es mit einem 16mm-Bohrer gemacht worden. Vielleicht ein bisschen größer, aber es war definitiv durch ein Werkzeug entstanden, nicht durch einen Schädling.

»Und wo ist das zweite?« Sonia schaute sich in der Küche um und versuchte, sich die Sichtlinien vorzustellen – was man hier wohl zu sehen bekäme, wenn man durch ein so kleines Loch schauen könnte? Wahrscheinlich die Frühstücksecke.

Das zweite Loch befand sich auf der Seite zur Straße hin. Es war etwas höher angebracht, oberhalb der Spüle und der Arbeitsplatte und wirkte ebenfalls eher gebohrt als geknabbert.

»Ich würde mir noch gern dein Schlafzimmer ansehen«, sagte Sonia.

»Was ist denn?«, fragte Molly. »Glaubst du, die Viecher sitzen in allen Wänden? Ich hab gehört, dass Leute manchmal sogar umziehen müssen, weil Bienen sich in ihrem Haus eingenistet haben.« Sie führte Sonia durch den kleinen Flur zu ihrem Schlafzimmer.

»Hier sind definitiv keinen Bienen am Werk, Molly.«

Das Schlafzimmer war ungefähr so groß wie die Küche. Das meergrüne antike Himmelbett hatte weiße Spitzenvorhänge, und auch das Bettzeug hatte weiße Spitzeneinsätze. Die Kommode und der Schminktisch waren ebenfalls antik. Eine typisch weibliche Ausstattung. Sonia fand es genauso schön und elegant wie seine Bewohnerin. Sie suchte nach Löchern in der Außenwand.

»Die Wand habe ich gestern erst untersucht«, sagte Molly. »Wenn ich da etwas gefunden hätte, hätte ich nicht in meinem Bett geschlafen.«

Doch Sonia hatte dem Bett direkt gegenüber bereits ein verräterisches Sägemehlhäufchen entdeckt. Sie betastete das Loch darüber. Auch das fühlte sich an wie gebohrt. Wieder ging sie in die Knie, um es sich genauer anzusehen, und leuchtete mit der kleinen Taschenlampe hinein, die an ihrem Schlüsselbund hing.

»Ziehst du dich hier an?«

Molly ließ sich aufs Bett sinken. »Die sind nicht von Würmern, nicht wahr?«

»Irgendetwas steckt da drin. Ich guck mal von außen.«

»Was glaubst du, was das ist, Sonia? Hat Blake mich gefunden? Ist es so weit?«

»Das kann ich noch nicht sagen. Ich bin gleich wieder da?« Schnell ging Sonia nach draußen und lief um das Haus herum. Das Herz schlug ihr bis zum Hals.

Als sie das Loch gefunden hatte, leuchtete sie mit ihrer Taschenlampe hinein, entdeckte eine kleine Schlaufe und zog daran. Eine winzige, kabellose Kamera fiel ihr in die Hand. Plötzlich witterte sie, dass Kai und Gray sich ihr näherten und drehte sich mit der Kamera in der Hand zu ihnen um.

»Verdammt, was soll das?«, fragte Kai. »Wo war die?«

»Die überwacht Mollys Schlafzimmer.«

»Wo sind die anderen?«, blaffte Gray, der bereits ums Haus ging und mit seinen Raubtiersinnen nach weiteren Kameras suchte.

Sonia lief ihm nach. »Es sind mindestens sechs. Sie zieht sich in ihrem Schlafzimmer aus.«

Kai ging in die andere Richtung ums Haus, und als sie sich wieder trafen, hatten sie neun Kameras entdeckt. Molly war auf die Veranda getreten und schaute ihnen, die Faust in den Mund gesteckt, weinend zu.

»Das war Blake, Sonia. Er hat mich gefunden. Ich hätte nicht hierherziehen dürfen. Aber ich hatte nicht viel Geld und jetzt hab ich auch nicht genug, um packen und verschwinden zu können. Was soll ich bloß machen?«

Sonia legte einen Arm um ihre Taille. »Bis wir das herausgefunden haben, bleibst du bei mir.«

»Ich schlafe nackt«, flüsterte Molly. »Die haben mich nackt gesehen und …« Entsetzt hielt sie inne. »Oh Sonia.« Wieder begann sie zu weinen.

Sonia wusste genau, was ihrer Freundin im Kopf herumging. Molly war viel allein und brauchte Sex. Es war eine Schande, dass Wildfremde auf diese Weise in ein Haus eindrangen und die Bewohner in den privatesten Momenten filmten. »Pack deine Sachen, dann hauen wir ab. Wir können bei mir weiterreden.«

In dem Moment hielt ein dunkler SUV am Bordstein und Bastien Foret stieg aus. Scharf musterte er die Gruppe auf der Veranda, registrierte Mollys Tränen und nahm dann die beiden Männer ins Visier, die bei seinem Näherkommen hastig etwas in den Taschen verschwinden ließen.

»Ist alles in Ordnung, Molly?«, fragte er leise, aber streng.

Molly schlug die Hände vors Gesicht und weinte noch lauter.

Bastien ging an Kai und Gray vorbei und zog sie aus Sonias Armen in seine. »Ihr solltet mir besser erzählen, was hier los ist. Und zwar sofort«, sagte er mit Stahl in der Stimme.

Verstohlen positionierten sich Kai und Gray so, dass sie den Detective in der Zange hatten.

Alles andere als eingeschüchtert schaute Bastien Sonia mit schmalen Augen an. »Na los.«

»Molly?«, fragte Sonia. Ohne die Zustimmung ihrer Freundin würde sie kein Wort sagen, denn sie wusste nicht, ob Molly Bastien etwas von ihrer Geschichte anvertraut hatte.

Die Hände in Bastiens Hemd geklammert, das Gesicht an seine Brust gepresst nickte Molly.

»Ich hoffe, das bedeutet, dass du nichts dagegen hast, wenn ich ihn einweihe«, meinte Sonia, um ihrer Freundin noch eine letzte Chance zum Widerspruch zu geben.

Doch Molly nickte erneut. Bastien drückte sie fester an sich, aber Sonia fiel auf, dass er nur einen Arm um sie gelegt hatte – der andere war nah an seiner Waffe.

»Molly ist wochenlang von einem Mann gefangen gehalten worden. Er hat sie geschlagen, vergewaltigt, ihr die Knochen gebrochen und gedroht, sie zu töten. Leider ist dieser Typ sehr reich und hat Beziehungen bei der Polizei. Mollys Eltern waren auf Geld für ihren Drogenkonsum aus, deshalb haben sie ihre Tochter verraten, als sie das erste Mal vor dem Kerl geflohen ist. Beim zweiten Mal hat sie sich hier versteckt. Und jetzt glauben wir, dass er sie aufgestöbert hat.«

Bastiens Gesicht hatte sich vor Wut so verzerrt, dass Sonia instinktiv Kais Nähe suchte. »Und warum hast du mir das nicht früher erzählt?«

»Ich wollte Mollys Vertrauen nicht missbrauchen. Sie hatte schreckliche Angst, dass du ihrem Peiniger aufgrund seiner Stellung glauben würdest. Er ist Bezirksstaatsanwalt. In seiner Heimatstadt kennt er jeden, und die Cops sind auf seiner Seite. Molly hat sich davor gefürchtet, dass man sie zurückschickt. Sie dachte, dass er sie vielleicht zur Fahndung ausgeschrieben hat und dass du sie dann verhaften würdest.«

Bastien strich Molly übers Haar. »Wie konntest du nur denken, dass ich das tun würde, ohne vorher mit dir zu reden? Du musst doch gewusst haben, dass ich dir glauben würde.«

»Wir haben das hier gefunden«, mischte Gray sich ein und zog die winzigen Kameras aus der Tasche. »Irgendjemand hat Löcher in die Hauswände gebohrt und diese Dinger da reingesteckt, so konnte sie bei jeder Bewegung überwacht werden. Sogar in ihrem Schlafzimmer.«

Über Mollys Kopf hinweg begegnete Bastiens Blick Sonias und verriet ihr, dass er vor Wut kochte.

»Irgendwo in der Nachbarschaft muss es einen Empfänger geben, der die Daten sammelt.« Gray schaute sich um.

»Offenes Gelände«, sagte er mit einem Blick auf das Feld

hinter Mollys Haus. »Mehr als einhundertfünfzig Meter dürfte er nicht entfernt sein.«

»Vielleicht ist er in einem der Häuser auf der anderen Straßenseite«, meinte Gray. »Ich schau mich mal um.«

»Solange ihr damit beschäftigt seid, nehme ich Molly mit nach Hause, da ist sie in Sicherheit«, erklärte Sonia. »Ich will nicht, dass sie das alles mitbekommt.«

»Gute Idee«, sagte Bastien. Er zog Molly von seiner Brust und hob ihr Kinn an, damit er ihr in das tränennasse Gesicht sehen konnte.

Sonia war kein bisschen überrascht, dass Molly, selbst nachdem sie so herzzerreißend geweint hatte, wunderschön aussah. Hätte sie selbst so geheult, hätte sie rote Flecken im Gesicht, Augen und Nase wären geschwollen und sogar die Lippen irgendwie aufgequollen. Rund wie ein Ballon und rot wie ein gekochter Hummer konnte sie es in dem Zustand mit dem größten Kugelfisch der Welt aufnehmen.

»Du kannst nicht allein nach Hause fahren«, entgegnete Kai. »Ich muss bei dir bleiben.«

Sonia schüttelte den Kopf. »Du kannst kommen, wenn ihr fündig geworden seid.«

»Aber ich muss mit«, beharrte er.

Bastien sah sie fragend an. »Verdammt noch mal, Sonia. Auch bei dir hatte ich die ganze Zeit so ein ungutes Gefühl. Du wirst mir deine Geschichte später erzählen. Geh jetzt und nimm Molly mit.«

Sonia ignorierte Kais Einwand, denn sie wollte vor einem Polizisten keinen Streit anfangen, das würde Bastien noch misstrauischer machen, als er es ohnehin schon war. Sie nahm Molly bei der Hand. »Na komm, Schatz, lass uns eine Tasche für dich packen.«

Molly schüttelte den Kopf. »Ich will nicht mehr da rein.«

Sonia hatte Verständnis dafür. Sie hatte auch nicht mehr ins Haus der Bogomolows gehen wollen, nachdem sie von den Plänen ihres Mannes erfahren hatte. »Dann hol ich dir ein paar Sachen. Brauchst du irgendwelche Medikamente oder so was?«

Wieder schüttelte Molly den Kopf und setzte sich schließlich langsam auf die Schaukelbank. Kai zögerte, ging aber dann zum nächsten Nachbarn auf der linken Seite. Gray war bereits hinter dem Haus verschwunden, um das Feld zu durchkämmen. Beide Männer würden bei dieser Suche ihre hoch entwickelten Sinne einsetzen. Bastien steuerte geradewegs auf das verlassene Haus zu, das zwei Häuser weiter unten auf der anderen Seite der Straße stand.

»Unter meinem Bett ist eine Reisetasche. Tut mir leid, dass ich so feige bin«, sagte Molly.

»Keine Sorge. Ich find schon alles, was du brauchst.« Eilig betrat Sonia das Haus, zog die Tasche unter dem Bett hervor, stöberte Unterwäsche, Jeans und T-Shirts auf und lief ins Bad, wo sie Make-up, eine Zahnbürste und alles Nötige für die Haare einpackte. Sie fand auch Antibabypillen und steckte sie ebenfalls ein, obwohl es so aussah, als wären sie noch nicht angebrochen.

Im Schrank entdeckte sie ein hübsches Kleid, rollte es zusammen und nahm es auch mit. Dann eilte sie wieder nach draußen. »Lass uns gehen.« Sie streckte eine Hand nach Molly aus. »Während du dich schön bei mir einrichtest, setze ich den Kaffee auf und richte was für die Jungs her. Dann bin ich längst fertig, bis Kai kommt.«

»Wollte er nicht mit uns fahren?«, fragte Molly. Ängstlich blickte sie sich um.

»Die beiden fahren immer hinter mir her«, sagte Sonia. Dann stieß sie einen lauten Pfiff aus, und als Kai sich umschaute, deutete sie auf ihren Truck.

Er nickte und ging weiter, bis Gray ihn aufhielt, um sich mit ihm zu besprechen. Rasch kletterten Sonia und Molly ins Auto.

»Danke, dass du die Kameras gefunden hast«, sagte Molly leise. »Eine Freundin wie dich habe ich noch nie gehabt.«

»Du hast die Kameras gefunden«, bemerkte Sonia und warf einen Blick auf Molly. »Ich habe auch noch nie eine Freundin wie dich gehabt. Unsere Geschichten ähneln sich – unsere beiden Männer haben jeweils versucht, uns umzubringen. Bei der Partnerwahl haben wir echte Defizite, da sind wir richtig schlecht. Du hast dich schon wieder auf eine Beziehung mit einem Gesetzeshüter eingelassen und ich mich auf einen Kerl, auf dessen Stirn eigentlich in Neonbuchstaben das Wort *Gefahr* blinken müsste.«

Mollys Lächeln war ein wenig zittrig, schaffte es aber, ihr Gesicht so zum Leuchten zu bringen, als wäre gerade die Sonne aufgegangen. »Ich habe keine Beziehung mit Bastien.«

»Ich denke schon. Und ich glaube, *er* glaubt das auch. So wie wahrscheinlich die ganze Stadt.«

Mollys leises Lachen erfüllte den Innenraum. »Du bist verrückt.« Dann verblasste ihr Lächeln, und sie knetete die Finger im Schoß. »Entschuldige, dass ich dich da reingezogen habe.«

Sonia schüttelte den Kopf. »Unsinn. Mit so was kenne ich mich aus. Genau genommen bin ich sogar schon in schlimmeren Situationen gewesen. Mein Vater hat für die russische Mafia gearbeitet, doch, da er kein Russe war, nur auf unterster Ebene. Er war Schreiner und leider auch spielsüchtig, und um seine Schulden zu bezahlen, hat er kleine Botengänge übernommen. Mein Papi hat mir das meiste übers Schreinern beigebracht. Und sogar Sprengladungen durfte ich manchmal anbringen, wenn er Bauplätze von Steinen und Felsen befreien musste.«

Sie schaute zu Molly hinüber, um herauszufinden, wie ihre Freundin das aufnahm. Sie selbst hatte es immer verdrängt, darüber nachzudenken, was ihr Vater vor all den Jahren mit der Schuldenanhäufung in Gang gesetzt hatte – Schulden, die getilgt werden mussten. Sie und ihre Mutter hatten Glück gehabt, dass Nikita Bogomolow sie überhaupt am Leben gelassen hatte.

»Red nur weiter«, sagte Molly ruhig.

Sonia seufzte. Sie spürte einen schmerzhaften Druck in der Brust und merkte, wie Gatita sich erhob, um ihr beizustehen. »Mein Vater hat die Mafia bestohlen. Das ist keine gute Idee. Es ging um viel Geld, deshalb haben sie an ihm ein Exempel statuiert. Dann sind sie zu Mami gegangen und haben von ihr verlangt, dass wir beide die Schulden abarbeiten. Am Anfang habe ich gedacht, sie wären gut zu uns, aber später, nach dem Tod meiner Mutter, habe ich herausgefunden, dass mein Schwiegervater sie gezwungen hat, mit ihm zu schlafen. Offenbar hat sie nicht nur das Haus geputzt, sondern war ihm auch sexuell zu Diensten. Wir wohnten in einem Gästehaus auf dem Anwesen des Bosses. Ich habe meiner Mutter bei der Arbeit im Haus geholfen, aber sie hat darauf geachtet, dass ich nicht mitbekam, was wirklich dort vorging.«

»Das tut mir sehr leid«, sagte Molly leise. »Es muss schrecklich für dich gewesen sein.«

»Sascha, der Sohn, war fünfzehn Jahre älter als ich und hat immer auf mich aufgepasst. Sich immer um mich gekümmert. In der ganzen Zeit, in der wir für seinen Vater gearbeitet haben, hat er mich behandelt wie eine kleine Schwester. Ich habe für ihn geschwärmt. Und mich in ihn verliebt. Dann wurde meine Mutter krank, und alles änderte sich. Ich hatte solche Angst, um sie und um mich. Sascha hat dafür gesorgt, dass sie rund um die Uhr die beste Pflege bekam und dass die Rechnungen bezahlt wurden. Dafür habe ich ihn sehr geliebt. Und wenn ich an diese Zeit zurückdenke, liebe ich den Mann, der so gut zu meiner Mutter war, immer noch.«

»Das ist doch ganz natürlich«, sagte Molly. »Ich liebe ihn auch, weil er das für dich getan hat.«

»Ich war so verloren und er war so stark. Er hat gesagt, er heiratet mich, damit er mich beschützen kann. Und ich war sicher, dass ich ihn liebe, vielleicht nicht so, wie eine Frau einen Mann lieben sollte, aber er war so fürsorglich, dass ich dachte, mit der Zeit würde das schon noch kommen. Wir waren fast zwei Jahre zusammen. Er wollte nicht, dass ich irgendwo hingehe, weil er angeblich viele Feinde hatte. Und wenn ich mal wegging, hatte ich immer Leibwächter bei mir.« Deswegen mochte sie es nicht, andauernd von Kai und Gray verfolgt zu werden. »Ich hatte keine Freunde. Ich habe nicht mal bemerkt, wie isoliert ich war, bis ich dieses Gespräch belauscht habe und von da an wusste, dass sie mich umbringen wollen.«

»Diese Mistkerle. Dabei waren sie praktisch deine Familie.« Wütend starrte Molly durch die Windschutzscheibe. »Dein Schwiegervater ist so was von krank und wahnsinnig. Und für deinen Mann gilt wohl dasselbe. Beide total abartig. Wusstest du, dass sie mit der Mafia zu tun hatten?«

»Nein, das wurde von mir ferngehalten. Als mein Vater ermordet wurde, hatte ich keine Ahnung, worum es ging. Auch nicht, als ich mit meiner Mutter auf das Anwesen des Bosses gezogen bin. Überall waren Männer mit Gewehren, aber ich dachte, die wären zu unserem Schutz da. Später hat Sascha mir erzählt, dass seine Familie die ganze Zeit Morddrohungen bekäme, weil sie so reich sei, und ich habe ihm das abgekauft. Ich habe alles geglaubt, was er mir gesagt hat. Sein Vater hat einen Lehrer für mich angestellt, der mich zu Hause unterrichtete. Wieder angeblich aus Sicherheitsgründen.«

Sonia parkte den Truck vor ihrem Haus, die beiden Frauen stiegen aus, und Sonia nahm Mollys Tasche von der Ladefläche. »Jetzt weißt du, warum ich so zögere, eine neue Beziehung einzugehen. Es fällt mir recht schwer, das zu glauben, was Joshua mir erzählt.«

Molly nickte. »Das verstehe ich. Hast du mit ihm schon darüber gesprochen?«

Sonia drehte den Schlüssel im Schloss, machte die Haustür weit auf und trat dann einen Schritt zurück, um Molly den Vortritt zu lassen. »Nein. Ich hatte Angst, dass sie mich finden und euch beiden etwas Schlimmes passiert, wenn ihr Bescheid wisst. Ich hoffe zwar, dass ich in Sicherheit bin, aber man weiß ja nie. Trotzdem ist mir klar, dass ich mit Joshua reden muss, auch wenn das nichts ist, was man mal so nebenbei erwähnt.«

Mollys leises Lachen brachte den drückenden Schmerz in ihrer Brust irgendwie zum Verschwinden. »Hey, Schatz«, sagte Sonia, »ich hab ganz vergessen, dir zu sagen, dass ich vielleicht mit einem russischen Mafioso verheiratet bin, der mich töten will. Vorzugsweise durch eine Bombe oder durch Folter. Aber ich bin trotzdem die Richtige für dich, denn ich bin echt niedlich.« Sie schnitt eine Grimasse. »Dann wird er im besten Fall so schnell weglaufen, wie er kann.«

Mollys Gelächter, das immer lauter geworden war, verstummte abrupt. »Und im schlechtesten?«

Sofort wurde auch Sonia wieder ernst, und ihr Pulsschlag beschleunigte sich. »Im schlechtesten Fall wird er meinem Schwiegervater verraten, wo ich mich aufhalte. Der würde bestimmt einen Haufen Geld dafür bezahlen.« Sie richtete den Blick auf Molly und dann, ein wenig beschämt, dass sie ihrer Freundin gegenüber aus dem gleichen Grund geschwiegen hatte, auf den Boden.

»Sonia«, erwiderte Molly ganz sanft. »Ich hatte auch Angst davor, jemanden anders einzuweihen. Ich bin immer noch völlig fertig, weil Bastien jetzt alles weiß. Und deine beiden Bodyguards auch.«

Sonia zuckte zusammen. »Nenn sie bitte nicht so. Ich hab sie jedenfalls nicht angestellt. Sie gehören zu dem Sicherheitsteam, das Joshua leitet. Ich weiß nicht, warum er darauf besteht, dass sie mir überallhin folgen, aber heute hat es sich ausgezahlt. Bei solchen Problemen wissen sie, was zu tun ist – sie haben schließlich auf der ganzen Welt Entführungsopfer befreit. Ich habe mal eine Unterhaltung zwischen den beiden aufgeschnappt, deshalb weiß ich, dass das stimmt. Sie waren bei den Einsätzen wirklich dabei. Manchmal reden sie auch über Joshua, und wie toll er das kann, sich heimlich in Lager schleichen und alles auskundschaften, damit dann die Befreiungsaktion klappt. Wenn die so was schaffen, kommen sie sicher auch mit Blake Garritson zurecht.«

»Vielleicht denkt Joshua, du wärst in Gefahr, so wie Bastien es in meinem Fall auch vermutet hat. Ich habe versucht, ihm keine schönen Augen zu machen, weil er als Cop nicht der Richtige für mich ist, aber er hat mich immer wieder angesprochen. Jetzt wird mir klar, dass sein Bauchgefühl ihn dazu getrieben hat und dass er nur wegen seiner detektivischen Erfahrung anscheinend so interessiert an mir war.«

»Ja, so wird's sein«, sagte Sonia und schnitt Molly eine Grimasse, während sie die Tür wieder schloss und sicherheitshalber noch verriegelte. Kai würde bald da sein, und sie hatte Gatita, die sie rechtzeitig warnen würde, aber sie wollte kein Risiko eingehen. »Bastien hätte sich beinah mit Kai und Gray angelegt, nur weil du geweint hast.«

Molly betastete ihr Gesicht. »Ist meine Wimperntusche verlaufen? Warum sehe ich immer so schrecklich aus, wenn dieser Mann auftaucht?«

»Als ob du jemals schrecklich aussehen könntest. Ich hätte dich fast selber abgemurkst, als ich bemerkt habe, dass du sogar beim Weinen schön aussiehst. Du bist wie diese Frauen in den Seifenopern, die mit Tränen in den Augen noch hübscher sind.«

Endlich lachte Molly wieder, und der ängstliche Ausdruck verschwand aus ihrem Gesicht. »Bastien ist wirklich einer von den Guten, nicht wahr? Er hat sich nicht so angehört, als würde er mich ohne weiteres Blake übergeben.«

»Gibt es irgendwelche Beweise für Blakes Misshandlungen?«

»In der Klinik des befreundeten Arztes sind Röntgenaufnahmen gemacht worden. Aber erst nach Dienstschluss. Danach ist der Doktor immer zu uns gekommen.«

»Warst du mal mit dem Arzt allein? Hast du versucht, mit ihm zu reden?«

»Blake hat darauf bestanden, immer dabei zu sein. Ich weiß, dass er seinen Freund gut bezahlt hat, aber der Doktor war wütend auf ihn. Vielleicht würde er aussagen, aber das könnte ihn seinen Job kosten. Meiner Meinung nach ging es zwischen den beiden um mehr als nur Geld.«

»Weißt du, ob Blake vor dir eine andere Freundin hatte? Du kannst doch nicht seine erste gewesen sein.« Sonia trug Mollys Tasche ins Gästezimmer. »Entschuldige die Unordnung. Bisher hatte ich weder die Zeit noch das Geld, diese Räume zu renovieren. Aber die Heizung funktioniert, und das Bett ist bequem. Du darfst dir nur nicht die Wände anschauen.« Mit gerunzelter Stirn betrachtete Sonia den Boden. »Dieses Zimmer muss wirklich mal gemacht werden.«

»Das Dach aber auch. Ist doch schön hier. Bei dir fühle ich mich sicher, vor allem wenn Joshua und zwei Typen aus seinem Team auf dich aufpassen.«

Sonia verdrehte die Augen. »Ich denke, die hat er nur auf mich angesetzt, damit sie sich nicht langweilen. Zuzusehen, wie ich morgens zur Arbeit fahre und abends wieder nach Hause komme, ist sicher furchtbar aufregend, nachdem sie früher an exotischen Orten Geiseln befreit haben. Wahrscheinlich werden sie rebellisch, wenn sie nicht bald einen echte Aufgabe bekommen.«

»Muss Joshua mit ihnen dann woandershin?«, fragte Molly beunruhigt.

Daran hatte Sonia noch gar nicht gedacht. Die Aussicht behagte ihr auch nicht, vor allem wenn Joshua sich dabei in Gefahr brachte, doch andererseits war es womöglich die perfekte Lösung. Wenn er fortging, brauchte sie ihm nichts über die Bogomolows und ihren noch ungeklärten Familienstand erzählen.

»Das nehme ich an«, sagte sie und stieß die Tür zum Gästebad auf. »Wasser läuft, Klo und Dusche sind benutzbar, aber auch das hier ist nicht besonders schön.« Das stimmte. Die Fliesen waren rissig und angeschlagen, und von den Wänden schälten sich verblasste Tapeten und Anstriche.

»Das passt schon.«

»Ja, ist wohl besser als campen«, räumte Sonia ein. »Na komm, wir holen uns was zu trinken. Ich habe zwar keine Erdbeerlimonade – die übrigens sehr lecker war –, aber ganz normale.«

»Klingt großartig«, sagte Molly. »Vielleicht sollten wir uns auf die obere Veranda setzen, damit kein Alligator an uns herankommt, und den Geräuschen im Sumpf lauschen. Ich könnte ein wenig Entspannung gebrauchen.« Sie folgte ihrer Gastgeberin in die Küche.

Sonia war begeistert von ihrer Küche. Dafür musste sie sich nicht schämen, denn dort war alles perfekt. »Ich habe den Auftrag, Joshuas Küche umzugestalten. Und das ganze Haus und die Hütten auf dem Grundstück.« Unfähig, ein Lächeln zu unterdrücken, öffnete sie den Kühlschrank. »Ein absoluter Traumjob. Ernsthaft, Molly. Das ist perfekt für eine wie mich, die ihr ganzes Leben lang auf so eine Gelegenheit wartet und sie nie bekommt, weil sie nicht die richtigen Referenzen hat. Dieses alte Plantagenhaus ist so stilvoll und einzigartig. Der Erbauer hat Ideen verwirklicht, die zu der Zeit hier in der Gegend niemand anders in den Sinn gekommen sind. All die kleinen Details, die feinen Profile und Schnitzereien, die Böden … ich könnte ewig so weiterschwärmen.«

Sonia füllte zwei hohe Gläser mit Limonade und fügte reichlich Eis hinzu. »Ich liebe meine Arbeit und hätte nie gedacht, dass ich einmal so eine Chance bekommen würde.«

»Und dazu kommt noch, dass der Besitzer zufällig sehr attraktiv ist.«

»Das ist nicht unbedingt ein Vorteil.« Sonia ging Molly voran die Treppe hoch. »Ich habe mich noch nicht entschieden, was ich mit ihm machen soll.«

»Anscheinend kommst doch ganz gut mit ihm aus«, zog Molly sie auf.

Sonia hatte Mühe, nicht zu erröten. »In einem Bereich schon, aber der Rest ist schwierig. Ich weiß ja nicht mal, ob ich verheiratet bin oder nicht. Wenn meine Ex-Familie wüsste, dass ich noch lebe, würde sie alles daransetzen, mich zurückzuholen, und Joshua ist kein Typ, der klein beigibt. Aber niemand legt sich ungestraft mit der russischen Mafia an. Diese Leute ermorden ganze Familien. Angesichts dessen, was sie normalerweise tun, haben meine Mutter und ich viel Glück gehabt.«

Molly schnaubte verächtlich. »Glück? Diese Typen sind Arschlöcher. Wenn jemand vorgibt, er liebt dich und dass du zur Familie gehörst, nur um dich hinterrücks zu ermorden, gehört er zu den schlimmsten Menschen auf der ganzen Welt. Selbst wenn du mit einem von denen verheiratet wärst, hat der Kerl dich nicht verdient. Und ich bin ziemlich sicher, dass jede Ehe nach einem Mordanschlag zu Ende ist.«

Mitten im Atelier blieb Molly stehen und bewunderte die Bilder an der Wand. »Die sind einfach toll.« Sie trat an ein Gemälde heran, mit dem Sonia noch nicht ganz fertig war. »Alles sieht so lebendig aus. Ich könnte mich schon in den Sumpf verlieben, wenn ich das hier nur anschaue.«

»Danke, Molly, das ist ein sehr schönes Kompliment.«

»Ich sage bloß die Wahrheit. Du hast unglaublich viel Talent. Bastien hat recht, diese Bilder gehören in eine Galerie.«

»Hast du schon vergessen, dass die russische Mafia hinter mir her ist?« Sonia öffnete die Fenstertüren, die auf die Veranda führten. »Komm, setz dich. Wenigstens habe ich hier draußen anständige Sessel.« Mit einer Handbewegung bot sie Molly den bequemsten an.

Das war ihr Lieblingsplatz. Vom Atelier aus hatte man einen wunderschönen Ausblick auf den Sumpf und den Fluss. Kraniche wateten durch die dicke Entengrütze, die auf dem Wasser schwamm. An den flacheren Stellen und am Ufer ragten die knotigen Knie der größeren Zypressen daraus hervor. Überall waren lebhafte Farben zu sehen; aus den verschiedenen Grüntönen der Büsche blitzte das Rosa, Purpur und Gelb der Blumen hervor, die um einen Platz an der Sonne kämpften. Selbst ihre Blätter schienen darum zu wetteifern, wer den schöneren Gold- oder Silberglanz hatte.

Vögel kreisten am Himmel und huschten von Zweig zu Zweig. Eichhörnchen liefen schwatzend über verdrehte Äste. Alligatoren bellten. Wildschweine grunzten. Das Summen der Zikaden erfüllte die Luft. Frösche riefen einander zu. Fische sprangen aus dem Wasser und tauchten platschend wieder ein. Hin und wieder ließ eine Schlange sich aus einem Baum in den Fluss fallen. Sonia konnte sich keinen schöneren Ort vorstellen, aber sie wusste, dass nicht jeder so dachte, und sie war dankbar dafür, sonst wäre die Gegend überlaufen und der Zauber zerstört.

»Ist dir schon aufgefallen, dass die Äste der Bäume bis an deine Veranda heranreichen? Dieser große, knorrige da berührt sie beinah, und der dicke dort senkt sich bis zur unteren herab. Diese Äste sind so stark, dass Menschen und Tiere darüber laufen könnten«, bemerkte Molly.

Sonia lehnte sich ans Geländer und spähte in die Bäume, als betrachtete sie die Äste. Molly war nicht dumm, also konnte sie schwerlich behaupten, sie hätte diese Besonderheit übersehen. Als Künstlerin musste ihr so etwas ins Auge gefallen sein, deshalb nickte sie mit dem Rücken zu Molly. »Ich habe schon darüber nachgedacht, sie zu malen«, erwiderte sie. »In diesem Sumpf gibt es ein paar richtig hohe Bäume mit kräftigen Stämmen und Ästen, die sie untereinander verbinden. Wenn ich ein Baumhaus bauen wollte, wüsste ich schon den besten Platz dafür.«

Sie drehte sich zu Molly um und lehnte sich mit der Hüfte an die Brüstung. »Hast du dir mal Fotos von Baumhäusern angesehen? Die können sehr schön sein. Wie richtige Häuser.«

»Du hast vor, dir ein Baumhaus zu bauen? Gibt es hier nicht, ähm ...« Molly runzelte die Stirn und trank einen Schluck Limonade. »Ich glaube, inzwischen bin ich so paranoid, dass ich nichts mehr genießen kann, nicht mal schöne Bäume. Warum schaffst du es, einfach mit deinem Leben weiterzumachen, während ich nur rumheule? Ich habe sogar vor Bastien geweint. Das ist ganz schrecklich. Ich möchte gar nicht wissen, was er jetzt von mir denkt.«

»Er denkt, du bist eine wunderschöne, begehrenswerte Frau, die von einem Verrückten gejagt wird. Und ansonsten ein ganz normaler Mensch.« Sonia drehte sich wieder um und blickte über den Sumpf. Sie brauchte diese Landschaft, damit Gatita froh und gesund war, denn sie war *kein* normaler Mensch. Sie hatte keine Ahnung, warum sie eine Leopardin in sich hatte und die Gestalt wechseln konnte. Sie wusste nicht, ob sie das von ihrer Mutter oder ihrem Vater hatte, aber sie wusste, dass sie deshalb nur ein halber Mensch war. Und dass es für sie nie einen menschlichen Partner geben würde.

Du hast doch schon einen Mann, warf Gatita ein.

Aber ich weiß nicht, wie ich ihm von Sascha erzählen soll. Dann wird er versuchen, uns zu beschützen, und niemand überlebt einen Kampf mit der russischen Mafia – nicht einmal Donovons Team.

Sonia seufzte und steckte sich eine Haarsträhne hinters Ohr, die sich aus ihrem locker zusammengebundenen Pferdeschwanz gelöst hatte.

»Ich hab echt Angst, Sonia«, gestand Molly. »Ich glaube nicht, dass ich es überlebe, wenn Blake mich noch mal in die Finger kriegt. Schmerzen ertrage ich nicht besonders gut. Und es hat so schrecklich wehgetan.«

Sonia vergaß, ihre katzenhafte Schnelligkeit zu bremsen, und wirbelte blitzschnell herum. »Niemand wird dich in die Finger bekommen, Molly. *Niemand.* Ich beschütze dich, das verspreche ich dir.«

»Aber er könnte dich verletzen«, wandte Molly ein.

Sonia schüttelte den Kopf. »Im vergangenen Jahr habe ich mir ein paar Dinge beigebracht.« Sie konnte sich immer schneller verwandeln, auch wenn sie es noch nicht schaffte, so rasch aus den Kleidern herauszukommen, wie sie es gerne hätte. Daran arbeitete sie noch. »Er wird dich nicht kriegen. Kai wird jede Minute hier sein und später auch Gray und wahrscheinlich Bastien. Und da Joshua sicher schon weiß, dass du in Gefahr bist, weil Kai und Gray ständig bei ihm petzen, kommt er bestimmt mit all seinen Männern, weil die sich zu Tode langweilen, und dann ...«

Molly prustete los. »Dann fangen wir besser an, etwas zu kochen. Oder besser, einen großen Berg. Wenn wir eine ganze Armee füttern müssen, sollten wir hier nicht länger rumsitzen.«

»Moment. Willst du damit sagen, ich hätte Kai und Gray die ganze Zeit mit Essen versorgen müssen?«, fragte Sonia nicht ganz im Ernst.

»Also, ich hätte das getan. Sicher hast du ihnen wenigstens mal einen Kaffee angeboten.«

Aber das hatte sie nicht. Nicht ein einziges Mal. Weil sie sich darüber geärgert hatte, dass die beiden sie nicht aus den Augen ließen. »Du bist viel netter als ich.«

»Nein, bin ich nicht«, widersprach Molly. »Du hast einfach keine Chance gehabt herauszufinden, wer du bist und was du tun möchtest, weil du mit wie viel Jahren verheiratet worden bist? Mit achtzehn?«

Sonia nickte. »Nach dem Tod meiner Mutter. Sascha wollte, dass ich in seiner Nähe blieb. Ich habe mich in meiner Trauer auf ihn verlassen und nur daran gedacht, wie furchtbar ich das Leben ohne meine Mutter fand. Das erste Jahr habe ich das Grundstück nicht verlassen. Sascha hat mich immer ermutigt, mir Zeit zum Trauern zu nehmen. Er war so lieb zu mir.«

»Er hat dich gefangen gehalten.«

»Aber ich hab's nicht gemerkt«, sagte Sonia. »Ich dachte, er passt auf mich auf. Als ich neue Kleider brauchte, hat er sogar eine persönliche Einkaufsberaterin kommen lassen.«

»Was war denn, wenn du das Haus verlassen wolltest?«, fragte Molly.

Sonia zuckte die Achseln. »Dann kamen immer Bodyguards mit. Deshalb war ich alles andere als begeistert über Kai und Gray. Ich mag es nicht, beobachtet zu werden. Das erinnert mich an früher. An Sascha. Damals dachte ich, sie wären zu meinem Schutz, aber in Wahrheit waren sie Gefängniswärter.«

Sonia, sie sind da.

Zuerst dachte Sonia, Gatita spräche von Kai und Gray, doch dann begriff sie schlagartig, und in ihrem Kopf begann in knallroten Neonlettern das Wort *Alarm* zu blinken. Mit *sie* waren nicht Kai und Gray und Bastien gemeint, sondern Blake und seine Männer.

10

Hastig stellte Sonia ihr Glas Limonade ab und zog ihre Freundin an der Hand aus dem Sessel. Als Molly lächelte und etwas sagen wollte, schüttelte Sonia den Kopf, und sofort wich Mollys Lächeln einem ängstlichen Gesichtsausdruck. Oder eher einem entsetzten. Sonia hasste es, das mitansehen zu müssen. Sie deutete auf die Fenstertüren und legte einen Finger an die Lippen. Molly nickte und ging ins Haus.

So leise wie möglich schloss Sonia die Türen. »Da ist jemand«, flüsterte sie. »Und ich glaube, es ist nicht Kai. Was auch passiert, du bleibst in diesem Zimmer. Im ersten Stock bist du sicher. Ich schau mich mal um.« Sie zog ihr Handy hervor. »Ich habe Bastiens Nummer eingespeichert, nachdem er mir neulich seine Karte gegeben hat. Ich schreib ihm jetzt, dass er sich beeilen soll, weil es hier Schwierigkeiten geben könnte.«

»Woher weißt du das? Ich hab nichts bemerkt.«

»Ich habe ein sehr gutes Gehör und bin daran gewöhnt im Sumpf zu wohnen, daher kenne ich jedes Geräusch. Bleib einfach hier. Ich bin gleich wieder da.«

Molly hielt sie am Arm fest. »Blake ist krank. Er wirkt charmant und freundlich, aber denk dran, falls er es ist, er ist ein fieser Kerl.«

Sonia war bereit, sich für ihre Freundin mit fiesen Typen anzulegen. Außerdem würde Kai jeden Augenblick kommen, und sie hatte noch Joshua. Eilig schrieb sie auch ihm. **Ärger in Sicht. Kannst du kommen? Vielleicht Waffen im Spiel.** Ginge es um Sascha und seinen Vater, hätte sie sich das verkniffen. In diesem Augenblick beschloss sie, Joshua auf keinen Fall in die Nähe der Mafia kommen zu lassen. Das blanke Entsetzen in Mollys Gesicht und das Schuldbewusstsein in ihren Augen, weil jemand anders es an ihrer Stelle mit Blake aufnahm, hatten ihr klargemacht, dass sie sich nicht so fühlen wollte. Sie würde Joshua niemals einer Gefahr aussetzen. Mit Mollys Problem konnten er und seine Männer sich befassen, aber wenn Sascha und sein Vater einen von ihnen umbrachten, würde sie nicht mehr mit sich leben können.

»Ich muss eine Runde durchs Haus machen. Es ist zwar abgeschlossen, aber das heißt nicht, dass sich nicht doch jemand Zugang verschaffen kann. Ich überprüfe das nur kurz. Du bleibst hier und wartest auf mich.«

»Hast du eine Pistole?«

»Ja«, erwiderte Sonia fest. »Ich geb dir meine Glock. Kannst du schießen?« Sie selbst hatte es so lange geübt, bis sie sehr treffsicher war.

»Aber vielleicht brauchst du sie.« Molly ließ sich aufs Bett sinken und betrachtete die Waffe in ihrem Schoß.

Doch Sonia konnte auch mit Messern umgehen und steckte sich das, das ihr am besten in der Hand lag, in einen Stiefel. Ohne sich noch einmal nach Molly umzusehen, eilte sie leichtfüßig über die Bodendielen und vermied dabei diejenigen Stellen, von denen sie wusste, dass sie besonders laut knarrten.

Vorsichtig schlich sie die Treppe hinunter und wünschte sich, dass es draußen dunkel wäre. Das Haus war zwar nur schwach beleuchtet, aber alles war gut zu sehen. Als sie den Bogengang erreichte, der ins Wohnzimmer führte, sah sie einen Mann in ihrem schönsten Sessel sitzen. Der Sessel hatte eine hohe Rückenlehne, eine breite Sitzfläche und niedrige, gepolsterte Armlehnen und war im Angebot gewesen, dabei trotzdem noch ziemlich teuer, doch sie hatte sich in ihn verliebt.

Sie betrat das Zimmer. »Sie sitzen in meinem Sessel.«

Der Mann schaute sich nach ihr um, stand aber nicht auf. Er trug seinen Anzug, als wäre er darin geboren worden, und hätte locker dem Cover eines Männermagazins entstiegen sein können. Jede Strähne seines kurz geschnittenen Haars lag an seinem Platz. Seine Lederschuhe glänzten, und wenn sie sich nicht täuschte, waren sie aus Italien. Mit einem verächtlichen Zug um den Mund musterte der Mann sie von Kopf bis Fuß.

Sie war nicht so groß und so schön wie Molly, die seinem bevorzugten Typ entsprach. Seine Frauen sollten möglichst schlank sein, und das war sie nicht und würde es auch nie sein. Sicher wollte er, dass sie sich klein und hässlich fühlte und sich dafür schämte, denn er war sehr attraktiv, und er wusste es.

»Ich möchte, dass Sie mein Haus verlassen. Ich habe die Polizei gerufen.«

»Das nutzt Ihnen nichts«, erwiderte Blake Garritson. »Am besten rufen Sie Molly herunter, ehe es Ärger gibt.«

»Den haben wir schon.« Mit dem Rücken zur Wand ging Sonia nach links. Sie bezweifelte, dass irgendjemand sich unbemerkt von hinten an sie heranschleichen konnte, aber sie wollte niemandem die Gelegenheit geben.

Gatita, sag mir Bescheid, wenn jemand die Treppe herunterschleicht. Und wenn Hilfe kommt.

Draußen sind noch fünf Männer. Einer versucht gerade, den Baum an der Rückseite hochzuklettern.

Sonias Herz machte einen Satz. Die Bäume waren dick und stabil und die Äste breit genug für einen Leoparden – und eben auch für einen Menschen.

Ich könnte den hier töten.

Dann würdest du von den anderen gnadenlos gejagt. Wenn es unbedingt nötig ist, tun wir's, aber nur, wenn wir keine andere Wahl haben.

Sonia kreuzte den Blick mit dem Eindringling. Er saß da, als gehörte ihm das Haus. Wahrscheinlich fand er es schäbig. Sicher würde er es komplett niederreißen lassen, weil er kein Auge für die Schönheit der alten Bauweise hatte.

»Molly hat einen schrecklich schlechten Geschmack. Wie kann man sich nur mit fetten, hässlichen Frauen anfreunden, die in heruntergekommenen alten Häusern leben und so tun, als wären sie gut betucht. Damit ist sie ja noch tiefer gesunken als vorher.«

Sonia zuckte nicht mit der Wimper. Sie war vielleicht keine Schönheit, aber sie war auch nicht fett oder hässlich. Das wusste sie. Immerhin war sie so attraktiv, dass die Männer sich gerader hinsetzten und ihr nachschauten, wenn sie sich irgendwo sehen ließ. Blakes Urteil würde sie nicht dazu bringen, sich weinend in eine Ecke zu verkriechen, aber irgendwie musste sie ihn hinhalten.

»Ich hab was dagegen, dass Sie mein Zuhause als ein heruntergekommenes altes Haus bezeichnen.«

»Das ist schade, aber es hätte zum Abriss freigegeben werden müssen. Jetzt holen Sie Molly her. Ich habe nicht genug Geduld, um mich mit einer minderbemittelten Frau wie Ihnen zu unterhalten.«

»Und wenn ich das nicht mache?«

Blake erhob sich und kam auf sie zu. »Dann wird Ihnen das sehr, sehr leid tun.«

»Nicht nur leid, sondern sehr, sehr leid? Warum?«

Er wollte ihr die Faust ins Gesicht rammen, und er war schnell, aber Gatita war schneller. Sonia gelang es, den ersten Schlag abzublocken, doch der zweite traf ihre Wange. Es fühlte sich an, als wäre sie geplatzt. Glühend heißer Schmerz durchzuckte sie, und ihr wurde schlecht. Gatita brüllte vor Wut, verlangte stürmisch nach Freiheit und drängte so stark an die Oberfläche, dass Sonia sie kaum bändigen konnte. Es war fast unmöglich, an zwei verschiedenen Fronten gleichzeitig zu kämpfen, der äußeren und der inneren.

Dennoch schaffte sie es, auch die nächsten beiden Schläge abzuwehren, aber ihr Gegner war flink, zielte mal hoch und mal tief, und irgendwann touchierte seine Faust ihr Kinn. Plötzlich riss Blake überrascht die Augen auf, und schon wurde er von ihr weggerissen. Mit einem wütenden Aufschrei schlug er hart auf dem Boden auf und landete vor den Füßen eines blonden Riesen.

Joshua trug nur eine Jeans und war barfuß. Er musste als Leopard durch den Sumpf gerannt sein. Das Gemetzel draußen wollte Sonia lieber gar nicht erst sehen. Wie sollten sie das Bastien erklären, wenn er kam?

Joshua ließ Blake links liegen und sah sich Sonias Gesicht an. Die rote, anschwellende Wange machte ihn wütend. Sanft strich er mit dem Daumen darüber, ehe er sich dem Mann zuwandte, der seine Frau geschlagen hatte. War es derselbe, der versucht hatte, sie zu töten? Aber der hier war kein Leopardenmensch, so viel stand fest. Und er war auch kein Russe. Also wer war er dann?

Blake war aufgestanden und auf Distanz gegangen. Er strich das Jackett seines teuren Anzugs glatt und blickte immer wieder zur Tür, als rechnete er damit, dass seine Männer jeden Augenblick hereinkommen würden.

»Sie sind tot«, fauchte Joshua.

»Bitte?«

»Sie sind tot. Alle. Und diejenigen, die bei Mollys Haus geblieben sind, sind bei einem Schusswechsel mit meinen Männern und dem Sheriff ums Leben gekommen. Die, die du mitgebracht hast, haben versucht, in das Haus meiner Frau einzubrechen. Unglücklicherweise gibt es im Sumpf alle möglichen Tiere, und deine Leute sind wohl auf die falschen getroffen. Deshalb sind sie jetzt mausetot.«

Als Joshua einen Schritt auf ihn zumachte, hob Blake eine Hand. »Warten Sie. Sie haben das völlig falsch verstanden. Ich bin nur wegen Molly hier. Wir dachten, sie würde gefangen gehalten ...«

»Das ist eine Lüge. Schon seit meiner Kindheit merke ich, wenn jemand mich anlügt.« Joshua trat noch näher an den Mann heran und drosch mit der Kraft seines Leoparden auf ihn ein. Erst auf die Wange, dann aufs Kinn, und schließlich auf die Rippen rechts und links. Zufrieden registrierte er das Knacken, mit dem die Knochen brachen. Schließlich ließ er von diesem traurigen Exemplar der menschlichen Rasse ab.

Blake atmete in mühsamen, kurzen Stößen und stöhnte vor Schmerz. Mit wildem Blick zog er eine Waffe und feuerte auf Joshua, doch der stürzte sich bereits mit einem mächtigen Sprung auf ihn. Die Kugel ritzte seinen Oberarm, konnte ihn aber nicht bremsen. Als er mit seinem Gegner zusammenprallte und sie gemeinsam ein Stück weiter hinten auf dem Boden aufschlugen, ließ Blake die Waffe fallen und ein Schuss löste sich. Obwohl Joshua die Oberhand hatte, hörte er, wie Sonia den Atem anhielt, und das ließ in dem Moment sein Herz fast stehen bleiben. Schnell nahm er Blakes Kopf in beide Hände, blickte ihm in die Augen und drehte ihm den Hals um. Er wartete noch einen Herzschlag lang, um sicherzugehen, dass der Mann tot war, dann schaute er sich nervös nach Sonia um.

Sie saß mit dem Rücken an der Wand auf dem Boden. Die Augen weit aufgerissen vor Schreck sah sie ihn an. »Dieser Mistkerl hat mich angeschossen.«

In dem Augenblick stürmte Evan heran, dicht gefolgt von Bastien. Ohne auf die beiden zu achten, hockte Joshua sich vor Sonia. »Zeig mal her.«

»Es ist nicht weiter schlimm.« Sie deutete auf das Blut, das aus ihrem Oberschenkel quoll. »Aber das war meine Lieblingsjeans.«

»Wo ist Molly?«, fragte Bastien.

Sonia zeigte nach oben. »Danke, dass du so schnell hier warst, Joshua.«

»Ich habe beinahe einen Herzinfarkt bekommen. Warum hast du den Kerl nicht kaltgemacht?«

»Ich hatte Angst davor, dass Bastien oder Molly es mitbekommen würden, wenn ich Gatita einsetze, und selbst wenn nicht, hätte ich die charakteristischen Hinweise auf eine Tötung durch einen Leoparden wohl nicht erklären können. Ich möchte nicht, dass Großwildjäger hier auftauchen.«

Als Joshua den Stoff an ihrem Oberschenkel zerriss, um nachzuschauen, ob sie wirklich nur einen Streifschuss abbekommen hatte, schloss sie die Augen. »Ich hab dir doch gesagt, dass ich Glück hatte.« Sie berührte ihn an der Schulter. »Du ja offenbar auch.« Blut lief an seinem Arm herunter.

»Dein Erste-Hilfe-Kasten, Sonia?«, fragte Evan.

Sie deutete vage in Richtung Bad. Sie hatte in jedem Badezimmer einen. Das hatte schon ihre Mutter so gemacht, und sie setzte die Tradition fort.

»Hast du das Gefühl, ohnmächtig zu werden?«, fragte Joshua und strich noch einmal zart mit dem Daumen über ihre Wange.

»Nein, ich bin nur müde. Wirklich, Joshua, vielen Dank, dass du gekommen bist. Ich wusste nicht, was ich tun sollte. Sonst hätte ich Gatita zur Hilfe rufen müssen, und ich wollte nicht, dass sie einen Menschen tötet.«

»Als Kai mir von dem Feuergefecht schrieb, war ich erleichtert, dass du schon vorausgefahren warst. Dann kam deine Nachricht, und ich wäre beinahe in Panik geraten. Da bin ich sofort los, und die anderen sind mit dem Auto nachgekommen.«

»Welche anderen?« Zum ersten Mal schaute Sonia sich um.

Sieben Männer waren in ihrem Haus. Die Gesichter waren ihr von der Arbeit her bekannt, aber sie war noch nicht allen offiziell vorgestellt worden.

»Sonia?« Bastien war wieder heruntergekommen. »Bist du in Ordnung?« Mit einem Bein kniete er sich hin und sah sich ihre Verletzungen an.

»Er hat mich ein paar Mal geschlagen und dann auf uns beide geschossen. Da hat Joshua ihn überwältigt.« Sie strich über Joshuas blutbefleckten Ärmel. »Ich glaube, er ist tot. Das ist doch gut für Molly, oder?«

»Ja, meine Liebe, das ist es, aber ich möchte nicht, dass du im Moment noch mehr sagst. Ich rufe jetzt einen Krankenwagen.« Mit grimmigem Gesicht telefonierte Bastien.

»Ich brauche keinen …«

»Ich muss den Notarzt rufen, damit er euch beide untersucht. Das heißt aber noch nicht, dass ihr abtransportiert werdet. Lass mich meine Arbeit tun. Ohne Anwalt redet ihr mit niemandem, verstanden?«

»Sind Joshua und ich etwa in Schwierigkeiten? Der Kerl ist in mein Haus eingebrochen und hat versucht, uns zu töten.«

»Nein, ihr natürlich nicht. Das ist ein klarer Fall von Selbstverteidigung. Dennoch ...« Bastien unterbrach sich. »Tregre?«

»Ich habe meinem Anwalt geschrieben. Er wird gleich hier sein«, versprach Joshua.

Bastien ging zu der Leiche, hockte sich hin und sah sich an, was Joshuas Fäuste angerichtet hatten. Als Joshua anfing zu reden, schaute Bastien über die Schulter und schüttelte kaum merklich den Kopf, denn gerade kamen weitere Polizisten hereingeeilt.

Joshua setzte sich so dicht neben Sonia an die Wand, dass sie sich an seine Schulter lehnen konnte. Als sie die Augen schloss, bekam er ein wenig Angst. Er musste mit ihr allein sein. Er wollte, dass ihr eigener Doktor sie untersuchte, nicht irgendein Notarzt, auch wenn das reine Paranoia war. Aber am allermeisten wünschte er sich, sie mit einem Dutzend Wachen zu umgeben, die waffentechnisch auf dem neuesten Stand waren.

Er konnte nicht mit Evan reden, weil die Sanitäter gerade die Wunde an seinem Arm nähten und sich um Sonias Bein kümmerten. Dann mussten sie die Fragen der Polizisten beantworten, bis ihr Anwalt erklärte, dass sie jetzt fertig seien. Erst danach konnte er Sonia nach oben tragen. Molly saß tränenüberströmt in einem Schaukelstuhl und sprang auf, als er ihre Freundin hereinbrachte.

»Es tut mir so leid, Sonia. Furchtbar leid«, jammerte sie. »Bastien hat gesagt, du wärst angeschossen worden, aber es sei nicht schlimm. Wie kann denn so was nicht schlimm sein?«

»Sie haben ein Pflaster draufgeklebt, so schlimm ist es«, erwiderte Sonia.

Joshua setzte sie in den jetzt freien Schaukelstuhl. »Es geht ihr wirklich gut«, versicherte er Molly.

»Du bist auch angeschossen worden«, sagte Molly und griff nach seinem blutigen Ärmel.

»Ja, ich habe auch ein Pflaster bekommen.« Joshua versuchte, sie mit einem Grinsen aufzuheitern, aber es war zu spät. Eine neue Tränenflut ergoss sich über Mollys Gesicht.

»Ich muss mit Evan reden, Baby«, erklärte Joshua. »Bin gleich wieder da.«

Als Sonia nickte, lief er wieder hinunter zu Evan, der am Fuß der Treppe auf ihn wartete. Sie gingen nach draußen, und ihre Leute bildeten einen dichten Ring um sie, sodass man sie unmöglich sehen, geschweige denn belauschen konnte.

»Was ist mit den Toten?«

»Ich hab sie tief in den Sumpf gebracht. Heute Nacht verschwinden sie im Meer«, erwiderte Evan. »Niemand wird sie finden, und selbst wenn, gibt es keine Verbindung zu uns. Schließlich wurden sie von einem Leoparden getötet.«

»Ist draußen alles aufgeräumt?«

»Da war nur sehr wenig Blut. Gott sei Dank hast du sie nicht zerfleischt, sondern entweder erstickt oder ihnen das Genick gebrochen. Wir sind aus dem Schneider.«

»Je weniger ihr Sonia von diesen Männern erzählt, desto besser.«

»Die eine Frage, die immer wieder gestellt wurde, lautete: War der Einbrecher allein?«, bemerkte Evan. »Foret hegt offenbar den Verdacht, dass Garritson nicht ohne starke Unterstützung hier aufgekreuzt wäre.«

»Sonia hat außer Blake niemanden gesehen. Und Molly gar nichts. Also müsste die Polizei davon ausgehen, dass Blake allein unterwegs war. Sonia hat Bastien gegenüber die Vermutung geäußert, dass Blake ihr und Molly zu ihrem Haus gefolgt ist, während seine Männer sich die Schießerei mit Bastien, Kai und Gray geliefert haben.«

»Das hat Bastien auch den anderen Polizisten erzählt«, verriet Evan.

»Ich denke, wir sind auf der sicheren Seite. Aber vergewissere dich besser noch mal. Ich habe vor, Sonia mit nach Hause zu nehmen. Das wird ihr nicht gefallen, und vielleicht tobt sie sogar, aber sie kommt trotzdem mit zu mir.«

Evan grinste. »Sie wird ihre Freundin als Ausrede nehmen.«

»Zufällig weiß ich, dass Bastien vorhat, Molly mit zu sich zu nehmen. Er hat einem anderen Detective erzählt, dass Molly seine Freundin sei, und er den Fall einem Kollegen übergeben will, sobald er seine Aussage gemacht habe. Foret ist sehr beliebt und hat den Ruf, eine ehrliche Haut zu sein. Seine Kollegen glauben, was er sagt. Er hat ihnen erklärt, dass Garritson Molly schon früher terrorisiert hat, dass er sie gestalkt, entführt, vergewaltigt und immer wieder geschlagen hat. Deshalb ist der Fall wohl ziemlich klar, und die Ermittlungen dürften schnell beendet sein.«

»Selbst wenn Garritsons Familie herkommt und das alles abstreitet?« Evan spielte den Advocatus Diaboli.

»Vielleicht versuchen sie es, aber höchstwahrscheinlich möchten sie nicht, dass die Geschichte publik wird. Die Schadensbegrenzung wird ihnen wichtiger sein, als Blakes Namen reinzuwaschen.«

»Wenn sie so sind wie ihr Sprössling, hetzen sie vielleicht auch jemanden auf Molly«, warnte Evan.

Joshua nickte. »Bastien hat allen klargemacht, dass sie seine Freundin ist. Ich schätze, weil er auch damit rechnet, aber falls nicht, sorgen wir dafür, dass er die Möglichkeit in Betracht zieht. Menschen wie Blake heuern meist Auftragskiller an, um sich an denen zu rächen, die sie beleidigt haben. Blake war hinter Molly her. Er war besessen von ihr. Ich weiß, wie sich das anfühlt. Man kann nicht mehr essen und nicht mehr schlafen, weil man Tag und Nacht nur noch an eine Person denkt. Aber das Schlimmste ist, dass ich es jetzt mit der verdammten russischen Mafia zu tun habe.«

»Glaubst du wirklich, es ist eine gute Idee, Sonia mit nach Hause zu nehmen? So versessen wie der Russe auf das Bild war, hätte ich Angst, dass er mit einer ganzen Armee wiederkommt, um es sich zu holen.«

»Da er Fotos für seinen Sohn gemacht hat, ist natürlich damit zu rechnen, dass sie beide hier anrücken, Nikita und Sascha. Und wenn sie kommen, dann sicher mit einer ganzen Armee.«

»Du musst Drake informieren und dir eine Alternative für die Verbindung mit den Russen einfallen lassen. Wir brauchen immer noch einen Vertriebsweg«, sagte Evan. »Und dann wäre da noch das Problem, was das alles für Alonzo, seinen Bruder, seine Vettern und Evangeline heißt.«

»Daran habe ich schon gedacht«, gab Joshua zu. »Ich habe Drake geschrieben, dass wir sofort ein Treffen ansetzen müssen. Läuft also.«

»Gut. Wahrscheinlich bei dir zu Hause«, vermutete Evan ganz richtig.

Leise grummelnd schaute Joshua zur oberen Veranda empor. »Sie kommt trotzdem mit, dann habe ich sie im Blick. Ich muss sie nur noch in alles einweihen.«

»Es bleibt dir wohl nichts anderes übrig«, stimmte Evan ihm zu. »Aber bedräng sie nicht wieder, wenn sie sich aufregt. Das ist ihr gutes Recht. Nach dem, was sie alles durchgemacht hat, wird ihr dein Vorhaben nicht gefallen.«

Joshua hoffte bloß, dass Sonia nicht daran dachte wegzugehen. Er würde ihr so viel Zeit und Raum geben, wie sie brauchte, Hauptsache, sie verließ ihn nicht gerade jetzt – da die Russen erfahren hatten, dass sie noch am Leben war.

Nachdem sie Sonia ins Bett geholfen hatte, breitete Molly eine dünne Decke über ihre Freundin. »Du zitterst ja.«

»Das ist wohl eher der Schock. Blake war so selbstsicher. Ich wünschte, ich könnte sagen, dass ich nicht froh bin, dass er tot ist, aber fast hätte er Joshua umgebracht, und wenn der nicht gekommen wäre, mich.« Sie hatte es an Blakes Gesicht gesehen. Er hatte vorgehabt, sie zu ermorden, um Molly zu bestrafen. Weil sie ihn verlassen hatte, sollten ihre Freunde den letzten Preis bezahlen.

»Ich bin auch froh, dass er tot ist«, gestand Molly. »Bin ich deshalb ein schlechter Mensch?«

»Dann sind wir beide schlechte Menschen«, meinte Sonia. »Kai hätte eigentlich direkt hinter uns sein sollen, Molly. Ich würde dich nie einer Gefahr aussetzen. Ich habe nicht versucht, ihn abzuhängen. Aber gerade, als wir gefahren sind, hat Gray ihm berichtet, er hätte etwas entdeckt, und die beiden sind zu dem Haus, in dem Gray den Rekorder vermutet hat. Dort haben Blakes Männer das Feuer auf sie eröffnet.«

»Gibst du etwa dir die Schuld an dem, was passiert ist?« Molly wurde ganz blass im Gesicht. »Du hast mich *gerettet.*

Wenn du nicht vorbeigekommen wärst, um nach den Wurmlöchern zu sehen, hätte Blake mich wieder zu sich geholt. Deshalb war er hier. Ich wäre nie mehr von ihm weggekommen.«

»Doch, das wärst du«, erwiderte Sonia. »Ich hätte mich auf die Suche nach dir gemacht. Ich hätte gewusst, dass er dahintersteckt, und einen Weg gefunden, dich zu befreien. Joshua hätte mir bestimmt geholfen.« Sie grinste spitzbübisch. »Das ist seine Stärke. Und diesmal hast du dir statt eines bösen Jungen jemanden wie Bastien ausgesucht. Vielleicht haben wir ja jetzt beide gute Männer.« Darüber, dass Joshua vielleicht verrückt genug war, sich ihretwegen mit der russischen Mafia anzulegen, wollte sie lieber nicht nachdenken. Heute würde sie sich einfach nicht weiter mit dieser Möglichkeit beschäftigen, damit sie ohne weitere Dramen durch die Nacht kam.

»Du bist so eine gute Freundin.« Molly hatte Tränen in den Augen. »Bastien will, dass ich mit zu ihm fahre, aber ich bleibe lieber hier und kümmere mich um dich.«

»Das ist nicht nötig, Molly. Ich werde jetzt einfach ein bisschen schlafen. Ich möchte, dass du mit Bastien gehst. Bei ihm bist du in Sicherheit. Dass er dich seinen Kollegen als seine Freundin vorgestellt hat, ist ein großer Schritt.«

»Der zu weit geht«, ergänzte Molly, aber sie errötete dabei, und ihre Augen begannen zu glänzen. »Das war Unsinn. Er hatte wohl ein schlechtes Gewissen, weil er Blake nicht davon abgehalten hat, mich in meinem Schlafzimmer zu bespitzeln. Die Filme wurden auf eine Seite hochgeladen, auf der Blake sie anschauen konnte. Darüber hat Bastien sich schrecklich aufgeregt. Ich denke, er hat sich einfach meinetwegen echt schlecht gefühlt und wollte nur nett zu mir sein.«

Sonia verdrehte die Augen. »Ist das dein Ernst? Das ist unlogisch. Schließlich konnte er nicht etwas verhindern, von dem er gar nichts wusste. Hör endlich auf, den Kopf in den Sand zu stecken, und befolge deinen eigenen Rat. Du hast mich doch selbst ermuntert, es mit Joshua zu versuchen.«

»Ja, und ich sage es noch mal: Joshua ist absolut heiß. Natürlich musst du es mit ihm versuchen. Er rennt barfuß und mit nacktem Oberkörper quer durch den Sumpf, weil du ihn zur Hilfe gerufen hast? Wie cool ist das denn?«

»Ein sehr schöner Versuch, das Thema zu wechseln, auch wenn ich nichts dagegen hätte, stundenlang über diesen nackten Oberkörper zu reden, weil ich dazu eine *Menge* zu sagen hätte, aber wir haben gerade von Bastien gesprochen. Über den ich allerdings auch viel zu sagen habe.«

»Wirklich?« Mollys Stimme klang leicht verschreckt.

»Er hat eine frische Leiche links liegen lassen und ist direkt zu dir gelaufen, Molly. Auch für mein angeschossenes Bein und Joshuas blutenden Arm hat er keinen Blick gehabt. Er hat nur wissen wollen, wo du bist, und dann ist er die Treppe hochgerannt, um selber nachzusehen, ob du in Ordnung bist. Da er als wirklich guter Detective gilt, verrät das meiner Meinung nach ziemlich viel.«

Ein kleines Lächeln erhellte Mollys Gesicht. »Hat er das wirklich getan? Das ist irgendwie süß.«

»Irgendwie süß? Dieser Mann liebt seinen Job, und er hat ihn einfach hintangestellt, nur um sich zu vergewissern, dass es dir gut geht. Da hat er mehr als ein ›irgendwie süß‹ verdient«, meinte Sonia entschieden.

Mollys Lächeln wurde breiter. »Du hast recht, aber mit ihm nach Hause gehen? Ich wüsste nicht, was ich dort machen sollte. Ich war schon lange nicht mehr mit einem Mann allein und kriege sehr schnell Angst. Was ist, wenn ich ausflippe, nur weil ein Fensterladen im Wind klappert?«

»Ich schätze, dann wird Bastien dich noch fester in die Arme nehmen als vorher.« Sonia griff nach den Tabletten, die Joshua auf den Beistelltisch gelegt hatte. Hoffentlich half das Aspirin gegen die Schmerzen. Sie lächelte schief. »Ich ertrage es nicht gerade stoisch, angeschossen worden zu sein. Es tut verdammt weh, obwohl es nur eine Fleischwunde ist.«

»Ich habe mitbekommen, wie Bastien jemandem gesagt hat, du hättest Glück gehabt, aber die Kugel hätte ein Stück Haut mitgerissen. Vielleicht würdest du eine Narbe davontragen.«

Sonia runzelte die Stirn und setzte ihr strengstes Gesicht auf. »Das ist nicht deine Schuld, sondern ganz allein Blakes. Er war ein besessener Stalker.« Das Stirnrunzeln vertiefte sich. »Ich frage mich, ob man mich auch als Stalkerin bezeichnen könnte. Weil ich wie besessen von Joshua bin. Zumindest von seinem Schwanz.« Sie spähte durch die Wimpern, um herauszufinden, ob Molly anfing zu lachen. »Und von seinem Sixpack. Ich denke überhaupt viel an seine Muskeln. Außerdem mag ich seine Haare. Aber auch seine Augen und seinen Mund. Und mit seiner Zunge stellt er Dinge an …«

»Hör auf, Sonia.« Prustend ließ Molly sich aufs Bettende sacken. »Das führt in die falsche Richtung.«

»Nein, in die richtige. Genau das brauchst du, liebste Freundin, ein bisschen Zungenspiel.«

»Ja, ich frag einfach mal danach. Ach, übrigens, Bastien, ich habe große Angst davor, mit dir allein zu sein, könntest du mich vielleicht mit deiner Zunge ein wenig ablenken?« Wieder prustete sie los.

Sonia freute sich, dass Molly so albern war, nachdem sie sich unnötigerweise Vorwürfe gemacht hatte. »Seltsamer wäre es, wenn du ihn darum bitten würdest, wenn ihr nicht allein seid. Falls ihr also diese Richtung einschlagen wollt, achtet bitte darauf, dass ich nichts davon mitbekomme. Zumindest nicht, wenn Joshua nicht da ist. Sonst werde ich eifersüchtig, und wer will seine beste Freundin schon um einen kleinen Spaß beneiden?«

Molly warf eins der Zierkissen nach ihr. »Hör jetzt auf.«

»Erst, wenn du dich bereit erklärst, mit Bastien zu gehen. Deine Tasche ist schon gepackt, du musst also nicht einmal mehr nach Hause.«

»Gut, ich tu's. Ich werde all meinen Mut zusammennehmen, aber wenn ich ausraste und du mich – egal, wie weit sein Haus weg sein mag – bis hierhin schreien hörst, musst du kommen, um mich zu retten.«

»Das verspreche ich dir. Ich lasse dich erst gehen, wenn ich seine Adresse habe. Seine Nummer habe ich ja schon, seit er bei mir vorbeigekommen ist, um nach dir zu sehen.«

»Nach *uns*. Er wollte nach uns beiden sehen.«

»Hör auf, den Kopf in den Sand zu stecken, Mädel. Aber da du nun versprochen hast, mit Bastien zu gehen, erspare ich mir eine weitere Gardinenpredigt.« Sonia drückte den Kopf ins Kissen. »Ist der Spuk jetzt vorbei, oder wird diese Familie noch etwas gegen dich unternehmen?«

»Ich weiß es nicht«, gab Molly zu. »Ich werde jedenfalls vorsichtig sein. Daran bin ich ja gewöhnt.«

»Und außerdem passe ich auf dich auf.«

»Danke, Sonia. Ach, deine Pistole habe ich unter das Kopfkissen gelegt, als ich Bastien die Treppe raufkommen hörte. Ich dachte, du hast vielleicht keinen Waffenschein dafür.«

»Das hast du richtig gedacht. Danke, mein Schatz. Gehst du jetzt zu deinem Mann und sagst ihm, dass du mitkommst? Sonst wird er wohl hier schlafen.«

Ehe Molly antworten konnte, rief Evan von unten: »Dein Boss ist da, Sonia. Kannst du runterkommen?«

»Hoffentlich meint er damit nicht Joshua«, raunte Sonia.

»Das habe ich gehört«, rief Joshua. »Daran wäre doch gar nichts auszusetzen. Aber in diesem Fall ist Jerry gemeint. Ich kann auch kommen und dich holen.«

»Wir konnte er das bloß hören?«, fragte Molly. »Du hast doch fast geflüstert.«

»Er hat ziemlich große Ohren«, sagte Sonia laut, und dann: »Ich brauche keine Hilfe.« Sie wollte sich nicht vor aller Augen wie ein kleines Kind die Treppe hinuntertragen lassen. Schnell warf sie die Decke zurück und schwang die Beine aus dem Bett. Ihr Oberschenkel tat weh, aber nicht allzu sehr. Die Schmerzen im Gesicht waren schlimmer. Sie konnte Jerry so etwas Ähnliches wie »verfluchte Jungspunde« murmeln hören. Er klang ehrlich besorgt. Und auch Molly hatte sich Sorgen um sie gemacht. Endlich hatte sie Freunde. Gute Freunde. Das hatte sie ganz allein geschafft.

Auf bloßen Füßen kam Joshua herein, so geräuschlos, dass sie ihn nie gehört hätte, nur ihr Geruchssinn hatte ihn angekündigt. Das wirre blonde Haar fiel ihm in die Stirn und lenkte den Blick auf seine Augen. Ihr kristallklares Blau verriet, dass sein Leopard wachsam und einsatzbereit war. Frisches Blut drang durch den einen Hemdsärmel.

Sie wich zurück, damit er sie nicht auf die Arme nahm. »Du blutest wieder.«

»Ich habe den Faden aus den Nähten gerissen.«

»Warum?«, fragte sie voller Misstrauen.

»Darum, mein Schatz. Ich musste mich ums Geschäft kümmern.« Er hob sie vorsichtig hoch und drückte sie fürsorglich an seine Brust. »Leg deine Arme um meinen Hals.«

Sie gehorchte, barg das Gesicht an seiner Schulter und sog seinen Duft ein. »Wie kannst du nach einem langen Lauf, dem Kampf mit einem Irren und mit einer Schusswunde so gut riechen? Das ist gemein.«

»Gemein ist es zu hören, wie deine Frau nach Luft schnappt, weil sie gerade angeschossen worden ist. Das hat mich verflucht noch mal zu Tode erschreckt.«

Sonia lächelte in seine Schulter. »Ist ja noch mal gut gegangen.«

»Das ist nicht lustig«, erwiderte er grimmig. »In der Sekunde bin ich um ein paar Jahre gealtert. So etwas möchte ich nicht noch mal erleben.«

Sonia lehnte sich zurück, um ihm in die Augen schauen zu können. »Oh Mann. Das hört sich ja an, als hättest du vor, mich stärker bewachen zu lassen oder so.«

»Oder so«, bestätigte er, als sie unten an der Treppe ankamen.

»Was schwebt dir vor? Ach egal, vergiss es einfach. Bei dieser Auseinandersetzung ging es um Molly, nicht um mich. Mir geht es wunderbar. Seit über einem Jahr denkt kein Mensch mehr an mich. Ich bin tot, schon vergessen?«

Ehe Joshua antworten konnte, kam Jerry in seinem Rollstuhl auf sie zu, und zwar so schnell, dass er Joshua fast umgefahren hätte. Sein Blick war wild, das Haar zerzaust. Wenn jemand, der von sehr vielen Arbeitsjahren an der frischen Luft dauergebräunt war, blass aussehen konnte, dann war das bei Jerry gerade der Fall. »Wie schlimm ist es? Warum bist du nicht im Krankenhaus? Falls es am Geld liegt, wir kriegen das schon hin.«

»Wenn sie ins Krankenhaus müsste, wäre sie dort«, erwiderte Joshua.

Er setzte Sonia auf einen Stuhl im Esszimmer. Im Wohnzimmer hatte die Spurensicherung Fotos gemacht, die Umrisse der Leiche auf den Boden gezeichnet und es mit einem Band abgetrennt, das allen den Zutritt verwehrte. Jerry schaute immer wieder zwischen dem Tatort in dem großen Raum und Sonias Gesicht hin und her.

Sie blickte wütend zu Joshua auf. »Ich bin vollkommen in Ordnung, Jerry. Ich habe nur ein Pflaster am Bein. Trotzdem danke, dass du hergekommen bist, um nach mir zu sehen. Ich weiß das wirklich zu schätzen.«

Jerry rieb sich das Kinn, an dem wie immer gegen fünf Uhr die Stoppeln sprossen, als gäbe es einen Preis dafür. Doch sie fand seinen Bart längst nicht so attraktiv wie Joshuas, denn Jerrys war graumeliert und ließ ihn etwas ungepflegt aussehen.

»Ich kann es mir nicht leisten, dass du bei der Arbeit ausfällst«, sagte er barsch. »Du leitest meine Bauarbeitertruppen, schon vergessen?«

»Ich komme morgen zur Arbeit«, versicherte sie ihm, weil sie wusste, dass er das nur sagte, um von seiner Aufregung abzulenken. Er war in seinem behindertengerechten Kleinlaster den ganzen Weg zu ihrem Haus gefahren, um sich zu vergewissern, dass sie gesund und in Sicherheit war.

»Auf keinen Fall«, widersprach Joshua. »Sie nimmt einen Tag frei.«

»Tut sie nicht.« Sonia musterte ihn mit einem Blick, der ihn eigentlich sofort tot umfallen lassen musste. »Sie wird wie üblich zu Arbeit kommen, Jerry.«

Joshua schüttelte den Kopf. »Nein, sie setzt einen Tag aus. Auf ärztlichen Rat.«

Jerry nickte heftig. »Ja. Ja natürlich, sie braucht mindestens einen Tag, wenn nicht die ganze Woche, um sich zu erholen.

Ich möchte, dass du dir den Rest der Woche freinimmst, Sonia. Du bist angeschossen worden. Das brauchst du. Ich fahr jetzt nach Hause, aber ich will, dass du mich jeden Tag anrufst und mir berichtest, wie es dir geht.«

Sonia schnappte nach Luft. »Ich kann nicht die ganze Woche freinehmen. Ich hab bloß ein dämliches Pflaster am Bein. Wir müssen die Männer weiterarbeiten lassen.«

»Ich bin durchaus imstande, einen Bautrupp zu leiten«, verkündete Jerry. Sein Tonfall warnte sie davor, ihm zu widersprechen.

Als er seinen Rollstuhl umdrehte und Richtung Küche fuhr, schaute sie wieder wütend zu Joshua hinüber. »Das ist deine Schuld«, zischte sie. »Ich arbeite *gern*, Jerry nicht. Er sitzt lieber in seinem Büro und beschäftigt sich mit dem Papierkram und dem Telefon.«

Jerry hielt im Türrahmen inne. »Das habe ich gehört. Das im Büro ist auch Arbeit.«

»Also eigentlich versteht man unter arbeiten etwas anderes, als diese Videospiele zu spielen, von denen ich nichts wissen soll«, konterte Sonia.

Jerry warf ihr einen Schulterblick zu. »Ich weiß nicht, wovon du redest. Ich bin viel zu alt, um so was zu spielen. Ich wüsste nicht mal, wie das geht.«

Sonia fiel die Kinnlade herunter. »Gleich wirst du vom Blitz erschlagen, Jerry Corporon.«

Statt einer Antwort ließ er die Tür hinter sich zuschlagen, also wandte Sonia ihre Aufmerksamkeit wieder Joshua zu. »Siehst du, was du angerichtet hast? Er hat praktisch angeordnet, dass ich eine Woche nicht arbeiten soll.«

»Wieso wirfst du mir das vor?«, fragte Joshua. »Ich habe nur von einem Tag geredet.«

Argwöhnisch kniff Sonia die Augen zusammen. Das stimmte, also warum kam sie sich vor, als wäre sie blindlings in eine Falle getappt, die er ihr gestellt hatte?

»Ich packe eine Tasche für dich.« Schnell lief er die Treppe hoch.

»Warte!«, rief sie ihm hinterher. »Wieso? Ich gehe nirgendwohin. Misch dich bloß nicht in meine Angelegenheiten ein.« Hastig sprang sie auf. Ihre Wange pochte. Und wenn sie ehrlich war, auch ihr Bein. Joshua hatte einen Vorsprung, aber verzweifelte Situationen erforderten verzweifelte Maßnahmen.

Los, Gatita, befahl sie dem kleinen Weibchen. Dann sprang sie mit der Gewandtheit einer Raubkatze quer durchs Zimmer, landete auf der Treppe und war mit zwei Sätzen oben.

Zum ersten Mal, seit sie im Haus wohnte, war die Tür zu ihrem Schlafzimmer geschlossen. Sie griff nach dem Knauf, drehte und drückte und stieß mit der Schulter gegen das dicke Holz, doch die Tür gab nicht nach. »Du hast mich ausgeschlossen«, schrie sie anklagend und rüttelte am Knauf.

»Wirklich? Die Tür muss sich selbst verriegelt haben, als sie zugefallen ist. Das Schloss scheint nicht in Ordnung zu sein«, rief er zurück.

»Ja, sicher«, schnaubte sie. »Mach auf. Sofort.«

»Moment, Schatz, eine Minute noch.«

»Hör auf mit diesem Gesäusel. Wehe, du rührst meine Sachen an. Und lass die Finger von meinen Schubladen.«

»Zu spät. Den Vibrator habe ich schon gefunden. Ein interessantes Teil. Du musst mir mal zeigen, wie der funktioniert. Wird mir sicher viel Spaß machen.«

Sonia schloss die Augen und rutschte mit dem Rücken an der Wand herunter. Lieber Himmel, wie peinlich. Das würde sie nicht mehr loswerden. Niemals. Vorsichtig schlug sie mit dem Hinterkopf dreimal gegen die Wand. Ihre Wange fühlte sich immer noch an, als wäre sie geplatzt, deshalb war es keine gute Idee, sich den Kopf zu hart anzustoßen, aber das änderte nichts daran, dass Joshua sie wahnsinnig machte.

»Sonia?«

Seine Stimme bebte vor Lachen. Das war sehr viel besser als Sorge und Angst. Oder das Knurren tief aus seiner Kehle, wenn er sie unbedingt beschützen wollte. Dabei gefiel es ihr irgendwie. Schon wenn sie daran dachte, rieselte ihr ein erwartungsvoller Schauer über den Rücken. »Was ist?«

»Ich mag dieses sexy Kleid, das in deinem Schrank hängt. Ich stehe auf Rot.«

Sie hatte das Kleid in einer Boutique in New Orleans entdeckt und ihm nicht widerstehen können, auch wenn sie keine Gelegenheit hatte, es zu tragen. Sonia wollte aber nicht über das Kleid reden oder darüber nachdenken, warum sie es gekauft hatte – eine Spontanaktion, um ihre Laune zu heben. Da sie nächtelang allein gewesen war, war sie davon überzeugt gewesen, die hässlichste Frau auf der ganzen Welt zu sein. Also hatte sie versucht, sich sexy und verwegen zu fühlen, und sich vorgenommen, das Kleid kürzer machen zu lassen und dann in einen Club zu gehen. Doch stattdessen hatte sie es weggepackt und nahm es nur aus dem Schrank, wenn sie tief deprimiert war, um es sich anzuschauen.

»Es gehört meiner Schwester.«

»Du hast keine Schwester.«

»Woher willst du das wissen? Ich könnte doch eine auf dem Dachboden versteckt haben.«

Joshua lachte und riss die Tür auf. »Was machst du?«

»Ich schmolle.« Trotzdem würde sie mit ihm gehen, obwohl sie es nicht sollte. Denn damit ritt sie sich noch tiefer in den

Schlamassel. Doch sie konnte ihm einfach nichts abschlagen, wenn er so lieb und lustig war.

»Komm her, Schatz. Du brauchst nur ein paar Streicheleinheiten.«

»Nein, ich brauche nur eins: Dass du ehrlich zu mir bist, Joshua.« Bittend schaute sie zu ihm auf. Sie fühlte sich schwach, verletzlich und ängstlich, weil er Gefühle weckte, die sie nicht haben sollte. Sie wusste ja nicht einmal, ob sie wirklich frei war, um sich in ihn verlieben zu können. Und sie kannte keine ungefährliche Möglichkeit, das herauszufinden.

Sofort wurde Joshua ernst und ging vor ihr in die Hocke. Dann strich er ihr mit dem Daumen über die geschwollene Wange und die Unterlippe. »Das bin ich, Sonia. Vollkommen ehrlich. Du brauchst keine Angst vor mir zu haben.«

Sie hoffte es. Noch einen Verrat konnte sie nicht ertragen. Sie hatte den ersten nur überlebt, weil ein kleiner Teil von ihr vor Trauer zu betäubt gewesen war, um die Bogomolows zu durchschauen, doch als sie nach und nach wacher geworden war, hatte sie ihre gemeine Hinterlist irgendwie gespürt. Daher hatte es sie nicht komplett überrascht, dass die beiden Verbrecher waren. Trotzdem hatte die Lässigkeit, mit der sie ihren Tod geplant hatten, nachdem sie immer so getan hatten, als würden sie sie lieben, sie zutiefst schockiert.

Sie schaute in Joshuas blaugrüne Augen. Dieses klare Blau mit den faszinierenden grünen Wirbeln darin. Irgendjemandem musste sie trauen. Und dieser Jemand sollte Joshua sein.

11

Sonia war in seinem Haus. In seinem Bett. Joshua blickte zur Decke empor. Geistesabwesend registrierte er, dass die Flammen im Kamin am Kristallkronleuchter Lichter aufblitzen ließen, sodass er funkelte, als wäre er aus Diamanten. Sonia war da oben und er musste ihr reinen Wein einschenken. An diesem Abend. Er konnte nicht wieder zu ihr ins Bett steigen, ohne ihr die Wahrheit zu sagen.

Sie musste erfahren, dass Nikita und Sascha Bogomolow kommen würden, um sie zu holen, und er befürchtete, dass sie das nicht besonders gut aufnehmen würde. Jedenfalls nicht den Teil, in dem er ihr gestehen musste, dass er Nikita zu sich nach Hause eingeladen hatte. Vor ihrem Kommen hatte er das Haus von allen Duftspuren der Russen befreit, aber nicht, um Sonia zu täuschen, sondern um länger überlegen zu können, wie er sie am besten mit den Tatsachen konfrontierte.

Er hatte das vor sich hergeschoben und sie in der vergangenen Nacht schlafen lassen, dann hatte er sich den ganzen Tag um sie gekümmert, war bei ihr im Zimmer geblieben und hatte über alles Mögliche geredet, nur nicht über das, worüber sie reden sollten. Er hatte Zeit geschunden. Und nun blieb ihm keine mehr. Er kam nicht darum herum, sie einzuweihen. Er hatte sich seine Worte zurechtgelegt und hoffte, dass alles gut ging, aber ...

»Ach, verdammt, Evan. Warum zum Teufel legt uns das Leben solche Hindernisse in den Weg?«

Evan zuckte die Achseln. »Ich weiß es nicht.«

»Ich kann nicht länger warten. Du hast Nikita ja erlebt. Er wird wiederkommen, und zwar bald. Ich rechne schon die ganze Zeit mit seinem Anruf. Er wird mir eine blöde Geschichte darüber auftischen, dass er sich noch einmal mit mir zusammensetzen muss, um ein paar Probleme auszubügeln, die sich bei unserem Deal ergeben haben. Sascha wird ihn begleiten, und unter dem Vorwand, dass sein Sohn Morddrohungen erhalten hat, wird er bestimmt noch viel mehr Männer mitbringen.«

Joshua hasste es, immer recht zu haben, denn es kam nur selten vor, dass jemand weiter dachte als er. Gerade wegen seiner Fähigkeit, Probleme zu lösen, hatte Drake ihn ja in diese Vertrauensstellung gebracht. Meist wusste er schon lange, bevor sie es selber wussten, was seine Gegner vorhatten, und war darauf vorbereitet. Nikita würde heute, spätestens morgen anrufen.

»Ich sag es ihr heute Abend. Nach dem Essen. Ich brauche noch ein paar Stunden, um sie so weit zu kriegen, mir eine Chance zu geben. Ehe ich ihr die schlimme Nachricht überbringe, muss ich sie entsprechend vorbereiten.«

Evan nickte. »Das sehe ich auch so. Aber sie muss erfahren, wer du bist. Das musst du ihr zugestehen. Gib so viel preis von dir selbst, wie du kannst.«

»Ich habe den Koch ein besonderes Abendessen zubereiten lassen. Der Tisch ist schon gedeckt. Ich geh jetzt duschen. Du und die anderen, ihr könnt heute Nacht gern verschwinden.«

Evan stand auf. »Es wird schon werden.«

Während Joshua im Gästebad duschte und sich im Gästezimmer ankleidete, wiederholte er diese aufmunternden Worte im Kopf immer wieder. Er hatte Sonia gebeten, das rote Kleid anzuziehen. Er wollte sie darin sehen, denn in einem Kleid, das so hauteng war, konnten Frauen keine Unterwäsche tragen. Vorn bestand es nur aus zwei Streifen Stoff, die vom schmalen Taillenbund nach oben führten und weder Seiten noch Rücken bedeckten. Der bleistiftschmale Rock hatte einen langen Schlitz, der bis zum oberen Teil des Oberschenkels reichte. Er konnte es kaum erwarten, Sonia in dem Kleid zu bewundern, auch wenn er nicht sicher war, ob er wollte, dass andere sie darin sahen.

Als er seinen Wunsch geäußert hatte, war sie immerhin ohne Widerworte im großen Bad verschwunden, hatte ihn aber ausgeschlossen. Wohl zur Strafe dafür, dass er sie aus ihrem Schlafzimmer ausgesperrt hatte. Gespannt richtete Joshua seine Krawatte, ging zur Tür des Hauptschlafzimmers und klopfte höflich. Hin und wieder konnte er sich ruhig gut benehmen. Schließlich hatte sie einen echten Gentleman verdient, auch wenn er das nicht wirklich war.

Sonia öffnete und sofort stieg ihm eine berauschende Orangen- und Vanilleduftmischung zu Kopf, doch es war das Kleid, das ihm den letzten klaren Gedanken austrieb. Der dünne Stoff schmiegte sich an sie wie eine zweite Haut. Unter der blutroten Hülle waren schemenhaft die dunklen Spitzen der üppigen Brüste zu erkennen, die den Stoff spannten, sodass nicht nur ihre Figur betont wurde, sondern auch das verführerische Schaukeln der weichen Hügel.

Sonia sah ihn an und lächelte, und als er mit dem Finger einen Kreis beschrieb, drehte sie sich folgsam um die eigene

Achse. Ihm stockte der Atem, denn ihr Rückenausschnitt endete erst kurz oberhalb der Venusgrübchen über ihrem hübschen Hintern. Der rote Stretchstoff brachte auch diesen Körperteil, den er besonders liebte, bestens zur Geltung. Er war gerade dünn genug, dass man durch ihn hindurch die Haut sehen und die Pofalte samt den beiden Grübchen, die er so gern leckte, erahnen konnte.

»Du siehst wunderschön aus.«

»Es ist fast durchsichtig«, erwiderte sie scheu. »Ich wollte es kürzen lassen, aber da ich es nirgendwo tragen konnte, habe ich mir das Geld gespart.«

Joshua nahm sie bei der Hand und zog sie aus dem Zimmer. Ausnahmsweise trug sie das Haar offen, sodass es ihr in dicken, dunklen Wellen über den Rücken fiel. Das Kleid leuchtete im Licht. Er verspürte den verrückten Drang, durch den Stoff an einer Brust zu saugen, und noch ehe die Nacht vorüber war, würde er genau das tun. Er wollte eine Seite nass sehen, wie ein verlockendes, verbotenes Vergnügen, vielleicht während sie ihm beim Essen gegenübersaß.

Er führte sie quer durchs Esszimmer zu dem kleinen Tisch, der für ein intimes Dinner gedeckt war. »Unter dem Kleid brauchst du keinen Slip. Jedenfalls nicht hier. Bei mir.« Als er sich vorbeugte, um einen Stuhl für sie zurechtzurücken, küsste er sie flüchtig. Dann trat er so nah an sie heran, dass sie sich nicht setzen konnte. »Du siehst sehr verführerisch aus. Sündhaft sexy.«

Sie lächelte und fasste sich mit beiden Händen ins Haar, um es über die Schultern zu schieben, dabei hoben sich ihre Brüste. »Darauf habe ich es ja angelegt.«

»Und es ist dir mehr als gelungen.« Er gab dem Drang nach, fasste sie an den Hüften, drückte den Mund auf ihre linke Brust und saugte und züngelte, bis Sonia sich drehte und wand und den kleinen Seufzer ausstieß, bei dem sein Glied jedes Mal steinhart wurde. Statt ihm auszuweichen oder einzuwenden, das Kleid sei teuer gewesen, umfasste sie nur stumm seinen Hinterkopf und streichelte ihn zärtlich.

Joshua richtete sich wieder auf und betrachtete sein Werk. »Das dürfte reichen.« Mit einem Finger strich er von ihrer Schulter über die Brust bis zum Nippel. »Hmm. Noch nicht ganz.«

Mit hochgezogener Braue schaute Sonia auf den nassen Fleck herunter, der das Kleid endgültig durchsichtig machte. »Noch nicht ganz?«

»Halt still. Eins muss ich noch tun, ehe wir essen.« Er drehte sie etwas und machte ihr eine Reihe von Knutschflecken auf die bloße Haut an der Seite.

Als er wieder sein Werk betrachtete, fragte sie ihn lächelnd: »Bist du jetzt zufrieden?«

»Das war ich schon, als ich dich gesehen habe. Und für den Augenblick reicht es.« Er trat beiseite, damit sie sich setzen konnte.

Sonia nahm Platz und Joshua zündete Kerzen an, weil er ihren sanften Schein auf Sonias Haut sehen wollte. Das Eis hatte Wunder gewirkt. Er hatte sie die ganze Nacht und den ganzen Tag im Bett liegen lassen und sie verwöhnt, damit sie sich ausruhen und die Wange kühlen konnte. Manchmal hatte er sich auch zu ihr gelegt, und sie hatten über Dinge gesprochen, die sie begeisterten und von denen er so gern mehr erfuhr, wie etwa ihre Malerei – aber nicht über die Männer, die ihr nach dem Leben trachteten. Nun strahlten Sonias dunkle Augen vor Glück, und er war froh, dass er sich die Mühe gemacht hatte, auf jedes Detail zu achten, denn so sollten sie immer strahlen. Das Essen war in der Küche schon vorbereitet und angerichtet worden, und er servierte die Vorspeise.

»Möchtest du Wein? Mein Leopard mag es nicht besonders, wenn ich etwas trinke.«

Sonia schüttelte den Kopf. »Mineralwasser reicht.«

Joshua setzte sich und musterte sie über den Tisch hinweg. Nie hatte er eine schönere Frau gesehen. Dazu kam noch, dass sie perfekt zu ihm passte. Sie war wie für ihn gemacht. Sie mochte das, was er im Bett mit ihr machte. Alles, was er ausprobierte. Sie protestierte nie. Und wenn sie zögerlich wirkte, achtete er darauf, langsamer und so sanft wie möglich vorzugehen, bis sie weniger ängstlich war. Es war großartig, ihr gegenüberzusitzen, ihre tolle Figur zu bewundern und zu wissen, dass sie alles für ihn tun würde. Und er alles für sie.

»Erzähl mir von deiner Mutter«, schlug er vor. Er wusste, dass sie ihre Mutter liebte, denn immer, wenn sie von ihr erzählte, wurden ihr Gesicht und ihre Stimme weich.

Er wurde mit einem Lächeln belohnt, das sein Blut in Wallung brachte und Lava durch die Adern strömen ließ, die ihn nach und nach in Brand setzte.

»Wir haben die ganze Zeit gelacht. Sie liebte Joghurteis. Ach, das ist noch zu milde ausgedrückt. Sie war ganz verrückt danach. Manchmal hat sie abends nur das gegessen und sonst nichts. Wenn wir in die Eisdiele gingen, um welches zu bestellen, haben wir gekichert wie Schulmädchen. Die Bedienungen kannten sie, und sie wusste alles über sie und erkundigte sich oft nach ihren Eltern, Geschwistern, Kindern und Ehepartnern, deren Namen sie sich alle gemerkt hatte.«

Als Sonia sich einen kleinen Bissen Huhn in den Mund schob und die Lippen darum schloss, regte sich Joshuas Glied. Verstohlen spreizte er die Beine. Wer hätte gedacht, dass schon die Vorstellung, dass sie ihm ohne Unterwäsche gegenübersaß, eine schmerzhafte Lust wecken würde? Wenn das so weiterging, würde er den Reißverschluss herunterziehen müssen, um sich ein wenig Erleichterung zu verschaffen.

Was sie sagte, drang kaum zu ihm durch, weil er viel zu sehr damit beschäftigt war, jede noch so kleine Bewegung an Sonia zu verfolgen. Wie ihre Wimpern flatterten. Wie sie die roten Lippen um die Gabel schloss und sie wieder öffnete, bevor sie einen Schluck von ihrem Wasser trank. Er sorgte dafür, dass die Unterhaltung locker dahinfloss, brachte sie zum Lachen und beobachtete, wie ihre Lippen sich dabei verzogen. Ihr Lachen war wie eine Musik, die er noch nie gehört hatte, aber den Rest seines Lebens nicht mehr missen wollte.

Sie redeten über Molly und Bastien. Über ihre Leoparden und wie diese Katzen ihr Leben bereicherten. Er wollte ihr Zeit geben, ihn besser kennenzulernen, ehe er die Russen und den Grund für Nikita Bogomolows Besuch bei ihm zur Sprache brachte. Aber vielleicht reichte dafür nicht einmal ein ganzes Leben aus.

Zum ersten Mal seit dem Tod seiner Mutter war er wunschlos glücklich. Er liebte sein Leben und war damit zufrieden, aber um es vollkommen zu machen, brauchte er eine Familie. Es machte ihn froh, endlich eine eigene Frau zu haben. Seine Sonia. Sie war die Richtige. Er hatte es von dem Augenblick an gewusst, als er sie zum ersten Mal geküsst hatte. Eigentlich sogar schon vorher, als er noch in seinem Leoparden gesteckt hatte, und sie ihn mit ihren dunklen Augen so scheu angesehen hatte.

Er wartete, bis sie mit dem Hauptgang fast fertig waren, dann stellte er ein kleines Kästchen auf den Tisch und schob es zu ihr hinüber.

Erstaunt sah sie ihn an. Es handelte sich um ein Schmuckkästchen, aber es war zu groß für einen Ring oder Ohrringe. »Was ist das?«

»Etwas, das ich schon eine ganze Weile mit dir ausprobieren möchte.«

Sonia leckte sich über die Lippen und schaute zwischen seinem Gesicht und dem Kästchen hin und her. Ihr Blick war voller Vorfreude, denn sie kannte ihn inzwischen, und wusste, wie er tickte. Er war sehr sexorientiert, und die erotische Spannung im Raum war trotz der lockeren Unterhaltung so angestiegen, dass sie kaum noch zu kontrollieren war. Langsam öffnete sie das Kästchen und nahm mit großen Augen das Geschenk heraus. Auf ihrer Handfläche lag ein kleines, goldglänzendes Ei. Fragend schaute sie ihn an. »Das ist …«

Er nickte. »Für den kleinen Punkt, an dem du so gern gestreichelt wirst. Ich dachte, wir könnten es heute Abend mal ausprobieren.«

»Jetzt? Beim Essen?«

»Warum nicht?« Er suchte nach irgendwelchen Anzeichen dafür, dass sie sich unbehaglich fühlte. Doch sie wirkte eher neugierig als irritiert. Er spielte gern, aber nur, wenn das, was er vorhatte, ihr ebenfalls Spaß machte. Gott sei Dank spielte sie auch gern. Ihre Augen waren bereits dunkel vor Begehren.

Als sie sich wieder über die Lippen leckte, stöhnte er und fasste sich an sein geschwollenes Glied. »Das kannst du nicht machen, Baby, sonst wird mein Schwanz noch härter.«

Sie zog einen kleinen Schmollmund. »Fällt es dir etwa schwer, dich zu beherrschen? Dafür gibt es doch Hilfsmittel. Wie wär's mit einem Cockring?« Sie wurde dunkelrot und ihr Blick heiß.

Sein Gesicht war sicher auch schon von tiefen, lüsternen Furchen gezeichnet. »Du hast doch nicht die geringste Ahnung, was ein Cockring ist, oder?«

Ihr Lachen wirkte auf seinen Schwanz genauso aufreizend, als würde sie ihn anders stimulieren. »Natürlich nicht, aber es klingt gut.«

Mit samtweicher, verführerischer Stimme sagte er leise: »Führ es jetzt ein.«

Sonia nahm das Ei aus dem Kästchen, in dem noch andere Dinge lagen, doch als sie aufstehen wollte, schüttelte Joshua den Kopf. »Bleib sitzen und schieb deinen Stuhl zurück, damit ich dir dabei zusehen kann. Mach einfach die Beine breit und rein damit. Aber befeuchte es vorher.«

Das sollte in erster Linie eine Mutprobe sein, auch wenn er fürchtete, dass er schon beim Zuschauen in Flammen aufgehen würde. Sie sah so verdammt unschuldig aus. Sündhaft sexy und trotzdem unschuldig. Doch sie benahm sich nicht immer so und spielte auch jetzt die Verruchte. Ohne ihn aus den Augen zu lassen, leckte sie an dem Ei und nahm es dann langsam in den Mund. Sein Glied tat so weh, dass er den Reißverschluss herunterzog und es vorschnellen ließ.

Da er lässig wirken wollte, obwohl seine Hände zitterten, nahm er, ohne den Blickkontakt zu unterbrechen, einen Schluck von dem Mineralwasser. Ganz langsam schob sie den Stuhl zurück, bis er sie gut sehen konnte, zog ihr Kleid hoch und spreizte die Beine. »So?«, fragte sie so kurzatmig, als bekäme sie keine Luft mehr. Ihre Nippel waren hart wie Kiesel und drückten sich durch den Kleiderstoff.

»Ja, genau so. Jetzt führ es ein.«

Sie leckte sich über die Lippen und dann noch mal über das Ei. Als sie es vorsichtig in sich hineinschob, hob und senkte sich ihr Brustkorb rasch und ihre Augen weiteten sich vor Aufregung. Doch keinen einzigen Moment löste sie den Blick von ihm, sondern band ihn ein, ließ ihn teilhaben an dem intimen Vorgang. Joshua schloss eine Hand um sein Glied und verschmierte mit dem Daumen die ersten Tropfen auf der Eichel. Heiße Schauer jagten ihm über den Rücken.

»Gefällt dir das, Schatz?«, fragte sie.

»Oh ja, sehr gut.« Er sah zu, wie das Ei verschwand. »Jetzt richte dein Kleid und schieb den Stuhl wieder unter den Tisch. Dann schauen wir, ob es funktioniert.«

Sonia gehorchte und schaute ihn dann mit so sittsamer, unschuldiger Miene an, dass er kaum glauben konnte, dass sie sich ihm gerade erst völlig schamlos präsentiert hatte. Er drückte auf die Fernbedienung und stellte die Vibration auf langsam. Sonia zuckte zusammen und biss sich auf die Lippe, doch dann lächelte sie und ihre Augen wurden noch dunkler.

»Oh ja. Das ist gut. Richtig gut.« Ihr Atem kam in kurzen Stößen.

Joshua deutete auf ihren Teller. Sie aber schaute in das offene Schmuckkästchen. »Da ist noch mehr drin.«

»Das ist für später. Erst musst du aufessen. Wir haben noch Nachtisch.«

Sie schmollte. »Ich dachte, du wärst der Nachtisch.«

»Sei nicht so gierig.«

»Bin ich aber. Weil du so gut schmeckst. Außerdem sehe ich so gern dein Gesicht, wenn du kommst.« Sie nahm ihre Gabel und schob den Rest des Hühnchens auf ihrem Teller herum.

Joshua stellte die Vibration auf mittel und beobachtete sie. Sie schnappte nach Luft, ihre Wimpern flatterten, und ihre Haut rötete sich zusehends. »Du siehst wunderschön aus. Ich liebe es, dir zuzuschauen.«

Joshua nahm noch einen Schluck Wasser und tat so, als beschäftige er sich mit seinem Essen. »Erzähl mir, woher dein Interesse an der Renovierung alter Häuser kommt. Ich weiß, dass dein Vater Schreiner war und dir den Umgang mit Holz beigebracht hat, aber Häuser zu renovieren ist eine ganz andere Nummer.«

Sonia holte tief Luft, schob ihren Teller von sich und griff nach dem eleganten Wasserglas. »Ich habe mich schon immer gern mit alten Häusern und den Baustilen früherer Epochen beschäftigt. Andere Mädchen spielen lieber mit Puppen.« Ihr stockte der Atem, und sie wurde unruhig.

Stumm wartete Joshua, ganz auf sie fixiert. Als sie sich mit der Zungenspitze über die Unterlippe fuhr, ließ er seine Hand lässig an seinem Glied hinauf- und hinabgleiten. Es fühlte sich stahlhart an. Es gab nichts Erregenderes, als schön angezogen an einem Tisch zu sitzen und sich daran zu weiden, wie die Frau gegenüber vor Lust schier verging.

»Ich bin ständig vor den Häusern in der Nachbarschaft stehen geblieben, um sie mir anzusehen. Und wenn wir zur Bücherei gegangen sind, hat meine Mutter auf meine Bitte hin Bücher über Architektur ausgeliehen. Dann habe ich mir die Bilder angeschaut und mir von ihr vorlesen lassen, welche Stile es gibt und warum man so gebaut hat.« Sie stöhnte auf und warf mit einem leisen, aufreizenden Seufzer den Kopf in den Nacken.

Joshua drosselte die Vibration wieder. Als sie vor Wut zischte, schnitt er eine Grimasse. »Weiter.«

»Ich kann nicht mehr reden.«

»Doch, kannst du.«

»Ich krieg keine Luft mehr.«

»Doch.«

Sie atmete tief durch. »Ich habe mir die wirklich wunderschönen alten Plantagen angeschaut, zum Beispiel die Destrehan und die Oak Alley Plantage.«

Joshua stellte die Vibration auf hoch. Sonia schnappte nach Luft, hielt sich an der Tischkante fest und suchte seinen Blick.

»Red weiter. Ich lerne gerade etwas über Plantagen.«

Sie schüttelte den Kopf. Sie war kurz vor dem Kommen. Ganz kurz. Das musste er doch wissen. Schließlich hatte er ihr schon öfter dabei zugesehen. Doch er verweigerte ihr die Erlösung, indem er lächelnd die Geschwindigkeit erneut reduzierte. Jammernd schob sie das lange Haar zurück. Ein paar Strähnen waren bereits feucht. Er liebte es, sie hinzuhalten, bis auch er so weit war.

»Komm her, Baby«, befahl er leise und schob die Teller auf dem Tisch zur Seite. »Setz dich hierhin.« Er deutete direkt vor sich.

Sonia schluckte schwer. »Ich weiß nicht, ob ich gehen kann.«

»Komm schon, ich pass auf dich auf.«

Vorsichtig stand sie auf, klammerte sich aber so fest an den Tisch, dass ihre Fingerknöchel beinah weiß hervortraten, und ging ganz langsam zu ihm. Zufrieden sah er zu, wie sie dabei die Schenkel zusammenpresste, zischend den Atem ausstieß und leise stöhnte.

»Jetzt zieh dir das Kleid bis über die Hüften hoch.« Den Blick fest auf sie gerichtet erhöhte er das Tempo. Die Röte, die ihre Haut überzog, und die verschleierten Augen ließen das Blut in seinem Glied, das er weiterhin bedächtig rieb, heftig pochen. Sie konnten sich beide kaum noch zügeln.

Auge in Auge mit ihm zerknüllte sie das Kleid und zog es langsam an sich hoch. Anscheinend war ihre Haut so sensibel, dass allein das schon Hitzeschauer durch sie hindurchjagte. Als der dünne Stoff über das kleine Pflaster an ihrem Bein glitt, passte er auf, ob sie zusammenzuckte, aber es schien ihr nicht wehzutun.

Wieder biss sie sich auf die Unterlippe, und er schüttelte den Kopf. »Hör auf damit, Baby. Diese Lippe gehört mir, schon vergessen? Wenn du so weitermachst, kann ich mich nicht mehr konzentrieren. Und du möchtest doch, dass ich mich ganz auf dich konzentriere, oder?«

Sonia nickte und zog die volle Unterlippe wieder zwischen den Zähnen hervor. Joshua stöhnte, als das rote Kleid sich um ihre Taille bauschte und er entdeckte, dass ihre Schenkel bereits feucht glänzten. Mit beiden Händen umfasste er ihre Taille und setzte sie auf den Tisch.

Sie schnappte nach Luft und hielt sich an ihm fest, als würde sie sonst fallen. Obwohl er das niemals zulassen würde. »Was hast du vor?«

»Ich will dich zum Dessert. Mach die Beine breit.«

»Joshua …«, sagte sie zögernd.

Doch er lächelte nur und machte sich über sein Festmahl her. Als er all den Honig, den sie für ihn bereithielt, von der Innenseite ihrer Schenkel schleckte, erschauerte sie von Kopf bis Fuß. Sie schmeckte köstlich. Er war jetzt schon süchtig nach ihr und würde es immer sein. Er hatte sich sein ganzes Leben lang nach ihrer würzigen Süße gesehnt.

Mit einer Hand drückte er sie so weit nach hinten, dass sie sich auf die Ellbogen stützen musste und sich lang hingestreckt zum Vernaschen anbot. Er drückte auf die Fernbedienung, ließ das Ei auf höchster Stufe an dem kleinen Punkt vibrieren, der sie immer explodieren ließ, und saugte gleichzeitig fest an ihrer Klitoris.

Schreiend gab sie sich ihm hin und ein heftiger Orgasmus schüttelte sie so gnadenlos durch, dass sie sich aufbäumte und er sie an den Hüften festhalten musste, um sich mit seinem gierigen Mund und seiner eifrigen Zunge weiter an ihr laben zu können und sie mit seinen Zähnen und Fingern und diesem wundervollen goldenen Ei immer weiter zu treiben, bis sie in tausend Teile zerbarst und in ferne Höhen entschwebte. Verdammt, er liebte das. Fast mehr, als selber von ihr verwöhnt zu werden.

Sein hartes Glied zuckte und pochte im Rhythmus ihrer Schreie und Bitten. Als sie sich trunken vor Lust und unfähig zu sprechen an sein Haar klammerte und den Kopf hin- und herwarf, stellte er das Ei ab, legte seinen Kopf auf ihren Venushügel und sog ihren Duft ein. Sie roch erregend. Nach Sex und Sünde. Wie ein Paradies, das auf ihn wartete.

Er ließ ihr Zeit, wieder herunterzukommen, massierte ihr Brustkorb und Bauch und spürte dabei die kleinen Nachwehen, die sie überrollten. Als ihre Atmung sich normalisierte und ihre Finger ihn streichelten, statt an seinem Haar zu zerren, hob er den Kopf.

»Besser?«

»Hmhm.« Sie nickte, um der verträumten Zustimmung Nachdruck zu verleihen. »Aber ich war nicht sicher, ob ich es überleben würde«, sagte sie mit einem Lächeln in der Stimme.

»Dabei sind wir noch lange nicht fertig.« Wieder beobachtete er sie genau. Falls sie eine Pause brauchte und sich ausruhen wollte, musste er vielleicht selber für sich sorgen, obwohl er wusste, dass ihn das nicht zufriedenstellen würde. Aber Hauptsache, ihr ging es gut.

»Nicht?« Ihr Lächeln wurde breiter. »Das hatte ich gehofft.«

»Schön, das zu hören, Schatz. Du hast ja keine Ahnung, wie froh mich das macht.« Er legte seine Hand wieder um sein Glied. Es war tropfnass, und er brauchte sie dringend. »Wie geht es deinem Gesicht? Tut es noch weh?«

Die Augen wie gebannt auf seine Erektion gerichtet schüttelte sie den Kopf und leckte sich erwartungsvoll über die Unterlippe. »Mein Gott, bist du schön«, raunte sie. »Ehrlich, Joshua.«

Sein Herz zog sich zusammen. Sie mochte sein Glied wirklich. Das war nicht bei allen Frauen so, aber Sonia passte perfekt zu ihm. Sie war abenteuerlustig und allzeit bereit, ihm seine Wünsche zu erfüllen, weil sie gern Neues probierte. Sie liebte das. Und wenn sie ihm einen blies, genoss sie es und ließ es ihn sehen.

»Danke, Sonia. Das bedeutet mir viel.«

»Hmm.« Wieder leckte sie sich über die Unterlippe. »Ich weiß.«

»Ich setze dich jetzt auf. In Ordnung, Baby?«

»Ich glaube schon. Aber ich schwebe immer noch in höheren Sphären. Vielleicht musst du mich suchen kommen«, sagte sie halb scherzend, halb ernst, ließ es aber zu, dass er sie in eine sitzende Position brachte und zur Sicherheit stützte.

»Ich werde dich jetzt küssen, Sonia. Du schmeckst verdammt gut, und ich möchte deinen Honig niemals mit jemandem teilen – außer mit dir.«

Damit hob er ihr Kinn an und küsste sie auf den Mund. Er wollte sanft sein und fing auch so an, doch sein pralles Glied ließ ihn ziemlich schnell grob werden. Glücklicherweise schien ihr das nichts auszumachen, denn ihre Zunge duellierte sich unermüdlich mit seiner, bis er merkte, dass er explodieren würde, wenn er nicht sofort aufhörte.

Er schob die schimmernden roten Stoffstreifen vorn an Sonias Kleid zur Seite, sodass sie ihre festen Brüste enger aneinanderdrückten. Dann umfasste er die weichen Hügel und saugte an der rechten Brustwarze. Sonia schrie auf und drückte seinen Kopf mit beiden Händen an sich. Joshua leckte und knabberte, bis der Nippel steil aufragte. Genauso brauchte er ihn. Schnell nahm er eine goldene Kette aus dem Samtkästchen und klemmte sie vorsichtig daran fest. Zischend stieß Sonia den Atem aus. Er lächelte und blies über den Nippel, und als Sonia instinktiv zusammenzuckte, klingelten die winzigen goldenen Glöckchen an der Kette und die etwas größeren an der Klemme.

»Wie fühlt sich das an?«

»Erst hat es mich erschreckt, aber es ist, als würdest du mich sanft kneifen.«

»Gut.« Wieder küsste er sie. Hart. Er konnte gar nicht genug bekommen und streichelte dabei ihre linke Brust, zog an dem Nippel und verdrehte ihn. Dann küsste er sich an ihrem Hals herunter zum Brustansatz vor, machte ihr dort einen riesigen roten Knutschfleck, saugte heftig an dem Nippel und zog gleichzeitig sanft an der Kette, bis er hörte, wie Sonia den Atem ausstieß. Nachdem er ihr zärtlich in den Nippel gebissen hatte, löste er sich von ihr und befestigte die zweite Klemme dort.

Danach lehnte er sich zurück und streichelte die Innenseite ihrer Schenkel. »Du siehst sehr gut aus, Baby. Sogar verdammt gut. Ich habe gewusst, dass diese Kette wunderbar zu dir passen würde.« Er zog daran und wartete auf ihre Reaktion.

Neugierig ließ sie die Brüste schaukeln und hielt die Luft an, als die kleinen Glöckchen einladend klingelten. Wieder küsste er sie auf den Mund und arbeitete sich zu ihren Brüsten vor, während er ihre Schenkel streichelte. Dabei streifte er hin und wieder auch ihre Klitoris, und sie erschauerte. Das brachte ihn zum Lächeln. »Du bist wie für mich geschaffen, Sonia. Einfach perfekt. Das hier macht mir verdammt viel Spaß.« Vorsichtig erhöhte er die Spannung der Klemme, hörte aber auf, ehe er ihre Schmerzgrenze überschritt, und zog wieder an der Kette, sodass sie gezwungen war, sich vorzubeugen. Doch er gab nicht nach, bis sie vom Tisch rutschte und sich vor ihn stellte.

»Das gefällt mir ausnehmend gut, Baby«, flüsterte er und drückte sie mit einer Hand nach unten, damit sie sich zwischen seine Beine kniete. Sein Glied war schmerzhaft geschwollen. Wieder zog er ganz sanft an der Kette, sodass ihre Brüste sich hoben. Es war ein überwältigender Anblick, sie in diesem roten Kleid an einer Kette vor sich knien zu sehen. »Ich kann nicht mehr lange warten. Beeil dich. Ich brauche deinen Mund jetzt sofort, ich kann mich nicht mehr bremsen. Wenn dir was nicht gefällt, sag es, dann machen wir es anders.«

Sonia nickte und ließ sich von ihm an der Kette vorwärts ziehen. Er führte sein Glied zu ihrem Mund und wartete nicht darauf, dass sie es leckte, sondern schob es direkt so tief in sie hinein, dass ihre Lippen sich darum spannten, denn auch diesen Anblick fand er absolut großartig. Er träumte immer wieder davon, wie ihr Mund an ihm lutschte. Langsam begann er, sich zu bewegen, damit sie sich an das Gefühl gewöhnte. Dann stellte er den goldenen Vibrator so ein, dass er alle paar Minuten die Geschwindigkeit wechselte.

Sonias Augen wurden immer größer. Er zog an der Kette, bis ihre Brüste nach vorn ragten und die Glöckchen ununterbrochen klingelten. Sonia schluckte schwer und nahm ihn tiefer in sich auf, und er hielt ganz still und ließ sich in der engen Höhle verwöhnen, bis er seine Lust am liebsten laut herausgebrüllt hätte. Schon jetzt spannten sich seine Hoden, als wollten sie platzen.

»Du siehst unglaublich sexy aus«, knurrte er. Seine Stimme war so leise und kehlig, dass er kurz vor dem Orgasmus sein musste. Aber er wollte nicht, dass sie aufhörte, obwohl das Feuer in seinem Unterleib sich unaufhaltsam in seinem Körper ausbreitete. »Ich liebe es, wenn du mein Glied im Mund hast und deine Augen feucht werden, weil du mich gern ganz aufnehmen möchtest. Dass du das für mich tust. Noch nie hat mich eine Frau so geliebt wie du. Du magst meinen Schwanz, nicht?«

Sonia nickte so heftig, dass die Glöckchen wie wild bimmelten. Er schob sich weiter vor, tiefer denn je, und sie züngelte, leckte und lutschte genüsslich. Die Explosion bahnte sich in seinem Bauch an und brach sich mit einem Strom von Flüchen Bahn, bei dem er so stark an der Kette zog, dass ihre Brüste fast ganz nach oben zeigten und sie den Kopf weiter in den Nacken legen musste.

Ihre sich windenden Hüften erinnerten ihn an das kleine Ei, das sie gnadenlos antrieb, wie ihre feuchten Schenkel bewiesen. In ihrem engen Mund war es glühend heiß. Als er sich noch tiefer hineinschob, weiteten sich ihre Augen, aber sie wich nicht zurück, und er kostete ihre feste Massage aus, ehe er sich weit genug zurückzog, um sie Atem schöpfen zu lassen.

»Alles in Ordnung?«, fragte er leise und betete, dass sie nickte. Oder Ja sagte. Er würde aufhören, wenn es ihr zu viel wurde, aber … »Du bringst mich an einen Ort, an dem ich noch nie gewesen bin«, gestand er freimütig. Und nicht nur seinem Körper zeigte sie etwas Neues, sondern auch seinem Geist. Und seinem Herzen. Sie führte ihn geradewegs in eine neue Welt.

»Ich liebe das«, sagte sie leise und schaute ihm in die Augen, damit er sehen konnte, dass sie es ehrlich meinte. Ihre Zunge umkreiste seine sensible Eichel, und dann nahm sie ihn mit einem Blick in seine Augen tief in den Mund, drängte ihn mit einer Hand an seinen Oberschenkel geklammert dazu, die Hüften zu bewegen, und ließ die andere zu ihrem Venushügel gleiten, um mit sich selber zu spielen.

Fasziniert sah Joshua ihr zu, während er hemmungslos zustieß. Dass sie zugegeben hatte, ihn gern mit dem Mund zu befriedigen, hatte ihn mit einem heißen Glücksgefühl erfüllt, und das Spiel ihrer Finger und Lippen gab ihm den Rest. Der Ausbruch begann irgendwo tief in seinem Innern und war nicht mehr aufzuhalten. Aus seinen schmerzhaft straffen Hoden spritzte der Samen siedend heiß, Strahl um Strahl. Sein Glied war so prallvoll, dass die Ergüsse kein Ende zu nehmen schienen.

Aber schließlich zog er sich doch zurück und sah zu, wie sie schluckte, sich mit der Zunge über die Lippen strich und seinem Glied folgte, um es sanft abzulecken. Er schloss die Augen und dachte darüber nach, dass er sie wohl verlieren würde, wenn er bei seinem Geständnis nicht alles richtig machte, und das konnte er sich nicht leisten, denn sie hatte sein Herz erobert, und er würde es nicht zurückbekommen. Er hielt das Ei an, um ihr eine Pause zu gönnen.

Als sie ihn gesäubert hatte, hockte sie sich auf die Fersen und sah zu ihm auf. Bei jedem Atemzug, den sie machte, ertönten die kleinen Glöckchen. Wenn er so ein Bimmeln hörte, würde er in Zukunft immer an diesen Augenblick denken. An diese feurige Eruption und diese überwältigende, rein fleischliche Lust, die so schön war, dass sie sündhaft sein musste.

»Komm her, Baby«, sagte er leise, zog an der Kette, damit sie aufstand, und reichte ihr eine Hand, um ihr dabei zu helfen.

Noch etwas benommen strauchelte Sonia leicht, also legte er einen Arm um sie und drückte sie an sich. »Ich möchte, dass du tief ein- und ausatmest«, wies er sie an.

Voller Vertrauen sah sie ihm in die Augen. Sobald sie ausatmete, stellte er das Ei wieder an und nahm die Klemme von ihrer rechten Brust. Mit großen Augen schnappte Sonia nach Luft, aber schon war sein Mund da und linderte den Schmerz, den das zurückfließende Blut verursachte. Zärtlich streichelte er sie mit der Zunge, bis sie sich von der doppelten Attacke erholt hatte.

»Alles in Ordnung?«, fragte er wieder, küsste ihren Nippel und hauchte eine Reihe von Küssen auf ihren Hals. »Ich muss hören, wie du es sagst.«

»Mir geht's gut. Das ist sehr erregend, Joshua.« Sie presste ihren nackten Venushügel an seinen Oberschenkel. Da er immer noch komplett angezogen war und nur die Hose geöffnet hatte, um seinem Glied Raum zu geben, hinterließ sie eine feuchte Spur auf seinem Hosenbein.

»Siehst du, was du gemacht hast, du ungezogenes Mädchen?«, fragte er.

Sie lachte leise. »Ja, das weiß ich ganz genau.«

»Halt lieber die Luft an, Kleines«, warnte er sie. Als sie gehorchte, stellte er das Ei auf die höchste Stufe, entfernte die zweite Klemme und linderte den Schmerz so wie zuvor, während das Ei sie ablenkte.

Drängend rieb sie sich an seinem Bein und jammerte: »Joshua, gleich verlier ich den Verstand.«

Glücklicherweise war sein Glied wie üblich, wenn sie in der Nähe war, schon wieder hart und einsatzbereit. Also drehte er sie um, warf die Kette mit den Klemmen auf den Tisch und drückte sie so weit vornüber, dass ihre Brüste gegen den Tisch stießen. Schnell breitete sie die Arme aus, um sich an den Tischkanten festzuhalten. Joshua tätschelte ihren perfekten Po, stellte das Ei ab und zog es an einer kleinen Schlaufe aus ihr heraus.

»Du bist unglaublich heiß, Baby«, sagte er, während er das Ei neben ihr auf Gesichtshöhe ablegte. »Heißer als die Hölle, und ich schwöre, dass ich dir dorthin folgen würde. In die gottverdammte Hölle.«

Dann drang er mit einem einzigen kräftigen Stoß von hinten in sie ein. Sonia schrie auf und hielt sich so fest, dass ihre Knöchel weiß wurden.

»Gut so. Halt dich nicht zurück.«

»Aber ich will nicht, dass du wund wirst.«

Sie presste sich an ihn. »Ich will es hart. Und zwar jetzt«, sagte sie beinahe schluchzend.

Eine solche Bitte konnte er nicht abschlagen. Er hatte zwar Pläne für den Abend und wollte nicht, dass seine Frau sich nicht wohlfühlte, aber verflucht noch mal, er konnte ihr nicht widerstehen. Er packte sie an den Hüften und stieß seinen dicken Schwanz wieder und wieder in sie hinein, und mit jedem Stoß wurde das Brennen in seinem Unterleib stärker.

Wie zum Teufel sie das anstellte, wusste er nicht. So war es mit keiner anderen Frau gewesen. Sonst hatte er die Kontrolle. Immer. Das war ihm wichtig. Er hatte zu viele Leoparden gesehen, die die Beherrschung verloren, doch wenn er mit Sonia zusammen war, konnte er kaum noch klar sehen und erst recht nicht denken.

Ihre Schluchzer stachelten ihn an. Ihr Puls pochte in den kräftigen Scheidenmuskeln, die ihn umschlossen. Die Reibung war unerträglich schön. Dankbar dafür, dass er schon einmal gekommen war und diese Wonne auskosten konnte, hielt er sich so lange wie möglich zurück.

»Bist du bald so weit, Baby?«, fragte er, obwohl er es wusste, denn er kannte ihren Körper und die Laute, die sie von sich gab, wenn sie jeden Augenblick kommen würde, und zwar gewaltig. Ihre innere Anspannung war so groß, dass sie ihn praktisch strangulierte.

»Und ob«, stieß sie zwischen zusammengebissenen Zähnen hervor.

»Dann los«, befahl er, ehe er selber die Zähne zusammenbiss und sich mit ihr in ein Feuer stürzte, in dem sie beide verbrennen konnten. »Jetzt.«

Er wusste, dass sie ihm folgen würde, weil sie so war, wie sie war. Sie blieb bei ihm, mit ihm verbunden. Ihre glühend heißen Muskeln spannten sich noch mehr und umklammerten ihn so fest, dass es ihm den Atem raubte. Das Herz und seine verfluchte Seele. Und dann riss sie ihn mit, molk ihn und presste jeden einzelnen Tropfen aus ihm heraus.

Ihre spitzen Schreie mischten sich mit seinem heiseren Knurren. Schnell schlang er einen Arm um ihre Taille, um ihren bebenden Körper zu stützen, aber auch um sich selber Halt zu geben, denn seine Beine drohten nachzugeben. Das war ein weiteres erstes Mal. Noch nie hatte er einen so mächtigen Orgasmus gehabt, dass er sich kaum noch aufrechthalten konnte.

Er hatte nicht vorgehabt, sie so zu nehmen. Er hatte sie sich in seinem Bett vorgestellt. Wo er sie langsam lieben und ihren Körper anbeten wollte. Ihr mit jeder Berührung zeigen konnte, wie sehr er sie begehrte und brauchte.

Mit dem Ei und der Kette hatte er nur ihre Lust am Spiel und am Abenteuer ansprechen wollen. Sie sollte wissen, dass sie ihn erobert hatte. Dass er sie verwöhnen und beschützen würde. Er musste alles über sie erfahren. Er würde sein Leben der Aufgabe widmen, sie glücklich zu machen und sie davon zu überzeugen, bei ihm zu bleiben. Er hatte geplant, schön mit ihr zu speisen, ein aufregendes Sexspielchen mit ihr zu spielen und sie dann nach oben zu tragen, um mit ihr zu schlafen. Und nun lag er über ihr und hatte Angst davor, dass er in tausend Stücke zerspringen würde, sobald er sich bewegte.

Er lauschte ihrem abgehackten, mühsamen Atmen und streichelte einen ihrer noch zuckenden Schenkel. An der Hand, die er an ihr nach oben wandern ließ, spürte er ihren stürmischen Herzschlag. Zärtlich umfasste er eine weiche Brust, weil er befürchtete, sie zu heftig gegen den Tisch gedrückt zu haben.

»Sind deine Nippel wund?« Er rieb sein Gesicht an ihrem Rückgrat. »Ich habe die Klemmen gerade mal zehn Minuten drangelassen. Es ist nicht gut, sie länger zu benutzen.«

»Ich fühle mich auf eine schöne Art erschöpft«, gab sie zu. »Ich bin überall ziemlich wund und ein wenig müde, was schwer zu verstehen ist, nachdem ich den ganzen Tag nur im Bett gelegen habe. Ich hätte nie gedacht, dass Sex so anstrengend sein kann.«

»Bist du auch zu müde, um die Leoparden zusammen laufen zu lassen? Shadow geht immer nachts in den Sumpf. Er beschwert sich, wenn Gatita nicht mitkommt.«

Als Sonia leise lachte, drückte sich ihre Brust fest in Joshuas Hand. Das gefiel ihm. Er hielt sie überhaupt gern im Arm. »Gatita ist so wild auf dein Männchen, dass sie die ganze Nacht jammert, wenn ich sie nicht zu ihm lasse.«

»Also hast du nichts dagegen?« Joshua wartete reglos.

»Nein, aber ich muss mich eine Weile ausruhen. Sie wird warten müssen, bis ich mich hier auf dem Tisch erholt habe.«

»Eine gute Idee.« Joshua knetete Sonias Po. »Ich liebe deinen Hintern.«

»Das fühlt sich gut an.«

»Wenn die zwei zurück sind, massiere ich dich«, versprach er. »Das hilft dir zu entspannen.«

»Wenn ich mich noch mehr entspanne, zerfließe ich, Schatz. Aber trotzdem habe ich nichts gegen eine Massage.«

Er küsste sie auf den Nacken und löste sich von ihr. »Sehr gut. Dann runter mit dem Kleid. Wenn du dich verwandelst, könnte dein Gesicht brennen. Aber die Wunde an deinem Oberschenkel ist nur ein Kratzer, ich hab sie mir angesehen. Die sollte kein Problem machen.«

»Bei mir brennt alles. Ich glaube, vor dir liegt nur noch eine tote Hülle.« Sonia rührte sich nicht.

»Baby?«

»Tote bewegen sich nicht.«

Er haute ihr auf den Po und bewunderte den Abdruck, den seine Hand hinterlassen hatte. Sonia schrie auf und warf ihm einen wütenden Schulterblick zu. »Das ist gemein.«

»Willst du etwa, dass Shadow hier im Esszimmer herumläuft? Er kann es kaum noch erwarten, freigelassen zu werden.«

Sonia seufzte übertrieben, richtete sich dann aber vorsichtig auf und streifte sich die zwei Stoffstreifen von den Schultern.

12

Die beiden Leoparden liefen von den Häusern weg in den Sumpf. Als sie den Fluss erreichten, der das Land teilte, stürzte das Männchen sich ohne zu zögern hinein und schwamm zum anderen Ufer. Gatita folgte ihm. Offensichtlich wollte Shadow seine Gefährtin zu einer längeren Erkundungstour verleiten. Sonia nahm sich vor, Joshua das ein oder andere zum gewagten Benehmen seines Leoparden zu sagen.

Da das kleine Weibchen noch nicht genug Zeit gehabt hatte, die Kreaturen im Sumpf zu beobachten, blieb es bei jedem Tier stehen, das ihm über den Weg lief. Nachdem der Leopard es mehrmals gerufen hatte, wurde er ungeduldig und lief zu ihr zurück. Amüsiert schlug die Leopardin mit einer Tatze nach ihm, um ihm klarzumachen, dass sie sich nicht drängen lassen würde, da stieß er sie recht hart mit der Schulter an.

Die Insel, zu der sie geschwommen waren, war Gatita unbekannt, obwohl Sonia schon einmal dort gewesen war, deshalb schnupperte die Leopardin neugierig da und dort und rieb sich ausgiebig an allen Bäumen und Sträuchern, um die Männchen in der Gegend wissen zu lassen, dass sie da gewesen war. *Du Luder,* sagte Sonia anklagend. *Du wirst dich noch in*

Schwierigkeiten bringen. Shadow ist sehr temperamentvoll und ziemlich eifersüchtig.

Das gefällt mir. Außerdem ist es nie schlecht, Männern zu zeigen, dass sie nicht immer ihren Willen bekommen, erwiderte Gatita selbstgefällig und klug zugleich.

Der Boden war fest, und soweit Sonia das beurteilen konnte, war die Insel groß genug für mehrere Hütten. Sie entdeckte auch gleich drei auf Stelzen, die ein gutes Stück voneinander entfernt standen. Einer näherte Gatita sich, schnupperte und bleckte die Zähne. Dann legte sie die Ohren an und rief leise nach ihrem Gefährten.

Was ist los? Sonia fing einen flüchtigen Geruch auf, den sie nicht erkannte, aber Gatita vielleicht.

Ein Mann. Keiner von der guten Sorte.

Das gefiel Sonia nicht. Was meinte Gatita damit? Manchmal verstand sie die Leopardin nicht richtig.

Shadow kam gelaufen und umrundete die Hütte, ehe er die Stufen zur Veranda hochstieg. Gatita ließ ihm den Vortritt und tappte etwas langsamer hinterher. Sonia setzte all ihre Sinne ein, um herauszufinden, was die Leopardin beunruhigt haben könnte. Plötzlich roch sie Hunde und erstarrte.

Der Mann ist Jäger. Er hat Hunde bei sich. Wir müssen hier weg. Wir hätten gar nicht herkommen sollen, Gatita. Sonia hielt den Atem an und betete, dass die Hunde ruhig blieben und die Katzen nicht witterten.

Folgsam zog Gatita sich von der Tür der Hütte zurück und kehrte um. Shadow blieb dicht bei ihr und schirmte sie mit seinem Körper ab. Er stupste sie sogar an, damit sie sich stärker duckte, während sie zu den Stufen zurückschlichen.

Entsetzt stellte Sonia fest, dass Gatita das alles genoss. Mehr noch, sie liebte diesen Adrenalinschub im Angesicht der Gefahr. *Das ist nicht der richtige Moment, um über die Stränge zu schlagen. Pass lieber auf. Wenn ihr die Hunde weckt, jagen sie euch in den Sumpf und der Kerl schießt auf euch.*

Du magst Gefahr doch genauso gern. Du würdest dich auch von denen jagen lassen und dann zurückkommen, um dir den Mann mit dem Gewehr zu holen.

Sonia war schockiert von der Antwort, obwohl sie es nicht sein sollte. Denn Gatita hatte recht. Sie war ganz genauso. Deswegen gefielen ihr Joshuas Sexspielchen ja so sehr. Sie wusste nie, was er als Nächstes tun würde, und sie liebte Überraschungen. Die Aufregung, die das Leben mit ihm brachte. Und sie liebte es, Gatita im Sumpf laufen zu lassen, denn das war immer etwas gefährlich. Sie fuhr ja auch immer zu schnell und ging also gern Risiken ein.

Du bist doch sonst immer die Stimme der Vernunft, Gatita. Du solltest nicht gerade jetzt die Rollen wechseln.

Gatita markierte einen Busch, lief ein paar Schritte voraus, rieb sich der Länge nach an einem Baum und wälzte sich dann auf feuchten Blättern.

Oh. Mein. Gott. Du kleines Luder, hör sofort damit auf. Jetzt benimmst du dich auch noch total aufreizend. Aber du wirst keinen heißen Katzensex haben, wenn ein Jäger in der Nähe ist. Ich lasse es nicht zu, dass du Joshua in Gefahr bringst. Geh sofort weiter.

Als die kleine Leopardin Richtung Fluss rannte, begann ein Hund in der Hütte zu heulen. Sofort war Shadow bei ihr und lenkte sie so, dass sie auf eine große Sandbank zusteuerte. Während zwei andere Hunde in das Geheul einstimmten, sprang er ins Wasser und Gatita folgte ihm, dann schwammen die beiden Leoparden im Dunkeln zum Festland und liefen zur hinteren Grenze von Joshuas Grundstück.

Frag Shadow, ob er jemals erlebt hat, dass die Hütte bewohnt war.

Und ob Hunde dabei waren. Sonia hatte ein ungutes Gefühl. Sie hatte sich die Insel zwar angesehen, aber die Hütten waren immer leer gewesen und hatten verlassen gewirkt. Sie wusste, dass viele Einheimische Hütten in den Sümpfen und Bayous hatten, doch solange sie hier wohnte – was zugegebenermaßen nicht lange war – hatte sie nie einen Hinweis darauf entdeckt, dass diese Behausungen noch benutzt wurden.

Er sagt Nein. Sie wären immer unbewohnt gewesen. Er ist öfter durch diesen Teil des Sumpfes gelaufen, um zu dem Stück Land zu kommen, das Mollys Familie gehört hat. Dem, das sie mit ihrem Erbe zurückgekauft hat. Er sagt, dort gibt es auch eine Hütte, die er uns zeigen wollte.

Die hätte Sonia sehr gerne gesehen. Molly hatte schon öfter mit ihr zur Hütte ihrer Großmutter fahren wollen, aber sie hatten es nie geschafft. Doch der Wunsch, die Hütte zu besuchen, war nicht stark genug, um das Risiko einzugehen, dass Gatita und Shadow gejagt oder gar getötet wurden, denn das ungute Gefühl in Sonias Bauch ging einfach nicht weg.

Joshua meint, dass du in Sicherheit bist.

Das würde sie ihm gern glauben – und auch, dass er ebenfalls in Sicherheit war. Schließlich gab es überall im Sumpf solche Hütten, weil die Einheimischen jagen und fischen gingen, um die mageren Monate des Jahres zu überstehen. Sie sollte sich nicht solche Sorgen machen, aber sie konnte nicht anders.

Dabei war sie glücklich. Und das war sie schon sehr lange nicht mehr gewesen. Sie war gern mit Joshua zusammen. Er war so nett und unternehmungslustig, aber auch sehr fürsorglich. Wenn sie Nein sagte oder Bedenken hatte, würde er sie zu nichts zwingen. Er achtete immer darauf, dass sie sich wohlfühlte. Außerdem sorgte er dafür, dass sie sich schön fand, und er hörte ihr zu. Er hatte Interesse und großen Respekt vor ihrer Arbeit. Und ihre Bilder mochte er so sehr, dass er sogar eins über seinen Kamin gehängt hatte.

So etwas hatte sie schon eine ganze Weile nicht mehr erlebt, obwohl sie sich danach gesehnt hatte. Und nun bekam sie es von Joshua. Außerdem hatte sie in Molly eine gute Freundin. Vielleicht konnte sie sogar Bastien als Freund bezeichnen, und ganz sicher hatte sie einen in Jerry. Sie hatte einen Job, den sie liebte. Und Gatita, und nun auch Shadow. Ihr Leben war schön, und sie hatte große Angst, dass jemand kommen und es ihr wegnehmen könnte.

Sie verhielt sich ruhig und lauschte dem fernen Bellen der Hunde. Am Ufer der Insel erschien ein Licht, das über das Wasser strahlte und dann auf den Boden leuchtete, als suche der Jäger nach Spuren. Sonia hoffte, dass die Abdrücke der Leopardentatzen zwischen denen der Hundepfoten nicht zu sehen waren.

Hast du den Geruch des Mannes aufgefangen?

Ja. Gatita zog die Nase kraus und legte erneut die Ohren an, was zeigte, dass sie nicht über den Mann in der Hütte nachdenken wollte.

Kam er dir bekannt vor? War das Sascha? Oder Nikita? Oder einer der Männer, die für sie arbeiten?

Das war Sonias größte Angst. Als ihr klar geworden war, dass ihr Mann und sein Vater zur russischen Mafia gehörten, hatte sie alles gelesen, was sie darüber in die Finger bekommen konnte. Die Organisation breitete sich in den Vereinigten Staaten immer weiter aus. In Miami war sie besonders stark vertreten, und Sonia verstand auch, warum. Die Stadt war ein natürliches Bindeglied zwischen den USA und Lateinamerika. Auch in San Francisco, Los Angeles, Chicago und New York waren diese Verbrecher fest etabliert und in Sacramento bald ebenso. Das wusste sie aus Nikitas eigenem Mund, denn sie hatte es in einem Gespräch auf Russisch aufgeschnappt.

Sie hatte ein Ohr für Sprachen, und da ihre Mutter für die Bogomolows arbeitete und auf ihrem Grundstück wohnte, hatte sie mit der Zeit Russisch gelernt. Zwar haderte sie mit der korrekten Aussprache, und sie traute sich nicht zu, das jeweils richtige Wort zu finden, weshalb sie die Sprache nie benutzt hatte – aber sie konnte sie verstehen. Daher wusste sie auch, dass die Familie Riesengeschäfte mit Italienern und überhaupt anderen Verbrecherorganisationen abgeschlossen hatte.

Hatten die Bogomolows sie aufgespürt? Hier hatte sie nur von der Mafia gehört, wenn irgendjemand von Rafe Cordeau sprach. Sie hatte alles, was sie konnte, über den Mann dieses Namens herausgefunden, denn niemand wollte richtig über ihn reden. Und wenn, dann geschah es im Flüsterton, als ob er mithören könnte.

Doch bei den Bogomolows war ihr dieser Name nie zu Ohren gekommen. Einige Namen kannte sie immerhin – weil sie öfter erwähnt worden waren. Zum Beispiel war Nikita besonders erpicht darauf, einen Mann namens Fjodor Amurow und dessen Bruder Timur zu finden. Und auch Mitja und Gorja Amurow, die anscheinend Vettern des so dringend gesuchten Fjodor waren. Diese Männer taten ihr ein wenig leid, denn Nikita hatte vor, sie zu töten. Auf die Person, die ihm ihren Aufenthaltsort verraten konnte, wartete eine große Belohnung, denn er wollte ihnen in die Augen sehen, wenn sie ihre gerechte Strafe bekamen. Und damit war Folter gemeint.

Allein durch die Tatsache, dass Nikita hinter diesen Männern her war, fühlte sie sich mit ihnen verbunden, obwohl sie Verbrecher waren. *Was sollen wir bloß machen, Gatita? Es ist nicht fair, Joshua und Shadow nichts über Sascha und Nikita zu erzählen, aber wenn wir es tun, legen sie sich mit ihnen an. Und die Russen werden nicht aufhören, uns zu jagen, wenn sie herausfinden, dass wir noch leben.*

Dann halt doch den Mund.

Für Gatita war das Leben leicht. Sie liebte Sonia und passte auf sie auf. Aber am liebsten lief sie nachts durch den Sumpf, besonders jetzt, wo sie das große Männchen dabei hatte. Manchmal schlossen sich ihnen auch andere Leoparden an. Gatita gefiel es, in diesem Teil der Welt zu leben, und es kümmerte sie nicht, ob Joshua von den Russen wusste oder nicht. Solange sie Sonia und Shadow hatte, war sie zufrieden.

Du bist keine große Hilfe, murrte Sonia.

Dann schwieg sie und dachte über den Jäger nach und darüber, was sie Joshua über das Damoklesschwert sagen sollte, das über ihrem Kopf hing, während die Leoparden sich noch eine Stunde vergnügten, ehe sie wieder ins Haus zurückkehrten. Sonia hatte immer noch keine Lösung gefunden. Wenn sie bei Tageslicht allein in den Sumpf ging und der Jäger nicht aus der Gegend kam, sondern von Nikita oder Sascha geschickt worden war, war sie tot. Und wenn sie nicht ging ... Was sie auch tat, sie war geliefert.

»Du bist sehr still«, bemerkte Joshua, als er sie in das große Badezimmer führte. »Schon seit wir uns verwandelt haben. Stimmt was nicht? Du machst dir immer noch Sorgen um diesen Jäger, oder?«

Sonia zuckte die Achseln. Joshua machte es nichts aus, nackt zu sein. Er schien es gar nicht zu bemerken, aber sie war sich ihres Körpers und der Unterschiede zwischen ihnen beiden nach wie vor sehr bewusst. Nicht nur, weil er offensichtlich sehr männlich war und sie sehr weiblich, sondern auch weil er die härtesten Muskeln hatte, die ihr je unter die Augen gekommen waren. Er war total fit. Sie hatte zwar ebenfalls Muskeln, aber bei ihr wirkten sie weich, das wusste sie.

»Ein Achselzucken macht mich nicht schlauer, Baby. Wenn ich recht habe, hör auf, dich zu sorgen. Ich gehe morgen mit den Jungs mal rüber und statte ihm einen Besuch ab.«

Sonia stockte der Atem. Was, wenn der Mann ein von den Bogomolows gedungener Auftragskiller war? Am liebsten hätte sie geweint. Das alles war Joshua gegenüber nicht fair. Entweder sie beendete diese Beziehung oder sie sagte ihm die Wahrheit. Es gab keinen Mittelweg. Sie sagte sich immer wieder, sie wisse nicht, was sie tun solle – aber das stimmte nicht. Wenn sie ihn einweihte, würde er den weißen Ritter herauskehren und sie retten wollen. Und dann würde er getötet werden. Sie musste diese Beziehung beenden. Nur jetzt noch nicht. Nicht sofort. Eine weitere Nacht mit ihm hatte sie sich verdient.

Er ging mit ihr unter die Dusche. Das machte sie ein wenig nervös, denn mit Sascha hatte sie nie zusammen geduscht. Es kam ihr sehr intim vor, aber bestimmt taten Pärchen so etwas öfter. Die Dusche war riesengroß und hatte zwei Brauseköpfe oben und vier Düsen an den Seiten.

»Willst du nicht mit mir reden, Sonia?«, fragte Joshua.

Sein Tonfall ging ihr ans Herz. Er war so sanft, beinahe zärtlich, dass ihr Tränen in die Augen stiegen. Und als er ihr das Duschgel aus der Hand nahm und sie behutsam damit einrieb, begannen unzählige Schmetterlinge in ihrem Bauch zu flattern.

Sie konnte ihn nicht ansehen. Sie wagte es nicht. Er war zu gut darin, ihren Gesichtsausdruck zu deuten. Also stützte sie sich mit beiden Händen an der Wand ab und ließ sich einseifen. Joshua war gründlich, aber sehr vorsichtig, besonders bei der kleinen Wunde an ihrem Bein. Das heiße Wasser tat gut, und sie schloss die Augen und genoss das Gefühl.

In ihrem Kopf zählte sie alles auf, was sie ihm sagen musste. Am besten war es, ehrlich zuzugeben, dass sie ihr Leben lang auf der Flucht sein würde, wenn die Russen erfuhren, dass sie noch lebte. Sie war nicht gut für ihn, er begab sich in Lebensgefahr, wenn er sich mit ihr einließ. Das Problem, das sich daraus ergab, war nur: Er würde versuchen, die Gefahr, die ihr drohte, zu beseitigen, und dabei sterben. Es spielte keine Rolle, dass er für Drake Donovon arbeitete. Nikita würde einen Weg finden, ihn in die Finger zu bekommen. Und Sascha würde aus verletztem Stolz mit ihm abrechnen wollen. Wahrscheinlich würde er sie sogar dazu zwingen, dabei zuzusehen. In einer unaufhaltsamen Endlosschleife kreisten diese Gedanken durch ihren Kopf.

»Sag mir, was dich bedrückt.« Joshua strich ihr übers Haar, und als er unten angelangt war, zog er so hart daran, dass ihr Kopf nach hinten gezogen wurde.

Sonia sah ihm in die Augen. Erst da bemerkte sie, dass nicht das Wasser aus der Brause Schuld daran war, dass sie nur verschwommen sah. Sie schüttelte den Kopf und versuchte zu lächeln. »Mir geht's gut. Vielleicht bin ich nur etwas müde. Die Leoparden haben heute Nacht eine ziemliche Strecke zurückgelegt.«

»Du weinst ja, Sonia.« Joshua begann, sie zu säubern. Wieder war er sehr gründlich und achtete darauf, mit dem warmen Wasser aus der Handbrause jedes bisschen Gel zu entfernen. So erschöpft, wie sie war, war sie dankbar für diesen Luxus.

»Verdammt noch mal, Baby, fang endlich an, mit mir zu reden. Wenn du mir nicht sagst, was dich quält, kann ich dir nicht helfen.«

»Es liegt an dir«, platzte sie heraus. Dann presste sie die Stirn an die Wand und kniff die Augen zusammen. »Es liegt an dir«, wiederholte sie mit einer Stimme, die an dem Kloß in ihrem Hals vorbei musste. »Du bist so gut zu mir. Genau richtig für mich. Ich hätte nie gedacht, dass ich einmal jemanden wie dich treffen würde. Ich wusste nicht mal, dass es Männer wie dich gibt.«

Joshua schwieg eine lange Weile, in der er nur ihre Kopfhaut massierte, bis sie am liebsten dahingeschmolzen wäre. Dann stellte er das Wasser ab und wickelte sie in ein übergroßes Handtuch. »Also, ich bin nicht so, wie du denkst. Das weißt du doch. Eine Frau wie du sollte auf einem Sockel stehen, statt sich mit einem Mann abzugeben, der sich daran aufgeilt, wenn sie ihm einen bläst. Ich werde noch in die Hölle kommen für das, was ich mit dir machen möchte.«

Erstaunt sah sie ihn an. Das hatte für ihren Geschmack viel zu sehr nach falschen Einschätzungen und Selbstvorwürfen geklungen. Aber Gott sei Dank nicht nach Reue. Sie wollte nicht, dass er sich irgendetwas vorwarf. »Wenn mir das, was du mit mir machst, nicht gefiele, würde ich dich davon abhalten«, erklärte sie entschieden. »Einen besseren Mann als dich kann ich mir gar nicht vorstellen.«

»Ach, hör auf, Sonia. Das gilt nur für dich. Ich bin nur richtig für dich. Das lässt du immer weg. Ich bin weder perfekt noch ›richtig‹. Ich passe nur zu dir. Zu niemandem sonst.«

Wusste er etwa Bescheid? Ahnte er, dass sie die Beziehung beenden wollte? Sie wandte sich ab, um sich vor ihm zu verstecken, aber sie wusste nicht, wo. Im Bad war es sehr hell, und es lag nichts zum Anziehen griffbereit. Sie fühlte sich angreifbar und verletzlich. Nicht nur, weil sie nackt war, sondern auch, weil sie sich zu Gefühlen bekannt hatte, die nie ans Licht kommen sollten.

»Krabbel aufs Bett.«

Joshuas Ton war barsch geworden. Das war keine Bitte. Manchmal, wenn er sie so herumkommandierte, wollte sie ihm trotzen und ihm sagen, sie lasse sich nichts befehlen. Doch in anderen Situationen, so wie in dieser, war sie dankbar dafür, nicht nachdenken zu müssen. Sie brauchte nur zu tun, was er sagte. Deshalb ging sie schnell ins Schlafzimmer, und falls er dachte, sie liefe vor ihm weg, hatte er recht.

Das Bett stand der breiten Fensterwand gegenüber, deshalb konnte man, wenn das Licht aus war, in den Sumpf hinausblicken. Sonia zitterte, rieb sich die Arme und starrte in die Nacht. Da das Licht brannte, waren das Zimmer und alles, was sich darin befand, hell erleuchtet, aber das machte ihr nichts aus, weil sie diese Musik hören konnte, die sie immer beruhigte. Den Blick auf den nahen Sumpf gerichtet, in den sie notfalls hineinlaufen konnte, die Füße fest auf dem Boden, saß sie am Fußende des Betts und wickelte sich langsam das Handtuch vom Kopf.

»Mein Haar wird heute Abend nicht mehr trocken. Das dauert ewig. Ich muss es wohl flechten und morgen früh föhnen. Bestimmt wird das Kissen nass.«

»Ich helfe dir«, sagte Joshua. »Alice, eine von den Frauen, die hier arbeiten, hat mir einen Föhn besorgt.« Und auch ein paar andere Dinge, die seine Frau seiner Meinung nach benötigte. »Ich habe mich in dein Haar verliebt, und das hat mich auf ein paar Gedanken gebracht.«

Mit einem Föhn in der Hand stand er vor ihr, nackt und

muskelbepackt, das Glied noch halb hart, obwohl sie so wilden Sex gehabt hatten. Sonia prustete los, weil er es schaffte, in jeder Situation Witze zu machen. »Du bist verrückt, aber das weißt du ja, oder? Total verrückt. Was kannst du damit schon anfangen außer Haare zu trocknen?«

Joshua schnitt eine Grimasse, schaltete den Föhn ein und aus und fuchtelte damit herum wie mit einer Pistole. »Ich habe eben eine sehr lebhafte Fantasie, Schatz.«

Sonia verdrehte die Augen, hielt aber still, als er hinter ihr aufs Bett kletterte und die Beine um ihre Hüften schlang. Er roch frisch, sauber und überaus männlich. Sie versuchte, nicht zu atmen. Seinen Duft nicht in sich aufzunehmen, aber das war unmöglich, er war bereits tief in ihre Lunge gedrungen und wurde vom Blutkreislauf in ihrem ganzen Körper verteilt. Sie würde ihn nie wieder loswerden und nie wieder frei sein.

Reglos saß sie da, während er sie bürstete. Das Ziehen der Borsten, die durch ihr Haar glitten, fühlte sich gut an. Sie schluckte schwer und ließ die Fenster nicht aus den Augen. Da das Licht an war, konnte sie nicht nach draußen blicken, aber der Sumpf, ihr Rettungsanker, war gleich hinter der Scheibe.

»Ich war sechzehn, als meine Mutter krank wurde«, sagte Joshua. »Es begann mit einer kleinen Wunde an ihrem Bein, die einfach nicht heilen wollte. Ich habe mir nicht viel dabei gedacht, aber innerhalb von Tagen war sie nur noch müde, hatte dunkle Ringe unter den Augen und konnte nichts mehr essen. Drake Donovon kam mit einem Arzt, doch in dem Moment, in dem die beiden die Verletzung sahen, habe ich es ihnen am Gesicht abgelesen. Die Wunde war zu groß geworden und fraß sie auf.«

»Hatte irgendwas sie gebissen?«, fragte Sonia voller Mitleid für den sechzehnjährigen Jungen. Sie war genauso alt gewesen, als bei ihrer Mutter Krebs diagnostiziert worden war. Sie erinnerte sich noch, wie ihr voller Entsetzen bewusst geworden war, dass sie ihre Mutter verlieren könnte. Den Menschen, der für sie der wichtigste auf der Welt war.

»Ich hatte sonst niemanden. Meine Mutter war ... etwas Besonderes«, sagte Joshua mit weicher, liebevoller Stimme. »Du hättest sie gemocht, und ich bin sicher, dass sie dich auch gemocht hätte.«

Sonia fühlte sich ertappt, denn sie war der Ansicht, dass seine Mutter alles andere als begeistert gewesen wäre, wenn ihr Sohn durch seine Freundin in Lebensgefahr geraten würde.

»Ich denke oft an ihr Lachen. Ich glaube, das ist eins von den Dingen, die ich am meisten vermisse.« Joshua hauchte einen Kuss auf Sonias nackte Schulter. »Halt still.«

Er begann, sie zu föhnen. Normalerweise benutzte sie nie einen Föhn. Dann wurden ihre Haare kraus, aber Joshua war sehr umsichtig und trocknete immer nur kleine Strähnen bei niedriger Temperatur. Sie konnte kaum glauben, wie geduldig er war.

»Mein Großvater war ein notorischer Vergewaltiger.«

Joshua strich mit dem Kinn über die Stelle, auf die er sie geküsst hatte. Das Kratzen seiner Bartstoppeln ließ sie erschauern.

»Keine Frau blieb verschont. Weder seine Töchter noch seine Enkelinnen. Und schon gar nicht seine Schwiegertöchter. Er hielt es für selbstverständlich, dass er jede Frau haben konnte, die er wollte, ganz egal, wem sie gehörte. Ich glaube, er bildete sich ein, ein Feudalherr zu sein. Er gefiel ihm, Menschen wehzutun. Je mehr andere litten, desto glücklicher war er.«

»Joshua«, flüsterte Sonia schockiert. Ihre Kindheit war relativ schön gewesen, zumindest bis ihr Vater vor ihren Augen gefoltert und getötet worden war.

»Als mein Großvater meine Mutter ins Visier nahm, hat mein Vater uns weggebracht – jedenfalls hatte er das vor. Später hat meine Mutter den Verdacht geäußert, eine der anderen Frauen hätte meinem Großvater verraten, dass wir fliehen wollten. Also hat der alte Mann seinen eigenen Sohn ermordet. Erst hat er ihn angeschossen und dann totgeprügelt. In der Zeit ist meine Mutter mit mir weggerannt. Wir haben es bis in den Regenwald von Borneo geschafft. Daher stammte sie, aber ihre Eltern lebten nicht mehr.«

Der warme Wind aus dem Föhn, der durch ihr Haar strich, fühlte sich gut an. Sonia spürte, wie sie den Kopf wohlig in die Richtung drehte, die der Luftstrom vorgab. Sie liebte es, Joshuas Stimme zu hören und mehr über ihn zu erfahren. Denn seine Vergangenheit hatte ihn geprägt und zu dem Mann gemacht, der er nun war. Sonst sprach er zwar auch viel mit ihr, aber nicht über so wichtige Dinge.

»Wie war es im Regenwald?«

»Unglaublich schön. Eines Tages bringe ich dich dort hin, Sonia. Jeder Artgenosse sollte einmal da gewesen sein und ihn als Leopard sehen und erleben. Das Leben dort kann ziemlich gewalttätig sein, aber hier ist es ja auch nicht anders.«

Da musste sie ihm zustimmen. Joshua stellte den Föhn ab und teilte ihr Haar in drei Strähnen. Es gefiel ihr, dass er Zöpfe flechten konnte. Sie stellte sich vor, wie seine Töchter, drei kleine Mädchen, in Reih und Glied darauf warteten, dass er ihnen die Haare machte, ehe sie zur Schule gingen. Sie sah es so deutlich vor sich, dass sie blinzeln musste, um die Tränen zurückzuhalten. Morgen würde er nicht mehr bei ihr sein.

Sie würde das einzig Richtige tun, selbst wenn es bedeutete, dass sie ihr geliebtes Zuhause, ihre Freunde und das Leben, das sie sich aufgebaut hatte, aufgeben musste. Joshua hatte etwas Besseres verdient. Sie war sicher, dass er das Gefühl haben würde, sie beschützen oder retten zu müssen. Und das konnte sie nicht zulassen.

»Im Regenwald gibt es so viele Farben. Die Bäume, das Laubdach, die unzähligen Vögel, die exotischen Blumen, die sich um die Baumstämme schlingen, das alles ist atemberaubend.« Mit leiser, weicher, fast ehrfurchtsvoller Stimme erzählte er von der Insel, die er offensichtlich liebte.

»So hört es sich an.«

»Leg dich hin. Ich möchte dich massieren.«

»Joshua, vielleicht sollten wir nicht …« Als er sie so am Zopf zog, dass sie sich nach ihm umschauen musste, verstummte sie.

»Sag mir endlich, was dich umtreibt, verdammt. Du bist ja schon weg. Im Kopf bist du längst weg. Glaubst du, ich merke das nicht? Willst du mich verlassen?«

Sie hätte wissen müssen, dass er ihre innere Abkehr bemerken würde. Sie waren so eng verbunden. Schon seit der ersten Nacht. Sie hatte seinem Leoparden in die Augen gesehen, und Joshua hatte zurückgeschaut. Von dem Moment an hatte sie gewusst, dass er der Richtige war, denn sein Blick war ihr durch und durch gegangen. Dieses aufgewühlte Meerblau, durch das Mensch und Tier sie auch jetzt misstrauisch und wachsam beäugten.

»Ich verlasse dich nicht«, behauptete sie.

»Einen Leopardenmenschen anzulügen ist keine gute Idee.« Joshua löste sich von ihr, um ihr mehr Raum zu geben. »Und jetzt leg dich hin. Wenn du etwa glaubst, ich würde dich nicht überall auf dieser Welt finden, liegst du komplett falsch.

Ich könnte es und ich würde es auch tun. Quasi ist das mein Fachgebiet. Wenn du abhaust und keinen verdammt guten Grund dafür hast, wie zum Beispiel, dass ich dich grün und blau geschlagen habe, solltest du wissen, dass ich dich aufstöbern werde, Sonia.«

»Dass du mich grün und blau geschlagen hast?«

»Ja. Wenn ich so was tue, irgendetwas, das mein widerwärtiges Monster von einem Großvater gemacht hat, gehst du schnurstracks zu Drake Donovon. Dann hätte ich dich nicht verdient und würde wollen, dass du dich in Sicherheit bringst. Drake ist der beste Mensch, den ich kenne. Er würde dich vor mir beschützen.«

Sonia stockte der Atem. Da sie bäuchlings auf dem Bett lag, drehte sie den Kopf, um Joshuas hart gewordenen Züge zu betrachten. »Du bist nicht wie dein Großvater. Du bist ein guter Mensch. Du hast Mitleid mit anderen. Denk doch daran, was du in Borneo gemacht hast. Du hast dein Leben riskiert, um Geiseln zu befreien und sie wieder nach Hause zu bringen.«

Joshua goss Öl in seine Hände und rieb sie aneinander, damit es warm wurde. »Es ist nicht schwer, sein Leben zu riskieren, wenn man nichts zu verlieren hat. Und niemanden, den man liebt. Auf mich hat nachts niemand gewartet, Sonia. Ich hatte keinen Menschen, mit dem ich reden oder lachen konnte. Nicht einen. Da ist es keine große Sache, sein Leben aufs Spiel zu setzen.«

Er legte seine Hände auf ihre Schultern, und sie schloss die Augen. Das Gefühl war unbeschreiblich. Sie hatte gar nicht gewusst, wie verkrampft sie war. Er sollte seine Hände versichern lassen. Seine starken Finger gruben sich tief in ihre schmerzenden Muskeln, die sie Gatitas Mätzchen zu verdanken hatte, und wirkten Wunder. Sie stöhnte genüsslich.

Ohne die Massage zu unterbrechen, hauchte Joshua einen Kuss auf ihr Rückgrat. »So stöhnst du auch, wenn ich meinen Mund zwischen deinen Beinen habe und dich vernasche.«

Unwillkürlich lächelte sie. »Ich kann nicht anders, es fühlt sich so gut an.«

Joshua ließ den Blick über ihren nackten Körper wandern. Diese Frau gehörte ihm, so viel war sicher, aber sie war schwer zu fassen, immer zur Flucht bereit, ganz egal, was er tat. Er spürte es. Mit einem Fuß war sie schon aus der Tür, beim ersten Anzeichen von Schwierigkeiten würde sie fort sein. Und sie steckten in Schwierigkeiten. Sogar in großen. Den schlimmsten.

Dennoch ließ er sich Zeit. Er musste mit ihr reden. Ihr die Wahrheit sagen. Er war ihr gegenüber nicht fair. Mehr noch, er brachte sie in Gefahr. Nikita würde sie holen kommen, und sie musste von dieser akuten Bedrohung erfahren. Am liebsten hätte er geflucht, gegen die Wand geschlagen oder jemandem den Hals gebrochen, vorzugsweise ihrem feigen Ehemann.

Er arbeitete sich an ihrem Rücken hinunter. Sie war wunderschön. Ihre weiche Haut schimmerte. Er hätte nie gedacht, dass Haut sich so anfühlen konnte wie ihre. »Sagst du mir jetzt, was los ist?« Er knetete ihren Po. Diese wunderschönen festen, runden Backen. Sie wäre ein perfektes Model für Tangas.

Er schob eine Hand zwischen ihre Schenkel und forderte sie wortlos auf, sie zu spreizen. Sofort gehorchte sie. »Weißt du eigentlich, woher ich weiß, dass du die Richtige für mich bist, Sonia? Ich bin scharf auf Sex. Und das wird sich wohl nicht mehr ändern. Ich mag das, aber ich mag es nicht, einer Frau körperlich nahezukommen, mit der ich keine emotionale Verbindung habe. Trotzdem brauche ich viel Sex, besonders mit dir. Das geht mir die ganze Zeit im Kopf herum. Überall, wo ich bin, bei jedem Möbelstück, das ich sehe. Wenn du neben mir stehst und gespannt von einem Bein aufs andere trittst, weil ich deine Entwürfe studiere, denke ich nur daran, wie ich dich von diesem lächerlichen Overall oder der knallengen Jeans befreien und dir einen Orgasmus verschaffen kann.«

»Anscheinend magst du meine Figur«, sagte sie, die Stimme gedämpft von der Matratze.

»Nein, Baby, ich bin total verrückt nach dir. Noch nie habe ich eine Frau so begehrt wie dich. Ich möchte andauernd mit dir herumexperimentieren und spielen.«

»Aber Joshua, das ist Sex. Nichts als Sex.«

Sie klang so erschöpft, dass es ihm das Herz brach. Sie hatte ihm einmal erzählt, Nikita habe zu seinem Sohn gesagt, Frauen wie sie taugten nur zum Ficken – nicht zum Heiraten.

Joshua atmete tief durch. Er kam sich vor, als kämpfe er den Kampf seines Lebens, ohne zu wissen, was er tun sollte. Sonia verstand nicht, was er ihr zu sagen versuchte. »Das, was ich mit dir mache, ist nur für dich. Das habe ich mit keiner anderen gemacht. Nie. Wenn ich früher Sex wollte, ging es mir nur darum – nicht um die Frau. Und bei dir geht es mir nur um dich.«

Er massierte sie immer noch und arbeitete sich an ihren müden Beinmuskeln bis zu den Füßen vor. »Ich liebe es, dich zu berühren. Mit dir im Arm einzuschlafen. Und wieder aufzuwachen. Ich mag es, die ganze Nacht wach im Bett zu liegen und dir beim Schlafen und Atmen zuzusehen. Ich kenne jeden Zentimeter an dir. Dein Lachen ist wie Musik und weckt irgendetwas in mir. Verdammt noch mal, Sonia, ich bin wie ein Zombie durchs Leben gegangen. Mir war egal, ob ich lebte oder tot war. Ich hatte nichts und niemanden. Ich bin mir ganz sicher, dass du die Richtige für mich bist.«

Er konnte eine Seite ihres Gesichts sehen. Tränen rannen in ihre langen Wimpern und glitzerten im Licht. »Dreh dich um.«

Sie schüttelte den Kopf. »Ich kann nicht. Jetzt nicht.«

»Das war keine Bitte.« Gespannt wartete er, was sie tun würde. Sie gehörte zu ihm. Er wusste es tief im Herzen, und als sie sich langsam auf den Rücken rollte, begriff er, dass sie es ebenfalls wusste. Sie hatte gegen den Wunsch angekämpft zu gehorchen, um ihm zu gefallen, weil sie sich lieber verstecken wollte, aber am Ende hatte sie es getan – ihm zuliebe.

Er legte sich über sie wie eine Decke, Hüfte an Hüfte, die Beine zwischen ihren. Dann umfasste er ihre Fußknöchel und beugte ihre Knie, bis sie sich ihm öffnete. Dann küsste er sie auf den Hals und den Mund. Ganz sanft. So, wie er es von Anfang hatte tun wollen.

Die Liebe, die er dabei empfand, war unglaublich stark. Er vertiefte den Kuss, aber so zärtlich, wie er konnte, denn sie sollte diese Liebe spüren. Er wollte sie ihr mit seinem Körper zeigen, weil er keine andere Möglichkeit hatte.

»Manche Männer haben schöne Wörter. Als wären sie Dichter. War er so, Sonia? Der Mann, der den Tod deiner Mutter ausgenutzt hat? Hat er dich mit schönen Worten bezirzt?« Vorsichtig biss Joshua in ihre Unterlippe und zog daran. Dann leckte er über die Male an ihrem Hals und flüsterte: »Sag mir, ob es so war. Ich möchte es wissen.«

»Ja«, stieß Sonia gepresst hervor.

»Ich kann nicht mit Wörtern umgehen. Ich weiß nicht, wie man das macht. Aber ich werde dich mehr lieben als jeder andere. Das kann ich versprechen, ehrlich. Ich werde dich bei allem, was du tun möchtest, unterstützen. Beim Malen. Deinen Renovierungen. Einfach allem, was dir wichtig ist. Ich werde dir jeden einzelnen Wunsch erfüllen. Und zu dir stehen. In guten und in schlechten Tagen, immer.«

Er küsste die Tränen, die ihr ungehindert übers Gesicht

liefen. Das brachte ihn um. Er wurde immer verzweifelter. Sie weinte, weil sie weglaufen wollte. »Es ist seinetwegen, nicht wahr, Sonia? Du willst seinetwegen nicht bei mir bleiben.«

Das tat weh. Schon allein die Vorstellung, dass sie einen anderen Mann liebte, tat höllisch weh.

Sie schüttelte den Kopf, öffnete die Augen und sah ihn erstaunt an. »Aber nein. Was geht nur in deinem Kopf vor, Joshua? Du liegst völlig falsch. Wie könnte ich an ihn denken, nachdem ich mit dir zusammen war? Du hast mir so viel gegeben. Bei dir kann ich sein, wie ich bin. Du hörst mir zu, wenn ich mit dir rede. Du sorgst dafür, dass ich mir vorkomme, als wäre ich wichtig und wunderschön. Du hast mir meinen ersten Orgasmus beschert und danach noch viele mehr.«

»Könntest du mich vielleicht lieben?« Er wusste, dass er sie nicht drängen sollte. Sie brauchte mehr Zeit, aber sie hatten keine. »Ich bin nämlich schwer verliebt in dich und möchte, dass du mich auch liebst. Dass du auch so verrückt nach mir bist. Das mag anderen seltsam vorkommen, aber für uns ist es richtig. Hast du mich wenigstens ein bisschen lieb?«

Zärtlich streichelte sie seinen Rücken, und bei jeder Bewegung drückten sich ihre Nippel an seine Brust. Die gefielen ihm genauso gut wie ihre Unterlippe. Er stützte sich auf den Ellbogen ab, damit er sie beide küssen konnte. Sanft. Er musste sanft sein, ermahnte er sich. Sie musste seine Liebe erkennen. Sie spüren.

»Natürlich habe ich dich lieb, Joshua«, gestand sie mit leiser, zittriger Stimme. »Du begreifst das nur nicht.«

»Ich habe dich gefragt, ob du mich lieben könntest. Das ist eine ganz einfache Frage.« Er würde sich nicht mit lahmen Ausreden zufriedengeben. »Ich brauche eine Antwort, Baby. Also los.«

Ihr Atem streifte ihn. Und er wusste, es war Absicht. Fordernd schaute er ihr in die Augen, während er eine Hand zwischen ihre Beine schob, um herauszufinden, ob sie bereit für ihn war. Ja, sie war feucht und schlüpfrig. Was für ein Glück. Sie gehörte ihm. Mit Haut und Haaren. »Sag es, Sonia. Sei jetzt nicht feige. Gönn es mir.«

»Du weißt es doch schon. Ich begreife nicht, warum du darauf bestehst, dass ich es ausspreche. Ich bin doch hier. In deinem Haus. Deinem Bett. Denkst du etwa, ich hätte es einem anderen Mann je erlaubt, mir Nippelklemmen anzulegen? Oder ein Ei bei mir einzuführen? Auch nur die Hälfte der Sachen mit mir anzustellen, die du mit mir gemacht hast? Niemandem würde ich jemals so sehr vertrauen.«

Joshua umfasste sein Glied und führte es an die Öffnung, die ihn lockte. Die breite Eichel passte kaum hinein und wurde sofort von heißen Muskeln umklammert. Er konnte sich nicht entscheiden, ob er sich wie im Himmel oder wie in der Hölle fühlte, doch beides war ihm recht, solange er in Sonia war. Von ihr umgeben. Als sie die Fingernägel in seinen Hintern bohrte, glitt sein Glied einen oder zwei Zentimeter tiefer in den engen Kanal, der ihm die Luft abdrückte. Er zwang sich zu warten, obwohl es ihm schwerfiel, weil er eigentlich sofort in diese glühende Hitze eintauchen wollte.

Sei sanft, ermahnte er sich wieder. Er wollte sie so lieben, wie sie sich das vorstellte. Sie verstand nicht, dass er ihr jedes Mal, wenn er sie berührte, küsste, umarmte oder vernaschte, im Grunde seine Liebe zeigte.

»Hättest du dem anderen auch so vertraut?«

Erstaunt blickte sie zu ihm auf und überlegte. Dann schüttelte sie langsam den Kopf. »Nein. Aber ich weiß nicht, warum, wo er doch so gut zu mir war.«

»Weil ihr beide, du und Gatita, Verrat gewittert habt. Er hat euch getäuscht. Und du weißt, dass ich das nicht tue. Ich liebe dich. Ich habe dir gesagt, dass ich es mit Worten nicht besonders gut ausdrücken kann, aber ich zeige es dir mit allem, was ich tue. Jetzt sag du es mir auch. Sag mir, dass du mich liebst. Du spürst es doch, Sonia. Tief in deinem Herzen. In deiner Seele spürst du doch sicher das Gleiche wie ich, verdammt noch mal.«

Er sank in sie hinein, denn es gab kein Zurück mehr, er konnte sich nicht mehr richtig beherrschen, nicht bei dieser Frau. Das Feuer, das ihn einschloss, war so heiß, dass er den Kopf in den Nacken warf und brüllte. Nur so konnte er diese Hitze aushalten. Sie verbrannte ihn. Schenkte ihm die Art von Lust, bei der ein Mann den Kopf verlieren konnte, die Art, von der er immer geträumt hatte, auch wenn er sicher gewesen war, dass er sie nie kennenlernen würde.

Da sagte sie es – so leise, dass er es bei dem tief aus dem brennenden Unterleib kommenden Gebrüll fast nicht gehört hätte. *Ich liebe dich.* Drei kleine Worte, die ihn fertigmachten. *Sie* machte ihn fertig. Wer hätte geahnt, dass ein Mann eine so tiefe Liebe empfinden konnte? So schnell sein Herz verlieren konnte? Woher hätte er wissen sollen, dass eine Frau einem so viel bedeuten würde?

»Sei ehrlich, Sonia. Bitte, Herrgott.« Er begann sich zu bewegen, mit langen, tiefen, aber sanften Stößen, obwohl er in Flammen stand. Und er stellte fest, dass langsamer Sex auch sehr schön sein konnte. Die Reibung, die entstand, wenn er sich durch die glühend heißen Falten schob, war unglaublich.

»Ich bin ehrlich. Nur …« Wieder verstummte sie, schaute ihm aber immer noch in die Augen, und so konnte er sehen, dass sie es ernst meinte. Seine Freude war so groß, dass ihm das Herz in der Brust wehtat und es in seinen Ohren dröhnte. Es war also wahr. Sie liebte ihn. Das würde sie beide durch die nächsten Stunden bringen, in denen er ihr so viel erklären musste.

Er blieb bei dem langsamen Tempo, fasste aber wieder nach ihren Fußknöcheln und legte ihre Beine um seine Taille. Sofort verschränkte sie die Knöchel hinter seinem Rücken, damit er tiefer in sie eindringen konnte. Dann stieß sie zischend den Atem aus und stöhnte – genauso, wie er es liebte.

»Schau mich an, Baby. Nicht weggucken. Diesmal will ich dir dabei in die Augen sehen.«

Fordernd packte sie ihn an den Hüften. »Du machst mich immer so heiß.«

Bei jedem Stoß wippten ihre Brüste, und ihre Nippel strichen über seine Brust. »Weil du so heiß bist. Schau mich an. Du bist kurz davor, aber warte auf mich. Bitte, ich bin gleich so weit.«

Sie kam ihm mit den Hüften entgegen, passte sich, wie immer, seinem Rhythmus an, und nahm ihn genüsslich tief in sich auf. »Beeil dich, Schatz«, flüsterte sie gequält.

Auch dieses Betteln, dieses fast schon verzweifelte Drängen liebte er. Er machte weiter und beobachtete sie dabei. Plötzlich hielt sie den Atem an. »Joshua«, jammerte sie. »Du musst dich beeilen. Ich kann nicht ...« Ihr brach die Stimme.

»Gleich, Baby.« Er war bereit, schon an der Schwelle. Um die Beherrschung nicht zu verlieren, umklammerten ihre Scheidenmuskeln ihn so fest, dass sie ihn fast mitgerissen und zum Orgasmus gebracht hätten, doch er musste durchhalten, es an ihrem Gesicht sehen. Ihrem Blick. Dem, mit dem sie ihn gleich anschauen würde ... und dann war er da.

»*Joshua.*«

Haltlos klammerte sie sich an ihn im Vertrauen darauf, dass er sie auf wundersame Weise sicher zum Gipfel bringen würde. Und er wollte sie nicht enttäuschen. Er legte die letzte Zurückhaltung ab, bohrte sich mit seinem prallen Glied durch den engen Schacht, und die feurige Reibung erledigte den Rest.

»Jetzt, Baby. Los.«

»Ich halt das nicht aus.« Sie warf den Kopf hin und her, ließ ihn aber nicht aus den Augen. Er war ihr Fels in der Brandung.

»Ich bin bei dir. Ich geh nicht weg.« So viel war sicher.

Als ihr Körper übernahm und ein gewaltiges Beben, das alle Nervenenden elektrisierte, sie von Kopf bis Fuß durchschüttelte, weiteten sich ihre Augen. Dann öffnete sie den Mund, stieß den langen Klagelaut aus, den er so ersehnt hatte, und er erbebte unter dem erneuten heißen Zugriff, mit dem er gemolken und ausgesogen wurde, während ihn eine alles versengende Woge überrollte.

Danach brach er auf ihr zusammen, drückte sie mit seinem Gewicht nieder und wartete darauf, dass sie ihm, wie immer, zärtlich durchs Haar strich. Erst da begriff er, dass sie ihm damit wortlos ihre Liebe zeigte. Das war ihre Art, es ihm zu sagen, ohne es auszusprechen.

13

Joshua hätte Sonia gern weiter unter sich liegen gehabt. So konnte sie ihm wenigstens nicht weglaufen, aber weil er so schwer war, bekam sie nur mühsam Luft. Doch sie beschwerte sich nicht, das tat sie nie, ganz egal, wie lang er sie niederhielt. Er küsste sie. Diesmal hart. Sogar rau. Mehr so, wie er war, nicht so, wie sie es verdient hatte, aber nur selten bekommen würde.

Er rollte sich von ihr herunter und strich mit einer Hand von ihrem Hals bis zu ihrem Venushügel. Weil sie ihm gehörte. Als er begriffen hatte, dass seine Mutter sterben würde, hatte er Angst gehabt. Aber nicht so wie jetzt. Jetzt war er so in Panik, dass Shadow sich erhob und hervorkommen wollte, um ihn zu schützen.

»Du bist immer auf dem Sprung. Als Leopardenmensch merke ich das. Aber du musst dich entscheiden, Sonia. Normalerweise bin ich derjenige, an den andere sich in einer Krise halten, weil ich ruhig bleibe. Drake hat immer behauptet, ich hätte Nerven aus Stahl.«

Er drückte seinen Mund auf ihren, weil er Bestätigung brauchte, und sie küsste ihn zurück, ohne auch nur einen Moment zu zögern – aber sie reagierte eigentlich immer so. Doch auch nach dem Kuss war der Drang, sie festzuhalten, noch da. Es war furchtbar, dass sie, ganz egal, was er tat, stets kurz davor war, ihm zu entschlüpfen.

»Ich habe dir viel zu erzählen«, sagte er. »Schlaf jetzt nicht ein.« Er musste sich selber zu diesem Gespräch zwingen. Er konnte es nicht länger aufschieben, nachdem Nikita Bogomolow wahrscheinlich mit seinen Söldnern nach Louisiana unterwegs war. Sonia musste verstehen, dass er sie quasi in Schutzhaft nehmen wollte. Aber vorher musste er ihr gestehen, dass sie es mit genau dem zu tun hatte, wovor sie weggelaufen war.

Stöhnend rollte er sich auf den Rücken und starrte an die Decke. Sonia drehte sich ihm zu und winkelte die Knie an. Da sie so nah bei ihm lag, bemerkte er den kleinen Schauer, der sie überlief. Schnell zog er das Laken über sie.

»Möchtest du eine Decke, Schatz?«

Sie schüttelte den Kopf. »Alles gut. Was willst du mir denn sagen?«

Er hatte gewusst, dass es schwer werden würde. Er hasste das. Er wollte ihr das nicht antun. Was er ihr sagen würde, konnte nicht nur sie zerstören, sondern auch ihre Beziehung, die ohnehin noch zerbrechlich war. Einen kurzen Moment überlegte er, ob er nicht noch einen Tag warten sollte, aber mit jeder weiteren Minute stieg die Gefahr für Sonia.

»Du musst mir zuhören. Bis zum Ende. Ganz ruhig, bevor du vorschnell urteilst oder überhastet reagierst. Versprich mir das.«

Sonia stützte den Kopf auf eine Hand und runzelte die Stirn. »Jetzt machst du mir Angst. Wie soll ich dir etwas versprechen, wenn ich keine Ahnung habe, was du mir sagen willst?«

»Ach Schatz, ich weiß, wie schwer es fällt, jemandem zu vertrauen. Ich verstehe das so gut. Wirklich. Aber du bist bei mir in Sicherheit. Ich bin diese Art Mann für dich – der, der alles für dich tun würde. Denk einfach daran, dann wird alles gut.«

Langsam setzte Sonia sich auf und zog das Laken über ihre Brüste. Das war das erste Mal, dass sie das tat, und Joshua wusste, dass dieses Laken für sie wie ein Panzer war. Dann lehnte Sonia den Kopf an das Betthaupt, zog die Knie an und schaute ihm ins Gesicht.

Joshua setzte sich auch auf, denn er war unruhig. An Sonias ausdrucksvollem Gesicht konnte er sehen, dass sie Angst davor hatte, verletzt zu werden, und ihre Leopardin war imstande, mit einem Sprung aus dem Zimmer zu verschwinden, ehe er mit seiner Erklärung fertig war.

»Joshua?« An ihren Augen konnte er sehen, dass sie langsam in Panik geriet.

»Ich muss ein wenig ausholen, Schatz. Du weißt ja sicher noch, dass meine Mutter mich nach Borneo gebracht und dort aufgezogen hat. Dort habe ich Drake Donovon getroffen. Er hat großen Einfluss auf mich gehabt. Nach dem Tod meiner Mutter hat er mich aufgefangen und mir einen neuen Lebensinhalt gegeben. Er hat mir beigebracht, wie man schneller und stärker wird und wie man als Leopard und als Mensch kämpft. Er hat mir durch die Arbeit einen Grund gegeben, am Leben zu bleiben.«

Etwas von der Panik wich aus Sonias Blick. Sie atmete einmal tief durch und nickte auffordernd.

»Nach Mutters Tod habe ich oft für Drake gearbeitet. Ich kann dir gar nicht sagen, wie viele Einsätze ich mitgemacht habe, aber es waren eine Menge. Ein großer Teil davon war relativ einfach. Da musste ich nur Informationen sammeln oder irgendwas abliefern. Die meisten Entführungen von Touristen oder wohlhabenden Familien liefen recht unkompliziert ab. Es war ein Geschäft, und Donovon Security lieferte das Lösegeld und nahm die Geiseln im Austausch entgegen.«

Joshua rieb sich den Nasenrücken, ließ Sonia aber nicht aus den Augen. Sie hatte sich etwas entspannt und sah ihm, das Kinn auf die Knie gestützt, weiter ins Gesicht.

»Ich finde es schön, dass du mir von deinem Leben erzählst.«

»Es bleibt aber nicht schön«, warnte er sie. »Weil ich öfter was falsch gemacht habe.«

»Macht das nicht jeder? Schau mich an. Ich bin selber schuld, dass mein Leben zerstört ist.«

Darauf wollte er nicht näher eingehen, solange er ihr noch erzählen musste, warum Nikita Bogomolow bei ihm zu Hause gewesen war. Joshua seufzte und fuhr sich mit beiden Händen durchs Haar. »Einige von den Einsätzen waren nicht ganz so leicht. Manche Terrorzellen entführten zwar Menschen, hatten aber gar nicht die Absicht, sie wieder freizulassen. Dann mussten wir eingreifen und die Leute rausholen. Das konnte brenzlig werden.«

Sonia runzelte die Stirn. »Joshua, fürchtest du dich etwa davor, mir zu erzählen, was du getan hast, um diese Menschen wieder sicher nach Hause zu bringen?«

»Das hat ja nicht immer geklappt. Manchmal wurden die Menschen auch umgebracht, ehe wir zu ihnen gelangen konnten. Dann gab es regelrechte Feuergefechte. Ich werde dich nicht anlügen, Baby. Ich habe das getan, was man mir beigebracht hat. Ich töte Menschen. Wenn man es mir befiehlt, gehe ich in ein Lager und exekutiere sie.« Er presste die Finger auf die Augen und verdrängte die Erinnerungen an das Knallen von Schüssen und den Geruch von Blut und Tod.

Sonia strich mit der Zunge über ihre Unterlippe und schluckte, dann nickte sie. »Du hast ›töte‹ im Präsens gesagt. Ich dachte, weil du hier bist, als Leiter eines Teams, gehst du nicht mehr auf Einsätze.«

Joshua wandte den Blick ab und schüttelte den Kopf. Das war noch viel schwerer, als er gedacht hatte. Sein Leben war ein dicht gesponnenes Netz aus Täuschungen. Ihr das zu erklären war schon kompliziert genug, ohne dass er ihr auch noch von dem ganzen Schlamassel berichtete – den er sich selber eingebrockt hatte.

»Seit ich in den Vereinigten Staaten lebe, war ich dreimal auf Auslandseinsätzen«, gab er zu. »Bevor ich hierhergekommen bin, habe ich in Jake Bannaconnis Sicherheitsteam gearbeitet und mich freiwillig dazu gemeldet. Alle drei waren nicht leicht, das heißt, wir mussten die Kidnapper töten, um die Entführten zu befreien.«

»Ich verstehe.« Sonia zog ihre Beine enger an sich. »Es gefällt mir nicht, dass du dich in Gefahr bringst, Joshua.«

Sein Herz verkrampfte sich. Sie war nicht verärgert über das, was er tat, sondern machte sich Sorgen um seine Sicherheit. Es würde also keinen sinnlosen Streit darüber geben, wie falsch die ganze Sache an sich wäre, und darüber war er froh. Das, was er gesehen hatte, hatte ihn davon überzeugt, dass manche Monster nicht auf diese Welt gehörten. Sonia hatte zusehen müssen, wie ihr Vater gefoltert und getötet worden war, also hatte sie vielleicht Verständnis für diese Auffassung.

»Ich dachte, ich würde mein Leben lang in Borneo bleiben.« Sein Brustkorb schmerzte vor Anstrengung. Aber er musste diesen Zorn unterdrücken, den er nie ganz loswurde, gleichgültig, wie weit er reiste und wie viel er über Meditation lernte. Das war ein Teil von ihm, den er abgetrennt und weggeschlossen hatte, bis er sich ihm stellen musste. Er ließ diesen Teil nur selten sehen, aber er würde viel von Sonia verlangen, also war es das Mindeste, was er tun konnte, dass er ihr zeigte, wer und was er wirklich war, und wie es dazu gekommen war.

»Ich bin auch in anderen Regenwäldern gewesen, wo immer mich die Arbeit eben hingeführt hat, und überall habe ich nach meiner Gefährtin gesucht, aber ich dachte, ich würde ewig an dem Ort bleiben, wo meine Mutter mich hingebracht hat.« Er verlagerte sein Gewicht und rückte näher an Sonia heran. Sehr nah. So nah, dass ihre Schenkel sich berührten. Dann nahm er ihre Hand und drückte sie an sein Bein, weil er diese Zuwendung brauchte.

Als würde sie ihn verstehen, schmiegte sie sich so eng an ihn, dass sie mit ihrer freien Hand durch sein Haar streichen und zärtlich seine Kopfhaut massieren konnte. Er liebte diese Geste.

»Uns wurde zugetragen, dass sich in unserem Gebiet eine neue Zelle gebildet hätte. Eine kleine Gruppe von Männern, die sehr schwer zu fassen waren und durch Gegenden im Regenwald zogen, die anderen zu unwegsam sind. Also hat Drake mich geschickt, um sie auszuspionieren. Drei Tage bin ich ihrer Spur gefolgt. Es waren fünf Männer, alle noch jung. Das konnte ich daran sehen, wie sie sich bewegten. Schnell und effizient. Sie kannten sich im Wald aus, und ich fing an zu vermuten, dass sie Leopardenmenschen waren. Ich kannte alle Artgenossen auf der Insel und hätte sonst imstande sein müssen, sie zu identifizieren. In diesem Fall hatte ich keine Ahnung, wer sie waren.«

Er verstummte, sein Magen schmerzte. »Ich war langsam. Einen Tag oder so hinter ihnen.« Er schüttelte den Kopf und fluchte, versuchte, sich zu beruhigen, obwohl ihn schon wieder rasender Zorn gepackt hatte. Nervös rieb er sich das Kinn und spürte seine Bartstoppeln. Damals war daraus ein richtiger Bart geworden. Er konzentrierte sich auf Sonias Finger, die eine geradezu hypnotische Wirkung hatten. Sie sagte nichts, sah ihn aber unverwandt an.

»Sie hatten ein kleines Dorf überfallen und drei Mädchen mitgenommen, Töchter einer wohlhabenden Familie. Sie waren noch sehr jung. Sechs, sieben und neun.« Joshua schüttelte den Kopf und ließ Sonias Hand wieder los. Er musste sich bewegen, wollte aber die sanfte Kopfmassage nicht unterbrechen. Für ihn war das sein Rettungsanker. Diese schmalen Finger, die ihm Liebe und Geborgenheit vermittelten.

»Sie hatten mehrere Häuser angezündet und im Dorf herrschte Chaos, als ich eintraf. Sie hatten kein Lösegeld verlangt, und das beunruhigte mich umso mehr. Warum das Dorf zerstören, wenn man eigentlich nur hinter Geld her ist? Das passte nicht zu Erpressern. Selbst wenn sie vorhatten, die Mädchen später zu töten, forderten solche Leute doch normalerweise Geld.«

Joshua holte tief Luft und roch Rauch. Diesen schrecklichen Gestank, den er nie ganz loswurde. Ihm kam die Galle hoch. »Zwei Tage später habe ich sie gefunden, zwei verdammte Tage später. Da waren die Mädchen schon so traumatisiert, dass sie praktisch katatonisch waren. Aber das machte diesen fünf Bastarden nichts aus. Sie haben die Mädchen auf jede nur denkbare Form misshandelt, diese kranken, gemeinen Mistkerle.« Joshua wandte den Kopf ab, denn ihm kamen die Tränen. Er konnte es nicht ertragen, noch einmal an das zu denken, was diese Männer getan hatten. Wozu Leoparden und Menschen fähig waren. Wozu *er* fähig war.

»Ich habe sie getötet. Alle fünf. Und sie sind nicht leicht gestorben. Ich habe sie verbrannt, verdammt noch mal, und ihre Asche dann so tief vergraben, dass niemand sie jemals finden wird. Die Mädchen waren ... kaputt. Wenn ich sie eher gefunden hätte ...« Er verstummte und schüttelte den Kopf. Er würde es sich nie verzeihen, dass er diese Verbrecher nicht schneller eingeholt hatte. Niemals. Er würde den ersten Blick auf ihr Lager und das, was die Männer mit den Mädchen anstellten, sein Leben lang nicht vergessen. Er hatte immer noch Albträume davon.

»Einmal hat mir ein guter Freund gesagt, ich hätte keinen Killerinstinkt und würde deswegen bei einem Kampf immer im Nachteil sein. Ich wünschte, das wäre wahr, aber in jener Nacht habe ich gelernt, was in mir steckt. Ich bin zum Monster geworden. Ich hatte keine Ahnung, dass ich zu so etwas fähig sein könnte. Ich wollte die Männer nicht sauber töten. Ich wollte, dass sie so leiden, wie diese Mädchen gelitten hatten.«

»Alles in Ordnung, Schatz«, beruhigte Sonia ihn leise. »Das ist jetzt vorbei.« Sie streichelte sein Gesicht und küsste es.

Erst da merkte Joshua, dass er geweint hatte. Aber er wusste nicht, ob um die Kinder oder um sich selbst, denn damals hatte er begriffen, dass ein Monster in ihm steckte, das auf so widerliche Weise Rache nehmen konnte, dass er es kaum noch ertrug, sich im Spiegel zu sehen.

»Danach bin ich zurück in die Staaten. Drake arbeitete in Jake Bannaconnis Sicherheitsfirma und ich habe mich ihm angeschlossen. Ihm alles erzählt. Drake ist der Typ Mann, dem man sich anvertraut. Er weiß, was ich getan habe und kennt jedes furchtbare Detail.« Joshua presste die Finger auf die Augenwinkel und versuchte, die sich anbahnende Migräne durch Willenskraft zu verscheuchen. »Drake ist die Konstante in meinem Leben. Er hat mir durch eine schlechte Zeit geholfen.«

»Nach allem, was ich über ihn gehört habe, ist er ein guter Mensch«, murmelte Sonia.

»Das ist er, Sonia. Ein sehr guter. Und ich schulde ihm einiges.« Joshua wollte, dass Sonia das wusste. Wieder nahm er ihre Hand und drückte sie an sein nacktes Bein. »Er hat mich gebeten, einen Posten zu übernehmen, den ich nie wieder abgeben kann. Einen gefährlichen Posten, den ich mein Leben lang am Hals haben werde. Ich habe Ja gesagt. Ohne zu zögern oder nachzudenken. Schließlich war ich Single. Ich hatte auf der ganzen Welt nach dir gesucht und habe nicht mehr damit gerechnet, dich zu finden. Also habe ich zugestimmt.« Joshua wandte den Kopf und schaute sie an.

Ihre Augen waren dunkelbraun. Wie geschmolzene Schokolade. Für sie war er der weiße Ritter. Er hatte ihr nicht in allen plastischen Einzelheiten geschildert, was er mit diesen fünf Männern gemacht hatte, aber sie konnte es sich sicher vorstellen, und dennoch sah sie ihn voller Liebe an. Mit einem Blick, der ihm Hoffnung gab. Wenn sie das Schlimmste an ihm, dieses Monster, tolerieren konnte, dann akzeptierte sie vielleicht auch, was er jetzt war. Und den Rest seines Lebens sein würde.

»Ich habe den Job angenommen, Sonia, und es gibt kein Zurück mehr.« Das musste er klarstellen. »Ich weiß nicht, wo ich mit meiner Geschichte anfangen soll, aber ich muss sie dir erzählen. Aus zwei Gründen. Der erste ist, mit mir zusammen zu sein setzt voraus, dass du meinen Lebensstil und all das Hässliche, das damit zusammenhängt, akzeptierst. Freunde, die sich abwenden, und Menschen, die hinter deinem Rücken über dich tuscheln.«

Die Augen fest auf ihn gerichtet runzelte Sonia die Stirn. Dann schüttelte sie leicht den Kopf, sagte aber kein Wort. Offenbar hatte sie keine Ahnung, worauf er hinauswollte. Normalerweise fand er die richtigen Worte, aber nun, beim wichtigsten Gespräch seines Lebens, war er total durcheinander.

»Der zweite Grund ist, dass du in Gefahr bist. Sie wissen, wo du bist.«

Sonias Augen weiteten sich. Ihre Zunge strich über ihre Lippe. Die untere. Die er so liebte. Gott, wie er das hier hasste.

»Nikita Bogomolow hat das Bild gesehen, das bei mir über dem Kamin hängt, und es als deins erkannt, aber nichts davon gesagt. Dann hat er versucht, es mir abzukaufen, und als ich das abgelehnt habe, hat er es sich noch einmal angeschaut und deine Signatur gefunden, die verschlungenen Initialen. Schließlich hat er das Bild mit seinem Handy fotografiert und ist abrupt gegangen. Er wollte eigentlich noch ein paar Tage in New Orleans bleiben, doch er hat behauptet, es gäbe einen Notfall und er müsse sofort zurück.«

Als Sonia das hörte, wich die Farbe aus ihrem Gesicht und Panik breitete sich über ihre ausdrucksvollen Züge. »Nikita war *hier*? Er hat mich gefunden? Oh mein Gott, Joshua, du kannst nicht hierbleiben. Du musst verschwinden. Er wird zurückkommen und dich foltern, um herauszufinden, wo ich wohne. Ich muss auch abhauen. Sofort. Wann war das? Wie viel Zeit habe ich noch?«

In ihrer Stimme lag Todesangst, nicht nur um sich selber, sondern auch um ihn. Sie hielt ihn immer noch für einen guten Menschen, einen weißen Ritter, und das Letzte, was er wollte, war, dass sie ihre Meinung änderte, aber sie musste es erfahren.

»Weißt du noch, dass ich dir vor ein paar Tagen von einem wichtigen Meeting erzählt habe? Wir haben alle Handwerker nach Hause geschickt, weil es hier stattfinden sollte.«

»Natürlich weiß ich das noch.«

»Es war ein Meeting mit Nikita Bogomolow.« Joshua ließ die Bombe ganz vorsichtig fallen und behielt dabei Sonia im Blick. Sie war klug, doch noch wollte sie so gern an ihn glauben.

»Mit Nikita? Warum solltest du dich mit Nikita treffen?« Sie schüttelte den Kopf. »Falls er jemanden entführt hat und Drake Donovon möchte, dass du das Lösegeld übergibst, ist die Person wahrscheinlich längst tot. Du kannst keine Geschäfte mit ihm machen und gewinnen. Ich kenne ihn. Er löscht ganze Familien aus.«

»Es ging nicht um eine Entführung«, erwiderte Joshua so ruhig wie möglich.

»Worum denn dann? Warum solltest du dich sonst mit ihm treffen?« Sie hatte es bereits begriffen, sie wollte es nur nicht wahrhaben.

Plötzlich begann ihr Herz so zu rasen, dass es für ihn wie harte, schnelle Trommelschläge klang. Der Rhythmus eines Beutetieres, das plötzlich bemerkt, dass ein Raubtier es im Visier hat. Wieder leckte sie sich über die Unterlippe. Offenbar war ihr Mund trocken geworden. Er kannte alle Anzeichen für eine Verwandlung. Ihr Blick war schockiert und wissend. Das dunkle Schokoladenbraun noch tiefer als sonst. Mit bernsteinfarbenen, fast goldenen Wirbeln. Ihre Leopardin war nah.

»Rafe Cordeau. Die Gerüchte über ihn stimmen. Er war ein Verbrecherboss, ja?«, sagte sie mit zitternder Stimme und entzog ihm ganz langsam ihre Hand. Die in seinem Haar hatte sich bereits gelöst. Dann machte sie sich ganz klein, zog sich in sich selbst zurück, schaute ihm aber weiter wie hypnotisiert in die Augen, wie erstarrt im Blick einer Schlange – oder eines Leoparden.

Joshua nickte. »Und sein Revier war sehr groß.« Er musste ihre Hand loslassen, obwohl alle Instinkte ihm rieten, sie festzuhalten. Als sie ihm durch die Finger glitt, hatte er das Gefühl, als entgleite ihm die ganze Frau.

»Man erzählt sich, du hättest sein Gebiet übernommen, aber weil du für Drake Donovon arbeitest, hat niemand das geglaubt, nicht mal Bastien.« Sie legte eine Pause ein. Dann schluckte sie schwer. »Aber die Leute hatten recht, nicht wahr?«, flüsterte sie schließlich. Ihre Stimme war zittrig, und ein Beben überlief sie.

»Du bist in Sicherheit, Baby. Das sollst du wissen. Ich werde mich um Nikita Bogomolow kümmern.« Er wollte sie beruhigen. Auf keinen Fall sollte sie denken, dass er mit Nikita verabredet hatte, sie ihm zu übergeben, oder ihm am Ende direkt Bescheid gegeben hatte. Aber natürlich würde sie das annehmen. An ihrer Stelle hätte er genauso gedacht. Ihre Augen hatten die Farbe gewechselt und waren weit offen vor Schmerz über den Vertrauensbruch, der nicht nur irgendeiner war, sondern sie tief im Bauch und im Herzen traf.

Joshua versuchte, sich ihrer Hand wieder zu bemächtigen, aber sie schrak bis zum Betthaupt zurück und blickte ihn an, als wäre er ein Monster. Was er ja auch war, verdammt noch mal. Aber nicht bei ihr. Niemals.

»Sonia, ich wusste nicht, dass Bogomolow dein Schwiegervater war. Den Namen hast du mir nie genannt. Und schon gar nicht würde ich dich an diesen Mistkerl verraten. Ich wusste nicht, wer hinter dir her ist, erinnerst du dich?«

Joshua bemühte sich, leise und gemessen zu sprechen. Beruhigend. Sie sollte sich entspannen und ihm zuhören. »Du musst doch wissen, dass ich Bogomolow niemals sagen würde, dass du hier bist. Das Meeting war schon anberaumt, ehe Shadow Gatita entdeckt hat – und ich dich.«

Doch Sonia zitterte fast unkontrollierbar und hatte sich so extrem zusammengekauert, dass er Zweifel hatte, ob sie sich ohne Schwierigkeiten aus dieser Position wieder lösen konnte. Außerdem fühlte sich ihre Haut ganz kalt an, was bei Leopardenmenschen nur selten vorkam.

»Warum solltest du dich denn sonst mit einem Mann wie Nikita Bogomolow treffen?«, fragte sie flüsternd, aber sie brauchte keine Antwort. »Es sei denn, du bist einer von ihnen. Genauso wie er. Du hast also wirklich Cordeaus Revier übernommen und machst irgendwelche Geschäfte mit Nikita.« Ihr Verstand ließ sie nur nach und nach aufnehmen, was er gesagt hatte und was es bedeutete.

Joshua nickte. »Ich bin nicht wie er, aber ja, ich strebe geschäftliche Beziehungen mit ihm an. Und ja, technisch gesehen habe ich Cordeaus Territorium übernommen, aber …«

Sonia konnte nicht mehr atmen. Sie bekam keine Luft. Null. Die in ihrer Lunge war verbraucht, und im Raum gab es keine mehr. Dieses Abendessen. Dieses sinnliche Dinner und der heiße, wilde Sex danach, das war Joshua gewesen, *ihr* Joshua, auf dem Weg zum Augenblick seines größten Triumphes. Er hatte sie ausgetrickst. *Benutzt.* Genauso wie Sascha. Es war eine Sache, einfach nur Sex miteinander zu haben, aber er hatte sie mit Absicht an sich gebunden. Dafür gesorgt, dass sie sich in ihn verliebte.

Jetzt liebte sie Joshua. Für Sascha empfand sie Dankbarkeit und Zuneigung, aber Joshua *liebte* sie – und er hatte sie getäuscht. Sie hatte keinen Zweifel daran, dass er sie an Nikita verkauft hatte. Schließlich waren die zwei im gleichen Geschäft. Sie waren Verbrecher und interessierten sich nicht für die Menschen, die sie verletzten.

Gatita. Was ist bloß los mit mir, dass ich nur schreckliche Männer anziehe? Ich bekomme keine Luft mehr. Sie konnte nicht mehr denken, sich nur noch wie ein Fötus zusammenrollen und sich wünschen, dass sich vor ihr ein Abgrund auftat und sie verschluckte. *Wie komme ich von Nikita weg? Jetzt, wo sie wissen, dass ich noch lebe, werden sie uns bis ans Ende der Welt jagen.*

Vor Schmerz erzitterte sie am ganzen Körper. Über das Dröhnen in ihren Ohren hinweg konnte sie nichts von dem hören, was Joshua zu ihr sagte. Am liebsten hätte sie so laut geschrien, dass ihre Stimmbänder rissen. Er hatte ihr das Herz zerfetzt, die Eingeweide. Aber kein Laut kam aus ihr heraus. Alles, was sie fühlte, war tief in ihr eingeschlossen. Dort, wo niemand etwas davon mitbekam. Und auch sie war dort eingeschlossen, unfähig, einen weiteren Betrug zu ertragen.

Sascha war ihr Retter gewesen. Sie hatte ihn jahrelang angehimmelt, ehe sie seine Frau wurde. Und Nikita hatte sie behandelt wie eine Tochter, bis sie viel später erfuhr, dass er hinter dem Mord an ihrem Vater steckte. Gleichzeitig hatte sie völlig entsetzt mitangehört, wie er Sascha sagte, dass er von ihrer Mutter verlangt hatte, mit ihm ins Bett zu gehen, wenn sie wolle, dass er ihre Tochter am Leben ließ. So regle man die Dinge.

Und nun Joshua. Der sie gezwungen hatte zuzugeben, dass sie ihn liebte. Ob die beiden wohl ihre Erfahrungen austauschten? Um einander zu erklären, wie man andere Menschen am besten kontrollierte und dabei seinen Spaß hatte? Ihr Leben steuerte? Ihre Gefühle? Sie schlang die Arme enger um sich, und schaute Joshua an, aber sie konnte ihn nicht sehen. Sie wollte es auch gar nicht bei all den Tränen, die in ihr steckten und drohten, den Strom, der ihr die Sicht nahm, zu einer Flut anschwellen zu lassen. *Gatita, hilf mir. Sag mir, was ich tun soll.* Sie hatte sonst niemanden. Nur ihre Leopardin. Die von ihr enttäuscht worden war. *Gatita ...*

Joshua schluckte das, was er sagen wollte, hinunter, denn er schaute nicht mehr in Sonias schokoladenfarbene Augen. Das Gold hatte das Dunkelbraun verdrängt. Er blickte in die blutrünstigen Augen eines Raubtiers. Schnell hob er eine Hand. »Sonia, beherrsch dich«, befahl er.

Aber es war bereits zu spät, viel zu spät. Schon knackten Sonias Gelenke. Sie waren beide nackt, also musste sie sich nicht damit aufhalten, sich die Kleider vom Leib zu reißen. Ihr Körper dehnte und verzerrte sich, und dann war sie auf allen Vieren, Muskeln glitten unter der Haut entlang, und Fell wuchs hervor, bis die Leopardin mit den goldenen Kreisen um die schwarzen Rosetten nur Zentimeter von ihm entfernt auf seinem Bett stand.

Abwehrend riss er die Arme hoch, um sich vor der schlanken Leopardin zu schützen, denn die Wut der Katze, die sich an dem Mann rächen wollte, der ihre Freundin betrogen hatte, war beinahe greifbar. Gatita schlug ihn so hart, dass sie ihm die Brust aufriss und ihn vom Bett fegte. Es tat höllisch weh, und der heiße Schmerz rief sofort seinen Leoparden auf den Plan, der nicht verstand, was vorging, aber ebenfalls wütend mit Zähnen und Klauen nach Freiheit verlangte, um ihn zu beschützen – wenn es sein musste auch vor der eigenen Gefährtin.

Gatita im Blick schob Joshua sich auf die Knie und drängte seinen Leoparden zurück. Sie brauchten keinen schonungslosen Raubtierkampf, den keiner gewinnen würde. Gatita wirbelte herum, holte aus und zerkratzte ihm den Oberschenkel, dann drehte sie sich um und war mit einem Satz an der Tür. Eine Tatze wurde wieder zur Menschenhand, und schon war sie draußen, sprang locker auf den nächsten Ast und lief in die Bäume.

»Evan!«, brüllte Joshua, während er ihr blutend und unter Schmerzen nachlief. Sein Leopard bekämpfte ihn bei jedem Schritt, doch Joshua schaffte es bis zum Balkongeländer und stieß seinen Ruf aus. Ein immer höher werdendes Knurren, das für seine Männer unmissverständlich war. Danach ließ er seinen Leoparden knurren, damit Gatita wusste, dass die Männchen hinter ihr her waren und sie besser umkehren sollte.

Doch erst als die anderen Männchen antworteten und den Jagdruf aufnahmen, ließ er Shadow an die Front. Der Leopard war außer sich, dass sein Freund verletzt und seine Gefährtin auf der Flucht war, und stürzte sich mit vollem Elan in die Verfolgung.

Sie kamen ihr nach. Gatita hörte die Männchen und verharrte einen Moment auf einem Ast. *Sie kommen.*

Sonia versuchte, das Chaos in ihrem Kopf zu ordnen. Sie hatte sie auch gehört. Es waren mindestens sechs. Vielleicht mehr. Joshuas Leoparden hatte sie an der Stimme erkannt, als er seine Kampfansage herausbrüllte. Die Männchen machten

Jagd auf Gatita. Wieder einmal war es ihr nicht gelungen, ihre Leopardin zu schützen, im Gegenteil, die Katze war in größerer Gefahr als je zuvor.

Bring uns nach Hause. Im Truck konnten die Leoparden ihr nichts tun. Außerdem hatte sie Waffen. Und sorgfältig darauf geachtet, niemandem außer Molly davon zu erzählen. Sie war eine gute Schützin; ihre Eltern hatten darauf bestanden, dass sie regelmäßig mit ihrer Pistole übte. Deshalb hatte ihr Vater sie jeden Tag zum Schießstand gebracht, und nach seinem Tod hatte ihre Mutter gewollt, dass sie damit weitermachte. Aber sie hatte auch ein Jagdgewehr. Sie musste nur richtig zielen, das würde einen Leoparden aufhalten. Nur ... Oh Gott. Dachte sie ernsthaft darüber nach, Joshua zu töten?

Ein scharfer Schmerz durchschnitt sie, sobald sie wieder imstande war, weiter über seinen Betrug nachzudenken. Sie konnte nicht alles auf einmal verarbeiten. Die Vorstellung, dass Joshua sie absichtlich dazu gebracht hatte, sich in ihn zu verlieben, und sogar so weit gegangen war, sie dazu zu zwingen, es zuzugeben ... Tränen strömten aus ihren und Gatitas Augen.

Lauf, Gatita, bring uns schnell nach Hause.

Vielleicht konnte sie ihren Vorsprung ja halten, in den Truck springen und losfahren. Dann würden die Leoparden sie natürlich verfolgen, aber sicher konnte sie irgendwo Unterschlupf finden. Bei Bastien und Molly? Durfte sie die beiden in Gefahr bringen? Bastien war Polizist und die meisten seiner Freunde ebenfalls. Die konnten sie doch in Schutzhaft nehmen. Aber wie lange?

Noch nie im Leben hatte sie solche Schmerzen gehabt. Nicht einmal, als sie entdeckt hatte, dass Nikita derjenige gewesen war, der den Tod ihres Vaters angeordnet hatte. Nicht, als sie herausgefunden hatte, dass er ihre Mutter dazu gezwungen hatte, mit ihm zu schlafen. Und auch nicht, als sie mitbekommen hatte, wie lässig Sascha mit seinem Vater über ihren Tod sprach. Das war zwar brutal gewesen, aber das hier war schlimmer. Das hier brach ihr das Herz, und sie war nicht ganz sicher, ob sie das überstehen würde.

Doch, das wirst du. Ich bin ja bei dir.

Gatita. Auf ihre Leopardin war immer Verlass. Aber sie hatte die Katze in große Gefahr gebracht. Shadow würde sie jagen, und er war sehr erfahren im Kampf.

Aber er wird zögern, und ich nicht, sagte Gatita beruhigend. *Dieser Leopard ist wirklich mein Gefährte, bei seinem Menschen kann man es nicht wissen. Shadow hat doch sicher gewusst, was Joshua ist und was er vorhat, aber er hat beschlossen, es mir nicht zu sagen. Er hat seine Strafe verdient.*

Gatita landete auf der oberen Veranda. Dann verwandelte sie sich, und Sonia lief ins Schlafzimmer, riss ihre »Fluchttasche« unter dem Bett hervor und rannte zu ihrem begehbaren Schrank, wo sie in einem Geheimfach hinter einer Wand ihre Waffen verwahrte. Hastig warf sie die kleinste Handfeuerwaffe in die Tasche, dazu zwei Magazine und griff nach dem Jagdgewehr.

Sie sind fast da. Im Sumpf haben wir eine bessere Chance. Ich bin kleiner und leichter. Da, wo ich hin kann, kommen sie nicht an mich ran.

Sonia richtete den Blick auf den Sumpf. Sie hatte kein Licht angemacht. Draußen war es dunkel und niemand konnte ins Haus sehen. Jede Bewegung schmerzte. Jeder Muskel, jedes Gelenk und ihr Herz taten weh. Sie hatte immer noch Mühe, genug Luft zu bekommen, aber sie musste weiteratmen, obwohl es ihr so vorkam, als lägen Hände um ihren

Hals, die sie langsam erdrosselten. Das hatte sie Joshua zu verdanken.

Bist du sicher, Gatita? Wenn sie dich fangen, töten sie dich womöglich.

Ich habe mir etwas Zeit genommen, um nach solchen Verstecken Ausschau zu halten. Weil ich mir auch Sorgen gemacht habe und sicher sein wollte, dass wir einen Fluchtweg haben. Ich schaffe das. Die Leopardin war mitten in diesem Sturm ohne Angst und sehr ruhig. Sie war zwar selber gekränkt, doch der große Schmerz, den Sonia empfand, weckte bei ihr unwillkürlich alle Beschützerinstinkte.

Sonia musste sich schnell entscheiden. Sie warf das Jagdgewehr aufs Bett, schlang sich die Tasche um den Hals und lief auf den Balkon. Das Verwandeln fiel ihr immer leichter. Gatita sprang auf den Boden und sprintete in den Wald. Leoparden konnten ihre hohe Geschwindigkeit nicht lange halten, deshalb versuchte Sonia, Gatita daran zu hindern, durch ein zu hohes Tempo alle Energie zu verbrauchen. Denn diese Jagd würde lange dauern.

Er hat Liebe mit mir gemacht, Gatita. Das ist ein Unterschied, den man spürt. Wie konnte er das tun? Wie konnte er mich so täuschen? Und wie konnte Sascha das tun? Was mache ich falsch, dass ich mir immer solche Männer aussuche? Ich verstehe das nicht. Anscheinend macht es ihnen Spaß, mich zu verführen und dann fallen zu lassen, sonst würden sie sich nicht so große Mühe dabei geben.

Wenn ich könnte, würde ich sie beide umbringen, weil sie dir so wehgetan haben. Die kleine Leopardin wirkte völlig furchtlos.

Auf dem Weg durch den Sumpf spürte Sonia die Wut, die in der Raubkatze brodelte. Aber sie bewegte sich trittsicher und leichtfüßig voran. Natürlich würden die Männchen sie wittern, obwohl Gatita diesmal darauf achtete, keine Baumstämme oder Sträucher zu streifen. Immerhin hatten sie den Vorteil, dass die Katze sich jede Nacht im Sumpf vergnügt hatte, also war ihr Duft überall.

Sie entfernten sich von der Straße und Joshuas Anwesen, hielten aber Abstand zum Fluss, auch wenn Gatita parallel dazu lief. Erst als sie nicht mehr in der Nähe der Hütte waren, die der Jäger bezogen hatte, steuerte Gatita aufs Wasser zu, um die Verfolgung schwieriger zu machen.

Da gibt's mehrere Alligatoren, warnte Sonia.

Das weiß ich, erwiderte Gatita. *Vom Gebiet des Bullen halten wir uns fern und die Weibchen kann ich mir vom Leib halten.*

Alles hier gehört zum Gebiet des Bullen. Das sind ja seine Weibchen. Wir können erst weiter aufwärts in den Fluss.

Dann nehmen die Männchen unsere Spur auf. Um zu meinem Fluchtweg zu kommen, müssen wir ins Wasser.

Sonia erschien das zu riskant. Diese Alligatoren waren größer als die meisten anderen in der Gegend, und sie wollte nicht, dass Gatita sich mit ihnen anlegte, trotz ihres Selbstbewusstseins.

Lass mich diesen Teil übernehmen, Gatita. Ich kann durch den Wald laufen und uns zu der Stelle bringen, zu der du willst. Vielleicht hinterlasse ich weniger Duftspuren. Damit werden sie nicht rechnen.

Sie würde nackt und barfuß sein. Nicht besonders praktisch im Sumpf. Aber es kümmerte sie nicht. Joshua hatte ihren Panzer durchdrungen, ihr allen Schutz weggenommen und sie dann in Stücke gerissen. Sie so zerstört, dass sie nie mehr dieselbe sein würde. Er hatte ihr eine Lektion erteilt, die sie niemals vergessen würde – falls sie das hier überlebte.

Nein, ich bringe uns hin. Du könntest dich verletzen.

Glaubst du, ich könnte noch schlimmer verletzt werden, als ich es schon bin? Er hat mich kaputtgemacht, Gatita. Total kaputt. Es ist nichts mehr übrig. Ich bin nicht mal mehr imstande, dich zu beschützen, und das tut am meisten weh.

Gatita lief ungerührt weiter. *Wir beide passen aufeinander auf. Wenn du mich brauchst, übernehme ich. Ich weiß, dass du dich gerade sehr schlecht fühlst und dich am liebsten zu einem Ball zusammenrollen möchtest, weil er dir das Herz gebrochen hat. Deshalb muss ich dich jetzt beschützen, Sonia. Also lass mich machen.*

Ich liebe dich so sehr. Sonia hatte früher nicht geglaubt, je wieder lieben zu können. Sie war davon ausgegangen, dass sie diese Fähigkeit für immer verloren hatte und irgendwann völlig gefühllos sein würde. Sie wollte auch wie taub sein – es schien ihr eine Notwendigkeit. Doch bislang war es nicht so weit gekommen.

Vorsichtig schlich Gatita sich über umgestürzte Baumstämme hinweg durchs Gebüsch, als es plötzlich hinter ihnen verdächtig knackte, ein Ast war gebrochen. Waren ihre Verfolger schon so dicht hinter ihnen?

Wenn sie uns finden, Sonia, werden sie uns dann töten?

Das hoffe ich. Es war die reine Wahrheit. *Ich möchte nicht von Nikita gefoltert werden. Ich denke, er ist so wütend, dass er an uns ein Exempel statuieren würde.*

Wenn Joshua uns Nikita übergibt, zeigst du ihm, dass es mich gibt. Dann wird er uns nicht töten, sondern gefangen nehmen. Gatita schien sich sehr sicher zu sein. *Gemeinsam finden wir schon eine Fluchtmöglichkeit.*

Er würde uns in einen Käfig sperren. Und später aus deinem Fell einen Kaminvorleger machen. Das traue ich ihm glatt zu. Sie würde es niemals schaffen, Nikita davon abzuhalten, der Leopardin wehzutun, wenn er erst einmal von ihr erfahren hatte.

Das Risiko müssen wir eingehen, wenn er vorhat, dich auf der Stelle zu töten.

Gatita hatte sie weit von zu Hause weggebracht, in einen Teil des Sumpfes, den Sonia als Mensch noch nicht erforscht hatte. Sie war zwar dabei, wenn die Leopardin laufen ging, achtete aber nicht immer auf die Umgebung. Jetzt wünschte sie, sie hätte es getan. Gerade kroch Gatita in eine Art Tunnel, der von einem kleineren Tier gemacht worden war. Vielleicht einem Fuchs? Es roch jedenfalls nach Fuchs. Die labyrinthischen Gänge waren eng und sehr niedrig. Gatita robbte sich durch Windungen, die sie dicht ans Wasser heranführten, und ehe Sonia sie aufhalten konnte, sprang die mutige kleine Leopardin hinein.

Gatita paddelte durchs Wasser, blieb aber nah am Ufer. Sonia hatte eigentlich erwartet, dass sie zur Insel hinüberschwimmen würde, doch die Katze mied die andere Seite.

Damit rechnen sie doch.

Natürlich. *Du bist so schlau, Gatita. Danke, dass du mir hilfst.* Die Panik und das Entsetzen über den Verrat gingen langsam so weit zurück, dass Sonias Hirn wieder anfing zu arbeiten. Das Problem dabei war, dass sie dann auch den starken Schmerz ertragen musste, denn der war so brutal, dass sie lieber in eine Art Starre verfallen wäre. Doch diesen Luxus konnte sie sich nicht leisten, solange eine Meute Raubtiere sie hetzte.

Gatita schwamm etwas schneller, aber immer noch in einem vernünftigen Tempo. Wenn sie zu lang rannte, geriet sie außer Atem, und beim Schwimmen war es genauso. Schon war deutlich zu sehen, wie sich ihre Flanken mühsamer hoben und senkten.

Du schaffst das, ermutigte Sonia sie.

Wie gut, dass Gatita jede Nacht im Sumpf unterwegs gewesen war. Dabei hatte sie ihn nicht nur gründlich erforscht, sondern war zudem sehr fit geworden. Das musste sie auch sein, denn die Männchen waren größer, und wenn irgendetwas von dem, was Joshua erzählt hatte, wahr war, achteten sie darauf, gut in Form zu bleiben. Sonia wollte nicht, dass Gatita mit ihnen kämpfte. Das würde sie nicht zulassen. Besser sie wurde zerrissen als ihre Leopardin.

Schließlich hatte nicht Gatita sich verliebt. Wieder wurde Sonia vor Schmerz fast schlecht. Sie hatte Joshua gegenübergesessen und alles getan, was er gesagt hatte. Sie hatte dieses Ei sogar in sich haben *wollen*. Nicht nur wegen der Lust, die es ihr verschafft hatte, sondern um sein Gesicht zu sehen. Sie beobachtete ihn gerne dabei, wie er ihr zusah. Wie die sinnlichen Züge in seinem Gesicht tiefer wurden, seine Augen dunkler und die Lider schwer vor Leidenschaft. Sie wusste, wie so etwas auf ihn wirkte, und fühlte sich dann mächtig und sexy. Unglaublich begehrenswert. Sie hatte sich das alles selber angetan.

Joshua hatte stets darauf geachtet, dass sie freiwillig mitmachte. Dafür hatte sie ihn noch mehr geliebt. Er hatte immer wieder betont, dass er sofort aufhören würde, wenn ihr irgendetwas nicht gefiele. Deshalb hatte sie sich sicher und geborgen gefühlt. Dabei hatte er die ganze Zeit mit ihr gespielt. Ein Schluchzer schüttelte sie. Das tat weh. Mehr als weh. Das brachte sie um.

Sie musste aufhören, nicht mehr daran denken. Vor allem nicht an ihn. Nichts war echt gewesen. Alles nur eine List, auch dieses Abendessen, nach dem er sie so langsam geliebt und jeden Zentimeter ihrer Haut so ehrfürchtig berührt hatte. Sie hätte es wissen müssen.

Nikita hatte es doch gesagt. Sie hatte sich nur geweigert, es zu glauben. Frauen wie sie taugten nur zum Bumsen, nicht zum Heiraten. Sie war nichts wert. Das hatte Nikita gemeint.

Und offensichtlich war Joshua derselben Ansicht. Bastien war ein guter Mann. Er hatte sich lieber an Molly gehalten, die nicht so war wie sie – keine von der Sorte, die man fickte und dann einfach wegwarf.

Gern hätte Sonia sich die geballte Hand in den Mund gesteckt, um weitere Schluchzer zu verhindern. Sie taten zu weh. Doch sie ließen sich genauso wenig unterdrücken wie ihre stummen Schreie.

Wir sind gleich da. Das Versteck ist in der Nähe einer Straße, wo du uns vielleicht eine Mitfahrgelegenheit besorgen kannst. Gatita klang sehr zufrieden.

Sie hatten es geschafft. Ein Gefühl des Triumphes erfüllte Sonia. Sie hatten die Leoparden, die hinter ihnen her waren, überlistet. Genauer gesagt, Gatita hatte sie überlistet. Denn die Leopardin hatte diesen Fluchtweg für den Notfall ausgekundschaftet.

Das habe ich von dir gelernt, Sonia. Du hast immer einen Plan für uns gehabt. Du bist immer vorbereitet.

Nur diesmal nicht. Joshua hatte sie überrumpelt. *Danke, meine wunderbare, kluge Gatita. Ich weiß nicht, was ich ohne dich tun würde.*

Gatita schwamm zum Ufer, stieg an einer flachen Stelle aus dem Wasser und suchte müde die Umgebung ab, damit sie nicht von einem neugierigen Alligator überrascht wurden.

Ich muss mich einen Moment ausruhen, verkündete sie, als sie sich die letzten paar Schritte wieder in den Sumpf zurückschleppte. Dann warf sie sich im Schatten eines Eukalyptusbaums auf den Bauch. Sonia schaute sich weiter wachsam um.

Ich könnte uns doch zur Straße bringen.

Nein, erwiderte Gatita entschlossen. *Ich kann das besser und schneller.*

Gerade als die Leopardin sich wieder erhob, hörten sie einen Zweig knacken. Dann noch einen. Und noch einen. Insgesamt sieben. Rund um sie herum, als wären sie umzingelt.

Mit vor Verzweiflung rasendem Puls plante Sonia jede Bewegung. Sie würde sich blitzschnell verwandeln müssen. Zuerst die Hände, damit sie die Pistole aus der Tasche ziehen und schießen konnte, ehe die Leoparden wieder zu Menschen wurden. Aber sollten sie stattdessen angreifen, würde alles schnell vorbei sein.

14

Gatita nahm Sonia die Entscheidung ab. Als die Männchen aus dem Gebüsch kamen und sie umringten, sodass es kein Entkommen gab, griff das kleine Weibchen an. Ohne sich mit verräterischen Ritualen aufzuhalten, wie etwa zu fauchen und nach Blättern zu schlagen, stürzte es sich, ehe Sonia es aufhalten konnte, direkt auf seinen Gefährten und hieb mit den Pranken auf ihn ein, um den Ring zu durchbrechen.

Doch sofort nahmen zwei große Männchen es in die Zange und warfen es zu Boden. Während das eine Gatita im Kehlgriff festhielt, drückte das andere sie nieder. Ihr Herz klopfte wie wild. Jedes mühsame Luftholen schmerzte. Wütend schlug sie mit dem Schwanz. Als heißer Atem ihr Gesicht traf, verengten sich ihre Augen zu Schlitzen.

Kai und Gray, dachte Sonia, und tief in ihrem Inneren zerriss sie ein weiterer Schluchzer. *Ich mochte sie. Und dachte, sie mochten mich.* Ob sie wohl eine Tatze zur Hand werden lassen und an ihre Pistole gelangen konnte, ehe einer von den beiden sie aufhielt? Sie bezweifelte es. Aber sollte sie einfach nur daliegen und hoffen, dass sie ihr nichts taten? Vielleicht würde sie es schaffen, einen Schuss abzugeben. Oder sogar zwei. Auf Kai und Gray, die Männer, die sie am besten kannte. Joshua wäre ihr lieber, aber sie war nicht sicher, ob sie in dem Fall imstande war abzudrücken. Sie liebte ihn, und das ging nicht einfach weg, weil er ein Lügner war.

»Tut ihr nicht weh.«

Weil Kai ihr die Sicht versperrte, konnte sie Joshua nicht sehen. Aber seine befehlsgewohnte Stimme stachelte sie an, sich zu wehren. Und zwar gegen den Anführer.

Nein, sie konnte ihn nicht töten. Nicht, um sich selber zu verteidigen. Aber um Gatita zu retten. Sie setzte all ihre Raubtiersinne ein, um seinen Standort zu lokalisieren. Während Gatita sich weiter weigerte aufzugeben, ging sie im Kopf immer wieder genau durch, was sie tun würde, bis sie es im Schlaf gekonnt hätte.

Gatita, gib nach. Entspann dich. Jetzt.

Augenblicklich tat die kleine Leopardin so, als wäre jeder Kampfgeist aus ihr gewichen. Schlaff blieb sie liegen, Auge in Auge mit Kais großem Männchen, das sie an der Kehle gepackt hielt. Der große Kopf des Leoparden hatte die Fluchttasche zurückgeschoben, das hieß, dass sie weiter nach hinten fasste musste als gehofft, aber die Waffe war unverpackt und daher leicht zu greifen.

Sonia wartete einen Herzschlag lang. Alle Leoparden hatten ihre Aufmerksamkeit – und die Köpfe – ihrem Anführer zugewandt und warteten auf weitere Anweisungen. Sie holte tief Luft, verwandelte blitzschnell eine Tatze, griff in die Tasche und dachte eine Schrecksekunde lang, sie hätte die Pistole verloren. Dann war sie plötzlich in ihrer Faust. Noch im Herausziehen löste Sonia die Sicherung und hielt Kais Leopard die Waffe an den Hals.

Wieder empfand sie Triumph und Verzweiflung zugleich. Eigentlich wollte sie niemanden töten. Es lag nicht in ihrer

Natur, auch wenn sie gelernt hatte, dass es manchmal die einzige Möglichkeit war, Monster aufzuhalten. Sie musste Kai erschießen, solange sie noch die Chance hatte, und das nächste Ziel würde Joshua sein, nicht Gray.

Plötzlich bemerkte sie eine Bewegung, dann stand Joshua vor ihnen. Er war nackt. Splitternackt, jeder Muskel und seine beeindruckenden Genitalien deutlich sichtbar. Aus Wunden an einem Bein, der Brust und seinem Gesicht troff Blut, doch er kümmerte sich nicht darum.

»Sonia, mein Schatz, du hast mir keine Gelegenheit gegeben, dir alles richtig zu erklären. Ich hatte dich gebeten, mir bis zum Schluss zuzuhören. Du willst Kai doch gar nicht erschießen. Er hat mit der Sache zwischen uns beiden nichts zu tun. Ziel auf mich, wenn du dich dann sicherer fühlst, dann reden wir.«

Wenn sie das tat, gab sie ihren Vorteil auf, das war Sonia bewusst. Trotzdem hatte seine Stimme eine so große Wirkung auf sie, dass sie, ehe sie richtig nachdenken konnte, die Pistole schon vom Hals des riesigen Leoparden über ihr nahm. Da schlug ihr jemand von hinten auf den Arm, verdrehte ihn und riss ihr die Pistole aus der Hand, sodass sie wehrlos war. Es gab keinen Ausweg, aber sie würde nicht zulassen, dass diese Leoparden Gatita umbrachten; sie würde sie zwingen, stattdessen sie zu töten.

Sonia versuchte, die Kontrolle zu übernehmen, doch ihre Leopardin wollte die Oberhand behalten. In dem Augenblick verachtete sie Joshua. Er hatte sie absichtlich abgelenkt, indem er sich ihr nackt gezeigt hatte. Sich ihr in seiner verletzlichsten Form präsentiert hatte, um seinen Männern eine Gelegenheit zu geben, sie zu entwaffnen.

Überlass das mir, Gatita.

Nein, ich lasse nicht zu, dass sie dich fressen, erwiderte die Katze in ihrem störrischsten Tonfall, was Sonia verriet, dass sie sich weder von strengen Befehlen noch von flehentlichen Bitten umstimmen lassen würde. Also verwandelte sie die Hand wieder in eine Tatze und überließ der kleinen Leopardin den Ring.

Langsam gaben Kai und Gray Gatita frei, blieben aber dicht bei ihr und keilten sie so ein, dass sie keine Bewegungsfreiheit hatte. Beim Aufstehen fauchte sie Joshua an, machte aber keinen Schritt auf ihn zu. Wozu auch? Schließlich musste sie mit ihrer Kraft haushalten.

»Sonia, du kannst nicht gewinnen. Wir sind zu siebt und du bist allein. Du willst doch nicht, dass deine Katze in Stücke gerissen wird. Geh mit uns zum Haus zurück und tu nichts Unvernünftiges. Ich weiß, dass du Angst hast, aber das ist nicht nötig. Ich würde dich mit meinem Leben verteidigen. Wir können uns nicht hier unterhalten, wo es diesen fremden Jäger auf der anderen Seite des Flusses gibt. Ich bitte dich, darüber nachzudenken, was das bedeuten könnte, und dann das Richtige zu tun und einfach ruhig mit uns zu kommen.«

Vor Sonias geistigem Auge liefen viele Szenarien ab. Sie hatte keine Waffe mehr, aber sie konnte Joshua so reizen, dass er sie gleich an Ort und Stelle tötete. Im Haus war die Chance für eine erneute Flucht sehr gering, und somit würde Joshua sie Nikita übergeben. Aber sie wollte auf keinen Fall gefoltert werden, denn Nikita würde sie nicht sofort töten. Trotzdem war es vielleicht besser mitzugehen, als sich zerfetzen zu lassen.

Gatita bleckte die Zähne und zeigte ihren Unwillen, indem sie mit der Tatze auf den Boden schlug und einen Haufen Blätter aufwirbelte.

»Zurück, Boss. Die beiden werden sie erst gehen lassen, wenn du genug Sicherheitsabstand hältst«, sagte Evan.

Sonia schaute zu ihm hinüber. Evan hatte sich teilweise verwandelt, damit er sprechen konnte. Auch ihn hatte sie für einen Freund gehalten. Sie hatte im Umfeld dieser Männer gearbeitet, und das hatte ihr etwas bedeutet. Sie wartete, während Joshua ihre Leopardin beobachtete.

»Ich würde dir niemals wehtun, Sonia. Nie. Im. Leben. Ich verstehe, warum du glaubst, dass ich dich verraten und verkauft hätte. Aber denk mal rational. Im Moment bist du im Kampf-oder-Flucht-Modus und überlegst nicht richtig. Du musst doch wissen, dass das, was zwischen uns ist, echt ist. Auch wenn mir klar ist, wie durcheinander du gerade bist, finde ich das verdammt verletzend.« Damit wandte er ihr den Rücken zu und verwandelte sich wieder.

Er hatte es fertiggebracht, dass sie sich schäbig fühlte, weil er sich vor seinen Männern als Opfer ihres Benehmens dargestellt hatte. Und er hatte nicht nur gekränkt geklungen, er hatte auch so ausgesehen. Aber sie wollte nicht länger darüber nachdenken. Schließlich hatte er auch ehrlich geklungen, als er behauptet hatte, er liebe sie – genau wie Sascha. Wie war das zu erklären?

Ist es möglich, dass du eine Lüge nicht von der Wahrheit unterscheiden kannst, Gatita? Sie hatte sich immer sehr auf die Sinne ihrer Leopardin verlassen.

Ich bin ziemlich verwirrt. Shadow behauptet, ich wäre seine Gefährtin und dürfte ihn nicht verlassen. Und sein Mensch würde das Gleiche von dir denken. Shadow kommt mir ehrlich vor, obwohl er sehr, sehr sauer ist, dass ich Joshua verletzt habe.

Gatita ließ sich nicht drängen. Sie blieb still stehen und starrte Joshuas großen Leoparden an, als hätte er alle Antworten. Das bereitete Sonia Sorgen. Wenn Joshua seinen Leoparden dazu bringen konnte, ihr Weibchen davon zu überzeugen, dass er ihnen nichts Böses wollte, konnte er fast alles tun.

Shadow näherte sich Gatita, und sofort waren alle Männchen in höchster Alarmbereitschaft. Der große Leopard stieß sie an der Schulter an, um sie zum Gehen zu bewegen, und sie fauchte und biss nach ihm. Shadow wich rechtzeitig aus, sodass ihre Zähne kaum Schaden anrichteten, doch dann sprang er sie so heftig an, dass sie zu Boden stürzte.

Heiße Wut erfasste Sonia. Schnell nutzte sie Gatitas Überraschung über den Angriff ihres Gefährten und übernahm die Führung, kam hervor und drängte Gatita zurück. Es kümmerte sie nicht, dass sie nackt war und wie viele Männer sie so sahen. Das machte Gestaltwandlern doch nichts aus. Wie oft hatte Joshua ihr das gesagt?

Mit einem schnellen, harten Front-Kick trat sie dem großen Leoparden in die Flanke und stieß dann ihre Ferse in genau dieselbe Stelle in der Hoffnung, ihm die Rippen zu brechen.

»Verdammt, Joshua. Wenn du mich unbedingt tot sehen willst, bring mich um, nicht meine Leopardin!«, brüllte sie zornig und ging immer wieder mit Tritten auf ihn los.

Der Leopard sprang zurück und verwandelte sich im Flug, dann kam Joshua auf sie zu, das Gesicht starr vor Wut, die Augen so stürmisch blau wie ein Gewitterhimmel. Als er ihrem nächsten Tritt locker auswich, ihren Arm packte und sie an sich riss, stockte Sonia der Atem.

»Welchen Teil von ›Wir wissen nicht, wer dieser Jäger ist und was er will‹ hast du nicht verstanden? Der Mann kommt nicht von hier. Er könnte einer von Nikitas Leuten sein. Ist es das, was du willst? Zurück zu Sascha Bogomolow? Dem Mann, der nichts dagegen einzuwenden hatte, dass du für immer verschwindest?«

Er hielt sie so fest, dass sie blaue Flecken bekommen würde. Doch das spielte keine Rolle, es war sein höhnischer Tonfall, der ihr wehtat. Sie trat ihm mit aller Kraft auf den Fuß und wünschte, sie trüge Schuhe mit Stahlkappen. Ein guter Grund, sich welche anzuschaffen.

»Du wirst dich nicht noch länger in Gefahr bringen. Nicht eine Minute. Wir gehen jetzt zum Haus zurück, und du hörst mir bis zum Ende zu. Hier draußen sind wir alle nicht sicher. Dass dein Weibchen mich angegriffen hat, hat meine Männer gegen euch aufgebracht. Und was denkst du dir dabei, meinen Leoparden anzugreifen? Was, wenn ich nicht schnell genug zum Menschen geworden wäre? Wenn ich ihn nicht bändigen könnte und er dir das Herz rausgerissen hätte? Deine Katze kriegt einen kindischen Anfall, und du lässt es einfach zu.«

Irgendetwas schnürte Sonia die Luft ab, sie hörte kaum, was er sagte – aber ein kindischer Anfall? Er hatte ihr das Herz gebrochen und meinte, sie hätte kindisch reagiert? Doch ehe sie ihm sagen konnte, er solle zur Hölle fahren, stieß er sie von sich.

»Jetzt verwandle dich, verdammt noch mal. Und zwar schnell, dann geht es zurück zum Haus. Du bist ja splitterfasernackt.«

»Du doch auch«, zischte sie, obwohl sie sich plötzlich schämte.

»Meinst du, ich möchte, dass du hier vor allen Augen weiter eine Show abziehst? Verwandle dich. *Sofort.* Und wenn du so was noch mal machst oder Aufmerksamkeit auf uns lenkst, wirst du es bereuen, das schwöre ich dir.«

»Erschieß mich doch endlich, dann ist es vorbei, aber hör auf, mich zu bedrohen.«

Blitzschnell baute er sich wieder vor ihr auf, packte sie grob an den Oberarmen und schüttelte sie. »Das ist Selbstmord, Sonia. *Reiner Selbstmord.*« Seine Stimme war leise, aber so nachdrücklich, dass es ihr vorkam, als hätte er geschrien. Es wirkte, als sei seine Haut unter der permanenten Bräune erblasst. »Das wirst du nicht tun. Nicht mal im Geiste. Und schon gar nicht in der Realität. Das lasse ich nicht zu. Du musst deine Gefühle solange zügeln, bis du gehört hast, was ich dir zu sagen habe. Ich wusste nicht, dass Bogomolow dich kennt. Und ich habe längst beschlossen, dass ich ihn beseitigen werde. Du wirst nie wieder Angst vor ihm haben müssen. Komm einfach mit nach Hause und hör mich an.«

Er war im Vorteil. Schließlich hatte er sechs Männer dabei, allesamt Leopardenmenschen und nur zu bereit, sich auf sie zu stürzen, sobald sie auch nur eine falsche Bewegung in seine Richtung machte. Also nickte sie. Was hätte sie sonst tun können? Aber ihm glauben? Das war etwas anderes.

Gatita kam wieder hervor und machte sich auf den Rückweg zum herrschaftlichen Plantagenhaus, ohne ihrem Gefährten jegliche Beachtung zu schenken. Evan ging voran, und sie folgte ihm, umgeben von den anderen Männchen. Sonia hatte Joshua aus den Augen verloren, roch aber seinen wilden Duft. Er bildete die Nachhut und war dicht hinter ihnen. Sie fand ihre Leopardin großartig. Einfach großartig. Wie eine Königin tappte sie gemessenen Schritts durch den Sumpf und ließ keinen Zweifel daran, dass sie das Tempo vorgab.

Die Männchen umringten sie, konnten sie aber nicht zwingen, schneller zu gehen. Sie wagten es nicht, sie mit der Schulter anzustoßen, denn das hätte ihr Gefährte nie geduldet. Und Joshua achtete zwar darauf, dass sie in Bewegung blieb, wusste aber sicherlich, dass sie sich wieder verwandeln und ihn attackieren würde, falls sein Leopard es wagte, ihr Weibchen zurechtzuweisen.

So dauerte es sehr lange, den Weg zu Joshuas Plantage zurückzulegen. Zweimal trennten sich zwei der Leoparden, die sie als Carter und Fergus kannte, von der Gruppe und schlugen einen Haken, als hegten sie Verdacht, dass die Gruppe verfolgt wurde. Sonia beschlich ein ungutes Gefühl. Sie hatte sehr laut gesprochen und die Stimme auch auf Joshuas Aufforderung hin nicht gesenkt. Wenn der Jäger sie gehört und seine Hunde losgelassen hatte, war er ihnen vielleicht auf der Spur. Der Typ hatte ein Gewehr. Falls er auf die Leoparden schoss, würden sie ihn wohl töten. Und es wäre ihre Schuld. Ein unschuldiger Mann, der wahrscheinlich nur versuchte, Nahrung für seine Familie aufzutreiben, hatte es nicht verdient, von Raubtieren zerfetzt zu werden, denen er zufällig über den Weg gelaufen war.

Zum ersten Mal zwang sie ihr Hirn, über den eigenen Kummer hinauszudenken. In jenem Moment vorhin hatte sie gedacht, ihr sei es egal, wenn Joshua stürbe. Ja, dass sie ihn tot sehen wollte. Aber das war, bevor ihr bewusst wurde, dass möglicherweise ein Jäger hinter ihnen her war. Sie wollte ja gar nicht, dass irgendjemand starb, am allerwenigsten Joshua. Verwirrt von ihrer eigenen Unentschlossenheit ließ sie Gatita schneller laufen.

Aufsteigender Nebel kroch durch die Bäume und durchzog die dunkle Nacht mit grauen Schleiern. Es gab nur wenig Wind, und die ungewöhnlich stillen Insekten blieben in ihren Verstecken, solange das Raubtierrudel durch ihr Gebiet zog.

Sonia fing an, sich zu fürchten, und mit jedem Schritt verknotete sich ihr Magen etwas mehr. Dass die Leoparden sich dabei abwechselten, ihren Rückzug zu decken, gefiel ihr genauso wenig wie die Tatsache, dass es bis zu Joshuas Haus nicht mehr weit war und sie vielleicht nie wieder eine Gelegenheit zur Flucht bekam.

Warum sind die Männchen so unruhig?

Sie haben die Witterung eines Fremden aufgefangen.

Du auch? Normalerweise meldete Gatita sich bei Sonia, wenn sie etwas Ungewöhnliches roch.

Einen Moment lang dachte ich, ich kenne den Geruch, gab Gatita zu, *aber er ist sehr flüchtig und schnell wieder weg. Trotzdem sichern die Männchen uns immer wieder ab.*

Sonia versuchte, an eine Frage zu denken, die ihr mehr verriet. Die Unterhaltung mit der Leopardin, die über Bilder und starke Emotionen ablief, war manchmal schwierig. *Glaubst du auch, dass wir verfolgt werden?*

Ja.

Sonias Herz machte einen Satz. Joshua hatte zu Recht Sorge gehabt, dass der Jäger sie vielleicht hörte. Und ihr Verfolger musste geschickt sein, wenn er es schaffte, acht Leoparden an der Nase herumzuführen.

Beeil dich. Ich möchte nicht, dass dieser Jäger auf uns schießt.

Ach, das tut er schon nicht.

Entnervt stieß Sonia den Atem aus. Gatita war so wütend auf ihren Gefährten, dass sie sich von niemandem mehr gängeln lassen wollte.

Ich habe ihm doch klargemacht, dass du sauer bist, erinnerte Sonia sie.

Sie haben uns beide verraten. Dafür gibt es kein Pardon, meinte Gatita entschlossen. *Weil er mich nicht davor gewarnt hat, dass dein Mann genauso ist wie Sascha, hat Shadow auch Schuld an diesem Schlamassel.*

Stimmt, erwiderte Sonia zögerlich, denn sie wollte nicht, dass die Leopardin irgendetwas tat, das Shadow noch mehr reizte. Im Ernstfall plante sie jedenfalls, sich töten zu lassen, damit Gatita nicht so viel davon mitbekam.

Plötzlich ragte im grauen Nebel die Rückseite des Plantagenhauses vor ihnen auf. Angst kroch an Sonias Rückgrat hoch. Gern hätte sie sich weiter in der Tiergestalt versteckt, denn nun würde sie wieder Joshua gegenübertreten müssen. Das war das Letzte, was sie wollte, aber es war unvermeidlich.

Weißt du noch, wo ich mein Handy gelassen habe?

Es war in der Fluchttasche.

Das war das Notfallhandy. Sonia wusste, dass Gray die Tasche um den Hals trug. Dieses Telefon würde ihr nicht mehr viel helfen. *Was habe ich mit meinem normalen Handy gemacht, dem, das ich bei der Arbeit benutze?*

Stumm sprang Gatita auf den Ast, der zur oberen Veranda führte. Die anderen Männchen blieben zurück, bezogen aber demonstrativ rund ums Haus Stellung, damit sie wusste, dass sie eine Gefangene war und jeglicher Fluchtversuch zwecklos wäre.

Du hast es im Schlafzimmer liegen lassen, auf dem kleinen Tisch zwischen den Stühlen. Gatita hatte es noch deutlich vor Augen.

Joshua verwandelte sich, öffnete die Balkontüren, die in sein Schlafzimmer führten, ließ Gatita eintreten, schloss die Türen wieder und verriegelte sie.

Geh zu dem Tisch.

Gatita gehorchte und tappte mit angriffslustig peitschendem Schwanz quer durchs Zimmer. Sonia verwandelte sich, nahm das Handy und drehte sich zu Joshua um. Sein Gesicht war starr wie eine Maske, jede Spur des angeblich verliebten, fürsorglichen Mannes verschwunden. Stattdessen stand ihr ein kalter, hartherziger Fremder gegenüber. Der höllisch gefährlich war. Und Furcht einflößend. Sein klarer blauer Blick war so eisig, dass Sonia erschauerte. Mit einem Satz war er bei ihr und umklammerte ihr Handgelenk. Dann entriss er ihr das Telefon und warf es zur Seite.

»Was zum Teufel ist los mit dir? Willst du etwa Molly anrufen? Oder Bastien? Möchtest du, dass deine Freunde umgebracht werden? Denkst du, ich würde es zulassen, dass sie dich mir wegnehmen?«

Sonia hasste es, schwächer zu sein als er. Es war so leicht für ihn, seine Körperkraft gegen sie einzusetzen.

Joshua warf die Hände in die Luft und drückte dann die Finger an die Schläfen, als hätte er Kopfschmerzen. »Für heute Abend habe ich genug von deinen Mätzchen«, sagte er ruhig. »Musst du vorher noch ins Bad? Denn wir werden uns gleich unterhalten. Es geht nicht anders.«

Er seufzte und strich über die blutigen Kratzer auf seiner Brust. Er wirkte verletzlich. Und traurig. Blieb aber kerzengerade vor ihr stehen, während das Blut immer noch von seiner Brust tropfte. Seiner Wange. Seinem Bein. Ihr Herz zog sich zusammen. Sie hatte Angst vor ihm und glaubte, dass er sie betrogen hatte, und trotzdem hatte sie Mitleid mit ihm, wenn sie ihn so sah.

Er deutete aufs Badezimmer. »Verdammt noch mal, Baby, ich weiß, dass du Angst hast, und du hast auch guten Grund dazu, aber bitte. Ich bitte dich. Ich flehe dich an. Hör mir zu.«

Sie musste unbedingt weg von ihm. Sie brauchte eine Atempause. Also nickte sie und versuchte zu ignorieren, dass ihr verräterischer Körper auf seine Nähe reagierte. Ihn erkannte als den Mann, dem er gehörte und gehorchte. Diese körperliche Abhängigkeit hätte ihr nicht einmal etwas ausgemacht, aber leider gehörte ihm auch ihr Herz. Und ihre Seele. Und er hatte beide irreparabel beschädigt. Sie hatte gedacht, sie würde nichts mehr für ihn empfinden, aber der völlig verzweifelte Ausdruck in seinem Gesicht rührte sie so sehr, dass sie bereit war, jedes Wort, das er zu ihr gesagt hatte, noch einmal durchzugehen. Und sie wollte jede Nuance in seinem Tonfall wahrnehmen. Denn sie würde ihm so gerne glauben. Rasch drehte sie sich um und rannte fast ins Bad.

»Lass die Tür auf.«

»Auf keinen Fall«, widersprach sie.

Wieder war er mit einem Satz bei ihr, packte sie von hinten an den Oberarmen und zog sie rückwärts an sich. Auf diese Nähe reagierte sein Körper genauso wie ihrer. Sie spürte es an seinem Glied, das sich dick und hart an sie presste. Diesmal hielt er sie sanft fest, und es war sein warmer Atem auf ihrer Haut, der sie erschauern ließ.

»Du hast mir praktisch gesagt, dass du Selbstmord begehen willst. Und *ich* habe dich so weit getrieben. Der Mann, der dich mehr liebt als sein Leben. Mehr als alles andere auf der Welt. Deshalb gehe ich kein Risiko ein. Du musst mich anhören. Wenn du auch dann nicht mit mir zusammen sein willst, sobald die Gefahr für dich beseitigt ist, versuche ich, dich gehen zu lassen. Aber ich will dich nicht anlügen. Wenn du uns verlässt, wird mein Leopard den Verstand verlieren, und ich auch. Trotzdem möchte ich dich nicht derart unglücklich sehen, dass du mit dem Gedanken spielst, dir das Leben zu nehmen.«

Sonia schloss die Augen. Sie hielt es nicht aus, wenn er so sanft war. So nett. Er klang vollkommen ehrlich, aber wie sollte sie auf ihr Urteil vertrauen? Sie vertraute ja nicht einmal mehr

Gatitas. »Ich will nicht für den Tod dieses Jägers verantwortlich sein, Joshua. Bitte sag den anderen, dass sie ihm nichts tun sollen, falls er uns verfolgt.«

»Ihm wird nichts geschehen«, versicherte er. »Geh jetzt schnell duschen. Du bist überall mit meinem Blut beschmiert.«

Er schob kurz ihr Haar beiseite und rieb seine Stirn an ihrem Nacken. Jedes Mal, wenn sie sich auch nur ein klein wenig bewegte, glitt sein Glied aufreizend über ihre Haut. Sie schämte sich, in dieser Situation auch nur an Sex zu denken, und ihre körperlichen Reaktionen waren noch peinlicher, denn sie sehnte sich nicht nur heiß und schmerzlich nach ihm, ihr blutete das Herz vor Mitleid.

»Okay, ich lass die Tür auf«, lenkte sie ein.

Sofort ließ er sie los, drehte sich um und fing an, im Zimmer hin- und herzutigern. Ihr fiel auf, dass er kein Licht anmachte, und ihr war es recht so. Beinahe erleichtert rannte sie in die Dusche. Als sie unter dem warmen Wasserstrahl stand, kamen ihr die Tränen. Sie verstand sich selbst nicht mehr.

Sie liebte ihn. Wirklich. Aber was war jetzt wahr und was falsch? Sie war schon einmal in dieser Lage gewesen, bei einer etwas anderen Art von Liebe, aber es war trotzdem Liebe gewesen, und der Mann, dem sie seit ihrer Kindheit vertraut hatte, hatte versucht, sie zu töten. Ob es wirklich Zufall war, dass Joshua sich mit Nikita getroffen hatte? War das überhaupt möglich? Es wäre ihr lieb, aber … Sie wusste nicht mehr, was sie tun oder glauben sollte.

Sie hatte einen gesunden Selbsterhaltungstrieb. Auch wenn ihr Körper sich nach Joshua sehnte, sobald er in ihrer Nähe war, riet ihr Verstand ihr dringend wegzulaufen. Aber die Aussicht bestand ohnehin nicht, also zwang sie sich unter der heißen Dusche, wieder Ruhe in ihre wirren Gedanken zu bringen. Sie musste überlegen. Ihr Verstand war ihre stärkste Waffe. Wenn sie vernünftig nachdachte, hatte sie eine Chance, die Wahrheit herauszufinden.

Sie wandte der offenen Tür, hinter der Joshua im Schlafzimmer auf- und abging, den Rücken zu. Sie mochte nicht sehen, wie das Blut aus den Kratzern tropfte, die Gatita ihm ihretwegen beigebracht hatte. Oder wie er immer wieder die Finger auf Augen und Schläfen presste. Und sie mochte seinen traurigen Tonfall nicht. Seine verzweifelte Miene. War er wirklich ein so guter Schauspieler? Wie Sascha? Mit einer Hand stützte sie sich an der Wand ab, senkte den Kopf, schloss die Augen und ließ sich vom Wasser berieseln. Sie musste das Gedankenkarussell stoppen und klar denken.

Sie bemerkte ihn erst, als er sich an ihren Rücken drückte. Ihr Herz begann, heftig zu klopfen, und ihre Scheide zog sich sehnsüchtig zusammen. Doch als sie sich umdrehen wollte, schlug er protestierend neben ihrem Kopf mit der flachen Hand an die Wand, schlang den anderen Arm um ihre Taille, legte den Kopf zwischen ihre Schulterblätter und atmete ihren Duft ein.

»Ich habe dir gesagt, dass ich dich liebe, Sonia. Ich habe dir mehr von mir erzählt als jedem anderen menschlichen Wesen, Dinge, die eigentlich niemand wissen sollte. Ich könnte dich doch niemals verraten. Wozu denn auch? Bitte, Baby. Bitte, bitte. Hör mich einfach an. Hör mir zu. Obwohl du so gekränkt bist. Ich brauche das.«

Seine Lippen kitzelten ihre nackte Haut. Das Wasser strömte an ihnen herab. Sein Arm lag wie ein Ring um ihre Rippen, direkt unter ihren Brüsten, und hielt sie unter dem Strahl fest, aber es war der Schmerz in seiner Stimme, in dem sie zu ertrinken drohte.

Sie fing an zu zittern, bekam eine Gänsehaut und in ihrem Bauch stoben unzählige Schmetterlinge auf. Sie reagierte so empfindlich auf ihn, weil sie ihm so gern geglaubt hätte. Denn für sie klang er ehrlich – und gekränkt. Ernsthaft gekränkt.

»Sascha hat auch behauptet, dass er mich liebt.«

Sie spürte seine Wimpern an ihrem Rücken. Seinen warmen Atem. »Tatsächlich? Und hat es sich genauso angefühlt? Wenn er dich im Arm hatte? Dich geküsst hat? Mit dir Liebe gemacht und dir dabei in die Augen gesehen hat?«

Ehe sie sich davon abhalten konnte, schüttelte sie den Kopf. Sie war kurz davor zu weinen. Um sich selber. Um ihn. Und ihr echt beschissenes Leben. »Ich verstehe dich nicht, Joshua. Warum hältst du mich gefangen, wenn du mich liebst? Warum hast du mich verfolgt, obwohl du wusstest, dass ich hier weg wollte?«

»Nikita Bogomolow weiß, dass du am Leben bist. Weil ich dein Bild über meinen Kamin gehängt habe. Mein Gott, ich liebe dieses wunderbare Bild. Wenn ich nach Hause komme, gehe ich direkt hin und schaue es mir an. Ich mache mir große Vorwürfe, dass er dich deshalb gefunden hat, weil ich etwas von dir bei mir haben wollte. Sonst hätte er es nie zu sehen bekommen.«

Wieder schlug Joshua mit der flachen Hand an die Wand. »Vor so einem Mann kann man nicht weglaufen. Ich habe Erkundigungen über ihn eingezogen und weiß mehr über ihn, als du je wissen wirst. Und ich kann dir sagen, dieser Mann ist ein Monster. Er wird erst aufhören, dich zu jagen, wenn er tot ist.«

Er seufzte erneut und drückte die Stirn wieder zwischen ihre Schulterblätter. »Ich weiß, dass du im Moment gekränkt und verwirrt bist. Für dich muss es sich so anfühlen, als würde die Geschichte sich wiederholen. Ich hätte es dir einfach sofort erzählen müssen. Oder noch besser, ihm gleich hier im Wohnzimmer das Hirn rausblasen sollen. Jetzt kann ich dir nur noch sagen, dass ich dich von ganzem Herzen liebe. Ich möchte, dass du das spürst. Dass du an *mich* denkst, nicht an die. Uns im Kopf auseinanderdividierst und erkennst, dass meine Liebe echt ist.«

Er umfasste ihre linke Brust und strich mit dem Daumen über den Nippel. Sie sagte sich, sie müsse ihn aufhalten. Sie konnte nicht mit ihm zusammen sein, ehe sie nicht genau wusste, was er war und in welcher Beziehung er zu Nikita stand, aber sie konnte sich nicht dazu bringen, sich von ihm zu lösen. Sein Streicheln fühlte sich so vertraut und tröstlich an. So sehr nach ihm, und sie würde ihn immer lieben. Sie presste die Stirn an die Wand, ließ ihren Tränen freien Lauf und hoffte, dass das Wasser sie wegwusch, ehe Joshua sie bemerkte.

»Und dann?«, fragte sie leise. Sie war es leid. Alles. Die Angst. Das Kämpfen. Die Ungewissheit.

»Dann verstehst du, dass mir nichts anderes übrig bleibt, als ihn zu töten.«

»Aber dann wird Sascha dich jagen. Und wer weiß, wie viele andere? So funktioniert das bei denen, und wenn du richtig recherchiert hättest, wüsstest du das.« Sie sagte sich, sie müsse beiseitetreten, sich umdrehen und ihn wegstoßen, aber sie brachte es nicht fertig. Stattdessen schloss sie die Augen und genoss die kleinen Hitzewellen, die sie überliefen, wenn sein Daumen über ihren Nippel strich.

»Oh, das ist mir durchaus bewusst. Schließlich lasse ich sie beobachten.« Behutsam drehte er sie um und nahm sie in die

Arme, sodass ihr Kopf an seiner Brust ruhte. »Sie bereiten sich auf einen Krieg vor.«

Ihr Herz begann zu rasen, und Panik schnürte ihr die Luft ab. »Ich kann nicht mehr atmen.« Ihr war schwindlig. Sie verstand gar nichts mehr. Warum ihr Vater sich dazu entschlossen hatte, einen Mann zu bestehlen, der so mächtig und rachsüchtig war wie Nikita Bogomolow. Warum Nikita ihre Mutter und sie verschont hatte. Warum er ihre Mutter gezwungen hatte, mit ihm zu schlafen. Warum ihre Mutter sie in dem Glauben gelassen hatte, die Bogomolows seien gute Menschen. Warum Sascha eine Hochzeit vortäuschte. Oder vielleicht war sie sogar tatsächlich mit ihm verheiratet? Wie konnte sie dafür verantwortlich sein, dass andere Menschen zu Tode kamen, wo sie doch nichts anderes getan hatte, als die Tochter ihres Vaters zu sein?

Joshua fasste hinter sie und stellte die Dusche ab. Dann wickelte er sie in ein Handtuch und rieb sie trocken. »Dir wird nichts geschehen. Ich beschütze dich, das schwöre ich dir.«

Sie musste es wissen. Sie musste einfach wissen, wem sie glauben konnte. »Du musst mir die Wahrheit sagen, selbst wenn das bedeutet, dass du mich nachher umbringen musst, weil ich sie kenne. Hast du Rafe Cordeaus Revier übernommen?« Sie wollte es noch einmal von ihm hören. Es genau erklärt bekommen. »Gehörst du zur Mafia? Und hänge ich jetzt irgendwie in der Sache mit drin?«

Sie sank auf die Bettkante und sah zu ihm auf, während er sich abtrocknete, ließ den Blick aber weder über seine Muskelpakete noch über seine stramme Erektion schweifen, sondern sah ihm fest in die Augen.

»Ja, ich habe Cordeaus Gebiet übernommen, und ja, theoretisch gehöre ich zur Mafia.«

Sonia schluckte schwer. Er hatte ihr direkt in die Augen gesehen und nicht mit der Wimper gezuckt. Er wirkte nicht bedrohlich oder reumütig, nur ehrlich. Sie holte tief Luft, ehe ihre Kehle sich wieder zuschnürte.

»Aber es steckt mehr dahinter. Du hast mir nur nicht die Gelegenheit gegeben, es dir zu erklären. Es ist kompliziert, und ich komme aus diesem Leben nicht mehr heraus. Ich habe versucht, mit dir darüber zu sprechen, aber du ...« Er rubbelte sich mit dem Handtuch durchs Haar. »Verständlicherweise hast du nicht mehr richtig zugehört.«

»Dann versuch es noch mal.« Sie konnte nicht einfach gehen. Eigentlich wollte sie es lieber nicht hören, aber sie wollte auch nicht glauben, dass er sie an die Bogomolows verkaufen würde. Schließlich ging es um Joshua, den Mann, mit dem sie eine Nacht nach der anderen verbracht hatte, mit dem sie auf dem Bett gelegen und über alles und nichts geredet hatte. Und viel gelacht. Das hatte sie mit Sascha nie gemacht. Sascha hatte sie nett und höflich behandelt, aber nur selten Zeit mit ihr verbracht, nicht einmal im Bett.

»Zieh dich an, Baby. Es lenkt mich ab, wenn du nackt bist. Ich kann mich ja kaum beherrschen, wenn du was anhast. Wie soll ich es da schaffen, wenn du so verführerisch auf meinem Bett sitzt?«

Das war typisch für Joshua. Und er klang ehrlich, als könne er wirklich nicht die Finger von ihr lassen. Er sorgte dafür, dass sie sich schön und begehrenswert fühlte. Sascha hatte sie auch geliebt, doch inzwischen wusste sie, dass das nichts mit der Liebe zwischen einer erwachsenen Frau und einem erwachsenen Mann zu tun gehabt hatte. Sie liebte Sascha immer noch. Er war ihr bester Freund und ihr Vertrauter gewesen. Hatte ihr jeden Stein aus dem Weg geräumt. Aber er hatte nie den Eindruck vermittelt, dass er es nicht erwarten konnte, sie anzufassen. Sie hatte ihn sogar von sich aus gefragt, warum er sie nicht im Bett haben wollte. Doch das hatte er immer abgestritten und sie anschließend geliebt. Nur war er danach immer gleich weggefahren – manchmal mehrere Wochen. Bei Joshua dagegen fühlte sie sich lebendig und abenteuerlustig. Begehrt. Ja sogar unersetzlich.

»Baby«, Joshua umfasste ihr Gesicht und strich mit dem Daumen über ihre Wange, »mach doch nicht so ein trauriges Gesicht. Ich schwöre dir, dass ich dir nie wehtun werde oder es jemand anders erlaube. Du gehörst mir. Du hast dich mir hingegeben. Mir gesagt, dass du mich liebst. Und ich gehöre dir. Mit Haut und Haaren. Also sei bitte offen für alles. Ich bitte dich.«

Sonia schaute ihm in die Augen und wünschte sich verzweifelt, ihm glauben zu können. Diesem Gesicht. Dieser Stimme. Diesen Augen. Wenn Augen die Fenster zur Seele waren, war seine im Moment in Aufruhr.

»Dass die Bogomolows erfahren haben, wo du wohnst, war ein Zufall. *Wirklich.* Ich habe es ihnen nicht gesagt. Ich würde nicht wollen, dass sie das erfahren, weil ich vorhabe, sie zur Strecke zu bringen. Jetzt haben sie einen kleinen Vorteil, weil sie wissen, dass du noch lebst, und sicher schnell herausfinden, dass du meine Achillesferse bist.«

Sonia ging auf Distanz zu ihm, denn die Versuchung, sich mit Sex abzulenken, war ziemlich groß. Aber sie musste aus all dem schlau werden. Sie zog ein T-Shirt über den Kopf und stieg in ihre Jeans. Joshua hatte seine Jeans auch schon wieder an und streckte eine Hand nach ihr aus. Sie zögerte einen Herzschlag lang. Zwei. Doch sie konnte nicht widerstehen, wenn seine blaugrünen Augen sie so beschwörend ansahen, und legte ihre Hand in seine. Schnell schloss er seine Finger darum und führte sie die Treppe hinunter ins große Wohnzimmer.

»Soll ich Feuer machen?«

Sie schüttelte den Kopf und nahm in einem breiten Ledersessel Platz, der dem gegenüberstand, in dem er meistens saß. Joshua ließ sich ebenfalls nieder und beugte sich vor. »Du weißt ja, dass man einem Ungeheuer so viele Köpfe abschlagen kann, wie man will, es wächst immer ein neuer nach. Bei Verbrecherbossen ist es genauso. Es wird immer Kriminelle geben, die sich an anderen bereichern. Der Handel mit Waffen und andere illegale Aktivitäten sind nicht auszurotten.«

Sonia nickte und presste eine Hand auf ihren schmerzenden Bauch. Sie hasste das hier. Sie hasste es, dass Joshua jetzt Entschuldigungen dafür vorbringen würde, warum er diesen Job angenommen hatte.

Kurz senkte er den Blick und schaute ihr dann wieder ins Gesicht. »Es gibt Bosse wie Bogomolow, die extrem gewalttätig sind. Es gibt immer diese Gierigen mit dem Hunger nach noch mehr Macht und einem noch größeren Terrain. Die Bogomolows sind Amurleoparden aus Russland. Der Mann, der als Alonzo Massi bekannt ist, kommt in Wirklichkeit auch aus Russland und war dort bei der russischen Mafia, der *Bratwa*. Er ist ein Artgenosse. Zur *Bratwa* gehören mehrere Leopardengruppen, und sie stellen die grausamsten Bosse.«

Sonia hatte schließlich am eigenen Leib erfahren, wie brutal Nikita sein konnte.

»In diesen Rudeln suchen die Männchen absichtlich nicht nach ihren wahren Gefährtinnen. Sie nehmen sich einfach eine Frau, die imstande ist, einen Gestaltwandler zu gebären, und danach bringen sie sie um, als Zeichen ihrer Loyalität zur *Bratwa*.«

»Ist das auch mit Nikitas Frau passiert?«

Joshua nickte. »Nikita hat sie ermordet. Jetzt sucht er nach Alonzo und dir. Aber er wird euch nicht bekommen.«

Sonia streckte die Zunge vor und befeuchtete ihre trocken gewordenen Lippen. »Was ist mit dir? Hältst du dich für besser als Nikita, weil du mich noch nicht umgebracht hast? Immerhin begehst du andere Verbrechen.«

Joshua nickte. »Ich weiß. Ich streite es ja gar nicht ab. Ich muss den Eindruck erwecken, auch im Geschäft zu sein. Ich kann nur die schlimmsten Kriminellen ausschalten. Das mache ich langsam und vorsichtig von innen, sodass es nicht besonders auffällt. Ich habe immer eine Erklärung parat, falls einer der anderen Bosse Fragen stellt. In Wahrheit haben wir uns vorgenommen, die übelsten Paten vom Thron zu stoßen. Solche wie Nikita. Solange die Verbrechen und die Morde im Rahmen bleiben, unternehmen wir nichts. Aber wo es zu viel wird und Männer wie Nikita hemmungslos agieren, beseitigen wir sie und ersetzen sie durch einen von unseren Leuten. Schon dass ich dir das verrate, kann für viele gute Männer den Tod bedeuten.«

Mit gerunzelter Stirn versuchte Sonia das Gehörte zu verarbeiten. »Du bist also ein Undercoveragent?« Sie war sich nicht sicher, ob sie das glauben sollte, auch wenn er, falls seine Geschichten stimmten, ja auch mehr als einmal für Drake Donovons Firma verdeckt ermittelt hatte.

Joshua schüttelte den Kopf. »Nein, einen Verbrecherboss auf diese Weise aus dem Verkehr zu ziehen, schafft nur Platz für einen noch schlimmeren Boss. Wir ziehen es vor, selbst möglichst gute Regeln aufzustellen, und die Bösen außen vor zu lassen.«

»Ich verstehe immer noch nicht. Willst du mir damit sagen,

dass du und ein paar andere Männer Mafia-Reviere übernehmen, damit die ›Bösen‹ nicht hochkommen?«

Lächelnd lehnte Joshua sich zurück, ließ sie aber nicht aus den Augen. »So ausgedrückt hört es sich dumm an, aber in der Realität funktioniert es. Wir haben jemanden, der die Firmen auseinandernimmt, die für die Geldwäsche zuständig sind. Ganz legal, obwohl wir diese Firmen auf nicht ganz so legale Weise finden. Normalerweise hacken wir sie und unterbrechen ihre Verbindungswege für den Drogen- und Waffenhandel. Menschenhandel stoppen wir ganz, wann immer wir so was vorfinden. Der bringt viel Geld, deshalb möchten da alle dabei sein. Wir schaffen dann neue Verbindungswege, über die wir sie leichter überwachen können.«

»Im Grunde spielt ihr also ein doppeltes Spiel.«

Joshua nickte. »Genau. Wir müssen gegenüber den anderen Bossen jederzeit so wirken, als hätten wir das Sagen in unserem Revier. Wir arbeiten mit ihnen zusammen, lernen sie kennen und bringen in Erfahrung, wie wir sie ohne Aufzufliegen schädigen können, etwa indem wir ihre Warenlieferungen abfangen, ihre Geschäfte sabotieren oder ihre Bücher fälschen. So können wir sie schwächen. Das Schwierigste und Gefährlichste ist, Männer wie Nikita zu Fall zu bringen.«

»Die Cops denken, du machst schmutzige Geschäfte.«

»Das stimmt ja auch.«

»Aber wenn die anderen Mitglieder des Syndikats dir auf die Schliche kämen, würden sie dich umbringen.«

Joshua nickte langsam. »Zweifellos. In der Hinsicht will ich nicht lügen.« Er sah ihr weiterhin fest in die Augen.

Sein intensiver Blick drang ihr bis ins Mark. Alles, was er gesagt hatte, hatte absolut ehrlich geklungen, aber wer konnte so verrückt sein? Dann wurde er von zwei Seiten gejagt, den Verbrechern und den Gesetzeshütern.

»Es ist riskant, Schatz, aber es muss etwas getan werden. Der Menschenhandel ist stark angestiegen. Die Gewaltbereitschaft ebenso. Irgendjemand muss einen Weg finden, das einzudämmen. Weil es immer jemanden geben wird, der an die Macht kommen will. Und Macht korrumpiert. Gier, Gewalt, Drogen, Alkohol, all das führt zu einem Zusammenschluss von Kriminellen. Wir besetzen die freien Stellen und kontrollieren sozusagen die Grenzen, halten die Verbrecher, soweit wir können, in ihrer eigenen Welt fest, fern von den braven Bürgern.«

»Dein Helferinstinkt ist so ausgeprägt, dass es mir Angst einjagt. Siehst du denn nicht, wie unfassbar verrückt dieses Vorhaben in Wirklichkeit ist? Du kannst andere Menschen nicht kontrollieren. Das geht einfach nicht.«

»Und deshalb soll ich die Hände in den Schoß legen? Hast du eine Ahnung, was diesen Frauen und Kindern angetan wird? Wir halten diese Verbrecher auf, immer wieder. Wir können nicht alle retten, vielleicht streuen wir nicht mal Sand ins Getriebe, aber ein paar von diesen Kerlen haben wir auffliegen lassen. Darum geht es. Das ist wichtig für die, die wir befreien konnten. Wir verhindern auch immer wieder, dass Waffen an terroristische Zellen geliefert werden. Das macht ebenso einen Unterschied. Manche Bosse haben wir in Schwierigkeiten gebracht, indem wir ihre Bücher frisierten oder dem FBI Beweise geliefert haben, durch die unter anderem bestechliche Polizisten aus dem Weg geräumt werden konnten.«

»Sie werden dich umbringen, wenn sie herausfinden, dass du dahintersteckst.«

Joshua zuckte die Achseln. »Ich hatte ja keine Ahnung, dass es dich gibt. Ich habe dich gesucht, aber nie gefunden. Meine Familie ist total beschissen, und ich wollte nichts mit ihr zu tun haben, außer mit meiner Cousine Evangeline. Ironischerweise wollte die dann mit mir nichts zu tun haben.«

»Weiß sie über dich Bescheid?«

»Sie weiß über ihren Mann Bescheid und somit auch über mich. Vor dieser ganzen Geschichte wollten wir beide nichts von den Tregres wissen. Wenn du mal gemeine, hässliche Menschen sehen willst, guck dir meine Familie an. Mit Ausnahme meiner Mutter. Die war die beste.«

Sonia lächelte zögerlich. »Das freut mich. Ich wünschte, ich hätte die Gelegenheit gehabt, sie kennenzulernen.«

»Ich auch, obwohl sie das, was ich tue, niemals gutgeheißen hätte, und sie dir höchstwahrscheinlich gesagt hätte, du sollst lieber möglichst weit weglaufen.«

»Ich hab's ja versucht. Es hat nicht funktioniert.«

»Du bist ganz schön temperamentvoll. Du bist auf Shadow losgegangen. Er schmollt immer noch.«

Sonia zuckte die Achseln. »Er hatte es verdient. Wenn nicht noch mehr. So kann er Gatita einfach nicht behandeln.«

»Bei Leoparden geht es immer rau zu, Baby«, wandte Joshua leise ein.

»Mag sein, aber er war zu grob.«

»Weil sie ihm nicht geglaubt hat. Du hast mir auch nicht geglaubt. Herrgott, Sonia, es hat mir furchtbar wehgetan zu sehen, wie sehr du dich vor mir gefürchtet hast. Ich konnte es kaum ertragen. Ich will, dass du mich nie wieder so anschaust.« Erneut beugte er sich vor. »Glaubst du mir jetzt? Denn wenn nicht, wenn du Beweise willst, werde ich sie dir beschaffen. Ich werde alles tun, was nötig ist, damit du weißt, dass du bei mir immer in Sicherheit sein wirst. Sag mir, was ich dafür tun soll. Du sollst keinen Zweifel mehr an mir haben. Wie kann ich das erreichen?«

Stumm sah sie ihn an. Was er ihr beschrieben hatte, war furchtbar gefährlich und typisch für ihn. Er spielte den weißen Ritter. Als Buße für seine vermeintlichen Sünden. Man konnte ihn nicht vor sich selber bewahren. Der Mann war vieles, aber kein Lügner. Oder Verräter. Im Gegenteil, er war zutiefst loyal und sehr pflichtbewusst. Er log sie nicht an. Er liebte sie. Sie entschloss sich dazu, ihm zu glauben, weil jede Faser in ihrem Körper, jeder Instinkt, den sie hatte, ihr dazu rieten.

Sie musste ihm glauben. Sie musste die alten Kränkungen und Ängste überwinden und den Blick auf den Mann ihr gegenüber richten. Denn in seinem inzwischen vertrauten Gesicht konnte sie lesen wie in einem offenen Buch. Sie wusste nicht, ob sie stark genug war, bei ihm zu bleiben und mit dem klarzukommen, was tagtäglich von ihm verlangt wurde. Und sie wusste nicht, ob sie die Kraft hatte, ihn zu verlassen, falls sie irgendwann entdeckte, dass er Dinge tat, die sie für absolut falsch hielt.

»Ich glaube dir. Ich weiß nicht genau, was das bringt, aber ich glaube dir.«

Joshua erstarrte, als könne er es kaum fassen. Einen Moment lang dachte sie, in seinen Augen Tränen schimmern zu sehen, und das warf sie völlig aus der Bahn. Dann hob er den Kopf und sah sie mit seinen plötzlich wieder strahlenden, tiefblauen Augen an, die ihr immer den Atem raubten.

Er würde seinen Gefühlen nicht nachgeben, weil sie ihn zu überwältigen drohten. Mit angehaltenem Atem wartete sie darauf, wie er sie beide aus diesem zu emotionalen Moment herausholen würde, mit dem sie beide nicht umgehen konnten.

Wahrscheinlich mit Sex, denn dazu griff er immer, wenn er ihr nah sein wollte. Und sie wollte ihm im Moment auch nah sein, ohne viel reden zu müssen. Denn sie hatte keine Ahnung, was sie tun oder sagen würde, wenn er ihr eine falsche Frage stellte, ehe sie alles richtig verdaut hatte.

»Da wir schon mal dabei sind, alles auf den Tisch zu bringen: Es hat mir nicht gefallen, dass du dich vor meinen Männern verwandelt hast. Ganz und gar nicht. Du warst splitterfasernackt. Ich habe mir geschworen, dass ich dich deswegen übers Knie legen würde.«

Ein leichter Schauer rieselte über Sonias Rücken, doch sie reckte das Kinn und sah ihn mit schmalen Augen an.

»Heutzutage sind wir schon weiter, man schlägt keine Kinder und Frauen mehr«, erwiderte sie in ihrem schnippischsten Ton und mit ihrem hochnäsigsten Gesichtsausdruck.

»Ich bin ein Leopardenmensch und unsere Gesellschaft ist noch nicht so weit entwickelt, deshalb kann ich sehr wohl zu solchen Mitteln greifen.«

»Denk nicht mal dran. Das lasse ich mir nicht gefallen.«

Seine Augen wurden so blau, dass sie die Luft anhielt. Dann breitete sich ein Lächeln über sein Gesicht, das die scharfen Züge weicher wirken ließ. »Wie willst du dich denn dagegen wehren, Baby?«, fragte er mit leiser, aufreizender Stimme, die bei ihr alle möglichen fleischlichen Gelüste weckte.

Schon schmolz sie dahin, ihre Brüste spannten und die Nippel drückten sich durch den dünnen Stoff ihres T-Shirts. »So, dass es dir nicht gefallen wird«, drohte sie, selber ahnungslos, aber sie liebte dieses Spiel.

»Sag's mir, Baby. Ich kann es kaum erwarten zu hören, wie du mich bestrafen willst.«

Trotzig hob sie das Kinn. »Durch Sexentzug.«

Sein Lächeln wurde zu einem Grinsen. »Aber ich dürfte versuchen, dich dazu zu verführen?«

Hastig schüttelte Sonia den Kopf. »Oh nein. Das wird dir nicht gelingen.«

»Okay, die Herausforderung nehme ich an. Ich werde dich jetzt nackt ausziehen, gleich hier, und dir den wunderschönen Hintern versohlen, bis überall meine Handabdrücke sind. Dann lehnst du es ab, Sex mit mir zu haben, und ich tu mein Bestes, um dich vom Gegenteil zu überzeugen.«

Sonia wurde heiß. Unruhig rieb sie die Beine aneinander. Ihre Scheide zog sich heftig zusammen. Ihre Klitoris schwoll an und pochte bereits vor Vorfreude. »Wehe, du wagst es«, stieß sie atemlos hervor. Es war mehr eine Einladung als eine Drohung.

Joshua setzte sein Raubtierlächeln auf. Doch gerade als er sich erhob, summte sein Telefon. Er schaute auf das Display und runzelte die Stirn.

»Deine Freundin Molly ist gerade aus einem SUV mit getönten Scheiben gestiegen und läuft zur Haustür. Evan schreibt, sie weint.«

15

Sonia sprang auf und wollte zur Tür, doch Joshua hielt sie am Arm fest. »Ehe du dich mit den Problemen deiner Freundin befasst, muss ich wissen, ob wir uns wieder vertragen haben. Du und ich. Ob zwischen uns wieder alles gut ist.«

»Ist das eine Frage?«

»Ja, und ich brauche eine Antwort.«

Sonia nickte. Irgendjemandem musste sie glauben. Wenigstens einem Menschen musste sie vertrauen. Wenn Joshua gelogen hatte und sie am Ende doch Nikita übergab, starb sie wenigstens in dem Wissen, es versucht zu haben.

»Also, bleibst du bei mir, Sonia?«

Diese Frage war wesentlich komplizierter. Wollte sie das? Die Freundin eines Mafioso sein? Sie wusste nicht, was sie antworten sollte. »Darüber muss ich erst nachdenken.«

Jedes bisschen Weichheit wich aus seinem Gesicht, und übrig blieb nur eine steinharte, Furcht einflößende Maske. Eine Mischung aus Raubtier und eiskaltem Verbrecher, ohne ihren Joshua. »Dann beeil dich damit. Verdammt noch mal, Sonia, du weißt doch, dass du mir gehörst. Du brauchst mich genauso sehr wie ich dich.«

»Danke für die Belehrung, Joshua«, erwiderte sie sarkastisch und riss sich von ihm los. Molly klopfte bereits an die Tür. »Schön, dass du so romantisch bist.«

»Ich habe keine Ahnung von Romantik«, erwiderte er mit einer Stimme aus Stahl, die Augen wie Gletscher. »Aber ich merke, wenn meine Frau Unsinn redet. Du gehörst mir, verdammt. Gib es endlich zu.«

Wütend starrte Sonia ihn an und öffnete die Tür. Schluchzend fiel Molly ihr in die Arme. Joshua fasste um die beiden Frauen herum nach der Tür und spähte hinaus. Der graue Nebel behinderte die Sicht auf die Auffahrt und den dort wartenden Wagen. Sie hatten kein Licht angemacht, weder draußen noch drinnen. Während Sonia Molly zu den Sesseln vor dem Kamin führte, machte Joshua die Tür wieder zu.

»Molly, kann ich irgendetwas für dich tun oder möchtest du nur mit deiner Freundin sprechen?«, fragte er.

Mit tränenfeuchten Augen und nassen Wimpern schaute Molly zu ihm auf und versuchte, ein wenig zu lächeln. Dann schüttelte sie den Kopf und bedeutete ihm zu gehen.

»Ich bin nebenan, wenn ihr mich braucht«, sagte er und ließ die beiden allein. Falls Bastien mit Molly Schluss gemacht oder sie anderweitig aufgebracht hatte, würde Sonia ihn bestimmt zur Rede stellen wollen. Doch je weniger Aufmerksamkeit sie bei der Polizei erregten, umso besser.

Sonia wartete, bis er aus dem Zimmer war. »Sag mir, was passiert ist. Hast du dich mit Bastien gestritten?«

Molly schüttelte den Kopf. »Es ist schlimmer«, flüsterte sie. »Viel schlimmer. Ich weiß gar nicht, wie ich es dir sagen soll. Ich habe dich so gern. Du bist meine erste richtige Freundin, und du warst so gut zu mir.«

»Spuck's einfach aus, Molly. Wir finden schon eine Lösung.«

»Da ist ein Typ bei seinem Haus aufgetaucht, das heißt eigentlich waren es mehrere. Sie halten Bastien irgendwo fest. Sie haben ihn geschlagen, und als er zu Boden gegangen ist, hat er mir zugerufen, ich soll weglaufen.«

Sonia sprang auf, doch Molly hielt sie zurück und schüttelte den Kopf. »Geh nicht zu Joshua. Sie haben gesagt, wenn ich mit irgendjemand anders rede als mit dir, würden sie ihn töten.« Molly wartete, bis Sonia widerstrebend nachgab. »Ich bin weggelaufen, aber sie haben mich eingefangen.«

»Haben sie dir wehgetan?«

Wieder schüttelte Molly den Kopf. »Nein, aber sie haben mir Angst eingejagt. Sie haben gesagt, wenn du nicht allein in den Wagen steigst, bringen sie Bastien um und werfen ihn in den Sumpf.«

»Beschreib die Männer«, forderte Sonia, doch das war nicht mehr nötig. Ihr wurde das Herz schwer, und Schweißtropfen rannen durch das Tal zwischen ihren Brüsten.

»Sie sprachen mit einem Akzent. Einem russischen, glaube ich. Meinst du, die haben etwas mit deinem Mann zu tun?«

Sonia nickte. »Ich glaube schon. Anscheinend hat er mich gefunden. Ich werde mit ihm sprechen und versuchen, Bastien freizubekommen.« Auch wenn Nikita ihn wahrscheinlich längst getötet hatte, aber das wollte sie Molly nicht sagen. »Ich mach das, aber danach musst du mit Joshua reden. Du *musst*. Lass mir fünf Minuten Vorsprung. Wenn ich mit dem Fahrer sprechen kann, kann ich vielleicht in Erfahrung bringen, wo Bastien ist. Dann schreibe ich es dir.« Dabei wusste sie ganz genau, dass man ihr als Erstes das Handy abnehmen würde.

Molly nahm sie so fest in die Arme, dass sie sie fast erdrückte. »Ich möchte nicht, dass du gehst. Ich dachte, wir könnten einen anderen Ausweg finden«, flüsterte Molly ihr ins Ohr.

»Du weißt doch, dass es keinen anderen gibt. Nicht bei solchen Männern. Du musst mit Joshua reden, Süße. Er wird sauer werden, aber du musst es ihm sagen, ganz egal, wie viel Angst du hast. Versprich es mir. Er ist meine einzige Chance, diese Sache zu überleben. Wenn Nikita mich nicht schon in der Sekunde erschießt, in der ich ins Auto steige, hat Joshua etwas Zeit, mich zu retten.« Denn dann hatte er vor, sie zuerst zu foltern.

»Du bist größer als ich, also müssen wir schnell sein. Wir werden uns jetzt vorn auf die Veranda setzen und die Tür auflassen, damit Joshua und seine Wachleute denken, dass ich bald wieder reingehe. Dann unterhalten wir uns ein paar Minuten, bis ihre Wachsamkeit etwas nachlässt. Kurz darauf stehe ich auf und gehe zum Auto. Du bleibst sitzen, damit der Größenunterschied zwischen uns nicht auffällt. Ich steige ein, und es fährt los. Du bleibst noch so lang wie möglich sitzen, bevor du direkt zu Joshua gehst. Verstanden?«

Molly nickte. Hickste. Und nickte wieder. »Aber das gefällt mir nicht. Sollten wir es ihm nicht gleich sagen? Dann kann er dem Auto sofort folgen.«

»Er würde es mir nie erlauben einzusteigen, und dann hätten wir keine Chance, Bastien zurückzubekommen.« Diese Leute würden Molly, Joshua und alle anderen umbringen. Sie wollte sie vom Haus weglocken.

»Wenn ich fünf Minuten warte, wie sollen Joshua und seine Leute dann herausfinden, wohin der Wagen gefahren ist?«

Sonia wusste, dass Joshuas Männer draußen Wache hielten, möglicherweise schon verwandelt. Und Leoparden waren imstande, der Spur eines Autos zu folgen. Das war ihre einzige Chance, und sie war sicher, dass Joshua sie zurückholen würde. Völlig egal, was passierte.

Sie holte tief Luft und legte einen Arm um Molly. Dann rief sie Joshua zu: »Wir setzen uns ein paar Minuten auf die Veranda.«

Er tauchte im Durchgang zwischen Wohn- und Esszimmer auf. »Alles in Ordnung?«

»Nur Mädchenkram«, erwiderte sie. »Du weißt doch, wie gern wir über Männer tratschen.«

Joshua runzelte die Stirn und öffnete den Mund, um etwas zu erwidern, doch sie schüttelte hastig den Kopf, als wollte sie nicht, dass er ihr vor der schluchzenden Molly widersprach. Also nickte er und zog sich wieder ins Esszimmer zurück. Mit einem erleichterten Seufzer führte Sonia Molly auf die Veranda, machte aber absichtlich kein Licht an. Sie wies ihrer Freundin einen Sessel zu und setzte sich dann neben sie.

»Alles wird gut, Molly. Erzähl mir von dir und Bastien. Wie ist er so?«

»Er ist sehr gut zu mir. Er verwöhnt mich nach Strich und Faden und ist sehr aufmerksam. Wir hatten noch keinen Sex, haben uns bislang nur geküsst, aber offensichtlich möchte er mit mir schlafen. Und ich mit ihm. Aber ich soll mich dabei wohlfühlen. Er hat Jerry gebeten, die Löcher in meinem Haus zu stopfen, und will nicht, dass ich vorher dorthin zurückkehre.« Sie hickste mehrfach und erstickte zwei neue Schluchzer, indem sie sich mit einer Hand den zitternden Mund zuhielt.

»Alles wird gut, Molly«, wiederholte Sonia. »Bleib bitte nur fünf Minuten hier sitzen, dann gehst du direkt zu Joshua und sagst ihm, was passiert ist und dass er dem Wagen folgen soll.«

Molly schüttelte den Kopf und fasste nach ihrem Arm. »Bist du sicher, dass sie dir nichts tun werden?«

Molly war kein Leopardenmensch. Sie wusste nicht, wie Lügen klangen, und sie wollte ihr glauben. Sonia zwang sich zu einem Lächeln. »Keine Sorge.«

»Aber sie haben doch schon einmal versucht, dich zu töten.«

Sonia nickte. »Aber jetzt habe ich ja ein Druckmittel. Lass mich nur machen. Bastien hat mit all dem nichts zu tun. Er hat es nicht verdient, deswegen zu sterben. Ich habe eine Chance. Er nicht. Ich brauche dein Handy und dein Passwort.«

Sofort gab Molly ihr beides. Sonia wartete nicht länger. Sie hatte allen Mut zusammengerafft, um in den SUV steigen zu können, deshalb musste sie es tun, ehe sie ihn wieder verlor. Schnell stand sie auf, hauchte Molly einen Kuss auf die Wange und rannte die Stufen hinab zum Auto. Noch ehe sie es erreichte, wurde eine Tür aufgestoßen. Ohne einen Blick auf den Fahrer sprang sie in den Wagen.

»Los. Schnell, bevor ihnen auffällt, dass wir den Platz getauscht haben.«

»Der Boss hat gesagt, wir sollen keine Aufmerksamkeit erregen. Ich geb erst Gas, wenn wir auf der Straße sind. Gib mir dein Handy.«

Sie kannte den Fahrer. Es war Dimitri, ein guter Freund von Sascha. Die beiden waren recht häufig zusammen gewesen. Aber Dimitri arbeitete auch für Nikita. Als sie sich gerader hinsetzte und erkannte, dass sie mit Dimitri nicht allein war, begann ihr Herz heftig zu klopfen. Auf dem Rücksitz saßen zwei weitere Männer. Also würde sie nicht aus dem Auto herauskommen, selbst wenn es ihr gelang, den Fahrer zu entwaffnen. Sie dachte daran zu lügen und zu behaupten, sie habe kein Handy dabei, aber sie wusste, dass Joshua sie trotzdem aufspüren würde. Mit einer stummen Entschuldigung an Molly händigte sie Dimitri das Handy aus, und er warf es den Männern auf dem Rücksitz zu. Die öffneten, sobald sie auf der Straße waren, das Fenster und schleuderten es weit hinaus.

»Habt ihr euch wirklich Bastien Foret geschnappt?«, fragte Sonia betont ruhig und locker, als hätte sie keine Furcht davor, als Alligatorenfutter im nächsten Sumpf zu enden. Das würden die Männer sicher nicht wagen, ohne dass Nikita vorher seinen Spaß mit ihr gehabt hatte.

»Ja. Er ist in Sicherheit.« Dimitri schaute zu ihr hinüber. »Leg den Gurt an.« Das Auto beschleunigte.

Sonia gehorchte. Bislang hatte er sie gut behandelt. Kein Stoßen oder Schlagen. Und auch kein Durchreichen nach hinten, damit die anderen sich mit ihr vergnügen konnten, solange sie unterwegs waren. Sonia warf einen Blick auf die Männer auf dem Rücksitz. »Tut mir leid, ich habe eure Namen vergessen.« Sie kamen ihr nicht besonders bekannt vor, auch wenn sie geschworen hätte, dass sie um die Augen herum ein wenig wie Sascha aussahen.

»Koldan«, reagierte der auf der rechten Seite mürrisch.

»Wassili«, erwiderte der andere.

Beide schauten sie direkt an. Jep. Sie würden sie definitiv umbringen, sonst hätten sie ihr nicht einfach ihre Namen gesagt oder zugelassen, dass sie ihre Gesichter sah. Sonia atmete tief durch. Dimitri fuhr sehr schnell, aber defensiv. Daran erinnerte sie sich, denn er hatte Sascha und sie mehr als einmal zu einem kleinen, abgelegenen Café gebracht. Das hatte zu den wenigen Anlässen gehört, bei denen sie mit Sascha jemals ausgegangen war. Vermutlich hätte er deshalb umso glaubhafter versichern können, dass er auch zum Tatzeitpunkt nicht mit ihr zusammen war, falls ihre Leiche aufgetaucht wäre.

»Wo bringt ihr mich hin?«

»Erstmal werden wir die Autos tauschen. Damit uns keine Leoparden nachkommen.«

Sonia erstarrte. Sie hatte fast vergessen, dass Joshua ihr erzählt hatte, dass die Bogomolows Artgenossen waren. Deshalb wussten sie natürlich, dass Leoparden auch Autos verfolgen konnten und waren darauf vorbereitet. Ihr Plan war nicht besonders gut durchdacht gewesen. Hoffentlich konnte sie trotzdem eine Duftspur hinterlassen, oder Joshua schaffte es, auch dem neuen Fahrzeug irgendwie zu folgen.

»Bitte ruf an, damit man Bastien gehen lässt. Er hat doch mit der ganzen Sache nichts zu tun. Er weiß von nichts.« Sie wusste, dass es dumm war, überhaupt davon anzufangen, denn Nikita schien auf jede Störung nur eine Antwort zu haben: Einer musste dafür sterben.

»Er wird sich selber befreien können. Er hat keinen von uns gesehen. Bis er zu einem Telefon kommt, sind wir längst weg.«

Sonia nickte und versuchte zu ergründen, ob Dimitri die Wahrheit sagte, denn die hatte einen besonderen, eigentlich für sie leicht zu erkennenden Klang. Aber sie war zu angespannt, und ihr Herz klopfte zu fest und zu schnell, um ihn noch erkennen zu können.

Gatita? Glaubst du, das stimmt?

Es hat sich so angehört, aber bei Sascha war es auch so. Und bei Joshua und Shadow ebenfalls. Ich bin verwirrt.

Sonia starrte aus dem Fenster auf die schnell vorbeiziehende Landschaft. Plötzlich bog Dimitri in einen schmalen Weg ein. Am Ende hatten mehrere Autos einen Ring gebildet. Dimitri fuhr in die Mitte.

»Bleib drin. Angeschnallt.«

Sonia nickte und gehorchte, damit sie keine Kugel in den Kopf bekam. Dann würde Joshua verrückt werden und Amok laufen. Wenn er sie wirklich verkauft hätte, hätten Nikitas Leute sie nicht entführen müssen. Es war richtig gewesen, ihm zu vertrauen. Daran klammerte sie sich. Er würde kommen.

Die Männer stiegen aus. Dimitri ging zu ihrer Seite, öffnete die Tür und trat zurück. Dann kam Wassili, löste ihren Sicherheitsgurt und lief zu einem der anderen Autos. Danach trat Koldan vor und tat so, als würde er sie aus dem Auto holen, drehte sich aber wieder um und steuerte auf ein anderes zu. Am Ende hob Dimitri sie aus dem Wagen.

»Ich kann doch laufen«, protestierte sie.

Er drückte sie fester an seine Brust. »Nein, kannst du nicht. Dann würdest du eine Duftspur hinterlassen. So müssen sie mehrere Autos verfolgen.«

Die Hintertür eines SUVs mit verdunkelten Scheiben öffnete sich, und Dimitri warf sie hinein. Sobald die Tür zu war, roch sie ihn. Sascha. Den Mann, den sie einmal geliebt hatte. Der sie dann aber betrogen hatte. Er zog sie in seine Arme und drückte sie so fest an sich, dass sie fast zerbrochen wäre.

»Du lebst. Gott sei Dank. Und die ganze Zeit habe ich mir die Schuld an deinem Tod gegeben. Warum hast du mich nicht kontaktiert? Ich wäre doch gekommen, um dich zu beschützen.«

Die Arme waren dieselben. Sie kannte sie noch aus ihrer Kindheit. Von den vielen Malen, bei denen er sie gehalten hatte, wenn sie um ihren Vater weinte. Sascha hatte von allem gewusst, was Nikita ihren Eltern angetan hatte. Und trotzdem war er derjenige gewesen, der die Pflege ihrer Mutter und alles nach ihrem Tod bezahlt hatte.

»Sascha«, flüsterte sie mit Tränen in den Augen.

Das Auto raste über die Straße. Durch den Tränenschleier konnte sie nicht viel sehen. Wenn Nikita sie holen gekommen wäre, hätte sie stoisch, ohne Drama und Weinen, in den Tod gehen können, doch obwohl Sascha versucht hatte, sie zu töten, war sie nicht imstande auszublenden, dass sie ihn von Kindheit an gemocht hatte.

»Jetzt bist du in Sicherheit«, raunte er. »Bei mir bist du in Sicherheit.«

Aber Sonia wusste es besser. Früher hatte sie ihm geglaubt. So wie sie nun Joshua glaubte. Was stimmte nicht mit ihr, dass das immer wieder vorkam?

Sie löste sich aus seinen Armen. Sofort legte er ihr den Sicherheitsgurt um. »Wir haben ein Haus. Es wird gut bewacht. Sollten mein Vater oder Joshua Tregre versuchen, an dich heranzukommen, werden wir dich mit Waffengewalt verteidigen. Alles ist sorgfältig geplant.«

Sonia schüttelte den Kopf und starrte aus dem Fenster, denn sie fürchtete, dass sie anfangen würde zu schreien, wenn sie ihn ansah. Sein Verrat saß zu tief. Er war nicht erst seit dem Tod ihrer Mutter ihr Anker gewesen, sondern schon vorher, nach dem Mord an ihrem Vater. Und auch während der Krankheit ihrer Mutter.

»Schau mich an, *malenkaja*, du hast mich ja noch gar nicht richtig angesehen.«

»Ich kann nicht. Ich bin so verwirrt über das, was du sagst. Ich verstehe nicht, warum du dieses Spiel mit mir spielst.«

»Spiel?« Er hob ihr Kinn an, sodass sie seinem Blick begegnen musste. »Was für ein Spiel? Ich dachte, du wärst tot, sonst hätte ich doch überall nach dir gesucht.«

»Ich habe es *gehört*, Sascha. Ich bin früher nach Hause gekommen und habe gehört, wie du mit deinem Vater über mich und meine Eltern geredet hast, und darüber, dass du mich töten müsstest.«

Scharf sog Sascha die Luft ein und wechselte einen langen Blick mit Dimitri. Der Fahrer musterte sie im Rückspiegel. Es war dumm gewesen, das zuzugeben, aber sie hatte das Lügen satt. Sie bezweifelte, dass sie lebend aus dieser Sache herauskommen würde, deshalb wollte sie wenigstens, dass Sascha ihr in die Augen sah und den Mordversuch zugab.

»Ich habe keinen Grund, dich umzubringen, Sonia. Ich liebe dich. Das weißt du doch.«

»Oh. Mein. Gott. Ich bin es so leid, diese Liebeserklärungen zu hören und dann herauszufinden, dass jeder Mann, der so was zu mir sagt, ein Verbrecher ist. Zieh einfach deine Pistole und erschieß mich. Bringen wir es hinter uns, verdammt noch mal.« Sie hatte keine Kontrolle mehr über ihre Stimme, aber es kümmerte sie nicht. Sie war bereit, sich auf ihn zu stürzen. Sie musste nur den Sicherheitsgurt lösen und angreifen. Den Rest würde Gatita erledigen – nur dass sie sich irgendwie nicht dazu bringen konnte. Noch nicht. Erst wollte sie von ihm wissen, warum er das getan hatte.

Sie bogen in einen schmalen Feldweg ein, der tiefer in den Sumpf führte. »Wo sind die anderen Autos hin?«

»Zu verschiedenen Häusern, die wir gemietet haben. Danach kommen die Männer hierher. Dieses Grundstück ist am einfachsten zu verteidigen und hat bessere Fluchtwege.«

Als sie vor einem großen alten Plantagenhaus parkten, holte Sonia tief Luft. Sie kannte den Stil. Das Haus war ganz anders als ihres, aber dennoch recht stattlich und schön. Dimitri sprang als Erster aus dem Wagen und suchte mit zwei anderen Männern die Umgebung rund ums Haus ab, ehe sie hineingingen. Dann winkte er ihnen, und irgendjemand öffnete

Sascha die Tür. Der glitt vom Sitz und streckte die Hand nach ihr aus.

Sonia zögerte, ehe sie über die Rückbank zu ihm hinüberrutschte. Sascha hob sie aus dem SUV und ging dann mit ihr zur Veranda. *Gatita, sieh dich um. Wir müssen darauf vorbereitet sein, schnell zu handeln.* Auch Sonia warf einen langen, sorgfältigen Blick in die Runde.

Dann nahm Sascha sie bei der Hand, stieg mit ihr die Treppenstufen hinauf, und zusammen betraten sie das ältere, aber gut gepflegte Haus. Es war definitiv ein guter Fund. Für so etwas hatte Sascha eine Nase, denn wie sie hatte er sich immer für Architektur interessiert. »Das Haus ist wunderschön«, begann sie, denn sie überlegte noch, wie sie mit der Situation umgehen sollte. Sie musste herausfinden, was er vorhatte, und bislang wurde sie aus ihm nicht schlau.

»Ich habe es im Internet entdeckt und danach den Laptop samt Festplatte zerstört, damit Nikita nichts davon erfährt. Er ist mit einem großen Haufen Männern auf dem Weg hierher. Du weißt ja, wie gern er seine Macht demonstriert.«

Nein, das hatte sie nicht gewusst. Man hatte sie ja im Dunkeln gelassen bis zu dem Tag, an dem sie Sascha und Nikita belauscht hatte. Sie entzog Sascha ihre Hand, ging auf Distanz und legte die Arme um ihre Bauchgegend, um sich selbst Halt zu geben. »Warum hast du mir vorgelogen, wir wären verheiratet?«

»Das, was du belauscht hast, war aus dem Zusammenhang gerissen. Das ist nicht die ganze Geschichte.«

»Dann erzähl sie mir«, forderte Sonia ihn auf. »Und lass Bastien frei.«

»Dem geht's gut. Er kann sich selber befreien, er wird nur eine Weile brauchen. Ich nehme an, seine Freundin hat sich schon Unterstützung besorgt, nur werden sie ihn nicht so leicht finden. Wir hatten Zeit, uns vorzubereiten.«

Sonia warf sich in einen Sessel. Es war ihr sehr peinlich, dass sie keine Unterwäsche trug. Sie war so oft mit Joshua zusammen gewesen, dass sie ihn in sich spürte. Seine Hände auf ihrer Haut. Seinen Geschmack in ihrem Mund. Nun so Sascha gegenüberzusitzen, ihrem angeblichen Ehemann, weckte bei ihr Schuld und Scham, obwohl er versucht hatte, sie loszuwerden.

»Seit wann weißt du, dass du eine Gestaltwandlerin bist?«, fragte Sascha. Er nahm Dimitri eine Flasche Wasser ab und reichte sie an sie weiter. Licht fiel durch die Fenster, obwohl es draußen noch grau vom Nebel war. »Das war sicher ein Schock für dich.«

»Nein, es war ein Schock, den Geruch meines Mannes im Auto zu wittern, kurz bevor es in Stücke gerissen wurde«, konterte sie.

Sascha fuhr herum. »Du glaubst, *ich* hätte die Bombe dort platziert?«

»Meine Leopardin hat ihn auch gewittert, Sascha. Nicht nur ich.« Obwohl sie sich bemühte, gelang es ihr nicht, den gekränkten Unterton aus ihrer Stimme herauszuhalten. Um Zeit zu haben, die Fassung zurückzugewinnen, nahm sie einen Schluck Wasser und ließ es durch ihre ausgedörrte Kehle rinnen.

»Ich war ja auch im Wagen. Weil ich Sorge hatte, dass mein Vater so was plant. Man hat mich rausgezogen und mit Gewalt ins Haus geschleppt. Dort kam es dann zu einem Kampf zwischen mir und den Männern, die mich bändigen sollten. Dabei saß mein Vater mit einem Glas Bourbon in der Hand in einem Sessel und schaute zu. Es solle mir eine Lehre sein, sagte er, ich müsse lernen, stark zu sein. Er wolle keinen schwachen Sohn, und du würdest mich schwächen.«

Es war unmöglich, die Ehrlichkeit in seiner Stimme zu überhören, außerdem passte dieses Benehmen zu Nikita, der sich allen anderen gegenüber stets distanziert und überheblich verhielt. Eine Welle der Hoffnung durchflutete Sonia. Sascha, *ihr* Sascha, war nicht verantwortlich für den Mordanschlag.

»Erzähl mir alles. Ich bin etwas durcheinander.«

Sascha stellte seine Wasserflasche auf den Kaminsims und drehte sich ihr zu, damit sie sein Gesicht sehen konnte. »Die Welt meines Vaters wird von Gewalt und Rache regiert. Es gibt keine Treue zu Frauen, schon gar nicht zur eigenen.«

Sonias Herz machte einen Satz und schlug schneller. Er sagte im Wesentlichen das, was auch Joshua über Nikita Bogomolow berichtet hatte.

»Er hat meine Mutter getötet, als ich zehn war. Ich musste zusehen, wie er sie zu Tode prügelte. Er sagte, kein Mitglied unserer Familie würde jemals eine Frau an die erste Stelle stellen. Dass diese Sorte von Frauen nur dazu da wäre, gefickt und schließlich getötet zu werden. Das sagte er gern.«

Das wusste sie. Sie hatte es ja selber gehört. »Was hat er mit ›dieser Sorte‹ gemeint? Ich habe mitbekommen, dass er mich auch da eingeordnet hat, und gedacht …«

»Er meinte einfach alle Frauen, Sonia. *Alle.* Er hat dich nicht wegen deiner Herkunft herausgepickt, sondern weil du für mich zu wichtig warst. Außerdem hatte dein Vater ihn betrogen, und so was wird nicht toleriert. Die Strafe für Stehlen und praktisch jeden anderen Verstoß ist der Tod für die ganze Familie. Nikita hat es Spaß gemacht, dieses Gesetz immer wieder durch ein Exempel zu statuieren. Deine Mutter hat in unserem Haus geputzt, seit du klein warst. Ein wunderschönes

Kind, ein Sonnenstrahl in einer Welt voller Wahnsinn. Und deine Mutter war genauso.«

Sonia hatte schon immer geglaubt, dass er so von ihrer Mutter dachte. Er hatte sich sehr oft mit Valeria unterhalten. Sie sah ihn noch als Teenager vor sich, groß und attraktiv, wie er ihrer Mutter mit strahlenden Augen von einem Zimmer ins andere folgte.

Sascha fing an, im Zimmer auf- und abzulaufen. »Natürlich wurde Nikita auf sie aufmerksam. Er wollte sie haben. Und als dein Vater diesen furchtbaren Fehler beging, hat mein Vater ihn foltern und töten lassen. Dann ging Nikita zu Valeria und machte ihr einen Vorschlag. Sie könne für immer bei uns bleiben, vorausgesetzt sie würde mit ihm schlafen, wann immer und wo immer er es wollte, um Robertos Schuld abzutragen, oder er würde euch beide töten und fertig. Er hat darauf geachtet, dass ich dabei war. Er wollte, dass ich sah, wie eine Frau sich für ihr Kind und ihr eigenes Leben zur ›Hure‹ machte. Eine weitere von den Lektionen, die er mir erteilte, obwohl ich wusste, dass er das nur machte, damit er Valeria bekam.«

»Wie konntest du ihn bloß ertragen? Es aushalten, mit ihm im selben Raum zu sein?«

»Ich bin zu deiner Mutter gegangen und habe ihr gesagt, dass ich immer auf dich aufpassen würde, dass ich alles tun würde, was nötig sein sollte. Sie solle sich auf den Handel mit meinem Vater einlassen, aber dafür sorgen, dass du nichts davon erfährst, dass deine Kindheit glücklich ist. Deine Mutter hat sich nach den vielen, vielen Lektionen meines Vaters um mich gekümmert, und die gebrochenen Knochen und die Brandwunden von den Zigaretten verarztet. Es gefiel ihm zuzuschauen, wie seine Männer mich quälten. Sie war immer für mich da.« Sascha schaute auf seine Hände hinunter. »Dafür zu sorgen, dass du eine gute Kindheit hast und am Leben bleibst, war das Einzige, was ich für sie tun konnte. Immerhin besser als das, was ich für meine eigene Mutter getan habe.«

»Sascha«, hauchte Sonia. Ihr Herz zersprang fast vor Mitleid.

»Ich konnte sie nicht retten. Ich habe es versucht, aber ich konnte meine Mutter nicht retten. Ich war zu jung, noch nicht stark genug, da habe ich mir geschworen, dass ich ihn eines Tages zu Fall bringen würde. Aber leider ist er sehr clever in seinem Metier. Wenn er gewusst hätte, dass du eine Artgenossin bist, hätte er dich gefangen gehalten, bis du mir ein Kind geboren hättest. Deshalb habe ich darauf geachtet, dass das nicht geschah. Dann hätte er euch vielleicht beide getötet, besonders wenn das Baby ein Mädchen gewesen wäre.«

»Es tut mir so leid. Mir ist nie klar gewesen, wie schrecklich er war, erst als ich eure Unterhaltung belauscht hatte und ein paar Recherchen anstellte. Ich bin so behütet aufgewachsen, dass ich nicht mal Klatsch über ihn mitbekommen habe. Aber ich fing an, die Sprache zu verstehen, und irgendwie passte alles nicht zusammen.«

»Ich habe dich gebeten, mich zu heiraten, damit ich dich in meiner Nähe behalten konnte. Wenn ich dich auf ein Internat geschickt hätte, so wie ich es zuerst wollte, hätte er seinen Andeutungen nach wohl an dir ein weiteres Exempel statuiert und dich töten lassen. Die Schuld deines Vaters, sagte er, würde nie ganz getilgt sein. Ich konnte dich aber nicht richtig heiraten, weil er dann ebenfalls deinen Tod verlangt hätte. Da habe ich ihm weisgemacht, dass ich mit dir denselben Deal abgeschlossen hätte wie er mit deiner Mutter, also hat er dich in Ruhe gelassen – zumindest eine Zeit lang.«

Sascha seufzte und fuhr sich mit einer Hand durchs Haar. »Ich war in einer schwierigen Lage. Du warst so jung und unschuldig. Ich hatte kein Recht, dich anzufassen. Es fühlte sich nicht richtig an, Sonia, deshalb habe ich versucht, Abstand zu halten. Ich war so oft wie möglich weg, damit nichts passierte. Ich bin mit Dimitri um die Häuser gezogen, ließ mich in der Stadt sehen und stürzte mich in die Arbeit. Dich habe ich zu Hause gelassen, möglichst weit weg von ihm. Wenn du Sex wolltest, wie jede normale Frau, habe ich dir den Wunsch erfüllt, obwohl ich wusste, dass es für dich nicht gut war.«

»Ich liebe dich, Sascha. Schon immer«, gestand Sonia leise, »aber nicht so, wie eine Frau einen Mann lieben sollte. Das ist anders.« Sie musste ihm das sagen, denn inzwischen kannte sie den Unterschied.

Sascha nickte. »Das ist mir bewusst. Ich liebe dich auch, aber es hat nichts mit Sex zu tun. Du bist wie eine kleine Schwester für mich, und dich intim zu berühren, fühlte sich falsch an. Trotzdem hattest du es verdient, glücklich zu sein, denn ohne es zu wissen, warst du praktisch eine Gefangene in meinem Haus.«

»Danke, dass du versucht hast, mich vor Nikita zu beschützen.«

»Ich habe mein Bestes getan, um stark zu werden. Ich habe eigene Männer rekrutiert, die mir treu ergeben sind. Dabei musste ich extrem vorsichtig vorgehen. Wenn nur einer von ihnen sich verplappert hätte, wenn über eine Verschwörung gegen Nikita auch nur getuschelt worden wäre, hätte er alle Männer gefoltert, bis irgendeiner uns verraten hätte. Und wenn er auch nur einen Moment geglaubt hätte, dass ich dahinterstecke, hätte er dich vor meinen Augen quälen lassen. Offenbar habe ich mich verdächtig gemacht, indem ich zu sehr auf dich aufgepasst habe.«

»Das hast du schon immer getan, selbst als ich noch ganz klein war.«

Sascha nickte. »Erinnerst du dich noch an den Unfall, den du hattest, bevor du uns belauscht hast? Als du fast überfahren worden wärst? Du kamst aus deinem Yogakurs und gingst über die Straße zu dem Wagen, in dem dein Fahrer auf dich wartete.«

Sonia nickte. Das war knapp gewesen. Sehr, sehr knapp. An dem Tag hatte Dimitri sie gerettet, der sie vor dem heranrasenden Auto zur Seite gerissen hatte. Sie waren beide über den Asphalt gerollt und hatten sich die Haut aufgeschürft, aber abgesehen von ein paar Schrammen hatten sie den Vorfall beide gut überstanden.

Es hatte sie überrascht, dass Dimitri in der Nähe gewesen war, aber sie hatte keine Fragen gestellt, weil sie wegen des Schocks ziemlich verstört gewesen war. Danach war Dimitri wütend auf den finster blickenden Fahrer losgegangen und hatte heftig mit ihm gestritten. Doch das war nichts im Vergleich zu dem, was Sascha mit ihm gemacht hatte. Er hatte eine Pistole gezogen, sie dem Fahrer an den Kopf gehalten und sie aus dem Zimmer geschickt. Was danach passiert war, wusste sie nicht.

»Bestimmt hat er für deinen Vater gearbeitet und mir eine Falle gestellt, indem er auf der anderen Straßenseite parkte«, riet sie.

Wieder nickte Sascha. Seine Augen funkelten vor Wut. »Genau. Dann hat er dem Killer Bescheid gegeben, der das alles wie einen Unfall aussehen lassen sollte.«

»Aber warum? Wenn dein Vater beschlossen hatte, mich zu töten, warum hat er es nicht einfach getan?«

»Er wollte, dass ich es tue, und als ich ihm klargemacht habe, dass ich mit dir noch nicht fertig wäre, hat er zwei seiner Männer damit beauftragt. Ich habe den Fehler gemacht, sie beide umzubringen und ihm zu drohen.«

Sonia öffnete den Mund, um etwas zu sagen, doch in dem Moment wurde ihr plötzlich bewusst, wie sein Leben eigentlich aussah. Es traf sie wie ein Schlag, denn Joshuas Leben war genauso. Beide töteten Menschen. Das gehörte zu ihrer Welt. Langsam trank sie noch einen Schluck Wasser, damit sie sich das, was Sascha gesagt hatte, noch einmal durch den Kopf gehen lassen konnte. Es passte. Er hatte richtig beschrieben, wie er sie seit ihrer Heirat behandelt hatte. Sie war über den Tod ihrer Mutter und seinen Heiratsantrag so fassungslos gewesen, dass sie in eine Art Starre verfallen war und einfach alles ihm überlassen hatte. Erst Monate später war sie wieder richtig wach geworden. Bis dahin hatte er sie nicht angerührt, weil er gemeint hatte, sie sei noch nicht so weit.

Sie war es, die schließlich zu ihm gegangen war. Weil sie sich gekränkt fühlte und befürchtete, dass er sie nicht begehrte. Er war geduldig und sanft gewesen, und immer liebevoll, aber hinterher hatte sie ihn beim Aufwachen oft niedergeschlagen auf der Bettkante sitzen sehen. Sie hatte sich sogar gefragt, ob er vielleicht schwul war. So selten hatte er mit ihr geschlafen und nur auf ihre Veranlassung. Offenbar hatte er wirklich kein sexuelles Verlangen nach ihr. Für ihn war sie ein Kind. Sie war in seinem Zuhause aufgewachsen, und er fühlte sich für sie verantwortlich, aber er liebte sie nicht so, wie ein Mann eine Frau liebte. Er hatte recht, sie waren mehr wie kleine Schwester und großer Bruder.

Sonia presste die kalte Wasserflasche an ihre Schläfe. Wie war es nur so weit gekommen? Mit ihr, Sascha und Joshua? »Das Leben ist manchmal echt Scheiße«, murmelte sie.

»Nikita hat darauf bestanden, dass ich dich töte. Um zu beweisen, dass ich nicht dir treu bin, sondern nur der *Bratwa*. Er wollte sichergehen, dass ich dich nicht mehr liebe als unsere Familie.« Bei dem letzten Wort bekam seine Stimme einen abfälligen Klang. »Ich sollte so sein wie er. Wenn ich dein Überleben sichern wollte, blieb mir nichts anderes übrig, als mit ihm zu brechen, und das hieß, ich musste ihn umbringen.«

Sonia schnappte nach Luft und griff entsetzt nach seinem Handgelenk. »Aber er ist doch trotz allem dein Vater.«

»Der Vater, der meine Mutter ermordet hat«, erwiderte Sascha bitter. »Glaubst du, das Bild könnte ich je wieder aus dem Kopf bekommen? *Jemals?* Aber dich kriegt er nicht. Du wirst leben.«

»Weiß er, dass du mit ihm gebrochen hast?«

Sascha nickte. »Das wird ein Kampf bis aufs Blut.« Er rieb sich den Nasenrücken und musterte sie. »Ich habe dich im Schlafzimmer mit ihm gesehen – mit Tregre. Und dann im Sumpf, wo es eher so wirkte, als gingst du nicht freiwillig mit ihm, sondern als seine Gefangene.«

Ehe sie antworten konnte, schüttelte er den Kopf und hob abwehrend eine Hand. »Es spielt keine Rolle. Bei mir bist du in Sicherheit. Tregre ist genauso widerlich wie mein Vater. Möglich, dass er noch keine Frauen umgebracht hat, aber als Geschäftsmann ist er gnadenlos. Er hat in sehr kurzer Zeit allen bewiesen, dass er vor Gewalt nicht zurückschreckt. Nikita dachte, er könne ihn locker in die Tasche stecken, aber da hat er sich vertan. Er hat sogar ein bisschen Angst vor Tregre und das habe ich bei ihm noch nie erlebt. Tregre ist mit Elijah Lospostos im Bunde.«

Diesen Namen hatte Sonia schon öfter gehört, obwohl die Männer rund um den Esstisch sich immer auf Russisch unterhalten hatten. Nikita hatte den Mann mal verflucht und ihn dann wieder bewundert.

»Joshua wird kommen, um mich zu holen«, sagte Sonia leise. »Ganz sicher, und ich möchte nicht, dass ihr zwei aufeinander losgeht. Ich möchte mit ihm zusammen sein.«

Sascha schüttelte den Kopf. »Ich beschütze dich seit vielen Jahren. Ich will nicht, dass du irgendetwas mit solchen Geschäften zu tun hast. Du schaffst es zu fliehen, und was machst du dann? Du findest den einzigen Mann auf der Welt, der noch schlimmer ist als Nikita.«

»Wieso ist er schlimmer?« Sonias Herz klopfte so heftig gegen ihren Brustkorb, dass sie die Hand darauf presste. »Was meinst du damit? Hat er mich an Nikita verkauft? Ist es das? Hat Nikita ihn für den Tipp bezahlt?«

Sascha wandte sich von ihr ab und ging wieder auf und ab, die Schultern steif und offenbar voller Wut.

»Lüg mich nicht an, ich will es wissen.«

»Nein, er hat dich nicht verkauft. Er braucht kein Geld und hat es auch nicht nötig, dass mein Vater ihm einen Gefallen schuldet. Das sollte dir direkt etwas sagen. Er ist sehr schnell hochgekommen – verdächtig schnell. Soweit bekannt, hat niemand ihn vorher gesehen. Er ist einfach in den Laden hineinspaziert und hat ihn übernommen. Keiner weiß, wer Rafe Cordeau umgebracht hat, aber alle gehen davon aus, dass er tot ist. Sein Reich war herrenlos, bis plötzlich Tregre aus dem Nichts kam und sich die Krone aufsetzte.«

Erleichtert ließ Sonia den Atem entweichen. Sascha wusste

nichts über Joshua, jedenfalls nichts Wichtiges. »Er ist nicht schlimmer als du. Wenn es dir gelingt, deinen Vater zu töten, wirst du dann etwa nicht das Familiengeschäft übernehmen?« Sie konnte den herausfordernden Klang ihrer Stimme nicht unterdrücken.

»Doch, natürlich. Ich bin in diese Welt hineingeboren worden. Ich kenne nichts anderes. Und ich bin gut darin. Ja, ich werde immer der sein, der ich sein sollte. Wenn mein Vater tot ist, erwarten die anderen von mir, dass ich den Thron besteige, und das habe ich auch vor.«

»Sascha, ich liebe dich. Wirklich. Von ganzem Herzen. Du wirst immer meine Familie sein, aber Joshua ist mein Mann. Ich möchte, dass du ihn kennenlernst. Bitte nimm dir die Zeit, meinetwegen. Weil ich dich liebe und dich in meinem Leben brauche, bitte ich dich, ihn erst kennenzulernen, ehe du ein Urteil über ihn fällst.«

»Nein, Sonia, verdammt noch mal. Er ist nichts für dich. Und so ein Leben auch nicht. Ich lasse das nicht zu.«

Sonia schaute in sein wütendes Gesicht. »Er wird um mich kämpfen. Joshua wird mich suchen und nicht damit aufhören, bis er mich gefunden hat. Er wird nicht aufgeben. So ist er einfach.«

»Das kannst du nicht wissen. So gut kennst du ihn doch noch gar nicht. Ich habe gesehen, wie das kleine Weibchen im Sumpf von einem Rudel Männchen umzingelt wurde. Stell dir meine Überraschung vor, als ich herausfand, um wen es sich bei dieser wunderschönen Raubkatze handelte. Und ich habe auch gesehen, wie sein Leopard sie umgestoßen hat. Dann hast du dich verwandelt und dich auf ihn gestürzt. Völlig angstfrei. Wunderbar anzusehen. Ich war so stolz auf dich.«

Sein Lob gefiel ihr. Schließlich liebte sie ihn schon seit ihrer Kinderzeit. Sie erinnerte sich noch, wie stolz sie jeden Tag gewesen war, wenn er sie in sein elegantes, beeindruckendes Zuhause mitgenommen hatte. Sie war vier gewesen, als sie ihm zum ersten Mal begegnete. Er war viel älter, aber es hatte ihm gefallen, eine kleine Schwester zu haben, die er beschützen und umsorgen konnte. Und das Band zwischen ihnen war durch seine Bewunderung für ihre Mutter noch stärker geworden.

»Ich liebe ihn.«

»Er hat dich grob behandelt.«

»Er würde mir niemals wehtun. *Nie.*«

»Und woher kommen dann all die blauen Flecken?«

Sonia wurde rot, denn sie wussten beide, dass ›blaue Flecken‹ höflich ausgedrückt war. »Du siehst das falsch. Manchmal sind wir beide etwas wild. Er schlägt mich nicht. Er wird mir nichts tun.«

»Woher willst du das wissen, Sonia?«

»Weil ich weiß, dass du mich nie schlagen würdest. Ganz egal, wie wütend du auf mich wärst. Bei ihm ist es genauso. Was er auch tut, was ihn auch an diesen Punkt in seinem Leben gebracht hat, es hat mit ihm zu tun, nicht mit mir. Er muss selber entscheiden, was für ihn wichtig ist. Du glaubst, du wärst geboren worden, um das Familiengeschäft zu übernehmen, und das hast du auch vor. Und gerade hast du zugegeben, dass du zwei Männer getötet hast, weil sie mir schaden wollten.«

Sascha nickte langsam. »Ich bin kein guter Mensch. Das weiß ich. Und ich werde nie alles haben. Nie eine Frau, die ich richtig lieben kann, die mich auch liebt und die mich ansieht, als wäre ich ihr Ein und Alles. Das wird mir nicht passieren, weil ich schlecht bin.«

»Er wird mich holen, Sascha. Ich liebe ihn, und ich liebe dich. Wenn du ihn verletzt, werde ich dir das nie verzeihen können.«

»Glaubst du, das kümmert mich? Ich habe mich für *dich* entschieden. Du bist alles, was ich noch habe. Du bist meine Familie, Sonia. Nur *du*. Wie kannst du auch nur eine Minute denken, ich würde dich einem Kerl überlassen, der ein elender Verbrecher ist? Sobald du ihm gehörst und in unserer Welt lebst, kann ich nichts mehr für dich tun.«

»Das ist es ja, Sascha. Ich gehöre ihm schon«, erwiderte sie ruhig. »Ich bin seine Gefährtin. Unsere Leoparden haben sich füreinander entschieden. Meine Raubkatze hat seine in ihrer Brunst erwählt. Und ich habe Joshua gewählt und würde es immer wieder tun.«

Sascha wandte sich ab und fluchte auf Russisch. Sonia schloss die Augen und drückte die Wasserflasche fester an ihre Schläfe. Sie war sicher, dass Joshua sie finden würde. Er würde sich von den vielen Spuren nicht verwirren lassen und bald auftauchen – mit seinen Männern. Sascha wartete nur darauf, ihn angreifen zu können. Seine Leute waren nicht nur draußen versteckt, sondern auch überall im Haus. Sie wollte nicht, dass einer von den beiden Männern, die sie liebte, getötet wurde, aber Sascha wollte ja nicht hören.

»Lass mich ihn anrufen und mit ihm sprechen. Vielleicht kann ich ihn davon überzeugen wegzubleiben. Dann könnt ihr euch an einem neutralen Ort treffen«, schlug sie vor.

Wieder drehte Sascha sich zu ihr um und musterte sie. »Besser du sagst ihm, dass es mit euch beiden aus ist und dass ich dich irgendwo hinschicke, wo du in Sicherheit bist.«

»Ich werde zu ihm zurückfinden«, sagte Sonia ruhig, nicht trotzig, einfach nur sachlich und ehrlich. »Ich liebe ihn, und es könnte sein, dass ich von ihm schwanger bin. Hast du das bedacht?«

Er stöhnte laut auf, wandte sich abrupt ab und schleuderte seine Flasche gegen den Kamin. Beim Aufprall spritzte Wasser in alle Richtungen, dann fiel die Flasche auf den Boden und der Rest rann heraus. Beide starrten sie auf die immer größer werdende Pfütze, als könne sie ihnen Antworten liefern.

»Bitte, Sascha, triff dich doch wenigstens mit ihm. Gib mir die Chance, mit jemandem zusammenzuleben, den ich liebe. Meine Leopardin kann Lügen erkennen. Sie weiß, dass es wahr ist, wenn er sagt, dass er mich liebt. Und ich spüre es, wenn ich in seiner Nähe bin. Bitte gib uns diese Chance. Uns allen. Dir, mir und Joshua.«

»Ich finde, das ist eine sehr gute Idee«, sagte eine männliche Stimme hinter ihnen.

Erschrocken drehten Sonia und Sascha sich um. Ihr stockte der Atem, denn sie hatte die Stimme erkannt.

16

Joshua wollte den Bastard töten. Ihn kaltmachen. Diesen Sascha. Den Mann, der seine Frau geheiratet hatte. Sie in seinem Bett gehabt hatte. Bei sich zu Hause. Der versucht hatte, sie umzubringen. Durch eine Bombe an ihrem Auto. Sie war so jung, sie hätte beschützt werden müssen, doch stattdessen hatten die Bogomolows, Vater und Sohn, sie töten wollen.

Seine Leute hatten sich aufgeteilt, die einen hatten jede Spur verfolgt, ein Leopard pro Auto, während die anderen Männer bewaffnet und einsatzbereit darauf gewartet hatten, dass der Krieg begann. Dieser Kerl hatte ihm Sonia gestohlen. Aber sie gehörte ihm. Sie war seine Frau. Niemand durfte ihr etwas tun, schon gar nicht ihr das Leben nehmen. Jede Minute, die verging, hatte sich wie eine Stunde, ein Tag angefühlt.

Er liebte sie. So einfach war das. Er wusste nicht, wann und wie das passiert war. Nur, dass er nicht mehr schlafen konnte, wenn sie nicht neben ihm lag. Und beim Einschlafen musste er ihr Lachen oder ihre leise Stimme hören. Er liebte es, ihren Duft im Bad zu riechen. In seinem Schlafzimmer und in jedem Raum des Hauses. Sie gehörte zu ihm, denn ohne sie hatte er verdammt noch mal nichts.

In dem Augenblick, in dem Kai ihm berichtete, wo sie sich befand, hatte er seine Männer um sich versammelt und einen Plan ausgearbeitet. Er hatte vier Späher losgeschickt, die jeden möglichen Fluchtweg und die Anzahl an Wachen auskundschaften sollten. Dabei war es ihm völlig egal, ob sie zahlenmäßig oder waffentechnisch unterlegen waren, er würde Sonia auf jeden Fall zurückholen und den Mistkerl umbringen, der sie entführt hatte.

Nachdem die Späher ihm die nötigen Informationen gebracht hatten, entwarf er eine brillante Strategie. Das war immer schon eine seiner herausragenden Fähigkeiten. Drake hatte das früh erkannt und ihn ermutigt, Vertrauen in die eigenen Entscheidungen zu haben. Dazu hatte er sich mit guten Männern umgeben, auf die er sich verlassen konnte. Sie waren allesamt kampferfahren und daran gewöhnt, verdeckt zu arbeiten. Wie im Regenwald oder in den kleinen Dörfern, wo sie Gefangene aus Terroristenlagern befreit hatten. So etwas konnten sie am besten, und das hier war nicht viel anders. Sonia war eine Gefangene. Sie war entführt worden, und sie würden sie zurückholen.

Keinem seiner Männer gefiel es, dass er sich dafür entschied, mit nur zwei Leoparden als Rückendeckung ins feindliche Lager einzudringen. Die anderen sollten Saschas Männer umstellen und sie auf ein Signal hin ausschalten. Er musste die Lage peilen, und Gott helfe ihren Feinden, wenn der Russe ihr auch nur ein Haar gekrümmt hatte.

Ich komme, Schatz. Halt durch. Für mich. Joshua hoffte, dass Sonia die Botschaft erhielt, die er ins Blaue sandte. Es tat ihm furchtbar leid, dass sie sich bestimmt eingeschüchtert und einsam fühlte.

Den Sicherheitsring zu durchbrechen fiel ihm nicht schwer.

Die Wachen waren zwar Leopardenmenschen, hatten aber normalerweise mit Menschen zu tun, nicht mit anderen Gestaltwandlern. Sie hatten sich dafür entschieden, als Menschen mit Waffen in der Hand Streife zu gehen. Während er an ihnen vorbeischlich, beobachtete er sie. Ihre Abstimmung war gut, der Umgang mit ihren Waffen war ihnen so vertraut, als wären sie für sie gemacht worden, und die Wachsamkeit war hoch. In der Stadt und sogar rund um dieses Haus war es vernünftig, in Menschengestalt zu patrouillieren. Trotzdem, wenn er der Sicherheitschef gewesen wäre, hätte er ein paar Leoparden auf die Pirsch geschickt, nur damit garantiert war, dass nichts und niemand durch den äußeren Kreis dringen konnte.

Durch ein Fenster im Obergeschoss war er ins Haus gelangt. Auch das eine Achtlosigkeit. Eigentlich hätte es an jedem Fenster eine Alarmvorrichtung geben müssen. Bei Häusern wie diesen kostete das viel Zeit, aber es verhinderte Fehler. Und sie so leicht hereinzulassen, war ein riesiger Fehler. Evan war als Erster eingestiegen. Er hatte darauf bestanden und wäre wohl nur davon abzuhalten gewesen, wenn Joshua ihn erschossen hätte. Evan und Kai nahmen die Aufgabe, ihn zu beschützen, sehr ernst. Genau wie er seine Aufgabe, Sonia zurückzubekommen.

Dann hörte er ihre Stimme. Sie redete leise, aber er merkte, dass sie gestresst war, so gut kannte er sie inzwischen. Allerdings klang sie nicht ängstlich. Das gab ihm zu denken. Deshalb entschied er sich in letzter Sekunde, ihr zuzuhören, obwohl er fast schon abgedrückt hätte, um diesen Mistkerl zu erledigen. Es fiel ihm nicht leicht, sich zusammenzureißen, denn mehr als alles andere in der Welt wünschte er sich, Sascha Bogomolow zu beseitigen. Falls Sonia mit dem Kerl verheiratet war, machte er sie damit zur Witwe. Dann war der Weg für eine Heirat mit ihr frei. Es war ihm gleich, ob ihn das zu einem Monster machte.

Dieser Mann hatte sie ihm geraubt, sie vor seiner Nase gekidnappt. Und noch dazu hatte er dabei eine goldene Regel gebrochen – denn mit Bastien Foret hatte er die Polizei ins Spiel gebracht. Joshua war bewusst, dass er im Laufe der Jahre immer brutaler geworden war. Der Einfluss seiner Mutter hatte stetig abgenommen, weil er durch seine Lebensumstände gezwungen gewesen war, schlimme Entscheidungen zu treffen, um sich selbst zu schützen. Aber so hatte er sich noch nie gefühlt. Niemals. Er war kaum noch imstande, sich zu beherrschen.

Er ging in Position. Evan hielt ihm den Rücken frei, während Kai sich um die anderen Gegner im Haus kümmerte. Sobald er Sonia in seinem Blickfeld hatte und sich vergewissern konnte, dass sie gesund und unversehrt war, beruhigte sich sein Magen langsam und der blutrünstige Drang zu morden ließ nach. Dennoch wurde er wie sein Leopard immer noch von Wut geschüttelt. Er wollte diesen Kerl zu Brei schlagen und dann in kleine Stücke zerlegen.

»Sascha, ich liebe dich. Wirklich. Von ganzem Herzen.« Sonias leise Stimme war dabei so voller Zuneigung, dass Joshua knapp davor war, Sascha auf der Stelle den Kopf wegzublasen.

»Du wirst immer meine Familie sein, aber Joshua ist mein Mann. Ich möchte, dass du ihn kennenlernst. Bitte nimm dir die Zeit, meinetwegen. Weil ich dich liebe und dich in meinem Leben brauche, bitte ich dich, ihn erst kennenzulernen, ehe du ein Urteil über ihn fällst.«

Die Bogomolows waren ihre Familie? Die Leute, die versucht hatten, sie zu töten? Was redete sie da? Versuchte sie vielleicht, Zeit zu gewinnen?

»Nein, Sonia, verdammt noch mal. Er ist nichts für dich. Und so ein Leben auch nicht. Ich lasse das nicht zu.«

»Er wird um mich kämpfen«, erwiderte sie. »Joshua wird mich suchen und nicht damit aufhören, bis er mich gefunden hat. Er wird nicht aufgeben. So ist er einfach.«

Joshuas Herz zog sich fest zusammen. Dann fing es heftig an zu klopfen. Das Blut dröhnte in seinen Ohren. Sie glaubte an ihn. Ihre Stimme verriet, dass sie absolutes Vertrauen in ihn hatte.

»Das kannst du nicht wissen. So gut kennst du ihn doch noch gar nicht. Ich habe gesehen, wie das kleine Weibchen im Sumpf von einem Rudel Männchen umzingelt wurde. Stell dir meine Überraschung vor, als ich herausfand, um wen es sich bei dieser wunderschönen Raubkatze handelte. Und ich habe auch gesehen, wie sein Leopard sie umgestoßen hat. Dann hast du dich verwandelt und dich auf ihn gestürzt. Völlig angstfrei. Wunderbar anzusehen. Ich war so stolz auf dich.«

Auch Joshua war jetzt stolz auf sie. Im Wald hatte er es nicht zeigen können, weil er so verdammt wütend gewesen war und verrückt vor Angst, weil sie bereit zu sein schien, Selbstmord zu begehen. Außerdem war er verärgert gewesen, dass sie sich vor seinen Männern verwandelt und ihnen ihren wunderschönen Körper gezeigt hatte – und Bogomolow offenbar auch. Weiter hatte er nicht gedacht. Aus Shadows Hinweisen konnte er schließen, dass Gatita seinem Leoparden noch nicht verziehen hatte und sich weigerte hervorzukommen, um das Problem zu lösen. Er hätte sich aufrichtiger bei Sonia entschuldigen sollen.

»Ich liebe ihn.«

Beinah hätte er laut aufgestöhnt. Sein ganzer Körper reagierte auf diese drei Worte und die Art, wie Sonia sie sagte. Als stelle sie nur eine Tatsache fest. Dabei begegnete sie ruhig Saschas Blick und zuckte nicht mit der Wimper, als der Russe zornig zurückstarrte. In dem Moment liebte Joshua sie noch mehr. Er *liebte* sie. Mit dem Herzen und seiner ganzen verlorenen Seele.

»Er hat dich grob behandelt.«

Das stimmte, aber sie war auf seinen Leoparden losgegangen, und er hatte nicht gewollt, dass das gereizte Raubtier ihr am Ende eine Lektion erteilte. Trotzdem ...

»Er würde mir niemals wehtun. *Nie*«, sagte sie absolut überzeugt, und Joshua wäre am liebsten vor ihr auf die Knie gegangen.

»Und woher kommen dann all die blauen Flecken?«

Seine Frau wurde rot. Bei dem Gedanken an die vielen Male, mit denen er sie praktisch überall gezeichnet hatte, spannten sich seine Muskeln.

»Du siehst das falsch. Manchmal sind wir beide etwas wild.«

Das war nicht das richtige Wort. Er war so verrückt nach ihr, ihrem Mund, ihrem Körper, jedem Teil von ihr, dass wohl keine Sekunde verging, ohne dass er daran dachte, wie es sich anfühlte, wenn sein Glied tief in ihr steckte. Sie trieb ihn so weit, dass er die Kontrolle verlor – das war ihm bei anderen Frauen nie passiert.

»Er schlägt mich nicht. Er wird mir nichts tun.«

»Woher willst du das wissen, Sonia?«

Für die Frage hätte er Sascha am liebsten erschlagen. Er würde seine Frau niemals verprügeln. Er war nicht dazu imstande. Und er würde verdammt noch mal nicht zulassen, dass irgendjemand anders ihr wehtat. Oder eine Bombe an ihrem Wagen anbrachte.

»Weil ich weiß, dass du mich nie schlagen würdest. Ganz egal, wie wütend du auf mich wärst. Bei ihm ist es genauso.«

Joshua hörte dem ganzen Gespräch weiter aufmerksam zu, hörte, wie sie sagte: »Er wird mich holen, Sascha. Ich liebe ihn, und ich liebe dich. Wenn du ihn verletzt, werde ich dir das nie verzeihen können.«

Es war unmöglich, sie noch mehr zu lieben, als er es bereits tat. Doch jedes Mal, wenn er das dachte, sagte sie etwas, das ihn ins Herz traf und ihn noch enger an sie band.

»Glaubst du, das kümmert mich?«, beobachtete er Saschas Reaktion. »Ich habe mich für *dich* entschieden. Du bist alles, was ich noch habe. Du bist meine Familie, Sonia. Nur *du*. Wie kannst du auch nur eine Minute denken, ich würde dich einem Mann überlassen, der ein elender Verbrecher ist? Sobald du ihm gehörst und in unserer Welt lebst, kann ich nichts mehr für dich tun.«

Fick dich, Sascha. Dieser Russe würde seine Frau nicht behalten, obwohl das Gespräch – so sehr es Joshua missfiel, und so ungern er es zugab – eigentlich klang, als hätte dieser Kerl Sonia wirklich gern und allein die Absicht, sie zu beschützen.

»Das ist es ja, Sascha. Ich gehöre ihm schon«, erwiderte sie ruhig. »Ich bin seine Gefährtin.«

Joshua lauschte dem Gespräch weiter, aber als Sonia die Wasserflasche an die Schläfe setzte, als bekäme sie Kopfweh, zog sich sein Herz zusammen. Er hasste es, wenn sie verstimmt war oder Schmerzen hatte.

»Lass mich ihn anrufen und mit ihm sprechen. Vielleicht kann ich ihn davon überzeugen wegzubleiben. Dann könnt ihr euch an einem neutralen Ort treffen.« Der hoffnungsvolle

Unterton in ihrer Stimme schlug ihm auf den Magen. Offenbar wollte sie nicht, dass er und Sascha aneinandergerieten.

Sascha drehte sich wieder zu ihr um. »Besser du sagst ihm, dass es mit euch beiden aus ist und dass ich dich irgendwo hinschicke, wo du in Sicherheit bist.«

»Ich werde zu ihm zurückfinden«, hörte Joshua Sonia ruhig sagen. »Ich liebe ihn, und es könnte sein, dass ich von ihm schwanger bin. Hast du das bedacht?«

Joshua erstarrte, und sein Mund wurde trocken. Daran hatte er nicht gedacht. Nicht eine Minute. Was zum Teufel war mit ihm los? Bei ihrer ersten Begegnung war sie rollig gewesen und es hatte ihn nicht im Geringsten gekümmert, ob sie schwanger werden würde, denn ihm war bereits klar gewesen, dass sie zu ihm gehörte. Also hatte er nicht weiter darüber nachgedacht. Er hätte sie irgendwo einsperren sollen, an einem sicheren Ort, wo die Bogomolows nicht an sie und sein Kind herankamen.

Als Sascha die Flasche Wasser gegen den Kamin schleuderte, wurde Joshua aus seinen Gedanken gerissen. »Bitte, Sascha, triff dich doch wenigstens mit ihm«, redete Sonia Sascha gut zu. »Gib mir die Chance, mit jemandem zusammenzuleben, den ich liebe. Meine Leopardin kann Lügen erkennen. Sie weiß, dass es wahr ist, wenn er sagt, dass er mich liebt. Und ich spüre es, wenn ich in seiner Nähe bin. Bitte gib uns diese Chance. Uns allen. Dir, mir und Joshua.«

Das schien Joshua ein guter Zeitpunkt zu sein, sich einzumischen. Noch mehr von diesen ruhigen Liebes- und Vertrauensbeweisen ertrug er nicht, und schon gar nicht ihr inständiges Bitten. Dieser Russe sollte verflucht sein. Sie brauchten seine Erlaubnis nicht, um zusammen zu sein, das würde er ihm unmissverständlich klarmachen.

»Ich finde, das ist eine sehr gute Idee«, sagte er lässig, Sascha fest im Blick. Ob der Russe leben oder sterben würde, hing davon ab, wie er reagierte.

Erschrocken drehten die beiden sich zu ihm um. Mit angehaltenem Atem starrte Sonia ihn an, während Sascha nach der Waffe in seinem Schulterholster greifen wollte.

Schnell schüttelte Joshua den Kopf. »Vorher wärst du tot.«

Sascha ließ die Hand wieder sinken und betrachtete den Eindringling mürrisch. »Joshua Tregre, nehme ich an.«

»Ich komme wegen meiner Frau.« Das wollte Joshua von Anfang an klarstellen. »Komm zu mir, Sonia. Und mach einen großen Bogen um ihn.«

»Er würde mir nie etwas tun.«

»Wehe, du stehst aus dem Sessel auf«, drohte Sascha.

Blinde Wut verdrängte die Ruhe, für die Joshua bekannt war, was ihn daran erinnerte, dass es mit seiner Gelassenheit vorbei war, sobald es um seine Frau ging. »Halt's Maul, du hast kein Recht, ihr irgendwas vorzuschreiben. Ich sollte dir eine Kugel in den Kopf jagen, weil du sie in die Luft sprengen wolltest.«

»Er war das nicht«, widersprach Sonia, während sie aufsprang, sich vor Sascha stellte und die Arme weit ausbreitete, um möglichst viel von ihm mit ihrem eigenen Körper zu decken.

»Nur damit du es weißt, Baby«, stieß Joshua zwischen zusammengebissenen Zähnen hervor. »Ich kann einer Fliege die Flügel abschießen. Also dürfte es mir nicht schwerfallen, irgendein Körperteil von ihm zu treffen. Jetzt schaff deinen Hintern hier rüber, sonst knipse ich ihm das Licht aus, damit er dir nichts mehr tun kann.«

Herrisch streckte er eine Hand nach ihr aus, und wenn sie

nicht in den nächsten dreißig Sekunden bei ihm war, würde er dem Russen den Kopf wegblasen. An den reichte Sonia nicht heran.

»Hör auf, mich abzuschirmen«, zischte Sascha ihr zu.

»Du brauchst meiner Frau nicht zu sagen, was sie tun soll. Ich bin durchaus imstande, selber mit ihr fertig zu werden.«

Mit wütendem Blick stapfte Sonia zu Joshua hinüber. Er packte sie am Handgelenk und riss sie hinter sich. »Was soll das heißen, er war das nicht?«

»Das ist eine lange Geschichte. Jedenfalls hat er versucht, mich vor Nikita zu beschützen. Zu Hause erzähle ich dir alles, aber im Moment möchte ich, dass ihr bitte nett zueinander seid.«

»Das wird nicht passieren, Baby«, schlug er ihr den Wunsch sofort ab. Er ließ den Russen nicht aus den Augen. Seit er wusste, dass Sascha Bogomolow mit Sonia zusammen gewesen war, ob nun verheiratet oder nicht, hatte er so viele Informationen über ihn gesammelt wie möglich.

Bogomolow war ein gewiefter Geschäftsmann, viel raffinierter als sein Vater, der dazu neigte, sich allein auf seine Brutalität zu verlassen. Doch auch der Sohn schreckte nicht vor Gewalt zurück, wenn es sein musste, nur dass sie nicht seine erste Wahl war.

»Sonia muss in Sicherheit gebracht werden«, sagte Sascha. »Nikita setzt alles daran, sie umzubringen, dann mich und ganz zum Schluss dich. Und er hat eine ganze Bande von Mördern dabei.«

»Dann werden die alle hier sterben.«

»Für mich sah es nicht so aus, als hättest du eine Armee«, sagte Sascha. »Gibt es überhaupt mehr als zehn Mann, die zu dir stehen? Und die bleiben, wenn es hart auf hart geht? Denn so viel ist sicher.«

»Ich hab ein paar Freunden Bescheid gesagt«, erwiderte Joshua. »Sie sind schon unterwegs.« Er stieg ein paar Stufen hoch und deutete auf die Haustür. »Du gehst jetzt da raus und pfeifst deine Männer zurück. Dann verlassen Sonia und ich das Haus und steigen in den Wagen, mit dem einer meiner Männer uns holen kommt. Dabei sollte es keine Kurzschlussreaktionen geben. Du bist der Erste, der stirbt, wenn deine Leute auch nur eine falsche Bewegung machen. Dein Freund Dimitri ist der Nächste.«

»Nein, Joshua«, widersprach Sonia. »Sascha ist meine Familie.«

»Der Mann hat mir dir geschlafen«, fauchte Joshua, ehe er sich davon abhalten konnte. »Schon allein deswegen will ich ihn tot sehen.«

»Gib du mir doch dann eine Liste von all den Frauen, mit denen du geschlafen hast, damit ich die auch umbringen kann? Ich wette, diese Liste ist ziemlich lang.«

Sie war großartig. Und wunderschön. Ihr Haar war wie eine wilde Mähne, und in ihren Augen brodelte eine Wut, die nur eine Leopardin zügeln konnte. Ihr Kinn war trotzig erhoben. Und ihre vollen, weichen Lippen, die aufreizende Bilder heraufbeschworen, waren zu einer schmalen Linie zusammengepresst, die in ihm den Wunsch weckte, sie zu durchbrechen und seine Zunge in ihren lockenden Mund zu stecken. Sie hatte sich herausfordernd vor ihm aufgebaut, die Fäuste in die Hüften gestemmt.

»Ich glaube nicht, dass ich mich an die Namen erinnere.«
»So viele waren es?«
»Ja, und außerdem habe ich nur ein paar Stunden mit

ihnen verbracht, in denen nichts Besonderes passiert ist. Bei dir dagegen … Evan«, sagte er erstaunt.

»Ich hab ihn im Visier, Boss«, sagte Evan.

Sofort trat Joshua so dicht an Sonia heran, dass ihre Nippel sich durch ihr dünnes T-Shirt an seine Brust drückten. Er legte eine Hand um ihren Nacken, zog sie an sich und küsste ihren trotzigen Mund. Schon überwältigte ihn das Verlangen, und er wandte all seine Kniffe an, bis sie endlich nachgab und die Lippen öffnete.

Fordernd steckte er ihr die Zunge in den Mund. Ein Teil von ihm wusste, dass das eine miese Show war, um seinem Nebenbuhler klarzumachen, zu wem sie gehörte. Doch vor allem konnte er ihr nicht widerstehen, denn seit dem Moment, in dem sie sich gegen ihn gewandt hatte, war er total verloren. Das alles drückte er mit diesem Kuss aus – von seiner Liebe bis hin zu seinem Besitzdrang – und hoffte, dass sie seine Sprache verstand.

Und wie immer erwiderte sie seinen Kuss, denn sie hielt sich nie zurück, gab sich ihm jedes Mal völlig hin. Keine küsste wie sie. Sie löschte alles aus, was vor ihr gewesen war, ob gut oder schlecht. Er schlang einen Arm um ihre Taille und zog sie enger an sich.

»Du möchtest also nicht, dass ich ihn umbringe. Aber dann wird er weiter hinter dir her sein.«

Sonia drückte die Stirn an seine Brust und schaute auf seine Füße. »Dann nehmen wir ihn mit. Er ist hier nicht sicher, wenn sein Vater nach ihm sucht.«

Joshua runzelte die Stirn, umfasste ihr Kinn, strich mit dem Daumen über ihr weiche Haut und hob ihren Kopf an, damit er ihr in die Augen blicken konnte. »Sonia. Was ist los? Rede mit mir.«

»Er ist mein Bruder. Es tut mir leid, dass du dich darüber ärgerst, dass wir ... Sex hatten«, sagte sie verlegen. »Und ihm tut es auch leid. Er wollte gar nicht mit mir schlafen, aber ich habe ihn dazu gedrängt. Ich hatte Angst, ihm keine gute Frau zu sein, und ...«

»Hör auf, Schatz. Ich war gemein. Ich liebe dich. Was auch immer zwischen euch passiert ist, es geht mich nichts an. Ich werde nicht mehr davon anfangen. Du meinst, er ist ein guter Mann und dass er nicht an dem Mordanschlag auf dich beteiligt war. Das ist schön, aber es reicht mir nicht. Ich muss mir ein eigenes Bild machen. Ich werde mich mit ihm unterhalten, von Mann zu Mann, aber nicht hier. Früher oder später werden seine Leute unruhig werden, dann beginnt das Töten und beide Seiten verlieren. Wir gehen jetzt. Sofort. Du marschierst mit mir aus dieser Tür, und bis wir zu Hause in Sicherheit sind, tust du alles, was ich sage, und zwar augenblicklich. Wenn nicht, wird das Folgen haben. Vorausgesetzt wir schaffen es lebend hier raus.«

Sascha hatte die ganze Zeit neben dem Sofa gestanden und sie genau beobachtet. »Ich werde über das, was du gesagt hast, nachdenken, Sonia.« Über ihren Kopf hinweg schaute er Joshua an. »Du achtest auf ihre Sicherheit, sonst bist du ein toter Mann.«

Unter anderen Umständen hätte Joshua den Mann bewundert. Er legte einen Arm um Sonia. »Bleib dicht hinter mir, Baby. Evan und Kai decken dir den Rücken.«

Sie nickte. »Ich verabschiede mich nur kurz von ihm«, verkündete sie und ging auf Sascha zu.

Joshua hielt sie an der Gesäßtasche ihrer Jeans fest und riss sie zurück. »Nein, wirst du nicht. Das kannst du alles noch machen, nachdem ich mit ihm geredet und mir ein eigenes

Urteil darüber gebildet habe, ob er eine Gefahr für dich darstellt.«

Sascha drehte ihnen den Rücken zu, ging zur Haustür und signalisierte seinen Leuten, indem er die beiden Töne nachahmte, die den typischen Ruf einer Herbstpfeifente ausmachten. Daraufhin traten seine Männer etwas verwirrt aus den Schatten.

»Lasst sie durch«, befahl Sascha.

Bestürzt schauten die Männer zu, wie erst Joshua, dann Sonia und schließlich die beiden Leibwächter mit perfekt aufeinander abgestimmten Schritten rückwärts aus dem Haus kamen. Ihre Raubtiersinne ermöglichten es ihnen, dabei über nichts zu stolpern. Stumm gingen sie zur Straße, und nach und nach schlossen all ihre Teamkollegen sich ihnen an – bis auf Gray.

Sonia schaute sich nach ihm um. »Ist mit Gray alles in Ordnung?«

Joshua blickte auf sie herunter. Das Morgenlicht brachte ihre makellose Haut, die dunklen Augen und die langen Wimpern wunderbar zur Geltung. Durch den Stoff ihres T-Shirts konnte er ihre Nippel und die Umrisse ihrer üppigen Brüste sehen. »Dem geht's gut. Er bleibt nur zurück, um sicherzustellen, dass auf dem Dach oder in den Bäumen kein Scharfschütze lauert, der auf einen von uns angelegt hat. Du solltest dich lieber fragen, ob bei dir alles in Ordnung ist.«

Sonia legte die Stirn in Falten. Es sah bezaubernd aus. Sie würde trotzdem nicht so leicht davonkommen, aber sie brachte ihn damit fast zum Lächeln. Was er sich natürlich verkniff.

»Warum denn? Sascha hat mir nichts getan.«

»Nein, er hat dich bloß entführt. Moment, stimmt ja gar nicht, du bist einfach durch meine Tür gegangen und in sein

Scheißauto gestiegen. Dann bist du weggefahren, und deine liebe Freundin durfte mir erst nach fünf Minuten Bescheid sagen, damit dieser elende Russe einen Vorsprung hatte.«

Aus den Augenwinkeln sah er, wie sie begriff und einen verstohlenen Blick in seine Richtung warf. »Es ist ja gut gegangen. Ich lebe noch. Ist Bastien schon aufgetaucht?«

»Es geht darum, dass du genauso gut tot sein könntest. Die Chancen, dass er dich umbringt, standen fünfzig zu fünfzig. Du hast doch selber geglaubt, dass er die Bombe an deinem Wagen angebracht hat, trotzdem gehst du schnurstracks zu ihm, wenn er es von dir verlangt. Hast du deinen neuen Mann um Hilfe gebeten? Nein, Herrgott noch mal. Du läufst lieber Hals über Kopf mit deinem mordlustigen Ex davon.«

»Wie waren nie verheiratet.«

Joshua nahm sie bei der Hand und legte den Rest des Weges zum Auto im Laufschritt zurück. Verärgert riss er die Tür auf, und als sie auf den Beifahrersitz kletterte, haute er ihr fest auf den Hintern. Sonia schrie auf und starrte ihn wütend an. Doch er bedeutete ihr nur, den Sicherheitsgurt anzulegen, und sie schnallte sich wortlos an. Mit kontrollierter Heftigkeit warf er die Tür wieder zu. Jedes Mal, wenn er daran dachte, wie Molly in die Küche gelaufen kam, um ihm zu sagen, dass seine Frau sich in die Hände ihres Ex-Mannes begeben hatte, wurde ihm wieder schlecht.

In dem Augenblick war alles in ihm zum Stillstand gekommen. Wie eingefroren. Dann hatte es sich so angefühlt, als fließe Eis durch seine Adern, denn er musste sie zuerst finden. Danach konnte er seiner Wut freien Lauf lassen, doch solange er sie suchte, war das Wichtigste gewesen, dass er perfekt funktionierte.

Jetzt riss er die Fahrertür auf und fuhr los.

»Ist Bastien schon zurück?«, fragte Sonia kleinlaut.

»Woher soll ich das wissen, verdammt?« Joshua wusste, dass er gereizt klang und dass er tief durchatmen sollte, aber es war wieder da – dieses Gefühl, dass er sie verloren hatte. Dass das einzig Gute in seinem Leben fort war. Er hatte sie enttäuscht, denn er hatte es zugelassen, dass diese Irren an sie herankamen. »Für mich zählte nur eins: dich zu finden, Sonia. Es wäre doch möglich gewesen, dass sie dich foltern.«

Sie zuckte zusammen. »Es tut mir leid. Ich wusste, dass du kommen würdest.«

»Verletzen kann dich jeder sehr schnell. Töten noch schneller. Das dauert nicht mal fünf Minuten. Und dieser Kerl hatte dich verdammt viel länger in seiner Gewalt.«

»Ich weiß. Es tut mir leid, Joshua. Ich habe nur daran gedacht, Bastien zu retten, und mich darauf verlassen, dass du kommst«, wiederholte sie noch einmal.

Joshua schaute zu ihr hinüber. »Ich werde dich nicht versohlen, Baby, falls du deshalb so ängstlich guckst. Aber vielleicht gibt es ein paar Klapse auf den Hintern.«

»Das ist keine Strafe, das törnt mich eher an«, bemerkte sie. »Außerdem habe ich keine Angst um mich, sondern um Bastien. Ich hätte darauf bestehen sollen, dass Sascha mir sagt, wo er ist. Was ist, wenn er sich nicht selbst befreien kann?«

»Wir werden ihn schon finden. Ich bring dich nur erst nach Hause. Die Sicherheitsmaßnahmen sind bereits erhöht. Falls uns jemand angreift, haben wir ein paar Überraschungen parat. Und diesmal, Sonia, rührst du dich nicht vom Fleck, ohne es mir vorher zu sagen.«

Sie nickte und sah ihn an. »Es tut mir wirklich leid, dass ich dir Sorgen bereitet habe. Ich hatte schreckliche Angst um Bastien. Wenn Nikita ihn gehabt hätte …«

»Wäre er schon tot gewesen, das wusstest du doch, verdammt noch mal.« Joshua warf ihr einen Seitenblick zu, der ihr klarmachen sollte, dass er sich so einen Unsinn nicht anhören würde.

Schweigend fuhren sie weiter, bis er in einem Anflug jähen Zorns mit der Faust aufs Lenkrad schlug. Sonia erschrak, und ihr Puls wurde schneller. Sie schaute in sein hartes Gesicht und dann aus dem Fenster. Joshua wusste sehr wohl, dass er sie einschüchterte und dass er damit aufhören musste, aber er hatte noch nie im Leben so große Angst gehabt. Die reine Panik.

Fast wäre seine Welt zerstört worden. Jeder Traum, den er einmal gehabt – dann aufgegeben – und wieder geträumt hatte, nachdem sie ihm begegnet war, war zerplatzt. Ihm war schlecht geworden. Seit diesem Vorfall in Borneo – als er durchgedreht war und jene fünf Männer abgeschlachtet hatte – war es ihm gelungen, sich einzureden, dass das Monster in ihm fort war. Oder zumindest gebändigt. Hundert Prozent unter Kontrolle. Etwas so Beschämendes würde er nie wieder tun. Doch als Molly ihm mitgeteilt hatte, dass seine Frau verschwunden war, war das Monster sofort wieder da gewesen, ein mörderisches Ungeheuer, das nach Blut verlangt hatte.

Was sollte es bringen, sie jetzt alles erklären zu lassen? Er wollte es nicht hören. Oder konnte es nicht. Wie auch immer, im Moment hatte sie keine Chance, ihm begreiflich zu machen, warum sie mit Saschas Männern weggefahren war. Vielleicht wusste sie es ja selber nicht.

Während des anhaltenden Schweigens schaute er mehrmals zu ihr hinüber. Sie blickte aus dem Fenster, doch er sah die Tränen, die ihr übers Gesicht rannen. Sie gab dabei keinen Laut von sich, weinte ganz still und versuchte nicht, damit etwas zu erreichen. Der Anblick ging ihm ans Herz. Am liebsten hätte er wieder auf das Lenkrad eingedroschen, weil das Monster nun losgelassen war und er immer noch fürchtete, sie verloren zu haben – an den Mann, der einen Anspruch auf sie hatte.

Hat er nicht, fauchte Shadow. *Er hatte kein Recht dazu. Sie gehört ihm nicht und hat ihm nie gehört. Sie gehört zu uns.*

Das stimmte. Sonia gehörte zu ihnen, aber sie war nicht sein Eigentum. *Du hast sie doch gehört. Sie hat ihm gesagt, dass sie sich für uns entschieden hat.* Richtig. Er hatte jedes Wort deutlich vernommen. Wieder schaute er zu ihr hinüber. Sie hatte das Gesicht noch weiter von ihm abgewandt und presste die Finger fest auf die Lippen. Er hielt das nicht aus. Sie war seine Frau, und er hatte nicht besonders gut auf sie aufgepasst. Sie musste schreckliche Angst gehabt haben, als sie zu dem SUV gegangen war und sich in die Hände eines Mannes begeben hatte, von dem sie glaubte, er wolle sie töten. Sie war unfassbar mutig gewesen – unvernünftig, aber mutig.

»Weine nicht, Baby.« Unwillkürlich schlug Joshua einen weicheren Ton an. Es brach ihm das Herz, sie so weinen zu sehen. Er streckte eine Hand aus und wischte ihr eine Träne von der Wange. »Ich bin nur verärgert, weil ich dich fast verloren hätte. Als Molly mir gesagt hat …« Er brach ab, denn das Untier in ihm schrie nach Blut.

Jetzt, wo es frei war, wusste er nicht, ob er es im Griff behalten konnte. Er hatte die Jahre auf Jake Bannaconnis Ranch gebraucht, um sein inneres Gleichgewicht wiederzufinden. »Du sollst einfach nur wissen, dass ich froh bin, dich zurückzuhaben, aus mehr Gründen, als du ahnst.« Er nahm ihre Hand, zog sie an seinen Mund, küsste ihre Fingerspitzen und drückte dann ihre Handfläche an seinen Oberschenkel.

»Es tut mir leid«, flüsterte sie wieder. »Wirklich. Inzwischen ist mir klar, dass das nicht der klügste Plan war. Ich wollte nur nicht, dass sie …« Sonia verstummte und presste die Finger der anderen Hand noch fester auf ihren Mund.

Zu Hause angekommen stellte Joshua den Motor ab, blieb aber im Auto sitzen. Er hatte nicht geglaubt, dass er sich ihre Erklärung anhören könnte, doch inzwischen hatte er das Gefühl, dass sie nicht nur wegen Bastien so gehandelt hatte.

»Wolltest du sie etwa von mir weglocken, Sonia?« Wenn man bedachte, wie sie zu Jerry und Molly war, und wenn es stimmte, dass sie ihn liebte, wie sie Sascha versichert hatte, würde sie ihn beschützen wollen – mit allen Mitteln. Gern hätte er wieder angefangen zu fluchen und diesmal mit der Faust gegen eine Wand geschlagen, doch er bezwang das Monster, das ihn zu verschlingen drohte, und sah sie nur stumm und still an.

Sie war wunderschön in ihrem zerzausten Zustand. Er liebte es, wenn sie sich zurechtmachte, weil sie dann hinreißend aussah, aber das hier war noch besser. Einige Haarsträhnen hatten sich aus dem Zopf gelöst, mit dem sie ihre Mähne bändigte. Das T-Shirt spannte über ihren Brüsten und betonte die Umrisse ihrer Kurven und ihre verlockend harten Nippel. Die Jeans, die sich an ihre Hüften und ihren runden Po schmiegte, setzte ihm viele verschiedene schöne, aber schmutzige Ideen in den Kopf. Und weil sie barfuß war, konnte er auch ihre kleinen, zarten Füße bewundern.

»Sonia, ich werde jetzt nicht ausrasten und dich kränken, ich möchte nur die Wahrheit wissen.«

Als sie ihm ihr Gesicht zuwandte, stockte ihm der Atem und sein Glied regte sich. Verdammt, er liebte sie so sehr, dass er nicht wusste, wie er das aushalten sollte.

»Können wir uns nicht einfach darauf einigen, dass ich etwas Dummes getan habe, und uns die Frage nach dem Warum ersparen? Ich habe impulsiv reagiert und werde es nicht wieder tun.«

Joshua schüttelte den Kopf. »Nein, das geht nicht.« Er drückte ihre Hand fester gegen sein Bein. Ihm war heiß geworden. Sicher merkte sie, dass Feuer durch seine Adern raste und ihm ganz heiß wurde. »Du warst sehr mutig, Sonia. Sei es jetzt wieder, damit so etwas nicht noch mal passiert. Verrat mir den wahren Grund. Wolltest du mich beschützen?«

Sie biss sich auf die Unterlippe und nickte. »Ich wollte nicht, dass er in deine Nähe kommt. Ich dachte, wenn er es wirklich auf mich abgesehen hat, gäbe es keinen Grund, auch noch dich zu töten. Vielleicht würde Bastien das alles nicht überleben, doch daran konnte ich nicht viel ändern.«

Joshua zwang seine Lunge zum Arbeiten – einmal tief Atem zu holen und dann gleich noch einmal. Er riss sich zusammen, ruhig neben Sonia sitzen zu bleiben. Er gehörte nicht zu den Männern, die ihrer Frau Geschenke und Blumen mitbrachten. Er wäre gern so gewesen, aber das war seiner Natur so fremd, dass solche Momente bei ihnen rar sein würden. Er war eher der zupackende Typ, Klamotten runter und los, egal, zu welcher Tages- oder Nachtzeit oder wo sie gerade waren. Das war seine Art, ihr seine Liebe zu zeigen. Sie wissen zu lassen, dass er sie so schön und wundervoll fand, dass er ihr sein Begehren zeigen musste.

Inzwischen konnte er sich nicht mehr vorstellen, ohne sie aufzuwachen oder sich in der Nacht, wenn Alpträume ihn plagten, nicht zu ihr umdrehen zu können. Seit er sie kannte, waren die Kopfschmerzen, die er so häufig bekommen hatte, immer seltener aufgetreten. Sie war ... alles für ihn. »Du darfst dich nie wieder meinetwegen in Gefahr bringen. Ich bin durchaus imstande, auf mich selbst aufzupassen, Sonia. Damit kenne ich mich aus, und du musst mir glauben, ich kann das richtig gut.«

»Das weiß ich doch«, sagte sie. Dann zögerte sie.

Jetzt kam das *Aber*. Joshua zwang sich, weiter ruhig zu bleiben, aber er brauchte Bewegung. Er küsste ihre Handfläche, stieg aus dem Auto und bedeutete ihr, es ihm nachzutun. Dann ging er bewusst langsam um das Auto herum zu ihr, damit er sie auf keinen Fall anschrie. Das konnte sie im Moment wahrhaftig nicht gebrauchen, und trotzdem hätte er sie am liebsten geschüttelt, weil sie dieses Risiko eingegangen war. Als sie beide auf der Veranda angekommen waren, blieb sie stehen und drehte sich zu ihm um.

»Ich liebe dich, Joshua. Mittlerweile kenne ich den Unterschied zwischen echter Liebe zu einem Mann und Zuneigung und Dankbarkeit für einen Menschen, der in einer schrecklichen Zeit gut zu mir war. Ich möchte dich genauso wenig verlieren wie du mich.«

»Wenn das heißt, dass du das, was du getan hast, für richtig hältst, kannst du sofort aufhören. Denn das ist es nicht. Nie. *Niemals.*« Das letzte Wort zischte er beinah. Wo zum Teufel war seine kaltschnäuzige Ruhe geblieben? Er hatte doch gewusst, was sie sagen würde, und doch so heftig reagiert. »Versprich mir, dass du so etwas Idiotisches nie wieder tust und nie wieder versuchst, die Retterin zu spielen.«

Sie zog einen Schmollmund, der bei ihm heißes Verlangen weckte, aber vielleicht lag das auch ein wenig an ihrem Widerstand und seinem Drang, ihn zu brechen. Oder einfach nur an ihr. Seiner Sonia.

»Ich würde es dir ja gerne versprechen. Ich möchte alles

tun, worum du mich bittest, Joshua. Aber dann würde ich lügen, und ich glaube, das weißt du.«

Wütend riss er die Haustür auf und stieß sie fast ins Haus. Er würde ihr seine Meinung sagen, damit sie verstand, dass sie ihm ihr Wort geben und es, bei Gott, auch halten musste. Molly hatte er ganz vergessen. Sie warf sich so heftig in Sonias Arme, dass sie sie fast umgestoßen hätte.

Leise fluchend trat er zurück und beobachtete die beiden Frauen. Was sollten sie Molly und dem hoffentlich wieder aufgetauchten Bastien erzählen? Sascha war durchaus fähig, einen Mann umzubringen. Doch wenn Joshua ganz ehrlich zu sich war, musste er zugeben, dass er unter gewissen Umständen ganz genauso dazu imstande war. Das in ihm schlummernden Monster war immer auf Blut aus, und sollte Sonia in irgendeiner Form bedroht werden, würde er töten, um sie zu retten.

»Mir geht's gut«, beruhigte Sonia Molly. »Sascha dachte, ich wäre gekidnappt worden und wollte mich befreien. Er war es nicht, der die Bombe am Wagen angebracht hat, sondern sein Vater. Sascha hat sich die ganze Zeit bemüht, mich am Leben zu halten, obwohl sein Vater meinen Tod wollte.«

»Oh nein«, stöhnte Molly. »Bastien ist stinksauer. Er fahndet nach den Leuten, die ihn entführt haben, und wollte, dass ich hierbleibe. Er ist echt in Rage. Wenn er herausfindet, dass Sascha der Drahtzieher war, wird er versuchen, ihn zu verhaften.«

Sonia runzelte die Stirn. »Das wäre nicht gut.« Sie warf Joshua einen Schulterblick zu.

Er wartete und fragte sich, was sie sagen würde. Sascha hatte einen Polizisten eingesperrt und dessen Freundin als Botin benutzt. Sicher hatte Bastien in seiner Gefangenschaft darüber nachgegrübelt, was diese Männer wohl gerade mit seiner Freundin machten. Wenn ihm selber das zugestoßen wäre und er herausfände, wer dahinter steckte, würde er alle Beteiligten umbringen. Nichts und niemand wäre vor ihm sicher, bis er seine Frau wiederhätte. Und selbst dann wäre er noch weiter auf Rache aus.

»Du weißt doch tatsächlich nicht, wer ihn überwältigt hat«, erklärte Sonia. »Die Männer waren zwar Russen, könnten aber auch von Blakes Familie angeheuert worden sein. Du hast keine Ahnung, wer sie waren und was sie wollten. Molly, das Letzte, was du möchtest, ist, dass die russische Mafia dich und Bastien jagt. Die geben nie auf, glaub mir. Wenn die Bastien tot sehen wollen, weil er einen von ihnen verhaftet hat, wird ihnen das früher oder später gelingen.«

Molly schnappte nach Luft und legte eine Hand vor die Kehle. »Das habe ich nicht bedacht.«

»Was hast du ihm denn erzählt?«

»Er tappt völlig im Dunkeln. Er weiß nicht, warum diese Männer uns überfallen haben, und ich habe ihm nur gesagt, dass sie es auf dich abgesehen hatten. Er wird bald herkommen und wissen wollen, was los ist. Ich sollte ihn anrufen und ihm sagen, dass du in Sicherheit bist. Er ist auf der Suche nach dir, mit allen Kollegen, dem Sheriff und dazu der Verkehrspolizei.«

»Tut mir leid, aber dein Handy haben sie zum Fenster rausgeworfen«, gestand Sonia. »Und meins zertrümmert.«

Joshua zog seins hervor und reichte es Molly. »Sag ihm Bescheid, aber wenn du nicht willst, dass er sich den Rest seines Lebens stets nach hinten umschauen muss, musst du dir eine Geschichte ausdenken.«

Es gefiel ihm eigentlich nicht, dass sie Sascha deckten, aber er konnte ein wertvoller Verbündeter sein, sollte sein Vater kurz vor dem Angriff stehen. Auch später, wenn er über das Reich der Bogomolows herrschte. Joshuas Hirn fing bereits an, sich plausible Geschichten für Bastien auszudenken – das konnte er schließlich am besten.

17

Bei jedem Klaps auf ihren knallroten Po schnappte Sonia nach Luft. Sanft verrieb Joshua die Hitze auf ihren verzierten Backen, während er mit der anderen Hand ihre Klitoris streichelte. So ging das schon eine ganze Weile. Sein Glied fühlte sich so prall und hart an, als würde es gleich platzen, deshalb fiel ihm das Warten brutal schwer. Zornigen Sex zu haben, wäre eine große Erleichterung gewesen, aber er konnte ihr nicht mehr böse sein. Als er das nächste Mal zuschlug, beobachtete er ihr Gesicht und sah, dass es immer röter wurde und sie sich zwischen flehenden, kurzen Aufschreien auf die Unterlippe biss.

»*Joshua*«, jammerte sie atemlos. »*Bitte.*«

»Bitte was?«

»Nimm mich endlich«, keuchte sie.

Verdammt, er liebte das. Er liebte es, sie immer wieder bis zum Rand zu treiben, dann dort festzuhalten und ihr die Erlösung zu verweigern. So gefiel sie ihm besonders gut. Über das Bett gebeugt, die Hände ans Laken geklammert, die Beine gespreizt und seine dazwischen, während er mit ihr spielte. Jeden Zentimeter an ihr bewunderte.

Sie hatte vollkommenes Vertrauen zu ihm, sonst hätte sie

ihm solche Spiele nie erlaubt. Warum hatte sie sich daran nicht erinnert, als es für sie so wichtig gewesen war? Wieder gab er ihr einen Klaps, weil schon allein daran zu denken, wie sie ihn verlassen wollte, von Selbstmord gesprochen hatte und ihr Leben für seins oder Bastiens gegeben hätte, zu viel für ihn war.

Es hatte Stunden gedauert, bis die Cops gegangen waren. Bastien war nach wie vor misstrauisch, aber er hatte die Befragung anderen überlassen, weil auch seine Rolle Teil der Untersuchung war. Als die Polizei Sonia in seinem Haus befragt hatte, konnte Joshua beobachten, wie sie ihren Ex-Mann schützte. Es war eine brillante Vorstellung gewesen. Sie hatte darauf geachtet, ihre Geschichte nie zweimal mit denselben Worten zu erzählen, und Molly zuvor ermahnt, genauso darauf aufzupassen. Glücklicherweise hatte Molly nicht viel gewusst, während Sonia mit den Cops sehr professionell umgegangen war. Sie würde ein Gewinn für ihn sein. Selbst unter einem Bombardement von Fragen war sie ruhig geblieben, hatte genau gewusst, wann ein kleiner Zusammenbruch angebracht war, und beharrlich behauptet, ihre Entführer nicht identifizieren zu können.

So wie sie dagesessen hatte, hatte sie wunderschön und sehr verletzlich ausgesehen. Ihm war aufgefallen, dass mehr als ein Polizist auf ihre Brüste gestarrt hatte, die unter dem dünnen T-Shirt hervorragten. Man hatte beide Nippel sehen können. Bei jeder Bewegung hatte ihr Busen mitgeschwungen und Aufmerksamkeit auf ihre üppigen Kurven gezogen. Und er hatte mit einem steinharten Ständer danebengesessen, ohne sich Erleichterung verschaffen zu können, verdammt noch mal. Aber er war nicht der einzige Mann im Raum gewesen, der seinen Körper nicht mehr unter Kontrolle gehabt hatte.

Einmal hatte er kurz darüber nachgedacht, ihr ein Sweatshirt oder irgendetwas anderes überzuziehen, um ihre Figur zu verhüllen, aber ihr zerbrechliches, äußerst anziehendes Äußeres führte dazu, dass alle Männer ihr den Unsinn abkauften, den sie verzapfte – außer Bastien. Joshua bewunderte und respektierte den Mann immer mehr, aber er hasste es, dass Sonia ausgerechnet Sascha beschützte. Als die Cops endlich weg waren, hatte der Drang, ihr zu zeigen, zu wem sie gehörte, ungesunde Ausmaße angenommen. Das war ihm bewusst gewesen, aber es hatte ihn nicht interessiert. Dennoch hatte er warten müssen, bis Bastien Molly mit nach Hause nahm.

Sobald die Haustür hinter den beiden ins Schloss gefallen war, hatte er sich wortlos umgedreht und Sonia über die Schulter geworfen. Dann war er, zwei Stufen auf einmal nehmend, die Treppe hochgelaufen, hatte sie aufs Bett geworfen und die Vorderseite ihres T-Shirts zerrissen. Das hatte er schon seit Stunden tun wollen. Endlosen Stunden. Denn er hatte sich etwas vorgenommen. Sie würde leiden müssen. Nicht so sehr wie er, aber …

Eine ganze Stunde hatte er damit verbracht, sie zu küssen. Überall. Er brauchte das. Er musste ihre Haut an Mund und Händen spüren. Sich vergewissern, dass sie lebte und bei ihm war. Als er die Innenseite ihrer Schenkel geküsst und reihenweise leuchtend rote Knutschflecken hinterlassen hatte, hatte sie immer wieder aufgeschrien, doch er hatte nur gelegentlich ihre Klitoris stimuliert, mehr nicht. Also war sie sehr bedürftig gewesen, als er sie so schnell und abrupt auf den Bauch drehte, dass es ihr den Atem verschlug.

Er hatte die Gelegenheit genutzt, um sie über die Bettkante zu ziehen, ihre Beine auseinanderzuschieben und sich dazwischenzudrängen. Sie hatte gedacht, nun wäre es so weit, dass er sein Glied tief in ihrem feuchten, heißen Schoß versenkte. Aber da hatte sie sich schwer getäuscht. Er hatte sie nur am Hals niedergedrückt.

»Streck die Arme aus und wag es nicht, sie zu heben. Alles, was jetzt passiert, hast du verdient.« Das war die einzige Warnung gewesen. Der erste Klaps war recht hart gewesen. Jedenfalls hart genug, um sie zum Wimmern zu bringen. Als er gesehen hatte, dass sie nicht so liegen blieb, wie er sich das vorstellte, hatte er zwei Finger in sie hineingeschoben. Ihr klagender Aufschrei war wie Musik für ihn gewesen, denn er zeigte ihm, dass sie dieses Spiel ebenso sehr genoss wie er – sie mochte es grob. Wenn all ihre Nervenenden auf Empfang waren und direkt mit ihrem Innersten verbunden. Aber er wollte, dass sie es sagte. Er musste es hören.

Er schlug sie immer wieder, verrieb aber nach jedem Klaps die Hitze und streichelte ihre Klitoris oder den empfindlichen kleinen Punkt, der sie in den Wahnsinn trieb. »Du magst das wirklich, oder?«, fragte er.

»Ja«, stöhnte sie. »Aber es ist keine Strafe, falls du das denkst.«

Das war ihm klar, und er wandte nur gerade genug Kraft an, um ihren Po warm werden zu lassen und alle Nervenenden zu wecken. Inzwischen jammerte und schluchzte sie haltlos. Ihre feucht glänzenden Schenkel waren eine Verlockung für seinen ausgedörrten Mund, und er erlaubte es sich, ihr nachzugeben und verzierte ihre zitternden Beine mit Knutschflecken und Bissmalen, während er gleichzeitig sein Verlangen nach ihrem berauschenden Geschmack stillte.

Er kannte sie ganz genau. Er wusste, wie sie erschauerte, bebte, den Atem anhielt, kurz bevor sie kam. Doch jedes Mal, wenn sie fast so weit war, zog er seine Hände und seinen Mund zurück.

»Joshua«, heulte sie langgezogen.

Sie versuchte, den Kopf zu heben, doch er drückte sie aufs Bett zurück und hielt sie dort fest. »*Das* ist die Strafe dafür, dass ich deinetwegen fast einen Herzinfarkt bekommen hätte. Weil du mit diesen Kerlen mitgegangen bist. Und, Baby, ich kann die ganze Nacht so weitermachen. Es macht mir richtig *Spaß*. Dir auch?«

»Nein. Ich habe mich doch entschuldigt«, klagte sie sehnsüchtig. Liebeshungrig.

Es gefiel ihm ausnehmend gut, sie so lüstern zu sehen. »Weißt du eigentlich, wie gern ich dich betteln höre? Ich finde es verdammt geil, wenn du so gierig auf meinen Schwanz bist.« Er tauchte seine Zunge in ihre glühende Hitze. »Du armes böses Mädchen. Du magst meinen Schwanz, nicht?«

»Oh ja.« Sie lächelte gequält und wischte die Schweißtropfen auf ihrer Stirn am Laken ab. »Aber dich mag ich im Moment nicht so sehr.«

Ihre Augen funkelten begehrlich. Der Anblick ihrer wundervollen Lippen hätte ihn fast seine Beherrschung gekostet. Er tropfte ja selber schon vor Verlangen. Schnell stand er auf und kniete sich mit einem Bein direkt neben ihrem Kopf aufs Bett, sodass sein Glied nur Zentimeter von ihrem verlockenden Mund entfernt war. Eine Hand in ihrem Nacken hielt er sie weiter nieder, während er mit der anderen seinen Schwanz rieb. Es fühlte sich verdammt gut an. Und sie mit weit offenen Augen verzweifelt zuschauen zu sehen noch viel besser.

»Ich konnte kaum noch denken und hab nicht mehr richtig funktioniert. Das war deine Schuld. Was, wenn du schwanger wärst? Dann hättest du nicht nur dich, sondern auch unser

Baby in Gefahr gebracht.« Wieder stieg glühend heiße Wut in ihm auf, eine Mischung aus Ärger und Angst. Die Vorstellung, sie zu verlieren – eine Frau, die ihn genauso akzeptierte, wie er war, die es schaffen würde, diesen gefährlichen Weg mit ihm zu gehen, und die ihm nicht nur im Schlafzimmer, sondern überall, wo es ihn überkam, zu Willen war – hatte ein dunkles Loch in ihn gerissen. Aus diesem Abgrund war das Monster gekrochen. Sie dagegen war das Licht. Trotz ihrer Vergangenheit war sie immer fröhlich und zufrieden und so süß, dass es ihm den Atem raubte. All das wäre ihm fast genommen worden.

Er drückte seine breite Eichel an ihre Lippen. Ihr warmer Atem streifte ihn. Willig öffnete sie den Mund, und als ihre Zunge ihn berührte, hätte er fast abgespritzt. Nie im Leben war sein Glied so hart gewesen. Am Haar zog er ihren Kopf hoch und drang ins Paradies ein.

Er versuchte, so sanft zu sein, wie er konnte – was nicht viel hieß, doch immerhin behielt er ihr Gesicht im Blick. Als sie die Augen schloss, riss er an ihrem Haar, bis sie die Lider mit den unglaublich langen Wimpern wieder hob, und er ihr in die Augen blicken konnte. Sie waren so dunkel vor Lust, dass er unwillkürlich weiter vordrang und sein Glied so anschwoll, dass es explodieren musste.

»Schau mich an«, stieß er noch hervor.

Dann stürzte er sich ins Feuer, obwohl er im Paradies bleiben wollte. In ihrem Mund, der so wunderbar saugte. Doch es gab kein Halten. Strahl um Strahl pumpte er in sie hinein, und sie versuchte mitzuhalten, aber in ihrer Position war das schwierig. Trotzdem ließ er sie nicht los.

Er mochte es, wenn sie mit leuchtenden, leicht verschleierten Augen so dalag und erregt die Hüften wand, die auch von ihm gebrandmarkt waren. Am ganzen Körper trug sie seine

Male – die Zeichen, dass sie ihm gehörte. Der Gedanke, dass sie sich unter ihren Kleidern verbargen, gefiel ihm, und wenn sie verblassten, würde er ihr neue machen.

Grinsend sah er zu, wie sie sich die Lippen leckte, nachdem er sein Glied aus ihrem Mund gezogen hatte. Stolz hielt er es ihr hin. »Sieh dir das an, Baby. Mein Schwanz ist immer noch hart. Weil du so sexy bist. Möchtest du mehr?«

Sie nickte. »Ja bitte.«

Joshua stellte sich hinter sie und bewunderte sein Werk. Ihr roter, runder Hintern sah großartig aus. Sie war einfach fantastisch. Er konnte immer noch nicht glauben, dass er eine Frau gefunden hatte, die so perfekt zu ihm passte. »Du bist noch lange nicht fertig.«

»Was hast du vor?«

»Ich habe ein paar Pläne für heute Nacht. Bald wird die Hölle losbrechen. Ich muss es schaffen, mich auf die Arbeit zu konzentrieren, und will keinen Gedanken mehr daran verschwenden, ob du dich vielleicht in Gefahr bringst.« Er konnte sich nicht davon abhalten, über ihre linke Pobacke zu streichen. Sie war noch heiß, obwohl sein Handabdruck bereits verblasste.

»Das werde ich nicht.«

»Darauf kann ich mich nicht verlassen. Du bist nämlich ziemlich dickköpfig.« Er beugte sich herab und küsste die zwei Grübchen über ihrem Po. »Hier sollte ›Das gehört Joshua‹ stehen, damit ich mir immer, wenn ich dich bestrafen muss und dich von hinten nehme – und ich weiß verdammt gut, dass das oft vorkommen wird –, zufrieden dieses Tattoo ansehen kann.«

Wieder beugte er sich vor, denn der ganze warme Nektar, der für ihn bestimmt war, lief aus ihr heraus. Sie schrie, als er wollüstig leckte und lutschte und mit seiner Zunge zustach.

Dann konzentrierte er sich auf ihre Klitoris und sie drängte sich genüsslich an ihn. »Wehe. Wag es bloß nicht zu kommen.«
»Ich kann nicht mehr.«
»Halt dich zurück. Beherrsch dich, wenn du mehr willst.«
Er grinste, denn er wusste, dass er Unmögliches verlangte. Er war ja selber außer Kontrolle, sein Glied härter denn je. Er liebte sie. Und ihren Körper. Und dass sie solche Spielchen mitmachte. Sie konnte ihn jederzeit stoppen. Nichts hielt sie davon ab. Ein Wort genügte. Oder dass sie aufstand. Irgendetwas tat, um ihm zu zeigen, dass ihr das Spiel zu rau wurde. Sie wusste, dass er dann sofort aufgehört hätte. Aber sie blieb so, wie sie war: die Arme lang ausgestreckt, die Finger ins Laken gebohrt, die Brüste in die Matratze gedrückt drehte sie den Kopf hin und her.

Als sie sich bemühte, sich in den Griff zu bekommen und tief einatmete, um sich zu beruhigen, konnte er nicht anders. Er saugte möglichst weit oben an der Innenseite ihres Schenkels so lange an ihrer zarten Haut, bis er ein weiteres Mal angebracht hatte, und wandte sich dann dem anderen Bein zu. Dabei bearbeitete er sie mit seinen Fingern, bis sie stöhnte und leise Jammerlaute von sich gab.

Er stand dich hinter ihr, breitbeinig, damit sie offen für ihn blieb, und schob seine dicke Eichel in ihre Hitze. Sofort stülpte sie sich über ihn, und er warf den Kopf zurück. Das war geil. Pure Ekstase. Er stieß tief in sie hinein, und sie schrie so laut, dass er fürchtete, all seine Männer würden angerannt kommen. Doch das wäre ihm völlig egal gewesen. Nichts konnte ihn aufhalten. Glühend heiße Seide umhüllte ihn und badete ihn in Honig, dann fassten ihre Muskeln so fest zu, dass es sich anfühlte, als wäre er in einen lebendigen Schraubstock geraten, und massierten und molken ihn.

»Ich kann nicht ... ich kann nicht mehr.« Rastlos wiegte sie den Kopf hin und her und presste sich stürmisch an ihn.

»Dann flieg, Baby, jetzt. So hoch du kannst.« Er hob ihren Unterleib an, damit er sich noch tiefer in sie hineinbohren konnte.

Mit einem langen Freudenschrei umklammerte sie ihn und verkrampfte sich. Dann überrollte sie eine Welle nach der andern, und er ritt sie wie im Rausch, von Kopf bis Fuß durchgeschüttelt von ihrer Kraft. Er wusste nicht, ob sie einen durchgehenden Orgasmus hatte oder mehrere nacheinander, aber sie knetete ihn so unerbittlich, dass er sich nicht mehr zurückhalten konnte.

Nie hatte er so etwas erlebt. Es war, als verzehrte ihn ein inneres Feuer, als leckten Flammen über seine Haut. Das Brüllen, mit dem er seine Befriedigung verkündete, war fast so laut wie ihre Schreie. Erst als sie den letzten Tropfen aus ihm herausgepresst hatte, gab sie ihn frei. Danach brach er auf ihr zusammen, streckte ebenfalls die Arme aus, verflocht seine Finger mit ihren und versuchte, an dem Ort zu verweilen, zu dem sie ihn wieder einmal geführt hatte.

So lagen sie da, während er um Atem rang und sich bemühte, sich wieder in den Griff zu kriegen. Sie hatte ihn erobert. Sein Herz. Seine Seele. Er *gehörte* ihr, verdammt noch mal. Er könnte so tun, als wäre es andersherum, aber er wusste, dass er ihr mit Haut und Haaren verfallen war. Und das machte ihm schreckliche Angst.

»Geht es dir gut?« Er küsste sie auf den Nacken und den Rücken.

»Ja, aber ich kann nicht mehr gehen. Und ob ich noch sitzen kann, weiß ich auch nicht.«

Er lächelte, und allein die Tatsache, dass sie ihn dazu bringen konnte, während sein Herz wie wild schlug und er innerlich von seiner Verlustangst zerrissen wurde, war ein Wunder. Er rieb ihre Pobacken und zeichnete mit dem Daumen höchst zufrieden seine Male nach.

»Du hast es ja auch nicht verdient, sitzen zu dürfen. Du hast mir Jahre meines Lebens gestohlen, Sonia.« Er rollte sich von ihr herunter und presste die Finger auf die Augen. »Mein Gott, so möchte ich mich nie wieder fühlen.«

Sie drehte sich auf die Seite und legte einen Arm um seine Taille. »Es tut mir leid, Joshua. Ich habe nur daran gedacht, wie ich sie von dir weglocken kann.«

»Ich hab dir doch erzählt, was in Borneo passiert ist. Was aus mir wurde. Was ich getan habe. Heute Nacht wäre es beinah wieder so weit gewesen. Ich hätte vielen Menschen wehtun können. Und es hätte mir nichts ausgemacht. Ich wäre durch Ströme von Blut gewatet, um dich zurückzubekommen. Das musst du begreifen. Deshalb sage ich es dir noch mal. Bring dich nicht in Gefahr. Oder unsere Kinder. Niemals. Dieses Monster darf nicht mehr auf die Welt losgelassen werden. Ich weiß nicht, ob du imstande bist, mit dem zu leben, was es anrichten könnte, und ich würde dich niemals gehen lassen.«

Eine kleine Pause entstand. Joshua öffnete die Augen, drehte den Kopf und schaute Sonia an. Tränen rannen ihr übers Gesicht. »Verstanden, Joshua. Ich werde dir das nicht antun. Das in Borneo war schlimm, aber was du auch getan hast, diese Kerle hatten es verdient.«

»Niemand verdient so etwas. Eine Kugel in den Kopf, ja. Das, was ich getan habe, nein. Dieses finstere Untier lauert immer in mir, Sonia.« Er zögerte, griff nach ihrer Hand und wartete, bis sie ihre Finger zwischen seine geschoben hatte.

»Ich werde das, was wir im Schlafzimmer machen, immer brauchen. Das ist dir klar, oder?« Doch er wollte noch viel mehr für sie, deshalb schwor er sich zu lernen, sanft Liebe zu machen. Sie mit der Ehrfurcht zu berühren, die er für sie empfand – jedenfalls ab und zu würde er es auf die Art versuchen.

Sonia nickte und hauchte einen Kuss auf seinen Bizeps. »Ich brauche das auch. Und wenn ich es nicht wollte, dürftest du nicht so mit mir umspringen. Im vergangenen Jahr habe ich viel über mich gelernt. Ich musste erwachsen werden und konnte mich nur noch auf mich selber verlassen. Das war gut für mich. Wenn du jemals etwas tätest, das mir nicht gefällt, würde ich es dir ganz bestimmt sagen.«

Joshua realisierte erst jetzt, wie verkrampft er doch innerlich gewesen war. Im Grunde hatte er erwartet, sie würde ihm schonend beibringen, dass sie seine Bedürfnisse nicht befriedigen könne. Er hätte es besser wissen sollen. Sie war ... unvergleichlich. Er zog ihre Hand an seinen Mund und küsste zart ihre Knöchel. »Und ich würde sofort damit aufhören. Ich möchte dir Lust bereiten, Sonia. Ich liebe es, wenn du meinen Namen rufst. Und wenn ich dich warten lasse, dann nur, um es für dich noch schöner zu machen.«

Sie rieb die Stirn an seiner Schulter. »Das weiß ich doch. Es ist nur so, wenn du mich dermaßen reizt, denke ich manchmal, dass ich den Verstand verliere.«

Nur Sonia würde derart sachlich gestehen, dass ihr seine Spiele genauso viel Spaß machten wie ihm. »Wenn du dich mir so willig hingibst, bin ich völlig verblüfft.« Er lächelte sie an. »Gott, du bist wunderschön. Nicht nur äußerlich, auch innerlich, und das ist es, was zählt. Wenn ich bei dir bin, vergesse ich den ganzen Mist, den ich gesehen und getan habe. Du befreist mich davon.«

»Das freut mich.«

Ihre Lider flatterten, und ihm sank das Herz. Er war immer noch nicht auf der sicheren Seite. Sie hatte nach wie vor Vorbehalte, und er konnte es ihr nicht vorwerfen. Er hatte ihr die gemeinsame Zukunft ausgemalt, und die sah nicht gut aus. Sonia war klug genug zu wissen, dass mit seinem wachsenden Ansehen als Verbrecherboss die Menschen, die sie gern hatte, sie wohl meiden würden.

»Ich liebe meine Arbeit, Joshua. Ehrlich, es ist so. Ich möchte weiter für Jerry baufällige historische Häuser renovieren. Ich weiß, dass ich sie modernisieren und dennoch ihre ursprüngliche Schönheit erhalten kann. Darin bin ich gut. Ich bilde mich die ganze Zeit weiter, aber vor allem habe ich einfach Talent dafür.«

Das brauchte sie ihm nicht zu sagen – er hatte die von ihr renovierten Häuser ja gesehen. Sie waren wunderschön und modern geworden, sicher und praktisch, ohne dass die Eleganz des alten Baustils darunter gelitten hatte. Sie machte das so gern, und er wollte ihr die Welt zu Füßen legen, aber ...

»Ich weiß, dass du gern arbeitest und deine Arbeit liebst, und ich werde mein Bestes tun, um einen Kompromiss zu finden, aber du musst mir auch entgegenkommen. Wie du weißt, ist man in meinem Geschäft praktisch immer in Gefahr. Das heißt, man braucht Leibwächter. Um dich zu schützen, solltest du jederzeit bewacht werden. Zu Hause und bei der Arbeit. Überall wo du hingehst.«

Er konnte nicht verhindern, dass sein Puls sich beschleunigte. Sonia hatte begonnen, ihre Unabhängigkeit zu schätzen, und wollte sie behalten. Das konnte er ihr nicht verübeln. Er hasste es auch, Bodyguards um sich herum zu haben. Obwohl er selber mehrere Jahre als Personenschützer gearbeitet hatte, war ihm der Rollentausch nicht leicht gefallen, doch er hatte eingesehen, dass ihm nichts anderes übrig blieb.

»Wenn ich Leibwächter habe, kann ich nicht arbeiten gehen, Joshua. Ich muss doch in die Häuser meiner Auftraggeber. Das würde sie sicher abschrecken.«

»Die Männer müssen ja nicht wie Leibwächter aussehen.«

»Stimmt«, sagte sie gequält.

Der Tonfall war hoffentlich darauf zurückzuführen, dass sie fürchtete, die Arbeit aufgeben zu müssen, die sie so liebte – und nicht ihn. »Du bist doch einen Monat jeden Tag hier gewesen. Sogar länger. Und hast nicht gemerkt, dass ich Leibwächter habe.«

In ihren Augen flackerte Hoffnung auf. »Richtig. Obwohl mir die Gerüchte zu Ohren gekommen waren.« Dann wurde ihr Gesichtsausdruck wieder abweisend, und sie schlug die Augen nieder. »Was ist mit Molly und Bastien?«

Sein Herz verkrampfte sich. Es fühlte sich an, als drücke eine riesige Hand es zusammen. Er musste ihr die Wahrheit sagen. »Sobald Bastien alle Puzzleteile zusammengesetzt hat und erkennt, dass die Gerüchte wahr sind, werden die beiden nichts mehr mit uns zu tun haben wollen.«

Sonia wandte das Gesicht ab und schnappte hörbar nach Luft. Dann drehte sie ihm den Rücken zu. »Ich habe keine anderen Freunde. Nur Molly und Jerry. Meinst du, Jerry wird mich auch fallen lassen?«

Joshua rollte sich auf die Seite, legte einen Arm um ihre Taille und drückte sich fürsorglich an sie. Er hatte ihr bereits das Herz herausgerissen, als er ihr enthüllt hatte, was er war, und nun tat er es schon wieder. Gern hätte er sie angelogen, aber er hatte sich selber versprochen, so ehrlich wie möglich zu ihr zu sein. Über das, was er tun musste, würde er schweigen – ihr die Details der schmutzigen Seite des Verbrecherlebens ersparen. Zum Beispiel, dass er als Boss zwischen Leben und Tod von anderen entscheiden musste. Aber bei allem sonst wollte er versuchen, ehrlich zu sein.

Allerdings wollte er nicht zu viel darüber nachdenken, was er tun oder sagen würde, wenn sie ihn fragte, was Rafe Cordeau eigentlich gemacht hatte, dass er so leicht in dessen Welt eintauchen konnte. Deshalb vergrub er das Gesicht in ihrem Haar. Die dichte, seidige Masse duftete himmlisch. Er zog Sonia enger an sich.

»Du kannst aber nicht sicher sein, dass Jerry und Molly sich gegen mich wenden«, sagte sie mit zittriger Stimme.

Joshua fluchte innerlich. Nur zu gern hätte er sie vor dem Sturm beschützt, der auf sie zukam, denn wahrscheinlich würde es mit den Russen Krieg geben. Bestimmt dachte sie dann, es ginge nur um sie, doch Nikita würde schon bald erfahren, dass Alonzo Massi in Wirklichkeit Fjodor Amurow war und diese Information an Fjodors Onkel weiterleiten. Die wollten ihren Neffen töten, und das würde er, Joshua, nicht zulassen.

»Nein, kann ich nicht, Baby. Du hast recht. Es ist zu vermuten – oder sie behandeln dich anders, und du hasst das –, aber vielleicht halten sie auch zu dir.« Doch diese Chance war so gering, dass er ihr lieber keine Hoffnungen machen wollte. Sonst war die Enttäuschung noch größer.

»Molly hat Bastien wirklich gern. Und er würde seine Karriere nicht aufs Spiel setzen, weil er mit uns befreundet sein will, oder?«

Ihre Stimme war gedämpft, weil sie in ihr Kissen sprach, trotzdem hörte er den Schmerz und die Trauer darin. Er hasste sich dafür, dass er der Grund dafür war. Schnell schlang er die Arme fester um sie, als könne er sie so vor Unglück bewahren.

»Wenn Bastien mit uns befreundet bliebe, würden ihn seine Kollegen, auch die in seiner Abteilung, wohl als ›korrupten‹ Cop abstempeln, sobald die Gerüchte die Runde machen. Er ist ein guter Mann, Sonia. Ich habe ihn überprüft. Rafe hatte einige Polizisten in der Tasche, aber Bastien hat nicht dazugehört.«

Eine lange Pause entstand. Er strich ihr übers Haar, weil er sie trösten wollte. Aber er wusste nicht, wie.

»Ich hatte keine Freunde. Nicht mal als Kind. Meine Mutter war meine Freundin. Und dann kam Sascha.«

Wider Willen zuckte Joshua zusammen, denn – wie er – war auch Sascha ein ganzes Stück älter als sie. Und ein Verbrecher.

»Auch nicht in der Schule?«

Sonia verkroch sich noch mehr in sich selbst und machte sich kleiner, indem sie die Knie an die Brust zog. Er legte sich in der Art um sie herum und bildete so einen schützenden kleinen Kokon für sie.

»Bis zur Highschool bin ich tatsächlich zur Schule gegangen. Dann wurde ich zu Hause unterrichtet. Ich musste natürlich Prüfungen ablegen, aber dabei kam ich nicht mit anderen Kindern in Berührung. Die paar, die ich in der Grundschule kennengelernt hatte, verlor ich bald aus den Augen. Ich hatte nur meine Mutter und Sascha.«

Wieder dieser Name. Er würde mit diesem Bastard reden müssen, und wenn er auch nur eine Sekunde den Eindruck hatte, dass der Kerl mit ihr spielte und ihr irgendwie – *egal* wie – schaden könnte, war Bogomolow Junior ein toter Mann. Er hatte seine Freunde zur Hilfe gerufen, und sie sammelten gerade ihre Armeen, um die Gefahr, die seiner Frau drohte, aus dem Weg zu räumen. Doch für das, was er vorhatte, brauchte er sie nicht.

Er bedeckte Sonias Nacken mit Küssen. »Ich weiß, dass du dir wünschst, dass Molly deine Freundin bleibt, und ich hoffe, sie beweist dir, dass sie loyal ist, aber ich weiß auch, dass du andere Frauen kennenlernen wirst. Zum Beispiel Drakes Frau Saria. Die ist besonders nett. Und Emma, Jakes Frau, ist auch etwas Besonderes. Sie hat gerade ihr drittes Kind bekommen. Meine Kusine Evangeline ist mit Alonzo verheiratet. Ihr gehört ein Café. Das sind alles liebe Menschen, und es gibt noch mehr. Eli Perez' Frau Caterina wirst du bestimmt ebenfalls mögen. Sie wurde von Kindheit an von Rafe hier in diesem Haus festgehalten, bis ihr die Flucht gelang. Eli war ein paar Jahre bei der Drogenbehörde und arbeitet jetzt in Drakes Sicherheitsfirma. Und dann wäre da noch Elijahs Frau Siena, die mit Drillingen schwanger ist. Ich nehm dich mal zu ihr mit.«

Er rieb die Stirn an ihrem Nacken und hauchte Küsse auf ihre Schultern. »Du wirst nicht einsam sein, Sonia, das schwöre ich dir. Ich sorge dafür, dass du andere Frauen triffst, lauter gute Frauen, die deine Lage verstehen. Sie werden dich akzeptieren.«

»Ich weiß doch gar nicht, wie man sich anfreundet. Bei Molly war das einfach ganz leicht.«

Es zerriss ihm das Herz. Gern hätte er Sascha Vorwürfe gemacht, weil er sie in dieser Villa eingesperrt hatte, die eigentlich ein Gefängnis gewesen war, aber was hätte er selber getan, um ihre Sicherheit zu garantieren? Verflucht, er hätte sie auch eingeschlossen und den blöden Schlüssel weggeworfen, wenn es nötig gewesen wäre. Das Geschäft, in dem sie waren, war hart für ihre Frauen und Kinder.

»Molly ist wundervoll. Ich hoffe, sie hört nicht auf die Gerüchte, und wenn doch, dass sie nichts darauf gibt und nur will, dass es dir gut geht.« Er drückte seine Stirn an Sonias Hinterkopf. »Bleib bei mir, Schatz. Egal, wie schwierig es ist, bitte. Ich mache dich glücklich. Ich verspreche es dir. Ich versuche, all die Dinge zu lernen, die ein Mann für seine Frau tun sollte.«

Da drehte sie sich in seinen Armen um, denn er ließ sie nicht los. »Ich gehe nicht weg, Joshua. Aber ich habe Angst. Ich möchte Molly nicht verlieren, und gleichzeitig liebe ich dich. Ich weiß, dass du der Richtige für mich bist.« Sie sah ihm tief in die Augen. »Bist du sicher, dass du da nie mehr rauskommst?«

Er nickte langsam. »Sie würden mich jagen, bis sie mich finden. Man kann nicht immer weglaufen, irgendwann schnappen sie dich. Dessen war ich mir bewusst, als ich diesen Job annahm. Ich hatte ja keine Ahnung, dass ich dich finden würde, sonst hätte ich nie zugesagt, sondern wäre in Drakes Team geblieben.«

»Warum gerät Drake eigentlich nie in Verdacht?«

Joshua küsste sie auf die Augen. Sie hatte so wunderschöne, exotische Augen. Und er liebte ihre langen Wimpern. Aber noch besser gefiel es ihm, wenn diese Augen beim Liebesspiel dunkel wurden vor Lust und Leidenschaft. Dass sie diese Spiele zuließ und verstand, dass er ihr mit seinen erotischen Inszenierungen nur zeigen wollte, wie viel sie ihm bedeutete. Wie wichtig ihm ihr Vertrauen war, und dieses unsichtbare Band zwischen ihnen.

»Drake ist international bekannt als Chef einer Sicherheitsfirma. Jeder in der Verbrecherwelt weiß, dass er unerbittlich und gefährlich ist. Von einem Geschäft, bei dem er im Spiel ist, lassen in der Regel alle die Finger. Er ist unbestechlich, obwohl ihm schon horrende Summen angeboten worden sind. Und für seine Leute gilt dasselbe.«

»Alles Gestaltwandler?«, riet sie.

»Eine Mischung, aber er beschäftigt recht viele Leopardenmenschen, überall auf der Welt.«

»Und wie rechtfertigt er seine Freundschaften mit berüchtigten Verbrechern?«

»Tut er ja gar nicht. Die Leute nehmen an, dass er diese Art Kontakte für seinen Job braucht. Sein bester Freund ist Jake Bannaconni.«

»Das kommt mir seltsam vor. Schließlich ist Bannaconni doch Milliardär oder so ähnlich, also jenseits des Erreichbaren für den Durchschnittsbürger.«

»Ja, Jake hat viel Geld, aber die beiden kennen sich schon ewig. Jake hat Drake in Borneo das Leben gerettet und hier dann sein Bein. Die zwei sind sehr eng befreundet, obwohl Jake ... sprunghaft sein kann. Drake dagegen wird nur selten wütend. Er bleibt immer ruhig.« Joshua senkte den Kopf und küsste sie auf den Mund.

Er hatte schon viele Frauen geküsst. Doch an ihre Namen und Gesichter konnte er sich nicht mehr erinnern. Nicht einmal an ihren Geschmack. Bei Sonia war es anders. Er war ganz versessen darauf, sie zu küssen. Selbst zu den ungewöhnlichsten Zeiten träumte er davon, wie schön sich das anfühlte. Mit der Zunge zeichnete er die Konturen ihrer Lippen nach und prägte sich ihre Form und Beschaffenheit ein. Er nahm sich viel Zeit dafür, und sie ließ es zu. Mitten in einer wichtigen Unterhaltung ließ sie ihn einfach gewähren.

Sein Herz geriet ins Stocken. Ihr Mund war sein Hafen, ihr Körper sein Paradies. Dorthin flüchtete er vor der Realität. Wenn er sie berührte, dachte er nur noch an sie. Er verschlang seine Beine mit ihren und legte seine ganze Liebe in diesen Kuss, streichelte ihre Zunge mit seiner, mal spielerisch, mal innig, mal fordernd. Nahm die Liebe, die er zurückbekam, tief in sich auf.

Irgendwann hob er den Kopf. »Du gibst dich mir immer hin. Ganz. Ohne Rückhalt. Bei unserem ersten Mal bist du fast mit mir verschmolzen. So verdammt heiß warst du auf mich. Du hast mir alles gegeben, was du konntest. Und so ist es jedes Mal.« Er merkte, wie erstaunt und ehrfürchtig er klang, aber es machte ihm nichts aus. Sie verdiente es zu wissen, wie sehr er sie verehrte, und es gab keinen anderen Weg, es ihr zu erklären. Für ihn gab sie alles auf.

»Wenn das Ganze Drakes Idee war, warum halten die Leute dann nicht ihn für korrupt?«

Das hatte er nicht kommen sehen. Die leichte Schärfe in ihrem Tonfall deutete darauf hin, dass sie sich wohl nicht mit Drake anfreunden wollte.

»Er ist ein guter Mensch, Sonia. Gib ihm eine Chance.«

Sie schnitt eine Grimasse und küsste ihn auf den Hals. »Er hat dich in Gefahr gebracht, Joshua. Und jetzt stehst du so da, als hättest du Dreck am Stecken. Nicht er. Kann sein, dass er mich eine gute Freundin kostet. Meine einzige. Ich weiß nicht, ob ich dazu überhaupt bereit bin.«

»Ich musste diesen Job nicht annehmen. Niemand hat mir eine Pistole an den Kopf gehalten. Es war ganz allein meine Entscheidung.« Plötzlich nachdenklich geworden strich er sich mit den Fingern durchs Haar. »Ich weiß nicht mal, warum ich Ja gesagt habe.«

»Weil du Buße tun wolltest.«

Sein Herz machte einen Satz. »Was redest du da für Unsinn, Baby? Warum sollte ich Buße tun?« Doch er wusste es ganz genau. Wegen des Monsters in ihm. Das er in Borneo losgelassen hatte. Manchmal tat man etwas, was man sein Leben lang bereute. Etwas, das man nicht zurücknehmen oder wiedergutmachen konnte. »Spar dir die Antwort. Reden wir einfach über was anderes.«

Sonia schob die Finger in seine Haare und küsste ihn wieder auf den Hals. Dabei streifte ihr Busen seinen Brustkorb. Er liebte das. Er umfasste die weichen Hügel, leckte über einen Nippel und schloss den Mund um die lockende Brustwarze. Selbst ihre Haut schmeckte himmlisch.

Zärtlich drückte sie seinen Kopf an sich und lachte leise. »Wie soll ich ein ernsthaftes Gespräch mit dir führen, wenn du mich immer wieder ablenkst? Ich weiß nicht, ob ich noch eine Runde aushalte, ich bin etwas wund.«

Sofort hob er den Kopf und verengte die Augen. »Du hast kein Wort gesagt. Du musst mich aufhalten, wenn ich zu grob zu dir bin.«

»Du warst nicht zu grob, du Dummkopf.« Noch einmal küsste sie ihn auf den Hals und hauchte dann von seinem Ohr bis zu seinem Mundwinkel eine Reihe von Küssen auf seine Wange.

Er wusste verdammt gut, dass sie ihn damit auf andere Gedanken bringen wollte, und das passte ihm nicht. »So geht das nicht. Das musst du mir *immer* sagen. *Immer.*«

»Ich habe heute Abend jede einzelne Sekunde genossen. Und ich habe kein Problem damit, den Mund aufzumachen und dir Bescheid zu sagen, wenn ich finde, dass du zu rau bist. Wir haben in letzter Zeit viel Sex gehabt. Nur deshalb bin ich etwas wund. Aber mir gefällt das. Wirklich. Es erinnert mich bei jedem Schritt daran, wie schön die Nacht war. Ich liebe dieses Gefühl.«

»Ich bin nicht schlecht ausgestattet, Baby. Vielleicht sollten wir einen Arzt konsultieren ...« Joshua versuchte, die in ihm aufsteigende Panik zu unterdrücken. Er hatte ihr nicht viel zu bieten, und Sex war für sie beide sehr wichtig. Nicht nur für ihn. Auch Sonia genoss ihr Zusammensein. Er konnte doch nicht ...

»Hör auf, du Verrückter.« Sie drückte ihre Stirn an seine und lachte laut auf. »Ich gehe nicht weg. Du musst dich meinetwegen nicht ändern. Ich liebe deine Art, Liebe zu machen. Deine Knutschflecken-Manie und deine Spielchen. Du scheinst etwas paranoid zu sein. Wir brauchen keinen Arzt, außer vielleicht für deinen Kopf, wenn du dich weiter wie ein Irrer aufführst. Ein schönes heißes Bad dürfte reichen. Ich bin bloß zu müde, um mich zur Wanne zu schleppen.«

»Aber ich nicht«, erwiderte er schnell und rollte sich vom Bett. Es fiel ihm schwer, sich von ihrem warmen, weichen Körper zu lösen, aber Herrgott noch mal, sie sollte nicht wund sein. »Du hättest es mir *sofort* sagen sollen«, blaffte er herrisch, damit sie wusste, dass ihre Strafe, falls das noch einmal vorkam, schlimmer ausfallen würde als an diesem Abend. Oder besser. Je nachdem, wie es ausging. Er erlaubte es sich, im Kopf verschiedene Möglichkeiten durchzuspielen, während er das Wasser einlaufen ließ und die Schränke durchsuchte, bis er ein sehr feminin wirkendes Fläschchen mit Lavendel-Badesalz gefunden hatte, das vom Hausmädchen besorgt worden war, als er es gebeten hatte, zusammen mit dem Föhn noch ein paar andere Sachen zu kaufen.

Er streute das Salz ins Badewasser, marschierte wieder ins Schlafzimmer und baute sich vor Sonia auf. »Du bringst mich echt immer wieder zur Verzweiflung, Baby.« Er war verrückt vor Verlangen nach ihr. Getrieben von einer Gier, die er nicht für möglich gehalten und nie verspürt hatte, bis er ihr begegnet war. Doch am meisten ärgerte er sich, weil sie sich ihm zwar in allem unterordnete, aber nur im Schlafzimmer. Damit wollte er sich nicht zufriedengeben, doch die Ausweitung seiner Herrschaft gestaltete sich schwierig, und er hatte den Verdacht, dass das so bleiben würde.

Er hatte die Bettdecke rund um sie herum festgesteckt und eine Art Kokon geschaffen, sodass er nur ihre Augen und den oberen Teil ihres Kopfes sehen konnte. »Geh weg, Joshua. Ich bin müde, und du lässt mich nicht in Ruhe. Wenn wir ehrlich zueinander sein wollen, ist das mit der ›Verzweiflung‹ wohl eher ein milder Ausdruck für das, was du damit rechtfertigst. Du bist so ein Macho.«

»*Ein Macho?*« Verblüfft zog Joshua beide Brauen hoch. »Ich bin ja auch der Chef hier. Oder ist dir das noch nicht aufgefallen?«

»Ich versuche, es zu ignorieren. Du bist auch so schon arrogant und anstrengend genug. Nur Gott weiß, was passieren würde, wenn ich jemals den Fehler beginge, dich als meinen Chef zu betrachten.«

Empört fasste er nach der Bettdecke und zog daran. Vergeblich. Sonia hatte sie gut gesichert und sich fest darin eingewickelt. Mit zusammengezogenen Brauen sah sie ihn streng an, doch in ihren Augen war ein kleines Lächeln.

»Geh weg. Ich will schlafen.«

»Du hättest mir sagen sollen, dass du wund bist, du kleines Luder.« Er fasste unter die Decke und tastete nach ihren bloßen Füßen.

»Wag es ja nicht.«

Zärtlich streichelte er ihre Waden und beobachtete ihr Gesicht. Misstrauisch verengte sie die Augen, doch er konnte trotzdem sehen, dass sie dunkler wurden, und das verriet ihm, dass schon dieses Streicheln sie erregte.

»Was willst du denn tun, wenn ich nicht auf dich höre?«, stichelte er. »Ich bin größer, Baby. Und stärker.«

»Besser man hat Hirn als Muskeln.«

Sie versuchte, möglichst schnippisch zu klingen, doch dazu war sie zu aufgeregt und erheitert.

Plötzlich packte er sie an den Knöcheln und riss sie nach unten. Sie schrie auf und klammerte sich an die Matratze, weil sie nicht vom Bett plumpsen wollte. Doch sie konnte es nicht verhindern, und Joshua riss ihr zusätzlich noch schnell die Deckenhülle herunter, ehe sie mit dem nackten Hintern auf dem kalten Boden landete. Mit einem Jammerlaut schaute sie entrüstet zu ihm auf.

»Du bist gemein.«

Er hob sie nur lässig hoch und drückte sie an sich. Da schlang sie die Arme um seinen Nacken und schmiegte sich an ihn. Ihre halb geschlossenen Augen verrieten ihm, wie erschöpft sie war. In diesem Zustand wirkte sie sehr sexy und hilfsbedürftig. Direkt neben der fast vollen Badewanne blieb er stehen und betrachtete stumm ihr Gesicht, nahm den Anblick tief in sich auf.

»Was ist?«, fragte sie leise und umfasste sein Kinn.

»Ich liebe dich. So sehr. Rede mit mir, Sonia. Versprich mir, dass du auf jeden Fall mit mir redest, bevor du irgendwie wegläufst. Dich zweimal an einem Tag zu verlieren, hätte mich fast umgebracht.«

Sie sah ihm in die Augen. »Ich versprech's. Und ich gebe niemandem leichtfertig mein Wort. Ich werde es nicht brechen.«

»Ich gebe mein Wort auch nicht leichtfertig. Wir sind jetzt

zusammen. Wir zwei. Wir können alles schaffen, wenn wir nur immer miteinander reden. Und zwar sofort. Ohne Aufschub. Komm zuerst zu mir, und ich werde dir zuhören.«

»Hoffentlich verstehst du mich dann auch. Ich möchte, dass das mit uns gut geht, aber nicht auf meine Kosten.«

Sanft küsste er sie auf die Lippen und stellte sie dann vorsichtig in die Wanne. Sie schnappte leise nach Luft, ließ sich dann aber tief ins heiße Wasser sinken.

»Ich werde dir deinen Beruf nicht wegnehmen. Eigentlich möchte ich zwar nicht, dass du außer Haus arbeitest, weil das immer riskant ist, aber wenn es dir so wichtig ist, machst du's. Und falls du irgendwo eine Fortbildung machen willst, werde ich dich auch unterstützen, aber nur, wenn du bereit bist, dabei Leibwächter zuzulassen. Sie werden nicht auffallen. Sie können sich als Arbeiter tarnen. Oder als Assistenten. Fahrer. Wie auch immer sie deiner Meinung nach aussehen sollen. Hauptsache, du schleichst dich nicht davon, dann ist alles gut.«

»Du weißt aber schon, dass ich ein ziemlich einsames Leben geführt habe, oder? Ich hatte viel Zeit für mich.«

»Davon kannst du dich verabschieden, Baby.« Joshua versuchte, aufmunternd zu klingen, obwohl ihm nicht nach Lachen war. Er stieg ebenfalls in die Wanne, setzte sich hinter Sonia und zog sie zwischen seine ausgestreckten Beine.

Sie legte zwei Finger auf ihre Lippen, küsste sie schmatzend und warf ihm den Kuss zu. Dann lehnte sie den Kopf an seine Brust. »Danke für das Bad. Es fühlt sich echt gut an.« Sie schloss die Augen. »Vielleicht schlafe ich ja gleich hier ein.«

Joshua legte seine Arme um sie. »Mach nur. Ich bring dich ins Bett. Aber ich möchte, dass du mindestens eine Viertelstunde hier drin bleibst, oder noch besser bis das Wasser anfängt, kalt zu werden.« Trotzdem blickte er nicht auf seine Uhr. Die anderen warteten bestimmt auf ihn, doch er war nicht unruhig. Er wollte sichergehen, dass seine Frau keine Schmerzen mehr hatte. Die Vorstellung, dass er ihr Unbehagen bereitet hatte, missfiel ihm, und er schwor sich insgeheim, rücksichtsvoller zu sein – wenigstens ein paar Tage lang.

Mit dem Kinn strich er über ihren Kopf und genoss es, sie so in den Armen zu halten. Er merkte, dass sie einschlief, denn ihr Körper entspannte sich nach und nach.

»Ich liebe dich, Joshua«, murmelte sie.

Ihre schläfrige Stimme war so sexy, dass sein Herz schneller schlug und sein Glied hart wurde, obwohl er wollte, dass dieses Körperteil sich benahm. Zumindest die nächsten Stunden. Schließlich hatte er viel zu tun. Und eine Frau zu schützen. Sonias Sicherheit ging ihm über alles.

18

Fjodor Amurow war ein großer Mann. Wenn man ihn nicht kannte, konnte er einschüchternd wirken. Und wenn man ihn kannte erst recht. Er lächelte nur selten. Meist wenn seine Frau in der Nähe war, doch selbst dann erreichte das Lächeln fast nie seine eiskalten Augen. Er war wie gefroren, innen und außen. Bewacht wurde er von seinem Bruder Timur und von Gorja Amurow, einem Vetter, der mit ihm aufgewachsen war. Alle drei waren grimmige Gestaltwandler, erfahrene, brandgefährliche Kämpfer. Und so sahen sie auch aus – wie Killer.

Ein weiterer Cousin war Mitja Amurow. Er war extrem zurückhaltend und hielt sich meist von den anderen fern. Doch obwohl er so ruhig war und für sich blieb, gab es keinen Zweifel, wer das Sagen hatte, wenn er einen Raum betrat. Sewastjan Amurow folgte ihm wie ein Schatten und ließ gelegentlich ein Lächeln aufblitzen, das Herzen brechen konnte, obwohl es nicht so gedacht war. Wie die anderen Amurows war auch Sewastjan hochgewachsen, aber eleganter. Die für Gestaltwandler typischen kräftigen Muskeln waren unter einem glatteren Äußeren verborgen, doch trotzdem da. Matwei, ein weiterer Artgenosse aus dem Amurow-Rudel, war auch nie weit von Mitja entfernt. Er war – wie Fjodor – sehr groß, selbst nach den Maßstäben seiner Familie.

Im Laufe der Zeit hatte Joshua diese Männer kennengelernt und vertraute ihnen, auch wenn sie verdammt gefährlich waren und eine kampfkräftige Truppe bildeten, die man keinesfalls unterschätzen durfte. Jeder von ihnen hatte einen Leoparden in sich, der von Geburt an darauf gedrillt worden war zu töten. Möglichst Blut zu sehen. Zu hassen. Ein Raubtier, das lebte, um zu morden. Nur Fjodor hatte eine Frau gefunden, die es schaffte, seinen Leoparden zu zähmen, doch selbst sie konnte das Untier kaum zügeln.

Fjodor und Mitja hatten mehrere eigene Männer mitgebracht, allesamt Gestaltwandler und darin geübt, alles, was getan werden musste, fraglos zu erledigen. Auf jeden einzelnen dieser Männer konnte Joshua sich verlassen – sie würden ihm treu zur Seite stehen. Und es schadete auch nicht, dass sie selber daran interessiert waren, Nikita und Sascha Bogomolow in die Finger zu bekommen.

Sascha hatte sich ein Ferienhaus ausgesucht, das abgeschieden lag und leicht zu verteidigen war. Der Sumpf ringsherum schob sich immer näher an das Haus heran und versuchte, das Grundstück zurückzuerobern. Niemand wohnte dauerhaft dort, was daran zu erkennen war, dass die Büsche sich unaufhaltsam weiter ausbreiteten. Große Zypressen und Gummibäume, die ihre Äste wie Arme ausstreckten, ragten in der Nähe auf. Lange Moosflechten flatterten gespenstisch im Nachtwind und verstärkten den Eindruck, dass das Haus von riesigen Strichmännchen umgeben war.

Lautlos schlichen Joshua und seine Leute durch den Sumpf. Ihre Autos hatten sie einige Meilen weiter unten an der Straße stehen lassen, um nicht von Scheinwerfern oder Motorlärm verraten zu werden. Damit die anderen Leoparden sie nicht wittern konnten, hatten sie das Spray benutzt, das Drake ihnen gegeben hatte. Sie waren daran gewöhnt, mit Beuteln um den Hals unterwegs zu sein, in denen sie Jeans, Schuhe und Waffen transportierten. Doch da die Beutel klein waren, verfügten sie nicht über viel Feuerkraft.

Vorsichtshalber hielten sie sich trotz allem auf der windabgewandten Seite und schlugen Haken, um von hinten an die Wachen heranzukommen. Sie mussten die Männer geräuschlos ausschalten, aber nicht für immer. Das kam später, wenn es sein musste. Direkt hinter seiner Zielperson verwandelte sich Joshua und hielt sich nicht mit Anziehen auf. Mit einem kurzen, üblen Schlag gegen die Schläfe, in den er viel Kraft legte, traf er den Mann und betete stumm, dass er ihn nicht umgebracht hatte.

Dann fing er den Bewusstlosen auf, legte ihn auf den Boden, fesselte und knebelte ihn hastig und streifte sich Jeans und Schuhe über. Während er über das Verandageländer stieg, bezogen die anderen ihre Positionen rund ums Haus. Er konnte seinen Herzschlag hören, als er auf das Signal zum Angriff wartete. Es kam in Form eines Eulenrufs. Alle waren am Platz. Er gab das Zeichen zum Losschlagen.

Doch ehe er die Haustür erreichte, schnitt Evan ihm den Weg ab und warf ihm einen Blick zu, der ihn wie angewurzelt stehen bleiben ließ. Früher war immer er derjenige gewesen, der als Erster losgelaufen und bei jedem Einsatz das größte Risiko eingegangen war. Er musste sich immer noch daran gewöhnen, beschützt zu werden, doch es gefiel ihm nicht und würde es wohl auch nie. Niemals.

Es dauerte nur wenige Minuten, Saschas Leute zu überwältigen. Sie kochten vor Zorn, besonders seine persönlichen Leibwächter, und ihre Blicke sprachen von Rachegelüsten. Doch das kümmerte Joshua nicht. Dann wurde Sascha ins Wohnzimmer gezerrt und er bedeutete dem Russen, sich in den Sessel vor dem Kamin zu setzen. Auf alles gefasst sah Sascha ihn an. Joshua hatte schon unzählige Male mit Verbrechern zu tun gehabt, skrupellosen Männern, die bereit waren, sich aus jeder Situation zu befreien, und sei es durch Selbstmord. Deshalb war er ein guter Menschenkenner. Sascha Bogomolow würde unter Folter nicht zusammenbrechen. Sein Körper würde eher nachgeben als sein Geist. Auch wenn das nicht zu einem Mann passte, der vor seinem Vater Angst hatte – oder davor, dass sein Vater seine Frau umbrachte.

»Ich glaube, wir sind uns noch nicht richtig vorgestellt worden. Ich bin Joshua Tregre.«

Sascha neigte den Kopf. »Das ist mir bekannt.«

Sein Ton war neutral und gelassen und gab Joshua keinen Ansatzpunkt. In dem Augenblick, in dem Shadow den Russen erkannt hatte, seinen schlimmsten Rivalen um Sonias Gunst, wurde der Leopard wild. Doch obwohl er Sascha und sein Verhalten in der Gegenwart von Sonia genau beobachtet hatte, konnte Joshua nicht mit Sicherheit sagen, ob der Mann eigene Pläne verfolgte oder sich wirklich Sorgen um sie und ihre Sicherheit machte.

»Sonia hat mir erzählt, warum du sie entführt hast und warum du sie angeblich vor deinem Vater beschützt. Und ich versuche jetzt zu verstehen, wieso du diesem Bastard noch keine Kugel in den Kopf geschossen hast. Wenn mein Vater damit drohen würde, die Frau zu ermorden, die ich liebe, würde ich ihn töten – wenn ich der Meinung wäre, dass er es wirklich tun würde.«

»Oh, das würde er. Ich war zehn Jahre alt, als er vor meinen

Augen meine Mutter totgeschlagen hat. Die Narben, die er mir beigebracht hat, als ich versucht habe, ihr zu helfen, werden mich immer daran erinnern.« Auch das sagte Sascha völlig emotionslos, während er ihn mit toten Augen ansah.

Joshua ging im Zimmer hin und her und überlegte, wie er seinen Gefangenen dazu bringen konnte, ihm das zu verraten, was er wissen wollte. Entweder hatte er in dem Mann einen Freund oder einen Feind. Das musste er herausfinden. »Du willst mir also weismachen, dass dein Vater etwas so Abscheuliches getan hat, und du immer noch nicht zurückgeschlagen hast? Dass er eine Bombe am Wagen deiner Frau angebracht hat, und du ihn am Leben lässt? Man sieht dir doch an, dass du vor nichts Angst hast.«

Sascha lächelte schwach. »Wenn man mit einem Vater wie meinem aufwächst, verlernt man, Angst zu haben.«

»Einem Vater wie deinem?«

Sascha zuckte die Achseln. »Er hat mich bei jeder Gelegenheit verprügelt. Und mir gern eine Pistole in den Mund gesteckt. Aber noch lieber hat er Verräter gefoltert und getötet, um andere davon abzuschrecken, ihn zu hintergehen. Dazu hat er ihre Familien ausgelöscht – mitsamt den Kindern. Hin und wieder hat er auch seinen Leoparden auf mich losgelassen. Kurz, meinem Vater macht es Spaß, andere zu quälen, mich inbegriffen.«

Joshua drehte Sascha den Rücken zu und ging von ihm weg. Niemand setzte seinen Leoparden für so etwas ein. Und schon gar nicht hetzte man das Tier auf sein eigenes Kind. Aber Sascha sagte die Wahrheit. Die Väter von Fjodor und Mitja hatten das Gleiche getan. Ihre Rudel wurden von außerordentlich grausamen Gestaltwandlern angeführt.

»Du bist mit Fjodor Amurow verwandt«, stellte Joshua fest.

»Ja, aber wenn du glaubst, ich helfe dir dabei, ihn zu finden und meinem Vater auszuliefern, damit er im Gegenzug Sonia verschont, solltest du nochmal nachdenken. Fjodor ist ein guter Mann. Er hat nur getan, was er tun musste. Wo auch immer er ist, ich wünsche ihm alles Gute. Aber was noch wichtiger ist: Nikita würde sich nicht an sein Versprechen halten und Sonia trotzdem töten. Du kannst ihm nicht vertrauen. Niemand kann das. Er tötet zu gern. Ich habe gesehen, wie er seine Waffe zog und den Mann, der ihm in einem Nachtclub gegenübersaß, erschoss, weil er ihn zu lange angeschaut hat. Und er ist sogar damit durchgekommen.«

»Warum zum Teufel hast du ihn noch nicht aus dem Weg geräumt?«

»Wegen Sonia natürlich.«

Joshuas Herz schlug schneller und pumpte Adrenalin durch seine Adern. Wütend wirbelte er zu Sascha herum. »Was soll das heißen, verflucht noch mal? Wenn Nikita tot wäre, hätte Sonia doch nichts mehr zu befürchten. Jedenfalls wenn man dir glaubt.«

»Aber wenn ich ihn nicht erwischt hätte, wäre sie sein erstes Opfer geworden. Ich war noch nicht stark genug. Ich musste warten. Meine Männer in Position bringen, um den ganzen Laden zu übernehmen. Nikita ist wachsam. Er lässt mich beobachten. Als er mit den Fotos von Sonias Bild zurückkam, dachte er, ich hätte ihr bei der Flucht geholfen. Dass ich mit ihr unter einer Decke stecke. Er hätte mich fast abserviert.«

»Hat er aber nicht«, erwiderte Joshua knapp, damit der andere wusste, dass er das alles für einen Haufen Mist hielt.

Wieder zuckte Sascha die Achseln. »Als Leopardenmensch hört man heraus, wenn jemand lügt. Nikita hat mich nur deshalb nicht umgebracht, weil er erkannt hat, dass ich keine Ahnung hatte, dass sie noch lebt. Ich habe mein ganzes Leben daran gearbeitet, ihm meine Gefühle nicht zu zeigen, aber da habe ich mich verraten. Ich war so erleichtert und froh. Die Welt braucht Sonia. Sie ist ein ganz besonderer Mensch.«

Joshua zuckte innerlich zusammen. Er wollte, dass dieser Kerl verschwand. Er sollte eigentlich der Feind sein. Doch danach sah es nicht aus.

»Warum hast du ihn da nicht erledigt? Jetzt bist du doch offenbar stark genug.«

»Fjodor versteckt sich schon jahrelang. Das wollte ich nicht. Schließlich gibt es noch mehr von denen.«

»Mehr von was?« Fragend hob Joshua eine Braue.

Zögernd nickte Sascha. »Mehr Männer, die grausame Anführer sind und ihre Frauen und Töchter umbringen. Oder die Töchter an andere Rudel verkaufen, obwohl sie wissen, dass sie dort eines Tages von ihren Männern getötet werden. Ich will nicht, dass das so weitergeht. Irgendjemand muss etwas dagegen tun.«

Joshua blieb stehen. »Dein Plan war also, bei deinem Vater zu bleiben ...«

Sascha schüttelte den Kopf. »Nein, mein Plan *ist* nach wie vor, seine Geschäfte zu übernehmen. Die anderen *Vors* werden mich akzeptieren. Solche Übernahmen kommen häufig vor, und nach Nikitas Tod ist mein Aufstieg ein ganz normales Prozedere.« Erneut zuckte er die Achseln. »Vielleicht arbeiten wir beide ja eines Tages zusammen.«

»Du glaubst wohl, dass du das hier überlebst.«

»Du wirst mich nicht umbringen«, behauptete Sascha.

»Du bist verdammt selbstsicher.« Joshua maß sein Gegenüber mit seinem kältesten Blick. »Ich möchte dir schon allein deshalb den Hals umdrehen, weil du Sonia vorgemacht hast, du hättest sie geheiratet, obwohl das gar nicht stimmt.«

»Ich werde mich nicht dafür entschuldigen, dass ich ihr das Leben gerettet habe. Ich konnte sie nicht heiraten, aber zu meiner Geliebten konnte ich sie machen. Und die Rolle hätte sie nicht akzeptiert.«

Joshua musterte Saschas Gesicht. »Denkst du wirklich, ich würde dir glauben, dass du nach all dieser Zeit ernsthaft vorhast, Nikita loszuwerden?«

»Alles ist vorbereitet. Ich bin nur wegen Sonia hier. Das weiß er. Ihm ist klar, dass ich alles tun würde, um ihr Leben zu retten, und ihm den Krieg erklärt habe. Falls du darüber nachdenken solltest, dich mit ihm zusammenzutun, solltest du wissen, dass du vielleicht einen Gefallen bei ihm guthast, wenn du mich umbringst, dass das aber nicht reichen wird, um Sonia am Leben zu halten. Falls das überhaupt das ist, worauf du wirklich aus bist.«

In dem Moment sah Joshua es kommen. Nichts verriet Sascha. Weder seine ruhige Stimme noch seine versteinerte Miene. Oder diese ausdruckslosen Augen. Nichts. Trotzdem erkannte Joshua, dass der Mann ihn jeden Moment töten wollte und damit rechnete, sofort von seinen Leibwächtern erschossen zu werden. Also stürzte er sich mit der Kraft seines Leoparden blitzschnell auf den Russen, warf ihn auf den Rücken und schlug ihm mit einer großen Raubtierpranke dessen soeben gezückte Pistole aus der Hand.

»Verwandle dich nicht«, zischte Joshua. »Sonst bist du tot. Dann kann ich nichts mehr für dich tun.« Dieser Angriff überzeugte ihn mehr als alles andere davon, dass Sascha Sonia liebte und wollte, dass sie frei war. Sie sollte nichts mehr mit dieser Verbrecherwelt zu tun haben. »Du hast nicht richtig nachgedacht. Ich liebe sie, und niemand wird sie mir wegnehmen. Auch du nicht, selbst wenn du sie ebenfalls liebst.«

Er drückte den Russen mit seinem Körpergewicht zu Boden und spürte, wie der andere darum kämpfte, seinen Leoparden, der ihm zur Hilfe kommen wollte, zurückzuhalten. »Wenn wir beide tot sind, hat sie niemanden mehr, der sie vor Nikita rettet.«

»Dimitri wird sich um sie kümmern.«

»Der liebt sie nicht. Wir beide schon. Zusammen sind wir stärker. Begreifst du das nicht?«

»Du bist doch im gleichen Geschäft. Gnadenlos und immer bereit zu töten. Das ist kein Leben für sie.«

»Nicht«, zischte Joshua wieder, als der Körper unter ihm anfing, sich zu verkrampfen und zu verändern, weil der Leopard aus der menschlichen Haut heraus wollte. »Dann bist du tot. Und dein Leopard auch. Sei doch nicht dumm, Sascha. Sie liebt dich. Du bist wie ein Bruder für sie. Meinst du nicht, sie hat schon genug verloren? Du musst mich ja nicht mögen, aber du solltest wissen, dass ich sie beschützen werde. Niemand wird sie jemals mehr lieben als ich. Mein Leopard ist von ihrer Leopardin akzeptiert worden, und er hat sie gezeichnet. Die beiden sind Gefährten. Das Weibchen könnte bereits trächtig sein. Denk nach, Mann, ehe du dein Leben wegwirfst.«

Hektisch signalisierte er Evan und Kai, nicht auf Sascha zu schießen. Beide hatten ihre Waffen gezogen, und Evan hielt seine dem Russen an den Kopf.

»*Prekratit borbu*«, rief plötzlich jemand. »*Ne bud oslom. Oni ubjut tebja.*«

Joshua hielt Sascha weiter nieder und übersetzte im Kopf. *Hör auf, dich zu wehren. Sei kein Idiot. Sie werden dich töten.* Fjodor war da, aber Joshua sah sich nicht nach ihm um, sondern behielt Saschas Gesicht im Auge, um kein Zeichen der Kapitulation zu übersehen.

»Diese Männer sind meine Freunde, Sascha«, sagte Fjodor und trat ins Blickfeld. Flankiert wurde er von Timur und Gorja, die auch ihre Waffen gezückt hatten. »Niemand will, dass du stirbst, ich am allerwenigsten. Entspann dich und sei vernünftig, damit du weiter gegen Nikita kämpfen kannst, am besten mit uns zusammen.«

Es dauerte ein paar Sekunden, bis weniger Adrenalin durch Saschas Körper floss und seine Anspannung nachließ. Sofort gab Joshua ihn frei. Fjodor reichte seinem entfernten Verwandten die Hand und zog ihn auf die Füße. Joshua bemerkte, dass Evan zurückgetreten war, seine Pistole aber immer noch schussbereit an den Oberschenkel hielt.

»Ich habe nicht erwartet, dich lebend wiederzusehen«, sagte Sascha zur Begrüßung. Dann trat er zögernd an Fjodor heran, umarmte ihn mit einer weit ausholenden Geste und klopfte ihm auf den Rücken. »Du siehst gut aus. Sehr gesund.«

Ohne Weiteres erwiderte Fjodor die Umarmung und das Schulterklopfen. Joshua zog sich ein wenig zurück, um den beiden Russen Raum zu geben. Doch Timur und Gorja blieben dicht bei Fjodor und beobachteten Sascha wachsam. Selbst als er ihnen seine Aufmerksamkeit zuwandte, begegneten sie ihm sehr viel misstrauischer, als es Fjodor zu sein schien. Doch Joshua kaufte ihm die Show genauso wenig ab. Er kannte Fjodor. Der Mann hatte jahrelang als Vollstrecker gearbeitet, und er würde Sascha im Handumdrehen töten, sobald er eine falsche Bewegung machte.

Rasch tauschten die Männer Höflichkeiten in ihrer Muttersprache aus, die Joshua recht gut verstand. Wie die meisten

Leopardenmenschen in Drakes Firma beherrschte er mehrere Sprachen. Viele Gestaltwandler waren sprachbegabt.

»Wir haben keine Zeit«, unterbrach sie Joshua. »Ihr könnt euch später noch unterhalten.«

Fjodor nickte. »Du hast recht. Ich habe Sascha seit Jahren nicht gesehen. Ich wusste nicht, dass seine Familie in die Staaten gezogen ist. So lange ist das her. Nikita und mein Vater haben sich vor etlichen Jahren darüber zerstritten, wer den Kokainhandel beherrscht. Fast hätte es damals Krieg gegeben. Schließlich wurde die Lage geklärt, aber danach waren sich die beiden nicht mehr grün. Und das bedeutete natürlich, dass wir nicht mehr miteinander gesprochen haben, es sei denn, es ging ums Geschäft.«

Erstaunt blickte Sascha zu Joshua und seinen Männern hinüber. Offenbar war er entsetzt, dass Fjodor so offen redete. »Warum hast du dich mit denen zusammengetan?«

»Wir sind Verbündete. Die braucht man hier genauso wie in Russland. Elijah Lospostos ist auch dabei.« In ihrem Geschäft hatte der Name einen Klang wie Donnerhall, deshalb ließ man ihn nicht nebenbei fallen. »Ich habe Antonio Arnottos Gebiet übernommen.«

»Ah, also bist du dieser Alonzo Massi.«

Fjodor nickte. »Joshua arbeitet eng mit uns zusammen. Wir sind hierhergekommen, um sicherzustellen, dass du ihn nicht in eine Falle lockst. Dein Vater muss genauso verschwinden wie meiner.«

»Dein Onkel Lazar wird dich bis ans Ende der Welt verfolgen. Er weiß, dass du seinen Bruder umgebracht hast und hat einen Haufen Geld auf deinen Kopf ausgesetzt. Er wird nie aufhören, dich zu suchen, Fjodor, aber noch verbissener ist er hinter Mitja her. Seinem eigenen Sohn. Er will ihn tot sehen.«

»Das wundert mich nicht«, erwiderte Fjodor. »Mein Onkel lebt eigentlich nur für seine Lust am Töten.«

»Er will es selbst tun«, warnte Sascha. »Wenn er dich findet, und du weißt, wo Mitja ist, wird er sich auf die Jagd machen.«

»Mitja ist hier«, erwiderte Fjodor. »Gleich nebenan. Wir wollten deine Männer nicht völlig ausschalten. Die, die noch nicht wach sind, werden bald wieder zu Bewusstsein kommen. Sicherheitshalber haben wir sie gefesselt, und zudem haben wir das gesamte Grundstück umstellt.«

»Wo ist dein Vater eigentlich im Moment?«, fragte Joshua. Soweit es ihn anging, konnten die Russen mit ihrem fröhlichen Wiedersehen ein andermal weitermachen. »Denkt an unser Problem. Meine Frau soll nicht sterben, weil ihr euch gern von früher erzählen wollt.«

Er wusste, dass das rüde wirken würde, aber es war ihm scheißegal. Er musste wissen, auf welcher Seite Sascha stand, ob man ihm trauen konnte – was bei ihm noch lange auf sich warten lassen würde – und wo Nikita war.

»Ich weiß es nicht. Ich hatte einen Mann auf ihn angesetzt, aber der hat sich seit einer Weile nicht mehr gemeldet. Das bedeutet, entweder hat Nikita ihn umgebracht oder man foltert ihn gerade. Eine andere Erklärung gibt es nicht. Wenn er sich jetzt plötzlich meldet, kann ich sicher sein, dass man ihm gerade eine Pistole an den Kopf hält. Eigentlich sollte er zu jeder vollen Stunde Bericht erstatten, aber seit zwei Stunden habe ich nichts mehr von ihm gehört. Nikita weiß, dass ich weg bin und dass Dimitri bei mir ist. Er hat Dimitri nie gemocht. Vor unserem Verschwinden haben wir schnell noch seine Eltern und Geschwister in Sicherheit gebracht. Sonst hätte Nikita sie getötet.«

»Also kann man davon ausgehen, dass er auf dem Weg hierher ist«, sagte Joshua.

»Am besten kann er sich an mir rächen, wenn er Sonia in die Hände bekommt. Dann wird er versuchen, Dimitri und mich unter Druck zu setzen, dass wir uns ihm ausliefern – mit dem leeren Versprechen, dass er so Sonias Leben schonen würde. Wenn wir das nicht tun, wird er sie foltern, es filmen und uns in einer Endlosschleife vorspielen, damit wir jeden Schnitt, jede Verbrennung, jede andere Quälerei mitbekommen und ihre Schreie hören.«

»Das wird nicht passieren«, verkündete Joshua. »Er kriegt sie nicht in die Finger.«

»Wer weiß. Unterschätz ihn nicht. Das hier mag dein Revier sein, aber Nikita macht keinen Schritt, ohne sich vorher abzusichern. Er würde nie herkommen, wenn er nicht glaubte, er könnte die Sache überleben, nicht einmal für eine so große Trophäe wie Sonia. Und jetzt wird er noch versessener darauf sein, sie zu finden, weil ich ihn verraten habe. Er weiß, wie viel sie mir bedeutet, obwohl Frauen in unserer Familie nichts wert sind. Wir dürfen überhaupt nichts gernhaben. In unserem Rudel wird sogar ein Hund erschossen, wenn man zu sehr an ihm hängt. Und einer Frau droht noch Schlimmeres.«

Joshua fluchte in sich hinein. Plötzlich wollte er zurück zu Sonia. Seine Männer passten zwar auf sie auf, doch das hieß nicht, dass sie nicht in Gefahr war.

Sonia erwachte aus einem tiefen Schlaf. Gerade hatte sie sich noch in einem Traumland befunden, doch nun war sie hellwach. Und alarmiert. Automatisch wandte sie sich an ihre Leopardin. *Gatita?*

Überall ist Rauch. Es brennt irgendwo. Viel zu nah.

Sofort sprang Sonia aus dem Bett und lief zu der Tasche, die sie bei Joshua deponiert hatte, zog eine weite Jogginghose heraus und streifte sie über. Als nächstes T-Shirt und Schuhe. Dann rannte sie zu den Fenstertüren. Direkt unter ihr versuchten die Männer, ein Feuer auf der Veranda zu löschen, das sich durch das Holz gefressen hatte.

»Gray? Was ist los?«

»Auf der anderen Seite des Hauses ist ein Feuer ausgebrochen und hat sich ausgebreitet. Das gefällt mir nicht, Sonia. Das kann kein Zufall sein. Wir mussten die Feuerwehr rufen, und damit kommen Fremde aufs Grundstück«, rief Gray ihr zu. »Wir müssen dich hier wegbringen.«

Sonia sprang über das Geländer auf den Ast vor der unteren Veranda. »Kann ich helfen?«

Das flackernde Feuer griff rasend schnell um sich. Hungrig leckte es an der Holzkonstruktion. Sonia wich vor der Hitze zurück.

»Nein, weg hier. Ich bring dich so bald wie möglich in dein Haus. Bleib einfach auf Abstand.«

Die Männer löschten hektisch. In der Ferne waren Sirenen zu hören. Sonia gefiel das alles ebenso wenig wie Gray. So konnte Nikita seine Leute als Feuerwehrmänner getarnt reinschmuggeln. Sie verspürte den Drang, nach Joshua zu rufen. Sie wusste ja nicht einmal, wo er war. Suchend sah sie sich um.

»Ist Joshua nicht hier?«, fragte sie Gray.

»Tut mir leid, er ist weggefahren. Er hatte was zu erledigen.«

Sonia versteifte sich. »Was denn?«

»Ich bin gerade etwas beschäftigt«, erwiderte Gray.

»Wollte er zu Sascha?« Ihr Herz begann, schneller zu schlagen. Er würde Sascha nicht umbringen, oder? Joshua hatte ihr doch geglaubt, dass Sascha nur versucht hatte, ihr Leben zu retten, nicht wahr? Sie versuchte, sich an seine Miene zu erinnern, als sie ihm das alles erklärt hatte.

Er war sehr ruhig gewesen. Fast wie erstarrt. Hatte sie keine Sekunde aus den Augen gelassen. Sie mit diesem konzentrierten Blick angestarrt, den nur Raubtiere zustande brachten. Plötzlich fror sie trotz der Hitze und schlang die Arme um ihre Mitte. Sie hatte geglaubt, ihn zu kennen, doch es gab eine Seite an ihm, die ihr völlig fremd war. Er hatte sie gewarnt. Er war ehrlich gewesen. Er hatte ihr von dem Monster in sich erzählt – und trotzdem hatte sie gedacht, er würde fair sein.

Sie kletterte den Baum wieder hinauf und beschloss, ihn anzurufen. Dann fiel ihr ein, dass sie kein Handy mehr hatte. Er hatte es zertrümmert. In ihrer Fluchttasche wäre zwar noch ein anderes Handy, aber sie wusste nicht, wo die hingebracht worden war. Irgendjemand, wahrscheinlich Kai, hatte sie ihr im Sumpf abgenommen. Mit einem Mal schlugen auf der anderen Seite des Hauses Flammen in den Himmel, und die Männer rannten dorthin, um das historische Gebäude zu retten.

Sonia sprang auf den Boden und versuchte, einen besseren Blick auf den neuen Brandherd zu bekommen, ohne zu nah heranzugehen. Dabei stieß sie mit jemandem zusammen und wollte unwillkürlich ausweichen. In dem Augenblick streifte heißer Atem ihren Hals, Gatita geriet außer Rand und Band, und irgendetwas traf sie so heftig am Kopf, dass ihre Knie nachgaben. Sie hatte nach vorn geschaut, zu Gray, der sich zufällig umdrehte, als sie stürzte. Sie versuchte, ihm etwas zu sagen. Zu rufen. Aber sie hatte keine Stimme mehr. Keine Möglichkeit zu sprechen, denn um sie herum verschwamm die Welt und wurde langsam schwarz. Grimmig kämpfte sie dagegen an.

Lass mich nicht ohnmächtig werden, Gatita. Aber bleib versteckt. Er weiß noch nichts von dir.

Ihr Kopf fühlte sich an, als wäre darin eine Bombe explodiert, und ihr Inneres, als wären ihre Knochen zu Brei geworden. Haltlos sank sie zu Boden. Sie hörte einen Schuss und dann wurde sie am T-Shirt gepackt und nach hinten gezerrt. Schnell grub sie die Hacken ihrer Schuhe in den matschigen Boden und hoffte, dass niemand es sah.

Noch mehr Schüsse knallten. Kugeln rauschten durch die Blätter in ihrer Nähe und schlugen dumpf in Baumstämme ein. Der Mann, der versuchte, sie wegzuschleifen, musste zurückschießen. Er versuchte, sie mit einem Arm anzuheben und als Schild zu benutzen, doch sie tat, als wäre sie bewusstlos, und machte sich so schwer wie möglich. Dicker Rauch quoll durch die Bäume, und es fiel ihr schwer, nicht zu husten. Doch dann würde der Angreifer merken, dass sie gar nicht weggetreten war.

Gray und die anderen drei Männer ließen das Feuer brennen und setzten ihnen mit riesigen Raubtiersprüngen nach. Sie blieben in ihrer menschlichen Gestalt, riefen aber ihre Leoparden zu Hilfe. Obwohl alles ein bisschen undeutlich wirkte, sah Sonia sie kommen, und als ihr Entführer seine Verfolger ins Visier nahm, bohrte sie die Fersen in die Erde und stieß ihn gegen die Brust, sodass er sie nicht traf.

Fluchend ließ der Mann sie fallen und zielte auf ihren Kopf. Doch ein Schuss warf ihn auf den Rücken, dann hockte Gray über ihr und schaute, gelassen wie immer, in die Runde. »Du führst ein echt aufregendes Leben, Sonia«, sagte er nur. »Kannst du aufstehen?«

Als sie nickte, fühlte es sich so an, als würde ihr der Kopf platzen. Sie biss die Zähne zusammen und schaffte es, sich aufzusetzen, doch dann ruhte sie sich kurz aus. »Er hat mich mit irgendwas ziemlich hart erwischt.«

»Ich schätze, er hat einen Schlagring benutzt. Anscheinend hast du einen recht harten Schädel, dass du noch bei Besinnung bist.«

Unwillkürlich reagierte sie auf seinen belustigten Tonfall mit einem kleinen Lächeln. »Kann man das Feuer noch löschen?«

»Wir sollten uns eher Sorgen um dich machen und dich hier wegschaffen. Ich bring dich nach Hause und sag Joshua, wo du bist. Hier tauchen zu viele Fremde auf, die angeblich den Brand löschen wollen. Also los. Kannst du durch den Sumpf gehen, oder soll ich einen Wagen holen?«

Sie hätte gern als harte Nuss gegolten, die zu Fuß nach Hause ging, aber ihr war immer noch schwindlig und übel. »Tut mir leid, Gray, aber ich denke, wir brauchen einen Wagen.«

Er nickte. »Den hole ich. Ich bringe dich zur Straße neben dem Haus. Versteck dich am Rand und rühr dich nicht vom Fleck. Verstanden? Du zeigst dich nur mir. Keinem anderen. Joshua hat mir dein Leben anvertraut, und ich habe nicht vor, ihn zu enttäuschen.«

»Allein komme ich sowieso nirgendwohin«, gestand Sonia. Sie wollte sich nur noch hinlegen und die Augen schließen. Die Flammen des Feuers schienen hinter ihrer Regenbogenhaut zu tanzen und sie von innen heraus zu verbrennen. Ihre Kehle schmerzte vom Qualm. Jeder Schritt, der sie ums Haus herum und an den Hütten vorbei zur Straße brachte, tat ihr im Kopf so weh, dass ihr sogar diese schäbigen Behausungen einladend erschienen. Sicher stand in einer von ihnen ein Bett, in das sie sich legen konnte. Doch schon wenige

Minuten später schien ihr selbst der Boden ein gutes Ruhekissen zu sein.

»In Ordnung. Das ist weit genug. Du setzt dich jetzt ins Gebüsch und wartest auf mich. In drei, höchstens fünf Minuten bin ich wieder da. Okay? Bis gleich.«

»Länger halte ich es auch nicht aus«, gab Sonia zu. »Sonst schlafe ich hier und jetzt ein. Mein Kopf brummt dermaßen, dass ich Angst habe, brechen zu müssen.«

»Das hört sich so an, als hättest du eine Gehirnerschütterung. Verdammt. Du brauchst sofort medizinische Hilfe.« Zum ersten Mal wirkte Gray unsicher.

»Es geht schon«, log Sonia, obwohl sie wusste, dass er ihr nicht glauben würde.

Schnell drehte er sich um und lief los. Sonia hielt sich mit beiden Händen den Kopf, schloss die Augen, wiegte sich vor und zurück und betete, dass sie sich nicht übergeben musste. Währenddessen trafen immer mehr Feuerwehrautos und Freiwillige am Haus ein. Sie hoffte, dass es gerettet werden konnte. Sie liebte Joshuas Haus.

Plötzlich wurde sie am Haar so fest nach hinten gerissen, dass sie hart auf dem Rücken aufschlug und Nikitas Gesicht über sich sah. Seine Augen brannten sich in ihre. »Steh auf. Männer sind ja so berechenbar. Immer müssen sie den Helden spielen. Wenn es einer Frau schlecht geht, bieten sie ihr natürlich galant an, sie im Auto nach Hause zu fahren, und lassen sie allein. Na, du kleine Hure? Hoffentlich haben wir genug Zeit herauszufinden, warum mein Sohn bereit ist, mich deinetwegen zu verraten. Und warum ein Mann wie Joshua Tregre deinetwegen derart lukrative Deals ausschlägt.«

Bei dieser Begrüßung riss er sie immer wieder so schmerzhaft an den Haaren hoch, dass sie sich mit Tränen in den

Augen mühsam aufrappelte. Sofort stieß er sie zwei Männern in die Arme, die sie packten und zu einem Auto schleiften, das ein kleines Stück entfernt versteckt auf der anderen Straßenseite parkte. Flankiert von zwei weiteren Männern folgte Nikita ihnen. Sonia wurde in den SUV gestoßen, und dann flogen sie über die Straße, um möglichst viel Abstand zwischen sich und das brennende Haus zu bringen.

»Möchtest du mir jetzt vielleicht sagen, warum mein Sohn sein Leben für deins geben würde?« Nikita, der neben ihr saß, zog ihren Kopf zurück und leckte an ihrem Hals entlang. »Vielleicht haben wir ja Zeit, uns ein bisschen zu vergnügen, Jungs«, sagte er dann.

Seine Männer lachten hämisch, und der, der an ihrer anderen Seite saß, fasste sich in den Schritt und grinste sie lüstern an.

Nikita neigte sich ihr zu. »Ich weiß, dass du glaubst, sie werden dich schnell finden. Per Ausschlussverfahren. Indem sie ein abgelegenes Ferienhaus nach dem anderen von ihrer Liste streichen. Ganz einfach, nicht? Aber wir gehen nicht in ein gemietetes Haus, sondern dahin, wo sie dich am allerwenigsten suchen werden. Wir fahren zu *deinem* Haus.«

Sonia konzentrierte sich auf ihre Atmung. Sie hatte diesen Mann einmal als eine Art Vater betrachtet. Er war das Familienoberhaupt gewesen, und sie hatte immer geglaubt, er hätte sie gern. Doch inzwischen wusste sie, dass ihm nicht einmal Sascha am Herzen lag. Damals wusste sie noch nichts von Saschas wirklichem Leben und davon, wie schwer es ihm gefallen war, seinen Leoparden zurückzuhalten, wenn sein Vater ihn geschlagen hatte – aber nun konnte sie sich das lebhaft vorstellen. Sein Leben musste ein Albtraum gewesen sein.

Nikita gefiel ihr beharrliches Schweigen gar nicht, deshalb packte er sie am Kinn und drückte fest zu. »Hör mir zu, Schlampe.«

Gatita wollte hervorkommen, und einen Moment juckte ihre Haut unerträglich. *Nicht. Er darf es nicht wissen. Sonst bekommen wir keine Chance zur Flucht. Es ist unmöglich, alle auszuschalten, irgendjemand wird auf uns schießen. Wir müssen warten. Wenn er von dir erfährt, sperrt er uns in einen Käfig.*

Sonia reagierte nicht auf Nikita, obwohl er ihr Kinn so stark zusammenquetschte, dass sie fürchtete, der Knochen würde brechen. Als sie immer noch nichts sagte, leckte er ihr über die Wange, und seine Männer lachten höhnisch. Dann packte der russische Mafiaboss den Ausschnitt ihres T-Shirts und zerriss es. Sie hatte keinen BH angezogen, weil sie damit gerechnet hatte, sich vielleicht verwandeln zu müssen, also boten sich ihre Brüste ihm und seinen ekelhaften Männern unverhüllt dar.

Einer von ihnen pfiff anerkennend. »Schaut euch mal die vielen Flecken an. Irgendjemand hat sie richtig rangenommen.«

»Mein Sohn ganz bestimmt nicht«, sagte Nikita amüsiert. »Der ist kein richtiger Mann. Aber vielleicht sollte ich mein Urteil über Tregre noch mal überdenken. Kann sein, dass er sich entschlossen hat, bei mir gut Wetter zu machen, indem er die Kleine mir überlässt.«

Sonia starrte stur geradeaus. Ihr Stolz verbot es ihr, beschämt den Kopf zu senken. Außerdem fand Joshua sie wunderschön. Man sah es an den Malen, mit denen er sie überall als seine Gefährtin gekennzeichnet hatte.

»Nur ein echter Mann kann einer Frau zeigen, wozu sie da ist. Nämlich nur zu seinem Vergnügen«, erklärte Nikita. Dann packte er ihre linke Brust, griff nach ihrem Nippel und verdrehte ihn brutal.

Ein leiser Schrei entfuhr Sonia, doch sie verschluckte ihn schnell und verschloss sich wieder. Lachend ließ Nikita von ihr ab. »Habt ihr Sascha schon gefunden? Er muss hier in der Gegend sein. Ich will ihn sehen.« Jede Spur von Belustigung war aus seiner Stimme verschwunden, und er wirkte fast irre – wie ein wahnsinniger, perverser, sehr böser Mann.

»Noch nicht, Mr. Bogomolow«, antwortete der Fahrer vorsichtig und schaute unbehaglich von einem der Wachmänner zum anderen, während er in die Auffahrt zu Sonias Haus einbog. »Gerade wird das letzte Anwesen, das wir uns vorgenommen haben, durchsucht.«

»Wieso dauert das so verdammt lange?«

»Wegen der Entfernung zwischen den Gebäuden, Sir«, antwortete wieder der Fahrer. Dann parkte er den SUV und stellte den Motor ab.

Nikitas Männer sprangen heraus und liefen um ihr Haus, um es zu sichern. Erst als sie Nikita zunickten, stieg er aus und zog sie am Haar über die Rückbank hinter sich her. Sie fiel so hart zu Boden, dass sie sich beide Knie aufschlug. Verärgert beugte Nikita sich herab, wickelte ihr Haar um seine Faust und riss wieder daran. Doch plötzlich erstarrte er und schaute sie mit angehaltenem Atem durchdringend an.

»Soll ich Ihnen helfen, Boss?«, fragte einer der Männer in seiner Nähe.

Hastig fuhr Nikita herum. »Wehe, du fasst sie an!« Dann befahl er ihr mit zusammengebissenen Zähnen: »Steh auf! Sofort!« Doch als er wieder an ihrem Haar riss, war er nicht mehr so grob wie vorher.

Sonia gelang es, strauchelnd auf die Beine zu kommen. Sie

schwankte und fürchtete, dass ihr die Knie weich werden würden. Jedes Mal, wenn sie sich zu schnell bewegte, schien ihr der Kopf vor Schmerzen zu platzen, und das heftige Zerren an den Haaren machte alles noch viel schlimmer.

»Gib ihr deine Jacke, David!«, rief Nikita. »Wird's bald?!«

Sofort zog David sich die Lederjacke aus und legte sie in die ausgestreckte Hand seines Chefs. Nikita streifte sie Sonia über.

»Bedeck dich«, forderte er in einem Ton, als hätte sie sich das T-Shirt selber zerrissen.

Sie zog die beiden Vorderteile vor der Brust zusammen und tastete nach dem Reißverschluss. Natürlich war die Jacke viel zu groß, aber das war ihr egal. Sie hasste die Art, wie die Männer sie anstarrten. Sie wollte nicht, dass sie Joshuas Brandzeichen sahen. Irgendwie war ihr bewusst, dass sie ihnen verrieten, dass mit ihm nicht zu spaßen war. Vielleicht hielten sie ihn sogar für einen Gleichgesinnten, einen Mann, der sie nur benutzen und danach an Nikita weiterreichen würde.

»Der Hausschlüssel?«

Es wäre dumm gewesen, Nikitas Männer die Tür oder das Fenster einschlagen zu lassen. Also holte Sonia den Ersatzschlüssel unter dem Blumentopf links neben der Tür hervor.

Nikita grinste. »Sehr einfallsreich, meine Liebe.«

Sie reichte ihm den Schlüssel, damit er aufschließen konnte. Sie hatte jahrelang zugesehen, wie ihre Mutter mit ihm umgegangen war und kleine Siege erzielt hatte. Sie war stets respektvoll gewesen und hatte sich äußerst selten widersetzt, und dann auch nur, wenn es um das Leben und die Erziehung ihrer Tochter gegangen war. Nikita nahm den Schlüssel, als gehörte er ihm, und öffnete die Tür. Dann ließ er sie ins Haus gehen, ohne sie zu nötigen oder grob anzufassen, und Sonia fragte sich, was passiert war?

Warum hatte er sich plötzlich so verändert? Denn das hatte er, auch wenn sie nicht genau wusste, inwiefern. Schnell ging sie ins Wohnzimmer und blieb mittendrin stehen, fern von allen Möbeln, damit er nicht annahm, sie hätte irgendwo eine Waffe versteckt. Dann drehte sie sich schwankend zu ihm um. In ihrem Kopf hämmerte es.

»Setz dich, Sonia. Sonst fällst du noch auf die Nase.« Er wirkte irritiert.

Dankbar dafür, dass sie nicht vor seinen Augen zusammengebrochen war, gehorchte sie hastig und klammerte sich an die Armlehnen ihres Sessels. »Was hast du vor?«, fragte sie leise und ließ es zu, dass die Angst ihre Stimme zum Beben brachte. Er sollte denken, sie sei vollkommen eingeschüchtert. Aber sie hatte noch ein Ass im Ärmel – Gatita.

Aus den tiefen, dunklen Höhlen, in denen Nikitas Augen saßen, starrte er sie so lange an, bis sie erschauerte. Er sah sehr böse aus. Das war ihr zuvor nie aufgefallen.

»Eigentlich wollte ich dich vor meinem Sohn foltern. Ich hatte vor, dich mehrere Tage am Leben zu lassen und ihn zu quälen, indem er deinem Leiden zusehen muss. Jetzt bin ich unsicher geworden. Wer hat diese Male an deinem Körper hinterlassen?«

Sonia presste die Lippen zusammen und wandte den Kopf ab, als könne sie seinen Blick nicht ertragen. »Ein Mann namens Joshua Tregre.«

»Hat er dir auch diese Wunden an der Schulter beigebracht?«

Sonia versteifte sich. An diese Zeichen und die Art ihrer Entstehung hatte sie schon lange nicht mehr gedacht. Sie leckte sich über die plötzlich trocken gewordenen Lippen. Dann nickte sie langsam und blickte auf. Wusste Nikita Bescheid?

Wusste er, dass diese Male bedeuteten, dass sie ihre Gestalt wechseln konnte? Und von einem männlichen Leoparden gezeichnet worden war? Um Rivalen abzuschrecken? Glaubte er, dass sie von Sascha stammten?

Plötzlich explodierte Nikita vor Wut, knallte die Faust auf den nächstbesten Tisch und warf ihn um. Als einer seiner Männer hereingerannt kam, um nachzuschauen, was passiert war, schlug Nikita ihm zweimal fest ins Gesicht, beschimpfte ihn und verspottete ihn immer wieder. Offenbar wollte er ihn dazu bringen, seine Waffe zu ziehen. Als der Mann sich nicht provozieren ließ, zog Nikita seine Pistole, schlug ihn damit, hielt sie ihm an den Kopf und drückte ab.

Sonia fing an zu schreien. Alle Frauen taten das, wenn ein Gangster vor ihren Augen die eigenen Männer erschoss und Hirn, Blut und Knochen sich auf dem Boden verteilten. Aber sie schrie ihr Entsetzen absichtlich besonders laut heraus, denn sie hatte die Schlafzimmerfenster offen gelassen und rechnete damit, dass ihre Stimme durch die Fliegengitter und den Sumpf bis zu Gray drang. Er war bestimmt schon auf der Suche nach ihr.

Verärgert stürzte Nikita sich auf sie und versetzte ihr einen harten Schlag. »Halt den Mund, verdammt, und lass mich nachdenken.«

Nun hatte sie zusätzlich zu den Kopfschmerzen auch noch Schmerzen im Nacken. Sie drückte eine Hand an ihre pochende Schläfe und sah zu, wie Nikita hin- und hertigerte. Plötzlich drehte er sich zu ihr um.

»Wusste mein Sohn das?«

»Was?«, fragte sie mit gerunzelter Stirn, weil sie sich fragte, worauf er hinauswollte.

Verächtlich spuckte Nikita aus. »Ich denke, ich sollte dich

mal ficken. Mit deiner süßen, kleinen Pussy hast du es vielleicht geschafft, meinen Sohn nach deiner Pfeife tanzen zu lassen, aber ich kann dir versichern, dass das bei mir nicht klappt. Wenn du bei mir bleibst, wirst du alles tun, was ich sage, und zwar sofort.«

»Was redest du da? Du warst doch mit meiner Mutter zusammen, da werde ich mich doch nicht auch noch von dir aushalten lassen.« Sonia war ehrlich entsetzt. Sie hatte damit gerechnet, langsam zu Tode gefoltert zu werden. Aber sie wäre nie im Leben darauf gekommen, dass Nikita sie für sich haben wollte. Vergewaltigen, ja. Vielleicht sogar seinen Männern überlassen. Aber niemals, dass er sie für sich behalten wollte.

»Ich werde Sascha umbringen. Er ist ein erbärmlicher Feigling. Schon immer gewesen. Ich werde einen anderen Sohn brauchen und überlege, ob es nicht doch noch Sinn macht, dass dein Leben verschont geblieben ist.«

»Welchen denn?«, fragte sie.

»Du kannst mir Söhne gebären. So viele, wie ich möchte. Darum werde ich dich am Leben lassen, du kleine Schlampe. Ich weiß nicht, wie du dieser Bombe entgangen bist und wie du mir verheimlichen konntest, dass du eine von uns bist, aber Tregre hätte dir nicht in die Schulter gebissen, wenn es nicht so wäre.«

Sonia stockte der Atem. In stummem Protest schloss sie die Augen und schüttelte den Kopf, denn wenn sie den Mund aufmachte, würde er hören, dass sie log.

Wieder tigerte Nikita durchs Zimmer. »Vielleicht wäre es besser, die anderen loszuschicken, um Sascha zu töten, dich nach Miami zurückzubringen und die Verhandlungen mit Tregre wiederaufzunehmen. Wenn er sowieso vorhatte, dich mir zu überlassen, können wir uns vielleicht einigen. Wenn nicht ...« Er zuckte die Achseln. »Ihn aus dem Weg zu räumen, dürfte nicht allzu schwer sein.«

Sonias Herzschlag beschleunigte sich bei dem Gedanken, dass er sie nach Miami mitnehmen wollte, denn dort hatte er definitiv einen Heimvorteil.

19

Mit dem Rücken zu den anderen starrte Joshua aus dem Fenster. Gray hatte ihm die Nachricht persönlich überbracht. Seine Späher waren schon unterwegs. Auf einer Straße Spuren zu verfolgen, war nicht leicht, aber sie würden Sonia finden. »Drakes Leute sollen mir jedes vermietete Ferienhaus in der Umgebung melden.« Er schaute über die Schulter zu Kai und wartete, bis der nickte und, mit dem Handy am Ohr, davoneilte. Dann wandte er sich wieder dem Fenster zu und starrte weiter in die Nacht hinaus.

Sie war in der Hand eines Irren. Nur Gott wusste, was gerade mit ihr geschah. Nach allem, was er über Nikita wusste, hatte jede Frau, die von ihm entführt wurde, Schlimmes zu erwarten – besonders Sonia. Ihm war übel. Das Loch in ihm war so groß geworden, dass das Monster herausgekrochen war und ihm im Fenster entgegenblickte. Schnell senkte er den Kopf und versuchte, gegen die mörderische Wut anzuatmen, den Drang irgendjemanden mit den Fäusten zu bearbeiten und seinen Leoparden loszulassen, damit er seine Feinde zerfleischte.

Halt durch, Schatz. Ich werde keine Ruhe geben, bis ich dich finde. Er ließ sich durch nichts und niemanden von seinem Ziel abbringen. Das war seine größte Schwäche und gleichzeitig seine größte Stärke. Er wusste gar nicht, wie man aufgab, und solange Sonia weg war, würde er niemals nachgeben. Er würde sie zurückholen und alles tun, was nötig war, egal, wie lang es dauerte, um sicherzustellen, dass sie nichts mehr zu befürchten hatte und glücklich leben konnte.

»Das wäre zu einfach«, meinte Sascha. »Er weiß doch, dass du all das schnell herausfinden kannst, und schließlich möchte er Zeit mit ihr haben.«

Die Stimme des Russen klang gebrochen. Das war der erste Riss, der sich in seinem Panzer zeigte, deshalb drehte Joshua sich erstaunt zu ihm um. Sascha war kalkweiß geworden, nur eine dünne Narbe, die sich über seine Wange zog, war noch weißer. Offenbar hatte er ebenfalls Angst um Sonia. Nein, das sah eher nach Grauen aus. Schließlich wusste Sascha besser als jeder andere, wozu sein Vater fähig war. Er hatte es mit eigenen Augen gesehen. Auch er durchlebte gerade seinen schlimmsten Albtraum.

»Wo könnte er sie hingebracht haben?«

Sascha runzelte die Stirn. »Ich kenne mich in der Gegend nicht aus, aber sie wird an einem Ort sein, den wir nicht auf der Liste haben. Dem letzten, an dem man nachschauen würde. Ich habe in dieser alten Jagdhütte auf der Insel gewohnt, vielleicht hat er sich so was ausgesucht.«

Im Sumpf standen etliche dieser alten Hütten, die früher zur Jagd benutzt worden waren. Joshua lief im Zimmer hin und her, während die anderen ihm schweigend zusahen und warteten. Er kannte sich im Sumpf am besten aus … Er musste seine Gedanken ordnen und überlegen. Doch Bilder von Sonia drängten sich dazwischen – vergewaltigt, geschlagen. Gefoltert. Ihm drehte sich der Magen um. Er musste sofort damit aufhören und sich zwingen, seinen Verstand in den Griff zu bekommen, damit er vernünftig nachdenken konnte. Wo konnte ein Mann, der den Sumpf nicht kannte, eine Frau hinbringen, um allein mit ihr zu sein? Wo gab es einen Ort, an dem niemand ihre Schreie hören würde?

Das Monster in ihm bedrängte ihn so sehr, dass er sich kaum davon abhalten konnte, auf etwas oder jemanden einzuschlagen. Er lief weiter hin und her, um das Adrenalin aus sich herauszubekommen und sein Hirn zum Funktionieren zu bringen. Also musste es ein Ort im Sumpf sein. Kein Ferienhaus. Aber Nikita hätte einen Einheimischen gebraucht, um zu einer Jagdhütte zu kommen. Und dann würde es sicher Gerede geben, wenn jemand nicht mehr auftauchte, und es sähe Nikita ohnehin ähnlich, den Führer gleich zu töten, damit er für immer schwieg.

»Er wird wollen, dass sie solange wie möglich lebt, damit ich sehe, wie sie leidet«, erklärte Sascha.

»Er ist also hinter dir her«, schloss Fjodor. »Bist du sicher?«

Sascha nickte. »Ich hatte Wachen aufgestellt. Im Kampf gegen Joshuas Männer haben sie keine gute Figur gemacht, aber sie sind sehr gute Schützen. Wir sind hier nicht ganz in unserem Element. Doch die gute Nachricht ist, Nikitas Leuten geht es genauso.«

Im Sumpf sind sie nicht gut, wiederholte Joshua wie ein Mantra in Gedanken. Und Nikita wollte Sonia *und* Sascha haben. Sonia. Trotz aller Bemühungen fluteten Bilder sein Hirn. Sonia im Sumpf, in jener ersten Nacht, als ihre Haut fast geglüht hatte. Ihre Augen, wenn sie auf ihrem Bett lag und ihn anschaute. In ihrem Haus ...

Abrupt blieb er stehen. Ihr Haus stand nur ein Stück weiter unten an der Straße. Gray hatte gesagt, sie könne erst ein paar Minuten weg gewesen sein, allerhöchstens fünf. Er hatte die

Rücklichter des Fahrzeugs noch gesehen, doch als er ihm hinterhergejagt war, war es verschwunden gewesen. Wie vom Erdboden verschluckt. Die Späher hatten berichtet, es sei direkt zur Schnellstraße gefahren. Aber was, wenn es vorher angehalten und die meisten Passagiere abgesetzt hatte?

Sein Bauchgefühl sagte ihm, dass er richtig lag. »Ihr Haus. Sie sind in ihrem Haus. Dieser Mistkerl hat sie in ihr eigenes Zuhause gebracht.« Die psychologischen Auswirkungen gefielen Nikita sicherlich. Er hatte sie nicht nur aus dem Haus ihres Freundes verschleppt, sondern auch den Frieden ihres Zufluchtsortes zerstört. Das würde sie noch lange verfolgen. Nikita wollte ihr zeigen, dass er allmächtig war. Dass er sie überall schnappen konnte. Dass es keinen sicheren Ort für sie gab, keinen Schutz.

Joshua wandte sich um und ging zur Tür.

»*Sie kommen. Zwei Wagen mit mindestens vierzehn Männern*«, warnte eine Stimme aus dem kleinen Empfänger in seinem Ohr vor dem unmittelbar bevorstehenden Angriff.

»*Aus dem Norden auch. Sieben.*«

»*Und aus dem Osten. Ebenfalls sieben.*«

Mit erhobener Braue schaute Joshua Fjodor an. Er und Mitja hatten ihre Leute mitgebracht. Sascha ebenso.

»Sagt Saschas Leuten, was los ist, und lasst sie frei. Wenn sie irgendwelche krummen Dinger machen, tötet sie. Sie kriegen keine zweite Chance.« Dabei schaute er Sascha an. »Wenn du Fjodor oder Mitja in den Rücken fällst, jage ich dich bis ans Ende der Welt, und das, was dein Vater dir angetan hat, wird nichts sein gegen das, was ich dann mit dir mache.«

»Dimitri«, rief Sascha. »Sag unseren Männern, dass sie mit Fjodors kämpfen sollen. Das ist ein Befehl. Ich gehe mit Joshua.«

Doch der schüttelte den Kopf. »Du bist wie ein rotes Tuch für Nikita. Mich kann er nicht einschätzen. Ohne dich habe ich eine Chance, sie da rauszuholen. Mit dir ist sie gleich Null. Bleib hier und schaff uns diese Arschlöcher vom Hals. Das sind seine Männer, nicht deine. Und sie sind deinetwegen hier, also zeig ihnen, was du drauf hast.«

Er wartete nicht ab, ob Sascha protestierte, sondern schlüpfte durch die Haustür und pfiff nach seinen Männern. Er hatte keinen Zweifel daran, dass Fjodor und Mitja mit den Angreifern fertig werden würden. Die meisten von ihnen waren keine Gestaltwandler, und das war ein großer Nachteil für sie. Dass niemand aus dem Sumpf kam, bedeutete entweder, dass sie dorthin Leoparden ausgesandt hatten, die den Wachen noch nicht aufgefallen waren, oder dass sich niemand hineintraute, weil die Angst vor den Gefahren dort zu groß war.

Er signalisierte Evan, sich durch die feindlichen Linien zu schleichen und ihren Wagen zu holen. Die restlichen Männer würden schon wissen, wie sie sich auf die beiden anderen Fahrzeuge aus ihrem Fuhrpark verteilen sollten, die ein Stück weiter oben an der Straße standen. Der Großteil seiner Leute machte sich als Raubtier auf den Weg, und auch er zog sich aus, rollte seine Jeans zusammen und steckte sie in einen kleinen Beutel. In den Autos hatten sie in speziellen Stauräumen die großkalibrigen Waffen versteckt. Joshua legte sich den Beutel um den Hals, verwandelte sich und verschwand in der Nacht, um seine Frau zu suchen.

Sonia machte sich so klein wie möglich. Sie wusste nicht, wie sie am besten reagieren sollte, denn angesichts des mit Blut und Hirn bespritzen Bodens zu ihren Füßen wollte sie es nicht riskieren, Nikitas Jähzorn zu wecken. Er war schon zweimal ohne jede Gefühlsregung über die Leiche hinweggestiegen, die sie nicht anschauen konnte, ohne dass ihr schlecht wurde. Also presste sie weiter die Hände auf die Augen und versuchte verzweifelt, sich einen Plan zurechtzulegen.

Nikita hatte seine Leute losgeschickt, damit sie Sascha töteten. Es gab keine Möglichkeit, ihn zu warnen. Sie fragte sich, wo Joshua sein mochte, aber sie hoffte, er war nicht weit weg. Insgeheim betete sie zwar, dass er käme, um sie zu retten, doch wenn sie die Scheuklappen ablegte, schien ihr Nikita einfach zu mächtig. Zu böse. Zu unangreifbar. Wie sollte man einen wie ihn besiegen? Gab es denn nichts, was diesem Mann heilig war?

Wie viel Zeit war vergangen, seit er seinen Mördertrupp losgeschickt hatte? Jede Minute kam ihr wie eine Ewigkeit vor. Sie musste Zeit schinden. Er hatte beschlossen, sie mit nach Miami zu nehmen, und sie hatte gehört, wie er seine Männer angewiesen hatte, alles vorzubereiten, damit sie in einer Stunde abreisen konnten.

»Warum hasst du mich eigentlich so sehr, Nikita?«, fragte sie leise. »Ich habe dich geliebt und zu dir aufgeschaut. Dich bewundert und respektiert. Ich hatte nicht die geringste Ahnung, dass du mich nicht ausstehen kannst und meinen Tod willst. Oder mich leiden sehen. Ich war sehr jung, als meine Eltern angefangen haben, für dich zu arbeiten. Habe ich dich so furchtbar genervt?«

Sie wollte, dass er an diese Zeit zurückdachte. Damals war sie ihm oft nachgelaufen und hatte für ihn gesungen und getanzt. Auf seinem Schoß gesessen und ihn gedrückt, wenn sie glaubte, er sei traurig. War er einfach nicht imstande zu lieben? Nicht einmal seinen eigenen Sohn? Sie erinnerte sich daran, wie oft Sascha mit tränenverschmiertem Gesicht zu ihrer

Mutter gekommen war und sie dann beide im Bad verschwanden. Manchmal hatte er sich die Seite gehalten, und manchmal waren Blutflecken auf seinem T-Shirt gewesen. Jetzt wusste sie, dass Nikita daran schuld war.

»Wenn kleine Mädchen groß werden, machen sie für Männer die Beine breit. Nur dazu sind diese Flittchen da.« Geringschätzig fuchtelte er mit den Händen in der Luft herum. »Dieser ganze Feministinnen-Kram ist Blödsinn. Frauen sollten ihren Platz kennen. Ihr habt den Männern zu dienen. Dafür seid ihr gemacht«, behauptete er im Brustton der Überzeugung. Offenbar glaubte er tatsächlich den Mist, den er verzapfte.

»Warum willst du mir wehtun?«

Mit einem bösartigen Lächeln im Gesicht wandte Nikita sich zu ihr um. »Weil es mir Spaß macht. Ich quäle gerne Frauen. Oder Männer. Es ... erregt mich. Und damit meine ich nicht solche Bisswunden, wie Tregre sie dir beigebracht hat. So was ist lächerlich. Das kann nicht sehr wehgetan haben. Das, was ich mit dir mache, wird dir sicher nicht gefallen – dafür aber mir.«

Sie konnte nicht mit ihm gehen. Wie es auch ausging, sie musste jetzt handeln. Wenn sie fliehen wollte, war der Sumpf ihre einzige Chance.

»Ich werde es genießen zuzusehen, wie andere Männer dich benutzen, aber erst später, nachdem du mir gegeben hast, was ich von dir will.«

Sonia versuchte, sich ihr Entsetzen nach außen hin nicht anmerken zu lassen. Er wusste von Gatita, und sein Leopard würde die kleine Leopardin in der Luft zerreißen, wenn sie ihn angriff.

»Oder bist du etwa schon schwanger?«

Ihr Herz setzte einen Schlag aus und begann dann heftig zu pochen. Sie schüttelte den Kopf. »Ich weiß nicht. Er ...« Vielleicht glaubte er, Joshua hätte sie vergewaltigt. Dann konnte es sein, dass er von Nikita nichts zu befürchten hatte. »Ich weiß nicht. Meine Leopardin war rollig.«

Nikita grinste anzüglich und musterte sie voller Verachtung. »Und du auch. Bestimmt hast du ihn animiert. Dann wurde er ein bisschen grob, und du hast geheult und ihn gebeten aufzuhören. Aber das hat er nicht, oder?«

Sonia schüttelte den Kopf und sah ihm ins Gesicht. Schon die Vorstellung, dass Joshua sie vergewaltigt haben könnte, erregte ihn. Sie sah es an seinem geröteten Gesicht, den dunkel gewordenen Augen und der Beule in seiner Hose. Sie zwang sich, wegzusehen und ihre Angst zu unterdrücken. Das hätte ihn nur noch mehr erregt, sein sadistisches Vergnügen noch gesteigert. Wie wurden Männer so? Wurden sie so geboren? Oder zu Ungeheuern gemacht? Aber was machte das schon für einen Unterschied, wenn so ein Monster vor einem stand?

Joshua hielt sich für ein Monster, weil er solche Männer jagte und von seiner blinden Wut manchmal daran gehindert wurde, ihrem Leben ein schnelles Ende zu bereiten. Aber er hatte ein falsches Bild von Monstern. Sie mochte sich nicht vorstellen, wie Saschas Leben ausgesehen hatte: Als kleiner Junge der Grausamkeit eines verdorbenen Widerlings ausgesetzt gewesen zu sein, dem es Spaß machte, andere zu quälen.

»Wie reagiert denn dein Leopard, wenn du andere Menschen verletzt?«, fragte sie neugierig. Was wurde aus einem Raubtier, das ständig solche Gewalttaten sah?

Nikita kam zu ihr, packte sie am Haar und riss ihren Kopf zurück. »Er hat Durst auf Blut. Er will nur töten. Und manchmal lasse ich ihn raus – zum Spielen. Es ist großartig, den Ausdruck auf dem Gesicht dieser Weiber zu sehen, diese Angst, wenn sie von einem Raubtier gejagt werden. Er hasst jede Frau, die ich anfasse. Weil er eine Gefährtin haben will. Und Sex. Aber bei mir kriegt er weder das eine noch das andere, deshalb rast er vor Wut. Jedes Mal, wenn ich in deine Nähe komme, giert er nach deinem Blut.« Lachend ließ Nikita ihr Haar wieder los und trat einen Schritt zurück. In dem Moment kam einer seiner Männer ins Zimmer gelaufen.

Gatita, gibt es eine Möglichkeit, mit seinem Leoparden zu reden?

Der ist durch und durch böse. Er will uns beide umbringen. So wie Saschas Leopard, immer wenn er dich angefasst hat.

Sonia presste eine Hand auf den Mund, um ihr erstauntes Luftholen zu verbergen. Jedes Mal, wenn sie sich geliebt hatten, hatte Sascha gegen das Raubtier in sich ankämpfen müssen? Sie war nicht seine Gefährtin. Hieß das, dass Leopardenmenschen mit niemand anders zusammen sein sollten? Nein, bei Joshua war das kein Problem gewesen. Also veränderte es sowohl das Tier wie auch den Mann, andauernd Zeuge von Misshandlungen zu werden.

»Wir warten nicht auf die anderen«, erklärte Nikita. Wenn die Männer mit diesem armseligen Wicht von Sohn nicht fertigwerden, sollten sie besser nicht mehr nach Hause kommen, Filat.«

»Mr. Bogomolow«, sagte der so Angesprochene respektvoll, aber entschieden. Sie kannte ihn aus ihrer Kindheit, denn er hatte sie gelegentlich auf den Arm genommen und ihr Plätzchen gegeben. Er stand dem Boss am nächsten und auf seinen Rat gab Nikita am meisten. »Wenn wir Sascha nicht kriegen, besteht die Gefahr, dass er uns bei den anderen *Vors* schadet.«

»Wir sind nicht mehr in Russland.«

»Nein, aber wir müssen mit denen zusammenarbeiten, die hier sind. Auch mit den Italienern. Und Tregre. Er hat enge Verbindungen zu Lospostos, und der beherrscht ein riesiges Gebiet. Der Mann ist sehr mächtig und im Moment unantastbar. Wenn Sascha am Leben bleibt, wird er eine ständige Gefahr für Sie sein, die allergrößte. Er darf sich nicht mit diesen Leuten zusammentun. Sehen Sie zu, dass Sie dieses Bündnis mit Tregre hinbekommen, und lassen Sie ihn Sascha töten, wenn unsere Männer es nicht schaffen.«

»Er wusste, wo das Biest war, und hat es mir nicht gesagt«, blaffte Nikita.

Sonia sah ihm an, dass er dennoch über Filats Vorschlag nachdachte. Er schien ihm nicht unbedingt zu gefallen, aber zuerst und vor allem anderen war Nikita Geschäftsmann. Er wäre nicht da hingekommen, wo er war, ohne das zu tun, was für sein Revier am besten war.

»Macht euch bereit zur Abreise. Und ruf Tony an. Sag ihm, er soll mir sofort Bescheid geben, wenn der Auftrag erledigt ist. Dann brechen wir auf. Du hast recht. Das hier ist unsere beste Gelegenheit, Sascha und die Ratten, die ihm gefolgt sind, zu schnappen. Ich will sie alle tot sehen. Und ihre Familien auch. Sie sollen komplett ausgerottet werden.«

»Sie haben sich versteckt«, erwiderte Filat, »aber irgendwann müssen sie ja wieder aus ihren Löchern kommen. Wenn wir Sascha erwischen, sind die anderen und ihre Familien kein Problem.«

»Solange wir warten«, sagte Nikita hämisch, drehte sich zu Sonia um und fasste sich lüstern in den Schritt, »vergnüge ich mich mit meiner neusten kleinen Schlampe. Gefällt sie dir?«

Filat nickte. »Darf ich auch mal ran?«

»Wenn, dann nur in der nächsten Zeit. Vielleicht hat Tregre sie angestochen. Dann müssen wir das Kind loswerden. Bis dahin können wir so viel Spaß mit ihr haben, wie wir wollen. Ihr Mund ist ja auch noch da. Sie wird schon lernen, gut Schwänze zu lutschen, nicht wahr, Sonia?«

Das lasse ich nicht zu, Gatita. Auf keinen Fall. Wenn er mir zu nahekommt, wehre ich mich. Dann bringt er uns bestimmt um. Zumindest wird er uns halb totschlagen.

Und ich lasse nicht zu, dass er dich anfasst.

Sein Leopard ist ein Killer. Er wird uns beide töten.

Nikita kam auf sie zu, und Filat drückte grinsend sein Handy ans Ohr. Er lehnte an einer Kommode, als wolle er einem interessanten Schauspiel zusehen. Mit wild klopfendem Herzen sah Sonia Nikita entgegen und spürte, wie Gatita sprungbereit die Muskeln anspannte. Ihr Blick war so fokussiert wie der eines Raubtiers auf der Lauer.

Plötzlich blieb Nikita stehen und lachte. »Ihre Leopardin ist da und beobachtet mich. Ich kann sie sehen. Abgesehen von Saschas Mutter habe ich noch nie eine Gestaltwandlerin gefickt, aber die war schüchtern und dumm, immer darauf bedacht, mir zu gefallen, ganz anders als die hier, Filat. Diese ist eine Kämpferin.«

Mit vor Vorfreude dunkel gewordenen Augen richtete Filat sich auf. »Tony geht nicht ran. Sie müssen schon am Haus sein. Bin gleich so weit, Boss. Das wird ein Spaß.« Er fing an, sich auszuziehen.

In dem Moment ließ ein leises Geräusch alle den Kopf drehen. Joshua stand am Fuß der Treppe und betrachtete die Szene belustigt. »Wollt ihr euch etwa ohne mich vergnügen? Schließlich habe ich sie entdeckt. Sie ist eine echte Wildkatze.«

Eine kurze Pause entstand. Sonias Mund wurde trocken.

Joshua hatte sehr ehrlich geklungen, aber das war er eigentlich immer. Die Leoparden, die für ihre Menschen die Ohren spitzten, würden melden müssen, dass er die Wahrheit sagte. Sie wagte es nicht, ihn anzusehen, obwohl sie nichts lieber getan hätte. Wie war er nur ins Haus gekommen? War er einfach an Nikitas Wachen vorbeispaziert und über die Veranda vor ihrem Schlafzimmer eingestiegen? Und wo waren Evan und Kai? Sie würden ihn doch niemals allein lassen.

»Was machen Sie hier?«, fragte Filat argwöhnisch.

Joshuas Gesichtsausdruck veränderte sich und wurde kalt. Eisig kalt. »Als ich heimkam, stand mein Haus in Flammen, und die Frau, die ich bumse, war weg. Da hab ich beschlossen, sie zu suchen. Wenn sie das Feuer gelegt hat, werde ich sie ordentlich durchprügeln. Und wenn sie es nicht war, hat offenbar der, der sie mitgenommen hat, versucht, mich auszuräuchern.«

»Diese Frau ist mit meinem Sohn verheiratet«, behauptete Nikita.

»Das stimmt nicht«, erwiderte Joshua. »Ich werde nicht gerne angelogen, da bin ich wie Sie. Und ich mache keine Geschäfte mit Leuten, die dazu neigen, andere zu bescheißen. Als Sie mich zu dem Bild befragt haben, wusste ich nicht, dass Sie die Malerin für Ihre Schwiegertochter hielten. Damals habe ich sie schon gefickt und wollte sie nicht hergeben, bis ich ihr ein Kind gemacht hatte.«

»Ihr Leopard hat sie gezeichnet«, stellte Nikita sachlich fest, doch die Art, wie er es sagte, machte klar, dass dieses Ritual ihn anwiderte.

»Mein Leopard liebt solchen Unsinn, also habe ich ihn gewähren lassen. So dachte sie, sie wär was Besonderes für mich«, erklärte Joshua mit überzeugender Häme.

Sonia stockte der Atem. Er wirkte so offen und ehrlich. Selbst Gatita musste zugeben, dass er klang, als sagte er die reine Wahrheit. Nun musste sie sich entscheiden. Sie konnte sich in sich zurückziehen und sterben, weil sie glaubte, Joshua hätte tatsächlich nur mit ihr gespielt, oder sie fragte sich nicht länger, ob es so war oder nicht, und kämpfte. Sie hatte die Wahl. Sie war zwar in einem Raum voller Raubtiere, aber sie war kein wehrloses Opfer, sie hatte ihre eigenen Waffen. Sie beschloss, darauf zu vertrauen, dass Joshua Tregre zu ihr hielt und dass er ihretwegen kurzerhand ganz allein in die Höhle des Löwen gegangen war.

Seine Leibwächter müssen in der Nähe sein. Gatita war sich sicher. *Sie würden ihn nicht ohne Rückendeckung herkommen lassen. Kai und Gray passen ständig auf ihn auf, und auch Evan ist fast immer an seiner Seite.*

Das war richtig, und es gab Sonia ein gutes Gefühl, doch wenn Joshua nur diese drei Männer dabeihatte, hatten sie sicher alle Hände voll mit Nikitas Wachen draußen zu tun.

»Habt ihr schon angefangen?«, fragte Joshua locker und schaute zum ersten Mal in ihre Richtung.

Sein Blick war so eisig, dass er ihr durch Mark und Bein ging. Keine Spur mehr von der Wärme oder der hitzigen Leidenschaft, die seine Augen sonst ausstrahlten, wenn er sie ansah.

Sie blickte auf ihre im Schoß verflochtenen Finger hinunter und versuchte, seinen Plan zu durchschauen, damit sie nicht weiter darüber nachgrübelte, ob Joshua sie doch verraten würde. Es war so leicht, das zu glauben. Dass ihr Vater seine Frau und seine Tochter in Gefahr gebracht hatte, war der erste Verrat gewesen. Dass Nikita so getan hatte, als gehörte sie zu seiner Familie, der zweite. Selbst Filat war nett zu ihr gewesen. Und dann die Sache mit Sascha. Sie musste damals ja glauben, dass er hinter dem Mordanschlag steckte. Die Liste der Männer, die ihr vorgemacht hatten, sie bedeute ihnen etwas, war lang. Und gerade befeuerte Joshua ihre schlimmsten Ängste.

»Ich hab noch ein paar Verzierungen angebracht«, erwiderte Nikita grinsend.

Joshuas eiskalter Blick schnellte zu ihm hinüber. »Diese Frau gehört mir, nicht Ihnen, Nikita«, sagte er ruhig. »Und sie sollte nur meine Brandzeichen tragen. Bei Vieh macht man es doch auch so.«

»Das ist eine schöne Idee, aber ich muss Ihnen widersprechen. Zuerst hat sie uns gehört.«

»Und dann ist sie euch weggelaufen und hat sich ein ganzes Jahr lang erfolgreich vor euch versteckt. Ich würde mal sagen, damit hat sich euer Anspruch erledigt. Sie hat mein Kind im Bauch, und sie geht nirgendwohin.« Joshuas Tonfall war betont lässig, aber er sah aus wie immer. Knallhart. Nicht bereit, auch nur einen Schritt zurückzuweichen.

Mit einem öligen Lächeln auf dem Gesicht hob Nikita eine Hand. »Weiber sind es eigentlich nicht wert, dass man sich um sie streitet. Aber diese hier hat meinen Sohn so an den Eiern gehabt, bis er komplett nutzlos für mich wurde. Außerdem hat ihre Familie große Schulden bei mir. Ihr erbärmlicher Vater hat mich bestohlen«, sagte er hart und scharf. »Ich habe ihn wie einen Bruder behandelt, und er hat mich *bestohlen*. Also habe ich mir seine Frau genommen, und nun bezahlt er mit seiner Tochter.«

Langsam schüttelte Joshua den Kopf. »Das können Sie sich abschminken, Nikita. Ich verstehe, warum Sie glauben, Sie hätten Anspruch auf Sonia, aber ich kann sie nicht gehen lassen, bis das Kind da ist. Ich brauche einen Sohn.«

»Sie sind jung. So was finden Sie doch überall.«

Joshua lächelte schwach. »Weil es ja so viele davon gibt.«

Der milde Sarkasmus hätte Nikita normalerweise provoziert. Sonia erinnerte sich, wie wütend er selbst beim kleinsten Anlass werden konnte, wenn er sich gekränkt fühlte. Offenbar hatte er ihrem Vater nie vergeben. Er hatte seinen Namen nie wieder erwähnt und es auch den anderen verboten. Als sie klein gewesen war und von nichts wusste, hatte sie angenommen, das läge daran, dass Nikita so sehr um ihn trauerte. Doch nun war ihr klar, dass er ihren Vater verachtete – und deshalb auch sie.

»Ich verstehe«, sagte Nikita. »Ich würde sie auch nicht hergeben, wenn ich sie geschwängert hätte. Vielleicht sollten wir noch mal verhandeln. Eine Verbindung könnte sehr lukrativ sein. Für eine höhere prozentuale Beteiligung würde ich es in Betracht ziehen, meinen Anspruch auf sie aufzugeben.«

Joshua schüttelte den Kopf. »Tut mir leid, ich kann den Deal nicht mehr ändern. Er betrifft ja nicht nur mich. Elijah spielt dabei auch eine große Rolle, und mit dem wollen Sie sich doch sicher nicht anlegen – nur wegen Geld oder Drogen.«

Drogen? Sonias Magen drehte sich um. Sie presste eine Hand auf den Bauch und atmete tief ein und aus, um sich nicht übergeben zu müssen. Offenbar war sie der Situation nicht gewachsen. Sie musste Joshua einfach vertrauen. Sie *musste*. Es gab keine andere Chance. Er spielte ein doppeltes Spiel, um Verbrechern wie Nikita das Handwerk zu legen. Und leider machte er das sehr gut. Sogar Nikita, der alle nach seiner Pfeife tanzen ließ, war so beeindruckt von ihm, dass er verhandelte, statt ihn einfach zu erschießen.

Sie warf einen Blick auf den toten Mann auf dem Boden. Joshua hatte ihn mit keinem Wort erwähnt. Beim Anblick des vielen Blutes, das über ihre wundervollen Holzdielen lief, die nun völlig ruiniert waren, kam ihr wieder die Galle hoch. Sie wollte, dass das aufhörte. Wieso stand er so lässig da, mit einem leichten Grinsen auf den Lippen, und ignorierte sie, als wäre sie Abfall?

»Ich würde das Gesicht verlieren, wenn ich diese Schlampe ohne Gegenleistung weiterleben ließe.«

»Du Mistkerl, du hast deine Wiedergutmachung bekommen, als du meinen Vater mit einer Lötlampe gequält und meine Mutter gezwungen hast, in dein dreckiges Bett zu steigen«, fauchte Sonia mit einer Stimme, die vor Ekel und Verachtung triefte. Sie konnte es nicht ertragen, diesem Mann auch nur eine Sekunde länger zuzuhören.

Nikitas Gesicht wurde rot vor Wut. An Joshua konnte er sie nicht auslassen, aber an ihr, denn er bekam immer seinen Willen. Ihm verweigerte niemand etwas. Auf Joshua musste er hören, weil er einen Verbündeten brauchte, doch sie war für ihn nur ein Spielzeug, das man wegwarf, wenn man keinen Spaß mehr daran hatte.

Mit geballter Faust kam er auf sie zu, um sie zu schlagen, doch Joshua war schneller. Er packte sie am Haar und riss ihren Kopf zurück, damit sie ihn ansah. Seine klaren blauen Augen funkelten vor Zorn.

»Klappe. Verdammt«, schnauzte er. »Ich dachte, ich hätte dir beigebracht, deinen elenden Mund zu halten. Möchtest du noch eine Lektion?«

Instinktiv duckte sie sich weg. Dann schüttelte sie den Kopf. Das tat weh, nicht nur, weil Joshua sie immer noch am Haar festhielt, sondern auch, weil es das Pochen an ihren Schläfen verstärkte. Doch als Joshua sie wieder losließ, strich sein Daumen hauchzart über ihre geschwollene, blau angelaufene Wange.

»Was sollen kleine Mädchen tun, wenn Männer sich unterhalten, Sonia?«, fragte er arrogant.

»Sie sollen ruhig sein«, murmelte sie.

Er tätschelte ihr die Wange. »So ist's gut.« Dann drehte er sich wieder zu Nikita um. »Sie lernt noch. Sie hat Temperament. Das macht sie widerspenstig und zu einer Wildkatze im Bett. Unsere Unterrichtsstunden machen sehr viel Spaß, also mir jedenfalls.«

Warum gibt er uns kein Zeichen? Irgendeins? Ganz egal. Sie brauchte etwas, woran sie sich klammern konnte. Die federleichte Berührung mit dem Daumen war vielleicht nicht beabsichtigt gewesen. Oder sie hatte sie sich nur eingebildet. *Was hat er vor, Gatita?*

Du hast dir das nicht eingebildet. Ich habe es auch gespürt.

Okay. Also gut, sie würde das schaffen. Wenn Joshua sich ohne mit der Wimper zu zucken zwischen sie und Nikita stellen konnte, würde sie es schaffen, auf sein Zeichen zu warten.

»Wir sprachen gerade davon, dass ich die kleine Hure nicht einfach so gehen lassen werde«, fing Nikita wieder an.

Sonia riskierte einen Blick in seine Richtung und schaute dann zu Filat hinüber. Er beobachtete sie ganz genau. Kaufte er ihr ihre Unterwürfigkeit etwa nicht ab? Dabei spielte sie das gar nicht, sie war wirklich eingeschüchtert. Warum zweifelte er daran? Sie musste nachdenken, denn an seinem Gesicht war abzulesen, wie ihm langsam dämmerte, dass Joshua möglicherweise nicht der erhoffte Verbündete war.

Joshua hatte sich schon halb von ihr abgewandt, als sie ihm so fest gegen die Beine trat, dass er strauchelte. »Bastard«, zischte sie und lief an ihm vorbei zur Tür. Doch er hielt sie am Knöchel fest, und sie stürzte schwer.

Locker stellte Joshua seinen Fuß auf ihre Kehle. »Das hatten wir schon mal, meine Liebe. Erinnerst du dich noch? Du bist vor mir weggelaufen. Und dein Weibchen wollte auch nichts mehr mit meinem Leoparden zu tun haben. Du scheinst recht langsam zu lernen.«

Nikita lachte laut. »Ach, Joshua, ich könnte so viel Spaß mit ihr haben. Bist du sicher, dass du diesen ganzen Ärger willst? Ich werde meinen guten Willen zeigen und eine Entschädigung akzeptieren, aber wenn sie keinen dicken Bauch kriegt, reichen Sie die Kleine bitte an mich weiter, damit ich mein Glück versuchen kann.«

Joshua streckte ihr eine Hand hin und zog sie auf die Füße. Dann führte er sie, ohne sie anzusehen, rückwärts zu ihrem Sessel und stieß sie hinein. »Ich überleg's mir. Meistens behalte ich solche Schlampen nicht lange, obwohl diese hier anders ist. Wenn du erst in ihr steckst, verstehst du, warum ich sie nicht gern gehen lasse.«

In dem Augenblick ertönte der Ruf einer Eule im Sumpf neben dem Haus. Eine zweite Eule, draußen vor dem Fenster, antwortete. Dann meldete sich eine dritte. Sofort nahm Joshua Sonias Gesicht in beide Hände und drückte seinen Mund auf ihren. Sie rechnete mit einem rauen Kuss, aber er war sehr sanft. Abrupt löste Joshua sich wieder von ihr und flüsterte an ihren Lippen »Lauf!«. Es war wie ein Hauch, kaum zu hören, aber ihr kam es so vor, als hätte er geschrien.

Er ließ sie los, riss sich das T-Shirt herunter, schleuderte die Schuhe von den Füßen und zerrte, schon halb verwandelt, an seiner Jeans. Als Nikita seine Pistole ziehen wollte, war der Leopard bereits über ihm und schlug sie ihm aus der Hand. Sonia stürzte sich auf Filat. Er hatte seine Waffe bereits gezückt, doch es gelang ihr, sie wegzustoßen. Da packte er sie am Hals, sah ihr direkt in die Augen und würgte sie. Obwohl sie kaum noch Luft bekam, zog sie den Reißverschluss seiner Jacke herunter und konzentrierte sich darauf, die andere Hand zur Pranke werden zu lassen, um ihm den Bauch aufzuschlitzen.

Überrascht schrie er auf und ließ von ihr ab, und sie rannte, mehrere Stufen auf einmal nehmend, die Treppe hoch. Ein Blick über die Schulter zeigte ihr, dass Shadow und Nikitas Leopard sich einen gnadenlosen Kampf lieferten, und Filat sich die Kleider vom Leib riss, um seinem Boss als Leopard zur Hilfe zu kommen. Sonia lief in ihr Schlafzimmer, wo sie bei ihrer Flucht ihr Gewehr samt Munition auf dem Bett zurückgelassen hatte.

Die Geräusche, die aus dem Wohnzimmer drangen, ließen Böses ahnen. Sie musste sich beeilen. Joshua hatte die beiden anderen Leoparden praktisch dazu gezwungen, ihn anzugreifen, damit sie Zeit zum Weglaufen hatte. Aber sie würde ihn nicht im Stich lassen. Sie stopfte sich die Patronen in die Tasche und lief zur Treppe zurück. Die beiden Leoparden, die mit Shadow kämpften, griffen abwechselnd an, einer stürzte sich auf ihn, zerkratzte und biss ihn, und sprang wieder zurück, damit der andere weitermachen konnte.

Die Methode hatten sie offenbar schon öfter angewandt. Shadow war schnell, und seine Gegner bluteten und schnauften schwer, aber er ebenso. Sie zielte auf Nikitas Leopard. Vor allem für ihre Mutter, aber auch wegen dem, was er Sascha und ihrem Vater angetan hatte, wollte sie ihn töten. Doch in dem Moment, als sie abdrückte, wirbelte er herum und stürzte sich erneut auf Joshua.

Der laute Schuss erschütterte den Raum, und hinter Nikita flog das Holz eines Schrankes in alle Richtungen. Erstaunt schauten die Raubtiere zu ihr auf und bleckten die Zähne.

Ruhig legte Sonia wieder an, obwohl Nikitas Leopard mit ausgestreckten Tatzen auf sie zusprang. Doch Shadow fing ihn in der Luft ab und bohrte seine spitzen Krallen in die entblößten Genitalien des Älteren, der sich brüllend vor Schmerz von ihm wegrollte, als sie beide auf dem Boden aufprallten.

Nun nahm Filat sie ins Visier. Die Augen fest auf seine Beute gerichtet pirschte er sich in einem zeitlupenartigen Schleichgang an sie heran. Doch sie rührte sich nicht vom Fleck, denn ihr wichtigstes Ziel war Nikita, und sie schoss wieder auf ihn, als er über den Boden rollte. Er schrie auf und heulte. Blut spritzte. Aber Filat schaute sich nicht einmal um, um zu sehen, was mit seinem Boss passiert war, sondern griff an, während sie sich noch bemühte, schnell nachzuladen, obwohl sie wusste, dass sie es nicht schaffen würde. Also nahm sie kurzerhand das Gewehr in die andere Hand, um es als Keule zu benutzen. In dem Moment sprang Shadow auf den Rücken ihres Angreifers.

Joshuas Leopard war sehr muskulös und unglaublich kräftig. Er bohrte seine Krallen und Zähne tief in den Hals seines Gegners. Dann wälzten die beiden sich ineinander verkeilt auf dem Boden, aber sie achtete nur auf Nikitas Leopard, der sich mühsam wieder aufrappelte. Sein Hinterbein blutete, doch sie hatte keine Ahnung, wie viel Schaden das schon etwas ältere Gewehr aus dieser Entfernung überhaupt anrichten konnte.

Als Shadow mit Filats wutschnaubendem Leoparden die Stufen herunterkugelte, stieg sie, Nikitas Leoparden fest im Blick, die Treppe hinab. Das Raubtier fauchte und knurrte warnend. Dann senkte es mit lauerndem Blick sprungbereit den Kopf. Sonia hob das Gewehr und zielte sorgfältig.

Doch als sie schoss, duckte die Katze sich weg und sprintete zur Tür, stieß sie auf und verschwand in einem Regen aus Holzsplittern. Schnell lief Sonia ihr nach. Im Sumpf war der

Leopard im Vorteil. Gatita war zu klein und zu unerfahren, um mit ihm zu kämpfen. Sie brauchte das Gewehr.

Draußen war von dem Raubtier nichts mehr zu sehen, doch im Gras direkt neben der Veranda entdeckte sie einen Blutfleck. Sie trat einen Schritt beiseite, um ihn besser sehen zu können, und das rettete ihr das Leben, denn die Katze, die sich von oben auf sie stürzte, verrenkte sich vergebens nach ihr und landete dicht vor ihren Füßen. Sonia drückte ab. Eigentlich war es unmöglich, auf so kurze Distanz danebenzuschießen, aber anscheinend war genau das passiert, denn der Leopard war im letzten Moment ausgewichen.

Er brüllte zwar wütend, war also womöglich doch getroffen, aber seine Wunden mussten oberflächlich sein, auch wenn eine Flanke und seine rechte Schulter blutbespritzt waren. Wieder griff er an, und wieder bereitete sie sich darauf vor, das Gewehr als Keule zu benutzen, auch wenn es nur einen schwachen Schutz vor dem großen Raubtier bot. Es war schon so nah, dass sein heißer Atem ihr ins Gesicht schlug, und sie holte mit Gatitas Kraft so kräftig aus, wie sie nur konnte.

Da kam urplötzlich Shadow aus dem Dunkeln und krallte sich mit den Vordertatzen in das Hinterbein ihres Gegners. Der Aufschrei des Leoparden war im ganzen Sumpf zu hören. Der harte Schlag, mit dem sie ihn traf, erschütterte ihren Arm so sehr, dass er fast taub wurde. Dann fand sie sich auf dem Boden wieder, neben den beiden miteinander ringenden Katzen, viel zu nah an ihren Zähnen und Klauen. Schnell rappelte sie sich hoch und inspizierte hastig ihr Gewehr. Sie wartete, bis Shadow den anderen Leoparden niedergedrückt hatte, dann näherte sie sich den beiden wutschäumenden Raubkatzen.

Die trennten sich wieder, sprangen gleichzeitig hoch, krachten in der Luft zusammen und versuchten erneut, den anderen am Hals zu fassen zu bekommen. Mit gefletschten Zähnen kamen sie krachend in einer unerträglich tödlich aussehenden Umarmung auf dem Boden auf und bissen und kratzten, bis bei beiden das Blut in Strömen floss.

Sonia ging noch näher heran. Das hier war für alle. Jeden einzelnen Menschen, den Nikita Bogomolow ermordet hatte, um zu beweisen, wie grausam er war. Für jeden, den er aus Spaß getötet oder gefoltert hatte. Nur zu seinem Vergnügen. Und für jede Frau, die er vergewaltigt und umgebracht hatte.

Gatita, warn Shadow.

Er meint, du sollst das lassen.

Dann sag ihm, dass ich diesen mordlüsternen Teufel wieder dahin zurückschicke, wo er hingehört – in die Hölle. Und zwar jetzt. Selbst Shadow sollte an ihrem Tonfall erkennen, dass es ihr bitterer Ernst war.

Hastig brachte er sich in Sicherheit, während sie Nikita den Gewehrlauf an den Schädel drückte und schoss. Mit blutunterlaufenen Augen sah sein Leopard zu ihr auf, doch die Bernsteinfarbe wurde immer dunkler, und schließlich blickte Nikita sie an.

Sie beugte sich zu ihm herab. »Die kleine Hure hat dich erledigt. Diese Schlampe. Ich werde mit meinem Mann zusammen sein, und du wirst jetzt sterben. Dann verbrennen wir dich, vergraben die Asche, und Sascha übernimmt dein Imperium.«

Eine große Hand riss sie gerade noch rechtzeitig zurück, bevor Nikitas Leopard sich ein letztes Mal aufbäumte und mit seiner riesigen Pranke nach ihrem Oberschenkel schlug, um die Schlagader zu zerreißen. Joshua ragte über ihr auf, schwankend und blutverschmiert zog er sie in seine Arme.

»Alles in Ordnung bei dir? Hat er dich verletzt?«

Er sah schrecklich aus. Furchtbar. »Du blutest wie verrückt. Wo sind die anderen? Evan, Kai und Gray? Wenigstens die sollten hier sein.« Sie legte einen Arm um seine Taille und führte ihn zum Haus zurück. So nah, wie sie am Sumpf waren, konnte jede offene Wunde rasch zu einem Entzündungsherd werden.

»Nikita hatte viele Männer bei sich. Wir müssen sie alle erwischen. Wir können es uns nicht leisten, auch nur einen von ihnen am Leben zu lassen, obwohl Sascha versprochen hat, dass er mit dem Rest aufräumen wird.«

»Das hat Sascha gesagt?« Erstaunt schaute Sonia ihn an. Sein Gesicht war angespannt und beinahe grau. Außerdem stützte er sich fester auf sie, als ihr lieb war. »Wann hast du denn mit ihm gesprochen?«

»Ich habe mich ein wenig mit ihm unterhalten, während du dich mal wieder entführen lassen hast.«

Eigentlich wolle Sonia nicht in das Haus, das voller Leichen und Blutlachen war, aber sie musste Joshua irgendwo absetzen und einen Erste-Hilfe-Kasten holen. »Wir brauchen Evan.«

»Das schaffst du schon«, erwiderte Joshua.

Verärgert schaute sie zu ihm auf. »Du hast doch keine Ahnung, was ich kann und was nicht.«

Er grinste breit. »Baby, du hast diesem elenden Verbrecher ein Gewehr an den Kopf gehalten und abgedrückt. Dann schaffst du es auch, mich wieder zusammenzuflicken.«

»Schießen hab ich ja auch gelernt«, konterte sie, »Wunden versorgen nicht.«

Sie führte ihn an der Leiche des Mannes vorbei, den Nikita getötet hatte. Neben der Treppe lag ein toter Leopard. Filat. Schnell schaute sie weg und steuerte auf das Bad zu, wo der Verbandskasten war. »Du wolltest dich also mit Sascha unterhalten? Warum?«

»Wenn ich herausgefunden hätte, dass er ein falsches Spiel mit dir spielt, hätte ich ihm den Kopf weggeblasen«, antwortete Joshua ganz sachlich.

»Mein Gott, bist du blutrünstig. Sascha hat mich doch gerettet.«

»Davon bin ich noch nicht restlos überzeugt, aber es sieht so aus, deshalb warte ich ab, wie es weitergeht. Und solange hältst du dich von ihm fern.« Joshua ließ sich auf eine Bank am Fußende der Badewanne sinken.

»Gibst du schon wieder den Macho?«

»Diese Jacke stört mich. Zieh sie aus.«

»Mensch, Joshua, hör auf, mir zu sagen, was ich tun soll, und lass mich diese Wunden versorgen. Einige sind ziemlich tief. Die müssen genäht werden, und du brauchst Antibiotika.«

»Klammerpflaster tun's auch. Mit Kratzern kenn ich mich aus. Jetzt zieh die Jacke aus, Baby. Du musst doch hier irgendwo noch eine andere haben.«

Sonia zögerte, dann holte sie den Erste-Hilfe-Kasten unter dem Waschbecken hervor.

Joshua hielt ihren Arm fest. »Zeig's mir einfach. Früher oder später werde ich es ja sowieso sehen, außerdem ist Nikita schon tot. Was soll ich da noch machen?«

Sie zuckte die Achseln. »Ich weiß nicht. Du bist ein bisschen verrückt. Rausgehen und ihn noch mal erschießen?«

Joshua grinste sie an. »Das wäre möglich.«

Der Reißverschluss der Jacke war bereits offen, also streifte sie sie ab und versuchte, sich nicht im Spiegel anzusehen. Wahrscheinlich war an dem Nippel, den Nikita so schmerzhaft verdreht hatte, ein blauer Fleck. Die Brust tat immer noch weh. Nichts, was Joshua je mit ihr gemacht hatte, hatte hinterher wehgetan, doch Nikita war es mühelos gelungen.

»Am schrecklichsten finde ich, dass er mich berührt hat«, gestand sie. »Bei dem Gedanken schüttelt es mich vor Ekel.«

»Er ist ja nun tot, aber du hast recht, am liebsten würde ich ihn nochmal erschießen.« Joshua beugte sich vor und küsste den Fleck sanft. Um sich abzulenken, begann Sonia, seine Wunden zu säubern, denn eigentlich wollte sie sich nur in seine Arme werfen, zusammenbrechen und von ihm getröstet werden. »Danke, dass du mir das Leben gerettet hast.«

»Gern geschehen, auch wenn ich es eher aus Eigennutz getan habe.«

Sonia lächelte trotz des Kloßes in ihrem Hals. Er war ziemlich kaputt. Sie auch. Und ihre Häuser ebenso. Sie glaubte nicht, dass sie jemals wieder in ihrem wohnen würde können, nachdem Nikita und Filat dort gewesen waren – und dieser andere Tote. »Wir haben kein Zuhause mehr.«

»Schatz«, sagte Joshua sanft. »Schau mich an.«

Sie kniete auf dem Boden und wusch einen besonders tiefen Kratzer an seiner Seite aus, um ihn nachher mit antibiotischer Salbe bestreichen und mit einem Klammerpflaster verschließen zu können. Sie blickte auf und musterte Joshuas Gesicht. Das kantige Kinn. Die Augen, die sie so liebte.

»Wir haben uns. Wir sind zusammen. Alles ist gut.«

Sonia holte tief Luft und nickte. Sie würden das schaffen.

20

Sonia hatte nicht mitbekommen, wie groß angelegt der Angriff gewesen war. Joshua war das nur recht. Sie hatten ja standgehalten. Fjodor und Mitja hatten Sascha geholfen, Nikitas Männer zu besiegen. Danach hatten alle sofort mitangepackt und die ganze Nacht durchgearbeitet, um sämtliche Spuren zu beseitigen. Die Leichen wurden verbrannt und die Asche an Ort und Stelle tief vergraben.

Später war Sascha nach Miami zurückgekehrt. Joshua hatte Sonia mit einem Haufen Arbeit eingedeckt, den Brandschutt beseitigen zu lassen und das Haus wiederaufzubauen, sodass sie keine Gelegenheit gehabt hatte, ihn vor seiner Abreise noch einmal zu treffen. Joshua wollte sie nicht in Saschas Nähe sehen, bis der Typ bewiesen hatte, dass er keine Bedrohung für sie darstellte. Nie gewesen war und niemals sein würde.

Die untere Veranda, die an drei von vier Seiten beschädigt war, hatte das meiste abbekommen. Auch eine Wand hatte einen kleineren Brandschaden. Doch da sein Haus bewohnbar war, hatte er einen Grund, sie bei sich zu behalten. Sie war mehrere Nächte von Albträumen geweckt worden, und er hatte sie behutsam in den Armen gehalten. Überhaupt behandelte er sie sehr sanft und lernte, das genauso zu mögen wie den raueren Umgang. Er nahm an, dass das gut war, denn auch wenn sie noch nicht schwanger war, würde sie es bald sein, und dann musste er sich ohnehin zurückhalten.

Das Erste, was er getan hatte – noch bevor die Aufräumarbeiten nach dem Feuer begannen – war, einen Raum gegenüber dem Schlafzimmer oben, der einen schönen Ausblick auf den Sumpf bot, zu ihrem Atelier zu machen. Er hatte all ihre Bilder dort hingebracht, die verschiedenen Pinsel und Farben für all die Techniken, in denen sie gerne arbeitete. Damit hatte er sie eines Morgens überrascht und war die ganze Nacht dafür belohnt worden. Er hatte es zwar nicht darauf angelegt, aber es war dennoch sehr schön gewesen. Das war typisch für seine Frau, dass sie es sich nicht nehmen ließ, sich ausgiebig zu bedanken.

Er saß oben in seinem Büro und lauschte zufrieden dem Hämmern am Haus. Sie bauten zusammen etwas auf. Abends rollte Sonia ihre Pläne aus, und sie studierten sie gemeinsam. Und wenn sie dabei lachte, schloss er die Augen und genoss den melodischen Klang. Sie hatten noch einen langen Weg vor sich, das war ihm klar. Es würde nicht einfach sein. Er lebte in einer dunklen, hässlichen Welt, deshalb musste sie stets beschützt werden, aber sie würde sein Sonnenstrahl sein.

Er blieb, wo er war, und ließ sie ihre Arbeit machen, obwohl er sie gern zu sich geholt hätte. Molly und Bastien waren ein paar Mal zum Grillen bei ihnen gewesen, und zweimal waren sie zusammen zum Essen in die Stadt gefahren. Er mochte Bastien, doch das hatte er ja längst kommen sehen. Heute war ein ganz besonderer Abend, weil er sich um etwas kümmern musste, ehe Mollys Mann noch anfing, den Gerüchten über Joshua Glauben zu schenken.

Einige Stunden später legte er gerade nach einem längeren Telefonat auf. Alles war geregelt. Sascha hatte den gleichen Bedingungen für eine Zusammenarbeit zugestimmt wie sein Vater, obwohl er deutlich gemacht hatte, dass er noch durchgreifen und bei sich alles in Ordnung bringen musste. Joshua starrte aus dem Fenster. Es war Nacht geworden. Das Hämmern und Rufen der Arbeiter war längst verstummt.

Er stand auf, streckte sich und machte sich auf die Suche nach Sonia. Normalerweise war sie in der Küche. Sie kochte gern, und es roch schon von Weitem nach Gewürzen. Sie zog gerade einen Schweinebraten aus dem Ofen, den sie letzte Nacht in eine Zitronen-Mojo-Sauce eingelegt hatte. Er hatte ihr dabei zugesehen und so getan, als wolle er ihr helfen. Er liebte es, wenn sie so ernst und konzentriert guckte wie in diesem Augenblick.

Er hatte ihr bei der Vorbereitung den Orangen- und Limettensaft und Olivenöl gereicht, die sie mit zerstoßenen Knoblauchzehen und grobem Meersalz in eine Schüssel gegeben hatte. Dann hatte sie noch Kreuzkümmel, getrockneten und frisch geschnittenen Oregano hinzugefügt und diese Mischung, nachdem sie ein diamantförmiges Muster in den Braten geritzt hatte, auf das Fleisch gestrichen.

Er fand es faszinierend, sie beim Kochen zu beobachten. Besonders ihr Gesicht, das deutlich zeigte, wie viel Spaß sie daran hatte. Schon als er zugeschaut hatte, wie sie den Rest der Marinade über den Braten goss, ihn einpackte und zum Durchziehen in den Kühlschrank stellte, hatte er Hunger bekommen.

»Das riecht wundervoll«, lobte er. »Wie hast du das gemacht?« Das war noch etwas, was er liebte. Die Begeisterung in ihrer Stimme zu hören, wenn sie über ihr großes Hobby sprach. Er würde das Rezept niemals nachmachen können, ließ sich aber dennoch kein Wort, keine Veränderung in ihrem Tonfall entgehen.

»Das ist doch nichts Besonderes, Schatz«, sagte sie und stellte den Braten auf die Kücheninsel.

Er trat hinter sie und küsste sie auf den Nacken. »Dann verrat's mir.« Er konnte ihr ja schlecht sagen, dass er genauso versessen darauf war, ihrer Stimme zuzuhören, wenn sie übers Kochen sprach, wie darauf, das Ergebnis zu essen.

»Sei nicht albern«, sagte sie spöttisch, erfüllte ihm aber seinen Wunsch. Das tat sie am Ende fast immer. Nur selten musste sie zuerst ein wenig überredet werden. Das waren die Gelegenheiten, bei denen er grünes Licht dafür hatte, ganz er selbst zu sein. »Es ist nur ein Schweinebraten. Den Backofen auf hundertsechzig Grad vorheizen. Den Braten mit der Haut nach oben in Pergament einwickeln. Dann ein paar Löffel Wasser zufügen und alles mit Alufolie bedecken. Wenn der Braten gar ist, mache ich die Verpackung wieder ab und röste ihn fünf bis zehn Minuten, bis er knusprig ist.« Sie zeigte ihm das Stück Fleisch. »So sieht er dann aus. Jetzt mache ich die Sauce, indem ich das Bratfett mit der übrig gebliebenen Marinade vermische und das Ganze einkoche, bis es die richtige Konsistenz hat. Und schon ist das Abendessen fertig!«

»Was gibt es dazu?«

»Gebratene Kochbananen, Reis, grüne Bohnen und Kürbis-Soufflé.«

»Du erstaunst mich immer wieder, Schatz.« Er küsste sie noch einmal auf den Nacken und ließ sie dann ihre Sauce machen.

Seine selbstgewählte Aufgabe war es, den Tisch zu decken und abzuräumen. Nach dem Essen spülten und trockneten sie das Geschirr meistens gemeinsam per Hand, statt die Spülmaschine zu benutzen.

»Ach, Joshua, das geht mir bei dir genauso. Danke, dass du mir ein so schönes Leben bietest. Ich hatte keine Ahnung, dass man so glücklich sein kann«, murmelte sie etwas verschämt. Dann fasste sie sich an die Schläfe und strich geistesabwesend mit einem Finger über ihre linke Brustwarze, die sich unter ihrem T-Shirt abzeichnete. Der blaue Fleck war schon lange verschwunden, aber es störte sie immer noch, dass Nikita sie angefasst hatte. »Du bist gekommen. Ich wusste es. Deswegen konnte ich ruhig bleiben und nachdenken, weil ich wusste, dass du mich befreien würdest.«

Joshua räusperte sich und sein Herz schlug schneller. Was ihm nicht mal passierte, wenn er einem Irren gegenüberstand, schaffte Sonia mühelos. Sie hatte ihm über die Zeit, in der Nikita sie in seiner Gewalt hatte, nur das Allernötigste erzählt, und er hatte sie nicht bedrängt. Sie hatte an dem Tag viel zu viel wegstecken müssen. Die Enthüllungen über ihn und Sascha und dazu die Angst, als sie zweimal innerhalb von vierundzwanzig Stunden entführt worden war. Er hatte sich große Sorgen gemacht, dass sie seine bescheuerte Geschichte glauben würde, als er so frech in die Szene mit Nikita und Filat hineingeplatzt war.

»Ich werde immer zu dir kommen, Sonia«, versicherte er ihr. »Aber ich muss zugeben, dass ich eine Scheißangst hatte, als sie dich in den Fingern hatten. Ich bin immer noch nicht darüber hinweg und werde unruhig, sobald ich dich nicht im Blick habe. Wenn du arbeitest, sperre ich ständig die Ohren auf, um deine Stimme zu hören.«

Bei dem Lächeln, das sie ihm über die Schulter zuwarf, wurde ihm erst warm und dann heiß. Sein Körper reagierte automatisch auf jeden Ausdruck auf ihrem Gesicht, ob er freundlich und zufrieden, sexy oder wütend war – aber es gab nun wirklich Schlimmeres.

»Ich bin auch nicht gern zu weit von dir weg«, gestand sie. »Zurzeit schicke ich immer die Jungs, um das Material zu kaufen, weil ich mich ein wenig davor fürchte, selber in die Stadt zu fahren.«

Das war das erste Mal, dass sie das zugab. Er hatte es sich zwar schon gedacht, aber sie hatte nie darüber gesprochen. »Das nächste Mal, wenn du in die Stadt möchtest, sag's mir, und ich fahre mit.«

»Du hast deine eigene Arbeit. Ich habe nicht vor, dich dabei zu stören.«

Joshua stellte Gläser auf den Tisch. Sie trank gern Sprudel, nicht unbedingt sein Lieblingsgetränk, aber ihres, deshalb achtete er darauf, dass immer welcher im Haus war. »Ich fahre gern mit dir in die Stadt, Schatz. Ist doch keine große Sache. Sag mir nächstes Mal Bescheid.«

Sie warf ihm einen genervten Blick zu und zog die Nase kraus. »Warum klingt das bei dir immer wie ein Befehl?«

»Weil ich hier der Boss bin.«

Sie schnitt noch eine Grimasse, doch ihre Augen lachten, wenn auch nur kurz. »Ich konnte es kaum glauben, als du hereinspaziert kamst. Ich hatte schreckliche Angst um dich. Ich hab nicht begriffen, was du vorhattest. Aber als ich die Eule hörte, erkannte ich, dass du auf ein Signal gewartet hattest, das dir verriet, dass die Wachen draußen überwältigt waren.«

Joshua nickte. Es war gut, dass sie anfing zu reden und er erfuhr, was passiert war, als sie mit Nikita und Filat allein gewesen war.

»Warum ist Evan nicht mitgekommen?«

»Er musste ein paar Leoparden nachjagen, die weggelaufen sind. Apropos. Ich habe auf den richtigen Augenblick gewartet, aber heute Abend sprechen wir darüber.«

»Worüber?« Sonia goss die Sauce in die Sauciere.

»Ich hatte dir gesagt, du sollst weglaufen. Ganz klar und deutlich.« Er trug die Schüsseln mit den Kochbananen zum Tisch.

Sie stellte den Reis und die grünen Bohnen dazu. »Es war doch gut, dass ich's nicht getan habe. Sonst wärst du wahrscheinlich tot.«

»Das bezweifle ich, auch wenn du mir sehr geholfen hast. Aber darum geht es nicht. Du hattest mir dein Wort gegeben.« Joshua begann, den Braten aufzuschneiden. Das Fleisch duftete köstlich. »Deshalb schuldest du mir etwas, und heute Nacht treibe ich diese Schuld ein.«

Überrascht hob Sonia die Brauen und errötete leicht. »Das glaube ich nicht. Schließlich habe ich dich gerettet. Wenn irgendjemand hier bestraft wird, dann du. Du bist ohne Rückendeckung in dieses Haus gegangen. Du hast es viel eher verdient, bestraft zu werden, und ich denke, heute Abend ist es so weit.«

Joshua lachte und legte das Fleisch auf die Teller. »Ich habe eine Neuigkeit für dich, Baby. Du bist ein kleines bisschen kleiner als ich. Und in manchen Situationen, so wie heute, gewinnt die Muskelkraft.« Gespannt ließ er sich ihr gegenüber nieder.

Sie genoss solche anzüglichen Geplänkel genauso sehr wie er. Eigentlich hatte er immer geglaubt, selbst wenn er die richtige Frau fände, diejenige, die sein Leopard suchte, würde sie solche Vorspiele nicht mögen, und wahrscheinlich hätten sich auch nicht viele darauf eingelassen, aber Sonia hatte daran genauso viel Spaß wie er.

Ihre Augen waren bereits dunkel vor Lust, ihr Atem ging schneller, und die Nippel unter ihrem T-Shirt waren hart geworden. Seine Frau war unglaublich schön. Er fasste in seine Tasche und zog ein kleines samtenes Kästchen heraus. Quer über den Tisch schob er es ihr zu.

Erstaunt klappte sie den Mund auf. »Willst du nicht noch bis nach dem Essen warten?«

»Nach dem Essen habe ich noch mehr Überraschungen. Diese passt jetzt besser.« Aufmerksam betrachtete er ihr Gesicht. Sie war völlig ahnungslos.

Vorsichtig öffnete sie den Deckel. Dann wurden ihre Augen groß vor Verwunderung. Schließlich hob sie ganz langsam die Lider und sah ihn an. »Was soll das, Joshua?«

»Ich möchte dich fragen, ob du mich heiraten willst, Baby. Ich will dich hier bei mir haben, jede Nacht. Ohne dich kann ich nicht mehr schlafen und nicht mehr denken. Ich bin so verliebt in dich, dass es mich verrückt macht, und ich hoffe, dir geht es genauso.«

Sonia biss sich auf die Unterlippe und starrte auf den Ring.

»Es ist auch eine kleine Goldkette dabei. Weil du ihn um den Hals tragen sollst statt am Finger, nur zur Sicherheit. Dann hat deine Leopardin ihn auch um, wenn du dich verwandelst. Ich habe ihren Halsumfang gemessen, damit die Kette lang genug ist.«

»Solltest du bei einem Heiratsantrag nicht auf die Knie gehen?«

Joshua legte seine Gabel weg, beugte sich über den Tisch und schaute ihr tief in die Augen. »Das mache ich heute Nacht, in unserem Zimmer. Dann wirst du stundenlang ›Ja, Joshua‹ schreien. Das erspar ich dir jetzt. Du musst nur einmal Ja zu mir sagen, dann bin ich zufrieden.«

Sonia holte den Ring aus der Schachtel und hielt ihn in die Höhe. Dabei rutschte die Kette auf den Tisch. Sie legte sie um. »Also gut. Ich sage jetzt hier einmal Ja. Aber ich kann nicht versprechen, dass ich es heute Nacht nochmal sage. Vielleicht ist es dann eher andersrum, und du bettelst, meine ich.«

Joshua grinste breit. Er konnte nicht anders. Sie sah wunderschön aus mit der Kette, die zwischen ihren Brüsten verschwand. »Zieh das T-Shirt aus, damit ich den Ring sehen kann.«

Sie zog eine Augenbraue hoch. »Du willst doch bloß meinen Busen anstarren.«

»Das auch. Zieh dich aus.«

Sie gehorchte und zog quälend langsam ihr Oberteil hoch, bis er die Unterseite ihrer Brüste sehen konnte, und als sie es noch ein wenig weiter anhob, auch den Ring zwischen den beiden weichen Hügeln. Dann warf sie das T-Shirt neben ihrem Stuhl auf den Boden und aß weiter. Trotz des nackten Oberkörpers wirkte sie wie eine Königin.

»Weißt du, Joshua, wieso glaubst du eigentlich, das ich heute Nacht begeisterter Ja sage als jetzt?«

Typisch Sonia. Sie war eine verdammt kluge Frau, und das mochte er ganz besonders an ihr. »Weil du erst Nein sagen und alle möglichen Einwände haben wirst, wenn ich dir von den anderen Überraschungen erzähle. Nicht wegen der kleine Geschenke, die auf dich warten – na ja, im Grunde sind sie für uns beide, zur Verlobung – aber wegen der zweiten großen Überraschung.«

Sonia legte ihre Gabel weg. »Welche zweite große Überraschung?« Man merkte, dass sie ihn inzwischen kannte, denn ihre Stimme klang misstrauisch und ihr Gesichtsausdruck war argwöhnisch.

»Wir werden sofort Hochzeit feiern. Wir fliegen morgen nach Las Vegas und heiraten dort. Molly wird deine Trauzeugin sein, und Bastien kommt auch mit, damit sie etwas Zeit zusammen haben.«

»Bist du verrückt? Ich werde nicht gleich morgen heiraten.«

Joshua blieb ruhig, denn damit hatte er gerechnet. Er aß weiter und beobachtete Sonia. Sie war die schönste Frau der Welt, und er liebte sie so abgöttisch, dass es ihm den Atem verschlug.

»Erstens bin ich noch nicht darüber hinweg, dass ich nie mit Sascha verheiratet war. Und dann ist da noch mein Haus. Ich muss mich entscheiden, was ich damit tun will. Die Vorstellung, es aufzugeben, gefällt mir gar nicht.«

»Es fällt dir doch schwer, es auch nur zu betreten. Und es ist nicht gut für ein Haus, wenn es leer steht. Besonders hier.«

»Ich lass mich nicht von dir überfahren, Joshua.«

Doch ihr Gesicht sagte etwas anderes. Es war ganz weich und süß und voller Liebe. Das alles war nur für ihn da. Sie würde ihn heiraten, sie wussten es beide. Doch vorher würden sie eine fantastische Nacht haben, in der sie versuchen würde, ihn hinzuhalten – und er würde sie überreden, erobern, sie zu der Seinen machen. Er konnte es kaum erwarten.

Danksagung

Dies ist immer die Zeit, in der ich viel an all die denken muss, die mir dabei geholfen haben, dieses Buch zu schreiben. Ich danke Brian Feehan und Sheila English für die langen Tage, die sie mir stets zur Seite standen. Ihr wart echt eine starke Konkurrenz in puncto Arbeitsstunden. Wir wissen ja alle, wie ehrgeizig ich bin. Außerdem danke ich Lisa Benson und Captain Neil Benson von den Pearl Echo Tours in Slidell, LA (von New Orleans aus gibt es einen Shuttle-Service). Die zwei haben mir so viel erklärt. Sie haben mich mehrmals zu den Tag- und den Nacht-Touren mitgenommen und mir jede Frage beantwortet, bis Neil mich ziemlich sicher aus dem Boot werfen wollte, doch dazu ist er natürlich viel zu wohlerzogen. Vielen herzlichen Dank! Danke auch an Domini Walker, dass du mir bei der Recherche und beim Redigieren geholfen hast. Du bist immer meine rechte Hand. Und danke an Denise, weil sie verhindert, dass ich durchdrehe!

Die magischen Welten von Christine Feehan

Werkverzeichnis

1. Die Schattengänger 493
2. Die Leopardenmenschen 501
3. Shadows 504

Werkverzeichnis

1. Die Schattengänger

Jägerin der Dunkelheit
(Shadow Game)

Dr. Whitney soll aus den Schattengängern eine Truppe Elitesoldaten machen, doch das geheime Experiment geht schief, und etliche der Männer kommen auf mysteriöse Weise ums Leben. Ihr Anführer, Captain Ryland Miller, ahnt, dass er das nächste Opfer sein wird. Millers letzte Hoffnung ist Whitneys junge, geniale Tochter Lily. Von der ersten Sekunde an sind sie wie voneinander gebannt – was keiner weiß: Auch Lily trägt übersinnliche Fähigkeiten in sich.

Spiel der Dämmerung
(Mind Game)

Fast ihr ganzes Leben hat die übersinnlich begabte Dahlia Le Blanc in der Abgeschiedenheit der Sümpfe Louisianas verbracht, doch als eines Tages bei einem ihrer Geheimeinsätze etwas schiefläuft, ist es damit vorbei, denn jetzt ist ihr ein Killerkommando auf den Fersen. Retten kann sie nur noch der geheimnisvolle Schattengänger Nicolas Trevane. Gemeinsam machen sie sich an die Verfolgung ihrer Feinde und entdecken dabei eine feurige Leidenschaft.

Tänzerin der Nacht

(Night Game)

Raoul »Gator« Fontenot, Mitglied der Schattengänger, kehrt zurück in seine Heimatstadt, um Iris »Flame« Johnson zu finden, die einst von Dr. Whitney zu Versuchen auserwählt wurde. Als Teenager entkam sie dem wahnsinnigen Wissenschaftler und ist seitdem auf der Flucht. Als Gator Flame zufällig trifft, folgt er ihr und rettet sie aus einer gefährlichen Lage. Mit ihren vereinten übersinnlichen Fähigkeiten machen sie sich schließlich auf, das mysteriöse Verschwinden einer jungen Sängerin aufzuklären.

Schattenschwestern

(Conspiracy Game)

Die junge Briony Jenkins ist nicht nur eine äußerst begabte Trapezkünstlerin, sie hat außerdem starke übersinnliche Fähigkeiten: Sie kann die Gefühle ihrer Mitmenschen spüren. Auf der Tournee ihrer Trapeztruppe in Afrika läuft sie dem Schattengänger Jack Norton in die Arme, der sie, selbst gerade erst einem Gefangenenlager entkommen, vor einer Rebellentruppe rettet. Die übersinnliche Anziehungskraft zwischen den beiden hat weitreichende Folgen und bringt nicht nur Briony in große Gefahr.

Düstere Sehnsucht
(Deadly Game)

Von klein auf wurde die übersinnlich begabte Mari Smith in Dr. Whitneys Labor festgehalten und zur Elitesoldatin ausgebildet. Dabei hat sie die Methoden des wahnsinnigen Wissenschaftlers nie infrage gestellt. Als sie bei einem Einsatz dem charismatischen Schattengänger Ken Norton in die Hände fällt, wird sie von ihrer Leidenschaft überwältigt. Mari beginnt zu begreifen, dass es auch ein Leben außerhalb der Kaserne gibt. Doch zuvor muss sie ihre Leidensgenossinnen aus Dr. Whitneys Klauen befreien.

Fesseln der Nacht
(Predatory Game)

Als der ehemalige Navy-Offizier Jess Calhoun, an Körper und Seele von seiner dunklen Vergangenheit als Schattengänger gezeichnet, die geheimnisvolle Saber Wynter bei sich aufnimmt, steht sein Leben plötzlich kopf: nicht nur, dass er sich der erotischen Ausstrahlung der jungen Frau nicht entziehen kann, sie schwebt auch noch in großer Gefahr. Während Saber den Kampf gegen die Dämonen ihrer Vergangenheit zu verlieren droht, muss Jess alles daransetzen, die Frau zu retten, die er liebt.

Magisches Spiel

(Murder Game)

Der Schattengänger Kaden Montague wird mit einer heiklen Mission betraut: Zwei gegnerische Gruppen liefern sich ein makaberes Wettrennen quer durch das ganze Land und hinterlassen dabei eine Spur von Leichen. Die Täter: angeblich Schattengänger. Nur Kaden ist in der Lage, die Wahrheit herauszufinden und dem mörderischen Spiel ein Ende zu bereiten, doch dazu benötigt er die Hilfe des talentierten Mediums Tansy Meadows, deren erotischer Ausstrahlung Kaden vom ersten Augenblick an verfällt …

Schicksalsbund

(Street Game)

Bei einem Routineeinsatz hat der kampferprobte Mack McKinley plötzlich ein schlechtes Gefühl. Sein Sonderkommando scheint in einen Hinterhalt geraten zu sein. Dann steht Mack unerwartet Jamie gegenüber, der Frau, der einst seine ganze Leidenschaft galt. Schon ein Blick aus Jamies Augen kann die Welt eines Mannes in ihren Grundfesten erschüttern. Vor Jahren hatten sie und Mack eine Beziehung, die so flüchtig wie elektrisierend war. Von einem auf den anderen Tag verschwand sie spurlos.

Im Bann des Jägers

(Ruthless Game)

Rose Patterson ist auf der Flucht vor einem Wahnsinnigen, der all ihre Gedanken und Albträume beherrscht. Und schlimmer noch: Er will nicht nur sie, sondern auch das ungeborene Kind, das sie unter ihrem Herzen trägt. In ihrer Verzweiflung weiß Rose kaum noch, wem sie trauen kann. Bis sie Kane Cannon wiedertrifft, ihren einstigen Schattengänger-Gefährten – und Vater ihres Kindes. Die Leidenschaft, die sie miteinander verband, entflammt rasch wieder. Kane würde für Rose alles opfern, sogar sein Leben.

Spiel der Finsternis

(Samurai Game)

Als ein gefährlicher Diktator die Macht an sich reißen will, sehen sich die in alle Winde zerstreuten Schattengänger mit ihrer bislang schwierigsten Aufgabe konfrontiert: Sie müssen ihn ausschalten und erwählen zwei aus ihrer Mitte, die gleichermaßen von Leidenschaft und Rachegelüsten getrieben sind. Zwei, die nichts mehr zu verlieren haben – außer ihrem Leben und ihrer Liebe zueinander.

Geliebte der Dunkelheit

(Viper Game)

Schattengänger Wyatt Fontenot ist ein Mann von geradezu tödlicher Schnelligkeit und Präzision. Ein Mann, den die verführerische Pepper gerade dringend an ihrer Seite braucht, denn die drei kleinen Mädchen, die sich in ihrer Obhut befinden, schweben in höchster Gefahr. Kann Wyatt Pepper und ihren Schützlingen helfen? Und können Wyatt und Pepper der ebenso magischen wie verbotenen Anziehungskraft, die sie aufeinander ausüben, widerstehen?

Im Bann der Jägerin

(Spider Game)

Die betörend schöne Cayenne ist eine geradezu tödliche Falle für jeden Mann – im wahrsten Sinne des Wortes, denn ihr Kuss ist tödlich wie der einer Spinne. Auf der Flucht vor dem gefährlichen Wissenschaftler Dr. Whitney begegnet Cayenne dem attraktiven Schattengänger Trap Dawkins, der verspricht, sie vor ihren Feinden zu beschützen. Doch kann sich Trap auch selbst schützen vor Cayennes ebenso unwiderstehlicher wie fataler Anziehungskraft?

Tänzerin im Schatten

(Power Game)

Als die schöne Spionin Bella von einem unglaublichen Verrat erfährt, bricht sie mit Dr. Whitney und flieht in die Bayous, um die dort lebenden Schattengänger zu warnen. Einer von ihnen ist der attraktive Arzt Ezekiel, und als sich die beiden das erste Mal begegnen, fliegen augenblicklich Funken. Endlich fühlt sich Bella nicht mehr nur wegen ihrer besonderen Kräfte begehrt. Doch dann schlagen die Feinde zu, und Bella droht Ezekiel für immer zu verlieren.

Geliebte Feindin

(Covert Game)

Als die weltweit führende IT-Expertin und Spionin Zara Hightower einem chinesischen Verbrechersyndikat in die Hände fällt, bekommt der attraktive Schattengänger Gino Mazza den Auftrag, sie zu befreien. Dass Zara bildschön ist und Gino sie vom ersten Augenblick an heiß begehrt, macht seine Mission nicht einfacher. Zumal er nicht weiß, ob Zara wirklich nur ein hilfloses Opfer ist oder ihn geradewegs in eine tödliche Falle lockt …

Gefährliches Glück

(Toxic Game)

Als der charismatische Schattengänger Dr. Draden Freeman bei einem Einsatz im indonesischen Dschungel einem gefährlichen Virus ausgesetzt wird, bittet er seine Kameraden, ihn zum Sterben zurückzulassen. Dann taucht wie aus dem Nichts die atemberaubend schöne Shylah Cosmos auf. Sie ist fest entschlossen, Dradens Leben zu retten, auch wenn sie sich dadurch selbst in Gefahr bringt. Für Shylah und Draden beginnt ein tödlicher Kampf um ihr Leben und ihre zarte Liebe …

Tödliches Spiel

(Lethal Game)

Schattengänger Malichai Fortune ist begabter, kompromissloser und härter als seine Brüder. Als er nach einer schweren Verletzung nach San Diego zur Kur geschickt wird, macht das dem rastlosen Kämpfer schwer zu schaffen. Seine düstere Stimmung hellt sich in dem Moment auf, in dem er der blonden Schönheit Amaryllis begegnet und sich leidenschaftlich in sie verliebt. Dann ereignen sich mysteriöse Dinge in der Stadt, und Amaryllis gerät in Lebensgefahr …

2. Die Leopardenmenschen

Wilde Magie
(Fever)

Die schöne Rachael Lospostros ist auf der Flucht vor ihrer eigenen Vergangenheit und hofft, in den grünen Tiefen des Dschungels Schutz zu finden. Dort stößt sie auf Rio Santana, einen wilden Eingeborenen, der sie jedoch für einen Feind hält. Im Kampf wird Rachael schwer verletzt, aber anstatt sie zu töten, pflegt Rio die sinnliche Fremde hingebungsvoll gesund.

Magisches Feuer
(Burning Wild)

Der Milliardär Jake hat eine schwere Kindheit hinter sich: Nachdem er die Erwartungen seiner Eltern, seine magischen Fähigkeiten zu nutzen, nicht erfüllen kann, vereinsamt er zunehmend. Was seine Eltern jedoch nicht wissen: Jake verbirgt seine Gabe bewusst vor ihnen. Als es zu einem dramatischen Autounfall kommt und er der schönen Emma begegnet, verfällt er der jungen Witwe und öffnet zum ersten Mal einer anderen Person sein Herz ...

Wildes Begehren

(Wild Fire)

Der charismatische Leopardenmensch Conner Vega kehrt in den Regenwald Panamas zurück, um der skrupellosen Drogenbaronin Imelda Cortez das Handwerk zu legen. Doch die verführerische Verbrecherin ist nicht die einzige Herausforderung, die im Dickicht des Dschungels wartet, denn Conner trifft Isabeau Chandler wieder – die Frau, die er einst schmählich betrog.

Feuer der Wildnis

(Savage Nature)

Ein düsteres Geheimnis liegt über Sarias Familie: Ihre Brüder durchstreifen nachts als »Geisterkatzen« die Sümpfe von Louisiana. Und auch Sarias eigene Verwandlung steht kurz bevor – doch davon will Saria nichts wissen. Erst als sie Drake begegnet, kann sie ihr Erbe nicht mehr länger leugnen. Denn er erkennt sofort die Gestaltwandlerin in ihr – und die ihm bestimmte Gefährtin.

Dunkle Liebe

(Leopard's Prey)

Der Cop Remy Boudreaux liebt seinen Job, noch mehr liebt Remy allerdings die Bayous, die üppig wuchernde Sumpflandschaft rund um New Orleans. Nur hier kann er dem Leoparden in sich ungehindert freien Lauf lassen. Während einer Ermittlung begegnet er eines Abends der geheimnisvollen Jazzsängerin Bijou, einer Frau von geradezu betörender Sinnlichkeit. Remy erkennt sofort die Gestaltwandlerin in ihr – und seine Seelenverwandte.

Geliebte Jägerin

(Cat's Lair)

Als Kind wurde die junge Gestaltwandlerin Cat Benoit von dem gefährlichen Psychopathen Rafe Cordeau gefangen gehalten. Jahre später gelingt ihr die Flucht, und sie kann sich in Texas ein neues Leben aufbauen. Dort begegnet sie auch dem unverschämt attraktiven Ridley Cromer, und aus anfänglicher Freundschaft wird schnell feurige Leidenschaft. Doch wie lange kann sie ihre neue Liebe vor Rafe geheim halten?

Entfesselte Göttin

(Wild Cat)

Als die atemberaubend schöne Siena Arnotto dem Gestaltwandler Elijah Lostopos begegnet, verändert sich ihr Leben von einem Moment auf den anderen. Ein Blick auf den attraktiven Elijah und Siena ist klar, dass der Mann ihres Lebens vor ihr steht. Und dass auch in ihr das magische Erbe der Leopardenmenschen schlummert. Doch noch bevor Siena und Elijah ihr Glück genießen können, entdeckt Siena ein dunkles Geheimnis in ihrer Familiengeschichte. Ein Geheimnis, das ihre Liebe zu Elijah für immer zerstören könnte ...

Ruf der Dunkelheit

(Leopard's Fury)

Dass sie das magische Blut der Leopardenmenschen in sich trägt, hat die schöne Bäckerin Evangeline Tregre schon immer verdrängt. Und bisher ist ihr das auch ganz gut gelungen. Doch dann begegnet sie Alonzo Massi. Sinnlich, selbstbewusst und geheimnisvoll – und ebenfalls ein Leopardenmensch. Vom ersten

Augenblick an ist Evangeline klar, dass sie Alonzos erotischer Ausstrahlung nichts entgegenzusetzen hat ...

Tanz der Wildnis
(Leopard's Blood)

Nach langen Jahren im Dschungel von Borneo, wo er zu einem ebenso eleganten wie tödlichen Kämpfer ausgebildet wurde, kehrt Gestaltwandler Joshua Tregre in seine Heimat Louisiana zurück. Auch wenn Joshuas Instinkte messerscharf sind, so ist es doch der Leopard in ihm, der vor ihm erkennt, dass die geheimnisvolle Sonia seine Seelengefährtin sein könnte. Noch während Joshua um Sonia wirbt, gerät diese ins Visier eines Verbrechersyndikats ...

3. Shadows

Stefano
(Shadow Rider)

Stefano Ferraro ist verdammt attraktiv, verdammt reich und verdammt mächtig – und er hat ein magisches Geheimnis: Er kann mit den Schatten verschmelzen und Licht und Dunkelheit seinem Willen unterwerfen. Ziemlich praktisch, wenn man der Boss eines der einflussreichsten Familienclans Chicagos ist! Als Stefano eines Tages der ebenso schönen wie temperamentvollen Francesca Cappello begegnet, ist ihm sofort klar, dass er diese Frau zu der Seinen machen muss. Francesca jedoch hat ihren eigenen Kopf und ist nicht gewillt, Stefanos Verführungskünsten so einfach zu erliegen ...

Ricco

(Shadow Reaper)

Der Milliardär und Playboy Ricco kennt kein anderes Leben als das eines Schattengleiters: Als Mitglied des mächtigen Ferraro-Clans kann er Licht und Dunkelheit seinem Willen unterwerfen. Als sein ungestümes Temperament und düstere Geheimnisse aus der Vergangenheit nicht nur ihn, sondern seine ganze Familie in Gefahr bringen, muss er handeln. Und die Frau finden, die ihn retten kann – seine einzig wahre Liebe …

Giovanni

(Shadow Keeper)

Frauen, Partys, Skandale – das ist die Welt von Schattengleiter Giovanni Ferraro. Doch tief in seinem Inneren fühlt er sich einsam und leer. Bis er eines Tages in einem Nachtclub die hübsche Sasha von einem lästigen Verehrer befreit. Sasha ist fasziniert von Giovannis düsterer Schönheit und seiner gefährlichen Ausstrahlung, und schon bald sind die beiden gefangen in einem betörenden Spiel aus Lust und Verführung …

Vittorio

(Shadow Warrior)

Schattengleiter Vittorio Ferraro würde für seine Geschwister alles tun, Loyalität gegenüber seiner Familie hat für ihn oberste Priorität. Und doch wünscht er sich nichts sehnlicher, als selbst die Frau fürs Leben zu finden. Als er Grace Murphy begegnet, kann er sein Glück kaum fassen: Sie ist nicht nur betörend schön und wahnsinnig klug, sondern selbst auch eine Schattengleiterin. Doch Grace' Bruder ist ein Psychopath, und als seine

Schwester sich in Vittorio verliebt, gerät der gesamte Ferraro-Clan in sein Visier ...

Taviano

(Shadow Flight)

Seit dem Augenblick, als er ihr als Teenager das Leben rettete, hat Schattengleiter Taviano Ferraro sein Herz an die zauberhafte Nicoletta Gomez verloren. Unter den wachsamen Augen des mächtigen Ferraro-Clans ist Nicoletta zu einer betörenden Schönheit herangewachsen – und zu einer starken und unabhängigen Frau. Als sie erneut den Feinden der Ferraros in die Hände fällt, setzt Taviano alles daran, sie zu retten. Auch wenn das bedeutet, dass er jedes einzelne Gebot der Schattengänger-Gilde brechen muss ...

Christine Feehan

Der Bund der Schattengänger

978-3-453-32155-7

Jägerin der Dunkelheit
978-3-453-53309-7

Spiel der Dämmerung
978-3-453-53310-3

Tänzerin der Nacht
978-3-453-40709-1

Schattenschwestern
978-3-453-52614-3

Düstere Sehnsucht
978-3-453-53355-4

Fesseln der Nacht
978-3-453-53356-1

Magisches Spiel
978-3-453-52762-1

Schicksalsbund
978-3-453-52761-4

Bann des Jägers
978-3-453-52869-7

Spiel der Finsternis
978-3-453-31400-9

Geliebte der Dunkelheit
978-3-453-31735-2

Im Bann der Jägerin
978-3-453-31809-0

Tänzerin im Schatten
978-3-453-31896-0

Geliebte Feindin
978-3-453-31965-3

Gefährliches Glück
978-3-453-32039-0

Tödliches Spiel
978-3-453-32155-7

Leseproben unter **www.heyne.de**

HEYNE ‹

Coreene Callahan
Feuer

Diese Drachen bringen Frauenherzen zum Schmelzen

Die erfolgreiche Paranormal-Romance-Serie aus den USA: Erotisch, düster, heiß

978-3-453-31457-3

Tödliches Verlangen
978-3-453-31457-3

Verborgene Sehnsucht
978-3-453-31458-0

Gefährliche Begierde
978-3-453-31459-7

Verhängnisvolle Liebe
978-3-453-31590-7

Flammendes Herz
978-3-453-31816-8

Schatten der Liebe
978-3-453-32041-3

Leseproben unter **www.heyne.de**

HEYNE ‹

Christine Feehan

Die Shadows-Saga

»Christine Feehan ist die Königin der Paranormal Romance!« *J.R. Ward*

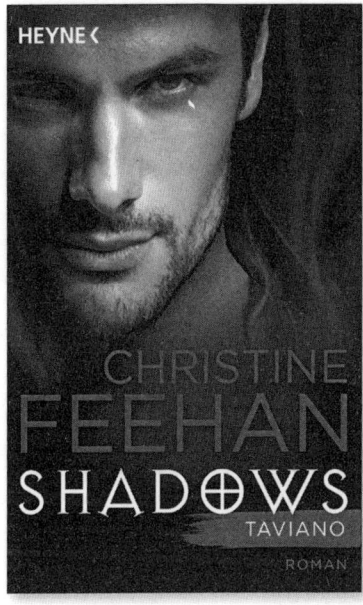

Stefano
978-3-453-31844-1

Ricco
978-3-453-31854-0

Giovanni
978-3-453-32005-5

Vittorio
978-3-453-32040-6

Taviano
978-3-453-42486-9

978-3-453-42486-9

Leseproben unter **www.heyne.de**

Sylvia Day

»Düster, fesselnd und verboten sexy!«
RT Book Reviews

978-3-453-31667-6

978-3-453-31668-3

978-3-453-31669-0

Leseproben unter **www.heyne.de**

J. R. Ward

BLACK DAGGER LEGACY

Noch schöner, noch heißer, noch gefährlicher – die Bruderschaft der BLACK DAGGER bekommt frisches Blut

978-3-453-32079-6

Band 1: Kuss der Dämmerung
978-3-453-31777-2

Band 2: Tanz des Blutes
978-3-453-31851-9

Band 3: Zorn des Geliebten
978-3-453-31917-2

Band 4: Schwur des Kriegers
978-3-453-32079-6

Leseproben unter **www.heyne.de**

Kim Harrison

Spannend und sexy – die Mystery-Erfolgsserie um die mutige Vampirjägerin Rachel Morgan

978-3-453-32106-9

Band 1: Blutspur
978-3-453-43223-9

Band 2: Blutspiel
978-3-453-43304-5

Band 3: Blutjagd
978-3-453-53279-3

Band 4: Blutpakt
978-3-453-53290-8

Band 5: Blutlied
978-3-453-52472-9

Band 6: Blutnacht
978-3-453-52616-7

Band 7: Blutkind
978-3-453-53352-3

Band 8: Blutleid
978-3-453-52750-8

Band 9: Blutdämon
978-3-453-52848-2

Band 10: Blutbande
978-3-453-52951-9

Band 11: Blutschwur
978-3-453-31474-0

Band 12: Bluthexe
978-3-453-31576-1

Band 13: Blutfluch
978-3-453-31663-8

Band 14: Der Wandel
978-3-453-31874-8

Band 15: Blutzauber
978-3-453-32105-2

Band 16: Blutflamme
978-3-453-32106-9

Sonderband: Blutwelten
978-3-453-52885-7

Story-Sammlung: Blutseele
978-3-453-31510-5

Leseproben unter **www.heyne.de**

HEYNE 〈